一本搞定！新日檢

李致雨・李翰娜 共著

N5

笛藤出版

JLPT（日本語能力測驗） 目的是推斷與認定母語並非日語的學習者日語能力的考試，由日本國際交流基金會與日本國際教育支援協會於 1984 年開始實行。JLPT 是日本公認的世界唯一的日本語考試，其考試結果作為日本大學、專業學校、國內大學的日本語系等，以及特別招聘與企業人事、公務人員徵選等的日語評分依據。

JLPT 的考試族群 從國小生到一般人，範圍廣泛，考試目的不僅是推測實力，也是為了就業與升遷，或資格認定等。日本國際交流基金會與日本國際教育支援協會為因應需求，運用開辦測驗以來超過二十年之日語教學和測驗理論的研究成果，以及至今累積的考試結果數據，改良 JLPT 的內容，從 2010 年開始實施新 JLPT。

《一本搞定新日檢！ JLPT 日語檢定 N5》 採用與實際考試題目相同模式的第一課言語認知（文字・語彙・文法）・閱讀，以及第二課聽力的順序構成。這次的改編版為了讓考生能夠考取高分，不僅依文字・語彙、閱讀、聽力各部分的整理，還準備了預測考題和實戰模擬測驗。此外，也簡單整理了 2010 年起至今考過的單字和文法，並徹底分析新式考題類型，可以綜合練習 JLPT N5 所有部分。

希望閱覽這本書的讀者們能夠考取好成績。最後感謝幫助這本書出版的 Darakwon 出版社的鄭圭道（音譯）社長和日本語編輯部的職員們。

作者　李致雨、李翰娜

❶ JLPT 的級別

考試分為 N1、N2、N3、N4、N5，考生可以選擇符合自己程度的級別。根據各級別，N1~N2 分為言語認知（文字・語彙・文法）・閱讀和聽力兩部分；N3~N5 則是分為言語認知（文字・語彙）、言語認知（文法）・閱讀和聽力三部分。

考試科目、時間及認定標準如下表。認定標準顯現「閱讀」和「聽力」的言語行為。各級別分別有實現言語行為所需的言語認知。

級別	各科時間		認定標準
	類型	時間	
N1	言語認知（文字・語彙・文法）・閱讀	110 分	可以理解各個層面使用的日本語。 【閱讀】能夠閱讀報紙上的論評等有點複雜的理論文章或高想像力的文章，並理解文章的結構與內容。閱讀各種話題文章，並能理解其脈絡或詳細的表達意圖。 【聽力】聽到以平常速度說的系統性會話、新聞或演講，可以詳細理解或掌握大致上的內容脈絡與登場人物的關係，或是內容的理論性結構。
	聽力	55 分	
	總計	165 分	
N2	言語認知（文字・語彙・文法）・閱讀	105 分	可以理解日常生活層面的日本語，以及某程度上其他層面的日本語。 【閱讀】能夠閱讀報紙或雜誌報導或解說及簡易的評論，並在閱讀完簡單論述的文章後理解其內容。關於一般生活的話題文章，可以理解其文章脈絡或表達意圖。 【聽力】聽到以平常速度說的系統性會話、新聞，可以詳細理解或掌握大致上的內容脈絡與登場人物的關係。
	聽力	50 分	
	總計	155 分	
N3	言語認知（文字・語彙）	30 分	某程度上可以理解日常生活層面的日本語。 【閱讀】能夠閱讀日常生活話題的具體內容，以及掌握報導標題等資訊概要。日常生活層面上難易度較高的文章，若給予替換的表達，可以理解概要。 【聽力】聽到以平常速度說的系統性會話，大致能夠理解說話的具體內容與登場人物的關係。
	言語認知（文法）・閱讀	70 分	
	聽力	40 分	
	總計	140 分	
N4	言語認知（文字・語彙）	25 分	可以理解基本的日本語。 【閱讀】能夠閱讀並理解基本單字和漢字寫成的日常生活常見話題文章。 【聽力】日常生活層面上，大致能聽懂稍慢速度的會話。
	言語認知（文法）・閱讀	55 分	
	聽力	35 分	
	總計	115 分	
N5	言語認知（文字・語彙）	20 分	某程度上可以理解基本的日本語。 【閱讀】能夠閱讀並理解平假名、片假名及日常生活使用的基本漢字寫成的正式文句或文章。 【聽力】日常生活經常接觸層面上，能夠在慢速簡短會話之中取得需要的資訊。
	言語認知（文法）・閱讀	40 分	
	聽力	30 分	
	總計	90 分	

※N3-N5，第一堂連續考言語認知（文字・語彙）和言語認知（文法）・閱讀。

❷ JLPT 的級別

考試結果的分數表

級別	分數區分	分數範圍
N1	言語認知（文字・語彙・文法）	0~60
	閱讀	0~60
	聽力	0~60
	綜合分數	0~180
N2	言語認知（文字・語彙・文法）	0~60
	閱讀	0~60
	聽力	0~60
	綜合分數	0~180
N3	言語認知（文字・語彙・文法）	0~60
	閱讀	0~60
	聽力	0~60
	綜合分數	0~180
N4	言語認知（文字・語彙・文法）・閱讀	0~120
	聽力	0~60
	綜合分數	0~180
N5	言語認知（文字・語彙・文法）・閱讀	0~120
	聽力	0~60
	綜合分數	0~180

N1、N2、N3 的分數區分為「言語認知（文字・語彙・文法）」、「閱讀」、「聽力」三部分。

N4、N5 的分數區分為「言語認知（文字・語彙・文法）・閱讀」和「聽力」兩部份。

❸ 考試結果通知的範例

如下列範例，分為①「各分數區分的得分」、全部加總的②「綜合分數」，以及③提供未來日本語學習參考用的「參考資訊」。③「參考資訊」非為判定合格與不合格的依據。

①各分數區分的得分		②綜合分數
言語認知（文字・語彙・文法）・閱讀	聽力	
120/120	60/60	180/180

③參考資訊		
文字・語彙	文法	閱讀
A	A	A

A 非常熟練（答題正確率 67%以上）

B 熟練（答題正確率 34%以上 67%以下）

C 不怎麼熟練（答題正確率未滿 34%）

本書的 結構與活用

❶ JLPT 的級別

本書為完美應對 JLPT（日本語能力測驗），分析整理出題方向及綜合準備的學習書，收錄最新考試單字、文法，以及新考試題型的題目，整體結構包括本書〈搞定第 0 課－日本語文字與基礎文法〉〈搞定第 1 課－言語認知（文字・語彙・文法）/ 讀解〉〈搞定第 2 課－聽力〉和附錄書〈解析本〉〈實戰模擬測驗〉〈快速複習〉等。

搞定第 0 課　日本語文字與基礎文法

第 1～2 章 日本語文字 / 日本語基礎文法

為了更簡單的學習 N5，整理了日本語文字和四大重要詞性。

搞定第 1 課　言語認知（文字・語彙・文法）/ 閱讀

第 1～2 章 言語認知－文字・語彙考試攻略篇 / 預測攻略篇

第 1 章是文字・語彙考試攻略，分別整理 2016~2022、2000~2015、1990~1999 年 JLPT N5 考過的單字及相關考題。第 2 章則將出題可能性高的文字・語彙以詞性分類整理，並透過相關考題重新複習學習內容。

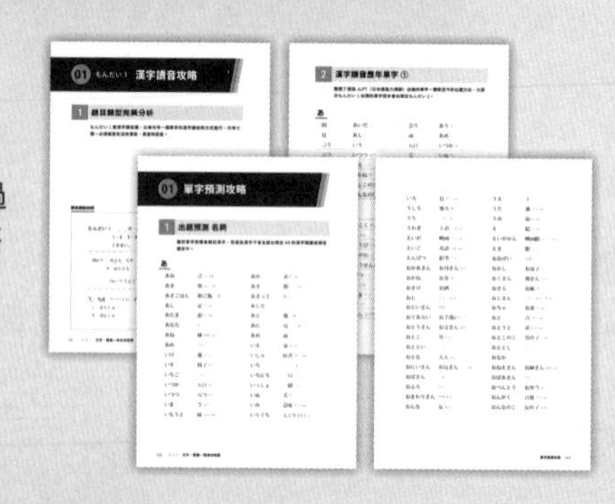

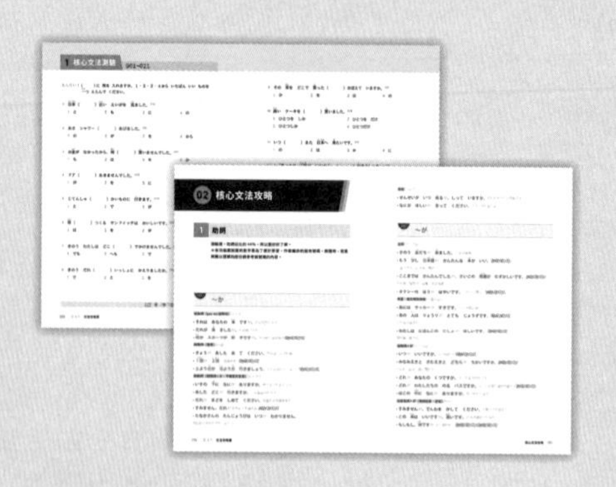

第 3 章 言語認知－文法攻略篇

為應對 JLPT N5，選定整理了一百個核心文法。另外，藉由配合題型出示的相關文法考題，一起理解與練習新的考試模式。

第 4 章 讀解 攻略篇

整理了 JLPT N5 閱讀題目的類型分析和解題要領。依各題目類型，透過例題熟悉實戰感覺，並透過相關問題應付實戰。

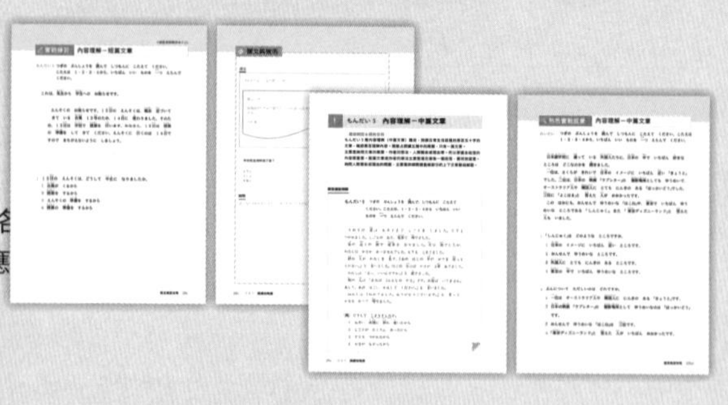

搞定第 2 課　聽力

第 5 章　聽力 攻略篇

以外國人難以辨別的發音為主題做整理，透過 MP3 練習掌握聽力考試的要領。更藉由不同題目類型的預測題目，熟悉實際考試感覺，並透過各式各樣的相關考題，準備實戰考試。

◆ MP3 音檔請掃描右方 QR Code，或輸入網址收聽：

https://bit.ly/dtJPN5

* 請注意英文字母大小寫。

其中更有線上 PDF 單字練習本可供讀者進行複習。

附錄書

解析本

為提高學習的理解度和能力，收錄個別單元相關題目的分析、閱讀文章的翻譯、解答和說明，以及聽力讀稿、解答和說明。提供附錄書以便確認與解題。

實戰模擬測驗題本

附錄提供與實際考試相同形式的模擬測驗兩回。透過模擬測驗做最終的學習內容檢視，以及透過評分表預測在正式考試的分數。可以利用提供的作答紙，事前熟悉答題要領，輕鬆適應考試。

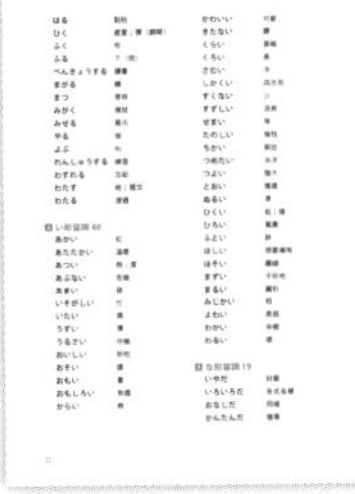

快速複習本

以各題目類型將文字・語彙部分的考試單字分類，再以日文發音順序整理。文法部分整理了 N5 出題的核心文法。可以平時利用空閒時間進行複習，也能活用在考試當天作為最終複習使用。

目錄

前言 ······ 3

關於 JLPT（日本語能力測驗） ······ 4

本書的結構與活用 ······ 6

搞定第 0 課　日本語文字與基礎文法

01　日本語文字 ······ 12

02　日本語基礎文法 ······ 14

搞定第 1 課　言語認知（文字・語彙・文法）/ 讀解

第1章

文字・語彙—考古攻略篇 ······ 21

01　もんだい 1　漢字讀音攻略 ······ 22
題目類型完美分析｜漢字讀音歷年單字｜相關考題

02　もんだい 2　標音攻略 ······ 56
題目類型完美分析｜標音歷年單字｜相關考題

03　もんだい 3　文脈解讀攻略 ······ 84
題目類型完美分析｜文脈解讀歷年單字｜相關考題

04　もんだい 4　相似詞替換攻略 ······ 114
題目類型完美分析｜相似詞替換歷年單字｜相關考題

第2章

文字・語彙—預測攻略篇 ······ 141

01　單字預測攻略 ······ 142
出題預測名詞｜出題預測動詞｜出題預測い形容詞｜出題預測な形容詞｜
出題預測副詞｜出題預測外來語｜出題預測問候語｜接尾詞｜其他
預測單字相關考題 ······ 165

第3章

文法攻略篇 ······ 191

01　文法類型攻略 ······ 192
もんだい 1 文法形式｜もんだい 2 文脈排列｜もんだい 3 文章走向
主要的感動詞、連接詞、副詞最佳 40 選

02　征服核心文法 ······ 196
核心文法｜相關考題

第4章

讀解攻略篇 …… 279

01 讀解要領理解 …… 280

02 題目類型攻略 …… 282

もんだい 4 內容理解－短篇文章｜もんだい 5 內容理解－中篇文章｜もんだい 6 資訊搜尋

搞定第 2 課 聽力

第5章

聽力攻略篇 …… 335

01 聽力要領理解 …… 336

各題目類型的聽力重點（課題理解、重點理解、說話表達、即時應答）
外國人容易聽錯的音（清音－濁音、長音－短音、促音、拗音、連續母音、其他、聽力的基本表達）

02 題目類型攻略 …… 344

もんだい 1 課題理解｜もんだい 2 重點理解｜もんだい 3 說話表達｜もんだい 3 即時應答

附錄書 1

解析本

第 1 章 文字・語彙考古攻略篇
第 2 章 文字・語彙預測攻略篇
第 3 章 文法攻略篇
第 4 章 讀解攻略篇
第 5 章 聽力攻略篇

附錄書 2

實戰模擬測驗題本

第一回實戰模擬測驗
第二回實戰模擬測驗
實戰模擬測驗解答與說明
作答紙

附錄書 3

快速複習本

言語認知 文字・語彙 直擊複習！
漢字閱讀・標音 考古單字｜文脈解讀・相似詞替換 考古單字｜預測單字 400

言語認知 文法 直擊複習！
核心文法 98

搞定
第 0 課

日本語文字與基礎文法

N5

01 日本語文字

日本語由漢字加平假名（ひらがな）和片假名（カタカナ）兩種表音文字所組成。

❶ 日本語使用的漢字是中國的文字。N5 所需要背誦的漢字數約 103 個。因為 N5 考試是以形象相似的方式出題，所以一定要確實記得文字的寫法。

例 學習的學 (學)　　学 (○), 學 (×)

❷ 熟記平假名（ひらがな）五十音圖表
它是由漢字草書簡化而成的日本語表音文字。下列表為五十音圖表，五段十行，共五十音依序排列。

	あ段	い段	う段	え段	お段
あ行	あ [a]	い [i]	う [u]	え [e]	お [o]
か行	か [ka]	き [ki]	く [ku]	け [ke]	こ [ko]
さ行	さ [sa]	し [shi]	す [su]	せ [se]	そ [so]
た行	た [ta]	ち [chi]	つ [tu]	て [te]	と [to]
な行	な [na]	に [ni]	ぬ [nu]	ね [ne]	の [no]
は行	は [ha]	ひ [hi]	ふ [fu]	へ [he]	ほ [ho]
ま行	ま [ma]	み [mi]	む [mu]	め [me]	も [mo]
や行	や [ya]		ゆ [yu]		よ [yo]
ら行	ら [ra]	り [ri]	る [ru]	れ [re]	ろ [ro]
わ行	わ [wa]				を [wo]
	ん [n]				

※ わ行的を只作為助詞使用。

❷ 熟記片假名（カタカナ）五十音圖表

它是根據漢字的一部分演化而成的日本語表音文字。主要是外來語標音使用。

	あ段	い段	う段	え段	お段
あ行	ア [a]	イ [i]	ウ [u]	エ [e]	オ [o]
か行	カ [ka]	キ [ki]	ク [ku]	ケ [ke]	コ [ko]
さ行	サ [sa]	シ [shi]	ス [su]	セ [se]	ソ [so]
た行	タ [ta]	チ [chi]	ツ [tu]	テ [te]	ト [to]
な行	ナ [na]	ニ [ni]	ヌ [nu]	ネ [ne]	ノ [no]
は行	ハ [ha]	ヒ [hi]	フ [fu]	ヘ [he]	ホ [ho]
ま行	マ [ma]	ミ [mi]	ム [mu]	メ [me]	モ [mo]
や行	ヤ [ya]		ユ [yu]		ヨ [yo]
ら行	ラ [ra]	リ [ri]	ル [ru]	レ [re]	ロ [ro]
わ行	ワ [wa]				ヲ [wo]
	ン [n]				

※ わ行的ヲ只作為助詞使用。

02 日本語基礎文法

1 い形容詞

表示事物的性質或狀態，語尾以～い結束的形容詞稱作い形容詞。在字典上以～い出現，故也稱作辭書形。活用名詞、な形容詞、い形容詞的時候，語幹不變，但語尾會變。

類別		肯定	否定
現在形	敬體	いたいです 痛。 いいです 好。 よいです	いたく　ないです 不痛。 　　　ありません よく　ないです 不好。 　　　ありません
	常體	いたい 痛。 いい・よい 好。	いたく　ない 不痛。 よく　ない 不好。
過去形	敬體	いたかったです 痛了。 よかったです 好了。	いたく　なかったです 不痛了。 　　　ありませんでした よく　なかったです 不好了。 　　　ありませんでした
	常體	いたかった 痛了。 よかった 好了。	いたく　なかった 不痛了。 よく　なかった 不好了。
中止形		いたくて 痛且～；因為痛～ よくて 好且～；因為好～	
副詞性表達		いたく 使疼痛 よく 好好的；經常；總是	

※ 雖然いい和よい都有「好」的意思，但活用時使用よい。

2 な形容詞

表示事物的性質或狀態，語尾和名詞一樣。字典上只以語幹出現，修飾名詞的時候加上～な，故稱作な形容詞。な形容詞連接～だ，可以作為常體使用，或是連接「～です」作為敬體使用。

類別		肯定	否定
現在形	敬體	きれいです 漂亮。	きれいでは　ありません 不漂亮。 きれいでは　ないです
	常體	きれいだ 漂亮。	きれいでは　ない 不漂亮。
過去形	敬體	きれいでした 漂亮了。	きれいでは　ありませんでした 不漂亮了。 きれいでは　なかったです
	常體	きれいだった 漂亮了。	きれいでは　なかった 不漂亮了。
中止形		きれいで 漂亮且～；因為漂亮～	
副詞性表達		きれいに 漂亮地	

※ 日本的學校文法又將其稱作形容動詞。一部分的學者當作名詞使用，故又稱形容名詞或第二形容詞。

※ きれい（漂亮）和きらい（討厭），結尾是～い，很容易誤認為是い形容詞，但其實是由綺麗（きれい）、嫌（きら）い衍伸的な形容詞。因此，否定時，きれいでは ない（Ｏ）、きれく ない（Ｘ）；きらいでは ない（Ｏ）、きらく ない（Ｘ）。

3 名詞

名詞是表示物品或事物的名字，無法當作獨立語句，和な形容詞一樣，連接～だ，可以作為常體使用，或是連接「～です」作為敬體使用。

類別		肯定	否定
現在形	敬體	いい　天気（てんき）です 是好天氣。	いい　天気（てんき）では　ありません いい　天気（てんき）では　ないです 不是好天氣。
	常體	いい　天気（てんき）だ 是好天氣。	いい　天気（てんき）では　ない 不是好天氣。
過去形	敬體	いい　天気（てんき）でした 是好天氣。	いい　天気（てんき）では　ありませんでした いい　天気（てんき）では　なかったです 不是好天氣。
	常體	いい　天気（てんき）だった 是好天氣。	いい　天気（てんき）では　なかった 不是好天氣。
中止形		いい　天気（てんき）で 是好天氣且～	

※ ~だ、~です不僅使用於な形容詞和名詞。如わたしもです（我也是）、午後（ごご）からです（從下午開始），也會接在助詞「～も、～から」的後面。

4 動詞

動詞表示事物的動作、作用和存在，可以當作獨立語。

類別		肯定	否定
現在形	敬體	バスに　のります 搭公車。	バスに　のりません 不搭公車。
	常體	バスに　のる 搭公車。	バスに　のらない 不搭公車。
過去形	敬體	バスに　のりました 搭了公車。	バスに　のりませんでした 沒有搭公車。
	常體	バスに　のった 搭了公車。	バスに　のらなかった 沒有搭公車。
中止形		バスに　のって / バスに　のり　搭乘公車且～	

※ 動詞的種類：依日本的學校文法分為五段動詞、上一段動詞、下一段動詞、カ行變格動詞、以及サ行變格動詞五種。

搞定

第 1 課

言語認知（文字・語彙・文法）/ 讀解

N5

第 1 章

文字・語彙

考古攻略篇

01 もんだい 1　漢字讀音攻略

02 もんだい 2　標音攻略

03 もんだい 3　文脈解讀攻略

04 もんだい 4　相似詞替換攻略

01 もんだい 1　漢字讀音攻略

1　題目類型完美分析

もんだい 1 是漢字讀音題，以每句考一個單字的漢字讀音的方式進行，共有七題。必須留意有沒有濁音、長音和促音。

題目類型例題

もんだい1　＿＿＿の　ことばは　ひらがなで　どう　かきますか。
1・2・3・4から　いちばん　いい　ものを　ひとつ　えらんで　ください。

（れい）　大きな　えが　あります。
　1　おおきな　　2　おきな　　3　だいきな　　4　たいきな

（かいとうようし）　（れい）　● ② ③ ④

1　先週　デパートに　かいものに　いきました。
　1　せんしゅ　　2　せんしゅう
　3　ぜんしゅ　　4　ぜんしゅう

2 漢字讀音歷年單字 ①

整理了歷屆 JLPT（日本語能力測驗）出過的單字。觀察至今的出題方向，大部分もんだい 1 出現的單字很多會出現在もんだい 2。

あ

□ 間	あいだ 之間	□ 会う	あう 見面
□ 足	あし 腳	□ 雨	あめ 雨
□ 言う	いう 說	□ 五日	いつか 五日
□ 五つ	いつつ 五個	□ 犬	いぬ 狗
□ 上	うえ 上面	□ お母さん	おかあさん 母親
□ お金	おかね 錢	□ お父さん	おとうさん 父親
□ 男の人	おとこのひと 男人	□ 女の子	おんなのこ 女孩
□ 女の人	おんなのひと 女人		

か

□ 外国	がいこく 外國	□ 会社	かいしゃ 公司
□ 書く	かく 書寫	□ 学校	がっこう 學校
□ 火よう日	かようび 星期二	□ 川	かわ 河川
□ 北がわ	きたがわ 北邊；北側	□ 北口	きたぐち 北邊出口
□ 九千円	きゅうせんえん 九千日圓	□ 金よう日	きんようび 星期五
□ 九月	くがつ 九月	□ 九時	くじ 九點
□ 国	くに 國家	□ 来る	くる 來
□ 車	くるま 汽車	□ 元気だ	げんきだ 健康；有活力
□ 午後	ごご 下午	□ 九つ	ここのつ 九個
□ 五分	ごふん 五分鐘	□ 今週	こんしゅう 這週

さ

□ 魚	さかな 魚	□ 雑誌	ざっし 雜誌
□ 三本	さんぼん 三瓶；三支	□ 四月	しがつ 四月
□ 水よう日	すいようび 星期三	□ 少ない	すくない 少
□ 少し	すこし 稍微	□ 千円	せんえん 一千日圓
□ 先月	せんげつ 上個月	□ 先生	せんせい 老師
□ 空	そら 天空		

た

□ 高い	たかい 高；（價格）昂貴	□ 出す	だす 拿出；繳交
□ 立つ	たつ 站立	□ 小さい	ちいさい 小
□ 父	ちち 父親	□ 手	て 手
□ 出る	でる 出去	□ 天気	てんき 天氣
□ 電車	でんしゃ 電車	□ 友だち	ともだち 朋友
□ 土よう日	どようび 星期六		

な

□ 中	なか 裡面；之中	□ 西がわ	にしがわ 西邊；西側
□ 二万円	にまんえん 兩萬日圓	□ 飲む	のむ 喝；吃（藥）

は

□ 入る	はいる 進入	□ 花	はな 花
□ 話	はなし 話	□ 話す	はなす 說話
□ 半分	はんぶん 一半	□ 東がわ	ひがしがわ 東邊；東側
□ 東口	ひがしぐち 東邊出口	□ 百人	ひゃくにん 一百人
□ 古い	ふるい 老舊		

ま

□ 毎週	まいしゅう 每週	□ 毎月	まいつき 每月
□ 毎日	まいにち 每天	□ 前	まえ 前面
□ 右	みぎ 右邊	□ 水	みず 水
□ 店	みせ 商店	□ 三つ	みっつ 三個
□ 南がわ	みなみがわ 南邊；南側	□ 耳	みみ 耳朵
□ 見る	みる 看	□ 六つ	むっつ 六個
□ 目	め 眼睛	□ 木よう日	もくようび 星期四

や

□ 休む	やすむ 休息	□ 八つ	やっつ 八個
□ 読む	よむ 唸；閱讀		

memo

1 單字測驗考古題　漢字讀音　/ 10

もんだい１ ＿＿＿＿の　ことばは　ひらがなで　どう　かきますか。１・２・３・４から　いちばん　いい　ものを　ひとつ　えらんで　ください。

1 にわの ある　家が　ほしいけど、お金が　たりない。

1　おきん　　2　おかね　　3　おがね　　4　おぎん

2 くすりは　ごはんを　たべた　あとで　飲んで　ください。

1　たのんで　　2　すんで　　3　のんで　　4　やんで

3 えきの　まえの　きっさてんで　会いましょう。

1　あいましょう　　2　かいましょう　　3　つかいましょう　　4　ならいましょう

4 わたしは　にくより　魚の　ほうが　すきです。

1　かさな　　2　がさな　　3　さかな　　4　さがな

5 電車(でんしゃ)の　中(なか)で　しんぶんや　ざっしを　読んで　いる　人(ひと)が　多(おお)い。

1　よんで　　2　もんで　　3　すんで　　4　こんで

6 もっと　大(おお)きな　こえで　言って　ください。

1　いって　　2　すって　　3　とって　　4　まって

7 うちの　ちかくに　大(おお)きな　川が　あります。

1　いけ　　2　かわ　　3　へん　　4　むら

8 父(ちち)の　かえりは　たいてい　11時(じ)すぎで、10時(じ)まえに　かえる　ことは　少ない。

1　すきない　　2　すこない　　3　すけない　　4　すくない

9 それは　ひとつ　千円です。

1　せんねん　　2　せねん　　3　せんえん　　4　せえん

10 前を　みて　あるいて　ください。

1　まい　　2　めえ　　3　めい　　4　まえ

答案　1②　2③　3①　4③　5①　6①　7②　8④　9③　10④

2 單字測驗考古題　漢字讀音　/ 10

もんだい１ ＿＿＿の　ことばは　ひらがなで　どう　かきますか。１・２・３・４から いちばん　いい　ものを　ひとつ　えらんで　ください。

1 わたしの　会社(かいしゃ)は　土よう日と　日(にち)よう日(び)が　休(やす)みです。

1　とようび　2　どようび　3　かようび　4　がようび

2 あとで　おふろに　入ります。

1　はいります　2　しまります　3　いります　4　おります

3 50の　半分は　25です。

1　ほんぶん　2　はんぶん　3　ほんふん　4　はんふん

4 四月(しがつ)は　花が　きれいです。

1　そら　2　はな　3　もり　4　みどり

5 こんげつの　なのかは　木よう日です。

1　げつようび　2　すいようび　3　もくようび　4　きんようび

6 きょうの　午後は、ひとりで　本(ほん)を　よみます。

1　ごこ　2　ごこう　3　ごご　4　ごごう

7 ともだちが　外国から　きました。

1　がいごく　2　かいこく　3　がいこく　4　かいごく

8 きょうは　天気(てんき)が　よくて　空が　きれいだ。

1　そら　2　あき　3　はる　4　うみ

9 きのう　ともだちと　いっしょに　えいがを　見ました。

1　しました　2　みました　3　わすれました　4　おぼえました

10 この　しろい　さかなは　高いです。

1　ほそい　2　ひくい　3　ふとい　4　たかい

答案　1②　2①　3②　4②　5③　6③　7③　8①　9②　10④

3 單字測驗考古題 漢字讀音 / 10

もんだい１ ＿＿＿＿の　ことばは　ひらがなで　どう　かきますか。１・２・３・４から　いちばん　いい　ものを　ひとつ　えらんで　ください。

1 ごごから　天気が　よく　なりました。

1 でんぎ　　2 でんき　　3 てんぎ　　4 てんき

2 つくえの　上に　ノートが　あります。

1 した　　2 ちた　　3 うえ　　4 うへ

3 毎日　ともだちと　プールで　およぎます。

1 こんじつ　　2 こんにち　　3 まいじつ　　4 まいにち

4 こどもに　外国の　おかねを　見（み）せました。

1 かいこく　　2 かいごく　　3 がいこく　　4 がいごく

5 この　へんは　やすい　店が　すくないです。

1 みせ　　2 みぜ　　3 むぜ　　4 むせ

6 かれは　としょかんで　かりた　本（ほん）を　読んで　います。

1 のんで　　2 よんで　　3 ふんで　　4 すんで

7 みなみの　国の　水（みず）は　あおくて　きれいです。

1 みち　　2 まち　　3 こく　　4 くに

8 父は　げんきに　はたらいて　います。

1 おじ　　2 はは　　3 ちち　　4 あね

9 北の　まちに　電車（でんしゃ）で　でかけました。

1 にし　　2 ほか　　3 きた　　4 となり

10 かのじょは　中学校（ちゅうがっこう）に　入（はい）って　はじめての　友だちです。

1 ともだち　　2 どもだち　　3 どむだち　　4 とむだち

答案 1④ 2③ 3④ 4③ 5① 6② 7④ 8③ 9③ 10①

4 單字測驗考古題 漢字讀音 / 10

もんだい１ ＿＿＿＿の　ことばは　ひらがなで　どう　かきますか。１・２・３・４から　いちばん　いい　ものを　ひとつ　えらんで　ください。

1 前から　たなかさんが　はしって　きました。
1 あと　2 まえ　3 とき　4 さき

2 にちようびの　あさ　雨が　たくさん　ふりました。
1 ゆき　2 くも　3 かぜ　4 あめ

3 この　学校は　たてものが　とても　ふるいです。
1 がくこう　2 がっごう　3 がくごう　4 がっこう

4 すみません、もう　いちど　言って　ください。
1 すって　2 いって　3 とって　4 のって

5 あの　古い　いえには　電話（でんわ）が　ありません。
1 ふるい　2 ふろい　3 くるい　4 くろい

6 つぎの　土よう日は　へやの　そうじを　します。
1 かようび　2 どようび　3 すいようび　4 にちようび

7 お金が　いらないと　いう　ひとは　いません。
1 おかね　2 おがね　3 おかぬ　4 おがぬ

8 ごご　２時（じ）に　ともだちに　会います。
1 かいます　2 あいます　3 いいます　4 すいます

9 この　水は　さんぼん　せんえんです。
1 き　2 もく　3 すい　4 みず

10 らいしゅうの　天気は　どうでしょうか。
1 げんき　2 てんき　3 でんき　4 けんき

答案 1② 2④ 3④ 4② 5① 6② 7① 8② 9④ 10②

5 單字測驗考古題　漢字讀音　/ 10

もんだい１ ＿＿＿＿の　ことばは　ひらがなで　どう　かきますか。１・２・３・４から　いちばん　いい　ものを　ひとつ　えらんで　ください。

1 ベトナムも　日本（にほん）も　アジアの　国です。

1 くみ　2 くに　3 こく　4 ごく

2 きょうの　空は　くもが　ひとつも　ありません。

1 そら　2 やま　3 うみ　4 かわ

3 雨が　ふって　さむかったから、あつい　コーヒーを　のみました。

1 あめ　2 ゆき　3 くも　4 はれ

4 まいにち　車で　かいしゃへ　いきます。

1 くろま　2 くるま　3 こるま　4 ころま

5 がくせいは　手を　あげて　しつもんします。

1 て　2 け　3 め　4 せ

6 天気（てんき）が　いいから　そとへ　出て　あそびなさい。

1 てて　2 でて　3 たして　4 だして

7 今週（こんしゅう）の　火よう日に　えきで　あいましょう。

1 どようび　2 もくようび　3 すいようび　4 かようび

8 川（かわ）に　魚が　およいで　いるのが　見（み）えます。

1 さかな　2 とり　3 かさ　4 つくえ

9 あしたの　午後　6時（じ）に、いつもの　きっさてんで　あいましょう。

1 ごご　2 こぜん　3 ここ　4 ごぜん

10 きょうは　学校（がっこう）を　休んで　びょういんに　行（い）きます。

1 あそんで　2 やすんで　3 すんで　4 たのんで

答案　1② 2① 3① 4② 5① 6② 7④ 8① 9① 10②

6 單字測驗考古題　漢字讀音　/ 10

もんだい1 ＿＿＿＿の　ことばは　ひらがなで　どう　かきますか。1・2・3・4から　いちばん　いい　ものを　ひとつ　えらんで　ください。

1 うさぎの　耳は　ながいです。

1 はな　2 おなか　3 みみ　4 あたま

2 母(はは)は　かぜを　ひいて　いて　手が　あつかったです。

1 て　2 みみ　3 あたま　4 かお

3 水(みず)が　すくなかったので　あるいて　川を　わたりました。

1 いけ　2 かわ　3 うみ　4 みず

4 たなか先生は　日(にち)よう日(び)に　きます。

1 せいせ　2 せいせい　3 せんせ　4 せんせい

5 電車の　中(なか)に　かさを　わすれる　人(ひと)が　おおいです。

1 てんしゃ　2 てんじゃ　3 でんしゃ　4 でんじゃ

6 天気が　いいから、じゅぎょうの　あとで　テニスを　しましょう。

1 てんき　2 でんき　3 けんき　4 げんき

7 手紙(てがみ)を　まだ　半分しか　よんで　いません。

1 ほんふん　2 ほんぶん　3 はんぶん　4 はんふん

8 毎日　バスで　だいがくへ　いきます。

1 まいにち　2 まえにち　3 めいにち　4 めえにち

9 この　デパートは　木よう日が　休(やす)みです。

1 きんようび　2 すいようび　3 かようび　4 もくようび

10 ドアの　まえに　立って　ください。

1 たって　2 すわって　3 のって　4 とまって

答案 1③ 2① 3② 4④ 5③ 6① 7③ 8① 9④ 10①

7 單字測驗考古題 漢字讀音 / 10

もんだい１ ＿＿＿＿の ことばは ひらがなで どう かきますか。１・２・３・４から いちばん いい ものを ひとつ えらんで ください。

1 きのう 友だちに てがみを 書(か)きました。

1 とまだち　2 どまだち　3 ともだち　4 どもだち

2 ほんだなの 右に ちいさい いすが あります。

1 みき　2 みぎ　3 ひたり　4 ひだり

3 やまださんは 一週間(いっしゅうかん) 会社を やすんで います。

1 かいしゃ　2 がいしゃ　3 かいっしゃ　4 がいっしゃ

4 おふろに 入って すこし 休んでから、べんきょうします。

1 たのんで　2 あそんで　3 えらんで　4 やすんで

5 あの 男(おとこ)の子(こ)は せが 高くて、あしが 長いです。

1 おおくて　2 ひろくて　3 ひくくて　4 たかくて

6 学校(がっこう)の うしろに 小さい こうえんが あります。

1 こさい　2 しょうさい　3 ちっさい　4 ちいさい

7 おふろに 入ってから ばんごはんを たべました。

1 はって　2 はいって　3 いって　4 いれって

8 つくえの うえに ボールペンが 三本 あります。

1 さんこ　2 さんご　3 さんほん　4 さんぼん

9 ごはんは 少しだけでしたから、さんぷんで ぜんぶ たべました。

1 すこし　2 すくなし　3 すっこし　4 すっくなし

10 あなたの お父さんは とても りっぱな 人(ひと)でした。

1 おかあさん　2 おとうさん　3 おにいさん　4 おねえさん

答案 1③ 2② 3① 4④ 5④ 6④ 7② 8④ 9① 10②

3 漢字讀音歷年單字 ②

あ

□ 会う	あう 見面	□ 朝	あさ 早上
□ 足	あし 腳	□ 新しい	あたらしい 新的
□ 後	あと 之後	□ 雨	あめ 雨
□ 言う	いう 說	□ 一週間	いっしゅうかん 一週
□ 五つ	いつつ 五個	□ 犬	いぬ 狗
□ 入り口	いりぐち 入口	□ 上	うえ 上面
□ 生まれる	うまれる 出生	□ 駅	えき 車站
□ 多い	おおい 多	□ 大きな	おおきな 大的
□ お母さん	おかあさん 母親	□ お金	おかね 錢
□ お父さん	おとうさん 父親	□ 男	おとこ 男人
□ 男の人	おとこのひと 男人	□ 女の子	おんなのこ 女孩
□ 女の人	おんなのひと 女人		

か

□ 外国	がいこく 外國	□ 会社	かいしゃ 公司
□ 買う	かう 買	□ 書く	かく 書寫
□ 風	かぜ 風	□ 学校	がっこう 學校
□ 火よう日	かようび 星期二	□ 川	かわ 河川
□ 木	き 樹	□ 聞く	きく 聽；問
□ 北	きた 北邊	□ 北がわ	きたがわ 北邊；北側
□ 九十人	きゅうじゅうにん 九十人	□ 九千円	きゅうせんえん 九千日圓

□ 教室	きょうしつ 教室	□ 金よう日	きんようび 星期五
□ 銀行	ぎんこう 銀行	□ 九月	くがつ 九月
□ 九時	くじ 九點	□ 国	くに 國家
□ 来る	くる 來	□ 車	くるま 汽車
□ 元気だ	げんきだ 健康；有活力	□ 五かい	ごかい 五次
□ 午後	ごご 下午	□ 九つ	ここのつ 九個
□ 午前中	ごぜんちゅう 上午	□ 今年	ことし 今年
□ 五万	ごまん 五萬	□ 今月	こんげつ 這個月
□ 今週	こんしゅう 這週		

さ

□ 魚	さかな 魚	□ 先	さき 最前部；前面
□ 三千円	さんぜんえん 三千日圓	□ 三万円	さんまんえん 三萬日圓
□ 三分	さんぷん 三分鐘	□ 三本	さんぼん 三瓶；三支
□ 四月	しがつ 四月	□ 時間	じかん 時間
□ 下	した 下面	□ 七月	しちがつ 七月
□ 食堂	しょくどう 食堂	□ 白い	しろい 白的
□ 新聞	しんぶん 報紙	□ 水よう日	すいようび 星期三
□ 少ない	すくない 少	□ 少し	すこし 稍微
□ 千円	せんえん 一千日圓	□ 先月	せんげつ 上個月
□ 先週	せんしゅう 上週	□ 先生	せんせい 老師
□ 外	そと 外面	□ 空	そら 天空

た

□ 大学	だいがく 大學	□ 高い	たかい 高；（價格）昂貴
□ 立つ	たつ 站立	□ 食べる	たべる 吃
□ 小さい	ちいさい 小的	□ 父	ちち 父親
□ 手	て 手	□ 手紙	てがみ 信
□ 出口	でぐち 出口	□ 出る	でる 出去
□ 天気	てんき 天氣	□ 電車	でんしゃ 電車
□ 電話	でんわ 電話	□ 十日	とおか 十日
□ 友だち	ともだち 朋友	□ 土よう日	どようび 星期六

な

□ 中	なか 裡面；之中	□ 七日	なのか 七日
□ 二冊	にさつ 兩本	□ 西	にし 西邊
□ 西がわ	にしがわ 西邊；西側	□ 二時間半	にじかんはん 兩小時半
□ 二百かい	にひゃっかい 兩百回	□ 二万円	にまんえん 兩萬日圓
□ 飲む	のむ 喝；吃（藥）		

は

□ 入る	はいる 進入	□ 花	はな 花
□ 話	はなし 話	□ 話す	はなす 說話
□ 母	はは 母親	□ 半分	はんぶん 一半
□ 東がわ	ひがしがわ 東邊；東側	□ 東口	ひがしぐち 東邊出口
□ 左	ひだり 左邊	□ 人	ひと 人
□ 一つ	ひとつ 一個	□ 一人	ひとり 一個人

□ 百	ひゃく 一百	□ 百人	ひゃくにん 一百人
□ 百本	ひゃっぽん 一百朵；一百支	□ 二つ	ふたつ 兩個
□ 古い	ふるい 老舊	□ 本	ほん 書

ま

□ 毎朝	まいあさ 每天早上	□ 毎週	まいしゅう 每週
□ 毎月	まいつき 每月	□ 毎日	まいにち 每日
□ 前	まえ 前面	□ 窓	まど 窗戶
□ 右	みぎ 右邊	□ 水	みず 水
□ 店	みせ 商店	□ 見せる	みせる 給……看
□ 道	みち 道路	□ 耳	みみ 耳朵
□ 見られる	みられる 能看到	□ 見る	みる 看
□ 六つ	むっつ 六個	□ 目	め 眼睛
□ 木よう日	もくようび 星期四		

や

□ 安い	やすい 便宜	□ 休み	やすみ 休息；休假
□ 休む	やすむ 休息	□ 八つ	やっつ 八個
□ 山	やま 山	□ 有名だ	ゆうめいだ 有名
□ 八日	ようか 八日	□ 読む	よむ 唸；閱讀

ら

□ 来週	らいしゅう 下週	□ 六時	ろくじ 六點
□ 六本	ろっぽん 六支；六瓶		

8 單字測驗考古題　漢字讀音　/ 10

もんだい１ ＿＿＿＿の　ことばは　ひらがなで　どう　かきますか。１・２・３・４から　いちばん　いい　ものを　ひとつ　えらんで　ください。

1 半分しか　食べないのに　おなかが　いっぱいに　なった。

1　ほんふん　　2　ほんぶん　　3　はんぶん　　4　はんふん

2 えきの　まえの　みせで　はなを　百本　買いました。

1　ひょっぽん　　2　ひょっぼん　　3　ひゃっぽん　　4　ひゃっぼん

3 日本に　来て　何年に　なりますか。

1　いて　　2　いって　　3　きて　　4　きって

4 この　むらの　男の　ひとは　九十人です。

1　くじゅうにん　　2　きゅじゅうにん　　3　くうじゅうにん　　4　きゅうじゅうにん

5 いま　いそがしいので　後で　でんわします。

1　そと　　2　ほか　　3　あと　　4　うち

6 たなかさんは　四月から　毎朝　ぎゅうにゅうを　のんで　います。

1　よんげつ　　2　しがつ　　3　よんがつ　　4　しげつ

7 男の子が　ふたり　いるから　つぎは　女の子が　ほしい。

1　おなのこ　　2　おんなのこ　　3　おなのこう　　4　おんなのこう

8 わたしは　学校の　せんせいに　なりたいです。

1　がくこ　　2　がっこ　　3　がくこう　　4　がっこう

9 たなかさんの　左に　やまださんが　すわりました。

1　みき　　2　みぎ　　3　ひたり　　4　ひだり

10 毎週、火よう日は　日本語の　クラスが　あります。

1　かようび　　2　きんようび　　3　すいようび　　4　もくようび

答案　1③　2③　3③　4④　5③　6②　7②　8④　9④　10①

9 單字測驗考古題　漢字讀音　/ 10

もんだい1　＿＿＿の　ことばは　ひらがなで　どう　かきますか。1・2・3・4から　いちばん　いい　ものを　ひとつ　えらんで　ください。

1　今月の　はつかから　冬休(ふゆやす)みに　はいります。

1　こがつ　　2　こげつ　　3　こんがつ　　4　こんげつ

2　ふじさんは　日本(にほん)で　いちばん　高い　山(やま)です。

1　たかい　　2　とおい　　3　ひくい　　4　ふるい

3　あねは　だいがくを　出(で)て　がっこうの　先生に　なりました。

1　せんせ　　2　せんせい　　3　せせん　　4　せいせん

4　子(こ)どもたちに　とても　やさしい　母でした。

1　ちち　　2　はは　　3　あね　　4　いもうと

5　かのじょは　大(おお)きな　目で　わたしを　見(み)ました。

1　て　　2　あし　　3　め　　4　はな

6　きゅうこうは　この　駅に　とまりません。

1　へや　　2　もん　　3　えき　　4　うち

7　日本(にほん)は　山が　おおい　国(くに)です。

1　やま　　2　かわ　　3　みち　　4　むら

8　たなかさんは　お金が　ないから　じどうしゃを　かいません。

1　おかね　　2　おがね　　3　おかぬ　　4　おがぬ

9　ごご　2時(じ)に　ともだちと　会います。

1　かいます　　2　あいます　　3　いいます　　4　すいます

10　この　中(なか)に　何(なに)が　入(はい)って　いるか、外からは　わかりません。

1　うち　　2　よこ　　3　そば　　4　そと

答案　1④　2①　3②　4②　5③　6③　7①　8①　9②　10④

10 單字測驗考古題　漢字讀音　/10

もんだい１ ＿＿＿＿の　ことばは　ひらがなで　どう　かきますか。１・２・３・４から　いちばん　いい　ものを　ひとつ　えらんで　ください。

1　時間が　ある　ときに　ゆっくり　話（はな）しましょう。
　1　しかん　2　じがん　3　しがん　4　じかん

2　三（みっ）つ目（め）の　かどを　右に　まがって　ください。
　1　みち　2　みぎ　3　ひだり　4　ひがし

3　ここは　あたらしい　食堂です。
　1　しょうくどう　2　じょくどう　3　じょうくどう　4　しょくどう

4　きょうだいは　男ばかりです。
　1　おとな　2　おどこ　3　おとこ　4　おどな

5　ゆうびんきょくは　あさ　九時に　あきます。
　1　くうじ　2　きゅじ　3　くじ　4　きゅうじ

6　この　道を　まっすぐ　行（い）って　ください。
　1　かど　2　はし　3　へん　4　みち

7　白い　はなが　とても　きれいです。
　1　あかい　2　くろい　3　あおい　4　しろい

8　とても　かわいい　女の子ですね。
　1　おなのこ　2　おうなのこ　3　おんなのこ　4　おなんのこ

9　じゅぎょうの　後で　えいがを　見（み）に　行（い）きませんか。
　1　うしろで　2　こうで　3　あとで　4　ごで

10　ごはんを　一人で　食（た）べても　おいしく　ありません。
　1　いちじん　2　いちにん　3　ひとり　4　ふたり

答案　1④　2②　3④　4③　5③　6④　7④　8③　9③　10③

11 單字測驗考古題　漢字讀音　/ 10

もんだい１　＿＿＿＿の　ことばは　ひらがなで　どう　かきますか。１・２・３・４から　いちばん　いい　ものを　ひとつ　えらんで　ください。

1 安い　みせは　どこに　ありますか。

1　たかい　　2　せまい　　3　やすい　　4　ひろい

2 しゃしんは　かばんの　下に　ありました。

1　ちだ　　2　しだ　　3　ちた　　4　した

3 ほっかいどうは　日本（にほん）で　いちばん　北に　あります。

1　きた　　2　にし　　3　ひがし　　4　みなみ

4 パーティーが　ありますから、はなを　百本　かいます。

1　ひょっぽん　　2　ひょっぼん　　3　ひゃっぽん　　4　ひゃっぼん

5 休みの　まえに　テストが　あります。

1　やすみ　　2　やつみ　　3　おやすみ　　4　おやつみ

6 左から　じてんしゃが　はしって　きました。

1　さき　　2　ひだり　　3　みぎ　　4　むこう

7 七月ごろから　ときどき　みみが　いたいんです。

1　なのげつ　　2　しちげつ　　3　なのがつ　　4　しちがつ

8 あの　人は　とても　ゆうめいです。

1　にん　　2　ひと　　3　しと　　4　じん

9 はこの　中（なか）に　三万円の　とけいが　あります。

1　さんまんねん　　2　さんまんえん　　3　さんぜんねん　　4　さんぜんえん

10 日本（にほん）で　いちばん　高（たか）い　山は　ふじさんです。

1　やま　　2　かわ　　3　みち　　4　むら

答案　1③　2④　3①　4③　5①　6②　7④　8②　9②　10①

12 單字測驗考古題　漢字讀音　/ 10

もんだい１ ＿＿＿＿の　ことばは　ひらがなで　どう　かきますか。１・２・３・４から　いちばん　いい　ものを　ひとつ　えらんで　ください。

1 うちには　電話が　さんだい　あります。
1 てんわ　2 でんわ　3 てんは　4 でんは

2 きのうは　かんじを　二百かいも　かきました。
1 にびゃ　2 にひゃ　3 にひゃっ　4 にびゃっ

3 まだ　ＣＤを　半分(はんぶん)しか　聞いて　いません。
1 きいて　2 おいて　3 ひらいて　4 はたらいて

4 父の　くつを　みがくのが　わたしの　毎朝の　しごとでした。
1 めえあさ　2 まいあさ　3 まえあさ　4 めいあさ

5 有名に　なりたいとは　思わないが、りっぱな　しごとを　したい。
1 ゆうめい　2 ゆうめ　3 ゆうまい　4 ゆうま

6 おかしを　一人(ひとり)に　一つずつ　あげます。
1 ひとつ　2 ふだつ　3 ふたつ　4 ひどつ

7 西の　そらが　あかく　なりました。
1 ひがし　2 にし　3 はる　4 なつ

8 ぎんこうは　駅を　でて　すぐ　みぎです。
1 うち　2 えき　3 てら　4 もん

9 日本(にほん)では　学校(がっこう)は　四月から　はじまる。
1 しがつ　2 よんがつ　3 しげつ　4 よんげつ

10 この　こうえんは　木(き)が　多いです。
1 おい　2 おいい　3 おおい　4 おおいい

答案　1② 2③ 3① 4② 5① 6① 7② 8② 9① 10③

13 單字測驗考古題　漢字讀音　/ 10

もんだい１ ＿＿＿の　ことばは　ひらがなで　どう　かきますか。１・２・３・４から　いちばん　いい　ものを　ひとつ　えらんで　ください。

1 えきは　いえから　あるいて　三分です。

1 さんぶん　2 さっぶん　3 さんぷん　4 さっぷん

2 きょう　ともだちから　手紙が　きました。

1 てかみ　2 てがみ　3 でかみ　4 でがみ

3 かわいい　おんなのこが　生まれました。

1 うまれました　2 ふまれました　3 くまれました　4 つまれました

4 もう　すこし　大きな　へやが　ほしい。

1 おきな　2 おおきな　3 たいきな　4 だいきな

5 ちちは　かぜで　一週間　かいしゃを　やすんで　います。

1 いしゅかん　2 いしゅうかん　3 いっしゅかん　4 いっしゅうかん

6 みせの　入り口は　どこですか。

1 のりぐち　2 かえりぐち　3 おりぐち　4 いりぐち

7 あしたの　ごごは　ふくを　買いに　行（い）きます。

1 かい　2 ならい　3 つかい　4 あい

8 この　みちを　百メートル　行（い）って　ください。

1 ひゃく　2 びゃく　3 はく　4 ばく

9 木の うえに　ねこが　います。

1 ぼん　2 ほん　3 ぎ　4 き

10 かりた　本（ほん）は　七日までに　かえして　ください。

1 ななか　2 なのか　3 しっか　4 しちか

答案　1③　2②　3①　4②　5④　6④　7①　8①　9④　10②

14 單字測驗考古題　漢字讀音　/ 10

もんだい１ ＿＿＿＿の　ことばは　ひらがなで　どう　かきますか。１・２・３・４から　いちばん　いい　ものを　ひとつ　えらんで　ください。

1 その　おんなのこは　がいこくで　生まれました。

1 うまれました　2 おまれました　3 ゆまれました　4 よまれました

2 この　ほんを　先に　よんで、それから、作文(さくぶん)を　書(か)きましょう。

1 せんに　2 せいに　3 さきに　4 さいに

3 ごはんは　五分(ごふん)で　ぜんぶ　食べました。

1 さべました　2 たべました　3 なべました　4 はべました

4 らいしゅう　金よう日に　でんわを　ください。

1 かようび　2 どようび　3 きんようび　4 もくようび

5 それは　ふたつで　五万えんです。

1 ごせん　2 ごまん　3 ごうせん　4 ごうまん

6 わたしの　あねは　今年から　ぎんこうに　つとめて　います。

1 こねん　2 こんねん　3 ことし　4 こんとし

7 六時ごろ　だいがくの　せんせいに　でんわを　かけました。

1 ごじ　2 くじ　3 ろくじ　4 はちじ

8 八日(ようか)から　十日まで　母(はは)と　りょこうしました。

1 じゅうか　2 じゅうにち　3 とおか　4 とおにち

9 ともだちに　かぞくの　しゃしんを　見せました。

1 にせました　2 ねせました　3 みせました　4 めせました

10 毎日(まいにち)　ばんごはんの　あとで　二時間半ぐらい　テレビを　見(み)ます。

1 にじかんはん　2 にじはんかん　3 にじぶんはん　4 にじはんぶん

答案　1① 2③ 3② 4③ 5② 6③ 7③ 8③ 9③ 10①

15 單字測驗考古題　漢字讀音　/ 10

もんだい１ ＿＿＿＿の　ことばは　ひらがなで　どう　かきますか。１・２・３・４から　いちばん　いい　ものを　ひとつ　えらんで　ください。

1 来週　げつようびに　でんわを　ください。

1 らいしゅう　2 らんしゅう　3 こいしゅう　4 こんしゅう

2 だいどころにも　電話が　ほしいです。

1 でんご　2 でんは　3 でんき　4 でんわ

3 その　りんごは　二つで　さんびゃくえんです。

1 よっつ　2 みっつ　3 いつつ　4 ふたつ

4 いしゃは　白い　ふくを　着て　います。

1 くるい　2 くろい　3 しるい　4 しろい

5 かのじょの　たんじょうびに　百本の　バラを　あげました。

1 ひゃくぶん　2 ひゃっぷん　3 ひゃっぽん　4 ひゃくぼん

6 大学へ　はいる　ときは　百万円(ひゃくまんえん)ぐらい　お金(かね)が　かかった。

1 たいかく　2 たいがく　3 だいかく　4 だいがく

7 七月の　ようかは　日(にち)よう日(び)です。

1 しちがつ　2 しちげつ　3 なのがつ　4 なのげつ

8 ポケットの　中の　ものを　出(だ)しました。

1 そと　2 なか　3 みぎ　4 よこ

9 わたしの　いもうとは　銀行に　つとめて　います。

1 きんこ　2 きんこう　3 ぎんこ　4 ぎんこう

10 午前中から　みみが　いたいです。

1 ごぜんしゅう　2 ごぜんちゅう　3 ごぜんじゅう　4 ごぜんぢゅう

答案 1① 2④ 3④ 4④ 5③ 6④ 7① 8② 9④ 10②

16 單字測驗考古題　漢字讀音　/ 10

もんだい１ ＿＿＿＿の　ことばは　ひらがなで　どう　かきますか。１・２・３・４から　いちばん　いい　ものを　ひとつ　えらんで　ください。

1 らいしゅうの　金よう日は　たなかさんの　たんじょうびです。

1　すいようび　　2　もくようび　　3　きんようび　　4　げつようび

2 ちずは　ふつう、上(うえ)が　北です。

1　みなみ　　2　きた　　3　ひがし　　4　にし

3 火(か)よう日(び)に　わたしと　ともだちは　コーヒーを　飲みました。

1　すみました　　2　やみました　　3　のみました　　4　よみました

4 駅から　かいしゃまで　あるいて　１５分(ふん)　かかります。

1　はし　　2　いえ　　3　まち　　4　えき

5 もう　１２月(がつ)か。ことしも　今月で　おわりだ。

1　こがつ　　2　こげつ　　3　こんがつ　　4　こんげつ

6 ここは　新しい　しょくどうです。

1　あらたしい　　2　あだらしい　　3　あらだしい　　4　あたらしい

7 この　へんは　やすい　みせが　少ないです。

1　すくない　　2　すきない　　3　すけない　　4　すこない

8 きっさてんに　入って　はなしを　しましょう。

1　いって　　2　はって　　3　はいって　　4　いれって

9 この　へやは　ふるいですから、安いです。

1　せまい　　2　ひろい　　3　ひくい　　4　やすい

10 白くて　おおきい　たてものが　あります。

1　しろくて　　2　しらくて　　3　ひらくて　　4　ひろくて

答案　1③　2②　3③　4④　5④　6④　7①　8③　9④　10①

4 漢字讀音歷年單字 ③

あ

□ 会う	あう 見面	□ 青い	あおい 藍的
□ 赤い	あかい 紅的	□ 上げる	あげる 抬起
□ 朝	あさ 早上	□ 後で	あとで 之後
□ 雨	あめ 雨	□ 家	いえ 家
□ 一日	いちにち 一天	□ 五日	いつか 五日
□ 五つ	いつつ 五個	□ 一分	いっぷん 一分鐘
□ 上	うえ 上面	□ 後ろ	うしろ 後面
□ 上着	うわぎ 上衣	□ 駅	えき 車站
□ 大きい	おおきい 大	□ お金	おかね 錢
□ お父さん	おとうさん 父親	□ 男	おとこ 男人
□ 男の子	おとこのこ 男孩	□ 女の子	おんなのこ 女孩

か

□ 外国	がいこく 外國	□ 外国人	がいこくじん 外國人
□ 買う	かう 買	□ 学校	がっこう 學校
□ 火よう日	かようび 星期二	□ 川	かわ 河川
□ 木	き 樹	□ 聞く	きく 聽
□ 北	きた 北邊	□ 九本	きゅうほん 九支；九瓶
□ 金よう日	きんようび 星期五	□ 銀行	ぎんこう 銀行
□ 九月	くがつ 九月	□ 九時	くじ 九點

□ 来る	くる 來	□ 車	くるま 汽車
□ 午後	ごご 下午	□ 今月	こんげつ 這個月

さ

□ 先に	さきに 首先		
□ 三千六百円	さんぜんろっぴゃくえん 三千六百日圓		
□ 三万円	さんまんえん 三萬日圓	□ 下	した 下面
□ 七月	しちがつ 七月	□ 七時	しちじ 七點
□ 白い	しろい 白的	□ 先週	せんしゅう 上週
□ 先生	せんせい 老師	□ 外	そと 外面
□ 空	そら 天空		

た

□ 大学	だいがく 大學	□ 高い	たかい 高；（價格）昂貴
□ 出す	だす 拿出	□ 食べる	たべる 吃
□ 小さい	ちいさい 小的	□ 近く	ちかく 附近
□ 父	ちち 父親	□ 手	て 手
□ 手紙	てがみ 信	□ 出る	でる 出去
□ 天気	てんき 天氣	□ 電気	でんき 電力；電燈
□ 電話	でんわ 電話	□ 十日	とおか 十日
□ 友だち	ともだち 朋友	□ 土よう日	どようび 星期六

な

□ 中	なか 裡面；之中	□ 長い	ながい 長
□ 夏休み	なつやすみ 暑假	□ 何が	なにが 何物
□ 何語	なにご 哪種語言	□ 何人	なんにん 幾名
□ 西	にし 西邊	□ 西口	にしぐち 西邊出口
□ 二十四時間	にじゅうよじかん 二十四小時		
□ 飲む	のむ 喝；吃（藥）		

は

□ 入る	はいる 進入	□ 八万円	はちまんえん 八萬日圓
□ 二十日	はつか 二十日	□ 八百人	はっぴゃくにん 八百人
□ 話	はなし 話	□ 花見	はなみ 賞花
□ 母	はは 母親	□ 春	はる 春天
□ 半分	はんぶん 一半	□ 左	ひだり 左邊
□ 左がわ	ひだりがわ 左側；左方	□ 人	ひと 人
□ 百円	ひゃくえん 一百日圓	□ 百本	ひゃっぽん 一百朵
□ 二日	ふつか 二日	□ 古い	ふるい 老舊
□ 本	ほん 書		

ま

□ 毎日	まいにち 每天	□ 前	まえ 前面
□ 右	みぎ 右邊	□ 水	みず 水
□ 見せる	みせる 給……看	□ 道	みち 道路
□ 三つめ	みっつめ 第三個	□ 南	みなみ 南邊
□ 木よう日	もくようび 星期四		

や

□ 休む	やすむ 休息	□ 八つ	やっつ 八個
□ 山	やま 山	□ 有名だ	ゆうめいだ 有名
□ 四人	よにん 四人	□ 読む	よむ 唸；閱讀
□ 四キロ	よんキロ 四公里		

ら

□ 来月	らいげつ 下個月	□ 来週	らいしゅう 下週
□ 六千円	ろくせんえん 六千日圓	□ 六年間	ろくねんかん 六年間

17 單字測驗考古題　漢字讀音　/ 10

もんだい 1 ＿＿＿の　ことばは　ひらがなで　どう　かきますか。1・2・3・4から　いちばん　いい　ものを　ひとつ　えらんで　ください。

1 この　ふるい　本(ほん)は　三千六百円です。

1 さんせんろくひゃくえん　2 さんぜんろっぴゃくえん
3 さんぜんろくひゃくえん　4 さんせんろっぴゃくえん

2 こんげつの　五日に　たなかさんと　話(はなし)を　しました。

1 ごにち　2 ごうにち　3 いつか　4 いっか

3 手紙に　きってを　はるのを　わすれて　出(だ)しました。

1 はがき　2 はかき　3 てかみ　4 てがみ

4 やまださんは　青い　ふくを　着(き)て　います。

1 あかい　2 あおい　3 しろい　4 くろい

5 くがつ　二十日に　ともだちに　会(あ)います。

1 にじゅうにち　2 にじゅっか　3 はつにち　4 はつか

6 キリンの　くびは　長いです。

1 ながい　2 おもい　3 おそい　4 はやい

7 ゾウは　南の　くにの　どうぶつです。

1 みなみ　2 ひがし　3 きた　4 にし

8 さいふの　中(なか)に　八万円　はいって　いました。

1 はちまんえん　2 はちばんえん　3 はっせんえん　4 はっかんえん

9 百円の　りんごを　いつつ　買(か)いました。

1 しゃくえん　2 じゃくえん　3 ひゃくえん　4 びゃくえん

10 デパートは　えきの　西口を　出(で)て　右(みぎ)がわに　あります。

1 きたぐち　2 きたもん　3 にしぐち　4 にしもん

答案 1② 2③ 3④ 4② 5④ 6① 7① 8① 9③ 10③

18 單字測驗考古題　漢字讀音　/ 10

もんだい１ ＿＿＿＿の　ことばは　ひらがなで　どう　かきますか。１・２・３・４から　いちばん　いい　ものを　ひとつ　えらんで　ください。

1 あめの　日（ひ）は　そとへ　出（で）ないで、家で　ゆっくり　やすみます。

1 へや　2 しつ　3 いえ　4 みせ

2 九月に　なれば　すずしいです。

1 きゅがつ　2 きゅうがつ　3 くがつ　4 くうがつ

3 でんしゃが　来（き）たので　後ろへ　下（さ）がった。

1 あとろ　2 うしろ　3 こうろ　4 ごろ

4 学校（がっこう）は　７月（がつ）２１日（にち）から　８月（がつ）３１日（にち）まで　夏休みです。

1 はるやすみ　2 なつやすみ　3 あきやすみ　4 ふゆやすみ

5 ぎんこうは、この　みちを　西（にし）へ　四キロ　いって　左（ひだり）がわに　あります。

1 しいキロ　2 しちキロ　3 よっキロ　4 よんキロ

6 デパートで　三万円の　かばんを　買（か）いました。

1 さんまんねん　2 さんまんえん　3 さんまねん　4 さんまえん

7 せかいじゅうの　いろいろな　ところに　人が　すんで　います。

1 にん　2 ひと　3 じん　4 いと

8 父（ちち）の　たんじょうびに　本を　おくりました。

1 はん　2 ばん　3 ほん　4 ぼん

9 来週の　きんようびは　たのしい　パーティーが　あります。

1 らいしゅう　2 こんしゅう　3 せんしゅう　4 まいしゅう

10 むずかしい　話は　わたしには　わかりません。

1 はねし　2 はなし　3 はぬし　4 はのし

答案　1③　2③　3②　4②　5④　6②　7②　8③　9①　10②

19 單字測驗考古題　漢字讀音　/ 10

もんだい１ ＿＿＿＿の　ことばは　ひらがなで　どう　かきますか。１・２・３・４から　いちばん　いい　ものを　ひとつ　えらんで　ください。

1 お母（かあ）さんは　電気を　つけて、へやに　はいりました。

1 けんき　2 げんき　3 てんき　4 でんき

2 きのう　デパートで　スカートを　買いました。

1 あいました　2 かいました　3 あらいました　4 つかいました

3 あなたの　国では　何語（なにご）を　はなしますか。

1 くに　2 くみ　3 こく　4 ごく

4 いちにちは　二十四時間です。

1 にじゅうしじげん　2 にじゅうよんじげん
3 にじゅうよじかん　4 にじゅうしじかん

5 とおかの　あさ　七時に　えきへ　来（き）て　ください。

1 しちじ　2 しつじ　3 なにじ　4 なのじ

6 うちの　近くに　ゆうびんきょくは　ありませんか。

1 しかく　2 しがく　3 ちかく　4 ちがく

7 きょうしつには　がくせいが　何人　いますか。

1 なににん　2 なにじん　3 なんにん　4 なんじん

8 りんごを　五つ　買（か）って　きて　ください。

1 いつつ　2 ななつ　3 やっつ　4 よっつ

9 長い　やすみに　りょうしんと　がいこくへ　りょこうしたいです。

1 あつい　2 とおい　3 ながい　4 はやい

10 母は　８４さいに　なりますが、とても　げんきです。

1 あに　2 あね　3 ちち　4 はは

答案 1④　2②　3①　4③　5①　6③　7③　8①　9③　10④

20 單字測驗考古題　漢字讀音　/ 10

もんだい１ ＿＿＿＿の　ことばは　ひらがなで　どう　かきますか。１・２・３・４から　いちばん　いい　ものを　ひとつ　えらんで　ください。

1 冬休み(ふゆやす)に　国に　行(い)って　きました。

1　みち　　2　まち　　3　こく　　4　くに

2 毎日　あさ　６時(じ)に　おきて　うんどうして　います。

1　まいにち　　2　まえにち　　3　めいにち　　4　めえにち

3 はこから　りんごを　いつつ　出して　ください。

1　だして　　2　たして　　3　でして　　4　てして

4 うさぎの　目(め)は　赤いです。

1　あおい　　2　あかい　　3　あまい　　4　あかるい

5 その　こうえんには　おおぜいの　ひとが　花見に　きます。

1　つきみ　　2　はなみ　　3　かぜみ　　4　ゆきみ

6 やまださんは　大きい　いえに　すんで　います。

1　おおきい　　2　おいきい　　3　おっきい　　4　おきい

7 いもうとは　かばんを　六千円で　かいました。

1　ろくせんえん　　2　ろくぜんえん　　3　ろっせんえん　　4　ろっぜんえん

8 こんげつの　二日に　ちいさい　ベッドを　買(か)いました。

1　につか　　2　ににち　　3　ふつか　　4　ふにち

9 きのう　四人の　せんせいに　でんわを　かけました。

1　よにん　　2　よんにん　　3　ようにん　　4　しにん

10 わたしは　六年間　にほんごを　おしえて　います。

1　ろっにんかん　　2　ろっねんかん　　3　ろくにんかん　　4　ろくねんかん

答案　1④　2①　3①　4②　5②　6①　7①　8③　9①　10④

21 單字測驗考古題　漢字讀音　/10

もんだい１ ＿＿＿＿の　ことばは　ひらがなで　どう　かきますか。１・２・３・４から　いちばん　いい　ものを　ひとつ　えらんで　ください。

1 あの　男の子の　くつは　どこで　うって　いますか。
1 おとこのこう　2 おとこのこ　3 おんなのこう　4 おんなのこ

2 せんせいは　何語で　じゅぎょうを　しますか。
1 なんご　2 なのご　3 なぬご　4 なにご

3 この　大学（だいがく）では　さんびゃくにんの　外国人が　べんきょうして　います。
1 がいこくじん　2 がいこっじん　3 がいこくにん　4 がいこっくにん

4 ひこうきは　とおくの　空へ　消（き）えて　いった。
1 そら　2 やま　3 うみ　4 かわ

5 さいふから　お金（かね）を　にまんえん　出しました。
1 だしました　2 けしました　3 かしました　4 おしました

6 はこの　中（なか）に　ひゃくえんの　りんごが　八つ　あります。
1 むっつ　2 やっつ　3 よっつ　4 はっつ

7 なつやすみには、まいあさ　七時に　おきました。
1 なんじ　2 なのじ　3 しちじ　4 ひちじ

8 あの　あおい　上着は　女（おんな）の子（こ）のですか。
1 うえき　2 うえぎ　3 うわき　4 うわぎ

9 しごとを　先に　やってから　あそびに　いきなさい。
1 せんに　2 つぎに　3 すぐに　4 さきに

10 けさの　ごじ一分に　女（おんな）の子（こ）が　うまれました。
1 いちふん　2 いちぶん　3 いっふん　4 いっぷん

答案　1②　2④　3①　4①　5①　6②　7③　8④　9④　10④

22 單字測驗考古題　漢字讀音　/ 10

もんだい１ ＿＿＿＿の　ことばは　ひらがなで　どう　かきますか。１・２・３・４から　いちばん　いい　ものを　ひとつ　えらんで　ください。

1 一日は　にじゅうよじかんです。

1　ついたち　　2　ひとひ　　3　いちじつ　　4　いちにち

2 くるまの　中(なか)に　女(おんな)の子(こ)が　何人　いますか。

1　なにひと　　2　なんじん　　3　なにじん　　4　なんにん

3 エレベーターは　花(はな)やの　左がわに　あります。

1　みぎがわ　　2　みきがわ　　3　ひだりがわ　　4　ひたりがわ

4 あの　こうじょうには　八百人の　がいこくじんが　はたらいて　います。

1　はちひゃくじん　　2　はっぴゃくじん　　3　はちひゃくにん　　4　はっぴゃくにん

5 来月の　三日(みっか)が　いもうとの　たんじょうびです。

1　くげつ　　2　らいがつ　　3　くがつ　　4　らいげつ

6 けっこんの　プレゼントは　何が　ほしいですか。

1　なん　　2　なか　　3　ない　　4　なに

7 ちちは　銀行に　つとめて　います。

1　ぎんこ　　2　ぎんこう　　3　ぎんぎょ　　4　ぎんぎょう

8 ゆうびんきょくへ　行(い)く　道を　おしえて　くださいませんか。

1　まち　　2　かど　　3　にわ　　4　みち

9 かのじょは　はたちで　おとこのこの　母に　なった。

1　ちち　　2　あに　　3　はは　　4　あね

10 日本人(にほんじん)の　友だちが　できましたか。

1　ゆうだち　　2　ようだち　　3　ともだち　　4　てもだち

答案　1④　2④　3③　4④　5④　6④　7②　8④　9③　10③

02 もんだい 2 標音攻略

1 題目類型完美分析

もんだい 2 是標音題，與漢字讀音相同，以每句問一個單字的方式出五道題目。另外在 N5 的考試中，也會有必須使用片假名標出平假名發音的題目。

題目類型例題

もんだい 2 ＿＿＿の ことばは どう かきますか。1・2・3・4から いちばん いい ものを ひとつ えらんで ください。

（れい） わたしの こどもは はなが すきです。

1 了ども　✓2 子ども　3 于ども　4 予ども

（かいとうようし）**（れい）** ① ● ③ ④

11 けさ しゃわーを あびました。

✓1 シャワー　2 シャウー　3 ツャワー　4 ツャウー

12 コーヒーを のみました。

1 飯みました　✓2 飲みました

3 飲みました　4 飲みました

2 標音歷年單字 ①

整理了歷屆出過的單字，以平假名順序排列。

あ

□ あたらしい	新しい 新的	□ いう	言う 說
□ いつか	五日 五日	□ いま	今 現在
□ うえ	上 上面	□ えあこん	エアコン 空調（冷暖氣）
□ えいご	英語 英語	□ えれべえたあ	エレベーター 電梯
□ おおい	多い 多	□ おおきい	大きい 大
□ おりる	下りる 下來		

か

□ かいしゃ	会社 公司	□ かう	買う 買
□ かく	書く 書寫	□ がっこう	学校 學校
□ かようび	火よう日 星期二	□ かわ	川 河川
□ きく	聞く 聽；問	□ ごご	午後 下午
□ ここのつ	九つ 九個	□ ごぜん	午前 上午
□ こんしゅう	今週 這週		

memo

さ

□ せんせい	先生 老師	□ した	下 下面
□ しんぶん	新聞 報紙		

た

□ たかい	高い 高；（價格）昂貴	□ たつ	立つ 站立
□ たべる	食べる 吃	□ ちいさい	小さい 小的
□ ちち	父 父親	□ ちょこれーと	チョコレート 巧克力
□ て	手 手	□ でる	出る 出去
□ てんき	天気 天氣	□ でんしゃ	電車 電車
□ でんわ	電話 電話		

な

□ ないふ	ナイフ 餐刀；刀子	□ ななせんえん	七千円 七千日圓
□ ななまんえん	七万円 七萬日圓	□ なまえ	名前 名字
□ にしぐち	西口 西邊出口		

は

□ はちじ	八時 八點	□ はな	花 花
□ はなす	話す 說話	□ はは	母 母親
□ ひがしがわ	東がわ 東邊；東側	□ ふるい	古い 老舊

ま

□ みぎ	右 右邊	□ みみ	耳 耳朵
□ みる	見る 看	□ め	目 眼睛
□ めーとる	メートル 公尺（m）	□ もくようび	木よう日 星期四

や

□ やすい	安い （價格）便宜	□ やすむ	休む 休息
□ やま	山 山	□ よむ	読む 唸；閱讀

ら・わ

□ らーめん	ラーメン 拉麵	□ らいげつ	来月 下個月
□ らいねん	来年 明年	□ れすとらん	レストラン 西餐廳
□ ろくばん	六ばん 第六	□ ろっぷん	六分 六分鐘
□ わいしゃつ	ワイシャツ 白襯衫		

23 單字測驗考古題　標音　/ 10

もんだい２ ＿＿＿の ことばは どう かきますか。１・２・３・４から いちばん いい ものを ひとつ えらんで ください。

1 あの やまは ３,０００メートルいじょうです。
1 ヨ　2 山　3 川　4 由

2 この みちは くるまが おおいです。
1 明い　2 太い　3 多い　4 大い

3 みちは みぎに まがって います。
1 在　2 右　3 左　4 石

4 やまださんは きょう がっこうを やすんだ。
1 学校　2 字校　3 字枚　4 学枚

5 いえの まえに ちいさな かわが あります。
1 川　2 氷　3 水　4 小

6 しちがつ なのかの ごごに あいましょう。
1 午役　2 牛役　3 午後　4 牛後

7 こんしゅうの てんきが よかった。
1 天気　2 天汽　3 矢気　4 矢汽

8 やまださんは ながい じかん、そこに たって いた。
1 多って　2 田って　3 立って　4 手って

9 みなさん、みぎの ドアから でて ください。
1 缶て　2 申て　3 出て　4 由て

10 ここに なまえを かいて ください。
1 各前　2 名前　3 名莭　4 各莭

答案 1② 2③ 3② 4① 5① 6③ 7① 8③ 9③ 10②

24 單字測驗考古題　標音　/10

もんだい２ ＿＿＿＿の　ことばは　どう　かきますか。１・２・３・４から　いちばん　いい　ものを　ひとつ　えらんで　ください。

1 その　ほんは　うえの　たなに　あるよ。

１　上　　２　下　　３　止　　４　午

2 まいにち　あたらしい　かんじを　いつつ　おぼえます。

１　新しい　　２　新しい　　３　新い　　４　新い

3 なつやすみに　がいこくりょこうを　する　ひとが　おおく　なって　いる。

１　大く　　２　太く　　３　広く　　４　多く

4 だれかが　きょうしつの　そとに　たって　います。

１　赤って　　２　並って　　３　丘って　　４　立って

5 あしたの　てんきは　はれるでしょう。

１　天気　　２　天気　　３　夫気　　４　夫気

6 じぶんの　ものには　なまえを　かいて　ください。

１　各前　　２　名前　　３　各前　　４　名前

7 たかい　やまの　うえから　がっこうが　みえます。

１　川　　２　土　　３　山　　４　田

8 その　まちには　がっこうが　いつつ　あります。

１　学枚　　２　学枚　　３　学校　　４　学校

9 にかいで　だれかが　ラジオを　きいて　います。

１　問いて　　２　開いて　　３　関いて　　４　聞いて

10 にわに　しろい　はなが　さきました。

１　朩　　２　花　　３　芣　　４　花

答案　1①　2①　3④　4④　5①　6②　7③　8④　9④　10④

25 單字測驗考古題 標音 / 10

もんだい２ ＿＿＿＿の ことばは どう かきますか。１・２・３・４から いちばん いい ものを ひとつ えらんで ください。

1 たかはしさんは えいごが じょうずです。

1 英記　　2 英詞　　3 英話　　4 英語

2 ともだちから じてんしゃを かいました。

1 売いました　　2 店いました　　3 員いました　　4 買いました

3 まちの きたに ながい かわが あります。

1 三　　2 川　　3 山　　4 田

4 あしたの てんきは くもるでしょう。

1 天気　　2 天気　　3 夫気　　4 夫気

5 ケーキを つくるのに たまごを ここのつ つかいました。

1 八つ　　2 四つ　　3 九つ　　4 六つ

6 やまの うえから とおくの まちが みえます。

1 山　　2 田　　3 天　　4 川

7 この ないふを もって やまへ いきます。

1 ナイフ　　2 ナイワ　　3 メイフ　　4 メイワ

8 げんかんを はいって みぎの へやが おうせつまです。

1 右　　2 石　　3 左　　4 左

9 きょうは にくと さかなを たべました。

1 食べました　　2 食べました　　3 食べました　　4 食べました

10 ちちは りょこうがいしゃに つとめて います。

1 又　　2 父　　3 文　　4 交

答案 1④ 2④ 3② 4① 5③ 6① 7① 8① 9④ 10②

26 單字測驗考古題　標音　/ 10

もんだい２ ＿＿＿の　ことばは　どう　かきますか。１・２・３・４から　いちばん　いい　ものを　ひとつ　えらんで　ください。

1 へやの　まえに　えれべえたあが　あります。

1 ヨレベーター　2 コレベーター　3 ユレベーター　4 エレベーター

2 もう　すこし　おおきい　こえで　はなして　ください。

1 高きい　2 多きい　3 広きい　4 大きい

3 ごご　１１じに　さいごの　テレビニュースが　あります。

1 干後　2 牛後　3 午後　4 半後

4 まいあさ、しんぶんを　よんでから　かいしゃへ　いきます。

1 新文　2 新分　3 新聞　4 新本

5 いい　てんきですから、そとで　たべましょう。

1 矢気　2 大気　3 夫気　4 天気

6 でんしゃで　がっこうへ　かよって　います。

1 電車　2 雷車　3 雷車　4 雷車

7 むすめは　れすとらんで　はたらいて　います。

1 レストラソ　2 レストラン　3 レヌトラソ　4 レヌトラン

8 おとうとは　からだは　ちいさいが、とても　げんきです。

1 中さい　2 少さい　3 小さい　4 大さい

9 いつも　ここで　しんぶんを　かいます。

1 員います　2 貿います　3 貸います　4 買います

10 ことし　あたらしく　はいって　きた　がくせいは　よく　べんきょうする。

1 美しく　2 親しく　3 清しく　4 新しく

答案　1④　2④　3③　4③　5④　6①　7②　8③　9④　10④

27 單字測驗考古題　標音　/ 10

もんだい２ ＿＿＿の　ことばは　どう　かきますか。１・２・３・４から　いちばん　いい　ものを　ひとつ　えらんで　ください。

1 わたしは　へやで　しずかな　おんがくを　ききます。

1　問きます　　2　目きます　　3　聞きます　　4　耳きます

2 あさは　パンと　サラダを　たべます。

1　食べます　　2　食べます　　3　食べます　　4　食べます

3 ひだりがわに　おおきい　ホテルが　あります。

1　左　　2　在　　3　石　　4　右

4 こんしゅうの　どようびは　いえで　やすみます。

1　休みます　　2　休すみます　　3　体みます　　4　体すみます

5 かいしゃへ　いく　ときは　しろい　わいしゃつを　きます。

1　ウイシャツ　　2　ウイシュツ　　3　ワイシャツ　　4　ワイシュツ

6 まいにち　テレビで　ニュースを　みます。

1　目ます　　2　只ます　　3　見ます　　4　貝ます

7 くにの　ははから　てがみが　きました。

1　毌　　2　毋　　3　母　　4　母

8 すずきさんと　はなしてから、へやで　てがみを　かきました。

1　話して　　2　詔して　　3　詰して　　4　語して

9 きのうは　にちようびだったから、あしたは　かようびだ。

1　日よう日　　2　火よう日　　3　水よう日　　4　土よう日

10 せんせいの　はなしは　いつも　ながいです。

1　食い　　2　長い　　3　良い　　4　高い

答案　1③　2②　3①　4①　5③　6③　7④　8①　9②　10②

3 標音歷年單字 ②

あ

□ あいだ	間 之間	□ あう	会う 見面
□ あし	足 腳	□ あたらしい	新しい 新的
□ あめ	雨 雨	□ いく	行く 去
□ いつか	五日 五日	□ いま	今 現在
□ うえ	上 上面	□ うまれる	生まれる 出生
□ えあこん	エアコン 空調（冷暖氣）	□ えいご	英語 英文
□ えれべえたあ	エレベーター 電梯	□ えん	円 日圓
□ おおい	多い 多	□ おおきい	大きい 大的
□ おおきな	大きな 大的	□ おかあさん	お母さん 母親
□ おとこ	男 男人	□ おなじだ	同じだ 同樣
□ おりる	下りる 下來	□ おんな	女 女人

か

□ がいこく	外国 外國	□ かいしゃ	会社 公司
□ かう	買う 買	□ かく	書く 書寫
□ がっこう	学校 學校	□ かめら	カメラ 相機
□ かようび	火よう日 星期二	□ かれんだー	カレンダー 日曆
□ かわ	川 河川	□ きく	聞く 聽
□ きる	切る 切；剪	□ きんようび	金よう日 星期五
□ くじはん	九時半 九點半	□ くち	口 嘴巴
□ ぐらむ	グラム 克	□ くる	来る 來

□ くるま	車 汽車	□ ごご	午後 下午
□ ここのつ	九つ 九個	□ ごぜん	午前 上午
□ こども	子ども 小孩	□ こんげつ	今げつ 這個月
□ こんしゅう	今週 這週		

さ

□ さかな	魚 魚	□ しあい	試合 比賽
□ じかん	時間 時間	□ した	下 下面
□ しゃわー	シャワー 淋浴	□ しろい	白い 白的
□ しんぶん	新聞 報紙	□ すすむ	進む 進行
□ すぺいん	スペイン 西班牙	□ すぽーつ	スポーツ （體育）運動
□ せんえん	千円 一千日圓	□ せんせい	先生 老師
□ そと	外 外面	□ そら	空 天空

た

□ たかい	高い 高；（價格）昂貴	□ たくしー	タクシー 計程車
□ たつ	立つ 站立	□ たべる	食べる 吃
□ ちいさい	小さい 小	□ ちち	父 父親
□ ちょこれーと	チョコレート 巧克力	□ てきすと	テキスト 教科書；文件
□ でぱーと	デパート 百貨公司	□ でる	出る 出去
□ てんき	天気 天氣	□ でんしゃ	電車 電車
□ でんわ	電話 電話	□ どようび	土よう日 星期六

な

□ ないふ	ナイフ 餐刀；刀子	□ なか	中 裡面；之中
□ ながい	長い 長	□ ななせんえん	七千円 七千日圓
□ ななまんえん	七万円 七萬日圓	□ なまえ	名前 名字
□ なん	何 什麼；多少	□ にし	西 西邊
□ にほんご	日本語 日語；日文	□ のむ	飲む 喝；吃（藥）

は

□ ぱーてぃー	パーティー 派對	□ ばす	バス 公車
□ はちじ	八時 八點	□ はな	花 花
□ はは	母 母親	□ はんかち	ハンカチ 手帕
□ はんぶん	半分 一半	□ ひがし	東 東邊
□ ひがしがわ	東がわ 東邊；東側	□ ひだり	左 左邊
□ ひと	人 人	□ ほん	本 書

ま

□ まど	窓 窗戶	□ みぎ	右 右邊
□ みず	水 水	□ みせ	店 商店
□ みち	道 道路	□ みなみ	南 南邊
□ みみ	耳 耳朵	□ みる	見る 看
□ むいか	六日 六日	□ め	目 眼睛

や

□ やすい	安い（價格）便宜	□ やすむ	休む 休息
□ やま	山 山	□ ようか	八日 八日
□ よむ	読む 唸；閱讀		

ら・わ

□ らーめん	ラーメン 拉麵	□ らいねん	来年 明年
□ らじお	ラジオ 廣播；收音機	□ らじかせ	ラジカセ 卡帶式收錄音機
□ れすとらん	レストラン 西餐廳	□ ろっぷん	六分 六分鐘
□ わいしゃつ	ワイシャツ 白襯衫		

memo

28 單字測驗考古題　標音　/ 10

もんだい 2 ＿＿＿＿の　ことばは　どう　かきますか。1・2・3・4から　いちばん　いい　ものを　ひとつ　えらんで　ください。

1 あめが　はいるから　ドアを　しめて　ください。

1 冊　　2 両　　3 雨　　4 再

2 テーブルの　うえに　あった　ケーキを　はんぶん　食べました。

1 平分　　2 平分　　3 半分　　4 半分

3 それは　いい　かめらですね。

1 刀メラ　　2 カメヲ　　3 刀メヲ　　4 カメラ

4 ひこうきが　くもの　うえを　とんで　いきます。

1 下　　2 上　　3 止　　4 土

5 じかんが　なかったので　くるまで　きました。

1 運　　2 里　　3 車　　4 軍

6 こんしゅうは　たくさん　あるいたので、あしが　いたいです。

1 先週　　2 今週　　3 合週　　4 近週

7 いそがしくて　ほんを　よむ　じかんが　ない。

1 待間　　2 時間　　3 時問　　4 待問

8 ともだちは　みせで　しゃつを　かいました。

1 シャシ　　2 ツャツ　　3 ツャシ　　4 シャツ

9 たくしいは　つかわないで　でんしゃで　いきましょう。

1 クタシー　　2 タクシー　　3 クタツー　　4 タクツー

10 これは　なんの　ほんですか。

1 同　　2 何　　3 向　　4 伺

答案　1③　2③　3④　4②　5③　6②　7②　8④　9②　10②

29 單字測驗考古題　標音　/ 10

もんだい２ ＿＿＿の　ことばは　どう　かきますか。１・２・３・４から　いちばん　いい　ものを　ひとつ　えらんで　ください。

1 にほんでは　たべものや　いえが　たかいです。

1 長い　2 高い　3 多い　4 安い

2 きのう　ほんやで　あたらしい　ほんを　買（か）いました。

1 本　2 夲　3 末　4 木

3 どようびに　みなみの　やまに　いきます。

1 北　2 西　3 東　4 南

4 せんげつ　あかい　くるまを　かいました。

1 車　2 車　3 東　4 東

5 この　ほんを　よんで　ください。

1 諸んで　2 続んで　3 読んで　4 緒んで

6 かのじょの　あしは　ほそくて　きれいです。

1 足　2 歩　3 疋　4 足

7 この　まちの　ひがしには　おおきな　かわが　あります。

1 犬きな　2 夫きな　3 大きな　4 夭きな

8 きれいな　しゃしんの　かれんだーですね。

1 カ˩ングー　2 カ˩ンダー　3 カレングー　4 カレンダー

9 ちょっと　くちを　あけて　ください。

1 口　2 自　3 目　4 回

10 わたしの　こどもは　はなが　すきです。

1 了ども　2 子ども　3 于ども　4 予ども

答案 1② 2① 3④ 4② 5③ 6① 7③ 8④ 9① 10②

30 單字測驗考古題　標音　/10

もんだい２ ＿＿＿の　ことばは　どう　かきますか。１・２・３・４から　いちばん　いい　ものを　ひとつ　えらんで　ください。

1　なつは、あさ　４じごろには　そらが　あかるく　なります。

1　川　　2　池　　3　空　　4　風

2　にほんは　アメリカより　ちいさいです。

1　小い　　2　小さい　　3　少い　　4　少さい

3　つぎの　どようびは　やまに　いきます。

1　工よう日　　2　士よう日　　3　干よう日　　4　土よう日

4　かばんの　なかに　なにが　ありますか。

1　中　　2　円　　3　内　　4　甲

5　まちの　にしには　おおきな　こうえんが　あります。

1　酉　　2　西　　3　東　　4　束

6　あめなので　タクシーで　きました。

1　羽　　2　雪　　3　兩　　4　雨

7　これは　なんの　ぱーてぃーですか。

1　ペーティー　　2　パーティー　　3　ペーティー　　4　パーティー

8　らいげつの　ついたちに　ともだちが　きます。

1　来ます　　2　木ます　　3　気ます　　4　行ます

9　むいかも　たばこを　すって　いません。

1　九日　　2　三日　　3　六日　　4　五日

10　らいねんの　なつやすみは　うみへ　いきましょう。

1　未年　　2　末年　　3　来年　　4　来年

答案　1③　2②　3④　4①　5②　6④　7④　8①　9③　10③

31 單字測驗考古題　標音　/ 10

もんだい２ ＿＿＿＿の　ことばは　どう　かきますか。１・２・３・４から　いちばん　いい　ものを　ひとつ　えらんで　ください。

1 あめが　ふって　いますから、いきません。

1 行きません　2 行きません　3 仃きません　4 行きません

2 わたしの　かいしゃは　あの　ビルの　なかです。

1 会社　2 公仕　3 公社　4 会仕

3 らいねんの　なつは　がいこくへ　いきたいです。

1 外国　2 列国　3 各国　4 条国

4 わたしは　ベトナムから　きました。

1 未ました　2 末ました　3 朱ました　4 来ました

5 ひまな　じかんに　らじおを　ききます。

1 ラジオ　2 ラジホ　3 ヲジオ　4 ヲジホ

6 おもい　にもつが　あったので　たくしーに　のりました。

1 クタシー　2 ワタシー　3 タクシー　4 タワシー

7 ひるやすみの　じかんは　１２じから　１じまでです。

1 時間　2 時間　3 時問　4 時問

8 らいねんは　ながい　やすみが　ほしいです。

1 長い　2 長い　3 長い　4 長い

9 げつようびから　きんようびまで　はたらきます。

1 全よう日　2 余よう日　3 金よう日　4 金よう日

10 きんようびに　あたらしい　おんなの　せんせいが　きました。

1 文　2 女　3 女　4 文

答案　1① 2① 3① 4④ 5① 6③ 7② 8④ 9④ 10③

32 單字測驗考古題　標音　/ 10

もんだい２ ＿＿＿＿の　ことばは　どう　かきますか。１・２・３・４から　いちばん　いい　ものを　ひとつ　えらんで　ください。

1 わたしの　ちちは　えいごの　せんせいです。

1 先生　2 生先　3 兂生　4 生兂

2 やまださんの　おかあさんは、デパートで　かばんを　かいました。

1 お丼さん　2 お丹さん　3 お母さん　4 お図さん

3 きょうは　げつようびだから　あしたは　かようびだ。

1 日よう日　2 火よう日　3 水よう日　4 土よう日

4 つめたい　みずが　のみたいです。

1 飲みたい　2 飢みたい　3 飯みたい　4 餃みたい

5 ばすと　タクシーの　どっちが　はやいですか。

1 ベス　2 バス　3 ベマ　4 バマ

6 とけいの　したに　かれんだーが　はって　あります。

1 ケレングー　2 ケレンダー　3 カレングー　4 カレンダー

7 にほんごの　たんごを　やっつ　おぼえました。

1 日本話　2 日本語　3 日本詰　4 日本詔

8 わたしと　兄は　おなじ　がっこうに　かよいます。

1 回じ　2 同じ　3 司じ　4 何じ

9 きのうは　ねる　まえに　しゃわーを　あびました。

1 シャワー　2 ショワー　3 ジャワー　4 シャウー

10 この　くつしたは　ちいさくて　あしが　はいらない。

1 呈　2 足　3 昃　4 是

答案　1① 2③ 3② 4① 5② 6④ 7② 8② 9① 10②

33 單字測驗考古題　標音　/ 10

もんだい２ ＿＿＿＿の　ことばは　どう　かきますか。１・２・３・４から　いちばん　いい　ものを　ひとつ　えらんで　ください。

1 きのう　みせで　はんかちを　かいました。

1　ハンクチ　　2　ハンカチ　　3　ハソクチ　　4　ハソカチ

2 その　みせの　かどを　ひだりに　まがって　ください。

1　石　　2　右　　3　左　　4　左

3 あした　でぱーとへ　いって　とけいを　かいます。

1　デパート　　2　〝モパート　　3　ヂパート　　4　〝モパート

4 まちの　みなみがわは　みどりが　おおいです。

1　南　　2　南　　3　南　　4　南

5 ここに　かいしゃの　なまえを　かいて　ください。

1　書いて　　2　書いて　　3　書いて　　4　書いて

6 あした　ごご　いちじに　きっさてんで　あいましょう。

1　今ましょう　　2　今いましょう　　3　会ましょう　　4　会いましょう

7 あした、ほっかいどうから　ちちと　ははが　きます。

1　木ます　　2　未ます　　3　米ます　　4　来ます

8 その　おとこのひとは　きのう　ここに　きました。

1　男　　2　男　　3　男　　4　男

9 やまださんの　お父(とう)さんは　いそがしくて、日(にち)よう日(び)も　かいしゃに　いきます。

1　会礼　　2　礼会　　3　会社　　4　社会

10 わたしの　いぬは　あしが　しろいです。

1　田い　　2　由い　　3　白い　　4　自い

答案　1②　2④　3①　4①　5④　6④　7④　8④　9③　10③

34 單字測驗考古題　標音　/ 10

もんだい2 ＿＿＿＿の　ことばは　どう　かきますか。1・2・3・4から　いちばん　いい　ものを　ひとつ　えらんで　ください。

1 ごぜん　くじはんに　あいましょう。
1 七時羊　2 七時半　3 九時羊　4 九時半

2 てんきが　わるくて、そとで　すぽーつが　できません。
1 スポーシ　2 スポーツ　3 ヌポーシ　4 ヌポーツ

3 たくしーは　バスより　はやいです。
1 タクシー　2 タクツー　3 タワシー　4 タワツー

4 ひがしの　そらが　きれいです。
1 南　2 北　3 東　4 西

5 デパートで　あたらしい　かめらを　かいました。
1 カヌラ　2 カメラ　3 カヌウ　4 カメウ

6 みずを　たいせつに　つかいましょう。
1 木　2 水　3 氷　4 永

7 わたしは　らじおで　おんがくを　きく。
1 ラシオ　2 ワシオ　3 ラジオ　4 ワジオ

8 その　みせの　かどを　みぎに　まがって　ください。
1 床　2 店　3 圧　4 占

9 あそこに　おとこのひとが　います。
1 人　2 入　3 夫　4 夫

10 せかいで　いちばん　たかい　やまに　のぼりたいです。
1 古い　2 高い　3 長い　4 重い

答案　1④　2②　3①　4③　5②　6②　7③　8②　9①　10②

4 標音歷年單字 ③

あ

□ あかるい	明るい 明亮	□ あたらしい	新しい 新的
□ あぱあと	アパート 公寓	□ あめ	雨 雨
□ いく	行く 去	□ いれる	入れる 放進
□ うえ	上 上面	□ うしろ	後ろ 後面
□ うまれる	生まれる 出生	□ うみ	海 海
□ えれべえたあ	エレベーター 電梯		
□ おおきい	大きい 大的		

か

□ がいこく	外国 外國	□ かう	買う 買
□ かく	書く 書寫	□ がっこう	学校 學校
□ かめら	カメラ 相機	□ かようび	火よう日 星期二
□ きく	聞く 聽；問	□ きた	北 北邊
□ くる	来る 來	□ くるま	車 汽車
□ ごご	午後 下午	□ ことし	今年 今年
□ こども	子ども 小孩	□ こんげつ	今げつ 這個月
□ こんしゅう	今週 這週		

さ

□ しゃつ	シャツ 襯衫	□ しんぶん	新聞 報紙
□ すいっち	スイッチ 開關	□ すいようび	水よう日 星期三
□ すかーと	スカート 裙子	□ すこし	少し 稍微
□ せんえん	千円 一千日圓		

た

□ だいがく	大学 大學	□ たかい	高い 高；（價格）昂貴
□ たくしー	タクシー 計程車	□ たべる	食べる 吃
□ てーぶる	テーブル 桌子	□ ちいさい	小さい 小的
□ ちち	父 父親	□ でかける	出かける 外出
□ てんき	天気 天氣	□ でんき	電気 電力；電燈
□ でんしゃ	電車 電車	□ としょかん	図書館 圖書館
□ ともだち	友だち 朋友	□ どようび	土よう日 星期六

な

□ ないふ	ナイフ 餐刀；刀子	□ ながい	長い 長
□ にじかん	二時間 兩小時	□ ねくたい	ネクタイ 領帶

は

□ はなす	話す 說話	□ はは	母 母親
□ はんかち	ハンカチ 手帕	□ はんぶん	半分 一半
□ ひがし	東 東邊	□ ひだり	左 左邊
□ ぷうる	プール 游泳池	□ ぽけっと	ポケット 口袋
□ ほてる	ホテル 飯店		

ま

□ まいにち	毎日 每天	□ まえ	前 前面
□ みぎ	右 右邊	□ みなみ	南 南邊
□ みる	見る 看	□ むいか	六日 六日
□ もつ	持つ 持有；拿；帶		

や

□ やすみ	休み 休息；休假	□ やすむ	休む 休息
□ やま	山 山	□ よむ	読む 唸；閱讀

ら・わ

□ らいねん	来年 明年	□ らじお	ラジオ 廣播；收音機
□ れすとらん	レストラン 西餐廳	□ わいしゃつ	ワイシャツ 白襯衫

memo

35 單字測驗考古題　標音　/ 10

もんだい２ ＿＿＿＿の　ことばは　どう　かきますか。１・２・３・４から　いちばん　いい　ものを　ひとつ　えらんで　ください。

1 １０さいうえの　ひとと　ともだちに　なりました。

1 及だち　2 友だち　3 反だち　4 支だち

2 あの　ふねは　アメリカへ　いきます。

1 仃きます　2 行きます　3 行きます　4 行きます

3 すいようびの　ごご　１じから　かいぎが　あります。

1 不よう日　2 氷よう日　3 未よう日　4 水よう日

4 まいにち　おさけを　のむのは　からだに　わるいです。

1 毎日　2 毎日　3 母日　4 苺日

5 かいしゃを　やめたら　また　だいがくへ　いきたい。

1 大与　2 大挙　3 大楽　4 大学

6 わたしの　むらに　でんきが　きました。

1 電気　2 電氣　3 電氧　4 電気

7 みぎの　ちいさい　とけいは　せんえんです。

1 干円　2 千円　3 午円　4 牛円

8 レストランを　でてから　にじかんぐらい　あるきました。

1 二時問　2 二時間　3 二時開　4 二時開

9 うしろを　あるかないで　よこに　きて　ください。

1 係ろ　2 係ろ　3 後ろ　4 後ろ

10 さむくても　ぽけっとから　てを　だしなさい。

1 ポクット　2 ポケット　3 オ゜クット　4 オ゜ケット

答案 1 ②　2 ④　3 ④　4 ①　5 ④　6 ④　7 ②　8 ②　9 ④　10 ②

36 單字測驗考古題　標音　/ 10

もんだい２ ＿＿＿の　ことばは　どう　かきますか。１・２・３・４から　いちばん　いい　ものを　ひとつ　えらんで　ください。

1 みなみの　ほうへ　１００メートルぐらい　いって　ください。

1 東　2 西　3 南　4 北

2 しんぶんの　じが　ちいさくて　よめません。

1 水さくて　2 木さくて　3 少さくて　4 小さくて

3 くるまの　うしろに　こどもが　います。

1 子ども　2 千ども　3 予ども　4 午ども

4 ふゆは　すかーとでは　さむいでしょう。

1 スクート　2 スクーイ　3 スカート　4 スカーイ

5 てーぶるには　たべものが　おいて　あります。

1 テーブレ　2 テーブル　3 チーブレ　4 チーブル

6 こんげつ　ともだちと　うみへ　いきます。

1 海　2 海　3 海　4 海

7 ながい　じかん　でんしゃに　のりました。

1 表い　2 長い　3 長い　4 表い

8 ジュースを　いれますから　コップを　もって　ください。

1 持って　2 待って　3 侍って　4 特って

9 きたなく　なった　はんかちを　あらいました。

1 ルンカチ　2 ルソカチ　3 ハンカチ　4 ハソカチ

10 えんぴつで　かかないで　ボールペンを　つかって　ください。

1 書かないで　2 書かないで　3 書かないで　4 書かないで

答案　1③　2④　3①　4③　5②　6④　7②　8①　9③　10②

37 單字測驗考古題　標音　/ 10

もんだい２ ＿＿＿＿の　ことばは　どう　かきますか。１・２・３・４から　いちばん　いい　ものを　ひとつ　えらんで　ください。

1 あめの　ひは　あぱあとの　へやで　おんがくを　ききます。

1 マパート　2 アパート　3 マポート　4 アポート

2 きょねん　ひがしの　まちでは、よく　あめが　ふりました。

1 両　2 雨　3 両　4 雨

3 にほんは　ちゅうごくの　ひがしに　あります。

1 北　2 南　3 西　4 東

4 らいしゅうの　かようび、ごご　３じに　あう　やくそくです。

1 火よう日　2 金よう日　3 木よう日　4 水よう日

5 えいごを　らじおで　べんきょうします。

1 ラゾオ　2 ラジオ　3 ウゾオ　4 ウジオ

6 こんしゅうの　すいようびの　しんぶんが　ありますか。

1 来週　2 先週　3 今週　4 近週

7 その　えは　すこし　うえに　かけた　ほうが　よく　みえます。

1 示し　2 小し　3 少し　4 不し

8 おとうとは　からだは　おおきいが、とても　よわいです。

1 太きい　2 少きい　3 大きい　4 小きい

9 その　かめらは　すこし　たかいです。

1 カメヲ　2 カメラ　3 カナヲ　4 カナラ

10 わたしの　いもうとは　としょかんで　はたらいて　います。

1 図所館　2 図書館　3 読所館　4 読書館

答案　1②　2④　3④　4①　5②　6③　7③　8③　9②　10②

38 單字測驗考古題　標音　/ 10

もんだい２ ＿＿＿の　ことばは　どう　かきますか。１・２・３・４から　いちばん　いい　ものを　ひとつ　えらんで　ください。

1 ちちの　たんじょうびに　ねくたいを　あげました。

1　ネクタイ　　2　ネタクイ　　3　スクタイ　　4　スタクイ

2 どようびは　こどもと　ぷうるで　およぎます。

1　ワ゜ール　　2　ワ゜ーレ　　3　プール　　4　プーレ

3 げんかんの　まえに　にもつが　おいて　ありました。

1　前　　2　前　　3　前　　4　前

4 がっこうが　おわってから、えいがを　みに　いきます。

1　具に　　2　自に　　3　貝に　　4　見に

5 きのうの　ごご　へやで　ざっしを　よみました。

1　読みました　　2　読みました　　3　説みました　　4　説みました

6 やまださんの　くるまで　ドライブに　いきたいです。

1　行きたい　　2　行きたい　　3　行きたい　　4　行きたい

7 えんぴつや　ノートを　かばんに　いれましたか。

1　八れましたか　　2　丈れましたか　　3　人れましたか　　4　入れましたか

8 ひがしの　そらが　あかるく　なりました。

1　明く　　2　赤く　　3　明るく　　4　赤るく

9 どの　だいがくを　いくか　せんせいと　はなした。

1　語した　　2　詰した　　3　話した　　4　詔した

10 わたしは　ながのに　ある　びょういんで　うまれました。

1　生まれました　　2　主まれました　　3　性まれました　　4　住まれました

答案　1 ①　2 ③　3 ①　4 ④　5 ②　6 ②　7 ④　8 ③　9 ③　10 ①

39 單字測驗考古題　標音　/ 10

もんだい２ ＿＿＿＿の　ことばは　どう　かきますか。１・２・３・４から　いちばん　いい　ものを　ひとつ　えらんで　ください。

1　すいようびは　がっこうで　おべんとうを　たべます。

1　学校　　2　学校　　3　学枚　　4　学枚

2　えきまで　タクシーで　せんえんぐらい　かかります。

1　百円　　2　千円　　3　百丹　　4　千丹

3　アメリカの　きたは　カナダです。

1　北　　2　北　　3　化　　4　比

4　ドアの　みぎに　でんきの　すいっちが　あります。

1　スイッテ　　2　ヌイッテ　　3　スイッチ　　4　ヌイッチ

5　どようびの　まえの　きんようびの　ばんが　いちばん　すきです。

1　上よう日　　2　士よう日　　3　土よう日　　4　止よう日

6　しんだ　ははに　もう　いちど　あいたいです。

1　父　　2　火　　3　母　　4　甲

7　かれと　かのじょは　まいにち　あって　います。

1　宙日　　2　舞日　　3　毎日　　4　無日

8　つぎの　かいぎは　らいげつの　むいかです。

1　八日　　2　九日　　3　三日　　4　六日

9　むすこは　らいねん　しがつ、だいがくに　はいります。

1　末年　　2　末年　　3　米年　　4　来年

10　でかける　まえに　かぎを　かけるのを　わすれないで　ください。

1　外かける　　2　来かける　　3　行かける　　4　出かける

答案　1①　2②　3②　4③　5③　6③　7③　8④　9④　10④

03 もんだい 3 文脈解讀攻略

1 題目類型完美分析

もんだい 3 是在四個選項中選出適合文章空格部分的考題，共有六道題目。常以詞性類別名詞、動詞、い形容詞、副詞、な形容詞、外來語、問候語依序出題。此外，雖然一般使用漢字的單字大部分會以平假名（ひらがな）出題，但最近也有出如エアコン（空調）的片假名單字。

題目類型例題

もんだい3 （　　）に なにを いれますか。1・2・3・4から
いちばん いい ものを ひとつ えらんで ください。

（れい） あそこで バスに （　　）。

1 のりました　　2 あがりました
3 つきました　　4 はいりました

（かいとうようし） （れい） ● ② ③ ④

---

19 わたしの へやは この （　　）の 2かいです。

1 エレベーター　　2 プール
3 エアコン　　4 アパート

2 文脈解讀歷年單字 ①

整理了歷屆出過的單字，與是否為平假名或詞性無關，題型相當多元。

あ

- □ あかるい 明亮
- □ あける 打開
- □ アパート 公寓
- □ あびる 淋；洗
- □ あまい 甜
- □ あめ 雨
- □ いつか 總有一天
- □ いっぱいだ 充滿
- □ うすい 薄
- □ うまれる 出生
- □ エアコン 空調（冷暖氣）
- □ エレベーター 電梯
- □ おく 放下；擺放
- □ おぼえる 記住；學會
- □ おもい 重
- □ およぐ 游泳

か

- □ ～かい ～樓
- □ かいだん 階梯
- □ かかる 花（時間、金錢）
- □ かぎ 鑰匙
- □ かける 打（電話）
- □ かど 轉角
- □ かぶる 戴（帽子）
- □ かるい 輕
- □ きる 切；割；剪
- □ くらい 暗
- □ こまる 苦惱；為難

さ

- □ さいふ 錢包
- □ さく 開（花）
- □ ～さつ ～本
- □ さとう 砂糖
- □ さむい 冷
- □ さんぽする 散步
- □ じしょ 字典
- □ しつもんする 提問
- □ しまる 關閉
- □ しゃしん 照片
- □ しゅくだい 作業
- □ じょうずだ 拿手
- □ じょうぶだ 結實
- □ しんぶん 報紙
- □ すこし 稍微
- □ せんたくする 洗衣服
- □ そうじ 打掃

た

- □ ～だい ～台
- □ たいへんだ 不得了
- □ たかい 高；（價格）昂貴
- □ たべもの 食物
- □ ちかい 近
- □ チケット 票券
- □ つかれる 累
- □ つめたい 冰冷
- □ つよい 強的
- □ てがみ 信
- □ でる 出去；出發
- □ てんき 天氣
- □ ドア 門
- □ とおい 遠
- □ とけい 鐘；錶
- □ とる 拍（照）

な

- □ ながい 長
- □ ならう 學習
- □ ぬぐ 脫（衣）
- □ のむ 喝；吃（藥）

は

□ は 牙齒

□ はく 穿（褲子、鞋子）

□ びょういん 醫院

□ ふく 吹

□ べんりだ 方便

□ ポケット 口袋

□ ～はい ～杯

□ ～ひき ～隻

□ プール 游泳池

□ へただ 笨拙；做不好

□ ぼうし 帽子

ま

□ ～まい ～張

□ まがる 轉（方向）；彎曲

□ まど 窗戶

□ みじかい 短

□ まいあさ 每天早上

□ まっすぐ 直接；筆直

□ みがく 擦；刷

□ みち 道路

ら

□ りょこうする 旅行

わ

□ わすれる 遺忘

40 單字測驗考古題　文脈解讀　/ 10

もんだい３（　　）に　なにを　いれますか。１・２・３・４から　いちばん　いい　ものを　ひとつ　えらんで　ください。

1　かいしゃまで　でんしゃで　１じかん（　　　）。
1　かかります　　2　あびます　　3　はいります　　4　あそびます

2　きょねん、ほっかいどうを（　　　）しました。
1　りょこう　　2　げんき　　3　こうばん　　4　ぐあい

3　つぎの（　　　）を　みぎに　まがって　ください。
1　そと　　2　きって　　3　かど　　4　にわ

4　がっこうで　ともだちと　しゃしんを（　　　）。
1　つけました　　2　つくりました　　3　かかりました　　4　とりました

5　きょうは　かぜが　（　　　）です。
1　おもい　　2　つよい　　3　ひま　　4　いそがしい

6　ゆうべ　ざっしを　３（　　　）よみました。
1　まい　　2　だい　　3　ひき　　4　さつ

7　みみが　いたいですから、（　　　）へ　いきます。
1　がっこう　　2　びょういん　　3　いえ　　4　ゆうびんきょく

8　いえに　とけいを（　　　）から、じかんが　わかりません。
1　かぶった　　2　きった　　3　まがった　　4　わすれた

9　みせは　よる　１０じに（　　　）。
1　しまります　　2　たちます　　3　かきます　　4　つかいます

10　へやが（　　　）ですから、でんきを　つけました。
1　まるい　　2　くらい　　3　あかるい　　4　おおきい

答案　1① 2① 3③ 4④ 5② 6④ 7② 8④ 9① 10②

41 單字測驗考古題　文脈解讀　/ 10

もんだい３（　　）に　なにを　いれますか。１・２・３・４から　いちばん　いい　ものを　ひとつ　えらんで　ください。

1 きのう　かぞくの（　　）を　とりました。

1　しゃしん　　2　スカート　　3　ぼうし　　4　めがね

2 ひだりへ（　　）ください。

1　たべて　　2　まがって　　3　あって　　4　あそんで

3 きのう（　　）の　コピーを　つくりました。

1　かぎ　　2　がいこく　　3　とり　　4　はな

4 あの　こは　あかい　くつを（　　）います。

1　つけて　　2　おきて　　3　はって　　4　はいて

5（　　）が　よくて　きもちが　いいですね。

1　てんき　　2　えき　　3　こうえん　　4　びょうき

6 おじいさんは　９０さいに（　　）が　とても　げんきです。

1　すくない　　2　とおい　　3　ちかい　　4　おおきい

7 この（　　）、ソウルへ　おくりたいんですが、いくらですか。

1　てがみ　　2　えいが　　3　おんがく　　4　でんき

8 ともだちから　しゃしんを　２（　　）もらいました。

1　ひき　　2　だい　　3　まい　　4　さつ

9 さんぽした　あとは　シャワーを（　　）。

1　とります　　2　あびます　　3　なきます　　4　ぬぎます

10 たくさん　あるきましたので、とても（　　）。

1　あらいました　　2　さんぽしました　　3　そうじしました　　4　つかれました

答案 1① 2② 3① 4④ 5① 6③ 7① 8③ 9② 10④

42 單字測驗考古題　文脈解讀　/ 10

もんだい３（　　）に　なにを　いれますか。１・２・３・４から　いちばん　いい　ものを　ひとつ　えらんで　ください。

1 だいどころの（　　　）に　３じかん　かかりました。
　1 そうじ　2 せんたく　3 おさら　4 れいぞうこ

2 （　　　）を　やってから　テレビを　みなさい。
　1 りょこう　2 しゅくだい　3 こうばん　4 りょうり

3 ごはんを　たべてから　はを　（　　　）。
　1 あらいます　2 みがきます　3 かぶります　4 つかいます

4 やすいですが、（　　　）つくえです。
　1 げんきな　2 しずかな　3 じょうぶな　4 にぎやかな

5 （　　　）の　なかの　ものを　ぜんぶ　だして　みせました。
　1 アルバイト　2 エアコン　3 ポケット　4 ハンカチ

6 なつやすみは　まいにち　プールで（　　　）。
　1 たべました　2 さんぽしました　3 のぼりました　4 およぎました

7 （　　　）かばんを　もって　かいしゃまで　あるきました。
　1 おもい　2 あまい　3 おいしい　4 やさしい

8 ふゆは　なつよりも　ひるまが（　　　）です。
　1 ふるい　2 みじかい　3 ながい　4 おもしろい

9 きのうは（　　　）ゆきで、でんしゃも　バスも　うごきませんでした。
　1 きれいな　2 たいへんな　3 ちいさな　4 たいせつな

10 その　女の人（おんなのひと）は　ぼうしを（　　　）います。
　1 しめて　2 きって　3 いれて　4 かぶって

答案　1① 2② 3② 4③ 5③ 6④ 7① 8② 9② 10④

43 單字測驗考古題　文脈解讀　/ 10

もんだい３（　　）に　なにを　いれますか。１・２・３・４から　いちばん　いい　ものを　ひとつ　えらんで　ください。

1　１２がつに　なると（　　　）きたの　かぜが　ふいて　きます。

1 あかるい　2 つめたい　3 くらい　4 しろい

2　うちに　ねこが　５（　　　）います。

1 ひき　2 まい　3 はい　4 かい

3　まいにち（　　　）が　ふって　いやですね。

1 あめ　2 かぜ　3 はる　4 あき

4　おとうとの　にゅうがくの　おいわいは　えいごの（　　　）に　しました。

1 はな　2 とけい　3 じしょ　4 おさけ

5　（　　　）シャワーを　あびてから　しょくじに　します。

1 まいとし　2 まいしゅう　3 まいげつ　4 まいあさ

6　きのうは　こうちゃを　２（　　　）のみました。

1 まい　2 だい　3 はい　4 さつ

7　おもい　かばんは　いやです。もうすこし（　　　）のは　ありませんか。

1 おもしろい　2 かるい　3 あかい　4 おおきい

8　この　みちを（　　　）行って　ください。

1 とても　2 だんだん　3 すこし　4 まっすぐ

9　きょうは（　　　）ですね。ゆきが　ふって　いますよ。

1 ふとい　2 つよい　3 さむい　4 あたたかい

10　まいあさ　３０ぷん、いえの　まわりを（　　　）。

1 あらいます　2 さんぽします　3 りょこうします　4 せんたくします

答案 1② 2① 3① 4③ 5④ 6③ 7② 8④ 9③ 10②

44 單字測驗考古題　文脈解讀　/ 10

もんだい3（　　）に　なにを　いれますか。1・2・3・4から　いちばん　いい　ものを　ひとつ　えらんで　ください。

1 やまもとさんは（　　）じを　かきますね。

1 じょうぶな　2 じょうずな　3 べんりな　4 だいじょうぶな

2 エレベーターを　つかわないで（　　）を　のぼる　ほうが　からだに　いいです。

1 かいだん　2 やま　3 こうばん　4 エアコン

3 この　クッキーは（　　）が　おおく　はいって　います。

1 くすり　2 さとう　3 ゆき　4 おさら

4 2かいの　まどの　まえに（　　）きが　あって　じゃまです。

1 ちいさい　2 ちかい　3 とおい　4 たかい

5 しょくじの　あとに　かならず（　　）を　みがきましょう。

1 て　2 あし　3 め　4 は

6 まいあさ（　　）を　よんで　います。

1 しんぶん　2 テレビ　3 しゃしん　4 たべもの

7 あついですから、（　　）や　まどを　あけて　ください。

1 エアコン　2 でんき　3 スイッチ　4 ドア

8 わたしは　とうきょうで（　　）。

1 ありました　2 こまりました　3 うまれました　4 よみました

9 （　　）ところまで　あるきましたので、あしが　いたいです。

1 ふとい　2 つよい　3 ほそい　4 とおい

10 いしはらさんに　にほんごを（　　）います。

1 かいて　2 うたって　3 ならって　4 はたらいて

答案 1② 2① 3② 4④ 5④ 6① 7④ 8③ 9④ 10③

45 單字測驗考古題　文脈解讀　/ 10

もんだい３（　　）に　なにを　いれますか。１・２・３・４から　いちばん　いい　ものを　ひとつ　えらんで　ください。

1 たなかさんは　あかい（　　）を　かぶって　います。
1　くつ　2　ぼうし　3　めがね　4　スカート

2 この　ナイフで　ハムを（　　）ください。
1　おきて　2　つけて　3　しめて　4　きって

3 いえに（　　）を　わすれて　きたから、じかんが　わかりません。
1　じしゃ　2　きって　3　とけい　4　さいふ

4 がっこうは　えきから　あるいて　３ぷんなので（　　）です。
1　べんり　2　じょうぶ　3　いっぱい　4　へた

5 なつやすみは　まいにち　だいがくの（　　）で　およいだ。
1　レストラン　2　プール　3　エレベーター　4　ビル

6 わからない　ことばが　あったら（　　）して　ください。
1　しつもん　2　さんぽ　3　れんしゅう　4　じゅぎょう

7 あついから（　　）を　あけましょう。
1　かぜ　2　へや　3　なつ　4　まど

8 にほんごの　もじを（　　）のに　１かげつ　かかりました。
1　うる　2　もつ　3　おぼえる　4　こまる

9 ないて　いる　こに（　　）おかしを　あげました。
1　わかい　2　くらい　3　つよい　4　あまい

10 あたたかい　かぜが（　　）いますね。
1　ふいて　2　いそいで　3　とんで　4　はしって

答案　1②　2④　3③　4①　5②　6①　7④　8③　9④　10①

46 單字測驗考古題　文脈解讀　/ 10

もんだい３（　　　）に　なにを　いれますか。１・２・３・４から　いちばん　いい　ものを　ひとつ　えらんで　ください。

1 やまださん、また（　　　）あいましょう。
1　ぜんぜん　　2　いつか　　3　たぶん　　4　ずっと

2 うちの　アパートには（　　　）が　ありません。
1　りょこう　　2　げんき　　3　エレベーター　　4　ぐあい

3 （　　　）たかいので、もっと　やすいのを　ください。
1　ずっと　　2　ぜんぜん　　3　すこし　　4　ゆっくり

4 あたまが　いたいですから、くすりを（　　　）。
1　のみました　　2　たべました　　3　かかりました　　4　おぼえました

5 トイレの　よこに　せんたくきを（　　　）です。
1　かきたい　　2　のみたい　　3　はきたい　　4　おきたい

6 みちが　わからなくて（　　　）。
1　うまれました　　2　こまりました　　3　わすれました　　4　まがりました

7 にほんの　いろいろな　ところを（　　　）したいです。
1　しつもん　　2　てがみ　　3　せんたく　　4　りょこう

8 この　きょうしつは　あついですから、（　　　）を　つけましょう。
1　れいぞうこ　　2　エアコン　　3　レストラン　　4　ストーブ

9 ちいさな　じを　みて　いて　めが（　　　）。
1　つかれました　　2　つよいでした　　3　こまりました　　4　みがきました

10 リーさんは　まいにち　うんどうを　して　いるので　からだが（　　　）です。
1　じょうぶ　　2　よわい　　3　ほそい　　4　あかい

答案　1②　2③　3③　4①　5④　6②　7④　8②　9①　10①

3 文脈解讀歷年單字 ②

あ

- □ あそぶ 玩
- □ あたたかい 溫暖
- □ あに 哥哥
- □ アパート 公寓
- □ あびる 淋；洗
- □ あぶない 危險
- □ あまい 甜
- □ あめ 雨
- □ あらう 洗
- □ いう 說
- □ いくら 多少
- □ いちど 一次；一旦
- □ いつつ 五個
- □ いれる 放進
- □ いろいろだ 各式各樣
- □ うえ 上面
- □ うすい 薄
- □ うまれる 出生
- □ えき 車站
- □ エレベーター 電梯
- □ ～えん ～日圓
- □ おおぜい 眾多（人）
- □ おきる 起來；起床
- □ おく 放；擺放
- □ おとな 大人
- □ おねがいします 拜託了
- □ おぼえる 記住；學會
- □ おもい 重
- □ おもしろい 有趣
- □ およぐ 游泳
- □ おりる 下來

か

- □ かいだん 階梯
- □ かえす 歸還
- □ かかる 花（時間、金錢）
- □ かぎ 鑰匙
- □ かける 戴（眼鏡）
- □ かぜ 感冒

- □ かど 轉角
- □ かぶる 戴（帽子）
- □ からい 辣
- □ かるい 輕
- □ きく 聽；問
- □ きっぷ 車票
- □ きる 切；割；剪
- □ きれいだ 乾淨；漂亮
- □ ～キロ ～公里
- □ くらい 暗
- □ けす 關掉；熄滅
- □ けっこうだ 足夠；不需要
- □ けっこんする 結婚
- □ ～こ ～個
- □ こうえん 公園
- □ こたえる 回答
- □ こうちゃ 紅茶
- □ ごちそうさま 我吃飽了；多謝款待
- □ こちら 這位；這邊
- □ こまる 苦惱；為難

さ

- □ ～さつ ～本
- □ さとう 砂糖
- □ さむい 冷
- □ さんぽ 散步
- □ じしょ 字典
- □ しつもんする 提問
- □ しまる 關閉
- □ しめる 關上
- □ しゃしん 照片
- □ シャワー 洗澡
- □ しゅくだい 作業
- □ じょうずだ 拿手
- □ じょうぶだ 結實；堅固
- □ しんぶん 報紙
- □ すう 吸
- □ スカート 裙子
- □ すきだ 喜歡
- □ すぐに 馬上
- □ すこし 稍微
- □ そうじ 打掃
- □ そと 外面
- □ そば 旁邊
- □ それでは 那麼

た

- □ ～だい ～台
- □ だいじょうぶだ 沒關係
- □ たいせつだ 重要
- □ たいへんだ 辛苦；不得了
- □ たかい 高；（價格）昂貴
- □ たのしい 愉快
- □ だんだん 漸漸
- □ ちかい 近
- □ ちがう 錯誤；不同
- □ ちず 地圖
- □ チケット 票券
- □ つかれる 累
- □ つめたい 冰冷
- □ つよい 強的
- □ てがみ 信
- □ デパート 百貨公司
- □ でも 不過
- □ でる 出去
- □ てんき 天氣
- □ ドア 門
- □ どういたしまして 不客氣
- □ どうぞ　よろしく 拜託了；請多關照
- □ とおい 遠
- □ ときどき 偶爾
- □ とけい 鐘；錶
- □ としょかん 圖書館
- □ どちら 哪邊；哪個；哪位
- □ とぶ 飛

な

- □ ナイフ 餐刀；刀子
- □ ならう 學習
- □ ならべる 排列
- □ にかい 二樓
- □ のぼる 上升
- □ のみもの 喝的東西
- □ のむ 喝；吃（藥）

は

- □ は 牙齒
- □ ～はい ～杯；～碗
- □ はく 穿（褲子、鞋子）
- □ はじめて 第一次

- □ はる 貼上
- □ ～ひき ～隻
- □ ひく 彈（吉他、鋼琴）
- □ びょういん 醫院
- □ ふく 吹
- □ ふつか 二日
- □ ～ページ ～頁
- □ べんりだ 方便
- □ ぼうし 帽子
- □ ほしい 想要擁有
- □ ポケット 口袋
- □ ～ほん ～支；瓶

ま

- □ ～まい ～張
- □ まいあさ 每天早上
- □ まがる 轉（方向）；彎曲
- □ また 又
- □ まっすぐ 直接；筆直
- □ まど 窗戶
- □ みがく 擦；刷
- □ みじかい 短
- □ メートル 公尺
- □ もっと 再；更加

や

- □ やさい 蔬菜
- □ ゆうべ 昨晚
- □ ゆきが　ふる 下雪
- □ ゆっくり 慢慢地
- □ よろしく 拜託了

ら

- □ りょうりする 做菜（烹調）
- □ りょこうする 旅行

わ

- □ わかい 年輕
- □ わすれる 遺忘
- □ わたる 渡；過

47 單字測驗考古題　文脈解讀　/ 10

もんだい3 (　　)に　なにを　いれますか。1・2・3・4から　いちばん　いい　ものを　ひとつ　えらんで　ください。

1 あの　みじかい（　　　）を　はいて　いる　ひとは　だれですか。

1 コート　2 スカート　3 ぼうし　4 めがね

2 きょうは　かぜが　とても（　　　）。

1 ふとい　2 つよい　3 ほそい　4 みじかい

3 あさ　おきて　かおを（　　　）。

1 あらいます　2 あびます　3 そうじします　4 せんたくします

4 （　　　）ですね。でんきを　つけましょう。

1 あかるい　2 くらい　3 しろい　4 うすい

5 A「この　カメラは（　　　）ですか。」
B「5まんえんです。」

1 いくら　2 いくつ　3 どうして　4 どなた

6 びょういんの（　　　）に　きっさてんが　あります。

1 そば　2 はこ　3 にわ　4 たて

7 つくえの　うえに　ざっしが　2（　　　）あります。

1 まい　2 だい　3 ひき　4 さつ

8 さむいですね。まどを（　　　）ください。

1 けして　2 きって　3 おして　4 しめて

9 ２０１８ねんに（　　　）。いま　こどもは　ふたりです。

1 けんかしました　2 さんぽしました　3 けっこんしました　4 しつもんしました

10 やましたさんは　ギターを　じょうずに（　　　）。

1 ききます　2 あそびます　3 ひきます　4 うたいます

答案 1② 2② 3① 4② 5① 6① 7④ 8④ 9③ 10③

48 單字測驗考古題　文脈解讀　/ 10

もんだい３（　　）に　なにを　いれますか。１・２・３・４から　いちばん　いい　ものを　ひとつ　えらんで　ください。

1 はじめまして。どうぞ（　　　）。
　1 こんばんは　2 ごちそうさま　3 ごめんください　4 よろしく

2 ここから　がっこうまで　２（　　　）です。
　1 ひき　2 はい　3 キロ　4 カップ

3 ふうとうに　きってを（　　　）ください。
　1 けして　2 おして　3 まって　4 はって

4 この（　　　）は　とても　おいしいです。
　1 めがね　2 かびん　3 とけい　4 やさい

5 ここから　えきまで（　　　）ですから、あるいて　いきましょう。
　1 ちかい　2 とおい　3 ながい　4 みじかい

6 えいがの（　　　）が　２まい　ありますが、いっしょに　いきませんか。
　1 きっぷ　2 ろうか　3 がいこく　4 くうこう

7 きょうしつは　１０かいですから、（　　　）で　いきます。
　1 フォーク　2 エレベーター　3 ノート　4 ストーブ

8 いすを　まるく（　　　）ください。
　1 あらって　2 たべて　3 とって　4 ならべて

9 じかんが（　　　）すぎて　いきます。
　1 いちいち　2 いろいろ　3 だんだん　4 もしもし

10 きのうは　３００（　　　）およぎました。
　1 グラム　2 ばん　3 メートル　4 ど

答案 1④ 2③ 3④ 4④ 5① 6① 7② 8④ 9③ 10③

49 單字測驗考古題　文脈解讀　/ 10

もんだい3 (　　)に　なにを　いれますか。1・2・3・4から　いちばん　いい　ものを
ひとつ　えらんで　ください。

1 A「りょこうは　どうでしたか。」
B「とても（　　）です。」
1 かわいかった　2 よわかった　3 つめたかった　4 たのしかった

2 チーズを（　　）おさらに　ならべました。
1 きて　2 きえて　3 きいて　4 きって

3 ここから　えきまでの（　　）を　かいて　ください。
1 しんぶん　2 りょこう　3 ちず　4 かみ

4 （　　）を　とりますから、みなさん、ならんで　ください。
1 はがき　2 しゃしん　3 フィルム　4 ポスト

5 やまださんは　あかい　ぼうしを（　　）います。
1 かかって　2 きて　3 かぶって　4 はいて

6 たなかさんの　おくさんは（　　）きれいです。
1 あさくて　2 うすくて　3 からくて　4 わかくて

7 わたしは　からだが（　　）ですから、あまり　かぜを　ひきません。
1 ふべん　2 だいじょうぶ　3 べんり　4 じょうぶ

8 げんかんの　まえに　じてんしゃが（　　）とまって　います。
1 いっぴき　2 いっさつ　3 いちまい　4 いちだい

9 （　　）から　きに　のぼるのは　やめて　ください。
1 とおい　2 うまい　3 あぶない　4 うるさい

10 あさ　そうじを　したから　へやは（　　）です。
1 きれい　2 くらい　3 あかるい　4 きたない

答案 1④ 2④ 3③ 4② 5③ 6④ 7④ 8④ 9③ 10①

50 單字測驗考古題　文脈解讀　/ 10

もんだい３（　　）に　なにを　いれますか。１・２・３・４から　いちばん　いい　ものを　ひとつ　えらんで　ください。

1 ははが　つくった　カレーは　あまり（　　）ない。

1　からく　　2　くらく　　3　さむく　　4　みじかく

2 A「わたしが　そうじを　しましょうか。」

B「ええ。（　　）。」

1　おねがいします　　2　どういたしまして　　3　いただきます　　4　しつれいします

3 ゆうがたまで　おとうとと　いっしょに　こうえんで（　　）。

1　あびました　　2　つとめました　　3　あそびました　　4　つくりました

4 （　　）は　ともだちの　いえに　いました。

1　ゆうはん　　2　ゆうべ　　3　こんばん　　4　こんな

5 えきでは　ひとが　でんしゃに　のったり（　　）して　います。

1　ついたり　　2　おりたり　　3　おきたり　　4　とまったり

6 わからない　ことは　すぐ（　　）して　ください。

1　しつもん　　2　りょこう　　3　じゅぎょう　　4　れんしゅう

7 たいていは　あるいて　いきますが、（　　）でんしゃで　いきます。

1　だんだん　　2　いろいろ　　3　ときどき　　4　いつも

8 たくさん　たべたよ。（　　）すぐ　おなかが　すくんだ。

1　じゃ　　2　それでは　　3　でも　　4　そうして

9 わたしの（　　）は　へやが　ふたつ　あります。

1　ポケット　　2　アパート　　3　ベッド　　4　テレビ

10 ここは（　　）が　ふって　います。

1　かぜ　　2　くもり　　3　はれ　　4　ゆき

答案　1①　2①　3③　4②　5②　6①　7③　8③　9②　10④

51 單字測驗考古題　文脈解讀　/ 10

もんだい３（　　）に　なにを　いれますか。１・２・３・４から　いちばん　いい　ものを　ひとつ　えらんで　ください。

1 よる　はを（　　　）から　ねます。

1 よんで　2 きいて　3 みて　4 みがいて

2 じゅぎょうが　おわった　あとで　としょかんに　ほんを（　　　）。

1 かえりました　2 かけました　3 かちました　4 かえしました

3 ゆうしょくに　にくを（　　　）して　います。

1 りょうり　2 びょうき　3 けっこん　4 りゅうがく

4 とりが　たくさん　そらを（　　　）います。

1 とんで　2 のぼって　3 はしって　4 さんぽして

5 パンを（　　　）で　ちいさく　きりました。

1 カップ　2 スプーン　3 ナイフ　4 フォーク

6 （　　　）ゆっくり　はなして　ください。

1 たぶん　2 どうも　3 よく　4 もっと

7 A「きょうだいは　いますか。」
B「はい、（　　　）が　ひとり　います。」

1 そふ　2 おば　3 かぞく　4 あに

8 おさけは　たくさん　いただきました。もう（　　　）。

1 けっこうです　2 たいせつです　3 たいへんです　4 ちょうどです

9 この　えいごの　じしょは　あつくて（　　　）です。

1 おもい　2 からい　3 すくない　4 すずしい

10 きょうしつが（　　　）ですから、ストーブを　つけましょう。

1 ぬるい　2 さむい　3 つめたい　4 あつい

答案 1④　2④　3①　4①　5③　6④　7④　8①　9①　10②

52 單字測驗考古題　文脈解讀　/ 10

もんだい３（　　　）に　なにを　いれますか。１・２・３・４から　いちばん　いい　ものを　ひとつ　えらんで　ください。

1 A「こうばんは　どこですか。」
B「この　みちを（　　　）いって　ください。すぐ　そこですよ。」
1　はじめに　　2　まえに　　3　ちょうど　　4　まっすぐ

2 さとうを　たくさん　いれましたから、この　コーヒーは（　　　）です。
1　しろい　　2　あまい　　3　ぬるい　　4　からい

3 きょうは　つよい　かぜが（　　　）います。
1　ふって　　2　ふいて　　3　はいて　　4　ひいて

4 わたしは　あたらしい　カメラが（　　　）。
1　やすいです　　2　ほしいです　　3　わるいです　　4　べんりです

5 きょうは（　　　）が　こんで　います。
1　スプーン　　2　ストーブ　　3　デパート　　4　ニュース

6 きょうは　ざっしを（　　　）よみました。
1　１０グラム　　2　１０メートル　　3　１０キロ　　4　１０ページ

7 ごはんを　たべた　あとは　「（　　　）。」と　いいます。
1　ごちそうさま　　2　しつれいします　　3　いただきます　　4　おねがいします

8 きのうは　あめでした。でんしゃに　かさを（　　　）こまりました。
1　ふって　　2　もって　　3　おいて　　4　わすれて

9 くるまに　きを　つけて　みちを（　　　）。
1　わたりましょう　　2　わすれましょう　　3　つくりましょう　　4　かえりましょう

10（　　　）を　ひいて、あたまが　いたいです。
1　びょうき　　2　くち　　3　かぜ　　4　おなか

答案　1④　2②　3②　4②　5③　6④　7①　8④　9①　10③

53 單字測驗考古題　文脈解讀　/ 10

もんだい３（　　　）に　なにを　いれますか。１・２・３・４から　いちばん　いい　ものを　ひとつ　えらんで　ください。

1 わたしは　ふじさんに（　　　）たいです。

1　はしり　　2　のぼり　　3　やり　　4　うり

2 まいあさ（　　　）を　さんぽします。

1　きっさてん　　2　こうえん　　3　おてあらい　　4　ぎんこう

3 えは　すきですが、（　　　）では　ありません。

1　じょうず　　2　きらい　　3　へた　　4　いや

4 おちゃと　コーヒーと、（　　　）が　いいですか。

1　どこ　　2　どれ　　3　どちら　　4　どんな

5 （　　　）しんぶんを　よむ　じかんが　ほしいです。

1　たいへん　　2　だんだん　　3　けっこう　　4　ゆっくり

6 あした（　　　）いっしょに　あそびましょう。

1　また　　2　もう　　3　いかが　　4　しかし

7 これは（　　　）ノートですから、なくさないで　ください。

1　まっすぐな　　2　いろいろな　　3　じょうぶな　　4　たいせつな

8 A「きのうは　どうも　ありがとうございました。」

B「いいえ、（　　　）。」

1　しつれいします　　2　いらっしゃい　　3　どういたしまして　　4　いただきます

9 わたしは　うたが　へたです。でも、うたは（　　　）。

1　すきです　　2　じょうずです　　3　じょうぶです　　4　りっぱです

10 すずきさんは　めがねを（　　　）います。

1　きて　　2　かぶって　　3　はいて　　4　かけて

答案　1②　2②　3①　4③　5④　6①　7④　8③　9①　10④

54 單字測驗考古題　文脈解讀　/ 10

もんだい３（　　）に　なにを　いれますか。１・２・３・４から　いちばん　いい　ものを　ひとつ　えらんで　ください。

1 いえを　でる　ときは　でんきを（　　　）ます。
1　けし　2　しめ　3　わたり　4　おわり

2 つぎの（　　　）を　まがって　３ばんめが　わたしの　いえです。
1　よこ　2　かど　3　となり　4　むこう

3 へやの　なかで　たばこを（　　　）ください。
1　かけないで　2　きえないで　3　すわないで　4　つかないで

4 つくえの　うえに　けしゴムが（　　　）あります。
1　さんこ　2　さんさつ　3　さんだい　4　さんまい

5 きょねんの　きょう、なにを　したか（　　　）いますか。
1　もって　2　なって　3　おぼえて　4　つとめて

6 えいごで　ながい（　　　）を　かきました。
1　にもつ　2　てがみ　3　いろ　4　え

7 わたしは　いつも　１０じに　ねて　６じに（　　　）。
1　あきます　2　おきます　3　はきます　4　ひきます

8 A「あした　ごご　１じに　どうですか。」
B「はい、（　　　）です。」
1　だいじょうぶ　2　べんり　3　りっぱ　4　ゆうめい

9 わかい　ときに（　　　）くにを　りょこうするのは　いい　ことだ。
1　いろいろな　2　すくない　3　もっと　4　たいへんな

10 ひが　つよいから（　　　）を　かぶって　いって　ください。
1　スカート　2　コート　3　ぼうし　4　めがね

答案　1①　2②　3③　4①　5③　6②　7②　8①　9①　10③

4 文脈解讀歷年單字 ③

あ

□ あし 腳	□ あした 明天
□ あたたかい 溫暖	□ あたらしい 新的
□ あまい 甜	□ あらう 洗
□ あるく 走	□ いそがしい 忙碌
□ いたい 痛	□ いぬ 狗
□ うまれる 出生	□ ～えん ～日圓
□ おいしい 美味	□ おく 放；擺放
□ おじさん 舅舅；叔叔	□ おす 按；推
□ おととし 前年	□ おふろ 浴池；泡澡
□ おぼえる 記住；學會	□ およぐ 游泳

か

□ ～かい ～樓	□ ～かい ～次
□ かう 買	□ かかる 花（時間、金錢）
□ かける 戴（眼鏡）	□ かぞく 家族
□ かぶる 戴（帽子）	□ ギター 吉他
□ きたない 髒	□ きって 郵票
□ くらい 暗	□ げんきだ 健康
□ こうちゃ 紅茶	□ こちらこそ 我才是

さ

- □ さす 撐（傘）
- □ ～さつ ～本
- □ しずかだ 安靜
- □ したい 想做
- □ しつれいします 對不起；失禮
- □ じょうぶだ 結實
- □ しんぶん 報紙
- □ スキー 滑雪
- □ すぐに 馬上
- □ ストーブ 暖爐
- □ セーター 毛衣
- □ せまい 窄

た

- □ ～だい ～台
- □ たいせつだ 重要
- □ たいてい 大概；大約
- □ たいへんだ 辛苦；不得了
- □ たかい （個子）高
- □ たくさん 很多
- □ たぶん 大概；或許
- □ だんだん 漸漸
- □ ちいさい 小
- □ ちず 地圖
- □ ちょうど 剛好
- □ つかれる 累
- □ つく 打開（電燈）
- □ つめたい 冰冷
- □ てがみ 信件
- □ でも 不過
- □ てんき 天氣
- □ でんわ 電話
- □ どういたしまして 不客氣
- □ とおい 遠
- □ とぶ 飛
- □ とまる 停止
- □ とる 拿
- □ とる 照（相）

な

- □ ならう 學習
- □ ならべる 排列
- □ ネクタイ 領帶
- □ のむ 喝；吃（藥）
- □ のる 搭乘

は

- □ は 牙齒
- □ パーティー 派對
- □ はいる 進去
- □ はく 穿（褲子等）
- □ はし 橋
- □ はじめに 一開始；最初
- □ はたち 二十歲
- □ はやく 早
- □ はる 貼上
- □ ピアノ 鋼琴
- □ ～ひき ～隻
- □ ひく 患上（感冒）
- □ ひま 時間；空閒
- □ プール 游泳池
- □ ふく 吹
- □ べんりだ 方便
- □ ほそい 纖細

ま

- □ まいしゅう 每週
- □ まがる 轉（方向）；彎曲
- □ みがく 擦；刷
- □ もっと 再；更加

や

- □ ようか 八日
- □ よむ 唸；閱讀

ら

- □ ラジオ 廣播節目；收音機
- □ りっぱだ 優秀

わ

- □ わたす 遞給
- □ わたる 渡；過

55 單字測驗考古題　文脈解讀　/8

もんだい３（　　）に　なにを　いれますか。１・２・３・４から　いちばん　いい　ものを　ひとつ　えらんで　ください。

1 としょかんでは（　　　）べんきょうしましょう。

1　かんたんに　　2　しずかに　　3　べんりに　　4　にぎやかに

2 あの（　　　）を　わたって、びょういんへ　いきます。

1　やま　　2　もん　　3　はし　　4　まど

3 わたしの　すきな　スポーツは（　　　）です。

1　テーブル　　2　ピアノ　　3　スキー　　4　レコード

4 たなかさんは　たいてい　おふろに　はいって（　　　）ねます。

1　まだ　　2　すぐに　　3　だんだん　　4　ちょうど

5 にほんごは、はじめは　やさしいですが、（　　　）むずかしく　なります。

1　ちょうど　　2　まだ　　3　だんだん　　4　よく

6 わたしは　ゆうべ　ともだちに（　　　）を　かきました。

1　でんわ　　2　ふうとう　　3　きって　　4　てがみ

7 わたしは　にほんへ　いって、にほんごの　べんきょうが（　　　）です。

1　つもり　　2　すき　　3　したい　　4　ほしい

8 にもつは　ここに（　　　）ください。

1　すわって　　2　おいて　　3　はいって　　4　かいて

答案　1② 2③ 3③ 4② 5③ 6④ 7③ 8②

56 單字測驗考古題　文脈解讀　/ 8

もんだい3 (　　)に　なにを　いれますか。1・2・3・4から　いちばん　いい　ものを　ひとつ　えらんで　ください。

1 (　　　) を　しめて　かいしゃへ　いきます。

1　ズボン　　2　セーター　　3　シャツ　　4　ネクタイ

2 わたしの　へやは (　　　) に　あります。

1　にかい　　2　にまい　　3　にだい　　4　にはい

3 やすみの　ひは　いつも　うちで (　　　) を　ひきます。

1　テニス　　2　スリッパ　　3　オートバイ　　4　ギター

4 じどうしゃで　うちから　かいしゃまで　２０ぷん (　　　)。

1　います　　2　かかります　　3　いります　　4　かけます

5 (　　　) は　どうぶつです。

1　ひこうき　　2　てんぷら　　3　さくら　　4　いぬ

6 えきで　でんしゃに (　　　) ます。

1　のり　　2　とり　　3　のぼり　　4　すわり

7 わたしは　いつも　よる (　　　) ねます。

1　おもく　　2　ちかく　　3　はやく　　4　ほそく

8 わたしの　すきな　のみものは (　　　) です。

1　ねこ　　2　こうちゃ　　3　おかし　　4　みかん

答案 1④　2①　3④　4②　5④　6①　7③　8②

57 單字測驗考古題　文脈解讀　/8

もんだい３（　　）に　なにを　いれますか。１・２・３・４から　いちばん　いい　ものを　ひとつ　えらんで　ください。

1（　　）の　なつも　きょねんの　なつも　とても　あつかったです。

1 おととい　2 おととし　3 らいねん　4 まいねん

2 やまださんは　せが（　　）です。

1 おもい　2 とおい　3 ながい　4 たかい

3 わたしは　ゆうべ　ともだちに（　　）を　かけました。

1 でんしゃ　2 でんわ　3 でんき　4 でんとう

4 きのう　かぞくの　しゃしんを（　　）。

1 とりました　2 しました　3 かきました　4 つくりました

5 わたしは　いつも（　　）を　ききながら　べんきょうします。

1 ストーブ　2 ラジオ　3 ペン　4 テーブル

6 わたしは　かぜを　ひいて　くすりを（　　）。

1 のみました　2 たべました　3 とりました　4 しました

7 えいがかんの　まえに　みせが（　　）ならんで　います。

1 おおぜい　2 はじめて　3 たくさん　4 たいへん

8 いっしゅうかんに（　　）さんぽを　します。

1 さんかい　2 さんにん　3 さんばん　4 さんぼん

答案 1② 2④ 3② 4① 5② 6① 7③ 8①

58 單字測驗考古題　文脈解讀　/8

もんだい3 (　　)に　なにを　いれますか。1・2・3・4から　いちばん　いい　ものを　ひとつ　えらんで　ください。

1 (　　) てで　ごはんを　たべないで　ください。

1 あぶない　2 わるい　3 きたない　4 まずい

2 なつは　まいにち (　　) へ　およぎに　いきます。

1 みせ　2 えき　3 プール　4 テーブル

3 おふろに (　　) からだを　あらいました。

1 とって　2 とおって　3 あびて　4 はいって

4 ほんだなに　ほんを (　　) おきました。

1 ならって　2 ならんで　3 ならして　4 ならべて

5 A「そこの　しおを (　　) ください。」
B「はい、どうぞ。」

1 みて　2 かいて　3 かえって　4 わたして

6 すみません。あの　おさらを (　　) ください。

1 しめて　2 まって　3 とって　4 すんで

7 やまださんは　べんきょうを　して、(　　) せんせいに　なりました。

1 りっぱな　2 まっすぐな　3 きれいな　4 だいじょうぶな

8 こんなに　おおきな　ひこうきに　のるのは (　　) です。

1 ときどき　2 もちろん　3 はじめに　4 はじめて

答案 1③ 2③ 3④ 4④ 5④ 6③ 7① 8④

04 もんだい 4　相似詞替換攻略

1　題目類型完美分析

もんだい 4 是從四個選項之中選出與題目意思最接近的句子，共三題。因這是測驗考試者是否理解短文內容的問題，所以最好要記住意思相近的單字，例如：つまらない（無趣）≒おもしろくない（不有趣）；きたない（骯髒）≒きれいではない（不乾淨）；たてもの（建築）≒ビル（大樓）；にねんまえ（兩年前）≒おととし（前年）等。

題目類型例題

もんだい 4　＿＿＿の　ぶんと　だいたい　おなじ　いみの　ぶんが　あります。1・2・3・4から　いちばん　いい　ものを　ひとつ　えらんで　ください。

（れい）　ここは　でぐちです。いりぐちは　あちらです。

1　あちらから　でて　ください。

2　あちらから　おりて　ください。

3　あちらから　はいって　ください。

4　あちらから　わたって　ください。

（かいとうようし）

（れい）	①　②　●　④

29　まいばん　くにの　かぞくに　でんわします。

1　よるは　ときどき　くにの　かぞくに　でんわします。

2　あさは　ときどき　くにの　かぞくに　でんわします。

3　よるは　いつも　くにの　かぞくに　でんわします。

4　あさは　いつも　くにの　かぞくに　でんわします。

2 相似詞替換歷年單字 ①

整理了歷屆的句子，主要從 N5 出題預測裡常出現的相似詞中整理，重點記憶有相近意思的單字。

あ

□ いそがしかった 忙碌 ≒ ひまじゃ　なかった 不閒

□ うるさい 吵雜 ≒ しずかでは　ない 不安靜

□ おてあらいは　どこですか。洗手間在哪裡？
≒ トイレは　どこですか。廁所在哪裡？

か

□ かるいです 輕 ≒ おもく　ありません 不重

□ きたない 髒 ≒ きれいじゃ　ない 不乾淨

□ きたなく　ありません 不髒 ≒ きれいです 乾淨

□ きっさてんに　いきました 去了咖啡廳
≒ コーヒーを　のみに　いきました 去喝咖啡了

□ きってや　はがきを　うって　いる　ところ 賣郵票和明信片的地方
≒ ゆうびんきょく 郵局

□ きのう　せんたくを　しました。昨天有洗衣服
≒ きのう　ふくを　あらいました。昨天洗了衣服

□ きょうだいに　あう。見兄弟姊妹
≒ おにいさんや　おねえさんに　あう。見哥哥和姊姊

□ きょうは　いつかです。あさってから　がっこうは　やすみです。
今天是五號，後天開始學校放假
≒ やすみは　なのかからです。休假從七號開始

□ くだもの 水果 ≒ りんごや　バナナ（など）蘋果和香蕉（等）
≒ りんごや　みかん 蘋果和橘子

□ くらい 暗 ≒ あかるく　ない 不明亮

□ けさ 今早 ≒ きょうの　あさ 今天早上

さ

- □ さんぽ(を)　する 散步 ≒ あるく 走路
- □ しごとが　したい 想做工作 ≒ はたらきたい 想工作
- □ ジュースが　まずい 果汁難喝 ≒ ジュースが　おいしく　ない 果汁不好喝
- □ しょくどう 食堂 ≒ ごはんを　たべる　ところ 吃飯的地方
- □ スポーツが　すきだ。喜歡運動 ≒ サッカーが　すきだ。喜歡足球
- □ せんしゅう　がっこうを　やすみました。上週學校請假
  ≒ せんしゅう　がっこうへ　いきませんでした。上週沒去學校
- □ せんたくする 洗滌 ≒ あらう 洗
- □ せんたくを　する 洗衣服 ≒ ふくを　あらう 洗衣
  ≒ ようふくを　あらう 洗西裝
- □ そふ 爺爺 ≒ ははの　ちち 媽媽的爸爸
- □ そぼ 奶奶 ≒ ちちの　はは 爸爸的媽媽

た

- □ だいどころ 廚房 ≒ りょうりを　する　ところ 料理的地方
- □ たてもの 建築 ≒ ビル 大樓
- □ たなかさんは　リーさんに　さくぶんを　おしえます。田中先生教李先生寫作文
  ≒ リーさんは　たなかさんに　さくぶんを　ならいます。李先生向田中先生學寫作文
- □ たなかさんは　リーさんに　ダンスを　ならいました。田中先生向李先生學舞蹈
  ≒ リーさんは　たなかさんに　ダンスを　おしえました。李先生教田中先生舞蹈
- □ つまらない 無趣 ≒ おもしろく　ない 不有趣
- □ トイレ 廁所 ≒ おてあらい 洗手間
- □ どうぶつが　すきだ。喜歡動物
  ≒ いぬや　ねこが　すきだ。喜歡狗和貓咪
  ≒ いぬや　ねこなどが　すきだ。喜歡狗和貓咪等

な

□ のみもの 飲料 ≒ コーヒーや　こうちゃ 咖啡和紅茶
≒ ジュースや　ぎゅうにゅう 果汁和牛奶

は

□ はこは　いすの　そばに　あります。箱子在椅子的旁邊
≒ はこは　いすの　よこに　あります。箱子在椅子的旁邊

□ はたち 二十歳 ≒ 20 さい 20 歲

□ はたらく 工作 ≒ しごとを　する 做工作

□ ひまだ 空閒 ≒ いそがしく　ない 不忙

□ ひろい 寬廣 ≒ おおきい 大

□ ふつかまえ 兩天前 ≒ おととい 前天

□ ほんや　ざっしが　ある　ところ 有書和雜誌的地方 ≒ としょかん 圖書館

や

□ やさしい 簡單 ≒ かんたんだ 簡單

□ ゆうびんきょく 郵局 ≒ きってや　はがきを　うって　いる 賣郵票和明信片

□ ゆうめいだ 有名 ≒ みんな　しって　いる 大家都知道

ら

□ リーさんは　たなかさんに　えんぴつを　もらいました。
李先生收到田中先生給的鉛筆
≒ たなかさんは　リーさんに　えんぴつを　あげました。
田中先生給了李先生鉛筆

□ リーさんは　もりさんに　ぺんを　かしました。李先生借筆給森先生
≒ もりさんは　リーさんに　ぺんを　かりました。森先生向李先生借筆

□ りょうしんは　でかけて　いる。父母出去了
≒ ちちも　ははも　いえに　いない。父親母親都不在家

□ れいぞうこ 冰箱 ≒ ここに　ぎゅうにゅうを　いれる 在這裡放牛奶

か

□ わたしは　ここで　はたらいて　います。我在這裡工作
≒ わたしは　ここで　しごとを　して　います。我在這裡做工作

memo

59 單字測驗考古題　相似詞替換　/5

もんだい４ ＿＿＿＿ の　ぶんと　だいたい　おなじ　いみの　ぶんが　あります。１・２・３・４から　いちばん　いい　ものを　ひとつ　えらんで　ください。

1 この　ほんは　ゆうめいです。

1 みんな　この　ほんを　しって　います。
2 みんな　この　ほんを　しりません。
3 みんな　この　ほんが　すきです。
4 みんな　この　ほんが　きらいです。

2 これは　れいぞうこです。

1 ここに　かさを　いれます。
2 ここに　くるまを　いれます。
3 ここに　ジュースを　いれます。
4 ここに　ようふくを　いれます。

3 わたしは　くだものが　すきです。

1 いぬや　ねこなどが　すきです。
2 すしや　てんぷらなどが　すきです。
3 やきゅうや　サッカーなどが　すきです。
4 りんごや　バナナなどが　すきです。

4 スミスさんは　やまださんに　えいごを　おしえました。

1 やまださんは　スミスさんに　えいごを　みせました。
2 スミスさんは　やまださんに　えいごを　みせました。
3 やまださんは　スミスさんに　えいごを　ならいました。
4 スミスさんは　やまださんに　えいごを　ならいました。

5 にちようびは　ひまでした。

1 にちようびは　いそがしく　なかったです。
2 にちようびは　いそがしかったです。
3 にちようびは　うるさく　なかったです。
4 にちようびは　うるさかったです。

答案 1① 2③ 3④ 4③ 5①

相似詞替換 /5

もんだい4 ＿＿＿＿の ぶんと だいたい おなじ いみの ぶんが あります。1・2・3・4から いちばん いい ものを ひとつ えらんで ください。

1 あしたは でかけます。

1 あしたは いえに います。
2 あしたは いえに いません。
3 あしたは いえに かえります。
4 あしたは いえに かえりません。

2 その ほんは つまらないです。

1 その ほんは うすく ありません。
2 その ほんは かるく ありません。
3 その ほんは おもしろく ありません。
4 その ほんは むずかしく ありません。

3 あそこは ゆうびんきょくです。

1 あそこでは うわぎや ズボンを うって います。
2 あそこでは きってや はがきを うって います。
3 あそこでは つくえや いすを うって います。
4 あそこでは コーヒーや ケーキを うって います。

4 すずきさんは あさ くだものを たべます。

1 すずきさんは あさ パンを たべます。
2 すずきさんは あさ りんごを たべます。
3 すずきさんは あさ ごはんを たべます。
4 すずきさんは あさ ケーキを たべます。

5 この きょうしつは うるさいですね。

1 この きょうしつは しずかでは ないですね。
2 この きょうしつは しずかですね。
3 この きょうしつは きれいでは ないですね。
4 この きょうしつは きれいですね。

答案 1② 2③ 3② 4② 5①

61 單字測驗考古題　相似詞替換　/5

もんだい４ ＿＿＿＿の　ぶんと　だいたい　おなじ　いみの　ぶんが　あります。１・２・３・４から　いちばん　いい　ものを　ひとつ　えらんで　ください。

1 おてあらいに　いきたいです。

1　デパートに　いきたいです。
2　パーティーに　いきたいです。
3　トイレに　いきたいです。
4　スーパーに　いきたいです。

2 せんぱいと　きっさてんに　いきました。

1　せんぱいと　コーヒーを　のみに　いきました。
2　せんぱいと　きってを　かいに　いきました。
3　せんぱいと　テニスを　しに　いきました。
4　せんぱいと　ごはんを　たべに　いきました。

3 へやは　きたなく　ありません。

1　へやは　しずかです。
2　へやは　あかるいです。
3　へやは　くらいです。
4　へやは　きれいです。

4 けさ、せんたくを　しました。

1　けさ、はを　みがきました。
2　けさ、くつを　みがきました。
3　けさ、くるまを　あらいました。
4　けさ、ふくを　あらいました。

5 ちちは　ここで　はたらいて　います。

1　ちちは　ここで　まって　います。
2　ちちは　ここで　しごとを　して　います。
3　ちちは　ここで　やすんで　います。
4　ちちは　ここで　ごはんを　たべて　います。

答案 1③　2①　3④　4④　5②

62 單字測驗考古題　相似詞替換　/5

もんだい４　＿＿＿＿の　ぶんと　だいたい　おなじ　いみの　ぶんが　あります。１・２・３・４から　いちばん　いい　ものを　ひとつ　えらんで　ください。

1　かばんは　かるいです。

1　かばんは　やすく　ありません。
2　かばんは　きたなく　ありません。
3　かばんは　たかく　ありません。
4　かばんは　おもく　ありません。

2　のみものは　どこに　ありますか。

1　はがきや　きっては　どこに　ありますか。
2　コーヒーや　ぎゅうにゅうは　どこに　ありますか。
3　しんぶんや　ざっしは　どこに　ありますか。
4　くつや　スリッパは　どこに　ありますか。

3　ゆうべは　１じかん　さんぽを　しました。

1　ゆうべは　１じかん　あるきました。
2　ゆうべは　１じかん　ねました。
3　ゆうべは　１じかん　はたらきました。
4　ゆうべは　１じかん　やすみました。

4　きょうは　よっかです。あさってから　がっこうは　やすみです。

1　やすみは　ようかからです。
2　やすみは　いつかからです。
3　やすみは　むいかからです。
4　やすみは　なのかからです。

5　リーさんは　どうぶつが　すきですか。

1　リーさんは　ねこや　いぬが　すきですか。
2　リーさんは　なしや　りんごが　すきですか。
3　リーさんは　すしや　てんぷらが　すきですか。
4　リーさんは　コーヒーや　こうちゃが　すきですか。

答案 1④　2②　3①　4③　5①

3 相似詞替換歷年單字 ②

あ

□ あきらさんは　けいこさんと　きょうだいだ。明先生和惠子小姐是兄妹
≒ あきらさんは　けいこさんの　おにいさんだ。明先生是惠子小姐的哥哥

□ あまり　さむく　ない。不怎麼冷 ≒ すこし　さむい。稍微冷

□ いそがしいから、しんぶんを　よみません。忙到沒讀報紙
≒ しんぶんを　よむ　じかんが　ありません。沒有讀報紙的時間

□ いそがしかった 忙碌 ≒ ひまじゃ　なかった 不閒

□ いつも　7じに　いえを　でて、しごとに　いきます。總在七點出門去工作
≒ まいにち　7じに　でかけます。每天七點出門

□ いま、2001ねんです。さらいねん　がいこくに　いきます。
現在是 2001 年，後年出國
≒ 2003ねんに　がいこくに　いきます。2003 年出國

□ Aは　Bに　ペンを　かしました。A 借筆給 B
≒ Bは　Aに　ペンを　かりました。B 向 A 借了筆

□ えきの　そばに　あります。在車站旁邊
≒ えきの　ちかくに　あります。在車站附近

□ おさらを　8まい　ならべて　ください。請排列八個盤子
≒ おさらを　8まい　おいて　ください。請放八個盤子

□ おじ 舅舅 ≒ ははの　あに 母親的哥哥

□ おてあらいは　あちらです。洗手間在那邊
≒ トイレは　あちらに　あります。那邊有廁所

□ おととし 前年 ≒ にねんまえ 兩年前

□ おととし　りょこうしました。前年去旅行了
≒ りょこうは　にねんまえです。旅行是兩年前

□ おばさん 阿姨 ≒ おかあさんの　いもうと 母親的妹妹

□ おもしろく　ない 無趣 ≒ つまらない 無聊

か

□ きょうだいに　あう。見兄弟姊妹
≒ おにいさんや　おねえさんに　あう。見哥哥和姐姐

□ きょうは　ここのかです。今天是九號 ≒ きのうは　ようかでした。昨天是八號

□ くだもの 水果 ≒ りんごや　バナナ 蘋果和香蕉
≒ りんごや　バナナなど 蘋果和香蕉等
≒ りんごや　みかん 蘋果和橘子

□ くらい 暗 ≒ あかるく　ない 不明亮

□ けさ 今早 ≒ きょうの　あさ 今天早上

□ げんかんに　だれか　いる。玄關有人
≒ いえの　いりぐちに　ひとが　いる。家門口有人

□ けいかんが　いる。有警官 ≒ おまわりさんが　いる。有警察叔叔

□ こうえんを　さんぽする。在公園裡散步 ≒ こうえんを　あるく。在公園裡走

□ ここは　でぐちです。いりぐちは　あちらです。這裡是出口，入口在那邊
≒ あちらから　はいって　ください。請從那邊進去

□ この　しょくどうは　まずい。這食堂難吃
≒ ここの　りょうりは　おいしく　ない。這裡的餐點不好吃

□ かして　ください。請借我 ≒ かりたいです。我想借

□ ことし　はたちです。今年二十歲 ≒ ことし　20 さいです。今年 20 歲

□ この　たてものは　ぎんこうです。這棟是銀行
≒ ここで　おかねを　だします。在這裡領錢

□ これは　りょうしんの　しゃしんです。這是雙親的照片
≒ これは　ちちと　ははの　しゃしんです。這是父親和母親的照片

さ

□ さいとうさんに　コピーを　たのみます。拜託齊藤先生影印
≒ さいとうさん、コピーして　ください。齊藤先生，請幫我影印

□ じが　へただ。寫字笨拙 ≒ じが　じょうずでは　ない。不擅長寫字

□ しごとが　したい。想做工作 ≒ はたらきたい。想工作

□ しごとを　やすむ。工作請假 ≒ しごとを　しない。不工作

□ しょくどう 食堂 ≒ ごはんを　たべる　ところ 吃飯的地方

□ スポーツが　すきだ。喜歡運動 ≒ サッカーが　すきだ。喜歡足球

□ せが　たかい 個子高 ≒ おおきい 高大

□ せんしゅう　がっこうを　やすみました。上週學校請假
≒ せんしゅう　がっこうへ　いきませんでした。上週沒去學校

□ せんたくを　する。洗衣服 ≒ ようふくを　あらう。洗西裝

□ そうじを　して　ください。請打掃
≒ へやを　きれいに　して　ください。請把房間弄乾淨

□ そふ 爺爺 ≒ ははの　ちち 母親的爸爸

□ そぼ 奶奶 ≒ ちちの　はは 父親的媽媽

た

□ だいどころ 廚房 ≒ ごはんを　つくる　ところ 做飯的地方
≒ りょうりを　する　ところ 料理的地方

□ たてもの 建築 ≒ ビル 大樓

□ たなかさんは　しごとを　やすみましたね。なぜですか。
田中先生工作請假了呢，為什麼呢？
≒ たなかさんは　どうして　しごとを　やすみましたか。
田中先生為什麼工作請假？

□ たなか「あの　ひとは　どなたですか。」田中先生：「那個人是哪位？」
≒ たなかさんは　あの　ひとの　なまえが　わかりません。
田中先生不知道那個人的名字

□ たんじょうび 生日 ≒ うまれました 出生了

□ たんじょうびは　じゅうがつ　いつかです。生日是十月五日
≒ じゅうがつ　いつかに　うまれました。十月五日出生了

□ ちょうど　3じに　でます。三點整出發 ≒ 3じに　でます。三點出去

□ つまらない 無聊 ≒ おもしろく　ない 不有趣

□ でかける 外出 ≒ いえに　いない 不在家

□ テストが　かんたんだ。考試簡單 ≒ テストが　やさしい。考試容易

□ てんきが　いい。天氣好 ≒ よく　はれて　います。非常晴朗

□ トイレ 廁所 ≒ おてあらい 洗手間

□ どうぶつが　すきだ。喜歡動物
≒ いぬや　ねこ　などが　すきだ。喜歡狗和貓咪等

□ としょかん 圖書館 ≒ ほんや　ざっしが　ある　ところ 有書和雜誌的地方

□ としょかんに　いく。去圖書館 ≒ ほんを　かりる。借書

□ としょかんに　つとめて　いる。在圖書館任職
≒ としょかんで　はたらいて　いる。在圖書館工作

な

□ にぎやかだ 熱鬧 ≒ ひとが　おおぜい　いる。人很多

□ にねんまえ 兩年前 ≒ おととし 前年

□ にほんごを　ならって　いる。正在學習日文
≒ にほんごを　べんきょうして　いる。正在學習日文

□ にほんへは　はじめて　いく。第一次要去日本
≒ にほんへは　まだ　いって　いない。還沒去過日本

□ のみもの 飲料 ≒ コーヒーや　こうちゃ 咖啡和紅茶
≒ ジュースや　ぎゅうにゅう 果汁和牛奶

は

□ ひまだ 很閒 ≒ いそがしく ない 不忙

□ ひろい 寬闊 ≒ おおきい 大

□ ふくを　せんたくします。洗衣服 ≒ ふくを　あらいます。洗衣服

□ ふつかまえ 兩天前 ≒ おととい 前天

□ ペットが　いる 有寵物 ≒ とりが　いる 有小鳥

□ へやが　くらいですね。あかるく　して　ください。房間很暗，請開亮
≒ でんきを　つけて　ください。請開燈

□ ホテルで　はたらいて　いる。在飯店工作
≒ ホテルで　しごとを　して　いる。在飯店做工作

ま

□ まいばん 容易 ≒ よるは　いつも 在晚上總是

□ むこうの　へやは　うるさいです。對面房間很吵
≒ むこうの　へやは　しずかでは　ありません。對面房間不安靜

や

□ やさしい 容易 ≒ かんたんだ 簡單

□ やまださんは　すずきさんに　えいごを　おしえる。山田先生教鈴木先生英文
≒ すずきさんは　やまださんに　えいごを　ならう。鈴木先生向山田先生學英文

□ ゆうびんきょく 郵局 ≒ きってや　はがきを　うって　いる 賣郵票和明信片

□ ゆうめいだ 有名 ≒ みんな　しって　いる 大家都知道

□ ゆうべ 昨晚 ≒ きのうの　よる 昨天晚上

ら

□ リーさんは　たなかさんに　えんぴつを　もらいました。
李先生收到田中先生給的鉛筆

≒ たなかさんは　リーさんに　えんぴつを　あげました。
田中先生給李先生鉛筆

□ りょうしんは　でかけて　いる。父母出去了

≒ ちちも　ははも　いえに　いない。父親母親都不在家

□ れいぞうこ 冰箱 ≒ ここに　ぎゅうにゅうを　いれる。在這裡放牛奶

わ

□ わたしの　あねは　やまださんと　けっこんします。我姊姊和山田先生結婚

≒ あねは　やまださんの　おくさんに　なります。姊姊成為山田先生的夫人

memo

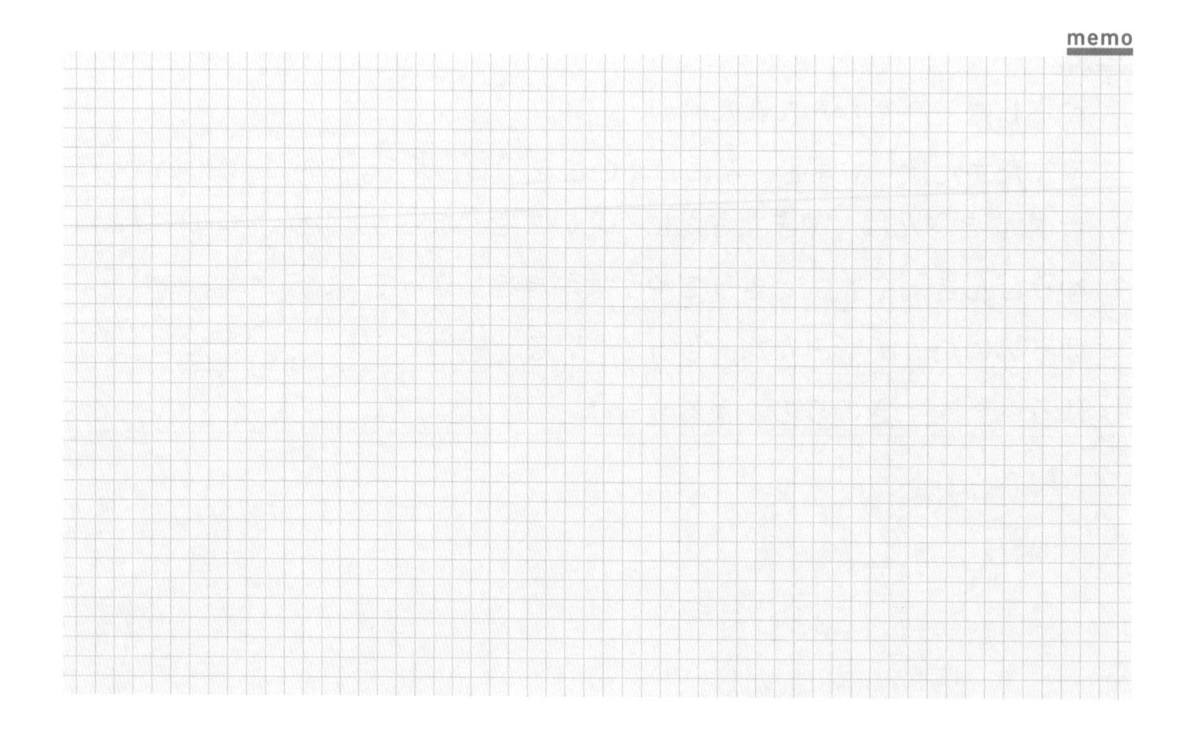

63 單字測驗考古題　相似詞替換　/5

もんだい4 ＿＿＿＿の　ぶんと　だいたい　おなじ　いみの　ぶんが　あります。1・2・3・4から　いちばん　いい　ものを　ひとつ　えらんで　ください。

1 おととし　こどもが　うまれました。

1 にねんまえに　こどもが　うまれました。
2 いちねんまえに　こどもが　うまれました。
3 ふつかまえに　こどもが　うまれました。
4 いちにちまえに　こどもが　うまれました。

2 わたしは　じが　へたです。

1 わたしは　じが　まるく　ありません。
2 わたしは　じが　おおきく　ありません。
3 わたしは　じが　すきでは　ありません。
4 わたしは　じが　じょうずでは　ありません。

3 こうえんに　けいかんが　いました。

1 こうえんに　おいしゃさんが　いました。
2 こうえんに　おくさんが　いました。
3 こうえんに　おにいさんが　いました。
4 こうえんに　おまわりさんが　いました。

4 きょうは　ここのかです。

1 きのうは　よっかでした。
2 きのうは　ようかでした。
3 きのうは　いつかでした。
4 きのうは　はつかでした。

5 いちろうさんは　はなこさんと　きょうだいです。

1 いちろうさんは　はなこさんの　おとうさんです。
2 いちろうさんは　はなこさんの　おじさんです。
3 いちろうさんは　はなこさんの　おにいさんです。
4 いちろうさんは　はなこさんの　おじいさんです。

答案 1① 2④ 3④ 4② 5③

64 單字測驗考古題　相似詞替換　/5

もんだい４ ＿＿＿＿ の　ぶんと　だいたい　おなじ　いみの　ぶんが　あります。１・２・３・４から　いちばん　いい　ものを　ひとつ　えらんで　ください。

1 ゆうべ　たなかさんに　でんわを　かけました。

1 おとといの　あさ　たなかさんに　でんわを　しました。
2 おとといの　よる　たなかさんに　でんわを　しました。
3 きのうの　あさ　たなかさんに　でんわを　しました。
4 きのうの　よる　たなかさんに　でんわを　しました。

2 わたしは　としょかんに　つとめて　います。

1 わたしは　としょかんで　やすんで　います。
2 わたしは　としょかんで　はたらいて　います。
3 わたしは　としょかんで　まって　います。
4 わたしは　としょかんで　べんきょうして　います。

3 きょうは　いつかです。

1 きのうは　ようかでした。
2 きのうは　よっかでした。
3 きのうは　はつかでした。
4 きのうは　ここのかでした。

4 ここは　だいどころです。

1 ここは　りょうりを　する　ところです。
2 ここは　かいものを　する　ところです。
3 ここは　ねる　ところです。
4 ここは　およぐ　ところです。

5 わたしは　やまださんに　コピーを　たのみました。

1 「やまださん、これを　コピーしないで　ください。」
2 「やまださん、これを　コピーしましょうか。」
3 「やまださん、これを　コピーしましたか。」
4 「やまださん、これを　コピーして　ください。」

答案 1④　2②　3②　4①　5④

65 單字測驗考古題　相似詞替換　/5

もんだい４ ＿＿＿＿の　ぶんと　だいたい　おなじ　いみの　ぶんが　あります。１・２・３・４から　いちばん　いい　ものを　ひとつ　えらんで　ください。

1 にちようびの　こうえんは　にぎやかです。

1　にちようびの　こうえんは　きれいです。
2　にちようびの　こうえんは　しずかです。
3　にちようびの　こうえんは　ひとが　すくないです。
4　にちようびの　こうえんは　ひとが　おおぜい　います。

2 おじは　６５さいです。

1　ははの　あには　６５さいです。
2　ははの　あねは　６５さいです。
3　ははの　ちちは　６５さいです。
4　ははの　ははは　６５さいです。

3 やまださんは　じが　じょうずです。

1　やまださんは　じが　まるく　ありません。
2　やまださんは　じが　おおきく　ありません。
3　やまださんは　じが　すきでは　ありません。
4　やまださんは　じが　へたでは　ありません。

4 へやが　くらいですね。あかるく　して　ください。

1　でんきを　けして　ください。
2　でんきを　つけて　ください。
3　でんきを　けさないで　ください。
4　でんきを　つけないで　ください。

5 わたしの　あねは　すずきさんと　けっこんします。

1　あねは　すずきさんの　いもうとに　なります。
2　あねは　すずきさんの　おくさんに　なります。
3　あねは　すずきさんの　おばさんに　なります。
4　あねは　やまださんの　ごしゅじんに　なります。

答案　1④　2①　3④　4②　5②

66 單字測驗考古題　相似詞替換　/5

もんだい4　＿＿＿＿の　ぶんと　だいたい　おなじ　いみの　ぶんが　あります。1・2・3・4から　いちばん　いい　ものを　ひとつ　えらんで　ください。

1 ここは　でぐちです。いりぐちは　あちらです。

1　あちらから　でて　ください。
2　あちらから　おりて　ください。
3　あちらから　はいって　ください。
4　あちらから　わたって　ください。

2 つぎの　バスは　ちょうど　１２じに　でます。

1　つぎの　バスは　１２じまえに　でます。
2　つぎの　バスは　１２じはんに　でます。
3　つぎの　バスは　１２じごろ　でます。
4　つぎの　バスは　１２じに　でます。

3 いま、２０２１ねんです。さらいねん　がいこくに　いきます。

1　２０２２ねんに　がいこくに　いきます。
2　２０２３ねんに　がいこくに　いきます。
3　２０２４ねんに　がいこくに　いきます。
4　２０２５ねんに　がいこくに　いきます。

4 おととし　いえを　かいました。

1　にねんまえに　いえを　かいました。
2　いちねんまえに　いえを　かいました。
3　ふつかまえに　いえを　かいました。
4　いちにちまえに　いえを　かいました。

5 そうじを　して　ください。

1　てを　きれいに　して　ください。
2　へやを　きれいに　して　ください。
3　ふくを　きれいに　あらって　ください。
4　からだを　きれいに　あらって　ください。

答案 1③　2④　3②　4①　5②

4 相似詞替換歷年單字 ③

あ

- □ いい　てんきでしょう。天氣不錯吧 ≒ はれるでしょう。會放晴的吧
- □「いただきます」と　いう。說「開動了」
  ≒ いまから　ごはんを　たべる。現在開始吃飯
- □ いちろうさんと　けっこんした。和一朗先生結婚
  ≒ いちろうさんの　おくさんに　なった。成為一朗先生的夫人
- □ いま　でかけて　いる。現在外出 ≒ いま　いえに　いない。現在不在家
- □ いもうとは　「おやすみなさい」と　いう。妹妹說「晚安」
  ≒ いもうとは　いまから　ねる。妹妹現在要睡覺
- □ おととい 前天 ≒ ふつかまえ 兩天前
- □ おば 阿姨 ≒ ははの　あね 母親的姊姊

か

- □ かない 內人 ≒ おくさん 夫人
- □ かばんから　ほんや　じしょを　だす。從包包裡拿出書和字典
  ≒ かばんは　かるく　なる。包包變輕
- □ きたない 髒 ≒ きれいでは　ない 不乾淨
- □ きっさてん 咖啡廳
  ≒ コーヒーを　のんだり　ひとと　はなしたり　する　ところ
  喝咖啡或和人聊天的地方
  ≒ コーヒーや　ジュースを　のむ。喝咖啡或果汁
- □ きのう　りんごを　みっつ　そして、きょう　りんごを　むっつ
  かいました。昨天買了三顆蘋果，今天買了六顆
  ≒ ぜんぶで　りんごを　ここのつ　かいました。全部共買了九顆蘋果
- □ きらいだ 討厭 ≒ すきでは　ない 不喜歡
- □ きれいだ 乾淨 ≒ きたなく　ない 不髒

□ げんかん 玄關 ≒ いえの　いりぐち 家門口

□ くだものを　たべる。吃水果 ≒ みかんを　たべる。吃橘子

□ くるまで　くる。開車來 ≒ じどうしゃで　くる。開汽車來

□ ごぜんも　ごごも　いそがしかった。上午下午都很忙
≒ あさから　ゆうがたまで　いそがしかった。從早到晚都很忙

□ こうじょうに　つとめて　いる。任職於工廠
≒ こうじょうで　はたらいて　いる。在工廠工作

□ ごぜんちゅう　いそがしかった。上午很忙
≒ あさから　ひるまで　いそがしかった。早上到中午很忙

□ この　みせでは　やさいや　くだものを　うって　いる。這家店賣蔬菜和水果
≒ ここは　やおやです。這裡是蔬果店

さ

□ じしょを　ひく。查字典 ≒ ことばの　いみが　わかる。了解字義

□ じゅぎょうは　いつも　9じはんに　はじまります。きょうは　10ぷん　おそく　はじまりました。課程都是九點半開始，今天晚十分鐘開始
≒ きょうの　じゅぎょうは　9じ　40ぷんに　はじまりました。
今天課程九點四十分開始

□ しょくどうが　やすみです。食堂休息
≒ しょくどうが　しまって　います。食堂關門

□ ストーブ 暖爐 ≒ へやを　あたたかく　する　もの 讓房間溫暖的東西

□ せっけん 肥皂 ≒ なにかを　あらう　ときに　つかう。洗東西的時候使用

□ せんたくして　ください。請洗滌 ≒ あらって　ください。請洗

□ せんたくを　して　いる。在洗衣服
≒ シャツや　ハンカチなどを　あらって　いる。在洗襯衫和手帕等

□ そうじを　する。打掃
≒ いえの　なかや　にわを　きれいに　する。把家裡和庭院弄乾淨

た

□ だいがくに　つとめて　いる。任職於大學
≒ だいがくで　はたらいて　いる。在大學工作

□ たなかさんは「いただきます」と　いう。田中先生說「開動了」
≒ たなかさんは　ごはんを　たべる。田中先生吃飯

□ たなかさんは　さとうさんに　くるまを　かりる。田中先生向佐藤先生借車
≒ さとうさんは　たなかさんに　くるまを　かす。佐藤先生借車給田中先生

□ つまらなかった。無聊 ≒ おもしろく　なかった。不有趣

□ テニスが　すきだ。喜歡網球 ≒ テニスが　したい。想打網球

□ でんきを　けして　ねる。關燈睡覺
≒ へやを　くらく　して　ねる。弄暗房間睡覺

□ ドアは　あいて　いる。門開著 ≒ ドアは　しまって　いない。門沒關

は

□ へやの　でんきを　つける。開房間的燈
≒ へやを　あかるく　する。使房間變明亮

□ ボールペン 原子筆 ≒ これで　てがみを　かく。用這個寫信

ま

□ まずい 難吃 ≒ おいしく　ない 不好吃

□ むずかしく　ない 不難 ≒ やさしい 容易
≒ かんたんだ 簡單

□ もうすぐ　おわる。快結束了 ≒ まだ　おわって　いない。還沒結束

や

□ やまださんは「わたしの　あには　いしゃです」と　いう。
山田先生說「我哥哥是醫生」
≒ やまださんの　おにいさんは　いしゃです。山田先生的哥哥是醫生

□ ゆうびんきょく 郵局 ≒ きってを　うって　いる。賣郵票

□ ゆうべ 昨晚 ≒ きのうの　よる 昨天晚上

ら

□ りゅうがくせい 留學生 ≒ べんきょうを　しに　くる。來讀書

□ れいぞうこ 冰箱
≒ ここに　たべものや　のみものを　いれる。在這裡放食物或飲料

わ

□ わたしは　あの　おとこのこの　あねです。我是那個男孩的姊姊
≒ あの　おとこのこは　わたしの　おとうとです。那個男孩是我弟弟

□ わたしは　ふくださんに　かんじを　ならう。我向福田先生學漢字
≒ ふくださんは　わたしに　かんじを　おしえる。福田先生教我漢字

67 單字測驗考古題　相似詞替換　/5

もんだい4 ＿＿＿＿の　ぶんと　だいたい　おなじ　いみの　ぶんが　あります。1・2・3・4から　いちばん　いい　ものを　ひとつ　えらんで　ください。

1 きのうの　テストは　むずかしく　なかったです。

1　きのうの　テストは　やさしく　なかったです。
2　きのうの　テストは　かんたんでした。
3　きのうの　テストは　みじかく　なかったです。
4　きのうの　テストは　たいせつでした。

2 この　えは　きらいです。

1　この　えは　すきです。
2　この　えは　きれいです。
3　この　えは　すきでは　ありません。
4　この　えは　きれいでは　ありません。

3 じしょを　ひきました。

1　じかんが　わかりました。
2　でぐちが　わかりました。
3　でんわばんごうが　わかりました。
4　ことばの　いみが　わかりました。

4 ともだちは　げんかんで　くつを　ぬぎました。

1　ともだちは　ベッドの　そばで　くつを　ぬぎました。
2　ともだちは　へやの　まえで　くつを　ぬぎました。
3　ともだちは　いえの　いりぐちで　くつを　ぬぎました。
4　ともだちは　まどの　したで　くつを　ぬぎました。

5 たなかさんは　さとうさんに　くるまを　かりました。

1　さとうさんは　たなかさんに　くるまを　あげました。
2　さとうさんは　たなかさんに　くるまを　かえしました。
3　さとうさんは　たなかさんに　くるまを　うりました。
4　さとうさんは　たなかさんに　くるまを　かしました。

答案　1② 2③ 3④ 4③ 5④

68 單字測驗考古題 相似詞替換 /5

もんだい４ ＿＿＿＿の　ぶんと　だいたい　おなじ　いみの　ぶんが　あります。１・２・３・４から　いちばん　いい　ものを　ひとつ　えらんで　ください。

1 かばんから　ほんや　じしょを　だしました。

1　かばんは　かるく　なりました。
2　かばんは　おもく　なりました。
3　かばんは　おおきく　なりました。
4　かばんは　やさしく　なりました。

2 いもうとは　「おやすみなさい。」と　いいました。

1　いもうとは　いまから　ねます。
2　いもうとは　いまから　おきます。
3　いもうとは　いまから　うちを　でます。
4　いもうとは　いまから　ごはんを　たべます。

3 わたしは　きょう　くるまで　きました。

1　わたしは　きょう　あるいて　きました。
2　わたしは　きょう　でんしゃで　きました。
3　わたしは　きょう　じどうしゃで　きました。
4　わたしは　きょう　じてんしゃで　きました。

4 その　ドアは　あいて　います。

1　その　ドアは　しまって　いません。
2　その　ドアは　しめて　あります。
3　その　ドアは　あきません。
4　その　ドアは　あけて　ありません。

5 この　コーヒーは　まずいです。

1　この　コーヒーは　やすく　ないです。
2　この　コーヒーは　おいしく　ないです。
3　この　コーヒーは　からく　ないです。
4　この　コーヒーは　ふるく　ないです。

答案 1① 2① 3③ 4① 5②

69 單字測驗考古題　相似詞替換　/5

もんだい4 ＿＿＿の ぶんと だいたい おなじ いみの ぶんが あります。1・2・3・4から いちばん いい ものを ひとつ えらんで ください。

1 これは　ボールペンです。

1　これで　てがみを　かきます。
2　これで　ごはんを　たべます。
3　これで　かみを　きります。
4　これで　おんがくを　ききます。

2 これは　れいぞうこです。

1　ここに　くつや　スリッパを　いれます。
2　ここに　たべものや　のみものを　いれます。
3　ここに　くるまや　じてんしゃを　いれます。
4　ここに　スカートや　ズボンを　いれます。

3 あそこでは　やさいや　くだものを　うって　います。

1　あそこは　やおやです。
2　あそこは　ほんやです。
3　あそこは　にくやです。
4　あそこは　はなやです。

4 ゆうべ　えいがを　みました。

1　おとといの　あさ　えいがを　みました。
2　おとといの　よる　えいがを　みました。
3　きのうの　あさ　えいがを　みました。
4　きのうの　よる　えいがを　みました。

5 やまださんは　だいがくに　つとめて　います。

1　やまださんは　だいがくに　すんで　います。
2　やまださんは　だいがくに　はいって　います。
3　やまださんは　だいがくで　はたらいて　います。
4　やまださんは　だいがくで　べんきょうして　います。

答案 1① 2② 3① 4④ 5③

70 單字測驗考古題　相似詞替換　/5

もんだい4 ＿＿＿＿の　ぶんと　だいたい　おなじ　いみの　ぶんが　あります。1・2・3・4から　いちばん　いい　ものを　ひとつ　えらんで　ください。

1 ははは　いま　でかけて　います。

1 ははは　いま　いえを　でます。
2 ははは　いま　いえに　います。
3 ははは　いま　いえに　いません。
4 ははは　いま　いえに　つきました。

2 あさこさんは　じろうさんと　けっこんしました。

1 あさこさんは　じろうさんの　おこさんに　なりました。
2 あさこさんは　じろうさんの　おねえさんに　なりました。
3 あさこさんは　じろうさんの　おにいさんに　なりました。
4 あさこさんは　じろうさんの　おくさんに　なりました。

3 あしたは　いい　てんきでしょう。

1 あしたは　くもるでしょう。
2 あしたは　はれるでしょう。
3 あしたは　ゆきが　ふるでしょう。
4 あしたは　あめが　ふるでしょう。

4 すずきさんは　あさ　くだものを　たべます。

1 すずきさんは　あさ　パンを　たべます。
2 すずきさんは　あさ　りんごを　たべます。
3 すずきさんは　あさ　ごはんを　たべます。
4 すずきさんは　あさ　ケーキを　たべます。

5 きのうは　ごぜんちゅう　ひまでした。

1 きのうは　あさから　ばんまで　ひまでした。
2 きのうは　あさから　ひるまで　ひまでした。
3 きのうは　あさから　よるまで　ひまでした。
4 きのうは　あさから　ゆうがたまで　ひまでした。

答案 1③ 2④ 3② 4② 5②

第 2 章

文字・語彙
預測攻略篇

單字預測攻略

01 單字預測攻略

1 出題預測 名詞

雖然單字旁邊會標記漢字，但這些漢字不會全部出現在 N5 的漢字閱讀或標音題目中。

あ

□ あお	青 藍 N4	□ あか	赤 紅 N4
□ あき	秋 秋天 N4	□ あさ	朝 早上 N4
□ あさごはん	朝ご飯 早餐	□ あさって	後天
□ あし	足 腳 N4	□ あした	明天
□ あたま	頭 頭 N4	□ あと	後 之後
□ あなた	你	□ あに	兄 哥哥 N4
□ あね	姉 姊姊 N4	□ あめ	雨 雨
□ あめ	糖果	□ いえ	家 家 N4
□ いけ	池 池塘	□ いしゃ	医者 醫生 N4
□ いす	椅子 椅子	□ いち	一 一；1
□ いちご	草莓	□ いちにち	一日 一天
□ いつか	五日 五日	□ いっしょ	一緒 一起
□ いつつ	五つ 五個	□ いぬ	犬 狗
□ いま	今 現在	□ いみ	意味 意思 N4
□ いもうと	妹 妹妹 N4	□ いりぐち	入(り)口 入口

□	いろ	色 顏色 N4	□	うえ	上 上面
□	うしろ	後ろ 後面	□	うた	歌 歌曲 N4
□	うち	（我）家	□	うみ	海 海 N4
□	うわぎ	上着 上衣 N4	□	え	絵 畫 N4
□	えいが	映画 電影 N4	□	えいがかん	映画館 電影院 N4
□	えいご	英語 英文 N4	□	えき	駅 車站
□	えんぴつ	鉛筆 鉛筆	□	おおぜい	眾多
□	おかあさん	お母さん 母親	□	おかし	お菓子 點心
□	おかね	お金 錢	□	おくさん	奥さん 夫人
□	おさけ	お酒 酒	□	おさら	お皿 盤子
□	おじ	舅舅／叔叔	□	おじさん	舅舅；叔叔（尊敬）
□	おじいさん	爺爺	□	おちゃ	お茶 茶 N4
□	おてあらい	お手洗い 洗手間	□	おと	音 聲音 N4
□	おとうさん	お父さん 父親	□	おとうと	弟 弟弟 N4
□	おとこ	男 男人	□	おとこのこ	男の子 男孩
□	おととい	前天	□	おととし	前年
□	おとな	大人 大人	□	おなか	肚子
□	おにいさん	お兄さん 哥哥 N4	□	おねえさん	お姉さん 姊姊 N4
□	おばさん	阿姨	□	おばあさん	奶奶
□	おふろ	浴池	□	おべんとう	お弁当 便當
□	おまわりさん	警察叔叔	□	おんがく	音楽 音樂 N4
□	おんな	女 女人	□	おんなのこ	女の子 女孩

か

□ かいぎ	会議 會議	□ がいこく	外国 外國 N4
□ がいこくじん	外国人 外國人 N4	□ かいしゃ	会社 公司
□ かいだん	階段 階梯	□ かいもの	買い物 買（到的）東西 N4
□ かお	顔 臉 N4	□ かぎ	鑰匙
□ がくせい	学生 學生	□ かさ	傘 雨傘
□ かぜ	風 風 N4	□ かぜ	風邪 感冒
□ かぞく	家族 家族 N4	□ かた	方 位（尊稱他人）N4
□ かたかな	片仮名 片假名	□ かたかな	学校 學校
□ かてい	家庭 家庭	□ かど	角 轉角
□ かばん	包包	□ かびん	花瓶 花瓶
□ かみ	紙 紙 N4	□ かようび	火よう日 星期二 N4
□ からだ	体 身體 N4	□ かわ	川 河川 N4
□ かんじ	漢字 漢字 N4	□ き	木 樹
□ きいろ	黄色 黃色	□ きた	北 北邊
□ きっさてん	喫茶店 茶館；咖啡廳	□ きって	切手 郵票 N4
□ きっぷ	切符 車票	□ きのう	昨日 昨天
□ きゅう	九 九；9	□ ぎゅうにく	牛肉 N4
□ ぎゅうにゅう	牛乳 牛奶	□ きょう	今日 今天
□ きょうしつ	教室 教室 N4	□ きょうだい	兄弟 兄弟姊妹 N4
□ きょねん	去年 去年 N4	□ ぎんこう	銀行 銀行 N4
□ きんようび	金よう日 星期五 N4	□ く	九 九；9
□ くすり	薬 藥	□ くだもの	果物 水果
□ くち	口 嘴巴	□ くつ	靴 鞋子；皮鞋
□ くつした	靴下 襪子	□ くに	国 國家

□ くるま	車 汽車	□ くろ	黒 黑 N4
□ けいかん	警官 警察	□ けさ	今朝 今早
□ けっこん	結婚 結婚	□ げつようび	月よう日 星期一 N4
□ げんかん	玄関 玄關	□ ご	五 五；5
□ こうえん	公園 公園	□ こうさてん	交差点 十字路口
□ こうちゃ	紅茶 紅茶	□ こうばん	交番 派出所
□ こえ	声 說話聲	□ ごご	午後 下午
□ ここのか	九日 九日	□ ここのつ	九つ 九個
□ ごぜん	午前 上午	□ ことし	今年 今年
□ ことば	言葉 話語；言詞	□ こども	子ども 小孩
□ ごはん	ご飯 飯；餐 N4	□ こんげつ	今月 這個月
□ こんしゅう	今週 這週	□ こんばん	今晚 今晚 N4

memo

さ

□ さいご	最後 最後	□ さいふ	財布 錢包
□ さかな	魚 魚	□ さき	先 最前部；前面
□ さくぶん	作文 作文 N4	□ ざっし	雑誌 雜誌
□ さとう	砂糖 砂糖	□ さらいねん	後年
□ さん	三 三；3	□ し	四 四；4
□ しお	塩 鹽	□ しがつ	四月 四月
□ じかん	時間 時間	□ しごと	仕事 工作 N4
□ じしょ	辞書 字典	□ した	下 下面
□ しち	七 七；7	□ しちがつ	七月 七月
□ しちじ	七時 七點	□ しつもん	質問 提問 N4
□ じてんしゃ	自転車 腳踏車 N4	□ じどうしゃ	自動車 汽車 N4
□ じびき	字引 字典 N4	□ じぶん	自分 自己 N4
□ しゃしん	写真 照片 N4	□ じゅう	十 十；10
□ じゅぎょう	授業 上課	□ しゅくだい	宿題 作業 N4
□ しょうゆ	醬油	□ しょくどう	食堂 食堂 N4
□ しろ	白 白	□ しんぶん	新聞 報紙
□ すいようび	水よう日 星期三 N4	□ せ	背 身高
□ せいと	生徒 學生	□ せっけん	肥皂
□ せびろ	背広 西裝	□ せん	千 千
□ せんげつ	先月 上個月	□ せんしゅう	先週 上週
□ せんせい	先生 老師	□ ぜんぶ	全部 全部
□ そと	外 外面	□ そば	旁邊
□ そら	空 天空	□ だいがく	大学 大學

た

□ たいしかん	大使館 大使館 N4	□ だいどころ	台所 廚房
□ たて	縦 縱；豎；直	□ たてもの	建物 建築
□ たばこ	香菸	□ たべもの	食べ物 食物 N4
□ たまご	卵 雞蛋	□ たんじょうび	誕生日 生日
□ ちかく	近く 附近 N4	□ ちかてつ	地下鉄 地鐵
□ ちず	地図 地圖	□ ちち	父 父親
□ ちゃいろ	茶色 茶色；褐色 N4	□ ちゃわん	茶杯；飯碗
□ ちゅうごく	中国 中國	□ ついたち	一日 （每月的）一號
□ つぎ	次 下次；接著	□ つくえ	机 桌子
□ て	手 手	□ てがみ	手紙 信 N4
□ でぐち	出口 出口	□ てんき	天気 天氣
□ でんき	電気 電力；電燈	□ でんしゃ	電車 電車
□ でんわ	電話 電話	□ と	戸 門
□ とうふ	豆腐 豆腐	□ どうぶつ	動物 動物
□ とお	十 十；10	□ とおか	十日 十日
□ とけい	時計 鐘；錶 N4	□ ところ	所 地方 N4
□ とし	年 年紀	□ としょかん	図書館 圖書館
□ となり	隣 鄰居；隔壁	□ ともだち	友だち 朋友
□ どようび	土よう日 星期六 N4	□ とり	鳥 鳥 N4
□ とりにく	とり肉 雞肉 N4		

な

□ なか	中 裡面；之中	□ なつ	夏 夏天
□ なつやすみ	夏休み 暑假	□ ななつ	七つ 七個
□ なに / なん	何 什麼	□ なのか	七日 七日
□ なまえ	名前 名字	□ なんにん	何人 幾人
□ に	二 二；2	□ にく	肉 肉 N4
□ にし	西 西邊	□ にしがわ	西側 西邊；西側
□ にしぐち	西口 西邊出口	□ にちようび	日よう日 星期日 N4
□ にほん	日本 日本	□ にほんご	日本語 日文
□ にもつ	荷物 行李 N4	□ にわ	庭 庭院 N4
□ ねこ	猫 貓咪	□ のみもの	飲み物 飲料 N4

は

□ は	歯 牙齒	□ はいざら	灰皿 菸灰缸
□ はがき	葉書 明信片	□ はこ	箱 箱子
□ はし	橋 橋	□ はし	筷子
□ はじめ	初め / 始め 初始；開始	□ はじめて	初めて 首次
□ はたち	二十歳 二十歲	□ はち	八 八；8
□ はつか	二十日 二十日	□ はな	花 花
□ はな	鼻 鼻子	□ はなし	話 話
□ はなや	花屋 花店 N4	□ はは	母 母親
□ はなみ	花見 賞櫻花	□ はる	春 春天 N4
□ はれ	晴れ 晴天	□ ばん	晩 晚上 N4
□ ばんごう	番号 號碼	□ ばんごはん	晩ご飯 晚飯 N4
□ はんぶん	半分 一半	□ ひがし	東 東邊

□ ひこうき	飛行機 飛機	□ ひだり	左 左邊
□ ひと	人 人	□ ひとつ	一つ 一個
□ ひとり	一人 一個人	□ ひま	暇 空閒；時間
□ ひゃく	百 百	□ びょういん	病院 醫院 N4
□ びょうき	病気 病 N4	□ ひらがな	平仮名 平假名
□ ひる	昼 白天；午餐 N4	□ ひるごはん	昼ご飯 午餐 N4
□ ふうとう	封筒 信封	□ ふく	服 衣服 N4
□ ふたつ	二つ 兩個	□ ぶたにく	豚肉 豬肉
□ ふたり	二人 兩個人	□ ふつか	二日 二日
□ ふゆ	冬 冬天	□ ぶんしょう	文章 文章
□ へや	部屋 房間 N4	□ へん	辺 附近
□ べんきょう	勉強 學習；用功讀書 N4	□ ほう	方向；一側
□ ぼうし	帽子 帽子	□ ほか	外 另外；其他
□ ほん	本 書	□ ほんだな	本棚 書架
□ ほんとう	本当 真的		

ま

□ まいあさ	毎朝 每天早上 N4	□ まいげつ	毎月 每月
□ まいしゅう	毎週 每週	□ まいつき	毎月 每月
□ まいとし	毎年 每年	□ まいにち	毎日 每天
□ まいねん	毎年 每年	□ まいばん	毎晩 每晚 N4
□ まえ	前 前面	□ まち	町 市鎮；社區
□ まど	窓 窗戶	□ まん	万 萬
□ まんねんひつ	万年筆 鋼筆	□ みぎ	右 右邊
□ みず	水 水	□ みせ	店 商店

□ みち	道 道路	□ みっか	三日 三日
□ みっつ	三つ 三個	□ みどり	緑 綠色；植物
□ みなさん	皆さん 大家；各位	□ みなみ	南 南邊
□ みみ	耳 耳朵	□ みんな	大家（口語）
□ むいか	六日 六日	□ むこう	向こう 那邊；對面；對方
□ むっつ	六つ 六個	□ むら	村 村莊
□ め	目 眼睛	□ めがね	眼鏡 眼鏡
□ もくようび	木よう日 星期四 N4	□ もの	物 物品 N4
□ もん	門 門 N4	□ もんだい	問題 問題 N4

や

□ やおや	八百屋 蔬果店	□ やさい	野菜 蔬菜
□ やすみ	休み 休假；休息	□ やっつ	八つ 八個
□ やま	山 山	□ ゆうがた	夕方 傍晚 N4
□ ゆうびんきょく	郵便局 郵局	□ ゆうはん	夕飯 晚飯 N4
□ ゆうべ	夕べ 昨晚	□ ゆき	雪 雪 N4
□ ようか	八日 八日	□ ようふく	洋服 西裝 N4
□ よこ	横 橫；旁邊	□ よっか	四日 四日
□ よっつ	四つ 四個	□ よにん	四人 四人
□ よる	夜 夜晚 N4		

ら

□ らいげつ	来月 下個月	□ らいしゅう	来週 下週
□ らいねん	来年 明年	□ りゅうがくせい	留学生 留學生
□ りょうしん	両親 雙親；父母 N4	□ りょうり	料理 料理 N4
□ りょこう	旅行 旅行 N4	□ りんご	蘋果
□ れい	零 零；0	□ れいぞうこ	冷蔵庫 冰箱
□ れんしゅう	練習 練習	□ ろうか	廊下 走廊
□ ろく	六 六；6	□ ろっぴゃくえん	六百円 六百日圓
□ ろっぽん	六本 六支；六瓶		

わ

□ わけ	理由；道理；意思；情況	□ わすれもの	忘れ物 遺忘的東西；遺失物
□ わたくし	私 我（禮貌說法）	□ わりあい	割合 比例

2　出題預測 動詞

あ

□ あう	会う 見面	□ あく	開く 打開 N4
□ あける	開ける 打開 N4	□ あげる	上げる 上升；（拿、提）上
□ あそぶ	遊ぶ 玩	□ あびる	洗（澡）
□ あらう	洗う 洗	□ ある	有（表示物品存在之意）
□ ある	有（表示所有之意）	□ あるく	歩く 走 N4
□ いう	言う 說話	□ いく	行く 去
□ いる	居る 在；有（人）	□ いる	要る 需要
□ いれる	入れる 放進	□ うたう	歌う 唱（歌） N4
□ うまれる	生まれる 出生	□ うる	売る 賣 N4
□ おきる	起きる 起床 N4	□ おく	置く 放下 N4
□ おしえる	教える 教導 N4	□ おす	押す 按
□ おぼえる	覚える 背誦；記憶	□ およぐ	泳ぐ 游泳
□ おりる	降りる・下りる 下來	□ おわる	終わる 結束 N4

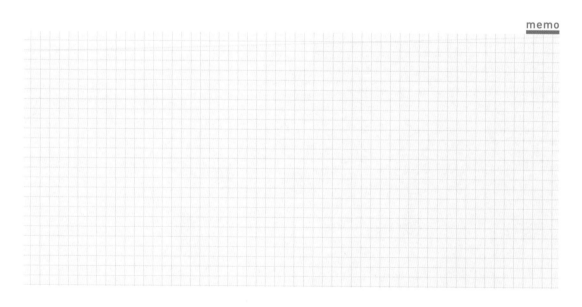

memo

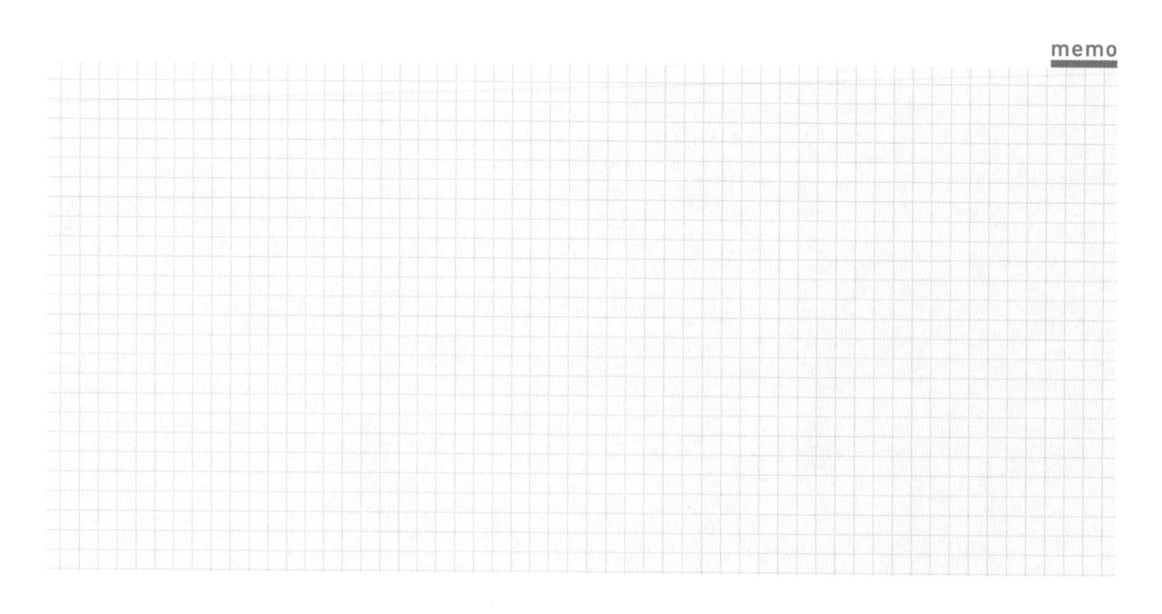

か

- □ かう　買う 買
- □ かえす　返す 歸還
- □ かえる　帰る 回去 N4
- □ かかる　花（時間、費用）
- □ かく　書く 書寫
- □ かける　戴（眼鏡）；打（電話）
- □ かす　貸す 借 N4
- □ かぶる　戴（帽子）
- □ かりる　借りる 借來 N4
- □ きえる　消える 消失
- □ きく　聞く 聽；問
- □ きる　切る 掛斷；裁切；關
- □ きる　着る 穿 N4
- □ くる　来る 來
- □ けす　消す 關（電燈）
- □ こたえる　答える 回答 N4
- □ こまる　困る 困擾

さ

- □ さく　咲く 開（花）
- □ さす　撐（雨傘）
- □ さんぽする　散歩する 散步
- □ しぬ　死ぬ 死亡 N4
- □ しまる　閉まる 關上
- □ しめる　閉める 關
- □ しめる　締める 繫（領帶）
- □ しる　知る 知道 N4
- □ すう　吸う 吸（菸）
- □ すむ　住む 住 N4
- □ する　做
- □ すわる　座る 坐
- □ せんたくする　洗濯する 洗衣服
- □ そうじする　掃除する 打掃

た

- □ だす　出す 拿出；交出
- □ たつ　立つ 站
- □ たのむ　頼む 拜託；委託
- □ たべる　食べる 吃
- □ ちがう　違う 不同；錯誤
- □ つかう　使う 使用 N4
- □ つかれる　疲れる 疲憊
- □ つく　着く 抵達

□ つくる	作る 製作 N4	□ つける	開（電燈）
□ つとめる	勤める 工作	□ でかける	出かける 外出；出去
□ できる	可以；可行	□ でる	出る 出去；出來 N4
□ とぶ	飛ぶ 飛	□ とまる	止まる 停止 N4
□ とる	取る 抓；取；拿；上（年紀）	□ とる	撮る 拍攝

な

□ なく	鳴く （鳥類）鳴叫	□ なくす	無くす 不見；遺失
□ ならう	習う 學習 N4	□ ならぶ	並ぶ 排隊
□ ならべる	並べる 擺放	□ なる	成る 成為
□ ぬぐ	脱ぐ 脫	□ ねる	寝る 睡覺
□ のぼる	登る 上（高處）	□ のむ	飲む 喝；吃（藥）
□ のる	乗る 搭乘 N4		

は

□ はいる	入る 進入	□ はく	穿（下半身的服裝）
□ はじまる	始まる 開始 N4	□ はしる	走る 跑 N4
□ はたらく	働く 工作 N4	□ はなす	話す 說話
□ はる	貼上	□ はれる	晴れる 晴朗；天氣開朗
□ ひく	引く 找（字典） N4	□ ひく	演奏（樂器）；開
□ ふく	吹く 吹	□ ふる	降る 下（雨）

ま

□ まがる	曲がる 轉（方向）	□ まつ	待つ 等待 N4
□ みがく	磨く 擦	□ みせる	見せる 展示
□ みる	見る 看見	□ もつ	持つ 持有 N4

や

□ やすむ	休む 休息	□ やる	做
□ よぶ	呼ぶ 呼叫	□ よむ	読む 閱讀

わ

□ わかる	分かる 知道；理解	□ わすれる	忘れる 遺忘
□ わたす	渡す 遞交	□ わたる	渡る 跨越

memo

3 出題預測 い形容詞

あ～わ

□ あおい	青い 藍的 N4	□ あかい	赤い 紅的 N4
□ あかるい	明るい 明亮 N4	□ あたたかい	暖かい 溫暖
□ あたらしい	新しい 新的	□ あつい	暑い 熱（天氣） N4
□ あつい	熱い 熱（物品）；燙	□ あつい	厚い 厚
□ あぶない	危ない 危險	□ あまい	甘い 甜
□ いい	好	□ いそがしい	忙しい 忙碌
□ いたい	痛い 痛	□ うすい	薄い 薄
□ うまい	好吃；手藝好 N4	□ うるさい	吵雜；煩躁
□ おいしい	美味	□ おおい	多い 多
□ おおきい	大きい 大	□ おそい	遅い （到的時間）晚了
□ おもい	重い 重 N4	□ おもしろい	有趣
□ からい	辛い 辣	□ かるい	軽い 輕 N4
□ かわいい	可愛	□ きいろい	黄色い 黃的
□ きたない	汚い 髒	□ くらい	暗い 暗的 N4
□ くろい	黒い 黑的 N4	□ さむい	寒い 寒冷（天氣）
□ しろい	白い 白的	□ すくない	少ない 少
□ すずしい	涼しい 涼	□ せまい	狭い 狹窄
□ たかい	高い 高；貴	□ たのしい	楽しい 開心 N4
□ ちいさい	小さい 小	□ ちかい	近い 鄰近 N4
□ つまらない	無趣；無聊	□ つめたい	冷たい 冰冷（物品）
□ つよい	強い 強悍	□ とおい	遠い 遠

□	ない	沒有
□	ぬるい	溫的
□	はやい	速い 快速
□	ひろい	広い 寬闊 N4
□	ふるい	古い 老舊
□	ほそい	細い 纖細
□	まるい	円い 圓的 N4
□	むずかしい	難しい 難 N4
□	やすい	安い 便宜
□	よわい	弱い 弱
□	わるい	悪い 壞 N4

□	ながい	長い 長
□	はやい	早い 早 N4
□	ひくい	低い 低
□	ふとい	太い 胖；粗
□	ほしい	想要擁有
□	まずい	難吃
□	みじかい	短い 短
□	やさしい	易しい 容易
□	よい	良い 好
□	わかい	若い 年輕

memo

4 出題預測 な形容詞

あ～わ

□ いやだ	嫌だ 討厭	□ いろいろだ	各種 N4
□ おおきな	大きな 巨大的	□ おなじだ	同じだ 同樣
□ かんたんだ	簡単だ 簡單	□ きらいだ	嫌いだ 討厭
□ きれいだ	漂亮；乾淨 N4	□ けっこうだ	結構だ 沒關係；沒問題；不需要
□ げんきだ	元気だ 健康；有活動	□ しずかだ	静かだ 安靜
□ じょうずだ	上手だ 熟練；擅長 N4	□ じょうぶだ	丈夫だ 結實；堅固
□ すきだ	好きだ 喜歡 N4	□ だいじょうぶだ	大丈夫だ 沒事
□ だいすきだ	大好きだ 非常喜歡 N4	□ たいせつだ	大切だ 珍貴 N4
□ たいへんだ	非常累；很慘	□ ちいさな	小さな 小的
□ にぎやかだ	繁華；吵鬧	□ へただ	下手だ 不熟練；不擅長 N4
□ べんりだ	便利だ 方便	□ ゆうめいだ	有名だ 有名 N4
□ りっぱだ	優秀		

5 出題預測 副詞

あ～わ

□ あまり	不太	□ いちばん	一番 最
□ いつも	總是；都	□ すこし	少し 稍微 N4
□ すぐに	馬上	□ ぜんぜん	完全（不）
□ たいへん	非常	□ たくさん	很多
□ たぶん	大概	□ だんだん	漸漸
□ ちょうど	剛好；正確地	□ ちょっと	暫時；一點
□ どうして	為什麼	□ どうぞ	請
□ どうも	麻煩；謝謝	□ ときどき	時々 有時候；偶爾
□ とても	非常	□ なぜ	為什麼
□ ほんとうに	本当に 真的	□ また	又；另外
□ まだ	仍然；尚未	□ まっすぐ	馬上；直直地
□ もう	已經	□ もっと	再；更
□ ゆっくり	慢慢地	□ よく	經常；好好的

6 出題預測 外來語

□ あぱーと	アパート 公寓	□ あるばいと	アルバイト 打工
□ えあこん	エアコン 空調	□ えれべーたー	エレベーター 電梯
□ かっぷ	カップ 杯子	□ かめら	カメラ 相機
□ かれー	カレー 咖哩	□ かれんだー	カレンダー 月曆
□ ぎたー	ギター 吉他	□ きろ	キロ 公（斤）；公（里）
□ くらす	クラス 班級	□ ぐらむ	グラム 克
□ けーき	ケーキ 蛋糕	□ こーと	コート 外套
□ こーひー	コーヒー 咖啡	□ こっぷ	コップ 杯子
□ こぴー	コピー 影印	□ しゃつ	シャツ 襯衫
□ しゃわー	シャワー 沖澡	□ じゅーす	ジュース 果汁
□ すいっち	スイッチ 開關	□ すかーと	スカート 裙子
□ すきー	スキー 滑雪	□ すとーぶ	ストーブ 暖爐
□ すぷーん	スプーン 湯匙	□ すぽーつ	スポーツ 運動；體育
□ ずぼん	ズボン 褲子	□ すりっぱ	スリッパ 拖鞋
□ せーたー	セーター 毛衣	□ ぜろ	ゼロ 零
□ たくしー	タクシー 計程車	□ てーぷ	テープ 膠帶；錄音帶
□ てーぶる	テーブル 桌子	□ てすと	テスト 測驗；考試
□ でぱーと	デパート 百貨公司	□ てれび	テレビ 電視
□ どあ	ドア 門	□ といれ	トイレ 化妝室
□ ないふ	ナイフ 餐刀；刀子	□ にゅーす	ニュース 新聞
□ ねくたい	ネクタイ 領帶	□ のーと	ノート 筆記本
□ ぱーてぃー	パーティー 派對	□ ばす	バス 公車

□ ばたー	バター 奶油	□ ばなな	バナナ 香蕉
□ ぱん	パン 麵包	□ はんかち	ハンカチ 手帕
□ ぴあの	ピアノ 鋼琴	□ びる	ビル 大樓
□ ふぃるむ	フィルム 底片；電影	□ ぷーる	プール 游泳池；水池
□ ふぉーく	フォーク 叉子	□ ぺーじ	ページ 頁數
□ べっど	ベッド 床	□ ぺっと	ペット 寵物
□ ぺん	ペン 筆	□ ぼーるぺん	ボールペン 原子筆
□ ぽけっと	ポケット 口袋	□ ぽすと	ポスト 郵筒
□ ぼたん	ボタン 按鈕	□ ほてる	ホテル 飯店
□ まっち	マッチ 火柴	□ めーとる	メートル 公尺
□ らーめん	ラーメン 拉麵	□ らじお	ラジオ 廣播節目；收音機
□ れこーど	レコード 紀錄；唱片	□ れすとらん	レストラン 西餐廳
□ わいしゃつ	ワイシャツ 白襯衫		

memo

7 出題預測 問候語

□ いただきます	開動了
□ いってきます	出門了
□ おねがいします	拜託了
□ さようなら / さよなら	再見
□ すみません	對不起；打擾了
□ そうです	是的
□ では、また	那麼（再見）
□ もしもし	喂（接電話）

memo

8 出題預測 接尾詞

□ ～いん	～員 ～員（職業）N4	□ ～えん	～円 ～日圓
□ ～かい	～回 ～次 N4	□ ～かい	～階 ～樓 N4
□ ～かげつ	～か月 ～個月	□ ～がつ	～月 ～月
□ ～がる	～感覺	□ ～がわ	～側 ～邊；側
□ ～くらい / ぐらい	～程度；左右	□ ～こ	～個 ～個
□ ～ご	～語 ～語（語言）	□ ～ころ / ごろ	～的時候
□ ～さい	～歳 ～歲	□ ～さつ	～冊 ～本
□ ～さん	～先生；小姐	□ ～じかん	～時間 ～小時
□ ～じゅう	～中 ～之中；期間	□ ～しゅうかん	～週間 ～週
□ ～じん	～人 ～人	□ ～すぎ	過～
□ ～ずつ	每～；各～	□ ～だい	～台 ～台 N4
□ ～だけ	只有～	□ ～たち	～們
□ ～ちゅう	～中 ～之中	□ ～ど	～度 ～次 N4
□ ～とき	～時 ～的時候	□ ～など	～等
□ ～にち	～日 ～日（日期）	□ ～にん	～人 ～名（人數）
□ ～ねん	～年 ～年	□ ～はい	～杯 ～杯
□ ～はん	～半 ～點半（時間）	□ ～ばん	～番 ～號
□ ～ひき	～匹 ～隻	□ ～ほん	～本 ～支；瓶
□ ～まい	～枚 ～張；片	□ ～まえ	～前 ～前
□ ～め	～目 第～	□ ～や	～屋 ～店 N4

9 出題預測　其他

□ あそこ 那裡	□ あちら / あっち 那邊
□ あれ 那個	□ あの 那
□ いかが 如何	□ いくつ 幾歲；幾個
□ いくら 多少	□ ください 請給
□ いつ 何時	□ ここ 這裡
□ これ 這個	□ こんな 這種
□ こちら / こっち 這邊；這裡	□ さあ 難說；迴避給予確實答案時的聲音
□ しかし 不過；但是	□ じゃ / じゃあ 那麼
□ そう 是這樣	□ そうして / そして 還有
□ そこ 那裡	□ そちら / そっち 這邊；那邊
□ その 這	□ それ 這個
□ それから 接著；而且	□ それでは 這樣的話
□ だから 所以	□ だれ 誰
□ だれか 誰（不確定有沒有）	□ では 那麼
□ でも 即使	□ どう 怎麼辦
□ どこ 哪裡	□ どちら / どっち 哪邊
□ どなた 哪一位	□ どの 哪個
□ どれ 哪一個	□ どんな 哪種
□ わたくし　私 我 N4	□ わたし 我

もんだい1 ＿＿＿＿の ことばは ひらがなで どう かきますか。1・2・3・4から いちばん いい ものを ひとつ えらんで ください。

1 先に たべて ください。
1 さきに　2 すぐに　3 せんに　4 つぎに

2 ことしの さんがつ 大学を でました。
1 たいかく　2 だいかく　3 たいがく　4 だいがく

3 わたしは 後で たべます。
1 あと　2 うち　3 ほか　4 どこ

4 東京(とうきょう)の 西に ふじさんが みえます。
1 ひがし　2 にし　3 みなみ　4 きた

5 この 本を さきに よんで ください。
1 はん　2 ばん　3 ほん　4 ぼん

6 レストランで 千円の さかなりょうりを たべました。
1 せねん　2 せんねん　3 せえん　4 せんえん

7 みずを 買って いきます。
1 つくって　2 とって　3 かって　4 あらって

8 三つめの かどを みぎに まがって ください。
1 いくつめ　2 みっつめ　3 ふたつめ　4 さんつめ

9 きのう いえに 友だちが きました。
1 ともだち　2 とむだち　3 とぬだち　4 とのだち

10 ベランダの 花を きって げんかんに かざりました。
1 はし　2 かさ　3 いす　4 はな

答案 1① 2④ 3① 4② 5③ 6④ 7③ 8② 9① 10④

2 預測單字測驗 漢字讀音 / 10

もんだい1 ＿＿＿＿の ことばは ひらがなで どう かきますか。1・2・3・4から いちばん いい ものを ひとつ えらんで ください。

1 まいにち いっかい 母に でんわします。
1 ちち　2 あに　3 はは　4 あね

2 かぜが つめたくて 耳が いたいです。
1 みみ　2 め　3 あし　4 あたま

3 下の へやから うたの こえが きこえます。
1 すだ　2 すた　3 しだ　4 した

4 車の なかに おとこのこが なんにん いますか。
1 くるま　2 くろま　3 しゃ　4 ちゃ

5 はこの 中に なにが はいって いますか。
1 ちゅう　2 ちゅん　3 なっか　4 なか

6 わたしは 毎日 さんぽを します。
1 まいび　2 まいにち　3 めいび　4 めいにち

7 きのう 先生に でんわを かけました。
1 せんせん　2 せんせい　3 せいせん　4 せいせい

8 これは たんじょうびに 父から もらった まんねんひつです。
1 あに　2 あね　3 ちち　4 はは

9 もう すこし ゆっくり 言って ください。
1 いって　2 とって　3 のって　4 すって

10 ふうとうに お金が はちまんえん はいって いました。
1 おかし　2 おちゃ　3 おかね　4 おさら

答案 1③ 2① 3④ 4① 5④ 6② 7② 8③ 9① 10③

3 預測單字測驗　漢字讀音　/ 10

もんだい１　＿＿＿の　ことばは　ひらがなで　どう　かきますか。１・２・３・４から　いちばん　いい　ものを　ひとつ　えらんで　ください。

1 一分は　ろくじゅうびょうです。

1　いっぷん　2　いちふん　3　いちぶ　4　いちぶん

2 こんばん　七時に　あいましょう。

1　しっちじ　2　しちじ　3　ひっちじ　4　ひちじ

3 ワイシャツが　ズボンの　外に　でて　います。

1　うち　2　どこ　3　ほか　4　そと

4 まいにち　にじかんぐらい　テレビを　見ます。

1　ねます　2　みます　3　います　4　します

5 きょうは　天気が　いいです。

1　げんき　2　けんき　3　てんき　4　でんき

6 その　スカート、長く　ないですか。

1　ながく　2　みじかく　3　ちいさく　4　おおきく

7 ケーキを　いもうとと　半分ずつ　わけました。

1　ほんぶん　2　ほんぷん　3　はんぶん　4　はんぷん

8 右に　おおきな　山（やま）が　見（み）えました。

1　ひたり　2　ひだり　3　みに　4　みぎ

9 げんきな　男の子が　うまれました。

1　おうなのこ　2　おんなのこ　3　おどこのこ　4　おとこのこ

10 きょう、午後　1時（じ）の　ひこうきで　日本（にほん）へ　行（い）きます。

1　ここ　2　ここう　3　ごご　4　ごごう

答案 1① 2② 3④ 4② 5③ 6① 7③ 8④ 9④ 10③

漢字讀音　標音　文脈解讀　相似詞替換

4 預測單字測驗 漢字讀音 / 10

もんだい１ ＿＿＿＿の ことばは ひらがなで どう かきますか。１・２・３・４から いちばん いい ものを ひとつ えらんで ください。

1 やまの 上に おおきい たてものが あります。
1 した　2 うえ　3 まえ　4 よこ

2 とうきょうの 空は よるも あかるいです。
1 そら　2 あき　3 から　4 くう

3 まどから きたに 白い やまが よく みえます。
1 しろい　2 あかい　3 ひろい　4 たかい

4 わたしは 日本の とうきょうで 生まれました。
1 おまれました　2 うまれました　3 ふまれました　4 ほまれました

5 わたしの いえは 古くて ちいさいです。
1 ほそくて　2 やすくて　3 ふとくて　4 ふるくて

6 おかねが ないから、水しか のみません。
1 みず　2 すい　3 ちゃ　4 さけ

7 あの あおい うわぎは 女の子のですか。
1 おとこのこ　2 おとこのひと　3 おんなのこ　4 おんなのひと

8 ばんごはんは 魚が たべたい。
1 たまご　2 さかな　3 にく　4 やさい

9 あめの ひは そとへ 出ないで、いえで ゆっくり やすみます。
1 こない　2 いかない　3 やらない　4 でない

10 山には まだ ゆきが のこって います。
1 むら　2 まち　3 やま　4 かわ

答案 1② 2① 3① 4② 5④ 6① 7③ 8② 9④ 10③

5 預測單字測驗　標音　/ 10

もんだい2 ＿＿＿の　ことばは　どう　かきますか。1・2・3・4から　いちばん　いい　ものを　ひとつ　えらんで　ください。

1 ふつう、おんなの　ひとより　おとこの　ひとの　ほうが　せが　たかい。

1 男　　2 妟　　3 要　　4 男

2 こんげつ　ははと　デパートへ　いきます。

1 今月　　2 今目　　3 合月　　4 合目

3 えきで　くじに　あいましょう。

1 今ましょう　　2 今いましょう　　3 会ましょう　　4 会いましょう

4 でんしゃの　なかで　ラジオを　ききながら　かいしゃに　いきます。

1 雷車　　2 雷東　　3 電車　　4 電東

5 きょうしつの　なかには　だれも　いませんでした。

1 史　　2 中　　3 央　　4 内

6 みなみの　ほうへ　ひゃくメートルぐらい　いって　ください。

1 行って　　2 言って　　3 走って　　4 入って

7 じかんを　つくって　あそびに　きて　ください。

1 待問　　2 待間　　3 時問　　4 時間

8 おひるですよ。ごはんを　たべましょう。

1 食べ　　2 食べ　　3 食べ　　4 食べ

9 この　まちの　ひがしには　おおきな　かわが　あります。

1 小　　2 川　　3 水　　4 氷

10 くちを　おおきく　あけて　うたいましょう。

1 口　　2 目　　3 回　　4 自

答案 1 ④　2 ①　3 ④　4 ③　5 ②　6 ①　7 ④　8 ③　9 ②　10 ①

6 預測單字測驗 標音 / 10

もんだい２ ＿＿＿＿の ことばは どう かきますか。１・２・３・４から いちばん いい ものを ひとつ えらんで ください。

1 まどが くもって そとが みえません。
1 引　2 外　3 北　4 化

2 にねんまえに この かいしゃに はいりました。
1 会杜　2 会社　3 今杜　4 今社

3 なつは よじには ひがしの そらが あかるく なる。
1 明く　2 赤く　3 明るく　4 赤るく

4 テーブルの うえに ケーキが あります。
1 止　2 土　3 下　4 上

5 こんしゅうは たくさん あるきました。
1 近週　2 先週　3 合週　4 今週

6 がっこうの うしろに ながい かわが あります。
1 長い　2 高い　3 食い　4 良い

7 がっこうまで どのぐらい かかりますか。
1 学校　2 学枚　3 学校　4 学枚

8 こどもが ねたので ラジオの おとを ちいさく しました。
1 少さく　2 小さく　3 水さく　4 木さく

9 すずきさんは がくせいの ときからの たいせつな ともだちです。
1 反だち　2 反だち　3 友だち　4 友だち

10 あたらしい みずを もって きて ください。
1 来て　2 末て　3 木て　4 未て

答案 1② 2② 3③ 4④ 5④ 6① 7③ 8② 9③ 10①

7 預測單字測驗　標音　/ 10

もんだい２ ＿＿＿＿の　ことばは　どう　かきますか。１・２・３・４から　いちばん　いい　ものを　ひとつ　えらんで　ください。

1　ちちは　らいねん　６０さいに　なります。（下線：ちち）

1　父　　2　兄　　3　母　　4　姉

2　ホテルの　レストランは　ねだんが　たかいです。（下線：たかい）

1　低い　　2　高い　　3　広い　　4　安い

3　みちの　ひがしがわは　みどりが　おおいです。（下線：おおい）

1　太い　　2　大い　　3　多い　　4　広い

4　ちちと　ははに　てがみを　かきました。（下線：かきました）

1　書きました　　2　書きました　　3　書きました　　4　書きました

5　こんしゅうの　どようびは　いえで　やすみます。（下線：どようび）

1　上よう日　　2　止よう日　　3　士よう日　　4　土よう日

6　にほんごの　テープを　ききながら　べんきょうしました。（下線：ききながら）

1　聞きながら　　2　閉きながら　　3　問きながら　　4　開きながら

7　ねこに　こどもが　さんびき　うまれました。（下線：こども）

1　干ども　　2　予ども　　3　了ども　　4　子ども

8　きょうは　いちにちじゅう　あめです。（下線：あめ）

1　雨　　2　雨　　3　雨　　4　雨

9　この　しんぶんは　まだ　よんで　いません。（下線：しんぶん）

1　新分　　2　新本　　3　新聞　　4　新文

10　にほんごは　なんさいから　べんきょうしましたか。（下線：にほんご）

1　日本詰　　2　日本語　　3　日本詔　　4　日本話

答案　1 ①　2 ②　3 ③　4 ①　5 ④　6 ①　7 ④　8 ②　9 ③　10 ②

8 預測單字測驗　標音　/ 10

もんだい２ ＿＿＿＿の　ことばは　どう　かきますか。１・２・３・４から　いちばん　いい　ものを　ひとつ　えらんで　ください。

1 おおきな　えきの　まえには　たいてい　でぱーとが　ある。

1　デパーイ　2　デペーイ　3　デパート　4　デペート

2 その　みせで　ねくたいを　かいました。

1　ネクタイ　2　ネタクイ　3　スクタイ　4　スタクイ

3 ３がいで　えれべーたーを　おりました。

1　コレベーター　2　ユレベーター　3　ヨレベーター　4　エレベーター

4 とけいの　したに　かれんだーが　はって　あります。

1　ケレングー　2　ケレンダー　3　カレングー　4　カレンダー

5 にくを　さんびゃくぐらむ　ください。

1　グウム　2　グラム　3　ゲウム　4　ゲラム

6 どんな　すぽーつが　すきですか。

1　ヌポーツ　2　ヌポーシ　3　スポーツ　4　スポーシ

7 ともだちは　みせで　しゃつを　かいました。

1　シャシ　2　シャツ　3　シセシ　4　シセツ

8 すぺいんで　えいごを　べんきょうして　います。

1　ヌペイン　2　ヌペトン　3　スペイン　4　スペトン

9 ぼーるぺんで　かいて　ください。

1　ボールペン　2　ボールペソ　3　オールペン　4　オールペソ

10 らじおの　おとが　とても　おおきいです。

1　ウヅオ　2　ウジオ　3　ラヅオ　4　ラジオ

答案　1③　2①　3④　4④　5②　6③　7②　8③　9①　10④

もんだい3（　　）に　なにを　いれますか。1・2・3・4から　いちばん　いい　ものを　ひとつ　えらんで　ください。

1 （　　）、えいがを　みに　いきませんか。
1 ゆうべ　2 おととい　3 きのう　4 あした

2 A「はじめまして。どうぞ　よろしく。」
B「（　　）。どうぞ　よろしく。」
1 こちらこそ　2 さようなら　3 ごめんください　4 おやすみなさい

3 いそがしくて　ほんを　よむ（　　）が　ありません。
1 つくえ　2 やすみ　3 ひま　4 しごと

4 どうぞ（　　）を　はいて　ください。
1 セーター　2 コート　3 シャツ　4 スリッパ

5 きょうは　かぜが　つよく（　　）います。
1 ふいて　2 やんで　3 ふって　4 とまって

6 この　みちを（　　）がっこうへ　いきます。
1 とんで　2 だして　3 あるいて　4 およいで

7 やまださんの　たんじょうびの（　　）で　うたを　うたいました。
1 アパート　2 レコード　3 テープ　4 パーティー

8 まいばん　かおを（　　）から　ねます。
1 みがいて　2 あらって　3 あびて　4 そうじして

漢字閱讀　標音　文脈解讀　相似詞替換

答案 1④　2①　3③　4④　5①　6③　7④　8②

10 預測單字測驗　文脈解讀　/8

もんだい3（　　）に　なにを　いれますか。1・2・3・4から　いちばん　いい　ものを　ひとつ　えらんで　ください。

1 たなかさんは（　　）を　ひきながら　うたを　うたって　います。
1 テレビ　2 ピアノ　3 レコード　4 ラジカセ

2 せんしゅう、（　　）えいがを　みました。
1 すずしい　2 おいしい　3 おもしろい　4 きいろい

3 じかんは　あります。（　　）おかねが　ありません。
1 しかし　2 たぶん　3 もちろん　4 ほんとうに

4 ノートを（　　）かいました。
1 さんまい　2 さんぼん　3 さんだい　4 さんさつ

5 あつい　ときは（　　）おちゃが　おいしいです。
1 ひくい　2 うるさい　3 さむい　4 つめたい

6 A「（　　）は　なんじに　ねましたか。」
B「10じはんに　ねました。」
1 こんにち　2 こんばん　3 ゆうべ　4 ゆうはん

7 この　ほんは　としょかんで（　　）。
1 かしました　2 かりました　3 かいました　4 かけました

8 あの　きっさてんの（　　）は　とても　おいしいです。
1 スプーン　2 カップ　3 フォーク　4 コーヒー

答案 1② 2③ 3① 4④ 5④ 6③ 7② 8④

もんだい３（　　）に　なにを　いれますか。1・2・3・4から　いちばん　いい　ものを　ひとつ　えらんで　ください。

1 とりが　そらを（　　）います。

1 とんで　2 さして　3 あって　4 あげて

2 この　みちは　とても（　　）です。

1 おもい　2 わかい　3 せまい　4 うすい

3 ちちは　いま、たばこを（　　）いって　います。

1 ききに　2 よびに　3 ぬぎに　4 かいに

4 A「ごはんを　もう　いっぱい　いかがですか。」
B「（　　）です。」

1 ちょうど　2 たいせつ　3 けっこう　4 たいへん

5 さむいから　ぼうしを（　　）いきました。

1 かぶって　2 きて　3 しめて　4 はいて

6 きのう（　　）にほんの　えいがを　みました。

1 もちろん　2 ときどき　3 はじめて　4 はじめに

7 わたしは　こうちゃに　さとうを（　　）のみます。

1 いって　2 いれて　3 はいて　4 はいって

8 いま、（　　）12じです。

1 だんだん　2 まっすぐ　3 ちょっと　4 ちょうど

答案 1① 2③ 3④ 4③ 5① 6③ 7② 8④

12 預測單字測驗　文脈解讀　/8

もんだい3（　　）に　なにを　いれますか。1・2・3・4から　いちばん　いい　ものを　ひとつ　えらんで　ください。

1　（　　　）みちを　ひとりで　あるくのは　あぶないです。

1　くらい　　2　くろい　　3　まるい　　4　ひろい

2　でかける　ときは、でんきを（　　　）ましょう。

1　しめ　　2　けし　　3　わたり　　4　おわり

3　わたしの　あには　たいしかんに（　　　）います。

1　つかれて　　2　なくして　　3　とまって　　4　つとめて

4　もう　はるですね。これから（　　　）あたたかく　なりますね。

1　もしもし　　2　まっすぐ　　3　だんだん　　4　はじめて

5　わたしの　うちは　えきから（　　　）です。

1　おおい　　2　とおい　　3　ぬるい　　4　おそい

6　つぎの（　　　）を　まがって　ください。

1　たて　　2　むこう　　3　かど　　4　となり

7　A「きのうは　どうも　ありがとうございました。」

B「いいえ、（　　　）。」

1　いただきます　　2　しつれいします

3　ごめんください　　4　どういたしまして

8　「そろそろ（　　　）。」と　いって　せんせいの　へやを　でました。

1　けっこうです　　2　しつれいします　　3　よろしく　　4　こちらこそ

答案　1①　2②　3④　4③　5②　6③　7④　8②

もんだい3 (　　)に　なにを　いれますか。1・2・3・4から　いちばん　いい　ものを　ひとつ　えらんで　ください。

1 もう（　　）ゆっくり　いって　ください。

1 いっしょに　2 いくつ　3 いちど　4 いちまい

2 A「たまごを（　　）たべましたか。」
B「ふたつ　たべました。」

1 いかが　2 どう　3 いくつ　4 いくら

3 やましたさんは（　　）パーティーに　こないでしょう。

1 たぶん　2 すこし　3 ちょうど　4 だんだん

4 わたしは　あの　やまに（　　）たいです。

1 うり　2 のぼり　3 やり　4 はしり

5 よく　わかりません。もう　すこし（　　）はなして　ください。

1 ゆっくり　2 けっこう　3 たいへん　4 だんだん

6 （　　）を　ひいて、あたまが　いたいです。

1 おなか　2 びょうき　3 くち　4 かぜ

7 もう　すこし（　　）はなして　ください。

1 やすく　2 やさしく　3 わかく　4 ひくく

8 きのうは　あさから　ばんまで　そうじや　せんたくで（　　）です。

1 すずしかった　2 いそがしかった　3 あぶなかった　4 すくなかった

答案 1③　2③　3①　4②　5①　6④　7②　8②

14 預測單字測驗　文脈解讀　/8

もんだい3 (　　)に　なにを　いれますか。1・2・3・4から　いちばん　いい　ものを　ひとつ　えらんで　ください。

1　きっさてんの　まえに　じどうしゃが（　　　）います。
1　とまって　　2　すわって　　3　たって　　4　のって

2　（　　　）が　のみたいです。
1　こうばん　　2　おべんとう　　3　こうちゃ　　4　ちゃわん

3　おとうとは　きょねん（　　　）。ことし　いっさいに　なります。
1　つきました　　2　おきました　　3　はじまりました　　4　うまれました

4　きょうは　とても　つかれました。うちに　かえって（　　　）ねます。
1　ほんとう　　2　たぶん　　3　すぐに　　4　ちょうど

5　これは　わたしの（　　　）ほんです。
1　たいせつな　　2　いろいろな　　3　じょうぶな　　4　にぎやかな

6　ここでは（　　　）くにの　ひとが　はたらいて　います。
1　いろいろな　　2　たいへんな　　3　にぎやかな　　4　だいじょうぶな

7　おとなの　ほんは　こどもには（　　　）です。
1　いそがしい　　2　つまらない　　3　みじかい　　4　うるさい

8　A「この　おかしは　いくらですか。」
B「それは（　　　）です。」
1　はちじっさつ　　2　はちじっぽん　　3　はちじゅうえん　　4　はちじゅうだい

答案　1①　2③　3④　4③　5①　6①　7②　8③

もんだい３（　　）に　なにを　いれますか。１・２・３・４から　いちばん　いい　ものを　ひとつ　えらんで　ください。

1 この　かばんは　ふるいですが、とても（　　）です。

1 しずか　　2 にぎやか　　3 げんき　　4 じょうぶ

2 わたしは　じてんしゃを（　　）もって　います。

1 にまい　　2 にだい　　3 にほん　　4 にさつ

3 とりが　きれいな　こえで（　　）います。

1 ないて　　2 ならって　　3 さして　　4 とんで

4 たなかさんの　じてんしゃは（　　）きれいです。

1 あつくて　　2 わかくて　　3 あたらしくて　　4 いそがしくて

5 きょうの　てんきは（　　）です。

1 はれ　　2 くもり　　3 あめ　　4 ゆき

答案 1④　2②　3①　4③　5②

16 預測單字測驗　文脈解讀　/5

もんだい3（　　）に　なにを　いれますか。1・2・3・4から　いちばん　いい　ものを　ひとつ　えらんで　ください。

1 へやには　ひとが（　　　）いて　あついです。

1 おおぜい　　2 とても　　3 たいへん　　4 おおきく

2 わからない　ひとは　わたしに（　　　）ください。

1 こたえて　　2 かえって　　3 れんしゅうして　　4 しつもんして

3 かぜを　ひいて　いて　ごはんが（　　　）です。

1 まるい　　2 まずい　　3 ひくい　　4 ひろい

4 わたしたちの　がっこうは　えきから　あるいて　3ぷんなので（　　　）です。

1 べんり　　2 ひま　　3 じょうず　　4 いろいろ

5 いすの　うえに（　　　）が　います。

1 とり　　2 ひと　　3 いぬ　　4 ねこ

答案 1① 2④ 3② 4① 5④

もんだい3 (　　)に　なにを　いれますか。1・2・3・4から　いちばん　いい　ものを　ひとつ　えらんで　ください。

1 まいあさ　5じに (　　) さんぽを　します。

1 ひいて　2 わたして　3 おきて　4 なくして

2 あたらしい　ことばを (　　)。

1 おぼえます　2 つとめます　3 なります　4 もちます

3 (　　) コーヒーは　まずくて　のめません。

1 ふとい　2 ぬるい　3 ひろい　4 とおい

4 たまごは (　　) いります。

1 にさつ　2 にだい　3 にまい　4 にこ

5 かわは　がっこうの (　　) に　あります。

1 ひがし　2 きた　3 みなみ　4 にし

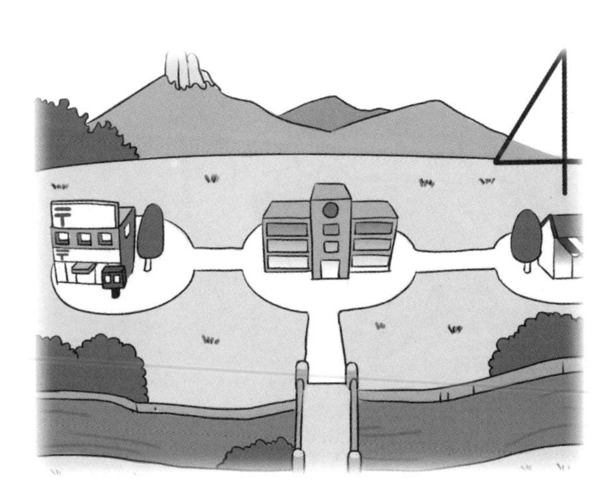

答案 1③ 2① 3② 4④ 5③

もんだい３（　　）に　なにを　いれますか。１・２・３・４から　いちばん　いい　ものを　ひとつ　えらんで　ください。

1 わたしの　うちに　ねこが（　　）います。

1 にひき　2 にだい　3 にまい　4 にさつ

2 うみは　たくさんの　ひとが　きて、（　　）でした。

1 にぎやか　2 じょうぶ　3 ひま　4 へた

3 この　へやは　ストーブが　ついて　いて（　　）です。

1 つめたい　2 すずしい　3 あたたかい　4 あたらしい

4 がくせいたちは　きょうしつで　スミスせんせいに　えいごを（　　）います。

1 おぼえて　2 べんきょうして　3 つくって　4 ならって

5 ベッドの　よこに　いぬが（　　）います。

1 にひき　2 いっぴき　3 よんひき　4 さんびき

答案 1① 2① 3③ 4④ 5①

もんだい3 (　　)に　なにを　いれますか。1・2・3・4から　いちばん　いい　ものを　ひとつ　えらんで　ください。

1 たくさん　たべたので　おなかが（　　）なりました。
1 いたく　2 ぬるく　3 びょうきに　4 しずかに

2 ふうとうに　きってを（　　）。
1 うります　2 はります　3 とります　4 かります

3 あの　おおきい　はしを（　　）、ひだりに　まがって　ください。
1 うたって　2 わたって　3 あるいて　4 あそんで

4 さかなが　たくさん（　　）いますよ。
1 とんで　2 あるいて　3 およいで　4 はしって

5 そらに（　　）つきが　でて　います。
1 しかくい　2 まるい　3 あかい　4 うすい

答案 1① 2② 3② 4③ 5②

もんだい3 （　　）に　なにを　いれますか。1・2・3・4から　いちばん　いい　ものを
ひとつ　えらんで　ください。

1 「あ、（　　）！　くるまが　きますよ。」

1　うるさい　　2　あぶない　　3　ちいさい　　4　すくない

2 テニスは　はじめは　へただったが、れんしゅうして（　　）に　なった。

1　きれい　　2　じょうぶ　　3　きらい　　4　じょうず

3 ほんを　よむ　ときは（　　）を　かけます。

1　めがね　　2　うわぎ　　3　ぼうし　　4　くつした

4 9じに　なりました。（　　）テストを　はじめます。

1　どうも　　2　でも　　3　しかし　　4　それでは

5 A「つくえの　うえに　はこが　いくつ　ありますか。」
B「（　　）あります。」

1　やっつ　　2　よっつ　　3　むっつ　　4　みっつ

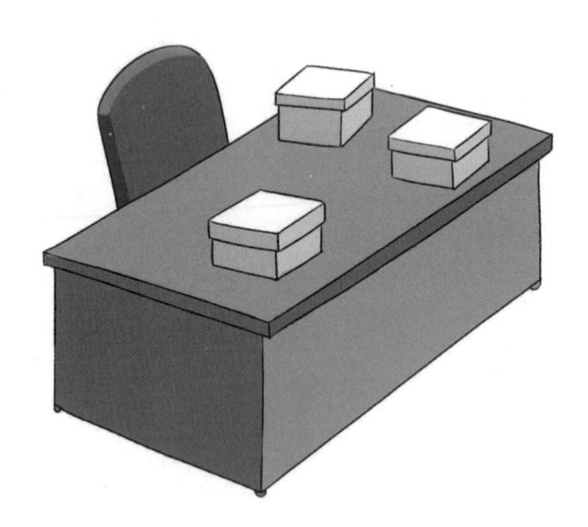

答案　1②　2④　3①　4④　5④

もんだい4 ＿＿＿＿の ぶんと だいたい おなじ いみの ぶんが あります。1・2・3・4から いちばん いい ものを ひとつ えらんで ください。

1 ろくがつから はちがつまで なつです。

1 しちがつは なつです。
2 ごがつは なつです。
3 くがつは なつです。
4 さんがつは なつです。

2 げんかんに だれか いますよ。

1 まどの ちかくに ひとが います。
2 がっこうの ろうかに ひとが います。
3 ビルの うえに ひとが います。
4 いえの いりぐちに ひとが います。

3 あしたは はれます。

1 あしたは そらが くらく なります。
2 あしたは そらが くろく なります。
3 あしたは てんきが わるく なります。
4 あしたは てんきが よく なります。

4 けさ こうえんを さんぽしました。

1 けさ こうえんを はしりました。
2 けさ こうえんを あるきました。
3 けさ こうえんを とびました。
4 けさ こうえんを まがりました。

5 この うたは ゆうめいです。

1 みんな この うたを わすれました。
2 みんな この うたを ききません。
3 みんな この うたを しって います。
4 みんな この うたを しりません。

答案 1① 2④ 3④ 4② 5③

22 預測單字測驗　相似詞替換　/5

もんだい４　＿＿＿＿の　ぶんと　だいたい　おなじ　いみの　ぶんが　あります。１・２・３・４から　いちばん　いい　ものを　ひとつ　えらんで　ください。

1　あそこは　ゆうびんきょくです。

1　あそこでは　いすや　ほんだなを　うって　います。
2　あそこでは　きってや　はがきを　うって　います。
3　あそこでは　おちゃや　おかしを　うって　います。
4　あそこでは　ふくや　ネクタイを　うって　います。

2　きむらさんの　おじさんは　あの　ひとです。

1　きむらさんの　おかあさんの　おとうさんは　あの　ひとです。
2　きむらさんの　おかあさんの　おかあさんは　あの　ひとです。
3　きむらさんの　おかあさんの　おとうとさんは　あの　ひとです。
4　きむらさんの　おかあさんの　いもうとさんは　あの　ひとです。

3　ぎんこうは　くじに　あきます。

1　ぎんこうは　くじに　おわります。
2　ぎんこうは　くじに　やすみに　なります。
3　ぎんこうは　くじに　しまります。
4　ぎんこうは　くじに　はじまります。

4　あした　しごとを　やすみます。

1　あした　しごとを　しません。
2　あした　しごとを　します。
3　あした　しごとが　おわります。
4　あした　しごとが　おわりません。

5　あしたは　でかけます。

1　あしたは　うちに　かえります。
2　あしたは　うちに　かえりません。
3　あしたは　うちに　います。
4　あしたは　うちに　いません。

答案　1②　2③　3④　4①　5④

もんだい４ ＿＿＿＿ の ぶんと だいたい おなじ いみの ぶんが あります。１・２・３・４から いちばん いい ものを ひとつ えらんで ください。

1 この おさらは きれいですか。

1 この おさらは しろく ありませんか。
2 この おさらは きたなく ありませんか。
3 この おさらは やすく ありませんか。
4 この おさらは おおきく ありませんか。

2 あきらさんは せが たかいです。

1 あきらさんは おおきいです。
2 あきらさんは うるさいです。
3 あきらさんは つよいです。
4 あきらさんは わかいです。

3 きのう やまださんは しごとを やすみましたね。なぜですか。

1 やまださんは どこで しごとを やすみましたか。
2 やまださんは どんな しごとを やすみましたか。
3 やまださんは どうして しごとを やすみましたか。
4 やまださんは どっちの しごとを やすみましたか。

4 これは れいぞうこです。

1 ここに くるまを いれます。
2 ここに はがきを いれます。
3 ここに ようふくを いれます。
4 ここに ぎゅうにゅうを いれます。

5 この ノートを かして ください。

1 この ノートを かりたいです。
2 この ノートを かいたいです。
3 この ノートを うりたいです。
4 この ノートを みせたいです。

答案 1② 2① 3③ 4④ 5①

24 預測單字測驗　相似詞替換　/5

もんだい４ ＿＿＿＿の　ぶんと　だいたい　おなじ　いみの　ぶんが　あります。１・２・３・４から　いちばん　いい　ものを　ひとつ　えらんで　ください。

1 あきらさんは　けいこさんと　きょうだいです。

1　あきらさんは　けいこさんの　おばさんです。
2　あきらさんは　けいこさんの　おばあさんです。
3　あきらさんは　けいこさんの　おとうさんです。
4　あきらさんは　けいこさんの　おにいさんです。

2 わたしは　せんせいに　でんわを　かけました。

1　せんせいが　わたしに　でんわを　かけました。
2　せんせいが　ははに　でんわを　かけました。
3　わたしは　せんせいに　でんわで　はなしました。
4　ははは　せんせいと　でんわで　はなしました。

3 あの　たてものは　ぎんこうです。

1　あそこで　おちゃを　のみます。
2　あそこで　おかねを　だします。
3　あそこで　きっぷを　かいます。
4　あそこで　シャワーを　あびます。

4 きょうは　むいかです。

1　おとといは　いつかでした。
2　おとといは　なのかでした。
3　おとといは　よっかでした。
4　おとといは　ようかでした。

5 この　しょくどうは　まずいです。

1　ここの　りょうりは　おいしく　ないです。
2　ここの　りょうりは　やすく　ないです。
3　ここの　りょうりは　おいしいです。
4　ここの　りょうりは　やすいです。

答案　1④　2③　3②　4③　5①

もんだい４ ＿＿＿＿ の　ぶんと　だいたい　おなじ　いみの　ぶんが　あります。１・２・３・４から　いちばん　いい　ものを　ひとつ　えらんで　ください。

1 この　ほんは　つまらないです。

1　この　ほんは　たかく　ないです。
2　この　ほんは　やすく　ないです。
3　この　ほんは　おもしろく　ないです。
4　この　ほんは　むずかしく　ないです。

2 おととい　としょかんに　いきました。

1　おととい　でんわを　かけました。
2　おととい　ほんを　かりました。
3　おととい　はなを　かいました。
4　おととい　ごはんを　たべました。

3 がいこくへは　はじめて　いきます。

1　がいこくへは　あまり　いきません。
2　がいこくへは　まだ　いって　いません。
3　がいこくへは　よく　いきます。
4　がいこくへは　１かい　いきました。

4 テーブルに　おさらを　６まい　ならべて　ください。

1　おさらを　６まい　おいて　ください。
2　おさらを　６まい　とって　ください。
3　おさらを　６まい　つかって　ください。
4　おさらを　６まい　わたして　ください。

5 まいばん　かぞくと　でんわします。

1　よるは　たいてい　かぞくと　でんわします。
2　よるは　よく　かぞくと　でんわします。
3　よるは　ときどき　かぞくと　でんわします。
4　よるは　いつも　かぞくと　でんわします。

答案 1③　2②　3②　4①　5④

第 3 章

文法
攻略篇

01 題目類型攻略

02 核心文法攻略

01 題目類型攻略

1 もんだい１　文法形式

｜題目類型＆傾向分析｜

もんだい１是文法形式（代入品詞）問題，在（）裡代入正確的品詞，完成文章。原有十六道題，但從 2020 年第二回 JLPT 測驗開始改成九道題。

題目類型例題

もんだい１（　　）に 何(なに)を 入(い)れますか。1・2・3・4から いちばん いい ものを 一(ひと)つ えらんで ください。

（れい）　これ（　　）えんぴつです。

1　に　　2　を　　3　は　　4　や

（かいとうようし）　| （れい） | ①　②　●　④ |

1 日本(にほん)（　　）ラーメンは　おいしいです。

1　に　　2　の　　3　を　　4　へ

2 もんだい 2 文意排列

｜題目類型＆傾向分析｜

もんだい 2 是文意排列（文章順序）問題，依序排列代入四個空格完成文章。主要是問第二句或第三句（★標示）。不僅是品詞的組合，也要注意文章的構成。原有五道題，但從 2020 年第二回 JLPT 測驗開始改成四道題。

題目類型例題

もんだい 2　＿★＿ に 入(はい)る ものは どれですか。1・2・3・4から いちばん いい ものを 一(ひと)つ えらんで ください。

（もんだいれい）

A「＿＿＿ ＿＿＿ ＿★＿ ＿＿＿ か。」
B「山田(やまだ)さんです。」

1 です　　2 は　　3 あの 人(ひと)　　4 だれ

（こたえかた）

1. ただしい 文(ぶん)を つくります。

A「＿＿＿ ＿＿＿ ＿★＿ ＿＿＿ か。」
3 あの 人(ひと)　2 は　4 だれ　1 です

B「山田(やまだ)さんです。」

2. ＿★＿ に 入(はい)る ばんごうを くろく ぬります。

（かいとうようし）

（れい）	① ② ③ ●

3 もんだい 3 文章脈絡

｜題目類型 & 傾向分析｜

もんだい 3 是文章脈絡（填充空格）問題，將問題中的文章裡空格處選出最適合的答案。原有五道題，但從 2020 年第二回 JLPT 測驗開始改成四道題。常出現選擇文脈上最適合的單字、連接詞、副詞等。不僅是單純的文法，也需要掌握文章脈絡的綜合閱讀能力。もんだい 3 不一定只有使用 N5 範圍的品詞，還會出現很多符合文章脈絡的文法要素或單字，抓住重點即可。

題目類型例題

もんだい3　[14]　から　[17]　に　何(なに)を　入(い)れますか。ぶんしょうの いみを　かんがえて、1・2・3・4から　いちばん　いい　ものを　一(ひと)つ　えらんで　ください。

日本(にほん)で　べんきょうして　いる　学生(がくせい)が　「すきな　店(みせ)」の　ぶんしょうを　書(か)いて、クラスの　みんなの　前(まえ)で　読(よ)みました。

(1) ケンさんの　ぶんしょう

わたしは　すしが　すきです。日本(にほん)には　たくさん　すし屋(や)が　ありますね。わたしの　国(くに)には　すし屋(や)が　ありませんから、今(いま)　とても　うれしいです。日本(にほん)に　[14]　、いろいろな　店(みせ)で　食(た)べました。学校(がっこう)の　前(まえ)の　店(みせ)は、安(やす)くて　おいしいです。すしが　すきな　人(ひと)は、いっしょに　[15]　。

4 重要的感嘆詞、連接詞、副詞 Best 40

應對掌握文章流向的もんだい 3，挑選並整理了 N5 水準的感嘆詞、連接詞和副詞等。不只是もんだい 3，其他文法題目，在文字・語彙、閱讀、聽力領域也能活用，請熟記。

□ あの 那個	□ あまり 不怎麼
□ いちばん 最	□ いつも 總是；都
□ いまから・これから 現在開始；從今而後	□ ええ 是
□ さあ 趕緊	□ しかし 不過
□ じゃ・じゃあ 那麼	□ すぐ・すぐに 馬上
□ すこし 稍微	□ ずっと 一直
□ ぜんぜん 完全不	□ ぜんぶ 全部
□ そして 還有	□ それから 然後
□ それでは 這樣的話	□ たいてい 大概
□ たいへん 非常	□ たくさん 很多
□ たぶん 大概	□ だいぶ 相當
□ だから・ですから 所以	□ だんだん 漸漸
□ ちょうど 剛好	□ ちょっと 暫時
□ では 那麼	□ でも 但是
□ ときどき 偶爾	□ なんにも 什麼都
□ はじめて 第一次	□ はじめに 首先
□ また 又	□ まだ 仍未
□ もう 已經；再次	□ もしもし 喂
□ もちろん 當然	□ もっと 再
□ ゆっくり 慢慢地	□ よく 好好的；經常

02 核心文法攻略

1 助詞

測驗裡，助詞佔比約 44%，所以要好好了解。
＊各功能語前面的數字是為了便於學習，作者編排的固有號碼，解題時，若遇到難以理解的部分請參考該號碼的內容。

001 ～か

從助詞（yes-no 疑問句） ～嗎？

- それは　あなたの　本(ほん)　ですか。這是你的書嗎？
- だれが　来(き)　ましたか。有人來了嗎？
- 何(なに)か　スポーツが　好(す)　きですか。你喜歡什麼運動？ 2015- 第一回

副助詞（選擇） ～或

- きょうか　あした　来　て　ください。今天或明天請過來。
- 1回(いっかい)か　2回(にかい) 一次或兩次。 2018- 第一回
- 土(ど)よう日(び)か　日(にち)よう日(び)　行(い)きましょう。星期六或星期日去吧。 2021- 第一回

副助詞（疑問詞＋か，不確定的意思） 是～嗎？

- いすの　下(した)に　なにか　ありますか。椅子底下有東西嗎？
- あした　どこか　行(い)きますか。明天要去哪裡嗎？
- だれか　まどを　しめて　ください。有沒有人幫我關窗戶。
- すみません、だれか 對不起，有沒有人 2022- 第一回
- たなかさんの　たんじょうびは　いつか　わかりません。

不知道田中先生的生日是何時。

其他 ～是否

- せんせいが　いつ　来(く)るか、しって　いますか。你知道老師何時會來嗎？
- なにが　ほしいか　言(い)って　ください。請說出你想要什麼。

002 ～が

主語 ～主語助詞

- きのう　友(とも)だちが　来(き)ました。昨天朋友來了。
- もう　少(すこ)し　日本語(にほんご)が　かんたんな　本(ほん)が　いい。2011- 第一回

日文再簡單一點的書比較好。

- ここまでは　かんたんでしたが、さいごの　問題(もんだい)が　むずかしいです。2011- 第一回

這裡為止很簡單，最後一道題很難。

- タクシーの　ほうが　はやいです。計程車比較快。2021- 第一回

希望・能力等的對象 ～受語助詞

- あには　サッカーが　すきです。哥哥喜歡足球。
- あの　人(ひと)は　りょうりが　とても　じょうずです。2022- 第二回

那個人擅長烹飪。

- わたしは　にほんごの　じしょが　ほしいです。2020- 第一回

我想要日文字典。

疑問詞＋が ～主語助詞

- いつが　いいですか。哪時候好？ 2018- 第一回
- みなみえきと　きたえきと　どちらが　ちかいですか。2020- 第二回

南站和北站哪一邊比較近？

- どれが　あなたの　くつですか。哪一個是你的鞋子？
- どれが　わたしたちの　のる　バスですか。哪一個是我們要搭的公車？2021- 第一回
- はこの　中(なか)に　なにが　ありますか。箱子裡有什麼？

從屬助詞＋が（單純從屬，逆從） 但～

- すみませんが、でんわを　かして　ください。抱歉，請借我電話。
- この　本(ほん)は　いいですが、高(たか)いです。這本書雖好，但很貴。
- もしもし、林(はやし)ですが 喂，敝姓林。 2021- 第一回、2022- 第二回

其他 ～が ほしい放在句尾表示對事物的期望

- わたしは　カメラが　ほしいです。我想要相機。
- わたしは　にほんごの　じしょが　ほしいです。 2020- 第一回

我想要日文字典。

- どんな　プレゼントが　ほしいですか。想要什麼禮物？ 2021- 第二回

※「連體修飾句的が → の替換」在「015 ～の」探討。

003 ～か～か　是～嗎？還是～嗎？

選擇的疑問句 是～嗎？還是～嗎？

- あの　人(ひと)は　先生(せんせい)ですか、学生(がくせい)ですか。那個人是老師，還是學生？

004 ～か～ないか　該～不該～

- 行(い)くか　行(い)かないか、わかりません。不知道該不該去？

005 ～から

場所 從～

- わたしは　中国(ちゅうごく)から　来(き)ました。我來自中國。
- とうきょうから　おおさかまで　行(い)きます。從東京到大阪。
- 雨(あめ)が　まどから　入(はい)ります。雨從窗戶飄進來。 2021- 第一回

時間 從～

- この　がっこうは　9時(くじ)から　4時(よじ)までです。這學校從九點開始到四點。
- 夏休(なつやす)みは　来週(らいしゅう)から　始(はじ)まります。暑假從下週開始。 2015- 第一回
- 冬休(ふゆやす)みは　あしたから　一週間(いっしゅうかん)です。寒假從明天開始，一週的時間。 2017- 第一回

動作者 從～

- わたしは　あねから　セーターを　もらいました。我從姊姊那收到毛衣。

理由 因為～

• たくさん　しゅくだいが　あるから、わたしは　あそびに　行(い)きません。

因為作業很多，我不去玩。

• わたしは　あそびに　行(い)きません。たくさん　しゅくだいが　あるからです。

我不去玩，因為作業很多。

• ここで　れんしゅうして　いますから、来(き)て　ください。

因為在這裡練習，所以請過來。 2012- 第二回

～ぐらい　大概～

數量的估計 大概～

• あの　へやに　３０人(さんじゅうにん)ぐらい　います。那個房間裡大概有三十個人。 2011- 第一回

• タクシーで　１０００円(せんえん)ぐらいです。坐計程車大概是一千日圓。

時間的估計 ～左右

• １５分(じゅうごふん)ぐらい　バスに　のります。搭十五分鐘左右的公車。 2021- 第一回

• ちかくの　こうえんを　１時間(いちじかん)ぐらい　さんぽしました。在附近公園散步一小時左右。

• アパートから　学校(がっこう)まで　３０分(さんじゅっぷん)ぐらい　かかります。

從公寓到學校要花三十分鐘左右。2021- 第一、二回

～しか　～之外（否定）

～しか ありません 除了～之外，都沒有

• お金(かね)が　すこししか　ありません。剩一點錢而已。

～しか ～ません 除了～之外，不～

• おいしい　ものしか　食(た)べません。除了美食之外都不吃。

～だけ　只～

限定、最低限度 只～

• 男(おとこ)の子(こ)が　一人(ひとり)だけ　います。只有一名男孩。

• くだものだけ　食(た)べました。只吃了水果。

009 ～で

場所 在～

- わたしは　きのう　こうえんで　テニスを　しました。我昨天在公園打網球。
- 作(つく)りかたを　どこかで。做法在某處。2011- 第一回
- としょかんで。在圖書館。2015- 第二回

方法、工具、材料等 以～；用～

- わたしたちは　駅(えき)まで　バスで　行(い)きましょう。我們坐公車到火車站吧。
- はしで　ごはんを　食(た)べます。用筷子吃飯。
- 木(き)で　つくえを　つくります。用樹木做書桌。
- すしを　てで　たべます。用手拿壽司吃。2018- 第二回
- 電車(でんしゃ)で　しごとに　行(い)きます。搭電車去工作。2021- 第一回
- 米(こめ)で　作(つく)った　パン。米做成的麵包 N4-2011- 第一回

理由 因為～

- びょうきで　学校(がっこう)を　やすみました。因為生病，所以向學校請假。

數量＋で＋數量 表示多少是多少；共～

- この　くだものは　みっつで　１００円(ひゃくえん)です。這個水果三個是一百日圓。
- わたしの　かぞくは、ぜんぶで　８人(はちにん)です。我們家族總共有八個人。

其他

- びょういんへ　ひとりで　行(い)きました。一個人去醫院。2011- 第一回
- じゃあ、これで　じゅぎょうを　おわりましょう。那麼，到此就下課吧。
- りょうりは　じぶんで　つくりますか。料理是自己做的嗎？
- りんごが　三(みっ)つで　２２００円(にせんにひゃくえん)でした。蘋果三個是兩千兩百日圓。2020- 第二回

010 ～と

名詞的對象連接 和～

- つくえの　上(うえ)に　本(ほん)と　ノートが　あります。書桌上有書和筆記本。
- 弟(おとうと)と　妹(いもうと)　弟弟和妹妹　2011- 第一回

動作的共同（也可以使用～と いっしょに（和～一起）的結尾） 和～

- わたしは　おじいさんと　よく　さんぽを　します。我和爺爺經常去散步。
- 友(とも)だちと　いっしょに　えいがを　見(み)ました。我和朋友一起去看了電影。

需要對象的動作對象 和～

- しごとが　おわってから　駅(えき)で　友(とも)だちと　会(あ)います。

工作結束後，在車站和朋友見面。

- ゆうべ　弟(おとうと)と　けんかを　しました。昨晚和弟弟打架了。
- 妹(いもうと)と　買(か)い物(もの)を　します。和妹妹一起逛街。2018- 第二回
- やまださんと　いっしょに　和山田先生一起　2021- 第二回

引用（也可以使用～と 言う的結尾） 說～

- わたくしは　山田(やまだ)と　もうします。我叫山田。
- けさ、先生(せんせい)に「おはようございます」と　言(い)いました。今天早上對老師說了「早安」。

011 ～など　～等

舉例並列 ～等

- つくえの　上(うえ)に　本(ほん)や　ノートなどが　あります。

書桌上有書和筆記本等。

- うちの　近(ちか)くには　スーパーや　本屋(ほんや)などが　あります。

我們家附近有超市和書店等。

- とりにくの　カレーや　やさいの　カレーなどを

雞肉咖哩或蔬菜咖哩等　2018- 第二回

012

～に

場所、抵達點等 表示場所

- ここに　日本語（にほんご）の　本（ほん）が　あります。這裡有日文書。
- こんばんは　7時（しちじ）ごろ　家（いえ）に　かえります。今天晚上七點左右回家。
- かどを　右（みぎ）に　まがって　ください。請在轉角處右轉。2011- 第一回
- ～に　着（つ）く　抵達～ 2015- 第二回
- 上（うえ）に　います　在上面。2018- 第一回、2022- 第二回
- きょうしつに　学生（がくせい）が　5人（ごにん）　います。教室有五名學生。

時間 表示時間

- 毎朝（まいあさ）　5時（ごじ）に　おきて　さんぽを　します。每天早上五點起床去散步。
- 6時（ろくじ）に　おきて　六點起床 2018- 第一回
- じゅぎょうは　ごご　4時（よじ）に　おわります。課程下午四點結束。2020- 第一回
- 東京駅（とうきょうえき）に　10時（じゅうじ）に　着（つ）きます。十點到東京站。2020- 第二回

目的 去做～

- 大学（だいがく）へ　べんきょうに　行（い）きます。去大學讀書。
- ゆうびんきょくへ　きってを　かいに　行（い）きます。去郵局買郵票。
- わたしは　かぞくに　会（あ）いに　国（くに）に　かえって　母（はは）が　作（つく）った　りょうりを
たべました。我回國去見家人，吃了媽媽做的料理。2018- 第一回
- 本（ほん）を　買（か）いに　行（い）きます。去買書。2022- 第一回

期間＋に＋回數 表示一段時間內幾次

- 1（いっ）しゅうかんに　3（さん）かい　べんきょうします。一週讀書三次。
- 1週間（いっしゅうかん）に　1回（いっかい）　一週一次 2015- 第一回、2022- 第二回
- 1日（いちにち）に　3回（さんかい）　一天三次 2018- 第一回

對象 表示對象

- わたしは　友（とも）だちに　電話（でんわ）を　しました。我打了電話給朋友。
- わたしは　父（ちち）に　ネクタイを　あげます。我送爸爸領帶。2017- 第二回
- 駅（えき）で　友（とも）だちに　会（あ）いました。在車站見了朋友。

- 学校で　先生に　会いました。在學校見到老師了。2021- 第二回
- さとうさんに　日本語を　ならって　います。向佐藤先生學日本語。2022- 第一回

013 格助詞＋は・も・の 等

格助詞で＋は 在～

- ～では／～では　在～／在～ 2015- 第二回
- でも、家では　飲みません。不過，在家不喝。

格助詞に＋は 在～

- いすの　上には　しんぶんが　あります。椅子上有報紙。

格助詞へ＋は 表示場所

- この　バスは　大学へは　行きません。這台公車不會到大學。
- 会社へは　何で　行きますか。去公司做什麼？ 2011- 第一回

格助詞と＋は 和～

- たなかさんとは　はなしましたが、すずきさんとは　はなしませんでした。

雖然和田中先生說了話，但沒有和鈴木先生說話。

格助詞と＋も 和～

- きのうは　だれとも　あそびませんでした。昨天沒有和任何人玩。

格助詞で＋も 在～也～

- 家でも　学校でも　よく　べんきょうします。在家在學校都很用功。
- じぶんの　部屋でも　れんしゅうします。在自己的房裡也練習。 2017- 第一回、2022- 第二回

格助詞に＋も 對誰也～；和～也

- わたしは　いそがしいから、だれにも　あいません。我很忙，所以沒有和任何人見面。

格助詞へ＋も 表示場所，也～

- ぎんこうへも　デパートへも　行きませんでした。沒去銀行也沒有去百貨公司。

格助詞から＋も 也～從～

- ドイツからも　学生が　来ました。也有從德國來的學生。

014 ～ね

求得同意 ～呢

- きょうは　いい　天気ですね。今天是好天氣呢。

慣用法 表示語氣

- そうですね、ちょっと　むずかしいですが、おもしろいです。

不好說，雖然有點難，但很有趣。

015 ～の

2015 年第二回測驗、2017 年第一回測驗、2018 年第一二回測驗出過題目，2014 年第二回的 N4 測驗也出過題。

名詞＋の＋名詞 ～的

- これは　わたしの　本です。這是我的書。
- 日本の　ラーメン 日本拉麵 / ギターの　れんしゅう 吉他練習 2011- 第一回
- これは　日本の　ちずです。這個是日本地圖。2020- 第一回
- 部屋の　そうじ 房間打掃 2020- 第二回
- きのう　やまださんと　いっしょに　森さんの　家に　行きました。

昨天和山田先生一起去了森先生家。2021- 第一回

- 2ひきの　ねこ 兩隻貓咪 2022- 第一回

名詞＋の ～的事物

- その　かさは　わたしのです。這雨傘是我的。
- わたしのは　それです。我的是這個。
- やまださんのですか 是山田先生的嗎？ 2011- 第一回
- カレーは　からいのが　多いです。咖哩很多會辣。2021- 第一回
- 色が　あかるいのは 色彩明亮的是 2022- 第一回

連體修飾語裡的が → の替換 ～主語助詞

- 友だちの（が）　つくった　りょうりを　食べました。吃了朋友做的料理。

• けさ、せの（が） たかい ひとが ここへ 来(き)ました。今天早上個子高的人來了這裡。

• あの 目(め)の（が） きれいな かたは どなたですか。那眼睛漂亮的人是誰？

016

～は

敘述上的主體 ～主語助詞

• わたしは 学生(がくせい)です。我是學生。

• やまださんは くつを かいました。山田先生買了鞋子。

• えきの ちかくの 本屋(ほんや)は 車站附近的書店是 2011- 第一回

• 田中(たなか)さんは きのう どこかに 出(で)かけましたか。

田中先生昨天外出去哪裡了？ 2011- 第一回

• これは リーさんの 本(ほん)です。這個是李先生的書。2020- 第一回

接在目的語的は ～受語助詞

• テニスは そとで して ください。網球請在外面打。

和否定一起使用的は ～受語助詞

• わたしは おさけは のみません。我不喝酒。

• でも、いそがしい 日(ひ)は しません。但是忙碌的日子不做。2021- 第一回

は的疑問詞 ～主語助詞

• それは なんですか。這個是什麼？

• 本(ほん)は どこに ありますか。書在哪裡？

對比 ～主格助詞

• たなかさんは 行(い)きますが、すずきさんは 行(い)きません。田中先生會去，但鈴木先生不去。

017

～に

2015 年第一回測驗出過題。

動作的方向或場所 表示場所

• わたしは らいしゅう ヨーロッパへ 行(い)きます。我下週去歐洲。

018 ～まで

2018 年第一回測驗出過題。

場所 到～為止

- 大学(だいがく)まで　電車(でんしゃ)で　３０分(さんじゅっぷん)　かかります。坐電車到大學要花三十分鐘。
- しょくどうは　５時(ごじ)から　７時(しちじ)までです。食堂是五點開始到七點。
- ここまでは　かんたんでしたが　雖然到這裡為止很簡單 2011- 第一回
- 学校(がっこう)まで　２０ぷん　かかります。到學校要花二十分鐘。 2022- 第一回

～も

並列 也～

- たなかさんが　来(き)ました。はやしさんも　来(き)ました。田中先生來了。林先生也來了。
- 田中(たなか)さんも　来(き)て　ください。田中先生也請過來。 2011- 第一回
- 田中(たなか)さんも　食(た)べて　ください。田中先生也請吃。 2020- 第一回

～も～も 也～也～

- 本(ほん)も　ノートも　あります。書和筆記本都有。
- 中国語(ちゅうごくご)も　英語(えいご)も　話(はな)せます。中文和英文都會說。 N4-2011- 第一回

疑問詞＋も＋否定 也不～

- ここには　なにも　ありません。這裡什麼都沒有。
- なにも　たべませんでした。什麼都沒吃。2018- 第一回
- きょうしつには　だれも　いません。教室完全沒有人。
- あしたは　どこへも　行(い)きません。明天哪裡都不去。 2018- 第二回、2022- 第一回
- どちらも　もって　いません。（那些選項）都沒有。 2020- 第二回

020

～や

2015年第一回的N5測驗出過題。

羅列 和～

- はこの　中(なか)に　きってや　はがきが　あります。箱子裡有郵票和明信片。
- うちの　ちかくには　スーパーや　ほんやなどが　あります。

我們家附近有超市和書店等。2017-第二回

021

～を

目的語 ～受語助詞

- わたしは　パンを　食(た)べます。我吃麵包。
- きのう　こうえんを　さんぽしました。昨天到公園散步了。2017-第二回、2020-第一回
- かおを　洗(あら)う。洗臉。2018-第一回
- 毎朝(まいあさ)　シャワーを　あびます。每天早上洗澡。2022-第一回
- いろいろな　カレーを　つくります。製作各種咖哩。2018-第一回

起點、路徑、經過地等（名詞＋を＋自動詞） 表示地點

- 7時(しちじ)に　いえを　出(で)ます。七點出家門。
- 毎朝(まいあさ)、父(ちち)と　こうえんを　歩(ある)きます。每天早上和父親在公園走路。
- この　バスは　びょういんの　まえを　とおります。這台公車經過醫院前面。
- はしを　わたって　右(みぎ)に　まがって　ください。請過橋後右轉。2018-第二回
- つぎの　しんごうを　右(みぎ)に　まがって　ください。請在下一個紅綠燈右轉。2020-第二回
- 何時(なんじ)に　いえを　出(で)ますか。幾點出家門？2021-第一回

1 核心文法測驗　001~021　/ 26

もんだい１（　　）に 何を 入れますか。１・２・３・４から いちばん いい ものを 一つ えらんで ください。

1 日本（　　　）古い　えいがを　見ました。015

1 と　2 も　3 に　4 の

2 あさ　シャワー（　　　）あびました。021

1 の　2 が　3 を　4 から

3 お金が　なかったから、何（　　　）買いませんでした。019

1 も　2 は　3 を　4 か

4 ドア（　　　）あきませんでした。002

1 が　2 を　3 に　4 へ

5 じてんしゃ（　　　）かいものに　行きます。009

1 と　2 で　3 が　4 に

6 母（　　　）つくる　サンドイッチは　おいしいです。002

1 は　2 を　3 が　4 で

7 きのう　わたしは　どこ（　　　）でかけませんでした。013

1 でも　2 へも　3 で　4 へ

8 きのう　だれ（　　　）いっしょに　かえりましたか。010

1 で　2 と　3 を　4 に

答案 1④　2③　3①　4①　5②　6③　7②　8②

9 その　本(ほん)を　どこで　買(か)った（　　　）おぼえて　いますか。001

1　か　　2　を　　3　は　　4　の

10 高(たか)い　ケーキを（　　　）買(か)いました。008

1　ひとつを　しか　　2　ひとつを　だけ

3　ひとつしか　　4　ひとつだけ

11 いつ（　　　）また　日本(にほん)へ　来(き)たいです。001

1　の　　2　は　　3　か　　4　に

12 A「きょうは　天気(てんき)が　いいから、（　　　）行(い)きましょう。」001

B「そうですね。海(うみ)の　ほうへ　行(い)きましょう。」

1　なにで　　2　なにかで　　3　どこへも　　4　どこかへ

13 駅(えき)で　友(とも)だちを　1時間(じかん)（　　　）まちました。006

1　で　　2　ごろ　　3　ぐらい　　4　など

14 わたしは　かぞく（　　　）てがみを　もらいました。005

1　まで　　2　から　　3　では　　4　など

15 ゆうびんきょくは、レストランの　右(みぎ)です（　　　）、左(ひだり)です（　　　）。003

1　か / か　　2　よ / よ　　3　が / が　　4　ね / ね

16 かぜ（　　　）学校(がっこう)を　休(やす)みました。009

1　は　　2　や　　3　も　　4　で

答案　9①　10④　11③　12④　13③　14②　15①　16④

もんだい２ ＿★＿に 入る ものは どれですか。１・２・３・４から いちばん いい ものを 一つ えらんで ください。

17 この ＿＿ ＿★＿ ＿＿ ＿＿ いますか。012

1 りゅうがくせい　2 大学　3 が　4 に

18 先生 ＿＿ ＿＿ ＿★＿ ＿＿、しって いますか。001

1 来る　2 いつ　3 が　4 か

19 今 ＿＿ ＿＿ ＿★＿ ＿＿が、はしが できたので べんりに なった。018

1 は　2 わたって いた　3 ふねで　4 まで

20 A「しゅくだいを しましたか。」021

B「いいえ、きのう 学校 ＿＿ ＿＿ ＿★＿ ＿＿ できませんでした。」

1 わすれたから　2 を　3 に　4 本

21 A「そこに じしょが ありますか。」012

B「いいえ、＿＿ ＿★＿ ＿＿ ＿＿ ありません。

1 ここ　2 ざっし　3 しか　4 には

答案 17 ④ (2413)　18 ① (3214)　19 ③ (4132)　20 ② (3421)　21 ④ (1423)

もんだい3 ［22］から［26］に 何(なに)を 入(い)れますか。ぶんしょうの いみを かんがえて 1・2・3・4から いちばん いい ものを 一(ひと)つ えらんで ください。

ジョンさんは あした じこしょうかいを します。ジョンさんは じこしょうかいの ぶんしょうを 書きました。

はじめまして。ジョン・スミスです。アメリカから ［22］。わたしは 日本語学校(にほんごがっこう)の 学生(がくせい)です。わたしは まいあさ 10時(じ)に 学校に 来ます。ごぜん ［23］ は 学校で 日本語を べんきょうします。ごごは 学校の ちかくに ある レストラン ［24］ アルバイトを します。わたしの アパートは 学校の となりに あります。ひるは たいへん ［25］。かぞくは ニューヨークの ちかくに います。りょうしんと おとうとが います。わたしは あと 3年間(ねんかん) 日本に います。みなさん ［26］ よろしく おねがいします。

22

1 行(い)きます　2 行(い)きました　3 来(き)ます　4 来(き)ました

23

1 じゅう　2 とき　3 ちゅう　4 など

24

1 が　2 へ　3 に　4 で

答案 22④ 23③ 24④

25

1 けっこうです　　2 にぎやかです
3 だいじょうぶです　　4 じょうずです

26

1 どうぞ　　2 どうも　　3 ちょっと　　4 ちょうど

核心文法複習

～から N5 005 從～	アメリカから 從美國 (3 行)
～は N5 016 ～主語助詞	わたしは 我 (3 行)
～の N5 015 ～的	日本語学校(にほんごがっこう)の　学生(がくせい) 日本語學校的學生 (4 行)
～に N5 012 表示時間	10時(じゅうじ)に 十點 (4 行)
～で N5 009 表示場所	学校(がっこう)で 在學校 (5 行)
～を N5 021 受語助詞	日本語(にほんご)を 日本語 (5 行)
～と N5 010 和～	りょうしんと　おとうと 父母和弟弟 (8 行)
～が N5 002 主語助詞	おとうとが　います 有弟弟 (8 行)
問候語 N5 093 ～受語助詞	どうぞ　よろしく　おねがいします 還請多多指教 (9 行)

答案 25 ② 26 ①

2 核心文法測驗 001~021 / 26

もんだい1 （　　）に 何を 入れますか。1・2・3・4から いちばん いい ものを 一つ えらんで ください。

1 きょねん しごとで 外国（　　　） 行きました。017

1 で　　2 と　　3 へ　　4 を

2 学校の そば（　　　） ゆうびんきょくが あります。012

1 に　　2 で　　3 と　　4 が

3 うち（　　　）会社まで ３０分です。005

1 にも　　2 から　　3 へ　　4 で

4 ごはんも パン（　　　） よく 食べます。019

1 を　　2 が　　3 に　　4 も

5 びょういんへ ひとり（　　　） 行きました。009

1 で　　2 か　　3 へ　　4 を

6 この 耳（　　　） 大きい どうぶつは 何ですか。015

1 と　　2 を　　3 に　　4 の

7 あには せ（　　　） 高いです。002

1 を　　2 へ　　3 が　　4 に

8 もしもし、すみません（　　　）、山下さんを おねがいします。002

1 から　　2 と　　3 か　　4 が

答案 1③ 2① 3② 4④ 5① 6④ 7③ 8④

9 きょう（　　　）　あした、いっしょに　ごはんを　食べませんか。001

1 だけ　　2 まで　　3 が　　4 か

10 この　へんは　なつは　すずしくて、ふゆ（　　　）　あたたかいです。016

1 の　　2 は　　3 で　　4 を

11 ノートは　5さつ（　　　）　３００円です。009

1 を　　2 で　　3 に　　4 と

12 あそびに　行きましょう。（　　　）　いいですか。002

1 何か　　2 いつは　　3 どこが　　4 いかが

13 あした　雨が　ふるか　ふらない（　　　）　わかりません。004

1 か　　2 が　　3 も　　4 は

14 車の　中に　かぎ（　　　）　わすれました。021

1 が　　2 を　　3 に　　4 で

15 A「その　大きい　かばんは　だれのですか。」015

B「（　　　）。」

1 大きい　かばんです　　2 この　人は　山田さんです

3 これは　大きいです　　4 山田さんのです

16 きょうは　いい　（　　　）から、せんたくしましょう。005

1 天気だ　　2 天気の　　3 天気な　　4 天気で

答案 9④　10②　11②　12③　13①　14②　15④　16①

もんだい2 ＿★＿ に 入(はい)る ものは どれですか。1・2・3・4から いちばん
いい ものを 一(ひと)つ えらんで ください。

17 A「あしたも ひとりで 来(き)ますか。」010
B「いいえ、あした ＿＿＿ ＿＿＿ ＿★＿ ＿＿＿ 。」
1 友(とも)だち　　2 は　　3 来(き)ます　　4 と

18 としょかんで 3時間(じかん) べんきょうしました。＿＿＿ ＿＿＿ ＿★＿ ＿＿＿
でした。013
1 うち　　2 しません　　3 では　　4 でも

19 ＿＿＿ ＿★＿ ＿＿＿ ＿＿＿ いつも わたしが します。015
1 トイレ　　2 の　　3 そうじ　　4 は

20 A「ぜんぶ すてましたか。」008
B「いいえ、＿＿＿ ＿＿＿ ＿★＿ ＿＿＿ すてました。」
1 だけ　　2 なった　　3 もの　　4 ふるく

21 A「＿＿＿ ＿＿＿ ＿★＿ ＿＿＿ ですか。」002
B「あの おとこの人です。」
1 人(ひと)　　2 山田(やまだ)さん　　3 が　　4 どの

答案 17 ④ (2143)　18 ③ (4132)　19 ② (1234)　20 ③ (4231)　21 ③ (4132)

もんだい３ [22] から [26] に 何を 入れますか。ぶんしょうの いみを かんがえて １・２・３・４から いちばん いい ものを 一つ えらんで ください。

下に ふたつの ぶんしょうが あります。

(1)

わたしは けさ はやく おきて、さんぽに 行きました。 [22] 、３０分ぐらい あるいて、こうえんに つきました。しずかで きれいな こうえんでした。ほそい みちが 小さい いけの まえまで あります。いけの そば [23] おんなのこが ひとりで しずかに えを かいて いました。

(2)

きょうは あさから あめが [24] 。きのうは はれて いました。一日 [25] 天気が よかったです。おとといは [26] 天気が よく ありませんでした。あさから くもって いました。

22

1 では　　2 そして　　3 でも　　4 だから

23

1 とは　　2 がは　　3 では　　4 には

24

1 ふったからです　　2 ふるからです

3 ふって あります　　4 ふって います

答案 22② 23③ 24④

25

1 じゅう　　2 まで　　3 ごろ　　4 から

26

1 よく　　2 とても　　3 あまり　　4 たくさん

核心文法複習

～は N5 016 ～主語助詞	わたしは 我（3 行）
～に N5 012 去做～（目的）	さんぽに　行(い)きました 去散步（3 行）
～ぐらい N5 006 ～左右	３０分(ぷん)ぐらい 三十分鐘左右（3 行）
～が N5 002 ～主語助詞	ほそい　みちが 窄路（5 行）
～の N5 015 ～的	いけの　まえ 池塘前（5 行）
～まで N5 018 到～為止	まえまで 到～前為止（5 行）
格助詞 で＋は N5 013 ～在	いけの　そばでは 在池塘旁（5 行）
～で N5 009 （其他）	ひとりで 一個人（6 行）
～を N5 021 ～受語助詞	えを　かいて　いました 正在畫畫（6 行）
～から N5 005 ～從（時間）	あさから 從早上（8 行）
～じゅう N5 059 ～期間	一日(いちにち)じゅう 一整天（9 行）

答案 25 ① 26 ③

2 い形容詞

い形容詞的八種基本模式			
區分		肯定	否定
現在形	敬體	いたいです 痛	いたく ないです 不痛 ありません
	常體	いたい 痛	いたく ない 不痛
過去形	敬體	いたかったです 先前會痛	いたく なかったです 不痛了 ありませんでした
	常體	いたかった 先前會痛	いたく なかった 不痛了

※ い形容詞的辭書形是以～い結尾。在日本的學校文法裡單純稱為形容詞。

※ い形基本上係指い形容詞的語幹。

辭書形＋です / い形 く ないです（く ありません）

～肯定終結語尾 / ～否定終結語尾

• この　本（ほん）は　おもしろいです。

這本書有趣。

• その　へやは　ひろく　ないです。

這房間不寬闊。

• その　へやは　ひろく　ありません。

這房間不寬闊。

023

い形 かったです / く なかったです（く ありませんでした）～肯定過去式終結語尾 / ～否定過去式終結語尾

• きのうは　あたたかかったです。

昨天很溫暖。

• きのうは　さむく　なかったです。

昨天不冷。2022- 第二回

• きのうは　さむく　ありませんでした。

昨天不冷。

辭書形 / い形 く ない ～肯定終結語尾 / ～否定終結語尾

• この　本(ほん)は　おもしろい。

這本書有趣。

• その　へやは　ひろく　ない。

這間房不寬闊。

い形 かった / く なかった ～肯定過去式終結語尾 / ～否定過去式終結語尾

• きのうは　あたたかかった。

昨天很溫暖。

• きのうは　さむく　なかった。

昨天不冷。

026 い形 くて

又～；因為～

單純連接 又～

• この　くだものは　あまくて　おいしいです。

這水果很甜又好吃。

• もっと　小(ちい)さくて　色(いろ)が　明(あか)るいのは　ありませんか。

沒有更小一點且色彩明亮的嗎？ 2013- 第一回

• この　かばんは　かるくて　じょうぶだから

因為這個包包輕又耐用 2021- 第二回

原因、理由 因為～

• おかねが　なくて、こまって　います。

因為沒錢，正感到困擾。

027 い形 く＋ 動詞 （形容動作）

• わたしは　毎日(まいにち)　はやく　おきます。

我每天很早起床。

028 か辭書形＋ 名詞 ～的

• これは　おもしろい　本(ほん)です。

這是有趣的書。

029 辭書形＋の ～的事物

• 大(おお)きいのは　いくらですか。

大的多少錢？

3 な形容詞

な形容詞的八種基本模式

區分		肯定	否定
現在形	敬體	しずかです 安靜	しずかでは　ありません 不安靜 ないです
	常體	しずかだ 安靜	しずかでは　ない 不安靜
過去形	敬體	しずかでした 先前是安靜的	しずかでは　ありませんでした なかったです 先前並不安靜
	常體	しずかだった 先前是安靜的	しずかでは　なかった 先前並不安靜

※ な形容詞的辭書形是沒有～だ的名詞結尾。「な形容詞＋な＋名詞」的型態中，在大部分名詞前面加上な，因而產生な形容詞的名稱。本書採用な形容詞的說法。在日本學校的文法稱作形容動詞。

※ **な形**基本上係指な形容詞的語幹。

な形 です / では (じゃ) ありません

～肯定終結語尾 / ～否定終結語尾

- この　へやは　しずかです。

這房間很安靜。

- あの　人(ひと)の　うたは　じょうずでは　ありません。

那個人唱歌不好聽。

な形 でした / では (じゃ) ありませんでした

～肯定過去式終結語尾 / ～否定過去式終結語尾

- その　こうえんは　とても　きれいでした。

那個公園非常乾淨。

- あの　人(ひと)は　げんきでは　ありませんでした。

那個人不健康。

032 な形 だ / では（じゃ）ない

～肯定終結語尾 / ～否定終結語尾

• この　へやは　しずかだ。

這房間很安靜。

• あの　人（ひと）の　うたは　じょうずでは　ない。

那個人唱歌不好聽。

033 な形 だった / では（じゃ）なかった

～肯定過去式終結語尾 / ～否定過去式終結語尾

• その　こうえんは　とても　きれいだった。

那個公園非常乾淨。

• あの　人（ひと）は　げんきでは　なかった。

那個人不健康。

034 な形 で　又～；和～

• あの　こうえんは　きれいで、大（おお）きいです。

那個公園很大又很乾淨。

• いろが　きれいで、大（おお）きい　かばんです。

這是顏色漂亮又大的包包。 2017- 第一回

035 な形 に＋動詞　～地

• あの　人（ひと）は　字（じ）を　じょうずに　かきます。

那個人很熟練地寫字。

036 な形 な＋名詞 ～的

• これは　しずかな　へやです。

這是一間很安靜的房間。

037 な形 なの ～的事物

• きれいなのを　かいました。

買了很漂亮的東西。

• いちばん　すきなのは　すしです。

最喜歡的是壽司。 2012-第二回、2020-第二回

• いちばん　ゆうめいなのは

最有名的是 2017-第二回

4 動詞

動詞的八種基本模式

區分		肯定	否定
現在形	敬體	バスに　のります 搭公車	バスに　のりません 不搭公車
	常體	バスに　のる 搭公車	バスに　のらない 不搭公車
過去形	敬體	バスに　のりました 搭了公車	バスに　のりませんでした 沒搭公車
	常體	バスに　のった 搭了公車	バスに　のらなかった 沒搭公車

※ 動詞種類有三種，根據每個學者不同，使用的名稱不同，但本書採用一類、二類和三類動詞（又稱五段動詞、上一段及下一段動詞和サ行及カ行變格動詞）。

動詞種類

一類動詞	基本型的語尾具備五段變化的動詞 例 あう（見面）　かく（書寫）　はなす（說話） まつ（等待）　しぬ（死亡）　あそぶ（玩） よむ（閱讀）　のる（搭乘）　およぐ（游泳）
二類動詞	基本型通常以る結尾，且る前面的音是イ段或エ段的動詞 例 おきる（起床）　みる（看見）　おりる（下來） あける（打開）　ねる（睡覺）　たべる（吃） いれる（放進）
三類動詞	不規則變化的動詞，只有兩個 例 くる（來）　する（做）

038 動詞 ます型 +ます / ません

～肯定終結語尾 / ～否定終結語尾

- わたしは　毎日(まいにち)　本(ほん)を　よみます。我每天看書。
- あの　人(ひと)は　テレビを　みません。那個人不看電視。
- すみません、私(わたし)は　家(いえ)に　帰(かえ)ってから　します。對不起，我回家後做。2012- 第二回
- いつも　朝(あさ)　６時(ろくじ)に　起(お)きて　１人(ひとり)で　さんぽします。

我都在早上六點起床，一個人散步。2013- 第一回

- 今(いま)は　ぜんぜん　聞(き)きません。現在完全不聽。2020- 第二回
- あまり　カレーを　食(た)べません。我不怎麼吃咖哩。2021- 第一回

動詞種類	
一類動詞	基本型的語尾ウ段改成イ段並加上ます。 例 会(あ)う → あい－ます (見面) 書(か)く → かき－ます (寫)
二類動詞	基本型的語尾去掉る，加上ます。 例 見(み)る → み－ます (看) 食(た)べる → たべ－ます (吃)
三類動詞	くる變成き，加上ます。 例 くる → き－ます (來) する變成し，加上ます。 例 する → し－ます (做)

參考1 くださる（請給）、おっしゃる（請說）、いらっしゃる（在）、なさる（請）、ござる（有）的ます型是くださいます、おっしゃいます、いらっしゃいます、なさいます、ございます。

參考2 ます型加上～たい（想要～）、～ながら（邊～）、～やすい（做～簡單）、～にくい（做～難）、～そうだ（好像～）等。

039 動詞 ます型＋ました / ませんでした

～肯定過去式終結語尾 / ～否定過去式終結語尾

- わたしは　花(はな)を　かいました。我買了花。
- けさ　わたしは　ごはんを　たべませんでした。今天早上我沒吃飯。
- あまり　ふりませんでした。沒怎麼下（雨）。2011- 第一回

040 動詞 辭書形 / 動詞ない型＋ない ～肯定終結語尾 / ～否定終結語尾

- わたしは　毎日（まいにち）　本（ほん）を　よむ。我每天看書。
- あの　人（ひと）は　テレビを　みない。那個人不看電視。

動詞ない型	
一類動詞	基本型的語尾ウ段改成ア段並加上ない。 例 会（あ）（見面）* → あわーない（不見面）　書（か）く（寫）→ かかーない（不寫） * 語尾～う結尾的動詞的ない型不是「～あ - ない」而是「~ わ - ない」。
二類動詞	基本型的語尾去掉る，加上ない。 例 見（み）る（看）→ みーない（不看）　食（た）べる（吃）→ たべーない（不吃）
三類動詞	くる變成き，加上ない。 例 くる（來）→ こーない（不來） する變成し，加上ない。 例 する（做）→ しーない（不做）

參考 ない型除了ない之外，也會加上使役的助動詞～（さ）せる，以及表示被動、尊敬、自發、可能的助動詞～（ら）れる等。

041 動詞 音便形＋た / 動詞 ない型＋なかった ～做了 / ～還沒做

- わたしは　花（はな）を　かった。我買了花。
- けさ　わたしは　ごはんを　たべなかった。今天早上我沒有吃飯。

動詞的音便形

所謂的音便，係指一類動詞的引用型連接～て（又～；和～）、～た（～肯定過去式終結語尾；～的）、～たり（也做～）時，為了發音更輕鬆自然，產生音的變化。

❶ イ音便

基本型語尾以～く、～ぐ結尾的一類動詞ます型連接～て、～た、～たり時，～き、～ぎ會變化成～い。（但行く變成促音便）

例 書（か）く→　かきーます（寫）
かいーて（和寫；邊寫；寫後）
かいーた（寫了；寫的）
かいーたり（也寫～）

脫（ぬ）ぐ→　ぬぎーます（脫）
ぬいーで（和脫；邊脫；脫後）
ぬいーだ（脫了；脫的）
ぬいーだり（也脫～）

參考 ～ぎ連接～て、～た、～たり的時候加上濁點，變成～で、～だ、～だり。

❷ 促音便

基本型語尾～う、～つ、～る結尾的一類動詞的引用型語尾～い、～ち、～り連接～て、～た、～たり的時候，～い、～ち、～り變成～っ（促音）。

例 会(あ)う→ あいます (見)
あって (和見；邊見；見後)
あった (見了；見的)
あったり (也見～)

待(ま)つ→ まちます (等)
まって (和等；邊等；等後)
まった (等了；等的)
まったり (也等～)

乗(の)る→ のります (搭)
のって (和搭；邊搭；搭後)
のった (搭了；搭的)
のったり (也搭～)

例外 （去）雖然在公式上屬於イ音便，但例外屬於促音便。

行(い)く→ いきます (去)
いって (和去；邊去；去後)
いった (去了；去的)
いったり (也去～)

❸ 撥音便

基本型語尾～ぬ、～ぶ、～む結尾的一類動詞的引用型語～に、～び 、～み連接～て、～た、～たり的時候，～に、～び 、～み變成～ん。

例 死(し)ぬ→ しにます (死)
しんで (和死；死後)
しんだ (死了；死的)
しんだり (也死～)

呼(よ)ぶ→ よびます (叫)
よんで (和叫；邊叫；叫後)
よんだ (叫了；叫的)
よんだり (也叫～)

読(よ)む→ よみます (讀)
よんで (和讀；邊讀；讀後)
よんだ (讀了；讀的)
よんだり (也讀～)

參考1 撥音便時，～て、～た、～た變成～で、～だ、～だり。

參考2 一類動詞中，基本型語尾 ~ す結尾的動詞和二類動詞、三類動詞不發生音便，故ます型加上～て、～た、～た即可。

例 話(はな)す→ はなします (說)
はなして (和說；邊說；說後)
はなした (說了；說的)
はなしたり (也說～)

する→ します (做)
して (和做；邊做；做後)
した (做了；做的)
したり (也做～)

042 自動詞／他動詞

• まどが　あく。窗戶開著。

• まどを　あける。打開窗戶。

自動詞／他動詞	
自動詞	他動詞
きえる 消失	けす 關
ならぶ 排好	ならべる 排列
はじまる 開始	はじめる 開始

043 授受動詞 やる / あげる / もらう / くれる

在 N5 裡只需要知道四個授受動詞やる是「給（晚輩）」；あげる是「（我對他人）給」；もらう是「收到」；くれる是「（他人對我）給」。

• わたしは　まごに　おかしを　やった。我給孫子零食。

• この　本（ほん）、やまださんに　あげます。這本書給山田先生。

• わたしは　ともだちに　チョコレートを　たくさん　もらいました。

我收到很多朋友送的巧克力。

• クラスの　せいとたちが　この　ネクタイを　くれました。

班上的學生們給了我這條領帶。

• 兄（あに）に　もらった　ぼうしを　まいにち　かぶって　います。

每天戴哥哥送我的帽子。 2013- 第二回

• たんじょうびに　そふが　くれた　カメラ 生日時爺爺給的相機 2019- 第一回

• たんじょうびに　ははに　もらいました。生日時母親給我的。 2020- 第一回

• あしたは　やまださんの　たんじょうびですね。なにを　あげますか。

明天是山田先生的生日。要送什麼呢？ 2021- 第二回

• わたしに　とけいを　くれました。給了我錶。 2022- 第一回

044 動詞 音便型＋て ～表示動作的先後順序

單純連接

- あさ　おきて、しんぶんを　よみます。早上起床後讀報紙。

以副詞形式敘述方法

- この　本(ほん)を　つかって　べんきょうします。用這本書學習。

理由

- かぜを　ひいて、学校(がっこう)を　やすみました。感冒了，所以和學校請假。

045 動詞 音便型＋て ある （他動詞）（狀態）

- こくばんに　字(じ)が　かいて　あります。黑板上有寫字。

046 動詞 ます型＋ました / ませんでした

～肯定過去式終結語尾 / ～否定過去式終結語尾

他動詞 正在～（進行）

- わたしは　いま　本(ほん)を　よんで　います。我現在正在閱讀。
- 小(ちい)さな　魚(さかな)が　たくさん　およいで　います。有很多小魚在游動。2011- 第一回

自動詞 ～著

- まどが　しまって　います。窗戶關著。

047 動詞 ない型＋ないで 不～並～

- けさ　わたしは　ごはんを　たべないで　学校(がっこう)へ　来(き)ました。

我今天早上沒有吃飯就來學校了。

4 名詞

名詞的八種基本模式

區分		肯定	否定
現在形	敬體	ゆめです 是夢	ゆめでは ありません 不是夢 ないです
	常體	ゆめだ 是夢	ゆめでは ない 不是夢
過去形	敬體	ゆめでした 曾是夢	ゆめでは ありませんでした 不是夢 なかったです
	常體	ゆめだった 曾是夢	ゆめでは なかった 不曾是夢

※ 名詞的辭書形是沒有～だ的結尾。名詞的活用大部分跟な形容詞相同。

名詞 です / では (じゃ) ありません

是～ / 不是～

- わたしは 学生(がくせい)です。我是學生。
- わたしは 日本人(にほんじん)では ありません。我不是日本人。

名詞 でした / では (じゃ) ありませんでした

～肯定過去式終結語尾 / ～否定過去式終結語尾

- きのうは 日(にち)よう日(び)でした。昨天是星期日。
- きのうは とても いい 天気(てんき)でした。昨天天氣很好。2018- 第二回
- きのうは 休(やす)みでは ありませんでした。昨天沒有休假。

050 名詞 だ / では（じゃ）ない

是～ / 不是

- わたしは　学生(がくせい)だ。我是學生。
- わたしは　日本人(にほんじん)では　ない。我不是日本人。
- 林(はやし)さんの　たんじょうびは　きょうでは　なくて　らいげつですよ。

林先生的生日不是今天，是下個月。 2018- 第二回

- きょうでは　なくて　あさってですよ。不是今天，是後天。 2020- 第二回

051 名詞 だった / では（じゃ）なかった

是～ / 不是～（過去式）

- きのうは　日(にち)よう日(び)だった。昨天是星期日。
- きのうは　休(やす)みでは　なかった。昨天不是休假日。

052 名詞 で　是～還有（且是）～

- これは　りんごで、それは　みかんです。這是蘋果，還有那是橘子。
- りゅうがくせいで、げんきな　人(ひと)です。是留學生，且是健康的人。 2017- 第二回
- あにの　しゅみは　ギターで　哥哥的興趣是吉他，～ 2018- 第二回
- わたしの　あには　大学生(だいがくせい)で　我的哥哥是大學生，～ 2020- 第二回

3 核心文法測驗 022~052 / 26

もんだい1 （　　）に 何を 入れますか。1・2・3・4から いちばん いい ものを 一つ えらんで ください。

1 わたしの　へやは（　　　　）です。030

1 きれいでは ない　　2 きれいく ない
3 きれいだ ない　　4 きれい ない

2 きのうは（　　　　）。023

1 あたたかく ないでした　　2 あたたかく ありませんでした
3 あたたかいでは ないでした　　4 あたたかいでは なかったです

3 かんじの　テストは（　　　　）と　みんな　言って　いました。033

1 たいへんかった　　2 たいへん なかった
3 たいへんだった　　4 たいへんく なかった

4 あの　ビルは　エレベーターが（　　　　）ふべんです。026

1 なくて　　2 ないで　　3 なくで　　4 ないて

5 ボールペンで（　　　　）、えんぴつで　書きます。047

1 書きないで　　2 書かないで　　3 書きなくて　　4 書かなくて

6 きのうは　天気が（　　　　）。023

1 いいでした　　2 いかったです　　3 よかったでした　　4 よかったです

7 この　まちで　いちばん　にぎやか（　　　　）この　へんです。037

1 なのは　　2 ので　　3 が　　4 では

8 この　くつは（　　　　）とても　いいです。034

1 じょうぶな　　2 じょうぶの　　3 じょうぶに　　4 じょうぶで

答案 1① 2② 3③ 4① 5② 6④ 7① 8④

9 わたしは　もっと（　　　　）テープレコーダーが　ほしいです。028

1　小(ちい)さく　　2　小さくて　　3　小さい　　4　小さいの

10 あさは　いそがしくて　しんぶんは（　　　　）。040

1　読(よ)んだ　　2　読みた　　3　読まない　　4　読みない

11 かぎは（　　　　）のを　二(ふた)つ　買(か)いました。037

1　じょうぶ　　2　じょうぶな　　3　じょうぶだ　　4　じょうぶで

12 きのうの　よるは　6時(じ)に（　　　　）、ごはんを　つくりました。044

1　かえる　　2　かえった　　3　かえって　　4　かえったり

13 そこの　つくえに　ボールペンが（　　　　）。045

1　おいて　います　　2　おいて　あります

3　おきます　　4　おきて　あります

14 スポーツは（　　　　）からだに　いいです。026

1　たのしくて　　2　たのしで　　3　たのしいく　　4　たのしいくて

15 A「コーヒー、もう　いっぱい　いかがですか。」046

B「いいえ、けっこうです。まだ　入(はい)って（　　　　）から。」

1　ありません　　2　あります　　3　いません　　4　います

16 A「テレビを　よく　見(み)ますか。」038

B「そうですね、毎日(まいにち)は（　　　　）。」

1　見ます　　2　見ないでした　　3　見ました　　4　見ません

答案　9③　10③　11②　12③　13②　14①　15④　16④

もんだい２　＿★＿に　入（はい）る　ものは　どれですか。１・２・３・４から　いちばん　いい　ものを　一（ひと）つ　えらんで　ください。

17 山田（やまだ）　「クリスさん、日本（にほん）りょうりの　レストランは　はじめてですか。」048
クリス「いいえ、＿＿＿ ＿＿＿ ＿★＿ ＿＿＿。名前（なまえ）は　わすれましたが、先週（せんしゅう）　行（い）きました。」

1　は　　2　はじめて　　3　ありません　　4　で

18 まどを　あけないで　ください。きょうは　＿＿＿ ＿＿＿ ＿★＿ ＿＿＿ です。022

1　かぜ　　2　から　　3　が　　4　つよい

19 あなたは　いま、おかね　＿＿＿ ＿＿＿ ＿★＿ ＿＿＿。046

1　もって　　2　います　　3　か　　4　を

20 大（おお）きい　じしょ　＿＿＿ ＿＿＿ ＿★＿ ＿＿＿、小（ちい）さい　じしょは　わたしの　です。052

1　は　　2　で　　3　の　　4　友（とも）だち

21 A「マリーさんの　かさは　どれですか。」029
B「あれです。　＿＿＿ ＿★＿ ＿＿＿ ＿＿＿。」

1　あかい　　2　の　　3　あの　　4　です

答案 17 ①(2413)　18 ④(1342)　19 ②(4123)　20 ③(1432)　21 ①(3124)

もんだい3 [22] から [26] に 何を 入れますか。ぶんしょうの いみを かんがえて 1・2・3・4から いちばん いい ものを 一つ えらんで ください。

下に ふたつの ぶんしょうが あります。

(1)

わたしは おんがくが すきです。でも、じぶんが えらんだ 曲じゃ ないのを [22] 。電車や バスの 中、きっさてんで すきじゃ ない おんがくは [23] 。

(2)

わたしは 学校 [24] 行く とき、いつも うちから 駅まで じてんしゃで 行きます。せんしゅうの 月よう日の ゆうがたは あめが ふったので、駅から うちまで あるいて [25] 。つぎの 日は はれでしたが、じてんしゃが 駅に あるので、うちから 駅まで [26] 。

22

1 聞くのは すきです　　2 書くのは じょうずです

3 聞くのは いやです　　4 書くのは へたです

23

1 聞きたがりたいです　　2 聞きたく ありません

3 聞きたがります　　4 聞きたがりません

答案 22 ③ 23 ②

24

1 へ　　2 の　　3 と　　4 か

25

1 かえるでしょう　　2 かえったでしょう

3 かえりましょう　　4 かえりました

26

1 バスで　行きました　　2 じてんしゃで　来ました

3 バスで　行くでしょう　　4 じてんしゃで　来るでしょう

核心文法複習

～(な形)です N5 030 ～肯定終結語尾	おんがくが　すきです 喜歡音樂 (3 行)
～(名詞)じゃない N5 050 不是～	曲じゃ　ないのを 不是～的歌 (3 行)
～(な形)じゃない N5 032 ～否定終結語尾	すきじゃ　ない　おんがく 不喜歡的音樂 (4 行)
～たい N5 061 想要～	聞きたく　ありません 不想聽 (5 行)
～(名詞)ます N5 038 ～肯定終結語尾	行きます 去 (8 行)
～ので N5 015 因為～	あめが　ふったので 因為下雨 (8 行) ／ じてんしゃが　駅に　あるので 因為腳踏車在車站 (9 行)
～(動詞)て N5 044 ～(動詞) ～表示動作的先後順序	うちまで　あるいて 走回家 (9 行)
～(動詞)ました N5 039 過去是終結語尾	かえりました 回來了 (9 行)
～(名詞)でした N5 049 是 (過去式)	はれでしたが 雖然放晴了 (9 行)

答案 24① 25④ 26①

4 核心文法測驗 022~052　/ 26

もんだい1（　　）に 何を 入れますか。1・2・3・4から いちばん いい ものを 一(ひと)つ えらんで ください。

1 子(こ)どもたちが　うたを（　　　）うたって　います。035

1 じょうずで　2 じょうずに　3 じょうずな　4 じょうずの

2 まどが　ぜんぶ（　　　）あります。045

1 あきて　2 あきって　3 あけて　4 あけって

3 きのうは　天気(てんき)が（　　　）ですね。023

1 いいなかった　2 いいく なかった
3 よいなかった　4 よく なかった

4 おとといは　雨(あめ)（　　　）、きのうは　雪(ゆき)でした。052

1 で　2 だ　3 だった　4 だったで

5 この　道(みち)は（　　　）あぶないです。026

1 くらい　2 くらいく　3 くらくて　4 くらいで

6 ホテルの　へやは　しずか（　　　）。031

1 では ありませんでした　2 なかったです
3 では ないでした　4 く なかったです

7 きのうの　テストは（　　　）できました。027

1 よかった　2 よくて　3 よい　4 よく

8 あの　ケーキは（　　　）よ。025

1 おいしく ないだった　2 おいしく なかった
3 おいしいじゃ なかった　4 おいしいく なかった

答案 1② 2③ 3④ 4① 5③ 6① 7④ 8②

9 A「どの　ネクタイを　かいますか。」029
B「その　あかい（　　　　）を　かいます。」
1　な　　2　の　　3　は　　4　も

10 きのう　きょうしつの　電気(でんき)を（　　　　）か。042
1　けします　　2　けしません　　3　けしました　　4　けしましょう

11 おかあさんは　あねと　わたしに　にんぎょうを（　　　　）。043
1　あげました　　2　やりました　　3　もらいました　　4　くれました

12（　　　　）ところに　アパートを　かりたいです。036
1　しずかな　　2　しずかに　　3　しずかで　　4　しずかの

13 この　りょうりは　あまり（　　　　）よ。022
1　からかったです　　2　からいです
3　からいでは ありませんでした　　4　からく ないです

14 きのうは　だれも（　　　　）。039
1　来(き)ました　　2　来(き)たです
3　来(き)ませんでした　　4　来(こ)ないでした

15 こうえんの　花(はな)は　とても（　　　　）。033
1　きれかった　　2　きれいだった
3　きれく なかった　　4　きれく ないだった

16 A「わたしの　いえへ　あそびに　来(き)ませんか。」038
B「はい、（　　　　）。」
1　行(い)きます　　2　行きません　　3　来ます　　4　来ません

答案　9②　10③　11④　12①　13④　14③　15②　16①

もんだい２　＿★＿　に　入る　ものは　どれですか。１・２・３・４から　いちばん　いい　ものを　一つ　えらんで　ください。

17 もう　＿＿＿　＿＿＿　＿★＿　＿＿＿　、見せて　ください。029

1　やすい　　2　の　　3　を　　4　ちょっと

18 あにの　新しい　カメラ　＿＿＿　＿★＿　＿＿＿　＿＿＿　。026

1　小さく　　2　て　　3　は　　4　かるい

19 となりに　＿＿＿　＿＿＿　＿★＿　＿＿＿　、わたしの　へやは　くらく　なりました。043

1　が　　2　高い　　3　たって　　4　たてもの

20 この　へやは　くらいですね。でんきが　一つ　＿＿＿　＿＿＿　＿★＿　＿＿＿　。046

1　しか　　2　よ　　3　いません　　4　ついて

21 ＿＿＿　＿＿＿　＿★＿　＿＿＿　子どもたちの　こえで　にぎやかに　なった。033

1　が　　2　だった　　3　しずか　　4　こうえん

答案 17 ②(4123)　18 ①(3124)　19 ①(2413)　20 ③(1432)　21 ④(3241)

もんだい３　[22]　から　[26]　に　何を　入れますか。ぶんしょうの　いみを　かんがえて　１・２・３・４から　いちばん　いい　ものを　一つ　えらんで　ください。

下に　ふたつの　ぶんしょうが　あります。

(1)

わたしは　大学生です。ひとり　[22]　アパートに　すんで　います。毎日　アルバイトを　して　います。ごはんは　そとで　食べますが、つめたい　ものが　[23]　ので、よく　コンビニに　行きます。コンビニが　ちかくに　あるので、へやには　れいぞうこが　ありません。べんきょうに　つかう　ものも　いっしょに　買います。

(2)

わたしは　レストランで　アルバイトを　して　います。レストランは　[24]　。きのうは　日よう日だったので、おおぜいの　人が　きて　とても　[25]　。この　レストランの　カレーは　とても　ゆうめいです。レストランは　あさ　７時から　よるの　１２時までですが、わたしの　[26]　は　ごご　１時から　５時までです。

22

1　で　　2　へ　　3　か　　4　に

23

1　飲みたく　ない　　2　飲みます

3　飲みたく　なる　　4　飲みました

答案　22①　23③

24

1 ひろくて　きれいます　　2 ひろくて　きれいです

3 きれくて　ひろいます　　4 きれくて　ひろいです

25

1 あたたかく　なるでしょう　　2 あたたかかったです

3 いそがしく　なるでしょう　　4 いそがしかったです

26

1 エレベーターの　時間　　2 ひるごはんの　時間

3 アルバイトの　時間　　4 ばんごはんの　時間

核心文法複習

～(名詞)です N5 048 是～	大学生です 我是大學生(3行)
～(動詞)ている N5 046 (狀態)	アパートに　すんで　います 我住在公寓(3行)
	アルバイトを　して　います 我正在打工(4行)
～(動詞)ます/～(動詞)ません N5 038 ～肯定終結語尾／～否定終結語尾	
	食べますが 吃(4行)／ありません 沒有(6行)
～もの N5 095 ～的	つめたい　もの 冰冷的(4行)
	べんきょうに　つかう　もの 唸書要用的東西(6行)
～くなる N5 057 變～	飲みたく　なるので 因為變得想喝(5行)
～(い形)くて N5 026 又～；因為～	ひろくて 又寬闊(10行)
～(な形)です N5 030 ～肯定終結語尾	きれいです 乾淨(10行)
～(名詞)だった N5 051 是～(過去式)	日よう日だったので 因為是星期日(10行)
～(動詞)て N5 044 ～表示動作的先後順序	おおぜいの　人が　きて 很多人來(10行)
～(い形)かったです N5 023 ～過去式肯定終結語尾	いそがしかったです 很忙。(11行)

答案 24② 25④ 26③

6 表達意圖等

053 あまり ～ません 不怎麼～

- わたしの　へやは　あまり　きれいでは　ありません。我的房間不怎麼乾淨。
- いいえ、あまり　みません。不，不怎麼看。2020- 第二回
- あまり　カレーを　食(た)べません。不怎麼吃咖哩。2021- 第一回

054 ぜんせん ～ません 完全不～

- わたしは　ドイツ語(ご)が　ぜんぜん　わかりません。我完全不懂德語。
- ぜんぜん　飲(の)みません。完全不喝。2019- 第一回
- 今(いま)は　ぜんぜん　聞(き)きません。現在完全不聽。2021- 第一回

055 ～がた・～たち ～們

- あなたがたは　きょう　なにを　しますか。大家（你們）今天要做什麼？
- あの　人(ひと)たちは　みんな　学生(がくせい)です。那些人都是學生。

056 ～く する ～使動語尾

- へやを　あかるく　しました。我讓房間明亮了。

057 ～く なる 變～

- へやが　あかるく　なりました。房間變明亮了。

058 ～ごろ 大約～

- 5時(ごじ)はんごろ　かえります。大約五點半回去。

059 ～じゅう / ～ちゅう ～之內 / ～之中

- みなみの　くには　一年(いちねん)じゅう　あついです。南邊國家一整年都很熱。
- じゅぎょうちゅうですから　ドアを　しめて　ください。正在上課，所以請關上門。
- パーティーちゅう 派對中 2017- 第二回

060 ～た あと (で)・～の あと (で) ～之後

- ごはんを　食(た)べた　あとで、おふろに　入(はい)ります。吃完飯後洗澡。
- ゆうはんの　あとで　トランプを　しました。晚餐吃完後，玩了撲克牌。
- しゅくだいを　した　あとで 作業寫完後 2011- 第一回
- サッカーを　した　あとで 踢足球後 2017- 第一回
- あさごはんを　つくって　食(た)べた　後(あと)で 做早餐並吃完後 2018- 第二回
- きのう　しごとの　あとで　えいがかんで　えいがを　見(み)ました。

昨天工作後，在電影院看了電影。2019- 第一回

- ばんごはんの　あとで 晚餐後 2021- 第二回
- あさごはんの　後(あと)で　そうじを　して　います。早餐後打掃。2017- 第二回、2022- 第一回

061 ～たい 想要～

- わたしは　家(いえ)に　かえりたいです。我想要回家。
- なにか　あたたかい　ものが　のみたいですね。我想要喝一些熱的。 2020- 第二回
- また、作(つく)りたいです。希望能再做。 2022- 第一、二回

062 ～たり ～たり（する） 或～或～

- 本(ほん)を　よんだり、おんがくを　きいたり　しました。會讀書或聽音樂。

063 ～てから 之後～

- ごはんを　食(た)べてから、おふろに　入(はい)ります。吃完飯後洗澡。
- 日本(にほん)に　来(き)てから　來日本後 2011- 第一回
- しんぶんを　読(よ)んでから、かいしゃに　行(い)きます。看了報紙之後去公司。2019- 第一回

064 ～て ください 請～

- えんぴつを　とって　ください。請拿鉛筆。

065 ～て くださいませんか 能～給我嗎？

- その　本(ほん)を　かして　くださいませんか。能借那本書給我嗎？

066 ～て くる 做～來

- きょうしつに　じしょを　もって　きて　ください。請帶字典到教室來。

067 ～でしょう ～吧

- あしたは　いい　天気(てんき)でしょう。明天會是好天氣吧。

068 ～と いう＋名詞 叫作～

- これは、しょうゆと　いう　ものです。這個叫作醬油。

- 母親に　にると　いう　話を　聞いた。聽人說長得像母親。 N4 2011- 第一回
- 「やさしい」と　いう　意味 意思是「溫柔」 N4 2011- 第一回

069 ～とき

動詞現在形＋とき ～時候

- 学校へ　行く　とき、いつも　こうえんの　まえから　バスに　のります。

去學校的時候，都在公園前搭公車。

動詞過去形＋とき ～時候

- 先生の　家に　行った　とき、みんなで　うたを　うたいました。

去老師家的時候，大家一起唱了歌。

070 ～ないで ください 請不要～

- まどを　あけないで　ください。請不要開窗戶。
- ここで　しゃしんを　とらないで　ください。請不要在這裡拍照。 2020- 第一回

071 ～ながら 邊～邊～

- おんがくを　ききながら、べんきょうを　します。邊聽音樂邊讀書。

072 ～に する

な形容詞語幹＋に する 變～

- こうえんを　きれいに　しました。把公園變乾淨了。
- 大切に　します。珍惜。 N4 2011- 第一回
- じゃあ、しおラーメンに　して　ください。那麼，請給我鹽味拉麵。 2012- 第二回
- こどもが　ねて　いますから、しずかに　して　ください。

孩子在睡覺，所以請安靜。 2020- 第一回

名詞＋に する 做成～

• りんごを　ジャムに　しました。將蘋果做成果醬了。

073 ～に なる

な形容詞語幹＋に なる 變～

• こうえんが　きれいに　なりました。公園變乾淨了。

名詞＋に なる 成為～

• あの　人は　先生に　なりました。那個人成為老師了。

074 ～まえに・～の　まえに ～之前

• おふろに　入る　まえに、ごはんを　食べます。洗澡之前吃飯。
• さんぽの　まえに、はを　みがきました。散步之前刷了牙。
• 食べる　まえに 吃之前 2011- 第一回
• 日本へ　来る　まえに　どこかで　日本語を　ならいましたか。

來日本之前，在哪裡學了日本語？ 2017- 第一回

• あさごはんの　まえに　はを　みがきます。吃早餐之前刷牙。2010- 第二回、2022- 第二回
• 会社に　行く　まえに 去公司之前 2021- 第一回

075 ～ましょう / ～ましょうか ～吧 / 要～嗎？

• いっしょに　ごはんを　食べましょう。一起吃飯吧。
• いっしょに　あるきましょうか。要一起走嗎？
• エアコンを　つけましょうか。要開冷氣嗎？

076 ～ませんか 不～嗎？

- えいがを　見(み)に　行(い)きませんか。不去看電影嗎？
- わたしの　家(いえ)へ　来(き)ませんか。不來我家嗎？
- いっしょに　行(い)きませんか。不一起去嗎？ 2011- 第一回
- いっしょに　コーヒーを　飲(の)みませんか。不一起喝咖啡嗎？ 2021- 第一回

077 まだ

まだ＋肯定 還有

- まだ　時間(じかん)が　あります。還有時間。

まだ＋否定 還沒

- あの　人(ひと)は　まだ　ここへ　来(き)ません。那個人還沒來這裡。
- いいえ、まだ　おわって　いません。不，還沒結束。

まだです 還沒

- A「テストは　はじまりましたか。」 A：「測驗開始了嗎？」
  B「いいえ、まだです。」 B：「不，還沒。」

078 もう

もう＋肯定 已經

- あの　人(ひと)は　もう　家(いえ)に　かえりました。那個人已經回家去了。
- なつやすみは　もう　おわりました。暑假已經結束了。 2020- 第二回
- いいえ、もう　かえりましたよ。不，已經回去了。 2021- 第一回

もう＋否定 如今；已經

- もう　お金(かね)が　ありません。如今沒錢了。

もう＋いちど / もう＋すこし 再

- もう　いちど　ゆっくり　言(い)って　ください。請再慢慢地說一遍。
- もう　すこし　やさしく　はなして　ください。請說得再簡單一點。

079 連體修飾語＋名詞

動詞現在形＋名詞（連體修飾語） ～的

• あれは　大学へ　行く　バスです。那台是往大學的公車。

動詞過去形＋名詞（連體修飾語） ～的

• これは　きのう　わたしが　とった　しゃしんです。這個是昨天我拍的照片。

• きのう　わたしが　読んだ　本は　おもしろかったです。

我昨天讀的書很有趣。2017- 第一回

• 近くの　ケーキやで　買った　バナナケーキが　おいしかったです。

附近蛋糕店買的香蕉蛋糕很好吃。2017- 第一回

• パーティーで　とった　しゃしんを　もらいました。收到派對拍的照片了。2017- 第二回

い形容詞＋名詞（連體修飾語） ～的

• これは　おもしろい　本です。這是一本有趣的書。

• 海に　ちかくて　大きい　家に　住みたいです。我想住在靠海的大房子。

• わたしは　小さい　とき 我小的時候 2012- 第二回

な形容詞＋名詞（連體修飾語） ～的

• これは　しずかな　へやです。這是一間安靜的房間。

• ひまな　とき 很閒的時候 2021- 第二回

• スパゲッティが　ゆうめいな　銀行の　近くの　レストランで

義大利麵在有名的銀行附近的餐廳 2021- 第二回

080 ～を ください 請給～

• あの　りんごを　ください。請給我那顆蘋果。

5 核心文法測驗 053~080 / 26

もんだい1 （　　）に 何を 入れますか。1・2・3・4から いちばん いい ものを 一つ えらんで ください。

1 きのうは　さんぽを　したり、りょうりを（　　　　）しました。062

1 つくりたり　　2 つくるたり　　3 つくらったり　　4 つくったり

2 きのう（　　　　）人の　名前が　わかりません。079

1 会った　　2 会って　　3 会うの　　4 会う

3 買いものに（　　　　）とき、バスに　のります。069

1 行って　　2 行っての　　3 行く　　4 行くの

4 高いですね。もっと（　　　　）して　ください。056

1 安い　　2 安く　　3 安いに　　4 安くに

5 たくさん　コピーしたから、紙が（　　　　）ありません。052

1 どう　　2 あまり　　3 とても　　4 何まい

6 山田さんは　たぶん　うたが（　　　　）でしょう。067

1 じょうず　　2 じょうずな　　3 じょうずに　　4 じょうずだ

7 ねる　前に　はを（　　　　）ください。064

1 みがき　　2 みがく　　3 みがきて　　4 みがいて

8 ことしの　なつは　うみで（　　　　）たいです。061

1 およが　　2 およぐ　　3 およぎ　　4 およげ

答案 1④ 2① 3③ 4② 5② 6① 7④ 8③

9 ここが　あなた（　　　　）の　へやです。055

1 ごろ　　2 ほど　　3 がた　　4 など

10 この　いぬは　何（なん）（　　　　）いう　名前（なまえ）ですか。068

1 が　　2 で　　3 を　　4 と

11 わたしの　じしょが　ありません。あなたの　じしょを（　　　　）。065

1 かして　くださいませんか　　2 かしましょう

3 かさないでしょう　　4 かすでしょう

12 1日（にち）（　　　　）しごとを　して、つかれました。059

1 ごろ　　2 じゅう　　3 から　　4 まで

13 バナナを　半分（はんぶん）（　　　　）して　いっしょに　食（た）べましょう。072

1 が　　2 で　　3 を　　4 に

14 きのうは　そうじを　した（　　　　）せんたくを　しました。060

1 あとで　　2 まえに　　3 ながら　　4 だから

15 １２時（じ）（　　　　）なりました。ひるごはんの　時間（じかん）です。073

1 が　　2 に　　3 から　　4 へ

16 A「カタカナは　ならいましたか。」077

B「（　　　　）。」

1 はい、カタカナです　　2 はい、そうです

3 いいえ、まだです　　4 いいえ、ならいました

答案 9③ 10④ 11① 12② 13④ 14① 15② 16③

もんだい2 ＿★＿ に 入る ものは どれですか。1・2・3・4から いちばん いい ものを 一つ えらんで ください。

17 わたしに ＿＿ ＿＿ ＿★＿ ＿＿ ください。080

1 つめたい　2 のみもの　3 を　4 も

18 あした 山田さん ＿＿ ＿＿ ＿★＿ ＿＿ だれですか。079

1 会う　2 は　3 が　4 人

19 みせや ぎんこうが ＿＿ ＿＿ ＿★＿ ＿＿ なりました。073

1 でき　2 て　3 にぎやか　4 に

20 きょうしつに ＿＿ ＿★＿ ＿＿ ＿＿ ください。066

1 きて　2 を　3 じしょ　4 もって

21 A「おなかが すきましたね。」076

B「ええ。あの ＿＿ ＿＿ ＿★＿ ＿＿ 。」

A「ああ、日本りょうりの レストランですね。いいですよ。入りましょう。」

1 入りません　2 か　3 レストラン　4 に

答案 17 ②(4123) 18 ④(3142) 19 ③(1234) 20 ②(3241) 21 ①(3412)

もんだい3 [22] から [26] に 何を 入れますか。ぶんしょうの いみを かんがえて 1・2・3・4から いちばん いい ものを 一つ えらんで ください。

下に ふたつの ぶんしょうが あります。

(1)

きょうは 一日じゅう あめですが、あしたは はれるでしょう。あした [22] 、ゆっくり 天気が よく なって、土よう日は いい 天気に なるでしょう。

(2)

日よう日の あさは、あめが ふらない ときは、たいてい ちかくの こうえんへ さんぽに 行きます。さんぽは [23] あさごはんの まえに 行きます。あさごはんの あとで そうじや せんたくなどを します。ごごは ときどき しんじゅくへ かいものに 行きます。かいものに 行かない ときは、テレビを 見ます。[24] 、おもしろい えいがが ある ときは、えいがを [25] 。よるは 月よう日に しけんが ある ときは、10時ごろまで べんきょうを します。[26] ときは、友だちの うちへ あそびに 行きます。

22

1 など　　2 しか　　3 から　　4 だけ

23

1 たぶん　　2 いつも　　3 まっすぐ　　4 もっと

答案 22③ 23②

24

1 だから　　2 それでは　　3 じゃあ　　4 しかし

25

1 見たいです　　2 見に　行きました
3 見たく　ありません　　4 見に　行きます

26

1 しけんが　ない　　2 そうじが　ある
3 えいがが　ない　　4 せんたくが　ある

核心文法複習

～じゅう N5 059 ～期間	一日じゅう 一整天 (3 行)
～でしょう N5 067 會～吧	あしたは　はれるでしょう 明天會放晴吧 (3 行)
	いい　天気に　なるでしょう 會是好天氣吧 (4 行)
～くなる N5 057 變～	天気が　よく　なって 天氣變好 (4 行)
～になる N5 072 成為～	いい　天気に　なる 是好天氣 (4 行)
～とき N5 069 ～時候	あめが　ふらない　とき 不下雨的時候 (7 行)
	かいものに　行かない　とき 不去買東西的時候 (10 行)
	おもしろい　えいがが　ある　とき 有趣的電影上映的時候 (11 行)
	しけんが　ある　とき 有考試的時候 (12 行)
	しけんが　ない　とき 沒有考試的時候 (13 行)
～に N5 012 去做～	さんぽに　行きます 去散步 (8 行)
	かいものに　行きます 去買東西 (10 行)
	えいがを　見に 去看電影 (11 行)
	友だちの　うちへ　あそびに 去朋友家玩 (13 行)

答案 24 ④　25 ④　26 ①

6 核心文法測驗 053~080 / 26

もんだい１ （　　）に 何を 入れますか。１・２・３・４から いちばん いい ものを 一つ えらんで ください。

1 CDを（　　　）ながら　べんきょうしました。071

1 聞き　2 聞く　3 聞いて　4 聞いた

2 すしが（　　　）なりました。073

1 すき　2 すきな　3 すきに　4 すきで

3 大きな　こえで（　　　）ください。070

1 話しなくて　2 話さなくて　3 話しないで　4 話さないで

4 かぞくが（　　　）あとで、へやの　そうじを　します。060

1 出かける　2 出かけた　3 出かけます　4 出かけていた

5 （　　　）　なりましたから、セーターが　いります。057

1 さむく　2 さむい　3 さむいく　4 さむいに

6 りょこうに（　　　）前に　かばんを　買いました。074

1 行き　2 行く　3 行きの　4 行くの

7 わたしは　となりの　まちから　ここまで　3時間も（　　　）来ました。066

1 あるく　2 あるいて　3 あるき　4 あるいた

8 A「土よう日に　えいがを　見に　行きませんか。」075

B「いいですね。（　　　）。」

1 行きましょう　2 行きました　3 行きませんか　4 行くでしょうか

答案 1① 2③ 3④ 4② 5① 6② 7② 8①

9 （　　　　）ときは、先生に　聞きます。069

1　わかって　　2　わかったの　　3　わからない　　4　わからないの

10 けさは　9時（　　　　）いえを　出ました。058

1　しか　　2　など　　3　だけ　　4　ごろ

11 すみません、バナナ（　　　　）ください。080

1　に　　2　で　　3　へ　　4　を

12 テストを　して　いますから（　　　　）して　ください。072

1　しずかに　　2　しずかだ　　3　しずかの　　4　しずかで

13 学生「すみません。先生の　本を（　　　　）。」064

先生「はい、いいですよ。」

学生「ありがとうございます。あした　かえします。」

1　かりて　ください　　2　かりましょうか　　3　かして　ください　　4　かしましょうか

14 いそがしいから、ごはんを（　　　　）時間が　ありません。079

1　食べ　　2　食べて　　3　食べる　　4　食べた

15 A「お店、まだ　あきませんね。」067

B「そうですね。でも、もうすぐ（　　　　）。」

1　あきました　　2　あくです

3　あきませんでした　　4　あくでしょう

16 A「雨は　まだ　ふって　いますか。」078

B「いいえ、（　　　　）。」

1　もう　ふりました　　2　もう　ふって　いません

3　まだ　ふって　います　　4　まだ　ふりませんでした

答案　9③　10④　11④　12①　13③　14③　15④　16②

もんだい2 ＿★＿ に 入(はい)る ものは どれですか。1・2・3・4から いちばん いい ものを 一(ひと)つ えらんで ください。

17 午前(ごぜん) ＿＿ ＿＿ ＿★＿ ＿＿ いますが、午後(ごご)は 出(で)かけます。059

1 ちゅう　　2 に　　3 いえ　　4 は

18 これ ＿＿ ＿★＿ ＿＿ ＿＿ おかしです。どうぞ 食(た)べて ください。079

1 わたし　　2 は　　3 が　　4 つくった

19 会社(かいしゃ) ＿＿ ＿＿ ＿★＿ ＿＿ 、ぎんこうへ 行(い)きました。074

1 に　　2 行く　　3 まえ　　4 へ

20 あの 人(ひと)は 毎朝(まいあさ) ＿＿ ＿★＿ ＿＿ ＿＿ します。072

1 きれい　　2 に　　3 こうえん　　4 を

21 A「今(いま) すぐ すずきさんの うちへ 行(い)きますか。」063

B「いいえ、＿＿ ＿＿ ＿★＿ ＿＿ 行きます。」

1 を　　2 かけて　　3 から　　4 でんわ

答案 17 ③ (1432)　18 ① (2134)　19 ③ (4231)　20 ④ (3412)　21 ② (4123)

もんだい3 [22] から [26] に 何(なに)を 入(い)れますか。ぶんしょうの いみを かんがえて 1・2・3・4から いちばん いい ものを 一(ひと)つ えらんで ください。

下(した)に ふたつの ぶんしょうが あります。

(1)

リーさんは バスの 中(なか)に 本(ほん)を わすれました。その 本は とても たいせつな 本です。リーさんは [22] まいにち 日本語(にほんご)を べんきょうします。 [23] リーさんは 日本語が じょうずです。リーさんは 日本人(にほんじん) [24] 日本語で はなしました。

(2)

たなかさんは でんしゃの 中(なか)に かばんを わすれました。その かばんは しかくくて くろい かばんです。えきに おなじ かばんが ありました。たなかさんは [25] かばんを うちに もって かえりました。 [26] それは たなかさんの かばんでは ありませんでした。

22

1 あの 中(なか)で　　2 あの バスで

3 その 日本語(にほんご)で　　4 その 本(ほん)で

23

1 それから　　2 だから　　3 では　　4 でも

答案 22④ 23②

24

1 を　　2 も　　3 と　　4 か

25

1 その　　2 どの　　3 それ　　4 どれ

26

1 さあ　　2 でも　　3 また　　4 では

核心文法複習

その N5 089 這	その　本(ほん) 這書 (3 行)／その　かばん 這包包 (8 行)
連體修飾（い形／な形＋名詞） N5 079	たいせつな　本(ほん) 重要的書 (3 行)／くろい　かばん 黑色的包包 (9 行)／おなじ　かばん 同樣的包包 (9 行)
～が N5 002 ～受格助詞	日本語(にほんご)が　じょうずです 日語很好 (5 行)
～と N5 010 和～	日本人(にほんじん)と 和日本人 (5 行)
～で N5 009 用～	日本語(にほんご)で　はなしました 用日本語說話 (6 行)
～（い形）くて N5 026 ～和；～後	その　かばんは　しかくくて 這包包是方形且～(8 行)
それ N5 090 這個	それは 這個是 (10 行)
～（名詞）では ありませんでした N5 049 ～不是	かばんでは　ありませんでした 不是包包 (11 行)

答案　24 ③　25 ①　26 ②

7 指示詞和疑問詞

081 いくつ

個數 幾個

- みかんは　いくつ　ありますか。請問橘子有幾個？

年紀 幾歲

- あの　子(こ)は　ことし　いくつですか。請問那孩子今年幾歲？ 2022- 第二回

082 いくら 多少錢

- この　りんごは　一(ひと)つ　いくらですか。請問這個蘋果一顆多少錢？

083 いつ 何時

- あの　人(ひと)は　いつ　日本(にほん)へ　来(き)ましたか。請問那個人何時來日本的？

084 だれ / どなた 誰；哪位

- だれが　来(き)ましたか。誰來了？
- あなたは　どなたですか。您是哪位？

085 どう / いかが 如何

- A「テストは　どうでしたか。」A：「考試如何？」 2015- 第一回

  B「やさしかったです。」B：「很簡單。」

• A「きのうの　えいがは　いかがでしたか。」A：「昨天的電影如何？」

2015- 第二回、2021- 第一回

B「おもしろかったですよ。」B：「很有趣。」

086 どうして / なぜ 為什麼

• A「どうして　くすりを　のみましたか。」A：「為什麼吃藥？」

B「あたまが　いたかったからです。」B：「因為頭痛。」

• A「きのうは　なぜ　休（やす）みましたか。」A：「昨天為什麼休息？」

B「おなかが　いたかったんです。」B：「因為肚子痛。」

087 どこ / あそこ / そこ / ここ 哪裡 / 那裡 / 那裡 / 這裡

• えきは　どこですか。請問車站在哪裡？

• あそこは　としょかんです。那裡是圖書館。

• そこに　子（こ）どもが　います。那裡有小孩。

• ここに　本（ほん）が　あります。這裡有一本書。

• くだものは　どこに　あります。水果在某處。2011- 第一回

088 どちら / あちら / そちら / こちら 哪邊 / 那邊 / 這邊 / 這邊

也可以寫成どっち、あっち、そっち、こっち

• きたは　どちらですか。請問北邊是哪一邊？

• みなみは　あちらです。南邊是那邊。

• にしは　そちらです。西邊是那邊。

• ひがしは　こちらです。東邊是這邊。2015- 第一回、2022- 第二回

089 どの / あの / その / この 哪 / 那 / 這（那）/ 這

「どのぐらい」以及「どれぐらい」的意思通用。

- どの　本(ほん)が　おもしろいですか。請問哪一本書有趣？
- あの　人(ひと)は　学生(がくせい)です。那個人是學生。
- その　ノートは　先生(せんせい)のです。那個筆記是老師的。
- この　本(ほん)は　あかいです。這本書是紅色的。
- 家(いえ)から　学校(がっこう)まで　どのぐらい　かかりますか。請問從家裡到學校大概要花多久？

090 どれ / あれ / それ / これ 哪個 / 那個 / 這個（那個）/ 這個

「どれぐらい」以及「どのぐらい」的意思通用。

- あなたの　くつは　どれですか。請問您的鞋子是哪一雙？
- それは　ノートです。這個是筆記本。
- これは　本(ほん)です。這個是書。
- 毎日(まいにち)　どれぐらい　ねますか。請問每天你大概都睡多久？
- どれが　たなかさんの　かばんですか。哪一個是田中先生的包包？ 2020- 第一回

091 どんな 哪種

- あなたは　どんな　スポーツを　しますか。請問你都做哪種運動？
- どんな　プレゼントが　ほしいですか。請問你想要哪種禮物？ 2021- 第二回

092 なに / なん 什麼

- なにを　かいましたか。請問你買了什麼？
- それは　なんですか。請問那個是什麼？

8 問候語與初級會話

093 問候語

問候語		
編號	問候語	中文意思
1	（どうも） ありがとうございます・ました	(非常) 感謝
2	いただきます	開動了
3	いらっしゃい (ませ)	歡迎光臨
4	(では)、おげんきで	（那麼）保重身體
5	おねがいします	拜託了
6	おはようございます	早安
7	おやすみなさい	晚安（睡前）
8	ごちそうさま (でした)	吃飽了；謝謝招待
9	こちらこそ	我才是
10	ごめんください	有人在嗎？
11	ごめんなさい	對不起
12	こんにちは	你好；午安
13	こんばんは	你好；晚安
14	さよなら / さようなら	再見
15	しつれいしました	打擾了（離開）
16	しつれいします	不好意思（進門）
17	すみません	那個；不好意思；謝謝
18	では、また	那麼，下次見
19	(いいえ)、どういたしまして	（不）不客氣
20	はじめまして	初次見面
21	(どうぞ) よろしく	（務必）拜託了

- （電話で） すみません、ひろこさんを おねがいします。

（電話裡）不好意思，請轉接給寬子小姐。

- 東京駅まで おねがいします。麻煩到東京站。

094

初級會話

初級會話		
自動詞	初級會話	中文意思
1	しる	知道
2	たいへんだ	辛苦
3	(はい)、いいですよ	(是) 好的；可以喔
4	(はい)、そうです	(是) 沒錯
5	(はい)、どうぞ	(好) 請
6	(はい)、わかりました	(好) 知道了
7	(いいえ)、けっこうです	(不) 沒關係 (不用)
8	(いいえ)、ちがいます	(不) 不是

9 其他

095 形式名詞 もの

・パーティーでは　どんな　ものを　のみましたか。請問你在派對裡喝了什麼樣的飲料？

096 終助詞よ／終助詞わ

・その　本(ほん)は　おもしろいですよ。這本書很有趣。

・わたしも　いっしょに　行(い)くわ。我也一起去。

097 數字いち / ひとつ等

數數的時候會用「ひとつ、ふたつ、みっつ……（一、二、三……）」，也會作為敘述孩子年紀的時候使用。此外，日本語的數字有兩種說法，分別是「いち、に、さん……」和「ひとつ、ふたつ、みっつ……」。後者代表數量，曾出過相關題目。

數字

いち　1	ひとつ　1個	に　2	ふたつ　2個
さん　3	みっつ　3個	し・よん・よ　4	よっつ　4個
ご　5	いつつ　5個	ろく　6	むっつ　6個
しち・なな　7	ななつ　7個	はち　8	やっつ　8個
きゅう・く　9	ここのつ　9個	じゅう　10	とお　10個
ひゃく　百	せん　千	まん　萬	

參考 いくつ：幾個；幾歲　いくら：多少

・いちじかんは　六十分です。1小時是六十分鐘。

・つくえの　上に　りんごが　みっつ　あります。書桌上有三顆蘋果。

098

量詞～かい / ～さつ / ～はい / ～ほん / ～まい等

助數詞在 N5 只需要知道十二個。

量詞						
種類 / 個數	～にん (人) ～名	～まい (枚) ～張	～ど (度) ～度	～さつ (冊) ～本	～さい (歳) ～歲	～こ (個) ～個
	數人	**數薄平物品**	**表示溫度**	**數書本**	**數年紀**	**數物品**
1	ひとり	いちまい	いちど	いっさつ	いっさい	いっこ
2	ふたり	にまい	にど	にさつ	にさい	にこ
3	さんにん	さんまい	さんど	さんさつ	さんさい	さんこ
4	よにん	よんまい	よんど	よんさつ	よんさい	よんこ
5	ごにん	ごまい	ごど	ごさつ	ごさい	ごこ
6	ろくにん	ろくまい	ろくど	ろくさつ	ろくさい	ろっこ
7	しちにん ななにん	ななまい	しちど ななど	ななさつ	ななさい	ななこ
8	はちにん	はちまい	はちど	はっさつ	はっさい	はちこ はっこ
9	くにん きゅうにん	きゅうまい	きゅうど	きゅうさつ	きゅうさい	きゅうこ
10	じゅうにん	じゅうまい	じゅうど	じっさつ じゅっさつ	じゅっさい	じゅっこ
幾～	なんにん	なんまい	なんど	なんさつ	なんさい	なんこ

• としょかんで　本(ほん)を　ごさつ　かりました。在圖書館裡借了五本書。 2021- 第一回

種類 個數	～かい（階） ～樓	～かい（回） ～次	～はい（杯） ～杯	～ひき（匹） ～隻	～ほん（本） ～支、瓶	～だい（台） ～台
	數建築樓數	數次數	數酒或水的杯數	數小動物	數細長物品	數車或機器
1	いっかい	いっかい	いっぱい	いっぴき	いっぽん	いちだい
2	にかい	にかい	にはい	にひき	にほん	にだい
3	さんがい	さんかい	さんばい	さんびき	さんぼん	さんだい
4	よんかい	よんかい	よんはい	よんひき	よんほん	よんだい
5	ごかい	ごかい	ごはい	ごひき	ごほん	ごだい
6	ろっかい	ろっかい	ろっぱい	ろっぴき	ろっぽん	ろくだい
7	ななかい	ななかい	ななはい	ななひき	ななほん	しちだい ななだい
8	はちかい はっかい	はっかい	はっぱい	はっぴき	はちほん はっぽん	はちだい
9	きゅうかい	きゅうかい	きゅうはい	きゅうひき	きゅうほん	きゅうだい
10	じゅっかい	じっかい じゅっかい	じっぱい じゅっぱい	じっぴき じゅっぴき	じっぽん じゅっぽん	じゅうだい
幾～	なんがい	なんかい	なんばい	なんびき	なんぼん	なんだい

099

幾月幾日星期幾的表達

～月（がつ） ～月	
一月（いちがつ）一月	二月（にがつ）二月
三月（さんがつ）三月	四月（しがつ）四月
五月（ごがつ）五月	六月（ろくがつ）六月
七月（しちがつ）七月	八月（はちがつ）八月
九月（くがつ）九月	十月（じゅうがつ）十月
十一月（じゅういちがつ）十一月	十二月（じゅうにがつ）十二月

～よう日（ようび） 星期～	
月よう日（げつようび）星期一	火よう日（かようび）星期二
水よう日（すいようび）星期三	木よう日（もくようび）星期四
金よう日（きんようび）星期五	土よう日（どようび）星期六
日よう日（にちようび）星期日	

參考 なんようび：星期幾 なんがつ：幾月 なんにち：幾日

日よう日	月よう日	火よう日	水よう日	木よう日	金よう日	土よう日
		1日 ついたち	2日 ふつか	3日 みっか	4日 よっか	5日 いつか
6日 むいか	7日 なのか	8日 ようか	9日 ここのか	10日 とおか	11日 じゅういちにち	12日 じゅうににち
13日 じゅうさんにち	14日 じゅうよっか	15日 じゅうごにち	16日 じゅうろくにち	17日 じゅうしちにち	18日 じゅうはちにち	19日 じゅうくにち
20日 はつか	21日 にじゅういちにち	22日 にじゅうににち	23日 にじゅうさんにち	24日 にじゅうよっか	25日 にじゅうごにち	26日 にじゅうろくにち
27日 にじゅうしちにち	28日 にじゅうはちにち	29日 にじゅうくにち	30日 さんじゅうにち	31日 さんじゅういちにち		

- きょうは　五月(ごがつ)　一日(ついたち)　火(か)よう日(び)です。今天是五月一日星期二。

幾點幾分的表達

雖然 N5 文法中的幾點幾分表達未出過題，但常出現在漢字閱讀和標音。

- いま、なん時(じ)ですか。請問現在是幾點？
- 九時(くじ)　二十分(にじっぷん)です。現在是九點二十分。

7 核心文法測驗 081~100 / 26

もんだい１ （　　）に 何を 入れますか。１・２・３・４から いちばん いい ものを 一つ えらんで ください。

1 A「いもうとさんは（　　　）ですか。」081
B「１９さいです。」
1 なんこ　2 なんにん　3 いくつ　4 いくら

2 （　　　）に 女の人が いますね。087
1 あそこ　2 どこ　3 その　4 この

3 A「きのうは（　　　）はしりましたか。」089
B「５キロ はしりました。」
1 どうやって　2 どのぐらい　3 どうして　4 どんな

4 A「日本の ごはんは（　　　）ですか。」085
B「おいしいですよ。」
1 なん　2 だれ　3 どの　4 どう

5 こうばんの 右に きっぷうりばが ありますから、（　　　）へ 行って きっぷを 買って ください。087
1 それ　2 そこ　3 あれ　4 あそこ

6 A「（　　　）ところへ 行きたいですか。」091
B「うみの ちかくが いいですね。」
1 どんな　2 どちら　3 どこ　4 どれ

7 すみません、トイレは（　　　）ですか。088
1 どの　2 どこか　3 どなた　4 どちら

8 A「きのう 見た えいがは おもしろかったですよ。」089
B「（　　　）えいがは なんと いう えいがですか。」
1 この　2 どの　3 その　4 あの

答案 1③ 2① 3② 4④ 5② 6① 7④ 8③

9 A「（　　　）が　食べたいですか。」092
B「日本りょうりが　いいですね。」
1　だれ　2　どこ　3　なに　4　どう

10 A「すずきさんは（　　　）人ですか。」089
B「あの　人です。」
1　どちら　2　どれ　3　どこ　4　どの

11 A「あの　人は（　　　）ですか。」084
B「わたしの　弟です。」
1　どれ　2　だれ　3　どう　4　いつ

12 A「それは（　　　）の　国の　きってですか。」087
B「日本のです。」
1　なに　2　どれ　3　いつ　4　どこ

13 A「それは（　　　）ですか。」092
B「これは　日本の　おかしです。」
1　いつ　2　どう　3　なん　4　どんな

14 A「田中さんの　ノートは（　　　）ですか。」090
B「その　小さいのです。」
1　どれ　2　どの　3　どう　4　なん

15 A「（　　　）しごとを　休みましたか。」086
B「びょうきだったからです。」
1　どのぐらい　2　どうして　3　どこの　4　どなたが

16 A「（　　　）この　しゃしんを　とりましたか。」083
B「先週　とりました。」
1　いつ　2　だれの　3　なに　4　どこから

答案 9 ③　10 ④　11 ②　12 ④　13 ③　14 ①　15 ②　16 ①

もんだい２ ＿★＿ に 入（はい）る ものは どれですか。１・２・３・４から いちばん いい ものを 一（ひと）つ えらんで ください。

17 A「きのうの　えいが ＿＿＿ ＿＿＿ ＿★＿ ＿＿＿ 。」085

B「おもしろかったですよ。」

1　か　　2　は　　3　いかが　　4　でした

18 A「この　ベッド ＿＿＿ ＿＿＿ ＿★＿ ＿＿＿ か。」082

B「7まんえんぐらいでしょう。」

1　いくら　　2　は　　3　ぐらい　　4　です

19 わたしが　ほしい　ちずは　どこ ＿＿＿ ＿★＿ ＿＿＿ ＿＿＿ 。087

1　ありません　　2　に　　3　でした　　4　も

20 A「みかん ＿＿＿ ＿＿＿ ＿★＿ ＿＿＿ 。」081

B「3つ　食（た）べました。」

1　を　　2　食（た）べました　　3　いくつ　　4　か

21 A「あの　かた ＿＿＿ ＿＿＿ ＿★＿ ＿＿＿ 。」084

B「さとうさんです。」

1　です　　2　か　　3　どなた　　4　は

答案 17 ④ (2341)　18 ③ (2134)　19 ④ (2413)　20 ② (1324)　21 ① (4312)

もんだい3 [22] から [26] に 何(なに)を 入(い)れますか。ぶんしょうの いみを かんがえて 1・2・3・4から いちばん いい ものを 一(ひと)つ えらんで ください。

下(した)に ふたつの ぶんしょうが あります。

(1)

学校(がっこう)の にわに こども [22] おおぜい います。おとこのこも おんなのこも います。こどもたちの そばに いぬも います。

(2)

ここに まるい テーブルが あります。ちゃいろの [23] 。テーブルの うえに きれいな 花(はな)が あります。しろい 花も あります。あかい 花も あります。花の そばに あおい りんごが あります。大(おお)きいりんごも 小(ちい)さい りんごも あります。[24] コップと さらと ナイフがあります。

あそこに ほんだなが あります。[25] に 本(ほん)が たくさん あります。[26] 本も うすい 本も あります。

22

1 と　　2 に　　3 を　　4 が

23

1 テーブルます　　2 テーブルました

3 テーブルです　　4 テーブルでした

答案 22④ 23③

24

1　ほかに　　2　あまり　　3　ゆっくり　　4　だんだん

25

1　ナイフ　　2　さら　　3　ほんだな　　4　コップ

26

1　さむい　　2　あつい　　3　ちかい　　4　とおい

核心文法複習

～の N5 015 ～的	学校(がっこう)の　にわ 學校的庭園 (3 行)
～に N5 012 在～	にわに 在庭園 (3 行)
～が N5 002 ～主格助詞	こどもが 孩子～ (3 行)
～も N5 019 也～	おとこのこも 男孩也 (3 行)／おんなのこも 女孩也 (4 行)
ここ / あそこ N5 079 這裡 / 那裡	ここに 在這裡 (6 行)／あそこに 在那裡 (10 行)
連體修飾 (い形 / な形＋名詞) N5 087	まるい　テーブル 圓桌 (6 行)／きれいな　花(はな) 漂亮的花 (7 行)
	大(おお)きい　りんご 大蘋果 (8 行)／小(ち)さい　りんご 小蘋果 (9 行)
	あつい　本(ほん) 厚的書 (12 行)／うすい　本(ほん) 薄的書 (11 行)
～と N5 012 和～	コップと　さらと　ナイフ 杯子和盤子和刀 (9 行)

答案 24 ①　25 ③　26 ②

8 核心文法測驗　081~100　/ 26

もんだい1　(　　)に 何を 入れますか。1・2・3・4から いちばん いい ものを 一つ(ひと) えらんで ください。

1 A「どうぞ　はいって　ください。」093
B「では、(　　　　)。」
1 しつれいです　2 しつれいでした
3 しつれいします　4 しつれいしました

2 A「はじめまして。どうぞ　よろしく　おねがいします。」093
B「(　　　　)。」
1 おかげさまで　2 ごめんなさい
3 ごめんください　4 こちらこそ

3 A「コーヒーは、いかがですか。」093
B「はい、(　　　　)。」
1 いただきます　2 どういたしまして
3 こちらこそ　4 いらっしゃいませ

4 A「おくれて(　　　　)。」093
B「いいえ、だいじょうぶですよ。」
1 おねがいします　2 ごめんなさい
3 いらっしゃい　4 さようなら

5 A「かいぎの　へやは　4かいですね。」094
B「(　　　　)。5かいですよ。」
1 いいえ、ちがいます　2 はい、そうです
3 わかりません　4 とても　いいです

答案 1③　2④　3①　4②　5①

6 A「きょうは　たのしかった。」093
B「わたしも。じゃ、(　　　　)。」
1　いらっしゃい　　2　こんにちは
3　さようなら　　4　はじめまして

7 A「しゅくだいは　もう　出(だ)しましたか。」094
B「いいえ。きのう　しゅくだいが　ありましたか。わたしは（　　　　）。」
1　おぼえません　　2　しって　いませんでした
3　おぼえませんでした　　4　しりませんでした

8 A「きのうは、さいふを　わすれて　こまりました。」094
B「そうですか。(　　　　)。」
1　たいへんでしたね　　2　こちらこそ
3　だいじょうぶです　　4　どう　いたしまして

9 (　　　　) とって　ください。098
1　かみが　３まい　　2　かみを　３まい
3　かみが　３まいを　　4　かみを　３まいを

10 A「あなたは　外国(がいこく)の　かたですか。」094
B「はい、(　　　　)。」
1　そうします　　2　しりません
3　そうです　　4　どういたしまして

11 山田(やまだ)「田中(たなか)さん、テレビを　けして　ください。」094
田中(たなか)「はい、(　　　　)。」
1　そうです　　2　わかります　　3　そうですか　　4　わかりました

答案 6③　7④　8①　9②　10③　11④

12 A「きょうは　火よう日でしょう？」096

B「ちがうよ。水よう日だ（　　　　）。」

1　の　　2　よ　　3　か　　4　と

13 A「ありがとうございました。」093

B「（　　　　）。」

1　おかげさまで　　2　どういたしまして

3　おねがいします　　4　どうぞ　よろしく

14 A「ちょっと　これを　見て　くださいませんか。」094

B「（　　　　）。」

1　はい、ください　　2　いいえ、くださいません

3　はい、いいですよ　　4　いいえ、見ませんでした

15 A「すみませんが、その　しおを　とって　ください。」094

B「（　　　　）。」

1　いいえ、どうも　　2　はい、ください

3　いいえ、とります　　4　はい、どうぞ

16 A「つぎの　えいがは（　　　　）ですか。」100

B「1時です。」

1　何時から　　2　何時間　　3　いくつ　　4　どのぐらい

答案　12②　13②　14③　15④　16①

もんだい2 ＿★＿ に 入(はい)る ものは どれですか。1・2・3・4から いちばん いい ものを 一(ひと)つ えらんで ください。

17 あつい わねえ。つめたい ジュース ＿＿ ＿★＿ ＿＿ ＿＿ 。096

1 飲(の)み　2 たい　3 わ　4 が

18 A「ゆうびんきょくの 電話(でんわ)ばんごう ＿＿ ＿＿ ＿★＿ ＿＿ 。」094

B「いいえ、しりません。」

1 います　2 を　3 しって　4 か

19 つくえの ＿＿ ＿★＿ ＿＿ ＿＿ 5さつ あります。098

1 が　2 に　3 上(うえ)　4 本(ほん)

20 A「おかし ＿＿ ＿＿ ＿★＿ ＿＿ 。」093

B「どう いたしまして。」

1 ありがとう　2 ます　3 ござい　4 を

21 A「きょうは ＿＿ ＿＿ ＿★＿ ＿＿ 。ありがとうございました。」093

B「そうですか。じゃあ、また 来(き)て くださいね。」

1 で　2 これ　3 します　4 しつれい

答案 17 ①(4123) 18 ①(2314) 19 ②(3241) 20 ③(4132) 21 ④(2143)

もんだい3 22 から 26 に 何(なに)を 入(い)れますか。ぶんしょうの いみを かんがえて 1・2・3・4から いちばん いい ものを 一(ひと)つ えらんで ください。

マリアさんは くつやに います。店(みせ)の 人(ひと)と はなして います。

マリア 「その あかい くつを 見(み)せて ください。」

店の人 「はい、 22 。」

マリア 「かるくて いいですね。 23 、少(すこ)し 小(ちい)さいです。
もっと 大(おお)きいのは ありますか。」

店の人 「 24 。大きいのは この あおいのだけです。あかいのは ありません。」

マリア 「そうですか。ああ、あおいのも いいですね。」

店の人 「どうぞ、はいて ください。」

マリア 「ああ、これは ちょうど いいですね。山(やま) 25 のぼる とき、はきたいんですが……。」

店の人 「その くつは とても じょうぶですから いいですよ。」

マリア 「じゃあ、 26 。」

店の人 「ありがとうございます。」

22

1 ちょっと　2 どうも　3 よろしく　4 どうぞ

23

1 さあ　2 では　3 また　4 でも

答案 22④ 23④

24

1　すみません　　2　ちがいます
3　しりません　　4　おかげさまで

25

1　が　　2　に　　3　や　　4　で

26

1　それは　くつですか　　2　どうですか
3　これを　おねがいします　　4　くつが　いいです

核心文法複習

～てください N5 064 請～	くつを　見(み)せて　ください 請給我看鞋子 (2 行)
	どうぞ、はいて　ください 來，請穿 (9 行)
初級會話 N5 094	はい、どうぞ 好，請 (3 行)
～(い形)くて N5 026 且～；因為	かるくて　いいですね 很輕很好 (4 行)
問候語 N5 093	すみません 對不起 (6 行)
～だけ N5 008 只～	あおいのだけです 只有藍色的 (6 行)
～のだ・～んだ N5 097 是～	はきたいんですが 想要穿 (11 行)
～から N5 005 因為～	じょうぶですから 因為耐用 (12 行)
～よ N5 096 yo（口語的終結語尾）	いいですよ 好啊 (12 行)
問候語 N5 093	おねがいします 拜託了 (13 行)
問候語 N5 093	ありがとうございます 謝謝 (14 行)

答案 24 ①　25 ②　26 ③

第 4 章

讀解
攻略篇

01 讀解要領理解

02 題目類型攻略

01 讀解要領理解

1 各類型題目的閱讀重點

JLPT（日本語能力測驗）N5 讀解分為三種題目類型：內容理解（短、中篇文章）、資訊搜尋。

❶ 內容理解（短篇文章）

主要是學習、生活、工作等各種話題，約八十字的文章，出題考的是閱覽後是否理解內容，大部分是詢問文章的整體主旨或作者的主張想法，以及是否掌握文脈。

❷ 內容理解（中篇文章）

日常生活話題約兩百五十字的文章，出題考的是閱覽後是否理解內容，主要是詢問文章概要、作者想法、人際關係或理由等。所以掌握各段落的內容非常重要。

❸ 資訊搜尋

這是新增的題目類型，要在約兩百五十字的公告資訊中尋找自己需要的資訊。在提供資訊的狀況下，只需要根據考題目的尋找需要的部分即可。因此，重要的是先閱覽題本上的問題和選項，掌握需要的資訊為何。

2 各類型出題方向的閱讀重點

JLPT（日本語能力測驗）N5 讀解的三種題目類型，主要是詢問整篇文章的內容、掌握文脈、畫線部分的意涵，以及作者的想法或主張等各式各樣的提問。

❶ 內容掌握題型

以掌握整篇內容出題，出在內容理解（短、中篇文章）和資訊搜尋題目類型。不過題目類型的解題要領略有不同，內容理解的部分是先閱讀選項後，與本文內容比較後刪除錯誤的選項；而資訊搜尋的部分則是先出問題再出文章，故先閱讀問題後再依問題的要求，從文章裡找資訊。

❷ 掌握意涵題型

以詢問畫線部分的意涵出題，主要出在內容理解（短、中篇文章）的題目類型。確實理解畫線部分的意涵後，詳細閱覽前後文章脈絡。

❸ 作者相關題型

以作者的想法或主張出題，主要出在內容理解（短、中篇文章）的題目類型。詢問作者主張的情形下，如果只有一個段落，請讀第一句和最後一句；若有兩個以上段落，請留意最後一個段落。尋找作者最想講的主張、意見、要點的關鍵字。

02 題目類型攻略

1 もんだい 4　內容理解－短篇文章

｜題目類型＆傾向分析｜

もんだい 4 是內容理解（短篇文章）題目，主要是學習、生活、工作等各種話題約八十字的文章，題目考的是閱讀後是否理解內容。題數占閱讀五題中的兩題，會有兩篇文章，每篇各出一題。

大部分是詢問文章的整體主旨或作者的主張想法，以及掌握文脈的相關問題。因為在全部的閱讀題目類型中，文章屬於短篇，所以掌握作者的主張意見、整篇文章的要點關鍵字、或快速掌握文章內容是解題的關鍵。

題目類型例題

もんだい 4　つぎの (1)から (2)の ぶんしょうを 読(よ)んで、しつもんに こたえて ください。こたえは、1・2・3・4から いちばん いい ものを 一(ひと)つ えらんで ください。

(1)

わたしは 今日(きょう)、友(とも)だちと 買(か)い物(もの)に 行(い)きました。3か月前(げつまえ)に 見(み)た えいがの DVDが ほしかったからです。買(か)った DVDは、友(とも)だちや 姉(あね)と いっしょに 見(み)ます。

27　「わたし」は 今日(きょう)、何(なに)を しましたか。

1　友(とも)だちと えいがを 見(み)に 行(い)きました。
2　友(とも)だちと DVDを 買(か)いに 行(い)きました。
3　姉(あね)と えいがを 見(み)に 行(い)きました。
4　姉(あね)と DVDを 買(か)いに 行(い)きました。

熟悉實戰感覺　内容理解－短篇文章

れいだい　つぎの　ぶんしょうを　読んで　しつもんに　こたえて　ください。
こたえは　1・2・3・4から、いちばん　いい　ものを　一つ　えらんで　ください。

中村さんが　山田先生に　手紙を　書きました。

山田先生へ

きのう　先生から　借りた　本を　返します。とても　おもしろかったです。あした、もう　一冊の　本も　返します。

ありがとうございます。

中村より

1　中村さんは　いつ　本を　借りましたか。

1　きのう
2　きょう
3　あした
4　あさって

譯文與說明

譯文

中村先生寫了一封信給山田老師。

致 山田老師

我來還老師昨天借我的書。非常有趣。明天會再還另一本書。
謝謝。

中村敬上

1 **中村先生何時借了書？**

1 昨天
2 今天
3 明天
4 後天

說明

題目詢問中村先生何時向山田老師借書，信的前段說是要還昨天借的書，故正確答案為選項 1。

＊解答參照解析本 P.23

實戰練習　内容理解ー短篇文章　/ 15

もんだい４　つぎの　ぶんしょうを　読んで　しつもんに　こたえて　ください。
こたえは　１・２・３・４から、いちばん　いい　ものを　一つ　えらんで
ください。

これは、先生から　学生への　お知らせです。

えんそくの　お知らせです。１２日の　えんそくは、現在　近づいて　きて　いる　台風　１３号のため、１４日に　変わりました。そのため、１２日は　学校で　授業を　行います。みなさん、１２日は　授業の　準備を　して　きて　ください。えんそくに　行くのは　１４日ですので　まちがえないように　しましょう。

1　１２日の　えんそくは、どうして　中止に　なりましたか。

1　台風が　くるから
2　授業を　するから
3　えんそくの　準備を　するから
4　授業の　準備を　するから

わたしは　きょう、3か月前から　予約を　して　いた　新しい　スマホを　買いに　行きました。妹は　わたしよりも　遅く　予約を　したので、一緒に　買えませんでしたが、新しい　スマホを　見て　みたいからと　一緒に　買いに　行きました。ストアには　スマホの　ほかにも　新しい　パソコンも　ありました。パソコンも　いつか　買いたいです。

2　「わたし」は　きょう、何を　しましたか。

1　わたしの　スマホを　買いに　行きました

2　妹の　スマホを　買いに　行きました。

3　わたしの　パソコンを　買いに　行きました。

4　妹の　パソコンを　買いに　行きました。

田中さんに　メールが　きました。

あしたの　会議ですが、３０１の　部屋から　３０４の　部屋に　変わりました。

３０２や　３０３の　部屋でも　別の　会議が　ありますので、まちがえないで　ください。

3 会議は　どの　部屋で　しますか。

1　３０１の　部屋

2　３０２の　部屋

3　３０３の　部屋

4　３０４の　部屋

先生が　ジョンさんへ　送った　メールです。

ジョンさん
今週は　仕事が　いそがしいです。土よう日も　日よう日も　仕事を
します。
来週の　火よう日に　来て　ください。

4 先生は　いつ　時間が　ありますか。

1 今週
2 土よう日
3 日よう日
4 来週の　火よう日

きょうは　9月15日です。きのうは　アンナさんの　たんじょうびでした。わたしたちは　アンナさんの　アパートで　ごはんを　食べてから　ゲームを　して　遊びました。とても　たのしかったです。

5 あしたは　なんにちですか。

1 9月14日
2 9月15日
3 9月16日
4 9月17日

もうすぐ　４月です。４月には　高校の　入学式が　あります。
中学校の　友だちと　わかれて　少し　さびしいですが、あたらしい　友だちも　できるので　楽しみです。
友だちが　できたら　いっしょに　ゆうえんちに　遊びに　行きたいです。

6 ぶんについて　ただしいのは　どれですか。

1 友だちと　いっしょに　ゆうえんちに　遊びに　行きました。
2 あたらしい　友だちが　たくさん　できました。
3 ４月は　高校の　入学式が　あります。
4 ４月に　中学校の　卒業式が　ありました。

はじめまして、田中です。
ぼくは　東京大学の　４年生です。
きょねんまでは　サークル活動を　しましたが、今年からは　しゅうしょく活動を　して　います。できれば　銀行で　働きたいです。
がんばります。

7 ぶんについて　ただしいのは　どれですか。

1 田中さんは　大学を　卒業しました。
2 田中さんは　今、サークル活動を　して　います。
3 田中さんは　今、しゅうしょく活動を　して　います。
4 田中さんは　銀行で　働いて　います。

きょう　3月3日は　「ひなまつり」です。
ひなまつりは　女の子の　日です。男の子の　日も　あります。5月5日です。
ひなまつりには　ひなにんぎょうという　にんぎょうを　かざったり、おいしい食べものを　食べたり　します。

8　「ひなまつり」は　どんな　日ですか。

1　男の子の　ための　日です。
2　女の子の　ための　日です。
3　ひなにんぎょうという　にんぎょうを　女の子に　プレゼントする　日です。
4　おいしい　食べものを　作って　かぞく　みんなで　遊びに　行く　日です。

来週、クラスの　みんなと　郵便局の　見学に　行きます。午後から　行くのでお弁当は　いらなかったのですが、午前　１０時に　時間が　変わったので　お弁当を　準備しなければ　なりません。

9　ぶんについて　ただしいのは　どれですか。

1　来週、一人で　郵便局の　見学に　行きます。
2　クラスの　人と　郵便局の　見学を　するのは　来週です。
3　あしたの　１０時に　郵便局の　見学を　します。
4　午後から　郵便局の　見学を　しに　行きます。

(水村さんが　山田さんへ　送った　メールです。)

山田さん。電車が　遅れて　いるため　約束の　9時２０分より　１０分ぐらい　遅れます。9時３０分には　新宿駅に　着く　予定です。

すみませんが　もう少し　待って　ください。

10 水村さんは　何時に　着きますか。

1　9時

2　9時１０分

3　9時２０分

4　9時３０分

あしたから　かぞく　みんなで　インドネシアに　遊びに　行きます。ひこうきの　チケットは　2か月まえに　予約したので　安く　買う　ことが　できました。

1週間、ゆっくり　休んで　来たいです。

11 インドネシアから　いつ　戻って　来ますか。

1　あした

2　1週間まえ

3　1週間ご

4　2か月まえ

え～　みなさん。きょうの　れんしゅうは　これで　終わりです。あさってが　しあいですから　あしたの　れんしゅうは　午前だけ　します。しあいが　終わった日には　みんなで　ごはんを　食べに　行く　予定です。

12 しあいは　いつですか。

1 きょう

2 あした

3 あさって

4 しあさって

来週、クラスの　みんなと　お花見を　します。みんなで　おすしや　ピザなどの食べものを　注文するので　お弁当を　作らなくても　いいです。飲みものは自分で　よういして　ください。

13 ぶんについて　ただしいのは　どれですか。

1 お弁当は　作りません。

2 飲みものは　いりません。

3 おすしを　買って　行きます。

4 きょう　電話で　ピザを　注文します。

わたしの　名前は　エミリーです。アメリカから　来ました。
わたしは　今、日本語学校で　日本語の　べんきょうを　して　います。クラスの
ともだちと　なかが　いいです。
先週は　みんなで　お台場に　行って　来ました。

14 エミリーは　どの　国から　来ましたか。

1　アメリカ

2　アフリカ

3　日本

4　お台場

大山中学校は　わたしの　家の　となりに　あります。
学校の　たてものは　きょねん　新しく　なりました。前は　たてものが　ちいさ
かったのですが、今は　大きいです。

15 大山中学校について　ただしいのは　どれですか。

1　大山中学校は　ゆうびんきょくの　となりに　あります。

2　大山中学校は　きょねん　なくなりました。

3　新しい　たてものですが、そんなに　大きくないです。

4　新しい　たてものですが、そんなに　小さくないです。

2　もんだい 5　內容理解－中篇文章

｜題目類型＆傾向分析｜

もんだい 5 是內容理解（中篇文章）題目，閱讀日常生活話題約兩百五十字的文章，確認是否理解內容。題數占閱讀五題中的兩題，只有一篇文章。
主要是詢問文章的概要、作者的想法、人際關係或理由等。所以掌握各段落的內容很重要。整篇文章或作者的想法主要整理在最後一個段落，需特別留意。
詢問人際關係或理由的問題，主要是詳細閱讀畫線部分的上下文章脈絡解題。

題目類型例題

もんだい 5　つぎの　ぶんしょうを　読んで、しつもんに　こたえて　ください。こたえは、1・2・3・4から　いちばん　いい　ものを　一つ　えらんで　ください。

きのうの　夜は　おそくまで　しごとを　しました。とても　つかれました。しごとの　あと、電車で　帰りました。

家の　近くの　駅で　電車を　おりました。外は　雨でしたが、わたしは　かさが　ありませんでした。とても　<u>こまりました</u>。

駅の　人が　わたしを　見て、「あの　はこの　中の　かさを　使って　ください。」と　言いました。はこの　中には　かさが　3本　ありました。

わたしは「えっ、いいんですか。」と　聞きました。

駅の　人は「あれは『みんなの　かさ』です。お金は　いりません。あした、あの　はこに　かえして　ください。」と　言いました。

わたしは「わかりました。ありがとうございます。」と　言って、かさを　かりて　帰りました。

30　どうして　<u>こまりましたか</u>。

1　おそい　時間に　駅に　着いたから
2　しごとが　たくさん　あったから
3　とても　つかれたから
4　かさが　なかったから

熟悉實戰感覺　內容理解－中篇文章

れいだい　つぎの　ぶんしょうを　読んで　しつもんに　こたえて　ください。こたえは　1・2・3・4から、いちばん　いい　ものを　一つ　えらんで　ください。

> 日本語学校に　通って　いる　外国人たちに、日本の　中で　いちばん　好きな　ところは　どこなのかを　聞きました。
>
> 一位は、さくらが　きれいで　日本の　イメージに　いちばん　近い　「きょうと」でした。二位は、日本の　映画　「ラブレター」の　撮影場所としても　ゆうめいで、オーストラリア人や　韓国人に　とても　にんきの　ある　「ほっかいどう」でした。三位に　「よこはま」と　答えた　人が　おおかったです。
>
> この　ほかにも、おんせんで　ゆうめいな　「はこね」や、東京で　いちばん　ゆうめいな　ところである　「しんじゅく」、また　「東京ディズニーランド」と　答えた　人も　いました。

1　「しんじゅく」は　どのような　ところですか。

1　日本の　イメージに　いちばん　近い　ところです。

2　おんせんで　ゆうめいな　ところです。

3　外国人に　とても　にんきの　ある　ところです。

4　東京の　中で　いちばん　ゆうめいな　ところです。

2　ぶんについて　ただしいのは　どれですか。

1　一位は　オーストラリア人や　韓国人に　にんきの　ある　「きょうと」です。

2　日本の映画　「ラブレター」の　撮影場所として　ゆうめいなのは　「ほっかいどう」です。

3　おんせんで　ゆうめいな　「はこね」は　三位です。

4　「東京ディズニーランド」と　答えた　人が　いちばん　おおかったです。

譯文與說明

譯文

向讀日本語學校的外國人們詢問最喜歡日本的哪個地點。
很多人回答第一名是櫻花漂亮且最接近日本形象的「京都」；第二名是以日本電影「情書」的拍攝場景聞名，受澳洲人及韓國人歡迎的「北海道」。第三名是「橫濱」。
此外，也有人回答以溫泉聞名的「箱根」和東京最有名的「新宿」，以及「東京迪士尼」。

1 **「新宿」是哪裡？**

1 最接近日本形象的地方。
2 以溫泉聞名的地方。
3 外國人最喜歡的地方。
4 東京最有名的地方。

2 **關於文章，哪一個是正確的？**

1 第一名是受澳洲人或韓國人歡迎的「京都」。
2 以日本電影「情書」拍攝場景聞名的地方是「北海道」。
3 以溫泉聞名的「箱根」是第三名。
4 最多人回答「東京迪士尼」。

說明

〈問題 1〉詢問畫線部分的新宿是什麼地方。最後段落得知東京最有名的地方是新宿，故正確答案為選項 4。

〈問題 2〉詢問關於文章，哪一個正確，屬於掌握整篇文章的問題。選項 1 說第一名是受澳洲人或韓國人喜愛的「京都」，但受澳洲人和韓國人喜愛的地方是第二名的北海道，故為錯誤。選項 2 說以日本電影「情書」拍攝場景聞名的地方是北海道，第二段落說明第二名是北海道的時候有說到，故為正確答案。選項 3 說以溫泉聞名的「箱根」是第三名，但本文說第三名是「橫濱」，故為錯誤。選項 4 說最多人回答「東京迪士尼」，但本文說第一名是京都，故為錯誤。

＊解答參照解析本 P.23

實戰練習　內容理解－中篇文章　/ 22

もんだい５　つぎの　ぶんしょうを　読んで　しつもんに　こたえて　ください。こたえは　１・２・３・４から、いちばん　いい　ものを　一つ　えらんで　ください。

日本には、成人式が　あります。成人式とは、２０歳に　なった　人たちを　集めて、大人に　なった　ことを　祝う　イベントです。
成人式には、女性は　着物を　着て、男性は　スーツや　着物を　着ます。日本では　この　成人の日に　講演会や　パーティーを　開いたり、プレゼントを　贈ったり　します。また、友だちや　家族と　写真も　たくさん　撮ります。
昔は　毎年　１月１５日に　成人式を　して　いましたが、２０００年からは　毎年　１月の　第２月曜日に　成人式を　します。月曜日ですが、日本では　成人式の　ある　成人の日は　休日です。

1　成人の日に　しない　ことは　何ですか。

1　博物館へ　行きます。
2　友だちと　写真を　撮ります。
3　着物や　スーツを　着ます。
4　プレゼントを　贈ります。

2　成人式は　いつ　しますか。

1　毎年　１月１０日
2　毎年　１月１５日
3　毎年　１月の　第１月曜日
4　毎年　１月の　第２月曜日

5月9日　　　　　　　　　　はじめての　スカイツリー

きょうは　母と　弟と　3人で　スカイツリーに　行ってきました。父は　仕事で　一緒に　行けませんでした。スカイツリーの　チケットは、きのう　ホームページで　買いました。おかげで、スカイツリーの　中に　すぐ　入る　ことができました。でも、スカイツリーの　中は　人が　たくさん　いました。展望デッキの　チケット売り場では　いろんな　国の　言葉を　聞きました。スカイツリーには　日本人の　ほかにも、世界中の　人たちが　集まってくる　ところだと　感じました。エレベーターに　乗って　展望デッキに　行きました。展望デッキで　見る　昼の　東京は　本当に　きれいでした。

3　この　人は　何人家族ですか。

1　3人家族
2　4人家族
3　5人家族
4　6人家族

4　ぶんについて　ただしいのは　どれですか。

1　夜の　スカイツリーは　とても　きれいでした。
2　エスカレーターに　乗って　展望デッキに　行きました。
3　5月8日に　ホームページで　チケットを　買いました。
4　家族　みんなで　スカイツリーに　行きました。

きのうは　夜おそくまで　仕事を　しました。仕事が　終わって　家に　帰るとき、きゅうに　雨が　ふって　来ました。わたしは　かさを　もって　いなかったので　こまりました。でも、電車を　おりた　駅で　かさを　借りる　ことが　できました。かさの　借り方は　スマートフォンに　「えきかさ」という　アプリケーションを　ダウンロードするだけなので　簡単でした。料金は　最初の　月だけ　むりょうなので　きのうは　タダでした。来月からは　一日　９０円で　借りる　ことが　できます。かさを　返さないと　８６４円が　かかるので、きょうは　借りた　かさを　返しに　行きます。かさは　借りた　駅じゃなくても　返す　ことが　できるので　近くの　駅に　行きます。

5　この　人は　きのう　どうして　こまりましたか。

1　かさを　もって　いなかったから
2　仕事が　たくさん　あったから
3　仕事が　終わらなかったから
4　帰りの　電車が　なくなって　いたから

6　きょうは　何を　しますか。

1　かさを　借りた　駅に　かさを　返しに　行きます。
2　近くの　駅に　かさを　返しに　行きます。
3　かさを　借りた　駅に　お金を　はらいに　行きます。
4　近くの　駅に　お金を　はらいに　行きます。

山本先生、お元気ですか。わたしは　元気です。

この前、中学校の　友だちと　きれいな　カフェに　行きました。お店の　中は　たくさんの　絵が　ありました。その　中でも、ゴッホの　「夜の　テラス」という　絵が、とても　きれいでした。ゴッホの　ほかにも、ミレーや　マネ、それから　ルノワールの　絵も　飾って　ありました。カフェじゃなく、まるで　美術館にでも　行ったような　気持ちに　なりました。すてきな　絵を　見ながら　飲んだ　コーヒーも　すごく　おいしかったです。今度は　先生と　一緒に　行きたいです。では　また、はがきを　送ります。先生、お元気で。

7 「夜のテラス」は　誰の　絵ですか。

1 ミレー

2 ルノワール

3 ゴッホ

4 マネ

8 この　人が　行った　カフェは　どんな　カフェですか。

1 いろいろな　絵が　たくさん　ある　きれいな　カフェ

2 ゴッホの　絵だけ　飾って　ある　きれいな　カフェ

3 テラスで　コーヒーが　飲める　きれいな　カフェ

4 美術館の　中に　ある　きれいな　カフェ

とうとう　あしたは　フランス旅行に　行く　日です。

フランスには　会社の　ともだちと　三人で　行きます。いま、とても　どきどきして　眠れません。

わたしたちは　フランスに　着いてから　まず、エッフェルとうに　行く　よていです。その　つぎに　ベルサイユきゅうでんにも　行きます。そこで　写真も　たくさん　とりたいです。あと、いろいろな　美術館に　行って　ゆうめいな　絵も　たくさん　見て　来たいです。その　中でも　オルセー美術館には　絶対に　行きたいです。

それと、フランスで　本場の　フランス料理も　かならず　食べたいです。ゆうめいな　パン屋さんにも　行く　よていなので　とても　楽しみです。

9　この　人は　いま　何を　して　いますか。

1　オルセー美術館について　調べて　います。

2　フランスの　エッフェルとうに　行く　よていです。

3　とても　どきどきして　眠れないで　います。

4　フランス料理を　食べて　います。

10　エッフェルとうに　行った　つぎに　何を　する　よていですか。

1　オルセー美術館に　行く　よていです。

2　ベルサイユきゅうでんに　行く　よていです。

3　フランス料理を　食べに　行く　よていです。

4　ゆうめいな　パン屋さんに　行く　よていです。

来月の　終わりに　松本さんの　結婚式が　あります。

松本さんは　日本人ですが　相手は　イギリス人です。国際結婚なので　結婚式を　日本と　イギリスとで　二回　します。ぼくは　日本で　する　結婚式の　方に　行く　よていです。

二人は　日本でも　イギリスでも　ない　オーストラリアで　会いました。松本さんは　英語の　べんきょうを　しに　オーストラリアに　行って、そのあと　また　旅行で　オーストラリアに　行きました。二人は　オーストラリアで　出会って　すぐに　恋人に　なりました。そして　こうやって　結婚まで　するのです。ぼくは　二人が　とても　うらやましいです。

11 松本さんは　どうして　オーストラリアに　行きましたか。

1 英語の　べんきょうを　しに　行きました。

2 彼女と　旅行を　しに　行きました。

3 国際結婚を　しに　行きました。

4 二回目の　結婚式を　しに　行きました。

12 ぶんについて　ただしいのは　どれですか。

1 松本さんと　彼女は　イギリスで　出会って、オーストラリアで　結婚式を　します。

2 松本さんは　来月の　終わりに　彼女と　オーストラリアに　行きます。

3 この　男の人は、日本で　する　方の　松本さんの　結婚式に　行きます。

4 松本さんの　結婚式は　イギリスでしか　しないので、この　男の人は　結婚式に　行けません。

　２０１９年　１０月１日から　日本の　郵便料金が　変わりました。手紙を　送る　ときに　使う　８２円の　切手は　８４円に　なりました。６２円だった　はがきは　６３円に　なりました。手紙の　値上げは　２０１４年　４月から　５年半ぶりです。はがきは　２０１７年　６月に　５２円から　６２円に　値上げしてから　２年４か月ぶりに　なります。切手は　新しく　変わりましたが、今まで使って　いた　８２円の　切手や　６２円の　切手は　郵便局で　売って　いる１円　切手や　２円　切手を　一緒に　貼ることで　今までどおりに　使えます。

13　８４円の　切手は　今までは　いくらでしたか。

1　８０円

2　８１円

3　８２円

4　８３円

14　はがきの　料金が　６２円に　変わったのは　いつですか。

1　２０１４年

2　２０１５年

3　２０１６年

4　２０１７年

大学時代の　テニス部の　ともだちが、おととい　足を　けがして、いま　中央病院に　入院して　います。
きのう　大学の　ともだちと　みんなで　花束を　買って　お見舞いに　行ってきました。彼は　さいわいにも　軽い　けがだったので、あと　１週間ぐらい　すれば　退院できると　言って　いました。
彼と　わたしは、きのう　１か月ぶりに　会ったので　いっしょに　いろいろな話を　したかったのですが、お見舞いに　来た　人が　多かったので　すぐに　別れました。その　かわり　退院した　あとで、また　会う　やくそくを　しました。
次に　会う　時には　足も　なおって　元気な　すがたで　会いたいです。

15　この　人は　いつ　お見舞いに　行きましたか。

1　１週間前

2　おととい

3　きのう

4　きょう

16　この　人は　なぜ　入院した　人と　すぐに　別れましたか。

1　入院した　人が　退院して　足が　なおってから　会いたかったからです。

2　入院した　人の　お見舞いに　来た　人が　多かったからです。

3　入院した　人の　足の　けがが　思ったよりも　軽かったからです。

4　入院した　人が　あと　１週間で　退院するからです。

こんにちは。わかばデパート　新入社員(しんにゅうしゃいん)の　大月(おおつき)りなです。
今年(ことし)の　3月(がつ)から　働(はたら)いて　います。この　デパートで　仕事(しごと)を　はじめて　もう　2週間(しゅうかん)が　過(す)ぎました。少(すこ)しずつですが、仕事(しごと)にも　会社(かいしゃ)にも　ようやく　慣(な)れて　きました。
きょうは、わたしよりも　1年(ねん)　早(はや)く　この　デパートで　働(はたら)きはじめた　田村(たむら)せんぱいに、ポイントカードを　作(つく)る　方法(ほうほう)を　習(なら)いました。ポイントカードを　作(つく)る　方法(ほうほう)は　思(おも)ったよりも　かんたんだったので　わたしは　すぐに　おぼえました。デパートの　仕事(しごと)について　まだまだ　分(わ)からない　ことが　たくさん　ありますが、いっしょうけんめい　べんきょうして、少(すこ)しでも　早(はや)く　一人前(いちにんまえ)に　なれるように　がんばります。

17　この　人(ひと)は　働(はたら)いてから　どのくらい　たちますか。

1　1か月(げつ)ぐらいです。

2　3か月(げつ)ぐらいです。

3　1週間(しゅうかん)ぐらいです。

4　2週間(しゅうかん)ぐらいです。

18　ぶんに　ついて　ただしいのは　どれですか。

1　大月(おおつき)さんは　きょう、田村(たむら)せんぱいに　ポイントカードを　作(つく)る　方法(ほうほう)を　習(なら)いました。

2　大月(おおつき)さんは　わかばデパートの　新入社員(しんにゅうしゃいん)で、仕事(しごと)を　はじめて　1か月(げつ)が　たちました。

3　田村(たむら)さんは　大月(おおつき)さんよりも　1か月(げつ)も　早(はや)く　デパートで　働(はたら)いて　いる　せんぱいです。

4　ポイントカードを　作(つく)る　方法(ほうほう)は　むずかしかったので、あした　また　習(なら)います。

きょうの　日本語学校の　授業は　とても　むずかしかったです。
きょう　習ったのは　日本語の　読み書きです。わたしは　日本語会話は　とくいなので、会話の　授業は　たのしいのですが、読み書きの　授業は　きらいです。読み書きの　中でも　読むのは　まだ　大丈夫ですが、日本語の　漢字は　いろいろ　あって　書くのが　ほんとうに　大変です。
日本語には　なぜ　ひらがな・カタカナ・漢字の　3つも　あるのかが　気に　なります。ひらがなと　カタカナは　かんたんなのに、漢字は　ほんとうに　むずかしいです。どうしたら　もっと　漢字が　とくいに　なれるでしょうか。早く　日本語の　漢字も　とくいに　なりたいです。

19 この　人は　何の　授業が　きらいですか。

1　ひらがな・カタカナの　授業です。
2　カタカナ・漢字の　授業です。
3　日本語会話の　授業です。
4　読み書きの　授業です。

20 ぶんについて　ただしいのは　どれですか。

1　この　人が　とくいなのは　日本語の　会話です。
2　日本語には　ひらがなと　カタカナと　漢字が　ありますが、漢字は　かんたんです。
3　日本語の　読み書きの　授業が　ほんとうに　たのしいです。
4　きのうは　日本語の　読み書きを　習いました。

きょうは　近所(きんじょ)の　しょうてんがいで　なつまつりが　あるという　ことで、高校(こうこう)の　ともだちと　みんなで　行(い)って　きました。おまつりと　いえば　やっぱり　屋台(やたい)が　思(おも)い浮(う)かびます。ぼくたちは　やきそばや　たこやきを　食(た)べて、それから　また　チョコバナナも　食(た)べました。

おなか　いっぱいに　なった　その　時(とき)に　女(おんな)の子(こ)たちが　やって　来(き)ました。女(おんな)の子(こ)たちは　ぼくたちとは　ちがって、みんな　ゆかたを　着(き)て　きました。みんな　とても　かわいかったです。みんな　そろった　ところで　ぼくたちは　おまつりの　ハイライトである　花火(はなび)を　見(み)に　行(い)きました。今年(ことし)の　なつまつりも　いい　思(おも)い出(で)に　なって　ほんとうに　よかったです。

21 おまつりに　誰(だれ)が　ゆかたを　着(き)て　きましたか。

1　男(おとこ)の子(こ)たちだけ　ゆかたを　着(き)て　きました。

2　女(おんな)の子(こ)たちだけ　ゆかたを　着(き)て　きました。

3　男(おとこ)の子(こ)たちも　女(おんな)の子(こ)たちも　ゆかたを　着(き)て　きました。

4　男(おとこ)の子(こ)たちも　女(おんな)の子(こ)たちも　ゆかたを　着(き)て　きませんでした。

22 この　おまつりで　男(おとこ)の子(こ)たちが　食(た)べなかった　ものは　どれですか。

1　やきそば

2　チョコバナナ

3　たこやき

4　おこのみやき

3 もんだい 6　資訊搜尋

｜題目類型＆傾向分析｜

もんだい 6 是資訊搜尋題目，要在約兩百五十字的公告通知資訊中尋找自己需要的資訊。題數占閱讀五題中的一題，文章一篇。

在提供資訊的狀況下，不需要從頭到尾閱讀理解，只需要根據考題目的尋找需要的部分即可。題目也是先出問題再提供文章。因此，重要的是先閱讀題本上的問題和選項，掌握需要的資訊是什麼。

題目類型例題

もんだい 6　右の　ページを　見て、下の　しつもんに　こたえて　ください。
こたえは、1・2・3・4から　いちばん　いい　ものを
一つ　えらんで　ください。

32　あらきやで　トイレットペーパーと　にくと　やさいを　同じ　日に　買いたいです。いつが　安いですか。

1　6月11日（月）と　12日（火）
2　6月13日（水）と　14日（木）
3　6月15日（金）と　16日（土）
4　6月17日（日）と　18日（月）

熟悉實戰感覺　資訊搜尋

れいだい　つぎの　ページは、「こども　英語　スピーチコンテスト」の　ポスターです。つぎの　ぶんを　読んで、しつもんに　こたえて　ください。こたえは　１・２・３・４から、　いちばん　いい　ものを　一つ　えらんで　ください。

今年から　始まる　「第１回　こども　英語　スピーチコンテスト」に　わたしの　妹が　参加します。こども　英語　スピーチコンテストの　もうしこみは　１１月１日から　始まりました。わたしの　妹は　しめきり　前の　日の　２０日に　もうしこみました。妹は　来月の　１２月１４日に　ある　コンテストに　むけて、今から　いっしょうけんめい　練習する　よていです。

1　「こども　英語　スピーチコンテスト」に　もうしこんだ　日にちは　何よう日ですか。

1　土よう日

2　日よう日

3　月よう日

4　火よう日

第１回

こども 英語
スピーチコンテスト

５才～１３才まで

- もうしこみ受付(うけつけ)きかん
  2021年11月1日(月)～2021年11月21日(日)
- コンテストの　日(ひ)にち
  2021年12月14日(火)
- 時間(じかん)
  あさ　9時(じ)から　始(はじ)まります。
  午後(ごご)　3時(じ)に　授賞式(じゅしょうしき)を　行(おこな)います。

譯文與說明

譯文

我的妹妹要參加今年開辦的「第一屆兒童英語演講比賽」。兒童英語演講比賽的報名從 11 月 1 日就開始了。我妹妹在截止前一天的 20 號報名了。妹妹為了下個月 12 月 14 日的比賽，預計從現在開始努力練習。

第 一 屆

兒童英語
演講比賽

五歲～十三歲

・**報名期間**

2021 年 11 月 1 日（一）

～ 2021 年 11 月 21 日（日）

・**比賽日期**

2021 年 12 月 14 日

・**時間**

早上九點開始。

下午三點舉行頒獎典禮。

1 **請問報名「兒童英語演講比賽」的那一天是星期幾？**

1 星期六
2 星期日
3 星期一
4 星期二

說明

〈題目〉詢問妹妹報名「兒童英語演講比賽」的那一天是星期幾。海報上報名期間是 11 月 1 日（星期一）到 11 月 21 日（星期日），妹妹是截止前一天 20 號報名，11 月 21 日是星期日，推算前一天是星期六，故正確答案為選項 1。

＊解答參照解析本 P.23

實戰練習　內容理解－資訊搜尋　/ 10

もんだい6　右の　ページを　見て、下の　しつもんに　こたえて　ください。こたえは　1・2・3・4から、いちばん　いい　ものを　一つ　えらんで　ください。

1　4歳と　6歳の　子どもが　います。平日の　午後　3時から　いっしょに　習いたいです。どの　コースに　しますか。

1　Aコース

2　Bコース

3　Cコース

4　Dコース

キッズ　スイミング
レッスン　時間（じかん）

コース	月（げつ）	火（か）	水（すい）	木（もく）	金（きん）	土（ど）	日（にち）	
Aコース	10:00~10:45	11:00~11:45		10:00~10:45				3歳（さい）・4歳（さい）
Bコース	15:00~16:00	15:00~16:00	15:00~16:00	15:00~16:00		15:00~16:00	15:00~16:00	3歳（さい）～6歳（さい）
Cコース	16:00~17:00	16:00~17:00	16:00~17:00	16:00~17:00		15:00~16:00	15:00~16:00	4歳（さい）～12歳（さい）
Dコース	17:00~18:00	17:00~18:00		17:00~18:00		16:00~17:00	16:00~17:00	5歳（さい）～12歳（さい）

もんだい6 右の　ページを　見て、下の　しつもんに　こたえて　ください。こたえは　1・2・3・4から、いちばん　いい　ものを　一つ　えらんで　ください。

2 この　美容室に　はじめて　行きます。カットと　カラーを　したいです。いくらですか。

1　2,500円

2　2,800円

3　4,500円

4　5,000円

☆10周年 記念☆

（しゅうねん きねん）

★ だれでも カット、カラー

カット	カラー		
¥3,000	¥3,500	➡	各（かく） ¥2,800

カット+カラー		
¥6,500	➡	¥5,000

★ はじめて　ご来店（らいてん）の方（かた）

カット	カラー		
¥3,000	¥3,500	➡	各（かく） ¥2,500

カット+カラー		
¥6,500	➡	¥4,500

もんだい6　右の　ページを　見て、下の　しつもんに　こたえて　ください。こたえは
1・2・3・4から　いちばん　いい　ものを　一つ　えらんで　ください。

3　ポイントを　一番　多く　もらえる　日に　行きたいです。何曜日に　行けば　いいですか。

1　月曜日
2　火曜日
3　水曜日
4　木曜日

田中（たなか）クリーニング

毎日（まいにち）がラッキー！！ぜひ、ご利用（りよう）ください。

月曜日（げつようび）	ポイント　2倍（はい）です！
火曜日（かようび）	ドライクリーニングが　１０％　安（やす）くなります。
水曜日（すいようび）	チャンスデーですよ！！２０％　安（やす）くなります。
木曜日（もくようび）	ポイント　3倍（ばい）です！！
金曜日（きんようび）	ワイシャツが　１０円（えん）　安くなります。
土曜日（どようび）	2,０００円以上（えんいじょう）　ご利用（りよう）で　セーター無料（むりょう）クーポンが　もらえます。
日曜日（にちようび）	2,０００円以上（えんいじょう）　ご利用（りよう）で　ワイシャツ　5枚（まい）　無料（むりょう）クーポンが　もらえます。

もんだい６ 右の　ページを　見て、下の　しつもんに　こたえて　ください。こたえは
１・２・３・４から　いちばん　いい　ものを　一つ　えらんで　ください。

4 １２歳の　男の子と　５歳の　女の子が　２人　乗りました。いくら　払いますか。

1　子ども料金　１人分
2　大人料金　１人分
3　子ども料金　２人分
4　大人料金　１人分と　子ども料金　１人分

バスの　子ども料金の　ご案内

大人と　幼児　3人の　とき  ＊大人料金　1人分と 子ども料金　1人分	大人　2人と　幼児の　4人 の　とき  ＊大人料金　2人分	1歳以上　6歳未満(幼児) 3人の　とき  ＊子ども料金　3人分
6歳以上　12歳未満(小学 生)と　幼児　2人の　とき  ＊子ども料金　1人分	6歳以上　12歳未満(小学 生)と　幼児　3人の　とき 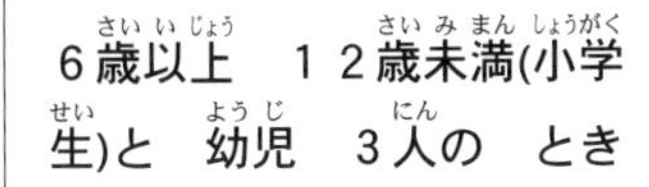  ＊子ども料金　2人分	12歳以上(中学生)と 幼児　1人の　とき   ＊大人料金　1人分

- 12歳以上(中学生以上)　……………………………… 大人料金
- 6歳以上　12歳未満(小学生)　……………………… 子ども料金
- 1歳以上　6歳未満(幼児)
  - ① 1人で　乗った　場合は　子ども料金
  - ② 6歳以上(小学生以上)のお客さん　1名と　一緒に　乗る　幼児　2人まで　無料

もんだい6 右の　ページを　見て、下の　しつもんに　こたえて　ください。こたえは
1・2・3・4から　いちばん　いい　ものを　一つ　えらんで　ください。

5 よよぎ公園の　お花見情報の　中で　あって　いる　ものは　どれですか。

1 アクセスは、地下鉄　よよぎ公園駅から　歩いて　５分です。
2 問い合わせ電話番号は、０３－３４６９－６０８２です。
3 場所は、東京都　渋谷区　代々木　神園町２－１です。
4 桜の種類は、ソメノヨシノ、ヤマザクラなどが　あります。

よよぎ公園の　お花見情報

場所	東京都　渋谷区　代々木　神園町２－１
見ごろ	２０２２年　３月おわり～２０２２年　４月はじめ
休み	無休
料金	入園料は　ありません。
桜の数	約５００本
桜の種類	ソメイヨシノ、ヤマザクラ　など
トイレ	10か所
アクセス	地下鉄　よよぎ公園駅から　歩いて　３分
お問い合わせ	03−3469−6081　よよぎ公園　サービスセンター
URL	http://www.tokyo-park.or.jp/

もんだい６ 右の　ページは、「みんなの　ピアノ教室」の　ポスターです。つぎの　ぶんしょうを　読んで、しつもんに　こたえて　ください。こたえは　１・２・３・４から　いちばん　いい　ものを　一つ　えらんで　ください。

> きょうは　この　あと　学校が　終わってから　ともだちと　「みんなの　ピアノ教室」に　行きます。前から　ずっと　ピアノを　習いたかったんですけど、ピアノは　はじめてだから　ともだちと　一緒に　習います。「みんなの　ピアノ教室」は　場所も　みどり駅から　近いので、駅から　歩いて　８分ぐらいで　行けます。

6 この　人は　何ようびの　何時に　ピアノを　習いますか。

1　月・水・金の　午前　9時３０分～午後　１１時３０分
2　火・木・金の　午前　9時３０分～午後　１１時３０分
3　月・水・金の　午後　4時～午後　6時
4　火・木・金の　午後　4時～午後　6時

みんなの　ピアノ教室

個人レッスン	グループレッスン
AM9：30～AM11：30	PM4：00～PM6：00
・先生と　生徒の　1：1レッスン。 ・ピアノが　はじめての　方でも　大丈夫です。	・みんなで　楽しく　ピアノで　遊びましょう。

＊個人レッスンは　月・水・金に、グループレッスンは　火・木・金に　あります。

場所

みんなの　ピアノ教室

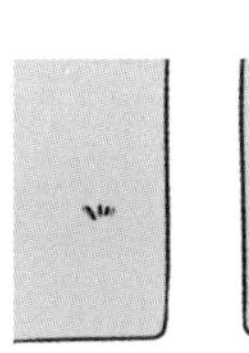

＊駅から　歩いて　8分ぐらいです。

もんだい６　右の　ページは、「電車の　時間」と　「バスの　時間」です。つぎの　ぶんを　読んで、しつもんに　こたえて　ください。こたえは　１・２・３・４から　いちばん　いい　ものを　一つ　えらんで　ください。

> あしたは　きのこ山へ　行きます。新宿駅から　光が丘駅までは　電車で　行って、光が丘駅から　きのこ山までは　バスに　のって　行きます。
> きのこ山に　午前　１１時半ごろ　着きたいです。また、電車は　安い　ほうが　いいです。

７　電車は　どれに　のりますか。

１　きく１

２　あじさい１

３　きく２

４　あじさい２

電車の　時間

電車	新宿駅	→ 光が丘駅
きく1	8:10	10:10
あじさい1	9:20	10:20
きく2	9:10	11:10
あじさい2	10:20	11:20

（お金）きく：3000円　／　あじさい：4000円

バスの　時間

光が丘駅	→ きのこ山
10:30	11:00
11:00	11:30
11:30	12:00
12:00	12:30

（お金）800円

もんだい6 右の　ページは、「おおぞら小学校の　ラジオたいそう」の　お知らせです。つぎの　ぶんを　読んで、しつもんに　こたえて　ください。こたえは　1・2・3・4から　いちばん　いい　ものを　一つ　えらんで　ください。

　となりの　家に　住んで　いる　田中さんは、毎年　７月に　なると　近くの　おおぞら小学校で　して　いる　ラジオたいそうを　しに　行きます。ラジオたいそうは　毎年　１０日ぐらい　して　いますが、田中さんは　一回も　休んだ　ことが　ありません。今年も　おとといの　７月１８日から　始まりました。きょうは　わたしも　田中さんと　一緒に　行って　きました。

8 田中さんは　今、今年の　ラジオたいそうに　何回　出ましたか。

1　1回

2　2回

3　3回

4　4回

ラジオたいそう

・にちじ：7月18日～7月28日
(25日は　お休みです。)

・時間：あさ　6時15分から　35分まで
・場所：おおぞら小学校

＊雨の日は　中止します。
＊最後の　日には　参加賞を　くばります。

－おおぞら小学校－

もんだい6 右の　ページは、「ファミリーレストランの　お知らせ」です。つぎの　ぶんを読んで、しつもんに　こたえて　ください。こたえは　1・2・3・4から　いちばん　いい　ものを　一つ　えらんで　ください。

ドイツに　留学して　いる　ともだちが、冬休みなので　日本に　帰って　来ました。ともだちは　きのう　帰って　来て、5日後の　日ようびの　あさに　また　ドイツに　行きます。わたしは　ともだちが　ドイツに　行く　前に　一緒に　レストランに　行きたいです。

9 レストランには　いつ　行けば　いいですか。

1　12月29日
2　12月31日
3　1月1日
4　1月3日

お知らせ

年始は 1月3日から 営業します！

12月29日(月)　10：00～19：00
30日(火)　休業
31日(水)　休業

1月1日(木)　休業
2日(金)　休業
3日(土)　10：00～19：00
4日(日)　10：00～19：00
5日(月)
6日(火)
　通常営業　09：00～22：00

ファミリーレストラン

もんだい6 右の　ページは、「なはバスの　時刻表」です。つぎの　ぶんを　読んで、しつもんに　こたえて　ください。こたえは　1・2・3・4から　いちばん　いい　ものを　一つ　えらんで　ください。

わたしたちは　いま　おきなわに　遊びに　来て　います。きょうは　午前中に「おきなわワールド」へ　行って　来ました。このあと　「優美堂・デイゴ」に　行って　お昼ごはんを　食べてから　1時半に　「琉球ガラス村」に　出発します。

10 「琉球ガラス村」に　行く　ためには　何便に　のれば　いいですか。

1　2便

2　4便

3　6便

4　8便

なはバスの　時刻表

＊満員の　場合は　次の便を　ご利用ください。

なは市内向け	2便	4便	6便	8便	10便
おきなわワールド	11:30	12:30	13:30	14:30	15:30
優美堂・デイゴ	11:48	12:48	13:48	14:48	15:48
琉球ガラス村	11:51	12:51	13:51	14:51	15:51
サザンビーチホテル	12:09	13:09	14:09	15:09	16:09
いとまん道の駅	12:12	13:12	14:12	15:12	16:12
なは空港	12:37	13:37	14:37	15:37	16:37
県議会前	12:50	13:50	14:50	15:50	16:50

搞定
第 2 課

聽力

N5

第 5 章

聽力
攻略篇

01 聽力要領理解

02 題目類型攻略

01 聽力要領理解

1 各題目類型的聽力重點

JLPT（日本語能力測驗）N5 聽力分為課題理解、重點理解、說話表達和即時應答四種題目類型出題。

❶ 課題理解

聆聽在某個場合中，解決課題需要的具體資訊，再問接下來適合的動作是什麼。聽完含有指示或建議的對話，選擇它的下個動作。選項以文字或圖示呈現，問題會在對話出現之前提供，所以在聽對話之前要掌握解決問題的對象是誰，以及問題的內容是什麼。

❷ 重點理解

聽者從話者說的話之中可以聽到自己想要知道或有興趣的內容，縮小重點範圍。因此，會在聽對話之前先提供狀況說明和問題，再給時間閱讀題本上的選項。問題主要是問話者的心境或事件的理由。

❸ 說話表達

看著圖片聆聽狀況的說明，即時判斷適合場景或狀況的回答。主要是問候、委託、允許要求等情境常用的表達。

❹ 即時應答

即時判斷適合回應對方說的話，以 A 和 B 對話的形式出題，聽完後馬上要找答案，故思考作答的時間短，要特別留意。

2 不易分辨的音

各國語言的（字母發音）都不一樣，中文和日文當然也不一樣。大家習慣用母語發音來分辨，所以聽力會產生混淆。這裡整理了日本語能力測驗的聽力考試中一定要知道的日本語發音基礎，能夠進行高效率聽力學習。此外，利用 MP3 音檔，經由聽力練習來應對實戰考試。

❶ 清音—濁音

日本語的清音和濁音對立，所謂的清音和濁音，在聲音學上分為無聲音和有聲音，即「不需要聲帶發聲的聲音（無聲音）」和「需要聲帶發聲的聲音（有聲音）」。

げた [geta] ➡ けだ [keda]

聽力練習

♫ 聽力 -01

❶ カタカナ（片假名）　　ひらがな（平假名）

❷ たいがく（退学：退學）　　だいがく（大学：大學）

❸ 三階(さんがい)に　三回(さんかい)　行(い)きました。（去了三樓三次。）

❹ 天気(てんき)が　悪(わる)いので　電気(でんき)を　つけました。（天氣不好，開了燈。）

❷ 長音—短音

所謂的長音是連續的兩個母音不各自發音，而是拉長發音。故有 1 拍（拍是日本語發音時每個字給予固定的時間單位）的長度。比較長音與短音差別，如下：

短音	くつ（靴子：2 拍）	せき（座位：2 拍）	ほし（星星：2 拍）
長音	くつう（痛苦：3 拍）	せいき（世紀：3 拍）	ほうし（服務：3 拍）

聽力練習

♫ 聽力 -02

❶ います (居ます : 在)　　いいます (言います : 說)

❷ ちず (地図 : 地圖)　　チーズ (cheese : 起司)

❸ ビル (building : 大樓)　　ビール (beer : 啤酒)

❹ あの　映画(えいが)には　いい　絵(え)が　出(で)て　くる。(那個電影出現好的圖畫。)

❺ ここに　来(き)て、おじさんと　おじいさんに　聞(き)いて　ください。

(請來這裡問叔叔和爺爺。)

❸ 促音

又稱「つまる音」。促音的特徵如下：

① 以小的っ或ッ標音。

② 只出現在カ行、サ行、タ行、パ行。

③ 發後面的音（依據カ行、サ行、タ行、パ行是 [k、s、t、p]）

④ 發 1 拍的長度。

⑤ 不會在開頭音。

★根據促音的有無，意思變不一樣的例句

□ **知(し)って いるの？**（知道嗎？） **して いるの？**（正在做嗎？）

□ **行(い)って ください。**（請走） **いて ください。**（請留步）

□ **切(き)って ください。**（請剪） **来(き)て ください。**（請來）

這是因為促音的發音同化成カ行、サ行、タ行、パ行的發音。

分辨促音的時候，請記得以下事項：

① 濁音的前面不會出現促音，所以要正確分辨輕音和濁音。

② 使用五段動詞時，「～て、～た、～たり」的前面不會出現促音，所以要正確知道動詞的種類。

③ 兩個字以上的漢字與第一個漢字最後一個音是く、ち、つ的話，後面的カ行、サ行、タ行、パ行前面會變成促音。

□ **学校：がく＋こう → がっこう**

□ **一回：いち＋かい → いっかい**

□ **実際：じつ＋さい → じっさい**

聽力練習 ♬ 聽力 -03

❶ いっこ（一個：一個）

❷ ざっし（雜誌：雜誌）

❸ がっこう（学校：學校）

❹ ゆうびんきょくで きってを 一枚(いちまい) かった。（在郵局買了一張郵票。）

❺ コップに 水(みず)が いっぱい あります。（杯裡裝滿水。）

❹ 拗音

聽力考試發生的錯誤常出現在拗音。

★拗音聽成直音的例句

□ わたしの　しゅみ(趣味)は　きってを　あつめる　ことです → わたしの　しみは(我的興趣是收集郵票。)

□ お母さんが　作った　りょうり(料理)は　おいしい → 作った　りおり
(母親做的料理很好吃。)

這是しゅ、じゅ和し、じ的發音相近所產生的問題，話者發音不清楚是其中一個大原因。雖然日本人會覺得自己發的是しゅ、じゅ，但跟し、じ的音很像，所以容易產生問題。這種現象常發生在しゅ、じゅ是短音的時候。換句話說，長音的時候發音便長，能夠正確發出拗音，但短音的時候因發音時間短，故有混淆現象。

★直音聽成拗音的例句

□ みち(道)を　歩きながら(走在路上) → みちょう　歩きながら

□ ごじぶん(御自分)で　き(来)て(親自來) → ごじゅうぶんで　きて

這是因為聽者將連續母音聽成雙重母音，故產生的問題，如下：

[イ＋ア]→[ヤ]

[イ＋ウ]→[ユ]

[イ＋オ]→[ヨ]

因此，若想克服拗音的聽力困難，只要注意以下幾點即可：

① 即使聽起來像「し、じ」，也要留意是否是「しゅ、じゅ」。（大部分的漢字語）
② 因為聽起來會是「i＋あ → や」、「i＋う → ゆ」、「i＋お(を) → よ」，要小心。
③ 對話中該要有「～を」的地方聽起來像是「ヨ, ヨー」的話，要留意是否為「i＋を」。

聽力練習 ♫ 聽力 -04

❶ きゅうこう(急行：快車)　　くうこう(空港：機場)
❷ しゃいん(社員：員工)　　サイン(sign：訊號)
❸ ちゅうしん(中心：中心)　　つうしん(通信：通訊)
❹ ぎゅうにゅうは　ひゃくえんです。(牛奶一百日圓。)
❺ ここは　病院じゃなくて　美容院です。
(這個地方不是醫院，是美容院。)

❺ 連續母音

助詞を前面是長母音お的時候，[o] 音長達 3 拍，會聽不清楚。

聽力練習 聽力 -05

❶ 先生(せんせい)に　でんわばんごうを　おしえました。（告訴老師電話號碼了。）

❷ アフリカで　ぞうを　買(か)いました。（在非洲買了大象。）

❸ テレビを　見(み)ながら　ぶどうを　食(た)べました。（一邊看電視，一邊吃了葡萄。）

❻ 其他

整理了一些難以歸類到前面五個分類的部分。

聽力練習 聽力 -06

❶ すずき（鈴木：日本人的姓）　つづき（続き：繼續；連結）

❷ ちょっと（暫時；稍微）　ちょうど（剛好）

❸ パーティー（派對）　フォーク（叉子）　フィルム（膠卷）

❹ ならんで　います（正在排隊）　ならって　います（正在學習）

❺ 板橋駅(いたばしえき)じゃ　なくて　飯田橋駅(いいだばしえき)で　会(あ)いましょう。（不是板橋站，在飯田橋站見面吧。）

❻ どうぞ　浴衣(ゆかた)を　着(き)て　ください。（請趕緊穿浴衣。）

あしたの　夕方(ゆうがた)　来(き)て　ください。（請明天晚上的時候過來。）

❼ いもうとの　部屋(へや)には　ベッドは　なくて　ペットが　います。

（妹妹的房間沒有床，有寵物。）

聽力的基本表達

♬ 聽力 -07

聽力題目的文章主要是會話體，因此，了解會話體的題目特性，也是考試中獲得好成績的方法。記憶以下的會話體表達方式，能更輕鬆地應對聽力考試。

＊～て　行(い)って　ください 做～然後請～

荷物(にもつ)は　そこに　置(お)かないで、持(も)って　行(い)って　ください。
（行李不要放在那裡，請帶走。）

＊～て　来(き)て　ください 做～然後請～

すみませんが、切手(きって)を　買(か)って　来(き)て　ください。（不好意思，請幫我買郵票。）

＊～て　ください 請做～

部屋(へや)を　つかいおわった　あとは、そうじして　ください。
（用完房間後請打掃。）

＊～ても　けっこうです 做～也沒關係

ホテルに　帰(かえ)っても　けっこうです。（回飯店也沒關係。）

＊～で　いいですか ～的話，好嗎？（可以嗎？）

この　白(しろ)い　花(はな)で　いいですか。（這白花可以嗎？）

＊～と　言(い)って　いました 說了～

田中(たなか)さんは　きょう　来(こ)ないと　言(い)って　いましたよ。（田中先生有說今天不會過來。）

＊～と　いいなあ ～的話就好了

早(はや)く　試験(しけん)が　終(お)わると　いいなあ。（考試快點結束就好了。）

＊～に　行(い)きませんか 要不要去～？

今晩(こんばん)、映画(えいが)に　行(い)きませんか。（今天晚上要不要去看電影？）

＊～に　よろしく 請向～問好

本田(ほんだ)さんに　よろしく。（請向本田先生問好。）

＊～のだ [のです] ／ ～(な)んだ [(な)んです] 是～

きょうは　手紙(てがみ)を　書(か)いたのです。（今天寫了信。）

あしたは　母(はは)の　誕生日(たんじょうび)なのです。（明天是母親的生日。）

この　へんは　いつも　静(しず)かなんです。（這附近一直很安靜。）

※ 想要強調或說明時使用的表達。在會話體裡，~のだ [のです] 的 ~の常變成 ~ん。連接動詞、形容詞的時候是 ~のだ [のです]，連接名詞、形容動詞等的時候變成 ~なのだ [なのです]。

＊～かな ～嗎（想要自己問自己的時候）

今日（きょう）の　試合（しあい）は　どっちが　勝（か）ったかな。（今天比賽哪一邊會贏呢？）

＊～ね ～耶；～吧（也寫成～ねえ）

① 下定決心

もう　これからは　しないね。（從此不做了。）

② 希望對方同意自己的觀點而發問（確認）

これは　君（きみ）の　本（ほん）だね。（這是你的書吧。）

③ 表達輕鬆的感嘆、感動

やあ、ずいぶん　きれいな　へやだね（え）。（哇，真是乾淨的房間耶。）

02 題目類型攻略

1 もんだい 1　課題理解

｜題目類型＆傾向分析｜

もんだい 1 是課題理解題型，聽完有結論的對話和解題所需的具體資訊後，詢問接下來的動作是什麼。題目可能只會出現選項，或是搭配圖示一起出現，共有七道題。

題目走向是先說明狀況和問題，再出現對話內容，並重新再問一次。問題通常以「男生／女生現在要做什麼？」的型態出題。因為在對話前會先出現問題，所以在聽對話之前，請細聽解題的對象是誰，以及問題的內容是什麼。

題目類型例題

もんだい 1

もんだい 1 では、はじめに　しつもんを　きいて　ください。それから　はなしを　きいて、もんだいようしの　1 から 4 の　なかから、いちばん　いい　ものを　ひとつ　えらんで　ください。

れい

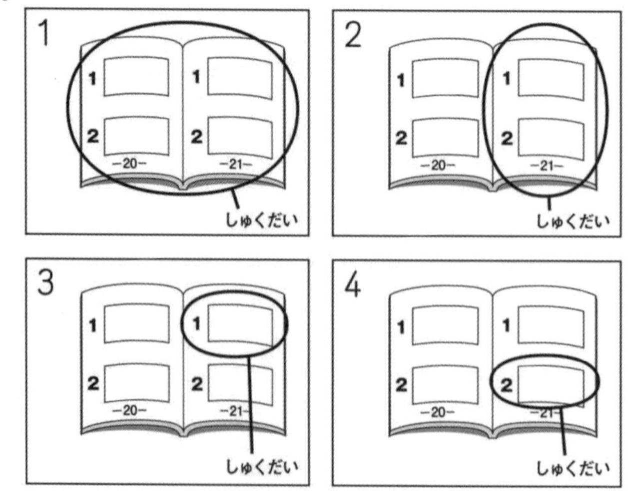

熟悉實戰感覺　課題理解

れいだい　はじめに　しつもんを　きいて　ください。それから　はなしを　きいて、もんだいようしの　１から４の　なかから、いちばん　いい　ものを　ひと
えらんで　ください。

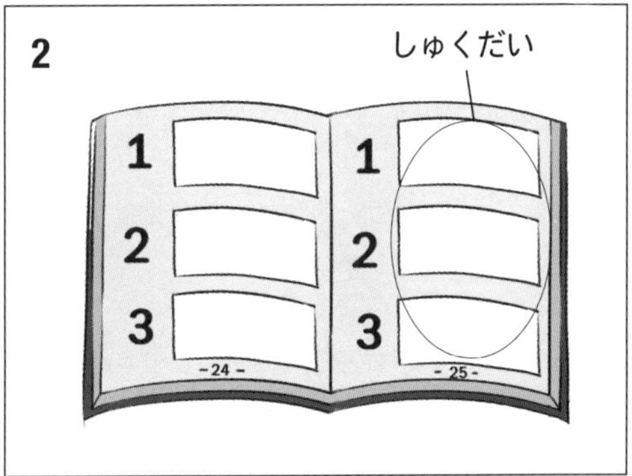

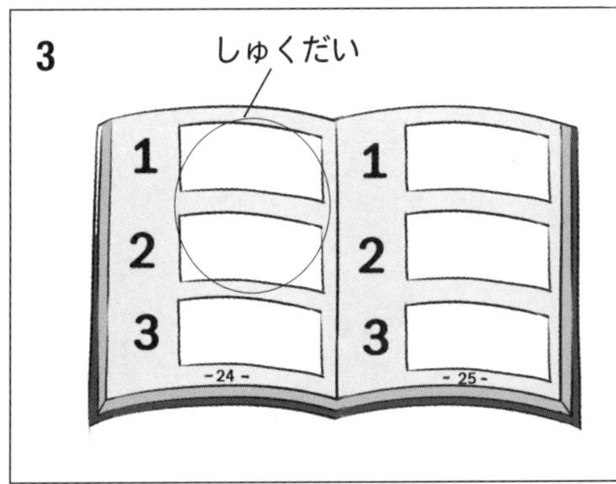

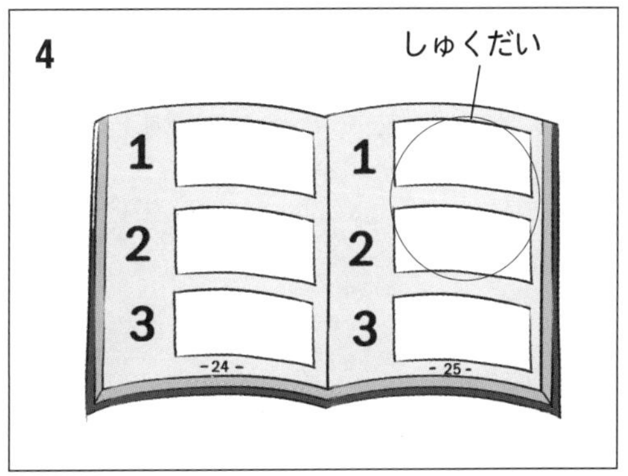

譯文與說明

腳本＆譯文

(M：男性，男の子　F：女性，女の子)

クラスで　先生が　話して　います。学生は、今日、うちでどこを　勉強しますか。	老師在班上說話。請問同學今天要在家讀到哪裡？
F: 今日は　ここ　２４ページまで　しましょう。 ２５ページは　あしたまでの　宿題です。 M: 全部ですか。 F: いいえ、２５ページの　1番と　２番です。 3番は　クラスで　します。	女：今天就上到第二十四頁這邊。 二十五頁是明天前要完成的作業。 男：全部嗎？ 女：不，二十五頁的第一和第二題。第三題在課堂上寫。
学生は、今日、うちで　どこを　勉強しますか。	請問同學今天要在家讀到哪裡？

說明

老師說「今天上到二十四頁」，故不是選項 1 和 3。而學生問是二十五頁全部嗎？老師的回答是「二十五頁的第一和第二題」，故正確答案為選項 4。

もんだい１

もんだい１では、はじめに　しつもんを　きいて　ください。それから　はなしを　きいて、もんだいようしの　１から４の　なかから、いちばん　いい　ものを　ひとつ　えらんで　ください。

１ばん

1

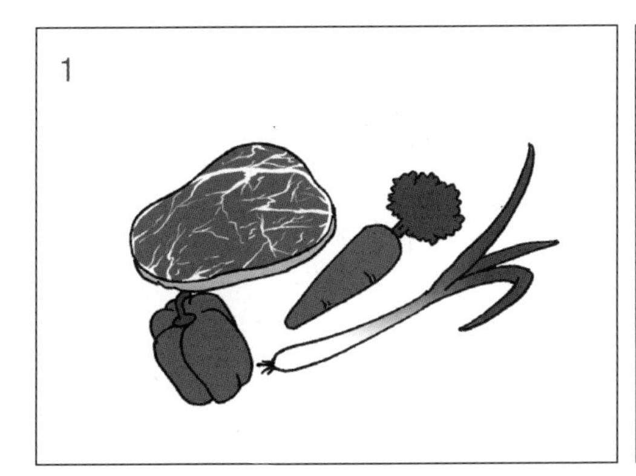

2

3

4

2ばん

3ばん

1 眠くなったから

2 おむつが　よごれたから

3 おなかが　すいたから

4 もっと　寝たかったから

4ばん

1　きのうから

2　きょうから

3　あしたから

4　あさってから

5ばん

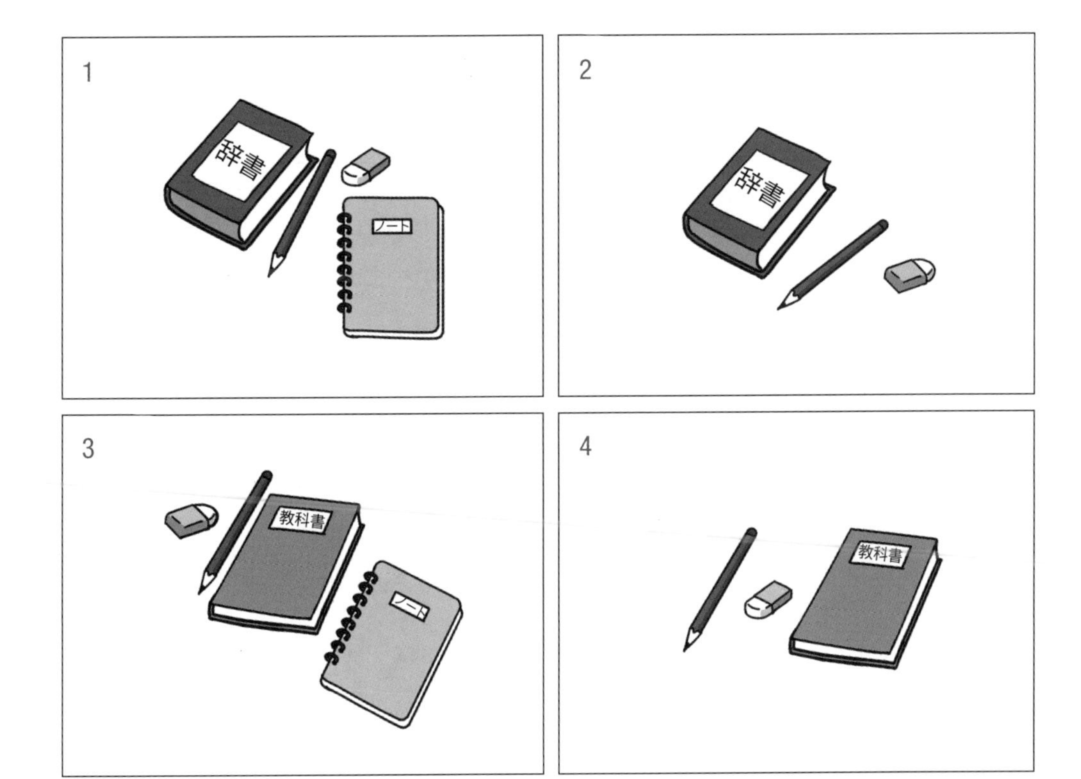

6ばん

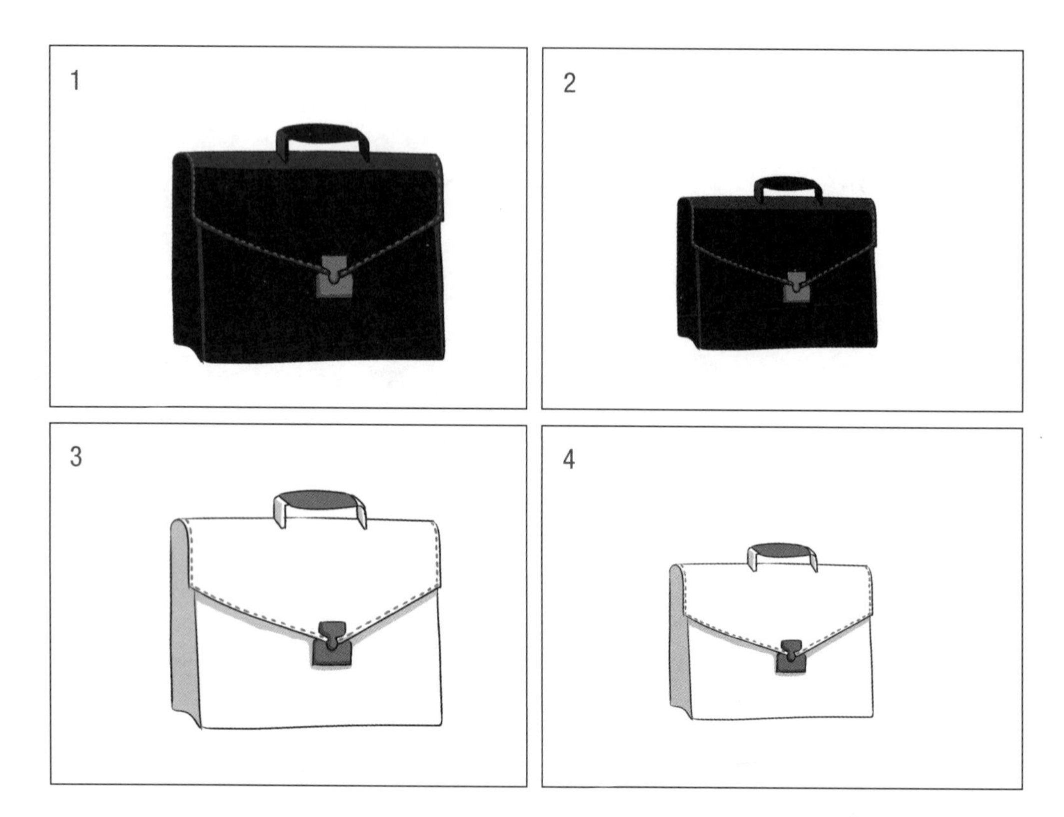

7ばん

1
2
3
4

8ばん

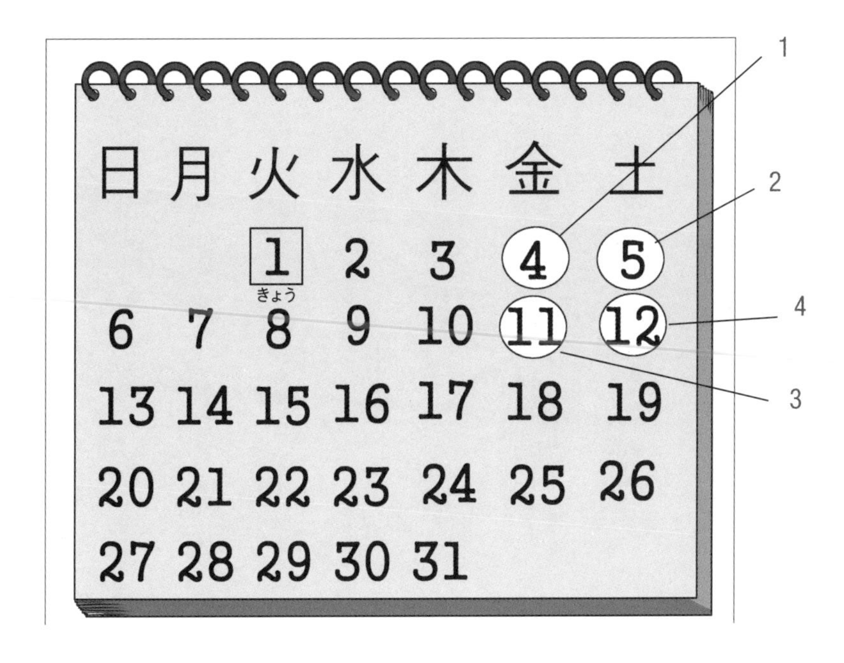
日 月 火 水 木 金 土
1 2 3 4 5
きょう
6 7 8 9 10 11 12
13 14 15 16 17 18 19
20 21 22 23 24 25 26
27 28 29 30 31
1
2
3
4

9ばん

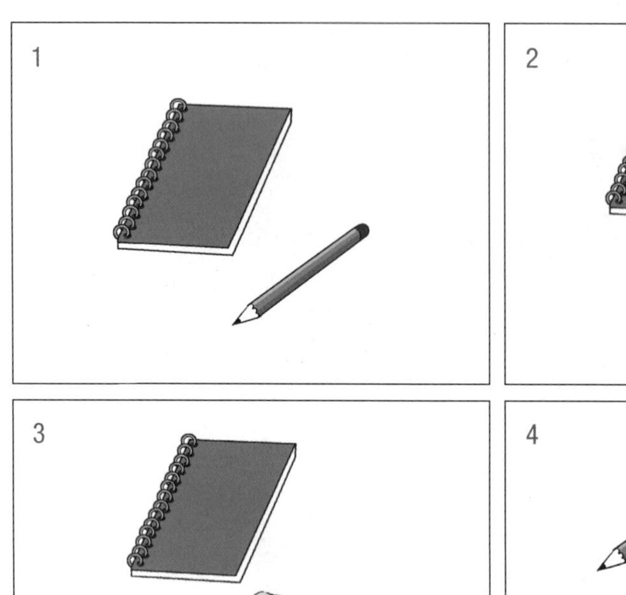

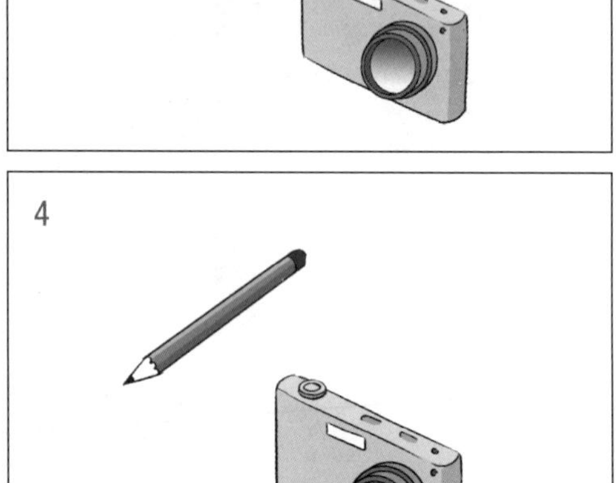

10ばん

11ばん

12ばん

1　4,600円(えん)

2　7,200円(えん)

3　5,400円(えん)

4　10,000円(えん)

13ばん

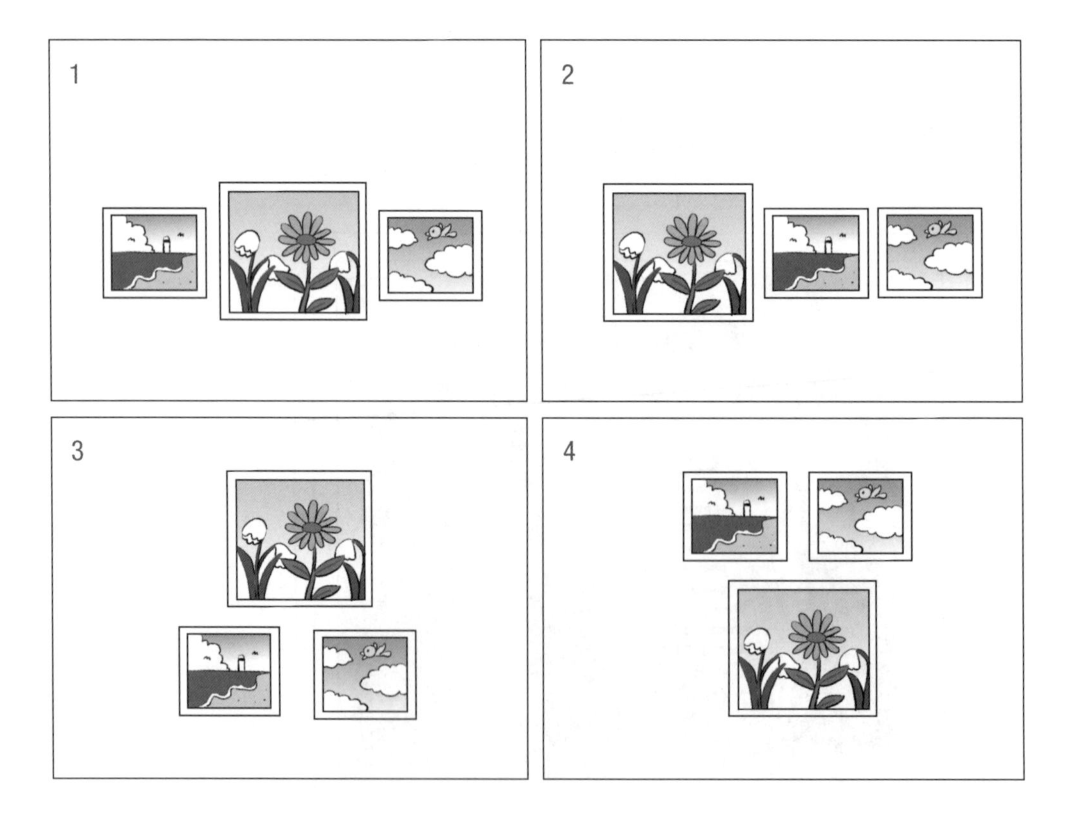

14 ばん

15 ばん

1 春（はる）

2 夏（なつ）

3 秋（あき）

4 冬（ふゆ）

16ばん

1

2

3

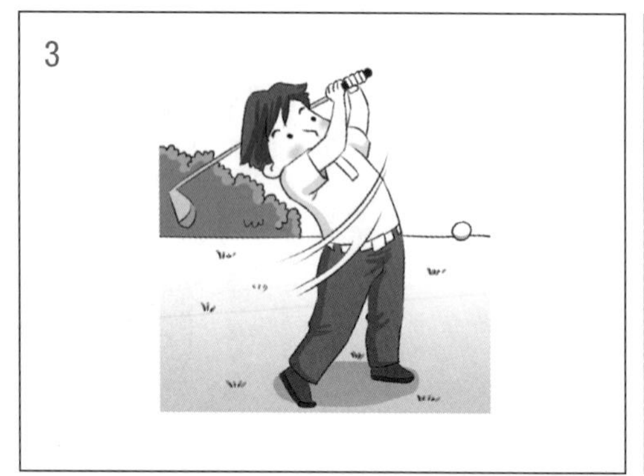

4

17ばん

1

2

3

4

18 ばん

1

2

3

4

19 ばん

1　９７４

2　９４７

3　１９７４

4　１９４７

20 ばん

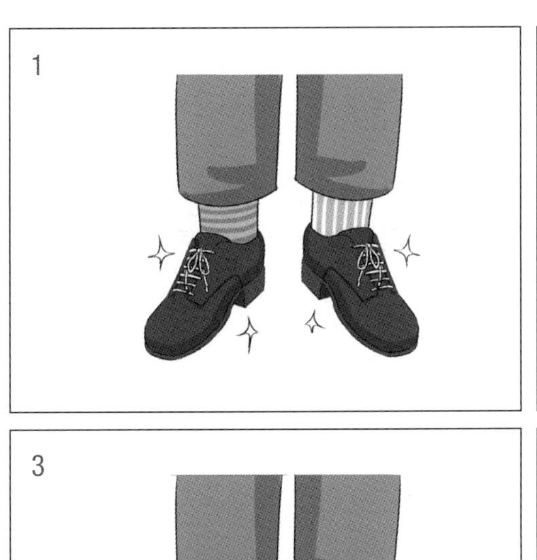

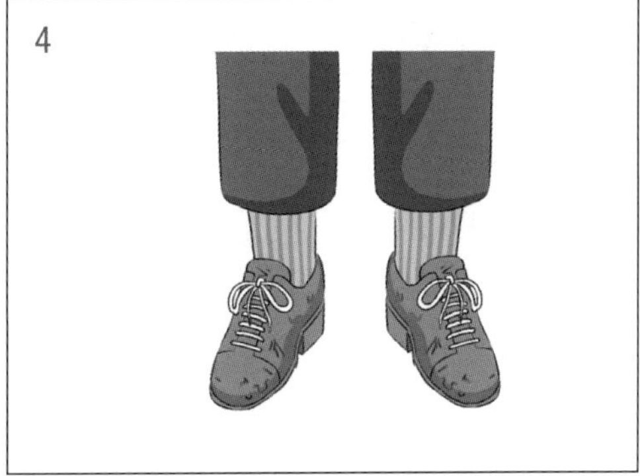

2 もんだい 2 重點理解

｜題目類型＆傾向分析｜

もんだい 2 是重點理解題型，聽完有結論的對話，依據事前提供的問題，測驗能否掌握重點。題目分為有圖示的題目和有選項的題目，共有六道題。

題目走向是先播放說明狀況的文章和問題，再給幾秒的時間閱讀選項，聽完對話後再問一次題目。

對話出現之前會先提供問題，所以掌握問題型態為何很重要。而且與其邊聽邊看選項預測正確答案，不如專注於聆聽問題要求的是什麼更有效。

題目類型例題

もんだい 2

もんだい 2 では、はじめに　しつもんを　きいて　ください。それから　はなしを　きいて、もんだいようしの　1 から 4 の　なかから、いちばん　いい　ものを　ひとつ　えらんで　ください。

れい

1　としょかん

2　えき

3　デパート

4　レストラン

熟悉實戰感覺　重點理解

聽力 -01-02

れいだい　はじめに　しつもんを　きいて　ください。それから　はなしを　きいて、もんだいようしの　1から4の　なかから、いちばん　いい　ものを　ひと えらんで　ください。

れい1

1　2　3　4

日	月	火	水	木	金	土
				1	2	3
4	5	(6)	(7)	(8)	(9)	10
11	12	13	14	15	16	17
18	19	20	21	22	23	24
25	26	27	28	29	30	

れい2

1 白(しろ)い　薬(くすり)だけです。

2 きいろい　薬(くすり)だけです。

3 白(しろ)と　きいろい　薬(くすり)です。

4 夜(よる)は　飲(の)みません。

譯文與說明

腳本 & 譯文

(M：男性 , 男の子　F：女性 , 女の子)

れい 1	例 1
男(おとこ)の人(ひと)と　女(おんな)の人(ひと)が　話(はな)して　います。あさっては　何日(なんにち)ですか。	男人和女人在對話，請問後天是幾號？
M: せとさん、あさっては　8日(ようか)ですよね。	男：瀨戶小姐，後天是八號，對吧。
F: え？ 違(ちが)いますよ。	女：咦？不是。
M: 今日(きょう)が　6日(むいか)で、あさっては　8日(ようか)じゃ・・・。	男：今天是六號，所以後天是八號啊……
F: 今日(きょう)が　7日(なのか)ですから、あさっては　9日(ここのか)ですよ。	女：今天是七號，所以後天是九號喔。
M: あ、そうか。ありがとうございます。	男：啊，是這樣啊？謝謝
あさっては　何日(なんにち)ですか。	請問後天是幾號？

說明

男生問後天是幾號。男生說「今天是六號，所以後天是八號……」但女生說「今天是七號，所以後天是九號」，故正確答案為選項 4

腳本 & 譯文

れい 2	例 2
男(おとこ)の先生(せんせい)が　病院(びょういん)で　話(はな)して　います。女(おんな)の人(ひと)は　まいばん、どの　薬(くすり)を　飲(の)みますか。	男醫生在醫院裡說話，請問女人每天晚上要吃哪種藥？
M: この　白(しろ)い　お薬(くすり)は　1日(いちにち)に　2回(にかい)、朝(あさ)ごはんと　晩(ばん)ごはんの　あとに　飲(の)んで　ください。 この きいろい お薬(くすり)は、昼(ひる)にだけ 飲(の)んで ください。	男：這白色的藥一天兩次，請在早餐和晚餐吃完後吃。這黃色的藥只在中午吃。

女(おんな)の人(ひと)は　まいばん、どの　薬(くすり)を　飲(の)みますか。

請問女生每天晚上要吃哪種藥？

1 白(しろ)い　薬(くすり)だけです。
2 きいろい　薬(くすり)だけです。
3 白(しろ)と　きいろい　薬(くすり)です。
4 夜(よる)は　飲(の)みません。

1 只有白色的藥。
2 只有黃色的藥。
3 白色和黃色的藥。
4 晚上不吃。

說明

題目詢問女生每天晚上要吃哪一種藥。男醫生跟女生說「白色的藥請在吃完早餐和晚餐後吃」，黃色的藥只在中午吃。所以每天晚上要吃的藥是白色的藥，故正確答案為選項 1。

*解答參照解析本 P.46

實戰練習 聽力 重點理解 聽力 -03-22 / 20

もんだい２

もんだい２では、はじめに　しつもんを　きいて　ください。それから　はなしを　きいて、もんだいようしの　１から４の　なかから、いちばん　いい　ものを　ひとつ　えらんで　ください。

１ばん

1 ピアノ

2 バイオリン

3 トランペット

4 ドラム

２ばん

1 先週（せんしゅう）

2 今週（こんしゅう）

3 今年（ことし）

4 来年（らいねん）

3ばん

1　1時(じ)

2　2時(じ)

3　3時(じ)

4　4時(じ)

4ばん

1　コーヒー

2　サラダ

3　Aセット

4　Bセット

5ばん

1

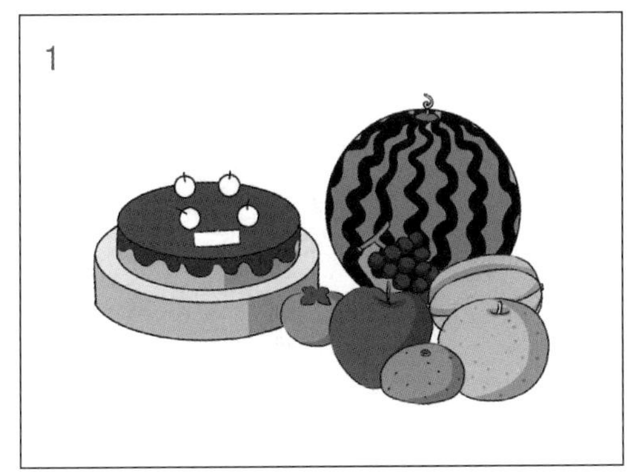

2

3

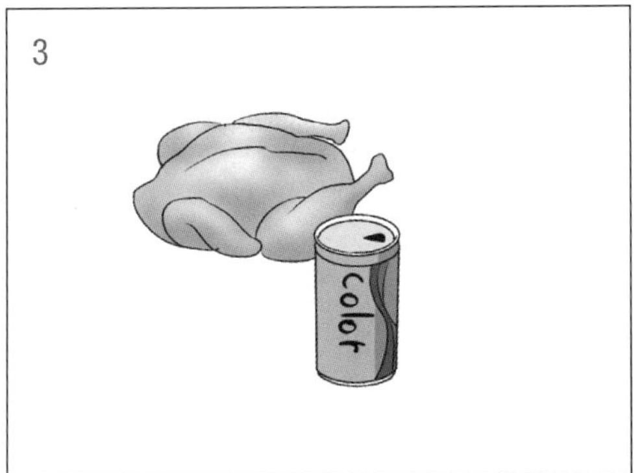

4

6ばん

1　あしたの　木(もく)よう日(び)です。

2　あしたの　金(きん)よう日(び)です。

3　あさっての　木(もく)よう日(び)です。

4　あさっての　金(きん)よう日(び)です。

7ばん

8ばん

1　カードの　1回払(かいばら)い

2　カードの　3回払(かいばら)い

3　現金(げんきん)

4　商品券(しょうひんけん)

9ばん

1

2

3

4

10ばん

1　買い物が　好きな　男の子です。

2　買い物が　好きな　女の子です。

3　アメリカの　ドラマが　好きな　男の子です。

4　アメリカの　ドラマが　好きな　女の子です。

11 ばん

12 ばん

1 駅(えき)の　出口(でぐち)で　会(あ)います。

2 駅(えき)の　中(なか)で　会(あ)います。

3 きっさてんの　前(まえ)で　会(あ)います。

4 きっさてんの　中(なか)で　会(あ)います。

13ばん

1

2

3

4

14ばん

1 家(いえ)に　帰(かえ)ります。

2 仕事(しごと)を　します。

3 女(おんな)の人(ひと)と　映画(えいが)を　見(み)に　行(い)きます。

4 一人(ひとり)で　映画(えいが)を　見(み)に　行(い)きます。

15ばん

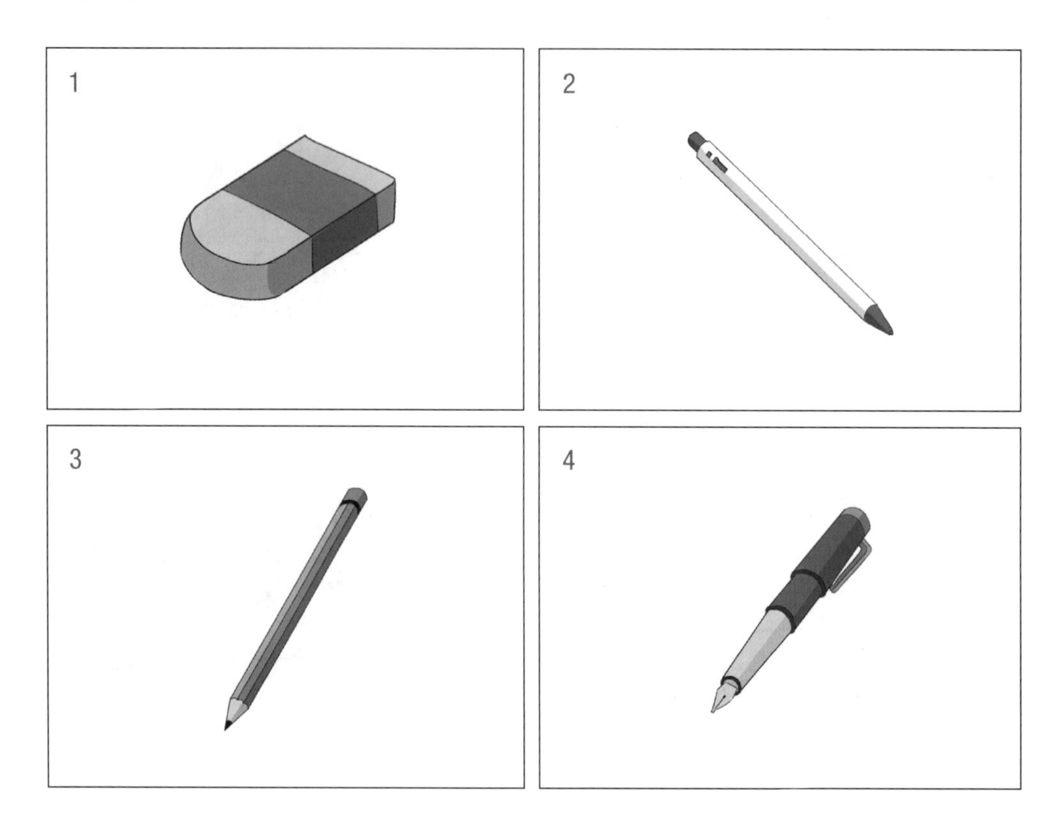

16ばん

1 男(おとこ)の人(ひと)
2 男(おとこ)の人(ひと)の　弟(おとうと)さん
3 男(おとこ)の人(ひと)の　お兄(にい)さん
4 男(おとこ)の人(ひと)の　お父(とう)さん

17 ばん

1 駅から　近いから

2 部屋が　きれいだから

3 部屋が　明るいから

4 部屋が　安いから

18 ばん

1 男の人は　好きです。

2 女の人は　好きです。

3 男の人も　女の人も　好きです。

4 男の人も　女の人も　好きでは　ありません。

19ばん

1　１６日

2　１７日

3　１８日

4　１９日

20ばん

1　車で　お迎えが　来るから

2　かさを　二つ　持って　いるから

3　女の人が　かわいそうだから

4　午後は　はれるから

3 もんだい 3 說話表達

｜題目類型 & 傾向分析｜

もんだい 3 是說話表達題目，看著插畫聽狀況說明後，選擇合適的對話，共有五道題。

題目走向是先看插畫和聆聽狀況說明文及問題「なんといいますか（要說什麼？）」，會出現三個應答內容。選擇插畫裡用箭頭標示的人物接下來該說的話即可。

題目類型例題

もんだい 3

もんだい 3 では、えを　みながら　しつもんを　きいて　ください。
➡（やじるし）の　ひとは　なんと　いいますか。1 から 3 の　なかから、いちばん　いい　ものを　ひとつ　えらんで　ください。

れい

熟悉實戰感覺　說話表達

♬ 聽力 -01-02

れいだい　えを　みながら　しつもんを　きいて　ください。➡（やじるし）の　ひとは　なんと　いいますか。１から３の　なかから、いちばん　いい　ものを　ひとつ　えらんで　ください。

れい１

れい2

譯文與說明

腳本＆譯文　　　　(M：男性，男の子　F：女性，女の子)

れい 1 ゆうごはんを　食べました。何と　言いますか。 1 いただきます。 2 おいしいです。 3 ごちそうさま。	例 1 吃完晚餐了，要說什麼？ 1 開動了。 2 好吃。 3 吃飽了。

說明

題目詢問用餐完要說的話，故正確答案為選項 3「吃飽了」。選項 1 是用餐前說的話；選項 2 是關於味道的表達。

腳本＆譯文

れい 2 バスの　中で　おばあさんに　席を　ゆずります。 何と言いますか。 1 ここ、どうぞ。 2 こんにちは。 3 どうも。	例 2 在公車裡讓位給老奶奶，請問要說什麼？ 1 這裡，請坐。 2 你好。 3 謝謝。

說明

這是在公車裡要讓位給老奶奶的狀況，故正確答案為選項 1「這裡，請坐」。選項 2 是白天問候；選項 3 是表達感謝。

＊解答參照解析本 P.46

もんだい３

もんだい３では、えを　みながら　しつもんを　きいて　ください。➡（やじるし）のひとは　なんと　いいますか。１から３の　なかから、いちばん　いい　ものを　ひとつえらんで　ください。

１ばん

2ばん

3ばん

4ばん

5ばん

6ばん

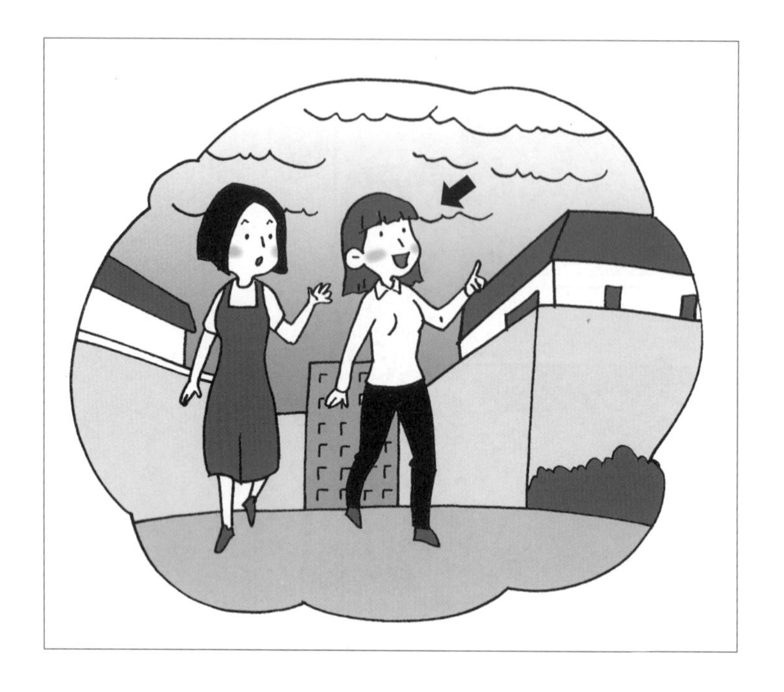

7ばん

8ばん

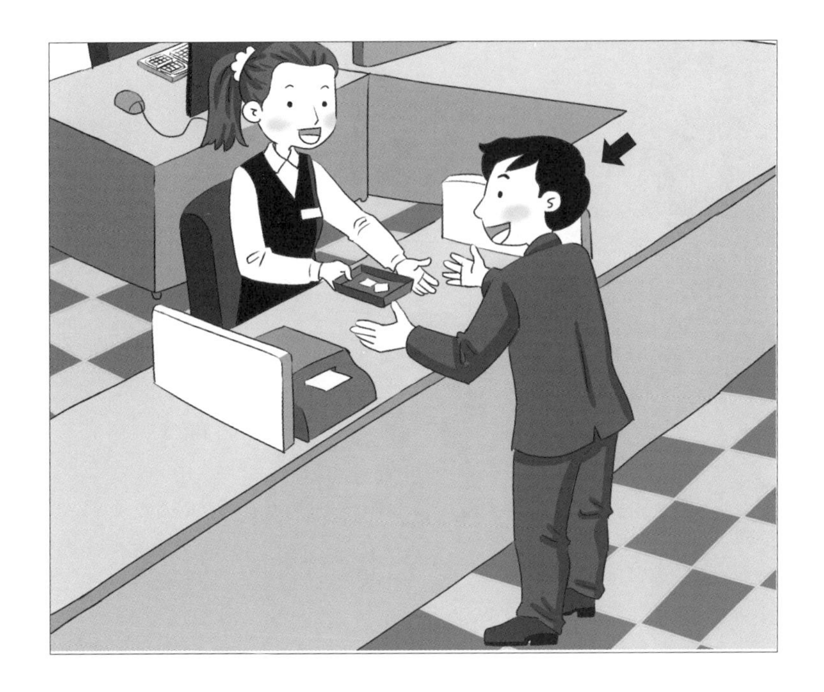

9ばん

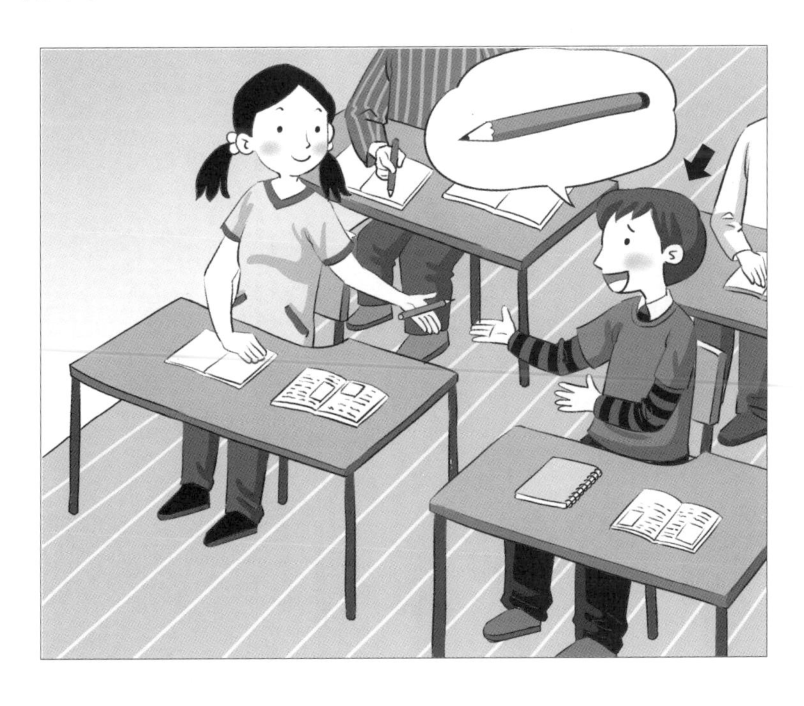

10ばん

11ばん

12ばん

13ばん

14ばん

15 ばん

16ばん

17 ばん

18ばん

19ばん

20ばん

4 もんだい 4 即時應答

｜題目類型＆傾向分析｜

もんだい 4 是即時應答問題，聽完問題的短文後尋找適當的回答。題本上沒有選項，共有六道題。

題目走向是出現問題的短文後再給關於文章的三個回答。

關於第一個說話的人，要怎麼回答，找尋最適合的回答即可。

以 A 和 B 的問答方式呈現，內容是父母和子女、夫妻、職場上司和屬下、朋友等之間的對話。

因為是聽完文章後馬上找答案，所以思考正確答案的時間不多，如果正確答案很模稜兩可，請依直覺作答並專注在下一題。若不這樣做，有很大的可能會因為這道題而錯失下一題。

題目類型例題

もんだい 4

もんだい 4 は、えなどが　ありません。ぶんを　きいて、1 から 3 の なかから、いちばん　いい　ものを　ひとつ　えらんで　ください。

－ メモ －

熟悉實戰感覺　即時應答

♬ 聽力 -01-02

れいだい　えなどが　ありません。ぶんを　きいて、１から３の　なかから、いちばん　いい　ものを　ひとつ　えらんで　ください。

ーメモー

譯文與說明

腳本 & 譯文

(M：男性 , 男の子　F：女性 , 女の子)

れい 1 M: どんな　色が　好きですか。 F: 1 きいろい　花が　さいて います。 2 白い　色は　ありません。 3 赤い　色が　好きです。	例 1 男：你喜歡哪個顏色？ 女：1 黃色的花開了。 2 沒有白色。 3 喜歡紅色。
れい 2 M: どれが　あなたの　かさですか。 F: 1 ここに　あります。 2 あそこに　ある　茶色のです。 3 黒い　かさは　みきちゃんのです。	例 2 男：哪一把是你的雨傘？ 女：1 在這裡。 2 那裡的咖啡色雨傘。 3 黑色雨傘是美紀的。

說明

〈例 1〉男生問女生喜歡的顏色，故正確答案為選項 3「喜歡紅色」。選項 1 是問哪種花開時的回答；選項 2 是問有沒有白色花時的回答。

〈例 2〉男生問女生哪一個雨傘是她的，故正確答案為選項 2「那裡的咖啡色雨傘」。選項 1 是問雨傘位置時的回答；選項 3 是問黑色雨傘是誰的時的回答。

もんだい４

もんだい４は、えなどが　ありません。ぶんを　きいて、１から３の　なかから、いちばん　いい　ものを　ひとつ　えらんで　ください。

―メモ―

國家圖書館出版品預行編目 (CIP) 資料

一本搞定新日檢 !JLPT 日語檢定 N5 : 四大題型全面複習 /
李致雨, 李翰娜著 ; 李彥樺譯. -- 初版. -- 臺北市 : 笛藤出版,
2024.04
面 ; 公分
譯自 : JLPT 일본어능력시험 한권으로 끝내기 N5
ISBN 978-957-710-917-0(平裝)

1.CST: 日語 2.CST: 能力測驗

803.189 113003489

一本搞定！新日檢 JLPT 日語檢定 N5
四大題型全面複習

(附二回模擬試題與詳細解析、考前快速複習本、線上 PDF 單字練習本、QR Code 線上音檔)

2024 年 4 月 29 日 初版 1 刷 定價 750 元

著　　者｜李致雨・李翰娜
譯　　者｜李彥樺
總 編 輯｜洪季楨
編　　輯｜陳亭安・葉雯婷
封面設計｜王舒玗
編輯企劃｜笛藤出版
發 行 人｜林建仲
發 行 所｜八方出版股份有限公司
地　　址｜台北市中山區長安東路二段 171 號 3 樓 3 室
電　　話｜(02)2777-3682
傳　　真｜(02)2777-3672
總 經 銷｜聯合發行股份有限公司
地　　址｜新北市新店區寶橋路 235 巷 6 弄 6 號 2 樓
電　　話｜(02)2917-8022・(02)2917-8042
製 版 廠｜造極彩色印刷製版股份有限公司
劃撥帳戶｜八方出版股份有限公司
劃撥帳號｜19809050

JLPT
日本語能力試驗

一本搞定！新日檢

李致雨・李翰娜 共著

快速複習本

N5

笛藤出版

言語知識 文字・語彙 直擊複習！

1 漢字讀音・標音歷年單字 4
2 文脈解讀・相似詞替換歷年單字 13
3 單字預測 400 18

言語知識 文法 直擊複習！

1 核心文法 98 26

言語知識

文字・語彙 直擊複習！

1. 漢字讀音・標音歷年單字
2. 文脈解讀・相似詞替換歷年單字
3. 單字預測 400

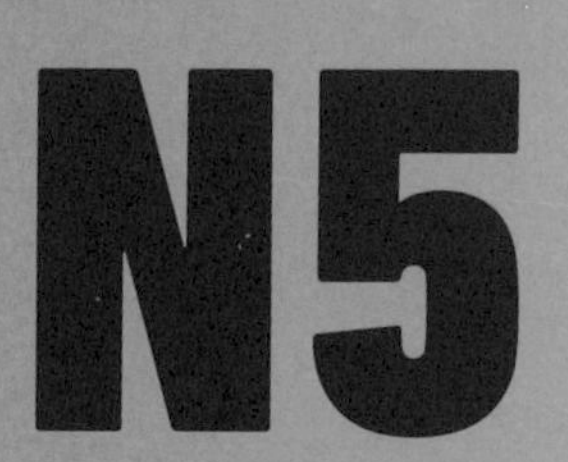

1 漢字讀音・標音歷年單字

あ

□ 間	あいだ	之間
□ 会う	あう	相見
□ 青い	あおい	藍色
□ 赤い	あかい	紅色
□ 明るい	あかるい	明亮
□ 上げる	あげる	提（東西）
□ 朝	あさ	早上
□ 足	あし	腳；腿
□ 新しい	あたらしい	新的
□ 後	あと	以後
□ 後で	あとで	之後
□ あぱあと	アパート	公寓
□ 雨	あめ	雨
□ 言う	いう	說（話）
□ 家	いえ	家
□ 行く	いく	去
□ 一日	いちにち	一天
□ 五日	いつか	五日
□ 一週間	いっしゅうかん	一週
□ 五つ	いつつ	五個
□ 一分	いっぷん	一分鐘
□ 犬	いぬ	狗
□ 今	いま	現在
□ 入り口	いりぐち	入口
□ 入れる	いれる	放入
□ 上	うえ	上面

□ 後ろ	うしろ	後面
□ 生まれる	うまれる	出生
□ 海	うみ	海
□ 上着	うわぎ	上衣
□ えあこん	エアコン	空調
□ 英語	えいご	英語
□ 駅	えき	車站
□ えれべえたあ	エレベーター	電梯
□ 円	えん	日圓
□ 多い	おおい	多
□ 大きい	おおきい	大
□ 大きな	おおきな	大的
□ お母さん	おかあさん	母親
□ お金	おかね	金錢
□ お父さん	おとうさん	父親
□ 男	おとこ	男
□ 男の子	おとこのこ	男孩
□ 男の人	おとこのひと	男人
□ 同じだ	おなじだ	同樣
□ 下りる	おりる	下來
□ 女	おんな	女
□ 女の子	おんなのこ	女孩
□ 女の人	おんなのひと	女人

か

□ 外国	がいこく	外國
□ 外国人	がいこくじん	外國人
□ 会社	かいしゃ	公司
□ 買う	かう	買
□ 書く	かく	寫
□ 風	かぜ	風

☐ 学校	がっこう	學校
☐ かめら	カメラ	相機
☐ 火よう日	かようび	星期二
☐ かれんだー	カレンダー	月曆
☐ 川	かわ	河
☐ 木	き	樹
☐ 聞く	きく	聽
☐ 北	きた	北邊
☐ 北がわ	きたがわ	北邊
☐ 北口	きたぐち	北邊入口
☐ 九十人	きゅうじゅうにん	九十名
☐ 九千円	きゅうせんえん	九千日圓
☐ 九本	きゅうほん	九支
☐ 教室	きょうしつ	教室
☐ 切る	きる	切
☐ 金よう日	きんようび	星期五
☐ 銀行	ぎんこう	銀行
☐ 九月	くがつ	九月
☐ 九時	くじ	九點
☐ 九時半	くじはん	九點半
☐ 口	くち	嘴巴
☐ 国	くに	國家
☐ ぐらむ	グラム	克
☐ 来る	くる	來
☐ 車	くるま	汽車
☐ 元気だ	げんきだ	健康
☐ 五かい	ごかい	五次
☐ 午後	ごご	下午
☐ 九つ	ここのつ	九個
☐ 午前中	ごぜんちゅう	上午
☐ 今年	ことし	今年
☐ 子ども	こども	孩子

□ 五分	ごふん	五分鐘
□ 五万	ごまん	五萬
□ 今月	こんげつ	這個月
□ 今週	こんしゅう	這週

さ

□ 魚	さかな	魚
□ 先	さき	先；前面
□ 先に	さきに	首先
□ 雑誌	ざっし	雜誌
□ 三千円	さんぜんえん	三千日圓
□ 三千六百円	さんぜんろっぴゃくえん	三千六百日圓
□ 三万円	さんまんえん	三萬日圓
□ 三分	さんぷん	三分鐘
□ 三本	さんぼん	三支
□ 試合	しあい	比賽
□ 四月	しがつ	四月
□ 時間	じかん	時間
□ 下	した	下面
□ 七月	しちがつ	七月
□ 七時	しちじ	七點
□ しゃつ	シャツ	襯衫
□ しゃわー	シャワー	沖澡
□ 食堂	しょくどう	食堂
□ 白い	しろい	白色
□ 新聞	しんぶん	報紙
□ すいっち	スイッチ	開關
□ 水よう日	すいようび	星期三
□ すかーと	スカート	裙子
□ 少ない	すくない	少
□ 少し	すこし	有點；稍微

□ 進む	すすむ	前進
□ すぺいん	スペイン	西班牙
□ すぽーつ	スポーツ	體育
□ 千円	せんえん	一千日圓
□ 先月	せんげつ	上個月
□ 先週	せんしゅう	上週
□ 先生	せんせい	老師
□ 外	そと	外面
□ 空	そら	天空

た

□ 大学	だいがく	大學
□ 高い	たかい	高；貴
□ たくしー	タクシー	計程車
□ 出す	だす	拿出；交付
□ 立つ	たつ	站
□ 食べる	たべる	吃
□ 小さい	ちいさい	小
□ 近く	ちかく	附近
□ 父	ちち	父親
□ ちょこれーと	チョコレート	巧克力
□ 手	て	手
□ てーぶる	テーブル	桌子
□ 出かける	でかける	外出
□ 手紙	てがみ	信件
□ てきすと	テキスト	文字
□ 出口	でぐち	出口
□ でぱーと	デパート	百貨公司
□ 出る	でる	出去
□ 天気	てんき	天氣
□ 電気	でんき	電燈；電力
□ 電車	でんしゃ	電車

□ 電話	でんわ	電話
□ 十日	とおか	十天
□ 図書館	としょかん	圖書館
□ 友だち	ともだち	朋友
□ 土よう日	どようび	星期六

な

□ ないふ	ナイフ	刀
□ 中	なか	裡面；之中
□ 長い	ながい	長
□ 夏休み	なつやすみ	暑假
□ 七千円	ななせんえん	七千日圓
□ 七万円	ななまんえん	七萬日圓
□ 何が	なにが	什麼東西
□ 何語	なにご	哪一國語言
□ 七日	なのか	七日
□ 名前	なまえ	名字
□ 何	なん	什麼
□ 何人	なんにん	幾人
□ 二冊	にさつ	兩本
□ 西	にし	西方
□ 西がわ	にしがわ	西邊
□ 二時間	にじかん	兩小時
□ 二時間半	にじかんはん	兩小時半
□ 西口	にしぐち	西邊出口
□ 二十四時間	にじゅうよじかん	二十四小時
□ 二百かい	にひゃっかい	兩百次
□ 日本語	にほんご	日語
□ 二万円	にまんえん	兩萬日圓
□ ねくたい	ネクタイ	領帶
□ 飲む	のむ	喝

は

□ ぱーてぃー	パーティー	派對
□ 入る	はいる	進入
□ ばす	バス	公車
□ 八時	はちじ	八點
□ 八万円	はちまんえん	八萬日圓
□ 二十日	はつか	二十日
□ 八百人	はっぴゃくにん	八百人
□ 花	はな	花
□ 話	はなし	故事；話題
□ 話す	はなす	說話
□ 花見	はなみ	賞花
□ 母	はは	母親
□ 春	はる	春天
□ はんかち	ハンカチ	手帕
□ 半分	はんぶん	一半
□ 東	ひがし	東
□ 東がわ	ひがしがわ	東邊
□ 東口	ひがしぐち	東邊出口
□ 左	ひだり	左邊
□ 左がわ	ひだりがわ	左側
□ 人	ひと	人
□ 一つ	ひとつ	一個
□ 一人	ひとり	一人
□ 百	ひゃく	一百
□ 百円	ひゃくえん	一百日圓
□ 百人	ひゃくにん	一百人
□ 百本	ひゃっぽん	一百朵；一百支
□ ぷうる	プール	游泳池；水池
□ 二つ	ふたつ	兩個

□ 二日	ふつか	二日
□ 古い	ふるい	老舊
□ ぽけっと	ポケット	口袋
□ ほてる	ホテル	飯店
□ 本	ほん	書

ま

□ 毎朝	まいあさ	每天早上
□ 毎週	まいしゅう	每週
□ 毎月	まいつき・まいげつ	每月
□ 毎日	まいにち	每日
□ 前	まえ	前面
□ 窓	まど	窗戶
□ 右	みぎ	右邊
□ 水	みず	水
□ 店	みせ	商店
□ 見せる	みせる	給…看
□ 道	みち	道路
□ 三つ	みっつ	三個
□ 三つめ	みっつめ	第三個
□ 南	みなみ	南邊
□ 南がわ	みなみがわ	南側
□ 耳	みみ	耳朵
□ 見られる	みられる	可以看見
□ 見る	みる	看見
□ 六日	むいか	六日
□ 六つ	むっつ	六個
□ 目	め	眼睛
□ めーとる	メートル	公尺
□ 木よう日	もくようび	星期四
□ 持つ	もつ	持有

や

□ 安い	やすい	便宜
□ 休み	やすみ	休假
□ 休む	やすむ	休息
□ 八つ	やっつ	八個
□ 山	やま	山
□ 有名だ	ゆうめいだ	有名的
□ 八日	ようか	八日
□ 四人	よにん	四名
□ 読む	よむ	閱讀
□ 四キロ	よんキロ	四公里

ら

□ らーめん	ラーメン	拉麵
□ 来月	らいげつ	下個月
□ 来週	らいしゅう	下週
□ 来年	らいねん	明年
□ 六時	ろくじ	六點
□ 六千円	ろくせんえん	六千日圓
□ 六年間	ろくねんかん	六年間
□ らじお	ラジオ	廣播
□ らじかせ	ラジカセ	錄音帶
□ れすとらん	レストラン	餐廳
□ 六ばん	ろくばん	第六
□ 六分	ろっぷん	六分鐘
□ 六本	ろっぽん	六支

わ

□ わいしゃつ	ワイシャツ	白襯衫

2 文脈解讀・相似詞替換歷年單字

あ

□ あう　見面
□ あかるい　明亮
□ あける　打開
□ あげる　給予
□ あさ　早上
□ あさって　前天
□ あし　腳；腿
□ あした　明天
□ あそぶ　玩
□ あたたかい　溫暖
□ あたらしい　新的
□ あに　哥哥
□ アパート　公寓
□ あびる　洗（澡）
□ あぶない　危險
□ あまい　甜的
□ あめ　雨
□ あらう　洗
□ あるく　走
□ いう　說話
□ いくら　多少
□ いそがしい　忙碌
□ いたい　疼痛
□ いちど　一次
□ いつか　五日
□ いつか　總有一天
□ いつつ　五個
□ いっぱいだ　裝滿
□ いぬ　狗
□ いれる　放入
□ いろいろだ　各式各樣
□ うえ　上面
□ うすい　薄
□ うまれる　出生
□ うる　賣
□ うるさい　吵雜
□ エアコン　空調
□ えき　車站
□ エレベーター　電梯
□ ～えん　～日圓
□ おいしい　好吃
□ おおきい　大
□ おおぜい　很多
□ おきる　起床
□ おく　放
□ おしえる　教導
□ おじさん　叔叔
□ おす　按
□ おてあらい　化妝室
□ おととい　前天
□ おととし　前年
□ おとな　大人
□ おにいさん　哥哥
□ おねがいします　拜託了

- □ おねえさん 姊姊
- □ おふろ 浴室
- □ おぼえる 記住
- □ おもい 重
- □ おもしろい 有趣
- □ およぐ 游泳
- □ おりる 下來

か

- □ ～かい ～樓
- □ ～かい ～次
- □ かいだん 階梯
- □ かう 買
- □ かえす 返還
- □ かかる 花費（時間；金錢）
- □ かぎ 鑰匙
- □ かける 戴（眼鏡）
- □ かす 借（出）
- □ かぞく 家人
- □ かぜ 感冒
- □ がっこう 學校
- □ かど 角落
- □ かぶる 戴（帽子）
- □ からい 辣
- □ かりる 借（入）
- □ かるい 輕
- □ かんたんだ 簡單
- □ きく 有效
- □ ギター 吉他
- □ きたない 髒亂
- □ きっさてん 茶店
- □ きって 郵票
- □ きっぷ 車票
- □ きのう 昨天
- □ ぎゅうにゅう 牛奶
- □ きょうだい 兄弟姐妹
- □ きる 剪；切
- □ きれいだ 乾淨；漂亮
- □ ～キロ ～公里
- □ くだもの 水果
- □ くらい 黑暗
- □ けさ 今天早上
- □ けす 關掉
- □ けっこうだ 充分
- □ けっこんする 結婚
- □ げんきだ 健康
- □ ～こ ～個
- □ こうえん 公園
- □ こうちゃ 紅茶
- □ コーヒー 咖啡
- □ こちら 這位；這邊
- □ こちらこそ 我才是
- □ ごちそうさま 吃飽了
- □ ごはん 飯
- □ こまる 困難；難處

さ

- □ さいふ 錢包
- □ さく （花）開
- □ さす 撐（雨傘）
- □ ～さつ ～本
- □ ざっし 雜誌

□ さとう　砂糖
□ さむい　冷
□ さんぽする　散步
□ しごと　工作
□ しずかだ　安靜
□ じしょ　字典
□ したい　想要做
□ しつもんする　提問
□ しつれいします　不好意思
□ しまる　關上（的狀態）
□ しめる　關閉
□ しゃしん　照片
□ ジュース　果汁
□ しゅくだい　作業
□ じょうずだ　熟練
□ じょうぶだ　結實；堅固
□ しょくどう　食堂
□ しる　知道
□ しんぶん　報紙
□ すう　抽（煙）
□ スカート　裙子
□ スキー　滑雪
□ すきだ　喜歡
□ すぐに　馬上
□ すこし　有點；稍微
□ ストーブ　暖爐
□ セーター　毛衣
□ せまい　狹窄
□ せんしゅう　上週
□ せんたくする　洗衣服
□ そうじ　打掃
□ そば　旁邊
□ そふ　爺爺
□ そぼ　奶奶
□ それでは　那麼

た

□ ～だい　～代
□ だいじょうぶだ　沒關係
□ たいせつだ　重要
□ たいてい　大概
□ だいどころ　廚房
□ たいへんだ　辛苦
□ たかい　（個子）高
□ たくさん　很多
□ たてもの　建築
□ たのしい　開心
□ たぶん　大概
□ たべもの　食物
□ だんだん　漸漸
□ ちかい　鄰近
□ ちいさい　小
□ ちがう　錯誤；不一樣
□ チケット　票券
□ ちず　地圖
□ ちち　父親
□ ちょうど　剛好
□ つかれる　疲憊
□ つく　打開（電燈）
□ つまらない　無趣
□ つめたい　冰冷
□ つよい　強大
□ でかける　外出

□ てがみ 信件
□ デパート 百貨公司
□ でも 不過
□ でる 出去
□ てんき 天氣
□ でんわ 電話
□ ドア 門
□ トイレ 化妝室
□ どういたしまして 不客氣
□ どうぞ よろしく 拜託了
□ どうぶつ 動物
□ とおい 遙遠
□ ときどき 偶爾
□ とけい 時鐘
□ ところ 地方；場所
□ としょかん 圖書館
□ どちら 哪一邊
□ とぶ 飛
□ とまる 停止
□ とる 拍（照片）
□ とる 拿

な

□ ナイフ 刀
□ ながい 長
□ なのか 七日
□ ならう 學習
□ ならべる 排列
□ にかい 二樓
□ ぬぐ 脫（衣服）
□ ネクタイ 領帶
□ ねこ 貓咪
□ のぼる 往上；攀登
□ のみもの 喝的東西
□ のむ 喝；吃（藥）
□ のる 搭乘

は

□ は 是
□ パーティー 派對
□ ～はい ～杯
□ はいる 進去
□ はがき 明信片
□ はく 穿（褲子；襪子）
□ はし 腿
□ はじめて 第一次
□ はじめに 首次
□ はたち 二十歲
□ はたらく 工作
□ バナナ 香蕉
□ はは 母親
□ はやく 提早
□ はる 黏貼
□ ピアノ 鋼琴
□ ～ひき ～隻
□ ひく 彈（吉他）
□ ひく 感冒
□ ひま 空閒
□ びょういん 醫院
□ ビル 大樓
□ ひろい 寬廣
□ プール 游泳池

- [ ] ふく　衣服
- [ ] ふく　吹
- [ ] ふつか　兩天
- [ ] ページ　頁數
- [ ] へただ　遲鈍；不擅長
- [ ] べんりだ　便利
- [ ] ぼうし　帽子
- [ ] ポケット　口袋
- [ ] ほしい　擁有
- [ ] ほそい　纖細

ま

- [ ] ～まい　～張
- [ ] まいあさ　每天早上
- [ ] まいしゅう　每週
- [ ] まがる　彎曲；轉彎
- [ ] まずい　不好吃
- [ ] また　又
- [ ] まっすぐ　直直的
- [ ] まど　窗戶
- [ ] みがく　擦拭
- [ ] みかん　橘子
- [ ] みじかい　短
- [ ] みち　路
- [ ] みんな　大家
- [ ] メートル　公尺
- [ ] もっと　再
- [ ] もらう　接收

や

- [ ] やさしい　簡單
- [ ] やさい　蔬菜
- [ ] やすみ　休假
- [ ] やすむ　休息
- [ ] ゆうびんきょく　郵局
- [ ] ゆうべ　昨晚
- [ ] ゆうめいだ　有名的
- [ ] ゆきが ふる　下雪
- [ ] ゆっくり　慢慢的
- [ ] ようか　八日
- [ ] よこ　旁邊；橫
- [ ] よむ　閱讀
- [ ] よろしく　拜託

ら

- [ ] ラジオ　廣播
- [ ] りっぱだ　優秀
- [ ] りょうりする　料理
- [ ] りょこうする　旅行
- [ ] りんご　蘋果
- [ ] れいぞうこ　冰箱

わ

- [ ] わかい　年輕
- [ ] わすれる　遺忘
- [ ] わたす　遞交；給
- [ ] わたる　渡過

3 單字預測 400

1 名詞 182

□ あお	藍色
□ あか	紅色
□ あし	腳；腿
□ あした	明天
□ あに	哥哥
□ あめ	雨；糖
□ いけ	池塘
□ いしゃ	醫生
□ いす	椅子
□ いぬ	狗
□ いま	現在
□ うた	歌曲
□ うわぎ	上衣
□ え	圖畫
□ えいがかん	電影院
□ えいご	英語
□ えんぴつ	鉛筆
□ おおぜい	很多
□ おかし	點心
□ おくさん	夫人
□ おさけ	酒
□ おさら	盤子
□ おじ	叔叔；舅舅；伯父
□ おじいさん	爺爺；祖父；外公
□ おじさん	叔叔；舅舅；伯父
□ おととい	前天
□ おととし	前年
□ おとな	大人
□ おなか	肚子
□ おば	阿姨；伯母
□ おばあさん	奶奶；外婆
□ おばさん	阿姨；伯母
□ おふろ	浴室、浴缸
□ おべんとう	便當
□ おまわりさん	警察叔叔
□ かいしゃ	公司
□ かいもの	逛街；購物
□ かお	臉龐
□ かぎ	鑰匙
□ かぜ	風；感冒
□ かぞく	家人
□ かた	人
□ かてい	家庭
□ かど	轉角
□ かない	（我的）妻子
□ かばん	包包
□ かびん	花瓶
□ からだ	身體
□ きいろ	黃色
□ きっさてん	茶店；咖啡廳
□ きって	郵票
□ きっぷ	票券
□ きのう	昨天
□ ぎゅうにく	牛肉
□ ぎゅうにゅう	牛奶

- □ きょうしつ　教室
- □ きょうだい　兄弟姐妹
- □ きょねん　去年
- □ ぎんこう　銀行
- □ くだもの　水果
- □ くち　嘴巴
- □ くもり　陰天
- □ くろ　黑色
- □ けいかん　警官
- □ けさ　今天早上
- □ けっこん　結婚
- □ げんかん　玄關
- □ こうえん　公園
- □ こうさてん　路口
- □ こうちゃ　紅茶
- □ こうばん　派出所
- □ ことば　話；單字
- □ こども　孩子
- □ ごはん　飯
- □ さいふ　皮夾
- □ さかな　魚
- □ さくぶん　作文
- □ ざっし　雜誌
- □ さとう　砂糖
- □ さらいねん　明後年
- □ しお　鹽巴
- □ しごと　工作
- □ じしょ　字典
- □ しつもん　問題
- □ じてんしゃ　腳踏車
- □ じどうしゃ　汽車
- □ じびき　字典
- □ じぶん　自己
- □ しゃしん　照片
- □ じゅぎょう　上課
- □ しゅくだい　作業
- □ しょうゆ　醬油
- □ しょくどう　食堂
- □ しろ　白色
- □ しんぶん　報紙
- □ せい　身高
- □ せいと　學生
- □ せっけん　香皂
- □ せびろ　男性西裝
- □ ぜんぶ　全部
- □ そば　旁邊
- □ そら　天空
- □ たいしかん　大使館
- □ だいどころ　廚房
- □ たて　豎
- □ たてもの　建築
- □ たばこ　菸
- □ たべもの　食物
- □ たまご　雞蛋
- □ たんじょうび　生日
- □ ちず　地圖
- □ ちゃわん　飯碗
- □ つくえ　書桌
- □ てがみ　信件
- □ てんき　天氣
- □ でんしゃ　電車
- □ てんぷら　炸物
- □ でんわ　電話
- □ と　門

□ どうぶつ　動物
□ ところ　地方
□ とし　年紀
□ としょかん　圖書館
□ となり　鄰居
□ とり　鳥
□ とりにく　雞肉
□ なまえ　名字
□ にわ　庭園
□ ねこ　貓咪
□ のみもの　飲料
□ のりもの　交通工具
□ は　牙齒
□ はいざら　煙灰缸
□ はがき　明信片
□ はし　橋；筷子
□ はな　花；鼻子
□ はなし　故事
□ はれ　晴朗
□ ばん　夜晚
□ ばんごう　號碼
□ ひこうき　飛機
□ ひま　空閒
□ びょうき　生病
□ ひる　白天
□ ふうとう　信封
□ ぶたにく　豬肉
□ ぶんしょう　文章
□ ぼうし　帽子
□ ほんだな　書櫃
□ ほんとう　真的
□ ほんや　書店
□ まいしゅう　每週
□ まいとし　每年
□ まいにち　每天
□ まいねん　每年
□ まど　窗戶
□ みせ　商店
□ みどり　綠色
□ みみ　耳朵
□ むら　村莊
□ めがね　眼鏡
□ もん　門
□ もんだい　題目
□ やおや　蔬果店
□ やさい　蔬菜
□ やすみ　休假
□ やま　山
□ ゆうはん　晚餐
□ ゆうびんきょく　郵局
□ ゆうべ　昨晚
□ ようふく　西裝
□ よこ　橫；旁
□ よる　夜晚
□ らいねん　明年
□ りゅうがくせい　留學生
□ りょうしん　父母
□ りょうり　料理
□ りょこう　旅行
□ れい　零
□ れいぞうこ　冰箱
□ れんしゅう　練習
□ ろうか　走廊

2 動詞 76

□ あく	打開
□ あける	開
□ あげる	遞給
□ あそぶ	玩
□ あびる	沖（澡）
□ あらう	洗
□ あるく	走
□ いる	有；需要
□ いれる	放入
□ うまれる	出生
□ うる	賣
□ おきる	起床
□ おく	放下
□ おす	按
□ おぼえる	背誦
□ およぐ	游泳
□ おりる	往下
□ かう	買
□ かえす	歸還
□ かえる	回家
□ かかる	花費
□ かける	撥打（電話）
□ かぶる	戴（帽子）
□ かりる	借
□ きえる	熄滅
□ きる	穿；剪
□ けす	關（電燈）
□ こたえる	回答
□ さく	避開
□ さす	撐（傘）
□ さんぽする	散步
□ しめる	關（門）
□ すう	抽（煙）
□ すむ	住
□ すわる	坐
□ せんたくする	洗衣服
□ そうじする	打掃
□ だす	拿出
□ たつ	站
□ ちがう	錯誤
□ つかう	使用
□ つかれる	疲倦
□ つく	開著(電燈)；到達
□ つける	打開
□ つとめる	工作
□ でる	出去；出來
□ とおる	過去
□ とぶ	飛
□ とまる	停止
□ とる	拿
□ なくす	遺失
□ ならう	學習
□ ならぶ	排列
□ ならべる	排開
□ なる	成為
□ ぬぐ	脫
□ のぼる	上升；爬
□ はいる	進去
□ はく	穿（褲子）
□ はじまる	開始
□ はしる	跑

□ はる　黏貼
□ ひく　感冒；彈（鋼琴）
□ ふく　吹
□ ふる　下（雨）
□ べんきょうする　讀書
□ まがる　轉
□ まつ　等待
□ みがく　擦拭
□ みせる　展示
□ やる　做
□ よぶ　叫
□ れんしゅうする　練習
□ わすれる　忘記
□ わたす　給；遞交
□ わたる　渡過

3 い形容詞 40

□ あかい　紅
□ あたたかい　溫暖
□ あつい　熱；厚
□ あぶない　危險
□ あまい　甜
□ いそがしい　忙
□ いたい　痛
□ うすい　薄
□ うるさい　吵雜
□ おいしい　好吃
□ おそい　遲
□ おもい　重
□ おもしろい　有趣
□ からい　辣
□ かわいい　可愛
□ きたない　髒
□ くらい　黑暗
□ くろい　黑
□ さむい　冷
□ しかくい　四方形
□ すくない　少
□ すずしい　涼爽
□ せまい　窄
□ たのしい　愉悅
□ ちかい　鄰近
□ つめたい　冰冷
□ つよい　強大
□ とおい　遙遠
□ ぬるい　滑
□ ひくい　低；矮
□ ひろい　寬廣
□ ふとい　胖
□ ほしい　想要擁有
□ ほそい　纖細
□ まずい　不好吃
□ まるい　圓形
□ みじかい　短
□ よわい　柔弱
□ わかい　年輕
□ わるい　壞

4 な形容詞 19

□ いやだ　討厭
□ いろいろだ　各式各樣
□ おなじだ　同樣
□ かんたんだ　簡單

- □ きれいだ　漂亮
- □ けっこうだ　充分
- □ げんきだ　健康
- □ しずかだ　安靜
- □ じょうずだ　熟練
- □ じょうぶだ　結實
- □ すきだ　喜歡
- □ だいじょうぶだ　沒問題
- □ たいせつだ　重要
- □ たいへんだ　辛苦
- □ にぎやかだ　繁華
- □ ひまだ　冷清；悠閒
- □ へただ　笨拙
- □ べんりだ　方便
- □ りっぱだ　優秀

5 副詞 25

- □ あまり　不怎麼
- □ いちど　一次
- □ いつも　總是
- □ すぐに　馬上
- □ すこし　有點
- □ そろそろ　差不多要
- □ たいてい　大概
- □ だいぶ　相當
- □ たいへん　厲害
- □ たぶん　大概
- □ だんだん　漸漸
- □ ちょうど　剛好
- □ ちょっと　稍等
- □ ときどき　偶爾
- □ はじめて　第一次
- □ はじめに　首次
- □ また　又
- □ まだ　還沒；尚未
- □ まっすぐ　直直往前
- □ もう　已經
- □ もうすぐ　在不久之後
- □ もちろん　當然
- □ もっと　再
- □ ゆっくり　慢慢的
- □ よく　好好的

6 外來語 30

- □ エアコン　空調
- □ エレベーター　電梯
- □ オートバイ　摩托車
- □ カップ　杯子
- □ カレー　咖哩
- □ ギター　吉他
- □ キロ　公里
- □ ケーキ　蛋糕
- □ コーヒー　咖啡
- □ コピー　複印；複製
- □ シャワー　沖澡
- □ スカート　裙子
- □ ストーブ　暖爐
- □ スポーツ　運動
- □ スリッパ　拖鞋
- □ セーター　毛衣
- □ テーブル　桌子
- □ テープレコーダー　錄音機
- □ デパート　百貨公司
- □ ナイフ　刀

☐ ネクタイ　領帶
☐ パーティー　派對
☐ ハンカチ　手帕
☐ プール　游泳池
☐ ページ　頁
☐ ベッド　床
☐ ペット　寵物
☐ ポスト　郵筒
☐ ラジオ　廣播
☐ レコード　唱片

7 問候 14

☐ ありがとうございます　謝謝
☐ いただきます　開動了
☐ おげんきで　保重
☐ おねがいします　拜託了
☐ おやすみなさい　晚安
☐ ごちそうさま　吃飽了
☐ こちらこそ　我才是
☐ ごめんなさい　抱歉
☐ こんにちは　你好（白天問候）
☐ さようなら　再見
☐ しつれいします　不好意思
☐ すみません　抱歉
☐ ちがいます　錯了
☐ どういたしまして　不客氣

8 接尾詞 7

☐ ～かい　～次；～樓
☐ ～こ　～個
☐ ～さつ　～本
☐ ～だい　～代
☐ ～はい　～杯
☐ ～ひき　～隻
☐ ～まい　～張

9 其他 7

☐ いくつ　幾個；幾歲
☐ いくら　多少
☐ それでは　那麼
☐ でも　但是
☐ どうして　為何
☐ なぜ　為什麼
☐ もしもし　喂

言語知識

文法 直擊複習！

❶ 核心文法 98

N5

1 核心文法 98

1 助詞 21

001 ～か ～嗎？ / 或～ / 是～

それは　あなたの　本ですか。
這是你的書嗎？

だれが　来ましたか。
誰來過嗎？

きょうか　あした　来て　ください。
今天或明天請來一趟。

いすの　下に　なにか　ありますか。
椅子下面有什麼嗎？

あした　どこかへ　行きますか。
明天要去哪裡嗎？

だれか　まどを　しめて　ください。
誰去幫我關窗戶。

たなかさんの　たんじょうびは　いつか　わかりません。
不知道田中先生的生日是何時。

せんせいが　いつ　来るか、しって　いますか。
你知道老師何時會來嗎？

なにが　ほしいか　言って　ください。
有想要什麼，請告訴我。

002 ～が ～主格助詞 / ～受格助詞 / 只～

きのう　友だちが　来ました。
昨天朋友來了。

あには　サッカーが　すきです。
哥哥喜歡足球。

あの　人は　りょうりが　とても　じょうずです。
那個人非常會做料理。

どれが　あなたの　くつですか。
哪雙是你的鞋子。

はこの　中に　なにが　ありますか。
箱子裡有什麼嗎？

すみませんが、でんわを　かして　ください。
不好意思，請借我電話。

この　本(ほん)は　いいですが、高(たか)いです。
這本書雖然好，但很貴。

わたしは　カメラが　ほしいです。
我想要相機。

003 ～か～か ～嗎？還是～嗎？

あの　人(ひと)は　先生(せんせい)ですか、学生(がくせい)ですか。
那個人是老師嗎？還是學生？

004 ～か～ないか 該～不該～

行(い)くか　行(い)かないか、わかりません。
不知道該不該去。

005 ～から 從～ / 向～ / 因為～

わたしは　中国(ちゅうごく)から　来(き)ました。
我來自中國。

とうきょうから　おおさかまで　行(い)きます。
從東京到大阪。

この　がっこうは　9時(くじ)から　4時(よじ)までです。
這間學校從九點開始到四點。

わたしは　あねから　セーターを　もらいました。
我收到姊姊送的毛衣。

たくさん　しゅくだいが　あるから、わたしは　あそびに　行(い)きません。
因為作業太多了，我不去玩。

わたしは　あそびに　行(い)きません。たくさん　しゅくだいが　あるからです。
我不去玩。因為作業太多了。

006 ～ぐらい 大概～

あの　へやに　３０人(さんじゅうにん)ぐらい　います。
那個房間裡大概有三十人。

１５分(じゅうごふん)ぐらい　バスに　のります。
大概搭十五分鐘公車。

007 ～しか 除了～（否定）

お金(かね)が　すこししか　ありません。
就這些錢了。

おいしい　ものしか　食(た)べません。
不是好吃的東西我不要吃。

008 ～だけ 只有～

男(おとこ)の子(こ)が　一人(ひとり)だけ　います。
只有一名男孩。

くだものだけ　食(た)べました。
只吃了水果。

009 ～で 在～ / 以～（工具）/ 因為～

わたしは　きのう　こうえんで　テニスを　しました。
我昨天在公園打網球。

わたしたちは　駅(えき)まで　バスで　行(い)きましょう。
我們搭公車到火車站。

はしで　ごはんを　食(た)べます。
我用筷子吃飯。

木(き)で　つくえを　つくります。
用樹木製作書桌。

びょうきで　学校(がっこう)を　やすみました。
因為生病，和學校請假。

この　くだものは　みっつで　１００円(ひゃくえん)です。
這個水果三個一百日圓。

わたしの　かぞくは、ぜんぶで　８人(はちにん)です。
我們家總共有八人。

びょういんへ　ひとりで　行(い)きました。
一個人去醫院。

じゃあ、これで　じゅぎょうを　おわりましょう。
那麼課程到此結束。

りょうりは　じぶんで　つくりますか。
料理是你自己做的嗎？

010 ～と ～和 / 叫～

つくえの　上(うえ)に　本(ほん)と　ノートが　あります。
書桌上有書和筆記本。

わたしは　おじいさんと　よく　さんぽを　します。
我經常和爺爺去散步。

友(とも)だちと　いっしょに　えいがを　見(み)ました。
我和朋友一起去看了電影。

しごとが　おわってから　駅(えき)で　友(とも)だちと　会(あ)います。
工作結束後，我和朋友在車站見面。

ゆうべ　弟(おとうと)と　けんかを　しました。
昨晚我和弟弟打架了。

わたくしは　山田(やまだ)と　もうします。
我叫山田。

けさ、先生(せんせい)に　「おはようございます。」と　言(い)いました。
今天早上我跟老師說了「早安」。

011 ～など ～等

つくえの　上(うえ)に　本(ほん)や　ノートなどが　あります。
書桌上有書或筆記本等。

012 ～に ～地方助詞 / ～受格助詞 / 去做～ / 向～

ここに　日本語(にほんご)の　本(ほん)が　あります。
這裡有日本語書。

こんばんは　7時(しちじ)ごろ　家(いえ)に　かえります。
今天晚上七點左右回家。

バスに　のって、うみへ　行(い)きました。
搭公車去了海邊。

駅(えき)で　友(とも)だちに　会(あ)いました。
在車站見了朋友。

毎朝(まいあさ)　5時(ごじ)に　おきて　さんぽを　します。
每天早上五點起來後去散步。

大学(だいがく)へ　べんきょうに　行(い)きます。
去大學讀書。

ゆうびんきょくへ　きってを　かいに　行(い)きます。
去郵局買郵票。

1しゅうかんに　3かい　べんきょうします。
一週讀三次書。

わたしは　友だちに　電話を　しました。
我打了電話給朋友。

013 格助詞＋は・も・の 等

いすの　上には　しんぶんが　あります。
椅子上有報紙。

この　バスは　大学へは　行きません。
這班公車不去大學。

たなかさんとは　はなしましたが、すずきさんとは　はなしませんでした。
我和田中先生說了，但沒跟鈴木先生說。

きのうは　だれとも　あそびませんでした。
昨晚沒有跟任何人玩。

家でも　学校でも　よく　べんきょうします。
在家和在學校都有好好讀書。

わたしは　いそがしいから、だれにも　あいません。
因為太忙，我沒跟任何人見面。

ぎんこうへも　デパートへも　行きませんでした。
我沒去銀行，也沒去百貨公司。

ドイツからも　学生が　来ました。
也有德國來的學生。

014 ～ね 語尾助詞

きょうは　いい　天気ですね。
今天是好天氣呢。

そうですね、ちょっと　むずかしいですが、おもしろいです。
這個嘛，雖然有點難，但很有趣。

015 ～の ～的 / ～的事物

これは　わたしの　本です。
這是我的書。

わたしの　本は　これです。
我的書是這本。

その　かさは　わたしのです。
這把雨傘是我的。

わたしのは　それです。
我的是這個。

友だちの（が）　つくった　りょうりを　食べました。
吃了朋友做的料理。

けさ、せの（が）　たかい　ひとが　ここへ　来ました。
今天早上有個很高的人來過這裡。

あの　目の（が）　きれいな　かたは　どなたですか。
那個眼睛漂亮的人是誰？

016 ～は ～主格助詞

わたしは　学生です。
我是學生。

やまださんは　くつを　かいました。
山田先生買了鞋子。

テニスは　そとで　して　ください。
請到外面打網球。

わたしは　おさけは　のみません。
我不喝酒。

それは　なんですか。
這是什麼？

本は　どこに　ありますか。
書在哪裡？

たなかさんは　行きますが、すずきさんは　行きません。
田中先生去了，但鈴木先生沒有去。

017 ～へ ～方向助詞 / 往～

わたしは　らいしゅう　ヨーロッパへ　行きます。
我下週去歐洲。

018 ～まで 到～為止

大学まで　電車で　３０分　かかります。
搭電車到大學要花三十分鐘。

しょくどうは　5時から　7時までです。
食堂從五點開始到七點。

019 ～も 也～

たなかさんが　来(き)ました。はやしさんも　来(き)ました。
田中先生來了，林先生也來了。

本(ほん)も　ノートも　あります。
有書，也有筆記本。

ここには　なにも　ありません。
這裡什麼都沒有。

きょうしつには　だれも　いません。
教室沒有半個人。

あしたは　どこへも　行(い)きません。
明天哪裡都不去。

020 ～や ～和

はこの　中(なか)に　きってや　はがきが　あります。
箱子裡有郵票和明信片。

021 ～を ～受格助詞

わたしは　パンを　食(た)べます。
我吃麵包。

7時(しちじ)に　いえを　出(で)ます。
七點離開家裡。

毎朝(まいあさ)、父(ちち)と　こうえんを　歩(ある)きます。
每天早上和父親去公園走路。

この　バスは　びょういんの　まえを　とおります。
這班公車會經過醫院前面。

2 い形容詞 8

022 ～いです / く　ないです (く　ありません)
～肯定終結語尾 / ～否定終結語尾

この　本(ほん)は　おもしろいです。
這本書很有趣。

その　へやは　ひろく　ないです。
這間房不寬敞。

その　へやは　ひろく　ありません。
這間房不寬敞。

023 ～かったです／く　なかったです（く　ありませんでした）

～肯定過去式終結語尾／～否定過去式終結語尾

きのうは　あたたかかったです。
昨天很溫暖。

きのうは　さむく　なかったです。
昨天不冷。

きのうは　さむく　ありませんでした。
昨天不冷。

024 辭書形／～く　ない ～肯定終結語尾／～否定終結語尾

この　本（ほん）は　おもしろい。
這本書有趣。

その　へやは　ひろく　ない。
這間房不寬敞。

025 ～かった／く　なかっ ～肯定過去式終結語尾／～否定過去式終結語尾

きのうは　あたたかかった。
昨天很溫暖。

きのうは　さむく　なかった。
昨天不冷。

026 ～くて 又～；因為～

この　くだものは　あまくて　おいしいです。
這水果很甜又好吃。

おかねが　なくて、こまって　います。
因為沒錢，正覺得困擾。

027 ～く（表示狀態）

わたしは　毎日（まいにち）　はやく　おきます。
我每天很早起床。

028 字典形＋名詞 ～的

これは　おもしろい　本（ほん）です。這是一本很有趣的書。

029 **～の** ～的事物

大(おお)きいのは　いくらですか。
大的多少錢？

3 な形容詞 8

030 **～です / では（しゃ）　ありません** ～肯定終結語尾 / ～否定終結語尾

この　へやは　しずかです。
這房間很安靜。

あの　人(ひと)の　うたは　じょうずでは　ありません。
那個人唱歌沒有很厲害。

031 **～でした / では（しゃ）　ありませんでした**
～肯定過去式終結語尾 / ～否定過去式終結語尾

その　こうえんは　とても　きれいでした。
那個公園非常乾淨。

あの　人(ひと)は　げんきでは　ありませんでした。
那個人不健康。

032 **～だ / では（しゃ）　ない** ～肯定終結語尾 / ～否定終結語尾

この　へやは　しずかだ。
這房間很安靜。

あの　人(ひと)の　うたは　じょうずでは　ない。
那個人唱歌沒有很厲害。

033 **～だった / では（しゃ）　なかった**
～肯定過去式終結語尾 / ～否定過去式終結語尾

その　こうえんは　とても　きれいだった。
那個公園非常乾淨。

あの　人(ひと)は　げんきでは　なかった。
那個人不健康。

034 **～で** 又～ / 和～

あの　こうえんは　きれいで、大(おお)きいです。
那個公園很大又很乾淨。

035 **～に** ～地

あの　人（ひと）は　字（じ）を　じょうずに　かきます。
那個人寫字很漂亮。

036 **～な** ～的

これは　しずかな　へやです。
這是一間很安靜的房間。

037 **～なの** ～的事物

きれいなのを　かいました。
買了很乾淨的東西。

4 動詞 10

038 **～ます / ません** ～肯定終結語尾 / ～否定終結語尾

わたしは　毎日（まいにち）　本（ほん）を　よみます。
我每天讀書。

あの　人（ひと）は　テレビを　みません。
那個人不看電視。

039 **～ました / ませんでした** ～肯定過去式終結語尾 / ～否定過去式終結語尾

わたしは　花（はな）を　かいました。
我買了花。

けさ　わたしは　ごはんを　たべませんでした。
今天早上我沒吃飯。

040 **字典形 / ～ ない** ～肯定終結語尾 / ～否定終結語尾

わたしは　毎日（まいにち）　本（ほん）を　よむ。
我每天讀書。

あの　人（ひと）は　テレビを　みない。
那個人不看電視。

041 〜た / なかった 〜肯定過去式終結語尾 / 〜否定過去式終結語尾

わたしは　花を　かった。
我買了花。

けさ　わたしは　ごはんを　たべなかった。
今天早上我沒吃飯。

042 自動詞 / 他動詞

まどが　あく。
窗戶開著。

まどを　あける。
打開窗戶。

043 授受動詞 やる / あげる / もらう / くれる

わたしは　まごに　おかしを　やった。
我給孫子零食。

この　本、やまださんに　あげます。
這本書，給山田先生。

わたしは　ともだちに　チョコレートを　たくさん　もらいました。
我收到很多朋友送的巧克力。

クラスの　せいとたちが　この　ネクタイを　くれました。
班上的學生們給了我這條領帶。

044 〜て 〜表示動作的先後順序

あさ　おきて、しんぶんを　よみます。
早上起床後讀報紙。

この　本を　つかって　べんきょうします。
請用這本書學習。

かぜを　ひいて、学校を　やすみました。
感冒，所以和學校請假。

045 〜て　ある 〜著

こくばんに　字が　かいて　あります。
黑板上寫著字。

046 ～て　いる 正在～；～著

わたしは　いま　本(ほん)を　よんで　います。
我現在正在閱讀。

まどが　しまって　います。
窗戶關著。

047 ～ないで 不～並～

けさ　わたしは　ごはんを　たべないで　学校(がっこう)へ来(き)ました。
我今天早上沒有吃飯就來學校了。

5 名詞 5

048 ～です / では (しゃ)　ありません 是～ / 不是～

わたしは　学生(がくせい)です。
我是學生。

わたしは　日本人(にほんじん)では　ありません。
我不是日本人。

049 ～でした / では (しゃ)　ありませんでした 是～ / 不是～（過去式）

きのうは　日(にち)よう日(び)でした。
昨天是星期日。

きのうは　休(やす)みでは　ありませんでした。
昨天不是休假日。

050 ～だ / では (しゃ)　ない 是～ / 不是

わたしは　学生(がくせい)だ。
我是學生。

わたしは　日本人(にほんじん)では　ない。
我不是日本人。

051 ～だった / では（しゃ）　なかった 是～ / 不是～（過去式）

きのうは　日(にち)よう日(び)だった。
昨天是星期日。

きのうは　休(やす)みでは　なかった。
昨天不是休假日。

052 ～で 是～還有（且是）～

これは　りんごで、それは　みかんです。
這是蘋果，還有這是橘子。

6 表達意圖等 28

053 あまり　～ません 不怎麼～

わたしの　へやは　あまり　きれいでは　ありません。
我的房間不怎麼乾淨。

054 ぜんぜん　～ません 完全不～

わたしは　ドイツ語(ご)が　ぜんぜん　わかりません。
我完全不懂德語。

055 ～がた・～たち ～們

あなたがたは　きょう　なにを　しますか。
大家（你們）今天要做什麼？

あの　人(ひと)たちは　みんな　学生(がくせい)です。
那些人都是學生。

056 ～く　する ～使動語尾

へやを　あかるく　しました。
讓房間變亮了。

057 ～く　なる 變～

へやが　あかるく　なりました。
房間變明亮了。

058 ～ごろ 大約～

5時(ごじ)はんごろ　かえります。
大約五點半回去。

059 ～じゅう / ちゅう ～之內 / ～之中

みなみの　くには　一年(いちねん)じゅう　あついです。
南方國家全年很熱。

じゅぎょうちゅうですから　ドアを　しめて　ください。
上課中，請關上門。

060 ～た　あと(で)・～の　あと(で) ～之後

ごはんを　食(た)べた　あとで、おふろに　入(はい)ります。
吃完飯後洗澡。

ゆうはんの　あとで　トランプを　しました。
晚餐吃完後，玩了撲克牌。

061 ～たい 想要～

わたしは　家(いえ)に　かえりたいです。
我想要回家。

062 ～たり　～たり(する) 要不～或～

本(ほん)を　よんだり、おんがくを　きいたり　しました。
讀書和聽音樂。

063 ～てから 做完之後～

ごはんを　食(た)べてから、おふろに　入(はい)ります。
吃完飯後洗澡。

064 ～て　ください 請～

えんぴつを　とって　ください。
請拿鉛筆給我。

065 ～て　くださいませんか 能～給我嗎？

その　本を　かして　くださいませんか。
能借那本書給我嗎？

066 ～て　くる 做～來～

きょうしつに　じしょを　もって　きて　ください。
請帶字典到教室來。

067 ～でしょう ～吧

あしたは　いい　天気でしょう。
明天會是好天氣吧。

068 ～と　いう 叫作～

これは、しょうゆと　いう　ものです。
這個叫作醬油。

069 ～とき ～時候

学校へ　行く　とき、いつも　こうえんの　まえから　バスに　のります。
去學校的時候，都在公園前搭公車。

先生の　家に　行った　とき、みんなで　うたを　うたいました。
去老師家的時候，大家一起唱了歌。

070 ～ないで　ください 請不要～

まどを　あけないで　ください。
請不要開窗戶。

071 ～ながら 邊～邊～

おんがくを　ききながら、べんきょうを　します。
邊聽音樂邊讀書。

072 ～に　する 變～；將～

こうえんを　きれいに　しました。
把公園變乾淨了。

りんごを　ジャムに　しました。
將蘋果做成果醬了。

073 ～に　なる 變～；成為～

こうえんが　きれいに　なりました。
公園變乾淨了。

あの　人(ひと)は　先生(せんせい)に　なりました。
那個人成為老師了。

074 ～まえに・～の　まえに ～之前

おふろに　入(はい)る　まえに、ごはんを　食(た)べます。
洗澡之前吃飯。

さんぽの　まえに、はを　みがきました。
散步之前刷了牙。

075 ～ましょう / ～ ましょうか ～吧 / 要～嗎？

いっしょに　ごはんを　食(た)べましょう。
一起吃飯吧。

いっしょに　あるきましょうか。
要一起走路嗎？

076 ～ませんか 不～嗎？

えいがを　見(み)に　行(い)きませんか。
不去看電影嗎？

わたしの　家(いえ)へ　来(き)ませんか。
不來我家嗎？

077 まだ 還沒

まだ　時間（じかん）が　あります。
還有時間。

あの　人（ひと）は　まだ　ここへ　来（き）ません。
那個人還沒來這裡。

A「テストは　はじまりましたか。」
A：「測驗開始了嗎？」

B「いいえ、まだです。」
B：「不，還沒。」

078 もう 已經；再

あの　人（ひと）は　もう　家（いえ）に　かえりました。
那個人已經回家去了。

もう　お金（かね）が　ありません。
已經沒錢了。

もう　いちど　ゆっくり　言（い）って　ください。
請再慢慢地說一遍。

もう　すこし　やさしく　はなして　ください。
請說得再簡單一點。

079 連體修飾語＋名詞

あれは　大学（だいがく）へ　行（い）く　バスです。
那台是往大學的公車。

これは　きのう　わたしが　とった　しゃしんです。
這個是昨天我拍的照片。

これは　おもしろい　本（ほん）です。
這是一本有趣的書。

これは　しずかな　へやです。
這是一間安靜的房間。

080 ～を　ください 請給～

あの　りんごを　ください。
請給我那顆蘋果。

7 指示詞和疑問詞 12

081 **いくつ** 幾個；幾歲

みかんは　いくつ　ありますか。
請問橘子有幾個？

あの　子(こ)は　ことし　いくつですか。
請問那孩子今年幾歲？

082 **いくら** 多少錢

この　りんごは　一つ(ひと)　いくらですか。
請問這個蘋果一顆多少錢？

083 **いつ** 何時

あの　人(ひと)は　いつ　日本(にほん)へ　来(き)ましたか。
那個人何時來到日本的？

084 **だれ / どなた** 誰；哪位

だれが　来(き)ましたか。
誰來了？

あなたは　どなたですか。
您是哪位？

085 **どう / いかが** 如何

A「テストは　どうでしたか。」
A：「考試如何？」

B「やさしかったです。」
B：「很簡單。」

A「きのうの　えいがは　いかがでしたか。」
A：「電影如何？」

B「おもしろかったですよ。」
B：「很有趣。」

086 どうして / なぜ 為什麼

A「どうして　くすりを　のみましたか。」
Ａ：「為什麼吃藥？」

B「あたまが　いたかったからです。」
Ｂ：「因為頭痛。」

A「きのうは　なぜ　休(やす)みましたか。」
Ａ：「昨天為什麼休息？」

B「おなかが　いたかったんです。」
Ｂ：「因為肚子痛。」

087 どこ / あそこ / そこ / ここ 哪裡 / 那裡 / 那裡 / 這裡

えきは　どこですか。
請問車站在哪裡？

あそこは　としょかんです。
那裡是圖書館。

そこに　子(こ)どもが　います。
那裡有一個孩子。

ここに　本(ほん)が　あります。
這裡有書。

088 どちら / あちら / そちら / こちら 哪邊 / 那邊 / 這邊 / 這邊

きたは　どちらですか。
請問北邊是哪一邊？

みなみは　あちらです。
南邊是那邊。

にしは　そちらです。
西邊是這邊。

ひがしは　こちらです。
東邊是這邊。

089 どの / あの / その / この 哪個 / 那個 / 這個 / 這個

どの　本(ほん)が　おもしろいですか。
請問哪一本書有趣？

あの　人(ひと)は　学生(がくせい)です。
那個人是學生。

その　ノートは　先生(せんせい)のです。
那個筆記本是老師的。

この　本(ほん)は　あかいです。
這本書是紅色的。

家(いえ)から　学校(がっこう)まで　どのぐらい　かかりますか。
請問從家裡到學校大概要花多久？

090 どれ／あれ／それ／これ 哪個 / 那個 / 這個 / 這個

あなたの　くつは　どれですか。
請問您的鞋子是哪一雙？

あれは　とけいです。
那個是時鐘。

それは　ノートです。
這個是筆記。

これは　本(ほん)です。
這個是書。

毎日(まいにち)　どれぐらい　ねますか。
請問每天你大概都睡多久？

091 どんな 哪種

あなたは　どんな　スポーツを　しますか。
請問你都做哪種運動？

092 なに／なん 什麼

なにを　かいましたか。
請問你買了什麼？

それは　なんですか。
請問這個是什麼？

8 其他 6

093 形式名詞もの ～事物

パーティーでは　どんな　ものを　のみましたか。
請問你在派對裡喝了哪一種飲品？

094 終助詞よ／終助詞わ ～唷（口語的終結語尾）

その　本(ほん)は　おもしろいですよ。
這本書很有趣。

わたしも　いっしょに　行(い)くわ。
我也一起去。

095 數字いち / ひとつ等

いちじかんは　六十分(ろくじっぷん)です。
一小時是六十分鐘。

つくえの　上(うえ)に　りんごが　みっつ　あります。
書桌上有三個蘋果。

096 量詞～かい / ～さつ / ～はい / ～ほん / ～まい等

ここに　かみが　さんまい　あります。
這裡有三張紙。

097 幾月幾日星期幾的表達

きょうは　五月(ごがつ)　一日(ついたち)　火(か)よう日(び)です。
今天是五月一日星期二。

098 幾點幾分的表達

いま、なん時(じ)ですか。
請問現在是幾點？

九時(くじ)　二十分(にじっぷん)です。
現在是九點二十分。

MEMO

MEMO

JLPT

日本語能力試驗

一本搞定！新日檢

李致雨・李翰娜 共著

解析本

N5

笛藤出版

第 1 節

第1章 文字・語彙 考古攻略篇

問題 1　漢字讀音

問題 1 （　　）的單字如何改寫成平假名？
請在 1、2、3、4 中選出最適合的答案。

1 單字測驗考古題 **漢字讀音** ▶ p.26

1 雖然想擁有一間有庭園的房子，但錢不夠。
2 吃完飯後請吃藥。
3 在車站前面茶店見面吧。
4 比起肉類，我更喜歡魚類。
5 電車裡閱讀報紙或雜誌的人很多。
6 請再說大聲一點。
7 我家附近有一條大河。
8 父親大概十一點過後回家，很少十點回到家。
9 這一個一千日圓。
10 請看著前面走。

2 單字測驗考古題 **漢字讀音** ▶ p.27

1 我們公司星期六和星期日休假。
2 晚一點再去洗澡。
3 五十的一半是二十五。
4 四月的花很漂亮。
5 這個月七號是星期四。
6 今天下午一個人讀書。
7 朋友來自外國。
8 今天天氣好，所以天空很漂亮。
9 昨天和朋友一起看了電影。
10 這條白魚很貴。

3 單字測驗考古題 **漢字讀音** ▶ p.28

1 下午開始天氣變好了。
2 書桌上有筆記。
3 每天和朋友在游泳池游泳。
4 拿外國錢幣給孩子看了。
5 這附近很少便宜的店。
6 他正在讀從圖書館借來的書。
7 南邊國家的水又藍又漂亮。
8 父親很努力工作。
9 搭電車去了北邊城鎮。
10 她是我進國中後的第一個朋友。

4 單字測驗考古題 **漢字讀音** ▶ p.29

1 田中先生從前面跑過來。
2 星期日早上雨下滿大的。
3 這學校建築非常老舊了。
4 抱歉，請再說一次。
5 那個老舊房裡沒有電話。
6 下個星期六打掃房間。
7 沒有人會說不需要錢。
8 下午兩點跟朋友見面。
9 這個水三瓶一千日圓。
10 下週的天氣如何？

5 單字測驗考古題 **漢字讀音** ▶ p.30

1 越南和日本都是亞洲國家。
2 今天的天空一點雲朵都沒有。
3 下雨很冷，所以喝了熱咖啡。
4 每天開車去公司。
5 學生舉手提問。
6 天氣好，所以出去玩吧。
7 這週星期二在車站見面吧。
8 看河裡有魚在游動。
9 明天下午六點在經常去的茶店見面吧。
10 今天和學校請假去醫院。

6 單字測驗考古題 **漢字讀音** ▶ p.31

1 兔子的耳朵長。
2 母親感冒，所以手很燙。
3 水很少，所以走路過河。
4 田中老師星期日來。
5 雨傘忘在電車裡的人很多。
6 天氣好，我們下課後去打網球吧。
7 信還讀不到一半。
8 每天搭公車去大學。
9 這個百貨公司星期四休息。
10 請站在門前面。

7 單字測驗考古題 **漢字讀音** ▶ p.32

1 昨天寫信給朋友。
2 書櫃右邊有小張的椅子。
3 山田先生向公司請假一週。
4 洗完澡休息後再讀書。
5 那個男孩的身高很高，腿很長。
6 學校後面有個小公園。
7 洗完澡後吃了晚餐。
8 書桌上有三支原子筆。
9 飯只有一點點，三分鐘就吃完了。
10 您的父親是非常帥氣的人。

8 單字測驗考古題 **漢字讀音** ▶ p.37

1 吃不到一半就好飽。
2 在車站前的商店裡買了一百朵的花。
3 來日本幾年了？
4 這村莊的男性有九十名。
5 現在很忙，晚點回電。
6 田中先生從四月開始，每天早上都喝牛奶。
7 有兩名男孩了，所以想要女孩。
8 我想要成為學校老師。
9 田中先生的左邊坐著山田先生。
10 每週星期二有日本語課程。

9 單字測驗考古題 **漢字讀音** ▶ p.38

1 這個月二十號開始寒假。
2 富士山是日本最高的山。
3 姊姊大學畢業後成了學校老師。
4 對孩子們來說，她是一位非常慈祥的母親。
5 她用大眼看著我。
6 快速列車不停靠這站。
7 日本是山很多的國家。
8 田中先生因為沒錢，所以買不起汽車。
9 下午兩點跟朋友見面。
10 從外面來看無法知道這裡面裝了什麼東西。

10 單字測驗考古題 **漢字讀音** ▶ p.39

1 有時間的時候慢慢說吧。
2 請在第三個路口右轉。
3 這裡是新的食堂。
4 兄弟姐妹只有男的。
5 郵局早上九點開門。
6 請直走這條路。
7 白色的花非常漂亮。
8 非常可愛的女孩耶。
9 下課後要不要去看電影？
10 一個人吃飯不好吃。

11 單字測驗考古題 **漢字讀音** ▶ p.40

1 哪裡有便宜的店？
2 照片在包包底下。
3 北海道在日本最北邊。
4 因為有派對，我會買一百朵的花。
5 放假前有考試。
6 腳踏車從左邊騎過來。
7 大約從七月開始，耳朵偶爾會痛。
8 那個人非常有名。
9 箱子裡有價值三萬日圓的時鐘。
10 在日本最高的山是富士山。

12 單字測驗考古題 **漢字讀音** ▶ p.41

1 我們家有三台電話。
2 昨天寫了兩百遍的漢字。
3 CD 還聽不到一半。
4 擦拭父親的皮鞋是我每天早上的工作。
5 雖然沒有想要變有名，但我想要做偉大的事。
6 一個人給一片餅乾。
7 西邊天空變紅了。
8 車站出來後右邊就是銀行。
9 在日本，學校從四月開始上課。
10 這個公園有很多樹。

13 單字測驗考古題 **漢字讀音** ▶ p.42

1 從家裡走到車站花三分鐘。
2 今天收到朋友寫來的信。
3 可愛的女孩出生了。

4 想要有更大一點的房間。
5 父親因為感冒，向公司請假一星期。
6 請問商店入口在哪裡？
7 明天下午要去買衣服。
8 請在這條路走一百公尺。
9 樹上有貓咪。
10 借的書請在七日前歸還。

14 單字測驗考古題 漢字讀音 ▶ p.43

1 那個女孩出生在外國。
2 先讀完這本書再寫吧。
3 五分鐘內全部吃掉了。
4 下週星期五請打電話給我。
5 這兩個五萬日圓。
6 我姊姊今年開始在銀行工作。
7 六點左右打電話給大學老師了。
8 八號至十號和母親去旅行了。
9 我拿家族照片給朋友看。
10 每天晚餐吃完後會看兩個半小時的電視。

15 單字測驗考古題 漢字讀音 ▶ p.44

1 下週星期一請打電話給我。
2 廚房也想放台電話。
3 那個蘋果兩個三百日圓。
4 醫生穿著白衣。
5 她生日，我送了一百朵玫瑰。
6 進大學的時候繳了一百萬日圓。
7 七月八日是星期日。
8 拿出口袋裡的東西。
9 我的妹妹在銀行工作。
10 上午開始耳朵痛。

16 單字測驗考古題 漢字讀音 ▶ p.45

1 下週星期五是田中先生的生日。
2 地圖通常上面是北邊。
3 星期二我和朋友喝了咖啡。
4 從車站到公司花了十五分鐘。
5 已經十二月了，過完這個月，今年又要結束了。
6 這裡是新的食堂。
7 這附近很少便宜的店。
8 進茶店聊吧。
9 這房間老舊，所以便宜。
10 有一個白又大的建築。

17 單字測驗考古題 漢字讀音 ▶ p.50

1 這本老舊的書三千六百日圓。
2 這個月五號和田中先生聊天了。
3 信件忘了貼郵票就寄出去了。
4 山田先生穿著藍色的衣服。
5 九月二十日和朋友見面。
6 長頸鹿的脖子很長。
7 大象是南邊國家的動物。
8 錢包裡面有八萬日圓。
9 一百日圓的蘋果買了五個。
10 百貨公司在車站西側出口出去的右邊。

18 單字測驗考古題 漢字讀音 ▶ p.51

1 下雨的日子不出門，在家悠閒地休息。
2 到了九月天氣就會變涼爽。
3 電車來了，請往後退。
4 學校從 7 月 21 日至 8 月 31 日是暑假。
5 這條路往西走四公里，銀行在左邊。
6 在百貨公司買了三萬日圓的包包。
7 全世界各種地方都有人住。
8 父親的生日，我送了書。
9 下週星期五有一個愉快的派對。
10 太困難的話題，我無法理解。

19 單字測驗考古題 漢字讀音 ▶ p.52

1 母親開燈進房了。
2 昨天在百貨公司買了裙子。
3 在您的國家都說什麼語言？
4 一天是二十四小時。
5 十號早上七點請到車站。
6 我們家附近沒有郵局嗎？
7 教室裡有幾名學生？
8 請買五個蘋果過來。
9 長假想和父母一起去國外旅行。
10 母親雖然八十四歲了，但非常的健康。

20 單字測驗考古題 漢字讀音 ▶ p.53

1 寒假回國了。
2 每天早上六點起來運動。
3 請從箱子裡拿出五個蘋果。
4 兔子的眼睛是紅色的。
5 那個公園很多人去賞花。
6 山田先生住在大房子裡。

7 妹妹花六千日圓買了包包。
8 這個月二號買了小床。
9 昨天打電話給四位老師。
10 我教日文第六年了。

21 單字測驗考古題 漢字讀音 ▶p.54

1 請問那個男孩的鞋子哪裡有賣？
2 請問老師用什麼語言上課？
3 有三百名的外國人讀這所大學。
4 飛機往高空漸漸消失。
5 從錢包裡拿出了兩萬日圓。
6 箱子裡有八個一百日圓的蘋果。
7 暑假時，每天早上七點起床。
8 是那個穿著藍色上衣的女孩嗎？
9 先做完事情，再出去玩吧。
10 今天早上五點一分，女孩出生了。

22 單字測驗考古題 漢字讀音 ▶p.55

1 一天是二十四小時。
2 車裡有幾名女孩？
3 電梯在花店的左邊。
4 有八百名外國人在那家工廠工作。
5 下個月三號是妹妹的生日。
6 想要什麼結婚禮物？
7 父親在銀行工作。
8 可不可以告訴我前往郵局的路？
9 她在二十歲成為男孩的母親。
10 你有日本朋友了？

問題 2　標音

問題 2　(　　) 的單字如何寫？
請在 1、2、3、4 中選出最適合的答案。

23 單字測驗考古題 標音 ▶p.60

1 那座山有三千多公尺。
2 這條路有很多汽車。
3 這條路往右彎。
4 山田先生今天學校請假。
5 家前有一條小河。
6 七月七日下午見面吧。
7 這週天氣非常好。
8 山田先生站在那裡很長一段時間。
9 大家，請往右門出去。
10 請在這裡寫名字。

24 單字測驗考古題 標音 ▶p61

1 這本書在上面的架子上。
2 每天背五個新漢字。
3 暑假去國外旅行的人越來越多了。
4 有人站在教室外面。
5 明天天氣會放晴吧。
6 請在自己的物品上寫名字。
7 從高山上可以看到學校。
8 這個城鎮有五間學校。
9 二樓有人在聽廣播。
10 庭園的白花開了。

25 單字測驗考古題 標音 ▶p.62

1 高橋先生的英文很好。
2 跟朋友買了腳踏車。
3 村莊北邊有一條長河。
4 明天天氣會是陰天吧。
5 做蛋糕的時候用了九顆蛋。
6 從山上可以看見遙遠的城鎮。
7 帶著刀上山。
8 進玄關後，右邊的房間是接待室。
9 今天吃了肉和魚。
10 父親在旅行社工作。

26 單字測驗考古題 標音 ▶p.63

1 房間前有電梯。
2 請稍微說大聲一點。
3 下午十一點有最後的電視新聞。
4 每天早上讀完報紙去公司。
5 因為天氣好，我們出去吃吧。
6 我搭電車上學。
7 女兒在西餐廳工作。
8 弟弟雖然嬌小，但非常健康。
9 我都在這裡買報紙。
10 今年新進的學生很會讀書。

27 單字測驗考古題 標音 ▶p.64

1 我在房裡聽沈穩的音樂。
2 早上吃麵包和三明治。
3 左邊有一個大飯店。
4 這週星期六在家休息。
5 去公司的時候穿白色襯衫。

6 每天看電視新聞。

7 收到家鄉母親寄來的信。

8 和鈴木先生聊完後，在房裡寫了信。

9 昨天是星期日，所以明天是星期二。

10 老師說話總是很長。

28 單字測驗考古題 標音

▶ p.69

1 雨飄進來了，請幫我關門。

2 桌上的蛋糕吃了一半。

3 這個是很好的相機耶。

4 飛機往雲上飛。

5 因為沒有時間，搭車來的。

6 這週走了很多路，所以腿很酸痛。

7 很忙，沒有看書的時間。

8 朋友在店裡買了襯衫。

9 請不要搭計程車，坐電車來。

10 這是什麼書？

29 單字測驗考古題 標音

▶ p.70

1 在日本，食物和房子很貴。

2 昨天在書店買了新書。

3 星期六去南邊的山。

4 上個月買了一輛紅色的車。

5 請讀這本書。

6 她的腿纖細又漂亮。

7 這個村莊的東邊有一條大河。

8 真是照片很漂亮的月曆。

9 請稍微張開嘴。

10 我的孩子喜歡花。

30 單字測驗考古題 標音

▶ p.71

1 夏天約早上四點天亮。

2 日本比美國小。

3 下個星期六去山上。

4 包裡有什麼東西？

5 城鎮西邊有大公園。

6 下雨所以搭計程車來。

7 這是什麼派對？

8 下個月一號朋友會來。

9 已經六天沒抽煙。

10 明年暑假一起去海邊吧。

31 單字測驗考古題 標音

▶ p.72

1 因為正在下雨，不去。

2 我的公司在那個大樓裡面。

3 明年夏天我想去國外。

4 我來自越南。

5 在悠閒的時間聽廣播。

6 因為有沉重的行李，所以搭了計程車。

7 午休時間是十二點到一點。

8 明年想要有長休假。

9 星期一到星期五工作。

10 星期五來了一位新的女老師。

32 單字測驗考古題 標音

▶ p.73

1 我的父親是英文老師。

2 山田先生的母親在百貨公司買了包包。

3 今天是星期一，所以明天是星期二。

4 想喝冰水。

5 公車和計程車哪一個比較快？

6 時鐘下面貼著月曆。

7 我背了八個日文單字。

8 我和哥哥上同一所學校。

9 昨天睡覺前淋浴了。

10 這雙襪子太小，腳穿不進去。

33 單字測驗考古題 標音

▶ p.74

1 昨天在百貨公司買了手帕。

2 請從那個店轉角處左轉。

3 明天去百貨公司買時鐘。

4 村莊的南邊綠意盎然。

5 這裡請寫公司名稱。

6 明天下午一點在茶店裡見面吧。

7 明天父母親要從北海道來。

8 那個男生昨天來過這裡。

9 山田先生的父親很忙，連星期日都要去公司。

10 我的小狗腿是白色的。

34 單字測驗考古題 標音

▶ p.75

1 早上九點半見面吧。

2 天氣不好，所以不能在外運動。

3 計程車比公車快。

4 東邊天空很漂亮。

5 在百貨公司買了新相機。

6 請珍惜用水。
7 我用收音機聽音樂。
8 請在那個店轉角處右轉。
9 那裡有一個男人。
10 我想爬世界最高的山。

35 單字測驗考古題 **標音**

▶ p.79

1 我和大十歲的人成為朋友了。
2 那艘船前往美國。
3 星期三下午一點開始有會議。
4 每天喝酒對身體不好。
5 若辭職，我想要重新上大學。
6 我們村莊引進電了。
7 右邊的小時鐘是一千日圓。
8 從餐廳出來走了兩小時左右。
9 不走在後面，請來旁邊。
10 就算很冷也請把手從口袋拿出來。

36 單字測驗考古題 **標音**

▶ p.80

1 請往南方走一百公尺左右。
2 報紙的字體太小，看不到。
3 車後面有小孩。
4 冬天穿裙子會冷。
5 桌上放著食物。
6 這個月和朋友去海邊。
7 長時間搭了電車。
8 我要倒果汁，請幫我拿著杯子。
9 洗了髒掉的手帕。
10 不要用鉛筆寫，請用原子筆。

37 單字測驗考古題 **標音**

▶ p.81

1 下雨的日子，在公寓的房間裡聽音樂。
2 去年東邊的城鎮經常下雨。
3 日本在中國的東邊。
4 約定下週星期二下午三點見面。
5 使用廣播學英文。
6 有這週星期三的報紙嗎？
7 這幅畫稍微往上掛，看得比較清楚。
8 弟弟個子大，但非常柔弱。
9 那個相機有點貴。
10 我的妹妹在圖書館工作。

38 單字測驗考古題 **標音**

▶ p.82

1 父親的生日，我送了領帶。
2 星期六和小孩在游泳池游泳。
3 玄關前面放著行李。
4 下課後去看電影吧。
5 昨天下午在房間讀了雜誌。
6 想開山田先生的車去兜風。
7 請問鉛筆和筆記本放進包包了嗎？
8 東邊的天空變明亮了。
9 和老師說了要去哪一所大學。
10 我在中野的醫院出生。

39 單字測驗考古題 **標音**

▶ p.83

1 星期三在學校吃便當。
2 搭計程車到車站大概要一千日圓。
3 美國的北邊是加拿大。
4 門右邊有電燈開關。
5 星期六前一天的星期五夜晚最美好。
6 好想再次見到過世的母親。
7 他和她每天見面。
8 下個會議是下個月六號。
9 兒子明年四月上大學。
10 出去之前請不要忘記鎖門。

問題 3　文脈解讀

問題 3　(　　) 中該填上什麼字？請在 1、2、3、4 中選出最適合的答案。

40 單字測驗考古題 **文脈解讀**

▶ p.88

1 搭電車到公司要花一小時。
2 去年到北海道旅行了。
3 請在下個轉角處右轉。
4 在學校跟朋友拍照了。
5 今天的風很強。
6 昨晚讀了三本雜誌。
7 耳朵痛，所以去醫院。
8 手錶忘記在家裡，所以不知道時間。
9 店家晚上十點關。
10 房間黑暗，所以開了燈。

41 單字測驗考古題 **文脈解讀**

▶ p.89

1 昨天拍了家庭照。
2 請往左轉。

3 昨天打了備用鑰匙。
4 那個孩子穿著紅色鞋子。
5 天氣好，所以心情好。
6 爺爺快要九十歲，但非常健康。
7 這封信想寄到首爾，要多少錢？
8 我收到朋友給的兩張照片。
9 散步後洗澡。
10 走了很多路，所以非常疲憊。

42 單字測驗考古題 **文脈解讀**

▶ p.90

1 打掃廚房花了三小時。
2 請做完功課再看電視。
3 吃完飯刷牙。
4 便宜但很穩固的書桌。
5 拿出口袋裡所有東西了。
6 暑假每天都在游泳池游泳。
7 提著沈重的包包走到公司了。
8 冬天的白天比夏天短。
9 昨天下很多雪，所以電車和公車都不能運行。
10 那個女人戴著帽子。

43 單字測驗考古題 **文脈解讀**

▶ p.91

1 一到十二月，就吹起冷冷的北風吹過來。
2 我們家有五隻貓咪。
3 每天下雨，真討厭。
4 弟弟入學祝賀禮，我送了英文字典。
5 每天早上洗完澡吃飯。
6 昨天喝了兩杯紅茶。
7 討厭沈重的包包，沒有更輕一點的嗎？
8 請這條路直直走。
9 今天很冷耶，下著雪。
10 每天早上三十分鐘在家附近散步。

44 單字測驗考古題 **文脈解讀**

▶ p.92

1 山本先生寫字很好看。
2 不搭電梯，走樓梯對身體好。
3 這個餅乾加了很多糖。
4 二樓窗戶前有大樹，很礙眼。
5 吃完飯後一定要刷牙。
6 每天早上讀報紙。
7 很熱，請開門和窗戶。
8 我出生於東京。
9 走了很遠，所以腳很痛。
10 我向石原小姐學日語。

45 單字測驗考古題 **文脈解讀**

▶ p.93

1 田中先生戴著紅色帽子。
2 請用這個刀子切火腿。
3 手錶忘記在家裡，所以不知道時間。
4 從車站走到學校三分鐘，很方便。
5 暑假每天在大學的游泳池游泳。
6 如果有不懂的話，請提出問題。
7 很熱，開窗戶吧。
8 背日文字，花了一個月。
9 給正在哭的孩子甜的餅乾。
10 吹著溫暖的風。

46 單字測驗考古題 **文脈解讀**

▶ p.94

1 山田先生，總有一天再見面吧。
2 我們家公寓沒有電梯。
3 有一點貴，請給我比較便宜的。
4 頭痛吃了藥。
5 我想在化妝室旁放洗衣機。
6 不知道路，所以有點困擾。
7 想要到日本各地旅行。
8 這間教室很熱，開冷氣吧。
9 看著小字，眼睛很疲倦。
10 李先生每天運動，所以身體很結實。

47 單字測驗考古題 **文脈解讀**

▶ p.99

1 那個穿短裙的人是誰？
2 今天風非常強。
3 早上起床洗臉。
4 很黑耶，開電燈吧。
5 Ａ：這個相機多少錢？
Ｂ：五萬日圓。
6 醫院旁邊有茶店。
7 書桌上有兩本雜誌。
8 很冷，請關窗戶。
9 2018 年結了婚，現在有兩個小孩。
10 山下先生彈吉他很熟練。

48 單字測驗考古題 **文脈解讀**

▶ p.100

1 初次見面，請多指教。
2 從這裡到學校是兩公里。
3 請在信封上貼郵票。
4 這個蔬菜非常好吃。
5 這裡到車站很近，所以走路去吧。

6 電影票有兩張，要一起去嗎？
7 教室在十樓，我坐電梯。
8 椅子請排成圓形。
9 時間漸漸消逝。
10 昨天游了三百公尺。

49 單字測驗考古題 **文脈解讀**

▶p.101

1 A：旅行如何？
B：非常開心。
2 切起司排放在盤子上。
3 請畫出這裡到車站的地圖。
4 要拍照，大家請排站好。
5 山田先生戴著紅色的帽子。
6 田中先生的夫人年輕又漂亮。
7 我的身體健康，不太會感冒。
8 玄關前停了一台腳踏車。
9 很危險，請不要爬樹。
10 早上打掃了，所以房間很乾淨。

50 單字測驗考古題 **文脈解讀**

▶p.102

1 母親做的咖哩不怎麼辣。
2 A：我打掃嗎？
B：好，拜託了。
3 傍晚為止，我和弟弟在公園一起玩。
4 昨晚在朋友家。
5 車站的人們正在上下車。
6 不懂的請馬上提問。
7 大致上用走的，但偶爾會搭電車。
8 吃很多了，但一下又餓了。
9 我的公寓有兩個房間。
10 這裡正在下雪。

51 單字測驗考古題 **文脈解讀**

▶p.103

1 晚上刷牙後睡覺。
2 下課後到圖書館還書了。
3 晚餐做肉類料理。
4 很多鳥飛在天空。
5 麵包用刀切小塊了。
6 請再說慢一點。
7 A：有兄弟姊妹嗎？
B：有，一位哥哥。
8 已經喝了很多酒，現在不要了。
9 這個英文字典又厚又重。
10 教室很冷，開暖氣吧。

52 單字測驗考古題 **文脈解讀**

▶p.104

1 A：派出所在哪裡？
B：這條路直直走，就在那裡。
2 這咖啡放了很多砂糖很甜。
3 今天吹著強風。
4 我想要新的相機。
5 今天百貨公司很擁擠。
6 今天讀了雜誌十頁。
7 吃完飯後，說了「吃飽了。」
8 昨天下雨，雨傘忘在電車上，很困擾。
9 過馬路的時候注意車子。
10 感冒頭痛。

53 單字測驗考古題 **文脈解讀**

▶p.105

1 我想爬上富士山。
2 每天早上在公園散步。
3 雖然喜歡畫畫，但畫不好。
4 茶和咖啡，你喜歡哪一個？
5 想要有慢慢讀報紙的時間。
6 明天再一起玩吧。
7 這個是很重要的筆記，不要弄丟了。
8 A：昨天非常謝謝你。
B：哪裡，不客氣。
9 我唱歌不好聽，但喜歡歌曲。
10 鈴木先生戴著眼鏡。

54 單字測驗考古題 **文脈解讀**

▶p.106

1 離開家裡的時候關電燈。
2 下個轉角處轉過去第三間就是我們家。
3 房間裡請不要抽煙。
4 書桌上有三塊橡皮擦。
5 去年今天做了什麼還記得嗎？
6 用英文寫了一封長信。
7 我都在十點睡覺，六點起床。
8 A：明天下午一點如何？
B：好的，可以。
9 年輕時去各種國家旅行是一件好事。
10 陽光強烈，請戴著帽子。

55 單字測驗考古題 **文脈解讀**

▶p.110

1 在圖書館安靜讀書吧。
2 過那座橋去醫院。
3 我喜歡的運動是滑雪。

4 田中先生通常洗完澡就馬上睡覺。
5 日語剛開始很簡單，會越來越難。
6 我昨晚給朋友寫信。
7 我想去日本學日語。
8 行李請放這裡。

56 單字測驗考古題 文脈解讀

▶p.111

1 打完領帶，去公司。
2 我的房間在二樓。
3 休息日都在家彈吉他。
4 從家裡到公司開車要花二十分鐘。
5 狗是動物。
6 在車站搭電車。
7 我晚上總是早睡。
8 我喜歡的飲料是紅茶。

57 單字測驗考古題 文脈解讀

▶p.112

1 前年夏天，今年夏天都非常熱。
2 山田先生個子高。
3 我昨晚打電話給朋友。
4 昨天拍了家庭照。
5 我都邊聽廣播邊讀書。
6 我感冒吃藥了。
7 電影院前面有很多店家。
8 一週散步三次。

58 單字測驗考古題 文脈解讀

▶p.113

1 不要用髒手吃飯。
2 夏天，我每天去游泳池游泳。
3 進澡池洗身體。
4 書櫃的書排列放好了。
5 Ａ：請拿那邊的鹽巴給我。
Ｂ：來，請用。
6 不好意思，請拿那個盤子給我。
7 山田先生讀完書後，成為優秀的老師了。
8 第一次搭這麼大的飛機。

問題 4 相似詞替換

問題 4 下列有與 ____ 意思相似的文句。請在 1、2、3、4 中選出最適合的答案。

59 單字測驗考古題 相似詞替換

▶p.119

1 這本書很有名。
1 大家都知道這本書。
2 大家都不知道這本書。
3 大家都喜歡這本書。
4 大家都討厭這本書。
2 這是冰箱。
1 把雨傘放進這裡。
2 把汽車放進這裡。
3 把果汁放進這裡。
4 把西裝放進這裡。
3 我喜歡水果。
1 我喜歡狗和貓。
2 我喜歡壽司和炸物。
3 我喜歡棒球和足球。
4 我喜歡蘋果和香蕉。
4 史密斯先生教山田先生英文。
1 山田先生展現英文給史密斯先生看。
2 史密斯先生展現英文給山田先生看。
3 山田先生向史密斯先生學英文。
4 史密斯先生向山田先生學英文。
5 星期日很閒。
1 星期日不忙。
2 星期日很忙。
3 星期日不吵。
4 星期日很吵。

60 單字測驗考古題 相似詞替換

▶p.120

1 明天外出。
1 明天在家。
2 明天不在家。
3 明天回家。
4 明天不回家。
2 這本書很無趣。
1 這本書不薄。
2 這本書不輕。
3 這本書不有趣。
4 這本書不難。
3 那裡是郵局。
1 那裡賣上衣和褲子。
2 那裡賣郵票和明信片。
3 那裡賣書桌和椅子。
4 那裡賣咖啡和蛋糕。

4 鈴木先生早上吃水果。
1 鈴木先生早上吃麵包。
2 鈴木先生早上吃蘋果。
3 鈴木先生早上吃飯。
4 鈴木先生早上吃蛋糕。
5 這個教室很吵。
1 這個教室不安靜。
2 這個教室很安靜。
3 這個教室不乾淨。
4 這個教室很乾淨。

61 單字測驗考古題 **相似詞替換**

▶p.121

1 想去洗手間。
1 想去百貨公司。
2 想去派對。
3 想去化妝室。
4 想去超市。
2 和前輩去了茶店。
1 和前輩去喝咖啡了。
2 和前輩去買郵票了。
3 和前輩去打網球了。
4 和前輩去吃飯了。
3 房間不髒。
1 房間很安靜。
2 房間很明亮。
3 房間很暗。
4 房間很乾淨。
4 今天早上洗衣服了。
1 今天早上刷牙了。
2 今天早上擦皮鞋了。
3 今天早上洗車了。
4 今天早上洗衣服了。
5 父親在這裡就職。
1 父親在這裡等。
2 父親在這裡工作。
3 父親在這裡休息。
4 父親在這裡吃飯。

62 單字測驗考古題 **相似詞替換**

▶p.122

1 包包很輕。
1 包包不便宜。
2 包包不髒。
3 包包不貴。
4 包包不重。
2 飲料在哪裡？
1 明信片和郵票在哪裡？
2 咖啡和牛奶在哪裡？
3 報紙和雜誌在哪裡？
4 皮鞋和拖鞋在哪裡？
3 昨晚散步一小時。
1 昨晚走了一小時。
2 昨晚睡了一小時。
3 昨晚工作一小時。
4 昨晚休息一小時。
4 今天是四號。學校從後天開始放假。
1 從八號開始放假。
2 從五號開始放假。
3 從六號開始放假。
4 從七號開始放假。
5 李先生喜歡動物。
1 李先生喜歡貓咪和狗。
2 李先生喜歡梨子和蘋果。
3 李先生喜歡壽司和炸物。
4 李先生喜歡咖啡和紅茶。

63 單字測驗考古題 **相似詞替換**

▶p.129

1 前年孩子出生了。
1 兩年前孩子出生了。
2 一年前孩子出生了。
3 兩天前孩子出生了。
4 一天前孩子出生了。
2 我字寫不好。
1 我字寫得不圓潤。
2 我字寫不大。
3 我不喜歡寫字。
4 我不太會寫字。
3 公園有警察。
1 公園有醫生。
2 公園有夫人。
3 公園有哥哥。
4 公園有警察。
4 今天是九號。
1 昨天是四號。
2 昨天是八號。
3 昨天是五號。
4 昨天是二十號。
5 一朗先生和花子小姐是兄妹。
1 一朗先生是花子小姐的父親。
2 一朗先生是花子小姐的叔叔。
3 一朗先生是花子小姐的哥哥。
4 一朗先生是花子小姐的爺爺。

64 單字測驗考古題 相似詞替換

▶ p.130

1 昨晚打電話給田中先生。
1 前天早上打電話給田中先生。
2 前天晚上打電話給田中先生。
3 昨天早上打電話給田中先生。
4 昨天晚上打電話給田中先生。

2 我在圖書館就職。
1 我在圖書館休息。
2 我在圖書館工作。
3 我在圖書館等待。
4 我在圖書館讀書。

3 今天是五號。
1 昨天是八號。
2 昨天是四號。
3 昨天是二十號。
4 昨天是九號。

4 這裡是廚房。
1 這裡是做料理的地方。
2 這裡是購物的地方。
3 這裡是睡覺的地方。
4 這裡是游泳的地方。

5 我拜託山田先生影印。
1 「山田先生，請不要影印這個。」
2 「山田先生，要影印這個嗎？」
3 「山田先生，這個影印了嗎？」
4 「山田先生，請幫我影印這個。」

65 單字測驗考古題 相似詞替換

▶ p.131

1 星期日的公園很熱鬧。
1 星期日的公園很乾淨。
2 星期日的公園很安靜。
3 星期日的公園人很少。
4 星期日的公園很多人。

2 舅舅六十五歲。
1 母親的哥哥六十五歲。
2 母親的姊姊六十五歲。
3 母親的父親六十五歲。
4 母親的母親六十五歲。

3 山田先生很會寫字。
1 山田先生寫字不圓潤。
2 山田先生寫字不大。
3 山田先生不喜歡寫字。
4 山田先生寫字不草率。

4 夜晚很暗，請亮一點。
1 請關電燈。
2 請開電燈。
3 請不要關電燈。
4 請不要開電燈。

5 我的姊姊和鈴木先生結婚。
1 姊姊成了鈴木先生的妹妹。
2 姊姊成了鈴木先生的夫人。
3 姊姊成了鈴木先生的嬸嬸。
4 姊姊成了山田小姐的丈夫。

66 單字測驗考古題 相似詞替換

▶ p.132

1 這裡是出口。入口在那邊。
1 請往那裡出去。
2 請往那裡下去。
3 請從那裡進去。
4 請往那邊越過。

2 下台公車十二點整前後發車。
1 下台公車十二點前發車。
2 下台公車十二點半發車。
3 下台公車十二點左右發車。
4 下台公車十二點發車。

3 現在是 2021 年，後年要出國。
1 **2022** 年出國。
2 **2023** 年出國。
3 **2024** 年出國。
4 **2025** 年出國。

4 前年買房了。
1 兩年前買房了。
2 一年前買房了。
3 兩天前買房了。
4 一天前買房了。

5 請打掃。
1 請把手洗乾淨。
2 請打房間打掃乾淨。
3 請把衣服洗乾淨。
4 請把身體洗乾淨。

67 單字測驗考古題 相似詞替換

▶ p.137

1 昨天的考試不難。
1 昨天的考試不簡單。
2 昨天的考試很簡單。
3 昨天的考試不短。
4 昨天的考試很珍貴。

2 討厭這幅畫。
1 喜歡這幅畫。
2 這幅畫很漂亮。
3 不喜歡這幅畫。
4 這幅畫不漂亮。

3 查了字典。
1 知道時間了。
2 知道出口了。
3 知道電話號碼了。
4 知道單字的意思了。

4 朋友在玄關脫了鞋子。
1 朋友在床旁脫了鞋子。
2 朋友在房前脫了鞋子。
3 朋友在家門口脫了鞋子。
4 朋友在窗戶下脫了鞋子。

5 田中先生向佐藤先生借車。
1 田中先生將車給了佐藤先生。
2 佐藤先生還車給田中先生。
3 佐藤先生賣車給田中先生。
4 佐藤先生借車給田中先生。

68 單字測驗考古題 **相似詞替換**

▶ p.138

1 從包包裡拿出書和字典。
1 包包變輕了。
2 包包變重了。
3 包包變大了。
4 包包變和善了。

2 妹妹說了「晚安」。
1 妹妹現在要去睡覺。
2 妹妹現在要起床。
3 妹妹現在要出門。
4 妹妹現在要吃飯。

3 我今天開車來。
1 我今天走路來。
2 我今天搭電車來。
3 我今天開車來。
4 我今天騎腳踏車來。

4 那門開著。
1 那門沒有關著。
2 那門關著。
3 不開那門。
4 那門沒有開著。

5 這咖啡很難喝。
1 這咖啡不便宜。
2 這咖啡不好喝。
3 這咖啡不辣。
4 這咖啡泡不久。

69 單字測驗考古題 **相似詞替換**

▶ p.139

1 這是原子筆。
1 用這個寫信。
2 用這個吃飯。
3 用這個剪紙。
4 用這個聽音樂。

2 這是冰箱。
1 把皮鞋和拖鞋放進這裡。
2 把食物和飲料放進這裡。
3 把汽車和腳踏車放進這裡。
4 把裙子和褲子放進這裡。

3 在這裡賣蔬菜和水果。
1 這裡是蔬果店。
2 這裡是書店。
3 這裡是肉店。
4 這裡是花店。

4 昨晚看了電影。
1 前天早上看了電影。
2 前天晚上看了電影。
3 昨天早上看了電影。
4 昨天晚上看了電影。

5 山田先生在大學就職。
1 山田先生住在大學。
2 山田先生進入大學。
3 山田先生在大學工作。
4 山田先生在大學讀書。

70 單字測驗考古題 **相似詞替換**

▶ p.140

1 母親現在外出了。
1 母親現在出門。
2 母親現在在家。
3 母親現在不在家。
4 母親現在到家了。

2 朝子小姐和次郎先生結婚了。
1 朝子小姐成為次郎先生的小孩。
2 朝子小姐成為次郎先生的姊姊。
3 朝子小姐成為次郎先生的哥哥。
4 朝子小姐成為次郎先生的夫人。

3 明天天氣應該不錯吧。
1 明天會陰天吧。
2 明天會晴朗吧。
3 明天會下雪吧。
4 明天會下雨吧。

4 鈴木先生早上吃水果。
1 鈴木先生早上吃麵包。
2 鈴木先生早上吃蘋果。
3 鈴木先生早上吃飯。
4 鈴木先生早上吃蛋糕。

5 昨天早上很閒。
1 昨天早上到晚上很閒。
2 昨天早上到中午前很閒。
3 昨天中午到晚上很閒。
4 昨天中午到傍晚很閒。

第2章

文字・語彙 預測攻略篇

問題 1　漢字讀音

問題 1　(　　) 的單字如何改寫成平假名？
請在 1、2、3、4 中選出最適合的答案。

1　預測單字測驗 漢字讀音

▶ p.165

1 請先吃。
2 今年三月大學畢業。
3 我之後再吃。
4 在東京西邊可以看見富士山。
5 請先讀這本書。
6 在餐廳吃了一千日圓的魚料理。
7 買水過去。
8 請在第三個轉角處右轉。
9 昨天朋友來家裡。
10 摘下陽台上的花裝飾玄關。

2　預測單字測驗 漢字讀音

▶ p.166

1 每天打一次電話給母親。
2 風很冷，耳朵很痛。
3 從下面的房間傳出歌聲。
4 車裡有幾名男孩？
5 箱子裡裝著什麼東西？
6 我每天散步。
7 昨天打電話給老師。
8 這個是生日時爸爸送我的鋼筆。
9 請再說慢一點。
10 信封裡的錢有八萬日圓。

3　預測單字測驗 漢字讀音

▶ p.167

1 一分鐘是六十秒。
2 今天晚上七點見面吧。
3 白色襯衫露出褲子外。
4 每天看兩小時左右的電視。
5 今天天氣好。
6 這件裙子不長嗎？
7 蛋糕和妹妹一人分一半。
8 右邊可以看見大山。
9 健康的男孩出生了。
10 今天下午一點坐飛機去日本。

4　預測單字測驗 漢字讀音

▶ p.168

1 山上有一座大建築。
2 東京天空連夜晚都很明亮。
3 從窗戶往北邊可以看到白色的山。
4 我在日本東京出生。
5 我家又小又舊。
6 沒有錢，所以只能喝水。
7 那藍色的上衣是女孩的嗎？
8 晚餐想吃魚。
9 下雨的日子不出去外面，在家悠閒地休息。
10 山上仍然有雪。

問題 2　標音

問題 1　(　　) 的單字如何寫？
請在 1、2、3、4 中選出最適合的答案。

5　預測單字測驗 標音

▶ p.169

1 普遍男生比女生高。
2 這個月和母親去百貨公司。
3 九點在車站見面吧。
4 在電車聽著廣播去公司。
5 教室裡沒有人。
6 請往南邊走一百公尺左右。
7 請騰空時間來玩吧。
8 中餐時間到了，一起吃飯吧。
9 這村莊的東邊有大河。
10 一起張大嘴唱歌吧。

6　預測單字測驗 標音

▶ p.170

1 窗戶模糊，看不清楚外面。
2 兩年前進這家公司。
3 夏天四點，東邊天空亮起。
4 桌上有蛋糕。
5 這週走了很多路。
6 學校後面有長河。
7 到學校大概要花多久時間？
8 孩子睡了，廣播請轉小聲。
9 鈴木先生是從學生時期就很重要的朋友。
10 請帶新的水來。

7 預測單字測驗 標音

▶p.171

1 父親明年六十歲。
2 飯店餐廳價格貴。
3 路的東邊有很多植物。
4 寫信給父母親。
5 這週星期六在家休息。
6 一邊聽日語卡帶，一邊學習。
7 貓咪生了三隻小貓。
8 今天一整天下雨。
9 還沒讀這份報紙。
10 從幾歲開始學日本語？

8 預測單字測驗 標音

▶p.172

1 大車站大部分都有百貨公司。
2 在那家店買了領帶。
3 從三樓坐電梯下來。
4 時鐘下面掛著月曆。
5 請給我三百克的肉。
6 喜歡什麼運動？
7 朋友在店裡買了襯衫。
8 正在西班牙學英文。
9 請用原子筆寫。
10 廣播聲音非常大。

問題 3 文脈解讀

問題 3 （　　）的單字如何改寫成平假名？
請在 1、2、3、4 中選出最適合的答案。

9 預測單字測驗 文脈解讀

▶p.173

1 明天要去看電影嗎？
2 A：初次見面，請多指教。
　B：我才是，請多指教。
3 太忙，沒有看書的空閒。
4 請穿拖鞋。
5 今天風吹得很強。
6 走這條路去學校。
7 在山田先生的生日派對唱了歌。
8 每天晚上洗臉後睡覺。

10 預測單字測驗 文脈解讀

▶p.174

1 田中先生邊彈鋼琴邊唱歌。
2 上週看了有趣的電影。
3 有時間，但沒有錢。
4 買了三本筆記。
5 很熱的時候冰茶很好喝。
6 A：昨晚幾點睡？
　B：十點半睡。
7 這本書是從圖書館借的。
8 那家茶店的咖啡很好喝。

11 預測單字測驗 文脈解讀

▶p.175

1 鳥飛在天空。
2 這條路非常窄。
3 父親現在去買菸（了）。
4 A：飯要再來一碗嗎？
　B：沒關係（不用了）。
5 很冷，所以戴帽子出去。
6 昨天第一次看了日本電影。
7 我在紅茶裡加糖後再喝。
8 現在是十二點整。

12 預測單字測驗 文脈解讀

▶p.176

1 一個人走暗路很危險。
2 出去時關燈吧。
3 我哥在大使館工作。
4 現在是春天了，之後會逐漸變溫暖。
5 我家離車站很遠。
6 請在下個轉角處轉彎。
7 A：昨天非常謝謝。
　B：沒事，不客氣。
8 說聲「我該告辭了」，從老師房裡出來。

13 預測單字測驗 文脈解讀

▶p.177

1 請再慢慢說一次。
2 A：吃了幾顆雞蛋？
　B：吃了兩顆。
3 山下先生大概不會來派對。
4 我想要爬那座山。
5 聽不懂，請再說慢一點。
6 感冒頭痛。
7 請再說簡單一點。
8 昨天從早到晚忙著打掃和洗衣。

14 預測單字測驗 文脈解讀

▶p.178

1 茶店前面停了一台車。
2 想喝紅茶。
3 弟弟去年出生，今年一歲。
4 今天非常疲憊，回家要馬上睡覺。
5 這是我很珍惜的書。
6 各種國家的人在這裡工作。
7 大人的書對小孩來說很無聊。
8 A：這點心多少錢？
　B：這個八十日圓。

15 預測單字測驗 文脈解讀 ▶ p.179

1 這包包雖然老舊，但很耐用。
2 我有兩台腳踏車。
3 鳥用美麗的聲音鳴叫。
4 田中先生的腳踏車是新的，很漂亮。
5 今天天氣陰暗。

16 預測單字測驗 文脈解讀 ▶ p.180

1 房間人很多，很熱。
2 不懂的人請向我提問。
3 感冒，所以飯不好吃。
4 我們學校從車站走來三分鐘，很方便。
5 椅子上有貓。

17 預測單字測驗 文脈解讀 ▶ p.181

1 每天早上五點起床散步。
2 背新單字。
3 溫的咖啡很難喝所以喝不下。
4 需要兩顆雞蛋。
5 河流在學校的南邊。

18 預測單字測驗 文脈解讀 ▶ p.182

1 我家有兩隻貓咪。
2 很多人來海邊，鬧哄哄的。
3 這房間開著暖氣，很溫暖。
4 學生們在教室跟著史密斯老師學英文。
5 床旁有兩隻狗。

19 預測單字測驗 文脈解讀 ▶ p.183

1 吃太多，所以肚子痛。
2 信封上貼郵票。
3 請過那座大橋往左轉。
4 很多魚在游泳。
5 天上出現圓圓的月亮。

20 預測單字測驗 文脈解讀 ▶ p.184

1 「啊，危險！車來了。」
2 剛開始不熟悉網球，練習後就很熟練了。
3 看書的時候戴眼鏡。
4 九點了，那麼開始考試。
5 A：書桌上有幾個箱子？
  B：有三個。

問題 4　相似詞替換

問題 4　下列有與 ____ 意思相似的文句。
請在 1、2、3、4 中選出最適合的答案。

21 預測單字測驗 相似詞替換 ▶ p.185

1 六月到八月是夏天。
 1 七月是夏天。
 2 五月是夏天。
 3 九月是夏天。
 4 三月是夏天。

2 有人站在玄關。
 1 窗戶附近有人。
 2 學校走廊有人。
 3 大樓上面有人。
 4 家門口有人。

3 明天天氣開朗。
 1 明天天空變暗。
 2 明天天空變黑。
 3 明天天氣變壞。
 4 明天天氣變好。

4 今天早上到公園散步。
 1 今天早上到公園跑步。
 2 今天早上到公園走路。
 3 今天早上飛到公園。
 4 今天早上轉過公園。

5 這首歌有名。
 1 大家都忘了這首歌。
 2 大家都沒聽這首歌。
 3 大家都知道這首歌。
 4 大家都不知道這首歌。

22 預測單字測驗 相似詞替換 ▶ p.186

1 那裡是郵局。
 1 那裡賣椅子和書桌。
 2 那裡賣郵票和明信片。
 3 那裡賣茶和點心。
 4 那裡賣衣服和領帶。

2 木村先生的舅舅是那位。
 1 木村先生的母親的父親是那位。
 2 木村先生的母親的母親是那位。
 3 木村先生的母親的弟弟是那位。
 4 木村先生的母親的妹妹是那位。

3 銀行九點開門。
 1 銀行九點結束。
 2 銀行九點休息。
 3 銀行九點關門。
 4 銀行九點開始。

4 明天工作休息。
1 明天不工作。
2 明天工作。
3 明天結束工作。
4 明天不結束工作。
5 明天外出。
1 明天回家。
2 明天不回家。
3 明天在家。
4 明天不在家。

23 預測單字測驗 相似詞替換

▶ p.187

1 這盤子乾淨嗎？
1 這盤子不白嗎？
2 這盤子不髒嗎？
3 這盤子不便宜嗎？
4 這盤子不大嗎？
2 亮先生個子高。
1 亮先生很高。
2 亮先生很吵。
3 亮先生很強勢。
4 亮先生很年輕
3 昨天山田先生休息啊，為什麼？
1 山田先生在哪裡停下工作？
2 山田先生停下什麼工作？
3 山田先生為什麼停下工作？
4 山田先生停下哪一個工作？
4 這是冰箱。
1 把汽車放進這裡。
2 把明信片放進這裡。
3 把衣服放進這裡。
4 把牛奶放進這裡。
5 請借我這個筆記。
1 我想借這個筆記。
2 我想買這個筆記。
3 我想賣這個筆記。
4 我想展示這個筆記。

24 預測單字測驗 相似詞替換

▶ p.188

1 亮先生和敬子小姐是兄妹。
1 亮先生是敬子小姐的伯母。
2 亮先生是敬子小姐的奶奶。
3 亮先生是敬子小姐的父親。
4 亮先生是敬子小姐的哥哥。
2 我打電話給老師了。
1 老師打了電話給我。
2 老師打了電話給母親。
3 我和老師用電話說話。
4 母親和老師用電話說話。
3 那棟建築是銀行。
1 在那裡喝茶。
2 在那裡領錢。
3 在那裡買票。
4 在那裡洗澡。
4 今天是六號。
1 前天是五號。
2 前天是七號。
3 前天是四號。
4 前天是八號。
5 這餐廳很難吃。
1 這地方的料理不好吃。
2 這地方的料理不便宜。
3 這地方的料理好吃。
4 這地方的料理便宜。

25 預測單字測驗 相似詞替換

▶ p.189

1 這本書很無聊。
1 這本書不貴。
2 這本書不便宜。
3 這本書不有趣。
4 這本書不難。
2 前天去了圖書館。
1 前天打了電話。
2 前天借了書。
3 前天買了花。
4 前天吃了飯。
3 第一次出國。
1 不常出國。
2 還沒去過外國。
3 經常出國。
4 出國過一次。
4 請在桌上擺放六個盤子。
1 請放六個盤子。
2 請拿六個盤子。
3 請用六個盤子。
4 請遞六個盤子。
5 每天晚上跟家人通話。
1 晚上通常會跟家人通話。
2 晚上經常跟家人通話。
3 晚上偶爾跟家人通話。
4 晚上都跟家人通話。

第3章 文法攻略篇

1 核心文法測驗 001~021

▶ p.208

問題 1 （　　）中該填上什麼字？
請在 1、2、3、4 中選出最適合的答案。

1 看了很久以前日本的電影。
2 早上洗（助詞）澡了。
3 沒有錢，所以什麼都不買。
4 門（助詞）沒有開。
5 騎腳踏車去購物。
6 母親（助詞）做的三明治很好吃。
7 昨天我哪裡也沒有去。
8 昨天和誰一起回來？
9 記得這本書在哪裡買的？
10 只買了一個很貴的蛋糕。
11 希望總有一天再來日本。
12 A：今天天氣好，出去哪裡走走吧。
　B：好，去海邊吧。
13 在車站等朋友一小時左右。
14 收到家人寫給我的信。
15 郵局在西餐廳的右邊？還是左邊？
16 因為感冒，和學校請假。

問題 2 請問要在＿★＿加入什麼？
請在 1、2、3、4 中選出最適合的答案。

17 這大學有留學生嗎？（2413）
18 你知道老師何時來嗎？（3214）
19 到目前為止都搭船渡過，但有了橋，變得方便了。（4132）
20 A：寫功課了嗎？
　B：不，昨天把書忘在學校，所以寫不了。（3421）
21 A：那裡有字典嗎？
　B：不，這裡除了雜誌，其他都沒有。（1423）

問題 3 22至26該填入什麼？想一想文章的意思，
請在 1、2、3、4 中選出最適合的答案。

約翰明天要自我介紹，他寫了自我介紹的文章。
初次見面，我是約翰・史密斯，來自美國。我是日語學校的學生。我每天早上十點來學校，早上在學校學日語。下午在學校附近的西餐廳打工。我的公寓在學校旁邊，白天非常吵鬧。家人住在紐約附近，有父母和弟弟。我未來三年會在日本，大家務必請多指教。

2 核心文法測驗 001~021

▶ p.213

問題 1 （　　）中該填上什麼字？
請在 1、2、3、4 中選出最適合的答案。

1 去年因為工作出國（助詞）了。
2 學校旁（助詞）有郵局。
3 從家裡到公司三十分鐘。
4 常吃飯也常吃麵包。
5 一個人去了醫院。
6 這個耳朵（助詞）大的動物是什麼？
7 哥哥個子（助詞）高。
8 喂，抱歉，拜託轉接山下先生。
9 今天或明天，要一起吃飯嗎？
10 這附近冬（助詞）暖夏涼。
11 筆記五本（助詞）三百日圓。
12 一起去玩吧，哪裡好？
13 不知道明天會不會下雨。
14 鑰匙（助詞）遺忘在車裡了。
15 A：那個大包包是誰的？
　B：山田先生的。
16 今天天氣好，一起洗衣吧。

問題 2 請問要在＿★＿加入什麼？
請在 1、2、3、4 中選出最適合的答案。

17 A：明天也一個人來嗎？
　B：不，明天和朋友一起來。（2143）
18 在圖書館讀了三小時。但在家沒讀。（4132）
19 化妝室的清潔都是我在做。（1234）
20 A：全部丟掉了嗎？
　B：不，只丟老舊的東西。（4231）
21 A：山田先生是哪位？（4132）
　B：是那個男人。

問題 3　22 至 26 該填入什麼？想一想文章的意思，
請在 1、2、3、4 中選出最適合的答案。

下面有兩篇文章。
(1)
我今天早上早起去散步，且走了三十分鐘到達公園。那是一座安靜又乾淨的公園，狹窄的路一直延伸到小池塘前。池塘（助詞）旁邊有一個女孩一個人安靜地畫畫。
(2)
今天從早開始下雨。昨天很晴朗，一整天的天氣都很好。前天的天氣不怎麼好，從早就陰天。

3 核心文法測驗 022~052

▶ p.232

問題 1　(　　) 中該填上什麼字？
請在 1、2、3、4 中選出最適合的答案。

1 我的房間不乾淨。
2 昨天不溫暖。
3 大家都說漢字測驗很難。
4 那棟大樓沒有電梯，所以很不方便。
5 不要用原子筆，用鉛筆寫。
6 昨天天氣很好。
7 在這個城鎮裡，最繁華的地方就是這附近。
8 這個鞋子很耐穿，非常好。
9 我想要有更小的錄音機。
10 早上很忙，所以沒有讀報紙。
11 買了兩個很牢固的鑰匙。
12 昨晚六點回家做了晚飯。
13 那邊的書桌上放著一隻原子筆。
14 運動很開心，也對身體好。
15 A：要再來一杯咖啡嗎？
B：不，沒關係。杯裡還有。
16 A：常看電視嗎？
B：這個嘛，沒有每天看。

問題 2　請問要在 ★ 加入什麼？
請在 1、2、3、4 中選出最適合的答案。

17 山田：克里斯先生，第一次到日本料理餐廳嗎？
克里斯：不，不是第一次。雖然忘記名字了，但上週有去過。(2413)
18 請不要開窗戶，因為今天風很強。(1342)
19 你現在有錢嗎？(4123)
20 大字典是朋友的，小字典是我的。(1432)
21 A：瑪莉小姐的雨傘是哪一支？
B：是那個，紅色的那支。(3124)

問題 3　22 至 26 該填入什麼？想一想文章的意思，
請在 1、2、3、4 中選出最適合的答案。

下面有兩篇文章
(1)
我喜歡音樂，但不喜歡聽不是自己選的歌。不想在捷運、公車或茶店裡聽到不喜歡的音樂。
(2)
我去學校（助詞）的時候總是騎腳踏車從家裡到車站。上週星期一晚上下雨，所以從車站走路回家。隔天雖然晴朗，但腳踏車還在車站，所以從家搭公車去車站。

4 核心文法測驗 022~052

▶ p.237

問題 1　(　　) 中該填上什麼字？
請在 1、2、3、4 中選出最適合的答案。

1 孩子們很熟練地唱著歌。
2 窗戶全部開著。
3 昨天天氣不好。
4 前天下雨，而昨天下雪。
5 這條路很暗，很危險。
6 飯店的房間不安靜。
7 昨天考試考得不錯。
8 那個蛋糕不好吃。
9 A：要買哪條領帶？
B：我要買這個紅色的。
10 昨天教室的燈有關嗎？
11 母親給我和姊姊娃娃。
12 我想在安靜的地方租公寓。
13 這個料理不怎麼辣。
14 昨天沒有人來。
15 公園的花非常漂亮。
16 A：要不要來我們家玩？
B：好，我去。

問題 2　請問要在 ★ 加入什麼？
請在 1、2、3、4 中選出最適合的答案。

17 請給我看更便宜一點的。(4123)
18 哥哥的新相機很小又輕。(3124)
19 旁邊建了高樓，我的房間變暗了。(2413)
20 這個房間很暗耶，一個燈都沒開。(1432)
21 安靜的公園因孩子的聲音變得熱鬧 (3241)

問題 3　22至26該填入什麼？想一想文章的意思，
請在 1、2、3、4 中選出最適合的答案。

下面有兩篇文章。
(1)
我是大學生，一個人住在公寓，每天打工。雖然在外面吃飯，但想喝冷飲，所以經常去便利商店。便利商店就在附近，所以房間沒有冰箱。也一起買讀書的用具。
(2)
我在餐廳打工。餐廳寬闊又乾淨。昨天是星期日，很多人來，所以非常忙碌。這餐廳的咖哩非常有名。餐廳從早上七點到晚上十二點，但我的打工時間是下午一點到五點。

5 核心文法測驗 053~080

▶ p.249

問題 1　(　　) 中該填上什麼字？
請在 1、2、3、4 中選出最適合的答案。

1 昨天散步和做了料理。
2 不知道昨天見到的人的名字。
3 去購物的時候搭公車。
4 很貴耶，請再便宜一點。
5 影印了很多，所以沒什麼紙了。
6 山田先生大概歌唱得很好。
7 睡覺前請刷牙。
8 今年夏天想在海邊游泳。
9 這裡是你們的房間。
10 這隻狗叫什麼名字？
11 我沒有字典，你的字典可以借給我嗎？
12 一整天工作，所以累了。
13 香蕉分一半，一起吃吧。
14 昨天打掃完後，洗了衣服。
15 十二點了，中餐時間。
16 A：學片假名了嗎？
B：不，還沒。

問題 2　請問要在 ★ 加入什麼？
請在 1、2、3、4 中選出最適合的答案。

17 請也給我冷飲。（4123）
18 明天山田先生要見面的人是誰？（3142）
19 出現商店和銀行，變得熱鬧了。（1234）
20 請帶字典到教室來。（3241）
21 A：肚子餓了呢。
B：是啊，要進去那家餐廳嗎？（3412）
A：啊，是日本料理餐廳呀。好啊，進去吧。

問題 3　22至26該填入什麼？想一想文章的意思，
請在 1、2、3、4 中選出最適合的答案。

下面有兩篇文章。
(1)
今天一整天下雨，但明天會放晴。從明天開始天氣漸漸轉好，星期六會是好天氣。
(2)
星期日早上沒有下雨的時候通常會去附近公園散步。散步都在早餐前去。早餐吃完後，打掃或洗衣服。下午偶爾會去新宿購物。不去購物的時候，則看電視。不過，如果有不錯的電影時，會去看電影。晚上，如果星期一有考試，讀書到十點左右，沒有考試的話就去朋友家玩。

6 核心文法測驗 053~080

▶ p.254

問題 1　(　　) 中該填上什麼字？
請在 1、2、3、4 中選出最適合的答案。

1 邊聽 CD 邊讀書。
2 喜歡上壽司了。
3 請不要大聲說話。
4 家人出去後打掃房間。
5 變冷了，所以需要毛衣。
6 去旅行之前，買了包包。
7 我從隔壁鎮走到這裡花了三小時左右。
8 A：星期六要不要去看電影？
B：好，去吧。
9 不懂的時候問老師。
10 今天早上九點左右出家門。
11 您好，請給我香蕉（助詞）。
12 正在考試，請安靜。
13 學生：對不起，老師請借我書。
老師：嗯，好。
學生：謝謝老師，明天還給您。
14 太忙，沒時間吃飯。
15 A：商店還沒開耶。
B：是啊，但馬上就開了。
16 A：雨還在下嗎？
B：不，現在雨停了。

問題 2　請問要在＿★＿加入什麼？
請在 1、2、3、4 中選出最適合的答案。

17 上午在家，但下午出去。（1432）
18 這是我做的點心，請享用。（2134）
19 去公司前，去了銀行。（4231）
20 那個人每天早上把公園清乾淨。（3412）
21 A：現在去鈴木先生家嗎？
　B：不，打了電話後再去。（4123）

問題 3　22至26該填入什麼？想一想文章的意思，
請在 1、2、3、4 中選出最適合的答案。

下面有兩篇文章。
（1）
李先生把書忘在公車上。那本書是非常重要的書。李先生每天用那本書學日語，所以李先生的日語很好。李先生用日語跟日本人說話。
（2）
田中先生把包包忘在捷運上。那個包包是方形的黑色包包。車站有一樣的包包，田中先生把那個包包帶回家了。但是這個包包不是田中先生的包包。

7　核心文法測驗 081~100　▶ p.268

問題 1　（　）中該填上什麼字？
請在 1、2、3、4 中選出最適合的答案。

1 A：妹妹幾歲？
　B：十九歲。
2 那裡有一位女性。
3 A：昨天跑了多少？
　B：跑了五公里。
4 A：日本的飯如何？
　B：好吃。
5 派出所右邊有售票處，請去那裡買票。
6 A：想去哪裡？
　B：想去海邊附近。
7 不好意思，請問化妝室在哪裡？
8 A：昨天看的電影很有趣。
　B：那是什麼電影？
9 A：想要吃什麼？
　B：想吃日本料理。
10 A：鈴木先生是誰？
　B：是那個人。
11 A：那個人是什麼人？
　B：是我的弟弟。
12 A：那是哪一個國家的郵票？
　B：是日本的。
13 A：那是什麼？
　B：這是日本的點心。
14 A：田中先生的筆記是哪一個？
　B：那個小的。
15 A：怎麼請假了？
　B：因為不舒服。
16 A：這照片何時拍的？
　B：上週拍的。

問題 2　請問要在＿★＿加入什麼？
請在 1、2、3、4 中選出最適合的答案。

17 A：昨天（看的）電影如何？（2341）
　B：很有趣。
18 A：這張床大概多少？（2134）
　B：大概七萬日圓。
19 我想要的地圖到處都沒有。（2413）
20 A：吃了幾顆橘子？（1324）
　B：吃了三顆。
21 A：那位是誰？（4312）
　B：是佐藤先生。

問題 3　22至26該填入什麼？想一想文章的意思，
請在 1、2、3、4 中選出最適合的答案。

下面有兩篇文章。
（1）
學校庭園有很多孩子（助詞），男孩女孩都有。孩子們旁邊還有狗。
（2）
這裡有圓桌，咖啡色的桌子。桌子上面有漂亮的花，有白花，也有紅花。花的旁邊有綠色蘋果，有大蘋果，也有小蘋果。此外，還有杯子、盤子和刀。
這裡有書櫃，書櫃裡有很多書，有厚的書，也有薄的書。

8 核心文法測驗 081~100

▶p.273

問題 1 （　）中該填上什麼字？
請在 1、2、3、4 中選出最適合的答案。

1 A：請進。
B：那，打擾了。
2 A：初次見面，請多多指教。
B：我才是。
3 A：咖啡如何？
B：好，麻煩了（我要喝）。
4 A：（抱歉）來晚了。
B：不會，沒關係。
5 A：會議室在四樓吧。
B：不，不是，是在五樓。
6 A：今天很開心。
B：我也是，那，再見。
7 A：作業交了嗎？
B：不，昨天有作業？我不知道。
8 A：昨天忘了帶皮夾，很困擾。
B：是喔？辛苦了。
9 請拿三張紙給我。
10 A：您是外國人嗎？
B：對，是的。
11 山田：田中先生，請關電視。
田中：好，知道了。
12 A：今天是星期二吧？
B：不，是星期三啊。
13 A：謝謝了。
B：不客氣。
14 A：可以幫我看這個嗎？
B：好啊，可以。
15 A：不好意思，請拿鹽給我。
B：好，在這裡。
16 A：下個電影幾點開始？
B：一點開始。

問題 2 請問要在 ★ 加入什麼？
請在 1、2、3、4 中選出最適合的答案。

17 真熱，想喝冰冷的果汁。（4123）
18 A：你知道郵局的電話號碼嗎？（2314）
B：不，不知道。
19 書桌上有五本書。（3241）
20 A：謝謝你給我點心。（4132）
B：不客氣。
21 A：今天該走了。謝謝。（2143）
B：是喔？那，歡迎再來。

問題 3 22至26該填入什麼？想一想文章的意思，
請在 1、2、3、4 中選出最適合的答案。

瑪莉亞小姐在鞋店跟店員說話。

瑪莉亞：請拿那雙紅色皮鞋給我看。
店　員：好，在這裡。
瑪莉亞：很輕，不錯喔。不過有點小，請問有更大一點的嗎？
店　員：對不起，大的只有這個藍色的，紅色的沒了。
瑪莉亞：是喔？啊，藍色的也不錯。
店　員：那，請穿看看。
瑪莉亞：啊，這個剛剛好，想要爬山（助詞）的時候穿……
店　員：這雙鞋非常耐用，沒問題。
瑪莉亞：那，我要這個。
店　員：謝謝。

第4章 讀解攻略篇

短篇文章 1 ① 2 ① 3 ④ 4 ④ 5 ③ 6 ③ 7 ③ 8 ② 9 ② 10 ④ 11 ③ 12 ③ 13 ① 14 ① 15 ④

中篇文章 1 ① 2 ④ 3 ② 4 ③ 5 ① 6 ② 7 ③ 8 ① 9 ③ 10 ② 11 ① 12 ③ 13 ③ 14 ④ 15 ③ 16 ② 17 ④ 18 ① 19 ④ 20 ① 21 ② 22 ④

資訊搜尋 1 ② 2 ③ 3 ④ 4 ② 5 ③ 6 ④ 7 ① 8 ③ 9 ④ 10 ③

問題 4　內容理解 - 短篇文章

▶ p.285

問題 4　請閱覽下列文章後回答問題。請在 1、2、3、4 中選出最適合的答案。

短篇文章 1

譯文

這是老師給學生的通知。

這是關於郊遊的公告。十二號的郊遊因正在靠近的颱風十三號，變更為十四號。因此，十二號在學校上課，大家十二號請做好上課準備。郊遊是十四號，請不要記錯了。

單字 **これ** 這個｜**先生(せんせい)** 老師｜**～から** 從～；因為～｜**学生(がくせい)** 學生｜**～への** 給～的｜**お知(し)らせ** 公告；通知｜**えんそく** 郊遊｜**現在(げんざい)** 現在｜**近(ちか)づく** 靠近｜**～てくる** 做～來｜**～ている** 正在～｜**台風(たいふう)** 颱風｜**～号(ごう)** ～號｜**～のため** 因為～｜**変(か)わる** 改變；變更｜**そのため** 因此｜**学校(がっこう)** 學校｜**授業(じゅぎょう)** 上課｜**行(おこな)う** 實行｜**みなさん** 大家｜**準備(じゅんび)** 準備｜**する** 做｜**～てください** 請～｜**行(い)く** 去｜**～の** ～的東西｜**～ので** 因為～｜**まちがえる** 弄錯｜**～ないようにする** 盡量不～｜**～ましょう** ～吧｜**どうして** 為什麼｜**中止(ちゅうし)になる** 中斷

1　十二號的郊遊為什麼中斷？

1　因為颱風來。
2　因為上課。
3　因為準備郊遊。
4　因為準備上課。

說明　題目詢問十二號的郊遊為什麼會中斷，公告上寫「十二號的郊遊因為正在靠近的颱風十三號，變更為十四號。」故正確答案為選項 1。

短篇文章 2

譯文

我今天去買三個月前預訂好的新手機。妹妹比我晚預訂，不能一起買，但她說想要看新手機，所以一起去了。門市除了手機，也有新電腦。總有一天，我也想買電腦。

單字 **きょう** 今天｜**～か月前**（げつまえ） ～個月前｜**～から** 從～｜**予約をする**（よやく） 預訂｜**新しい**（あたら） 新的｜**スマホ** 手機（スマートホン）｜**買う**（か） 買｜**～に行く**（い） ～去｜**妹**（いもうと） 妹妹｜**～よりも** 比～｜**遅く**（おそ） 晚｜**一緒に**（いっしょ） 一起｜**買える**（か） 可以買｜**見る**（み） 看見｜**～てみる** 試～｜**～たい** 想要～｜**ストア** 商店；門市｜**ほか** 之外｜**パソコン** 電腦｜**いつか** 總有一天

2 「我」今天做了什麼？

1 去買我的手機。
2 去買妹妹的手機。
3 去買我的電腦。
4 去買妹妹的電腦。

說明 題目詢問我做的事情。因第一句「去買三個月前預訂的新手機。」故正確答案為選項 **1**。

短篇文章 3

譯文

田中先生收到郵件。

明天的會議從 301 室改為 304 室。
302 和 303 室有別的會議，不要搞錯了。

單字 **メール** 郵件｜**くる** 來｜**あした** 明天｜**会議**（かいぎ） 會議｜**～ですが** （關於～）｜**部屋**（へや） 室｜**～から** 在～｜**～や** ～和｜**～でも** 在～也｜**別の**（べつ） 別的｜**ある** 有｜**～ないでください** 請不要～｜**どの** 哪個｜**～で** 在～

3 請問會議在哪一間？

1 301 室
2 302 室
3 303 室
4 304 室

說明 題目詢問明天會議的房間，因郵件「明天的會議從 **301** 室改為 **304** 室」，故正確答案為選項 **4**。

短篇文章 4

譯文

這是老師寄給約翰的郵件。

約翰先生
這週工作很忙，週六週日也都要工作。
請下週星期二來。

單字 **先生**(せんせい) 老師｜**送る**(おくる) 寄送｜**メール** 電子郵件｜**今週**(こんしゅう) 這週｜**仕事**(しごと) 工作｜**いそがしい** 忙碌｜**土よう日**(どようび) 星期六｜**～も** 也～｜**日よう日**(にちようび) 星期日｜**する** 做｜**来週**(らいしゅう) 下週｜**火よう日**(かようび) 星期二｜**来る**(くる) 來｜**～てください** 請～｜**いつ** 何時｜**時間**(じかん) 時間

4 老師何時有時間？

1 這週
2 星期六
3 星期日
4 下週星期二

說明 題目詢問老師何時有時間。老師說這週很忙，星期六和日都要工作，故正確答案為選項 **4**「下週星期二」。

短篇文章 5

譯文

今天是九月十五日，昨天是安娜小姐的生日。
我們在安娜小姐的公寓吃完飯後一起玩遊戲。非常開心。

單字 **きょう** 今天｜**きのう** 昨天｜**たんじょうび** 生日｜**わたしたち** 我們｜**アパート** 公寓｜**ごはん** 飯｜**食べる**(たべる) 吃｜**～てから** ～做完之後｜**ゲーム** 遊戲｜**遊ぶ**(あそぶ) 玩｜**とても** 非常｜**たのしい** 開心｜**あした** 明天｜**なんにち** 幾日

5 明天是幾日？

1 九月十四日
2 九月十五日
3 九月十六日
4 九月十七日

說明 題目詢問明天是幾月幾日。文章裡說到今天是九月十五日，故明天是「九月十六日」，正確答案為選項 **3**。

短篇文章 6

譯文

馬上要四月了。四月有高中的入學典禮。
雖然要跟國中的朋友分離有點難過，但也會有新朋友，所以很期待。交到朋友之後，我想一起去遊樂園玩。

單字 **もうすぐ** 很快就要｜**高校** 高中｜**入学式** 入學典禮｜**中学校** 國中｜**友だち** 朋友｜**わかれる** 分離｜**少し** 有點｜**さびしい** 寂寞｜**～が** 不過～｜**あたらしい** 新的｜**できる** 產生｜**楽しみ** 期待｜**～たら** 如果～｜**いっしょに** 一起｜**ゆうえんち** 遊樂園｜**～に行く** 去做～｜**～たい** 想要～｜**ぶん** 文章｜**～について** 關於～｜**ただしい** 正確的｜**どれ** 哪一個｜**卒業式** 畢業典禮

6 關於文章，哪一個是正確的？

1 和朋友一起去遊樂園玩了。
2 有很多新朋友了。
3 四月有高中入學典禮。
4 四月有國中畢業典禮。

說明 這是一道掌握全篇內文的題目，選項 **1**「和朋友一起去遊樂園玩了。」但本文是說想要和朋友一起去，故為錯誤。選項 **2**「有很多新朋友了。」但還沒入學高中，故為錯誤。選項 **3**「四月有高中入學典禮。」為正確答案。選項 **4**「四月有國中畢業典禮。」本文說現在馬上要四月了，無法使用過去式，而且並未出現國中畢業典禮的內容，故為錯誤。

短篇文章 7

譯文

初次見面，我是田中。
我是東京大學四年級生。
去年為止，我從事社團活動，但今年開始進行求職活動。如果可以的話，我想在銀行上班。
我會努力的。

單字 **はじめまして** 初次見面｜**ぼく** 我（男性用語）｜**東京大学** 東京大學｜**4年生** 四年級生｜**きょねん** 去年｜**～まで** ～為止｜**サークル** 社團｜**活動** 活動｜**今年** 今年｜**～から** 從～｜**しゅうしょく** 求職｜**できる** 可能｜**～ば** ～的話｜**銀行** 銀行｜**働く** 工作｜**がんばる** 努力｜**卒業する** 畢業｜**今** 現在

7 關於文章，哪一個是正確的？

1 田中先生大學畢業了。
2 田中先生現在正在從事社團活動。
3 田中先生正在進行求職活動。
4 田中先生在銀行工作。

說明 這是一道掌握全篇內文的題目，選項 **1**「田中先生大學畢業了。」本文說現在是東京大學四年級生，故為錯誤。選項 **2**「田中先生現在正在從事社團活動」但說去年為止從事社團活動，今年在進行求職活動，故為錯誤。選項 **3**「田中先生正在進行求職活動。」為正確答案。選項 **4**「田中先生在銀行工作。」但他是說可以的話，想在銀行上班，故為錯誤。

短篇文章 8

譯文

今天三月三日是「雛祭」。
雛祭是女孩的日子。也有男孩的日子，是在五月五日。
在雛祭的時候，會擺設雛人形、吃好吃的食物。

單字 ひなまつり 雛祭（三月三日會在祭壇上裝飾小娃娃，擺放年糕、桃花，祈禱女孩的幸福）｜女の子 女孩｜日 日子｜男の子 男孩｜ひなにんぎょう 雛祭時擺在祭壇上的娃娃｜～という 叫～｜にんぎょう 娃娃｜かざる 裝飾｜～たり～たりする 做～或～｜おいしい 美味的｜食べもの 食物｜どんな 哪一種｜～のため 為了～｜プレゼントする 送禮｜作る 製作｜かぞく 家人｜みんなで 大家一起

8 「雛祭」是什麼日子？

1 男孩的日子。
2 女孩的日子。
3 送雛人形給女孩的日子。
4 做美味的料理，和家人一起玩的日子。

說明 題目詢問雛祭是什麼日子，本文說三月三日是雛祭，是女孩的日子，故選項2「女孩的日子。」為正確答案。

短篇文章 9

譯文

下週要和班上所有同學去郵局參觀。原本是下午去，不用帶便當，但時間改成早上十點，不能不準備便當了。

單字 クラス 班級｜みんな 大家｜郵便局 郵局｜見学 參觀｜午後 下午｜～ので 因為～｜お弁当 便當｜いる 需要｜～が 但是～｜午前 上午｜時間 時間｜変わる 變更｜準備する 準備｜～なければならない 不能不～｜一人で 一個人

9 關於文章，哪一個是正確的？

1 下週要一個人去郵局參觀。
2 和班上同學去郵局參觀是下週的事。
3 明天十點去郵局參觀。
4 下午去郵局參觀。

說明 這是一道掌握全篇內文的題目，選項1「下週要一個人去郵局參觀。」但本文說是班上全體，故為錯誤。選項2「和班上同學去郵局參觀是下週的事。」為正確答案。選項3「明天十點去郵局參觀。」但郵局參觀是下週的事，故為錯誤。選項4「下午去郵局參觀。」但本文說改為早上十點，故為錯誤。

短篇文章 10

譯文

（這是水村先生寄給山田先生的郵件）

山田先生，電車延遲，所以會比約定的九點二十分晚十分鐘左右。預計九點三十分抵達新宿站。不好意思，請再等我一下。

單字 送る 寄送｜メール 電子郵件｜電車 電車｜遅れる（約好的日子、時間）遲到｜～ため 因為～｜約束 約定｜～より 比～｜～ぐらい ～左右｜新宿駅 新宿站｜着く 抵達｜予定 預計｜すみません 抱歉｜もう少し 稍微再｜待つ 等待｜何時 幾點

10　請問水村先生幾點到？

1　九點
2　九點十分
3　九點二十分
4　九點三十分

說明　題目詢問水村先生幾點抵達，水村先生傳郵件告知田中先生電車延遲，所以原本約九點二十分，但會晚十分鐘，預計九點三十分抵達新宿站，故正確答案為選項4「九點三十分（九點二十分＋十分鐘）」。

短篇文章 11

譯文

明天開始全家要一起去印尼玩，飛機票是兩個月前預訂的，所以買得很便宜。想要悠哉的休息一星期。

單字　**あした** 明天｜**インドネシア** 印尼｜**遊ぶ**(あそぶ) 玩｜**ひこうき** 飛機｜**チケット** 票券｜**～か月**(げつ) ～個月｜**～まえ** ～之前｜**予約する**(よやくする) 預訂｜**安い**(やすい) 便宜｜**買う**(かう) 買｜**～ことができる** 可以～｜**1週間**(いっしゅうかん) 一週期間｜**ゆっくり** 慢慢的｜**休む**(やすむ) 休息｜**いつ** 何時｜**戻る**(もどる) 回來｜**～ご** ～之後

11　何時從印尼回來？

1　明天
2　一週前
3　一週後
4　兩個月前

說明　題目詢問去印尼玩的一家人何時回來。內文說預訂機票是兩個月前，明天開始出去玩，休息一週再回來，故正確答案為選項3「一週後」。

短篇文章 12

譯文

那個，大家，今天的練習就到此為止。後天是比賽，所以明天練習只有上午，比賽結束的那天，預計大家一起去吃飯。

單字　**みなさん** 大家｜**れんしゅう** 練習｜**これで** 以這個｜**終わり**(おわり) 結束｜**あさって** 後天｜**しあい** 比賽｜**午前**(ごぜん) 上午｜**～だけ** 只～｜**終わる**(おわる) 結束｜**日**(ひ) 日子｜**ごはん** 飯｜**予定**(よてい) 預計｜**しあさって** 大後天

12　何時比賽？

1　今天
2　明天
3　後天
4　大後天

說明　題目詢問比賽是何時。內文說後天有比賽，所以明天只有上午練習，故正確答案為選項3「後天」。

短篇文章 13

譯文

下週班上要全體去賞花。大家一起點壽司和披薩等食物，所以不做便當也行。飲料請自行準備。

單字 来週 下週｜クラス 班級｜みんな 大家｜～と 和～｜お花見 賞花｜みんなで 全體一起｜おすし 壽司｜ピザ 披薩｜など 等等｜食べもの 食物｜注文する 點餐｜～ので 因為～｜お弁当 便當｜作る 製作｜～なくてもいい 不～也行｜飲みもの 飲料｜自分で 自己｜よういする 準備｜～てください 請～｜いる 需要｜～て行く 去做～｜電話 電話｜～で 以～（手段）

13 關於文章，哪一個是正確的？

1 不做便當。
2 不需要飲料。
3 買壽司過去。
4 今天用電話點披薩。

說明 這是一道掌握全篇內文的題目，選項1「不做便當。」本文說大家一起點壽司和披薩等的食物，所以不做便當也行，故為正確答案。選項2「不需要飲料。」但本文說飲料要自行準備，故為錯誤。選項3「買壽司過去。」，但是大家一起點，故為錯誤。選項4「今天用電話點披薩。」但賞花是下週，故為錯誤。

短篇文章 14

譯文

我的名字是艾蜜莉，來自美國。
我現在在日語學校讀日語。和班上的朋友關係很好。
上週大家一起去了御台場。

單字 名前 名字｜アメリカ 美國｜～から来る 來自～｜今 現在｜日本語学校 日本語學校｜べんきょう 學習｜～ている 正在～｜クラス 班級｜なかがいい 關係好｜先週 這週｜お台場 御台場｜行って来る 來回｜どの 哪個｜国 國家｜アフリカ 非洲

14 請問艾蜜莉來自哪個國家？

1 美國
2 非洲
3 日本
4 御台場

說明 題目詢問艾蜜莉的出生地。本文第一句說了自己的名字及告知來自美國，故正確答案為選項1「美國」。

短篇文章 15

譯文

大山國中在我家旁邊。
學校建築去年變新的，之前建築很小，現在很大。

單字 中学校 國中｜家 家｜となり 旁邊｜たてもの 建築｜新しい 新的｜～くなる 變～｜前 之前｜ちいさい 小｜大きい 大｜ゆうびんきょく 郵局｜なくなる 不見｜そんなに 如此

讀解攻略篇

15 關於大山國中，哪一個是正確的？

1 大山國中在郵局旁邊。
2 大山國中去年不見了。
3 是新建築，但不怎麼大。
4 是新建築，但不怎麼小。

說明 這是一道掌握全篇內文的題目，選項1「小山國中在郵局旁邊。」本文說是在自家旁邊，故為錯誤。選項2「小山國中去年不見了。」但是說去年變新的，故為錯誤。選項3「是新建築，但不怎麼大。」但本文說是新建且建築變大，故為錯誤。因此，正確答案為選項4「是新建築，但不怎麼小。」

問題 5　內容理解 - 中篇文章

▶ p.297

問題 5　請閱讀下列文章後回答問題。請在 1、2、3、4 中選出最適合的答案。

中篇文章 1

譯文

日本有成人典禮。所謂的成人典禮是指聚集二十歲的人，一起慶祝成為大人的活動。女生穿和服，男生穿西裝或和服。在日本，成年之日會開辦演講或派對，又或是送禮物。另外，也會跟親朋好友拍照。過去，每年一月十五日會辦成人典禮，但從 2000 年後，在每年一月的第二週星期一舉辦成人典禮。雖然是星期一，但在日本，舉辦成人典禮的成人之日是休假日。

單字 **日本**(にほん) 日本｜**成人式**(せいじんしき) 成人典禮｜**ある** 有｜**20歳**(はたち) 二十歲｜**～になる** 成為～｜**人たち**(ひと) 人們｜**集める**(あつ) 聚集｜**大人**(おとな) 大人｜**こと** 事｜**祝う**(いわ) 慶祝｜**イベント** 活動｜**女性**(じょせい) 女性｜**着物**(きもの) 和服｜**着る**(き) 穿｜**男性**(だんせい) 男性｜**スーツ** 西裝｜**成人の日**(せいじん ひ) 成人日｜**講演会**(こうえんかい) 演講｜**パーティー** 派對｜**開く**(ひら) 舉辦｜**～たり～たりする** ～或～或｜**プレゼント** 禮物｜**贈る**(おく) 贈送｜**また** 又｜**友だち**(とも) 朋友｜**家族**(かぞく) 家人｜**写真**(しゃしん) 照片｜**たくさん** 很多｜**撮る**(と) 拍照｜**昔**(むかし) 過去｜**毎年 (毎年)**(まいとし まいねん) 每年｜**する** 做｜**第2月曜日**(だい に げつようび) 第二週星期一｜**休日**(きゅうじつ) 休假日

1 請問不在成人日做什麼？

1 去博物館。
2 和朋友拍照。
3 穿和服或西裝。
4 送禮物。

2 成人典禮何時辦？

1 每年一月十日
2 每年一月十五日
3 每年一月第一週的星期一
4 每年一月第二週的星期一

說明 〈題目 1〉詢問成人日不會做的事情，由第二段得知在成人的日子裡會穿和服或西裝，舉辦演講派對或送禮物，以及會跟親朋好友拍照，故正確答案為未出現的選項1「去博物館」。
〈題目 2〉詢問成人典禮何時舉辦，由最後一段得知過去是每年的一月十五日，但2000年後改為每年一月第二週星期一，故正確答案為選項4。

中篇文章 2

譯文

五月九日 第一次去晴空塔
今天我和母親，以及弟弟三人去了晴空塔。父親因有工作，無法一起去。晴空塔的門票昨天在官方網站購買了，所以可以馬上進入晴空塔裡面。不過，晴空塔裡的人非常多。在瞭望台的門票售票處可以聽到許多國家的語言。除了日本人外，感覺晴空塔是聚集全世界人們的地方。我們搭乘電梯到了瞭望台。在瞭望台看到的白天的東京真的很美。

單字 **はじめて** 第一次｜**スカイツリー** 晴空塔｜**きょう** 今天｜**母**（はは） 母親｜**弟**（おとうと） 弟弟｜**～人**（にん） ～人｜**行ってくる**（い） 去｜**父**（ちち） 父親｜**仕事**（しごと） 工作｜**一緒に**（いっしょ） 一起｜**チケット** 門票｜**きのう** 昨天｜**ホームページ** 官方網站｜**買う**（か） 買｜**おかげで** 幸好；托～福｜**中**（なか） 裡面｜**すぐ** 馬上｜**入る**（はい） 進去｜**～ことができる** 可以～｜**でも** 但是｜**いる** 有｜**展望デッキ**（てんぼう） 瞭望台｜**売り場**（う ば） 售票處｜**いろんな** 各種｜**国**（くに） 國家｜**言葉**（ことば） 語言｜**聞く**（き） 聽｜**日本人**（にほんじん） 日本人｜**ほか** 以外｜**世界中**（せかいじゅう） 全世界｜**集まる**（あつ） 聚集｜**～てくる** 做～來｜**ところ** 地方｜**感じる**（かん） 感覺｜**エレベーター** 電梯｜**～に乗る**（の） 搭乘～｜**見る**（み） 看見｜**昼**（ひる） 白天｜**東京**（とうきょう） 東京｜**本当に**（ほんとう） 真的｜**きれいだ** 漂亮｜**何人家族**（なんにんかぞく） 幾人家庭｜**～人家族**（にんかぞく） ～人家庭｜**夜**（よる） 夜晚｜**とても** 非常｜**エスカレーター** 手扶梯｜**みんなで** 大家一起

3 這個人是幾人家庭？

1 三人家庭
2 四人家庭
3 五人家庭
4 六人家庭

4 關於文章，哪一個是正確的？

1 夜晚的晴空塔非常美。
2 搭手扶梯到瞭望台。
3 五月八日在官方網站買了門票。
4 全體家人一起去了晴空塔。

說明 〈題目 3〉詢問寫這篇文章的人，家庭有幾名成員。由第二句得知他和母親，以及弟弟三人去了晴空塔，並說父親因工作不能去，故能夠得知家庭有四位成員，正確答案為選項 **2**。
〈題目 4〉詢問文章內容的掌握程度。選項 **1** 說夜晚的晴空塔非常美，但本文說白天非常美；選項 **2** 說搭乘手扶梯到瞭望台，但本文說是搭乘電梯，故為錯誤。選項 **3** 說五月八日在官方網站買了門票，寫文章的日期是五月九日，又說昨天在官方網站買了門票，故為正確答案。選項 **4** 說全體家人一起去了晴空塔，但爸爸因工作未能一起去，故為錯誤。

中篇文章 3

譯文

昨天工作到很晚，結束工作回家時，突然開始下雨了。我沒有帶雨傘，所以很困擾。不過可以在電車下站的車站裡租借。租借雨傘的方法是在手機下載「車站雨傘」的 APP 程式，非常簡單。租金首月不用錢，所以昨天是免費。下個月開始一天是九十日圓。如果不還雨傘，會罰八百六十四日圓，所以今天去還借來的雨傘。即使不是租借的車站也能歸還雨傘，所以我去了附近的車站。

單字 **夜おそく**（よる） 很晚｜**終わる**（お） 結束｜**家**（いえ） 家｜**帰る**（かえ） 回家｜**とき** 時候｜**きゅうに** 突然｜**雨**（あめ） 雨｜**ふる** 下（雪、雨）｜**～てくる** 開始～｜**かさ** 雨傘｜**もつ** 帶｜**こまる** 困擾｜**でも** 不過｜**電車**（でんしゃ） 電車｜**おりる** 下（車）｜**駅**（えき） 車站｜**借りる**（か） 租借｜**借り方**（か かた） 租借方法｜**スマートフォン** 手機｜**～という** 叫～｜**アプリケーション** APP｜**ダウンロードする** 下載｜**～だけ** 只～｜**簡単だ**（かんたん） 簡單｜**料金**（りょうきん） 租金｜**最初**（さいしょ） 最初｜**月**（げつ） 月｜**むりょう** 免費｜**タダ** 不用錢｜**来月**（らいげつ） 下個月｜**一日**（いちにち） 一天｜**返す**（かえ） 歸還｜**～と** 如果～｜**かかる** 花（錢）｜**きょう** 今天｜**～に行く**（い） 去做～｜**～じゃなくても** 不是也～｜**近く**（ちか） 附近｜**どうして** 為什麼｜**たくさん** 很多｜**帰り**（かえ） 回家；回程｜**なくなる** 不見｜**お金**（かね） 金錢｜**はらう** 支付

讀解攻略篇

5 這個人為什麼很困擾？

1 因為沒有帶雨傘
2 因為工作很多
3 因為工作做不完
4 因為沒有回家的電車

6 今天做什麼？

1 到租借雨傘的車站歸還雨傘。
2 到附近車站歸還雨傘。
3 到租借雨傘的車站支付金錢。
4 到附近的車站支付金錢。

說明 〈題目 5〉詢問這個人昨天困擾的理由。由上段二到三句得知突然開始下雨，但沒有帶雨傘，所以很困擾，故正確答案為選項 1「因為沒有帶雨傘」。
〈題目 6〉詢問這個人今天做的事情。由下段二到三句得知「今天去還借的雨傘，且不是租借的車站也能還雨傘」，故正確答案為選項 2。

中篇文章 4

譯文

山本老師，身體好嗎？我很好。
不久前和國中朋友一起去了很美的咖啡廳。店裡有很多畫，其中梵谷的「夜晚露天咖啡座」最美。梵谷除外，還有米勒、馬內和雷諾瓦的畫。不像咖啡廳，宛如一個美術館的感覺。可以看著很棒的畫，咖啡也很好喝。下次想跟老師一起去。那，之後還會寄明信片的，祝老師身體安康。

單字 **お元気(げんき)ですか** 身體好嗎？｜**元気(げんき)だ** 健康｜**この前(まえ)** 不久前｜**中学校(ちゅうがっこう)** 國中｜**友(とも)だち** 朋友｜**カフェ** 咖啡廳｜**お店(みせ)** 商店｜**たくさん** 很多｜**絵(え)** 圖畫｜**ゴッホ** 梵谷（畫家）｜**テラス** 露天咖啡座｜**～という** 叫～｜**とても** 非常｜**ほか** 之外｜**ミレー** 米勒（畫家）｜**マネ** 馬內（畫家）｜**それから** 還有｜**ルノワール** 雷諾瓦（畫家）｜**飾(かざ)る** 裝飾｜**～てある** ～著｜**～じゃなく** 不是～｜**まるで～ような** 宛如～｜**美術館(びじゅつかん)** 美術館｜**気持(きも)ちになる** 感覺｜**すてきだ** 很棒的｜**～ながら** 一邊～｜**飲(の)む** 喝｜**コーヒー** 咖啡｜**すごく** 非常｜**おいしい** 美味｜**今度(こんど)** 下次｜**～たい** 想要～｜**では** 那麼｜**また** 再度｜**はがき** 明信片｜**誰(だれ)** 誰｜**どんな** 哪種｜**いろいろな** 各種

7 請問「夜晚露天咖啡座」是誰的畫？

1 米勒
2 雷諾瓦
3 梵谷
4 馬內

8 這個人去的咖啡廳是哪一種咖啡廳？

1 有各種畫的漂亮咖啡廳
2 只掛梵谷畫的漂亮咖啡廳
3 可以在露天咖啡座喝咖啡的咖啡廳
4 在美術館裡面的漂亮咖啡廳

說明 〈題目 7〉詢問「夜晚露天咖啡座」是誰的畫。由第三四行得知筆者說梵谷的「夜晚露天咖啡座」最美，故正確答案為選項 3「梵谷」。
〈題目 8〉詢問作者去的是哪一種咖啡廳。作者在二三句提到不久前和朋友去了漂亮咖啡廳，那家咖啡廳裡有很多畫，故正確答案為選項 1「有各種畫的漂亮咖啡廳」。

中篇文章 5

譯文

明天終於要去法國旅行了。
我和公司朋友共三人一起去法國。現在很興奮睡不著覺。
我們抵達法國後，首先要去巴黎鐵塔，再來是凡賽爾宮，我想在這裡拍很多照片。之後希望能去各個美術館看很多的名畫，其中最想去奧塞美術館。
此外，一定要在法國吃到當地的法國料理，也打算去有名的麵包店，非常期待。

單字 とうとう 終於｜フランス 法國｜旅行 旅行｜会社 公司｜ともだち 朋友｜三人で 三人一起｜どきどきする 緊張；興奮｜眠れる 睡得著｜着く 抵達｜まず 首先｜エッフェルとう 巴黎鐵塔｜よてい 預計｜そのつぎに 接著｜ベルサイユきゅうでん 凡賽爾宮｜写真をとる 拍照｜あと 之後｜いろいろだ 各種｜美術館 美術館｜ゆうめいだ 有名｜オルセー美術館 奧塞美術館｜絶対に 絕對｜それと 此外｜本場 本土；當地｜料理 料理｜かならず 一定｜パン屋さん 麵包店｜楽しみ 期待｜調べる 調查｜～ないで 不～

9 這個人現在正在做什麼？

1 調查奧塞美術館。
2 預計去法國巴黎鐵塔。
3 非常興奮，睡不著覺。
4 正在吃法國料理。

10 去巴黎鐵塔之後，下一個預計是什麼？

1 預計去奧塞美術館。
2 預計去凡賽爾宮。
3 預計去吃法國料理。
4 預計去有名的麵包店。

說明 〈題目 9〉詢問這個人正在做什麼。本文第二段提到很興奮所以睡不著覺，故正確答案為選項 3「非常興奮，睡不著覺。」
〈題目 10〉詢問去完巴黎鐵塔後的行程。在第三段提到去完巴黎鐵塔後要去凡賽爾宮，故正確答案為選項 2「預計去凡賽爾宮。」

中篇文章 6

譯文

下個月底有松本先生的結婚典禮。
松本先生是日本人，但另一方是英國人。由於異國婚姻，在日本和英國各辦一次結婚典禮。我預計去日本的結婚典禮。
兩個人不是在日本，也不是英國，而是在澳洲認識交往。松本先生去澳洲讀英文，之後又去澳洲旅遊。兩個人在澳洲偶遇，很快就成為情侶了，就這樣結婚。我非常羨慕他們兩個人。

單字 終わり 尾聲｜結婚式 結婚典禮｜相手 對方｜イギリス人 英國人｜国際結婚 異國婚姻｜二回 兩次｜方 方；邊｜～でも～でもない ～和～都不是｜オーストラリア 澳大利亞｜会う 見面｜英語 英文｜べんきょう 學習｜出会う 相遇｜すぐに 馬上｜恋人 戀人｜そして 還有｜こうやって 這樣｜うらやましい 羨慕｜どうして 為什麼｜彼女 她；女朋友｜～目 ～次｜～でしか～ない 除了在～不～

11 松本先生為什麼去了澳洲？

1 去讀英文。
2 去和女朋友旅行。
3 去辦異國婚姻。
4 去辦第二次結婚典禮。

12 關於文章，哪一個是正確的？

1 松本先生和女朋友在英國偶遇交往，在澳洲辦結婚典禮。
2 松本先生下個月底要和女朋友去澳洲。
3 這個男人要去松本先生在日本的結婚典禮。
4 松本先生只在英國辦結婚典禮，所以這男人無法參加。

說明 〈題目 11〉詢問松本先生為什麼去澳洲。第三段說到松本先生去澳洲讀英文，故正確答案為選項 1「去讀英文」。
〈題目 12〉詢問文章內容掌握程度。選項 1 說松本先生和女朋友在英國偶遇交往，在澳洲辦結婚典禮，但兩個人是在澳洲交往，在日本和英國辦結婚典禮，故為錯誤。選項 2 說松本先生下個月底要和女朋友去澳洲，但下個月底有結婚典禮，在日本和英國辦，故為錯誤。選項 3 說這個人要去松本先生在日本的結婚典禮，由第三段得知這個男人要去日本的結婚典禮，故為正確答案。選項 4 說松本先生只在英國辦結婚典禮，所以這男人無法參加，但在英國和日本都辦結婚典禮，故為錯誤。

中篇文章 7

譯文

2019年10月1日起日本變更郵資。寄信的八十二日圓郵票變成八十四日圓。六十二日圓的明信片，變成六十三日圓。寄信價格從2014年4月到現在，隔了五年半上漲。2017年6月明信片從五十二日圓漲至六十二日圓，隔了兩年四個月。郵票雖然換新，但至今一直使用的八十二日圓郵票或六十二日圓的郵票補上現在郵局販賣的一日圓郵票和兩日圓郵票，一樣可以使用。

單字 **1日** 一日｜**日本** 日本｜**郵便料金** 郵寄費用｜**変わる** 變更｜**手紙** 信件｜**送る** 寄送｜**とき** 時候｜**使う** 使用｜**～円** ～日圓｜**切手** 郵票｜**～になる** 成～｜**はがき** 明信片｜**値上げ**（價格）上漲｜**～年半** ～年半｜**～ぶり** 事隔～｜**～てから** ～之後｜**新しい** 新的｜**郵便局** 郵局｜**売る** 販賣｜**一緒に** 一起｜**貼る** 貼｜**こと** 事｜**～どおりに** 依照～｜**使える** 可以使用｜**いくら** 多少｜**～の** ～的事物｜**いつ** 何時

13 八十四日圓郵票過去之前是多少？

1 八十日圓
2 八十一日圓
3 八十二日圓
4 八十三日圓

14 明信片費用改成六十二日圓是何時的事？

1 2014年
2 2015年
3 2016年
4 2017年

說明 〈題目13〉詢問過去以前八十四日圓的郵票是多少。上面第二句說寄信的八十二日圓郵票改成八十四日圓，故正確答案為選項3「八十二日圓」。
〈題目14〉詢問明信片的費用改成六十二日圓是何時的事。上面第四句說到明信片在2017年6月時從五十二日圓漲至六十二日圓，故正確答案為選項4「2017年」。

中篇文章 8

譯文

大學時期網球社的朋友前天傷到腿，現在住進中央醫院。
昨天和大學朋友一起買花探病。還好他只是輕微受傷，過一個禮拜左右就能出院了。
那個朋友和我昨天事隔一個月才見面，想要聊很多事情，但探病的人很多，所以很快就離開了。但我們約好出院再見面。
下次見面的時候，希望他的腿已經痊癒，能看到他健健康康的樣子。

單字 **大学時代** 大學時期｜**テニス部** 網球社｜**おととい** 前天｜**足** 腿｜**けが(を)する** 受傷｜**病院** 醫院｜**入院する** 住院｜**花束** 花束｜**お見舞いに行く** 探病｜**さいわいにも** 慶幸｜**軽い** 輕的｜**けが** 受傷｜**あと** 往後｜**退院する** 出院｜**多い** 多｜**別れる** 離別｜**そのかわり** 但是｜**やくそく** 約定｜**時** 時候｜**なおる** 痊癒｜**元気だ** 健康｜**すがた** 模樣｜**思う** 思考｜**～よりも** 比～也～

15 這個人何時去探病？

1 一週前
2 前天
3 昨天
4 今天

16 這個人為什麼很快就與住院的人分開？

1 因為想要住院的人出院痊癒後再見面。
2 因為探病住院者的人很多。
3 因為住院的人傷得比想像中的輕。
4 因為住院的人一週後出院。

說明　〈題目 15〉詢問這個人何時去探病。本文第二段說昨天和大學朋友一起去探病了，故正確答案為選項 3「昨天」。

〈題目 16〉詢問這個人和住院的人很快就分開的理由。由第三段得知他跟住院的朋友隔了一個月才見面，想要分享各種話題，但探病的人很多，所以很快就離開，故正確答案為選項 2「因為探病住院者的人很多。」

中篇文章 9

譯文

大家好，我是若葉百貨公司新進職員大月麗娜。
今年三月開始工作，在這家百貨公司已經做了兩週了。雖然只有一點點，但好不容易熟悉公司和工作了。
今天從比我早一年在這家百貨公司上班的田村前輩學到製作集點卡的方法。集點卡製作的方法比想像中簡單，所以我很快就學會了。
關於百貨公司的工作仍有許多不懂之處，但我會努力學習，希望能夠盡快獨立作業。

單字　**こんにちは** 您好｜**デパート** 百貨公司｜**新入社員**（しんにゅうしゃいん） 新進職員｜**今年**（ことし） 今年｜**仕事**（しごと） 工作｜**はじめる** 開始｜**もう** 已經｜**～週間**（しゅうかん） ～週期間｜**過ぎる**（す） 度過｜**少し**（すこ） 稍微｜**～ずつ** 每～｜**ようやく** 好不容易｜**慣れる**（な） 熟悉｜**～てくる** 開始～｜**早く**（はや） 早已｜**～はじめる** 開始～｜**せんぱい** 前輩｜**ポイントカード** 集點卡｜**方法**（ほうほう） 方法｜**習う**（なら） 學習｜**かんたんだ** 簡單｜**おぼえる** 記住｜**～について** 關於～｜**まだまだ** 仍然｜**分かる**（わ） 知道；理解｜**いっしょうけんめい** 努力｜**一人前になる**（いちにんまえ） 獨立作業｜**～ように** ～的樣子｜**がんばる** 努力；奮發｜**どのくらい** 某種程度｜**たつ** 度過｜**むずかしい** 難

17 這個人大概開始工作多久了？

1 一個月左右。
2 三個月左右。
3 一週左右。
4 兩週左右。

18 關於文章，哪一個是正確的？

1 大月小姐今天向田村先生學了製作集點卡的方法。
2 大月小姐開始成為若葉百貨公司新進職員，工作已有一個月了。
3 田村先生是比大月小姐早一個月在這家百貨公司上班的前輩。
4 製作集點卡的方法很難，所以明天還要再學一次。

說明　〈題目 17〉詢問這個人開始工作多久了。本文第二段說到從今年三月開始在百貨公司工作，已經過了兩週，故正確答案為選項 4「兩週左右」。

〈題目 18〉詢問全文的掌握程度。選項 1 說「大月小姐今天向田村先生學了製作集點卡的方法。」，第三段說她從比自己早一年進來工作的田村前輩學習製作集點卡的方法，故為正確答案。選項 2 說「大月小姐開始成為若葉百貨公司新進職員，工作已有一個月了。」但本文說過了兩週，故為錯誤。選項 3 說「田村先生是比大月小姐早一個月在這家百貨公司上班的前輩。」但本文說比她早一年，故為錯誤。選項 4 說「製作集點卡的方法很難，所以明天還要再學一次。」但本文說製作集點卡的方法比想像中的簡單，很快就學會了，故為錯誤。

中篇文章 11

譯文

今天日語學校的課程非常難。
今天學的是日語讀寫。我雖然日語會話很好，會話課上得很開心，但討厭讀寫課。讀寫之中，閱讀還好，日語漢字有很多種，所以書寫真的很痛苦。
好在意日語為什麼分成平假名、片假名及漢字三種。平假名和片假名很簡單，但漢字真的很難。要怎麼做才能學好漢字？真希望趕快記熟日語漢字。

單字 授業（じゅぎょう） 上課｜習う（ならう） 學習｜読み書き（よみかき） 讀寫｜会話（かいわ） 會話｜とくいだ 熟練｜たのしい 開心｜きらいだ 討厭｜読む（よむ） 閱讀｜大丈夫だ（だいじょうぶだ） 還可以｜漢字（かんじ） 漢字｜いろいろ 各種｜書く（かく） 書寫｜ほんとうに 真的｜大変だ（たいへんだ） 痛苦｜なぜ 為什麼｜ひらがな 平假名｜カタカナ 片假名｜気になる（きになる） 在意｜かんたんだ 簡單｜どうしたら 如何做｜もっと 更加

19 這個人討厭什麼課？

1 平假名、片假名課。
2 片假名、漢字課。
3 日語會話課。
4 讀寫課。

20 關於文章，哪一個是正確的？

1 這個人擅長日語會話。
2 日語有平假名、片假名及漢字，漢字簡單。
3 日語讀寫課很開心。
4 昨天學了日語讀寫。

說明 〈題目 19〉詢問這個人討厭什麼課。本文第二段說自己日語會話很好，會話課上得很開心，但討厭讀寫課，故正確答案為選項 4「讀寫課。」
〈題目 20〉詢問全文的掌握程度。選項 1 說「這個人擅長日語會話。」作者在第二段說日語會話很好，所以上會話課很開心，故為正確答案。選項 2 說「日語有平假名、片假名及漢字，漢字簡單。」但第三段說平假名和片假名很簡單，但漢字真的難，故為錯誤。選項 3 說「日語讀寫課很開心。」但作者說討厭讀寫課，故為錯誤。選項 4 說「昨天學了日語讀寫。」只說今天學了日語讀寫，並未說昨天學了什麼，故為錯誤。

中篇文章 11

譯文

從附近的商店街得知有夏日慶典，於是今天跟高中朋友們一起去玩了。說到慶典，一定會想到路邊攤。我們吃了炒麵、章魚燒和巧克力香蕉。
吃飽的時候，女孩們靠了過來，女孩們和我們不一樣，都穿浴衣，每一個都非常可愛。大家聚在一起時，我們去看了慶典的亮點煙火。今年的夏日慶典也是美好的回憶，真的很棒。

單字 近所（きんじょ） 附近｜しょうてんがい 商店街｜なつまつり 夏日慶典｜高校（こうこう） 高中｜おまつり 慶典｜～といえば 說到～｜やっぱり 果然；一定｜屋台（やたい） 路邊攤｜思い浮かぶ（おもいうかぶ） 想到｜ぼくたち 我們｜やきそば 炒麵｜たこやき 章魚燒｜それから 還有｜チョコバナナ 巧克力香蕉｜おなかがいっぱいになる 吃飽｜やって来る（やってくる） 靠近｜ちがう 不同；錯誤｜みんな 大家｜ゆかた 浴衣｜着る（きる） 穿｜かわいい 可愛｜そろう 聚集｜ところ 之際｜ハイライト 亮點｜花火（はなび） 煙火｜思い出（おもいで） 回憶｜いい 好｜～だけ 只～｜おこのみやき 大阪燒

21　慶典上，誰穿浴衣來？

1　只有男孩們穿浴衣來。
2　只有女孩們穿浴衣來。
3　男孩女孩都穿浴衣來。
4　男孩女孩都沒有穿浴衣來。

22　在這個慶典裡男孩們沒有吃什麼？

1　炒麵
2　巧克力香蕉
3　章魚燒
4　大阪燒

說明　〈題目 21〉詢問誰在慶典裡穿浴衣。本文第二段說女孩們和男孩不同，都穿著浴衣來，故正確答案為選項 2「只有女孩們穿浴衣來。」
〈題目 22〉詢問在這個慶典裡男孩們沒有吃的東西。本文第一段說男孩們吃了蕎麥麵、章魚燒和巧克力香蕉，未出現大阪燒，故正確答案為選項 4「大阪燒」。

問題 6　資訊搜尋

▶ p.312

資訊搜尋 1

問題 6　閱讀右頁後回答下列問題。請在 1、2、3、4 中選出最適合的答案。

譯文

兒童游泳課程時間

課程	一	二	三	四	五	六	日	
A課程	10:00~ 10:45	11:00~ 11:45		10:00~ 10:45				3、4歲
B課程	15:00~ 16:00	15:00~ 16:00	15:00~ 16:00	15:00~ 16:00		15:00~ 16:00	15:00~ 16:00	3~6歲
C課程	16:00~ 17:00	16:00~ 17:00	16:00~ 17:00	16:00~ 17:00		15:00~ 16:00	15:00~ 16:00	4~12歲
D課程	17:00~ 18:00	17:00~ 18:00		17:00~ 18:00		16:00~ 17:00	16:00~ 17:00	5~12歲

單字　**~歳** ～歲｜**子ども** 孩子｜**いる** 有｜**平日** 平日｜**午後** 下午｜**~時** ～時｜**いっしょに** 一起｜**習う** 學習｜**~たい** 想要～｜**どの** 哪個｜**コース** 課程｜**~にする** 就以～｜**キッズ** 兒童｜**スイミング** 游泳｜**レッスン** 課程｜**時間** 時間｜**月**（星期）一｜**火**（星期）二｜**水**（星期）三｜**木**（星期）四｜**土**（星期）五｜**日**（星期）日

1　有四歲和六歲的孩子，想要在平日下午三點開始一起上課，要選哪一個課程？

1　A課程
2　B課程
3　C課程
4　D課程

說明　題目詢問四歲和六歲的孩子要一起在平日三點上課，要選哪一個課程，平日（星期一～五）三點開始的課程是B課程，且適合三到六歲的孩子，故正確答案為選項。

資訊搜尋 2

問題 6　閱讀右頁後回答下列問題。請在 1、2、3、4 中選出最適合的答案。

譯文

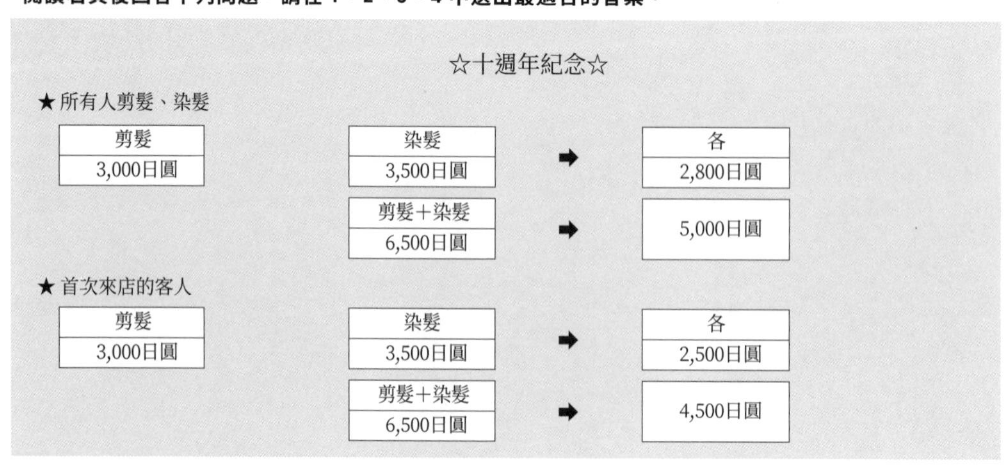

☆十週年紀念☆

★所有人剪髮、染髮

剪髮
3,000日圓

染髮	➡	各
3,500日圓		2,800日圓

剪髮＋染髮	➡	
6,500日圓		5,000日圓

★首次來店的客人

剪髮
3,000日圓

染髮	➡	各
3,500日圓		2,500日圓

剪髮＋染髮	➡	
6,500日圓		4,500日圓

單字 美容室（びようしつ） 美容院｜はじめて 第一次｜行く（い） 去｜カット 剪髮｜カラー 染髮｜いくら 多少｜～周年（しゅうねん） ～週年｜記念（きねん） 紀念｜だれでも 任誰｜各（かく） 各｜ご来店（らいてん） 來店｜方（かた） 位

2 第一次來這家美容院，想要剪髮和染髮，要多少錢？

1 2500 日圓
2 2800 日圓
3 4500 日圓
4 5000 日圓

說明 題目詢問在第一次去的美容院裡剪髮和染髮多少錢。因美容院正在進行十週年紀念活動，首次來店的客人剪髮加染髮是 4500 日圓，故正確答案為選項 3。

資訊搜尋 3

問題 6 閱讀右頁後回答下列問題。請在 1、2、3、4 中選出最適合的答案。

譯文

田中洗衣店

每天都幸運！！還請多多利用

星期一	點數兩倍！
星期二	乾洗優惠10%。
星期三	機會日！優惠20%。
星期四	點數三倍！！
星期五	白襯衫優惠10日圓。
星期六	花費2000日圓以上可獲得毛衣免費券。
星期日	花費2000日圓以上可獲得五張白襯衫免費券

單字 右（みぎ） 右邊｜ページ 頁數｜ポイント 點數｜一番（いちばん） 最｜多く（おお） 多｜もらえる 可獲得｜日（ひ） 日子｜～たい 想要～｜何曜日（なんようび） 星期幾｜～ば 若～｜いい 好｜月曜日（げつようび） 星期一｜火曜日（かようび） 星期二｜水曜日（すいようび） 星期三｜木曜日（もくようび） 星期四｜クリーニング 清潔｜毎日（まいにち） 每天｜ラッキー 幸運｜ぜひ 一定｜ご～ください 請～｜利用（りよう） 利用｜～倍（ばい） ～倍｜ドライクリーニング 乾洗｜安い（やす） 便宜｜～くなる 變～｜チャンス 機會｜デー 日（day）｜ワイシャツ 白襯衫｜土曜日（どようび） 星期六｜以上（いじょう） 以上｜セーター 毛衣｜無料（むりょう） 免費｜クーポン 優惠券｜日曜日（にちようび） 星期日｜～枚（まい） ～張

3 想要在可以獲得最多點數的日子去，請問要在星期幾去？

1 星期一
2 星期二
3 星期三
4 星期四

說明 題目詢問星期幾是可以獲得最多點數的日子。看廣告紙上，有關點數的是星期一和星期四。星期一是點數兩倍，星期四是點數三倍，故正確答案為選項 4「星期四」。

讀解攻略篇

資訊搜尋 4

問題 6　閱讀右頁後回答下列問題。請在 1、2、3、4 中選出最適合的答案。

譯文

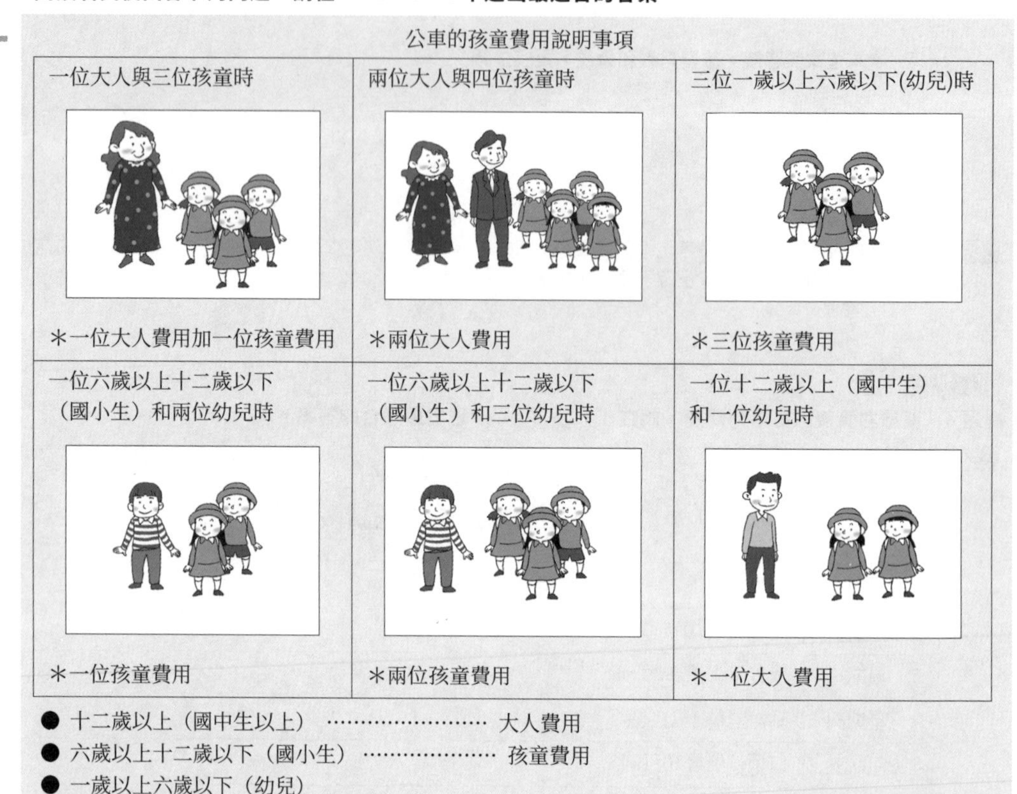

公車的孩童費用說明事項

一位大人與三位孩童時	兩位大人與四位孩童時	三位一歲以上六歲以下(幼兒)時
＊一位大人費用加一位孩童費用	＊兩位大人費用	＊三位孩童費用
一位六歲以上十二歲以下（國小生）和兩位幼兒時	一位六歲以上十二歲以下（國小生）和三位幼兒時	一位十二歲以上（國中生）和一位幼兒時
＊一位孩童費用	＊兩位孩童費用	＊一位大人費用

● 十二歲以上（國中生以上）…………………… 大人費用
● 六歲以上十二歲以下（國小生）………………… 孩童費用
● 一歲以上六歲以下（幼兒）
　① 一個人搭乘是孩童費用
　② 與一位六歲以上（國小生以上）乘客共乘時兩位幼兒同行 免費

單字　**～歲** ～歲｜**男の子** 男孩｜**女の子** 女孩｜**2人** 兩位｜**乗る** 搭乘｜**いくら** 多少｜**払う** 支付｜**子ども** 孩童｜**料金** 費用｜**1人** 一位｜**～分** ～人份｜**大人** 大人｜**バス** 公車｜**ご案内** 說明事項｜**幼児** 幼兒｜**以上** 以上｜**未満** 以下｜**小学生** 國小生｜**中学生** 國中生｜**1人で** 一個人｜**場合** 情形｜**お客さん** 客人｜**～名** ～位｜**一緒に** 一起｜**～まで** ～為止｜**無料** 免費

4　一位十二歲的男孩和兩位五歲的女孩搭車，請問要付多少錢？

1　一位孩童費用
2　一位大人費用
3　兩位孩童費用
4　一位大人費用加一位孩童費用

說明　題目詢問一位十二歲的男孩和兩位五歲的女孩搭車要付多少錢。依公車的孩童費用說明事項，得知十二歲男孩要付大人費用，五歲則屬於幼兒部分，但與一位六歲以上的乘客共同搭乘的情形下，兩位幼兒同行屬於免費，故兩位五歲女孩免費。因此，只需要付十二歲男孩一人的大人費用，正確答案為選項 **2**。

資訊搜尋 5

問題 6　閱讀右頁後回答下列問題。請在 1、2、3、4 中選出最適合的答案。

譯文

代代木公園的賞花資訊

場所	東京都澀谷區代代木神園町 2-1
賞花期間	2022年3月底～2022年4月初
休假日	無
費用	無需入場費
櫻花樹	約五百棵
櫻花種類	染井吉野櫻、日本山櫻等
化妝室	十處
交通方式	從地鐵代代木公園站出來，走路三分鐘
諮詢	03-3469-6081 代代木公園服務中心
URL	http://www.tokyo-park.or.jp/

單字　**よよぎ公園**（こうえん） 代代木公園｜**お花見**（はなみ） 賞花｜**情報**（じょうほう） 資訊｜**アクセス** 交通方式｜**地下鉄**（ちかてつ） 地鐵｜**問い合わせ**（とあ） 諮詢｜**電話番号**（でんわばんごう） 電話號碼｜**東京**（とうきょう） 東京｜**桜**（さくら） 櫻花｜**種類**（しゅるい） 種類｜**など** 等｜**見ごろ**（み） 觀賞期間｜**おわり** 末尾｜**はじめ** 開始；初｜**休み**（やす） 休假｜**無休**（むきゅう） 無休｜**入園料**（にゅうえんりょう） 入場費｜**数**（かず） 數量｜**約**（やく） 大約｜**～本**（ほん） ～棵｜**トイレ** 化妝室｜**～か所**（しょ） ～間｜**サービスセンター** 服務中心

5　請問代代木公園的賞花資訊中，哪一個是正確的？

1　交通方式是從地鐵代代木公園站出來走五分鐘。
2　諮詢電話是 03-3469-6082。
3　場所是東京都澀谷區代代木神園町 2-1。
4　櫻花種類有染野吉櫻、日本山櫻等。

說明　題目詢問代代木公園的賞花資訊中，何者為正確的。選項 1「交通方式是從地鐵代代木公園站出來走五分鐘。」，但資訊中說從代代公園站出來走三分鐘就可以了，故為錯誤。選項 2「諮詢電話是 03-3469-6082。」但電話尾數不是 6082，是 6081，故為錯誤。選項 3「場所是東京都澀谷區代代木神園町 2-1。」是正確的資訊，故為正確答案。選項 4「櫻花種類有染野吉櫻、日本山櫻等。」不是染野吉櫻，是染井吉櫻，故為錯誤。

資訊搜尋 6

問題 6　右頁是「大家的鋼琴教室」海報，請閱讀下列文章後回答下列問題。請在 1、2、3、4 中選出最適合的答案。

譯文

今天放學後要跟朋友一起去「大家的鋼琴教室」。很久以前就很想學鋼琴，但是第一次，所以和朋友一起去學。「大家的鋼琴教室」地點離綠站很近，從車站出來後走八分鐘左右就可以到了。

大家的鋼琴教室

個人課程	團體課程
AM 9:30 ~ AM 11:30	PM 4:00 ~ PM 6:00
·老師和學生一對一教學 ·第一次學鋼琴的人也沒問題	·大家一起快樂玩鋼琴。

* 個人課程是一、三、五；團體課程是二、四、五。

地點

* 車站出來走八分鐘左右。

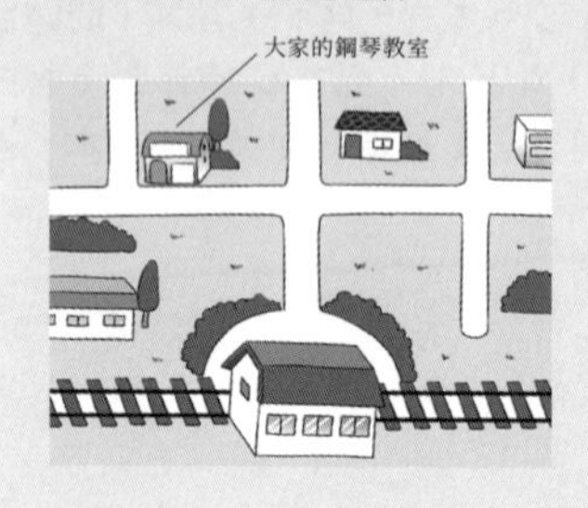

單字　みんな 大家｜ピアノ 鋼琴｜教室 教室｜ポスター 海報｜このあと 接下來｜学校 學校｜終わる 結束｜前 之前｜ずっと 一直｜習う 學習｜はじめて 第一次｜場所 地點｜駅 車站｜近い 鄰近｜歩く 走路｜何ようび 星期幾｜何時 何時｜月（星期）一｜水（星期）三｜金（星期）五｜午前 早上｜午後 下午｜火（星期）二｜木（星期）四｜個人 個人｜レッスン 教學｜グループ 團體｜生徒 學生｜方 位｜大丈夫だ 沒關係｜楽しく 愉快地｜遊ぶ 玩

6　請問這個人在星期幾的幾點學鋼琴？

1　一、三、五早上九點半～下午十一點半
2　二、四、五早上九點半～下午十一點半
3　一、三、五下午四點～六點
4　二、四、五下午四點～六點

說明　題目詢問作者在星期幾的幾點學鋼琴。因為作者是和朋友一起去學鋼琴，所以不是個人課程，而是團體課程。團體課程是二、四、五，且時間是下午四點到六點上課，故正確答案為選項 **4**。

資訊搜尋 7

問題 6　右頁是「電車時間表」和「公車時間表」，請閱讀下列文章後回答下列問題。請在 1、2、3、4 中選出最適合的答案。

譯文

明天要去蘑菇山，從新宿站搭電車到光丘站，再從光丘站搭公車到蘑菇山。希望能在早上十一點半左右抵達蘑菇山，且電車費用便宜的比較好。

電車時間

電車	新宿站 → 光丘站	
菊花1	8:10	10:10
繡球花1	9:20	10:20
菊花2	9:10	11:10
繡球花2	10:20	11:20

(車資)菊花：3000日圓／繡球花：4000日圓

公車時間

光丘站 → 蘑菇山	
10:30	11:00
11:00	11:30
11:30	12:00
12:00	12:30

(車資)800日圓

單字　**電車**（でんしゃ） 電車｜**バス** 公車｜**きのこ山**（やま） 蘑菇山（地名）｜**新宿駅**（しんじゅくえき） 新宿站｜**～から～まで** 從～到～｜**光が丘駅**（ひかりがおかえき） 光丘站｜**～にのる** 搭乘～｜**半**（はん） 半小時｜**～ごろ** ～時候｜**着く**（つく） 抵達｜**安い**（やすい） 便宜｜**ほう** 那一邊｜**いい** 好｜**きく** 菊花｜**あじさい** 繡球花｜**お金**（かね） 錢

7　請問要搭哪班電車？

1　菊花 1
2　繡球花 1
3　菊花 2
4　繡球花 2

說明　題目詢問作者明天去蘑菇山時要搭乘哪一班電車。作者說要從新宿站搭電車到光丘站，而且希望十一點三十分左右抵達蘑菇山。如果想要十一點三十分前抵達，必須在光丘站搭乘十點三十分或十一點往蘑菇山的公車。因此，需要搭乘十點三十分或十一點前抵達光丘站的電車，故為菊花 1 或繡球花 1。作者又說希望電車要比較便宜的，菊花比繡球花便宜 1000 日圓，故搭乘菊花 1 即可，正確答案為選項 1。

資訊搜尋 8

問題 6　右頁是「大空國小的廣播體操」的公告，請閱讀下列文章後回答下列問題。請在 1、2、3、4 中選出最適合的答案。

譯文

住在隔壁家的田中先生每年一到七月就會去參加大空國小舉辦的廣播體操。廣播體操每年大概會進行十天，田中先生一次都沒有缺席。今年也是從前天7月18日開始，今天我也和田中先生一起去了。

廣播體操

·期間：7月18日～7月28日
　　(25日休息)
·時間：早上6點15分到35分
·場所：大空國小

＊下雨天停辦。
＊最後一天頒發參加獎。

-大空國小-

單字 小学校 國小｜ラジオ 廣播｜たいそう 體操｜お知らせ 公告｜となり 旁邊｜住む 住｜毎年（毎年）每年｜近く 近處｜10日 十天｜休む 休息｜～たことがない 不曾～｜今年 今年｜おととい 前天｜始まる 開始｜何回 幾次｜出る 出去｜にちじ 一時｜お休み 休息｜時間 時間｜あさ 早上｜雨の日 下雨天｜中止する 停止｜最後 最後｜参加賞 參加獎｜くばる 分發

8 請問田中先生今年已經去幾次的廣播體操？

1 一次
2 兩次
3 三次
4 四次

說明 題目詢問田中先生今天到現在參加廣播體操的次數。廣播體操今年從 7 月 18 日開始，田中先生從前天到今天都沒有缺席，故參加了三天，正確答案為選項 3。

資訊搜尋 9

問題 6 右頁是「家庭餐廳的公告」，請閱讀下列文章後回答下列問題。請在 1、2、3、4 中選出最適合的答案。

譯文

去德國留學的朋友因寒假回來日本了。朋友昨天回來，五天後的星期日早上要再回德國。我想在朋友回德國之前一起去餐廳。

公告

年初1月3日開始營業！

12月 29日(一) 10:00~19:00
30日(二) 休息
31日(三) 休息

1月 1日(四) 休息
2日(五) 休息
3日(六) 10:00~19:00
4日(日) 10:00~19:00
5日(一)
6日(二) 正常營業 09:00~19:00

家庭餐廳

單字 ファミリーレストラン 家庭餐廳｜ドイツ 德國｜留学する 留學｜冬休み 寒假｜5日 五天｜～後 ～之後｜日ようび 星期日｜前 前｜一緒に 一起｜年始 年初｜営業する 營業｜休業 休業｜通常 通常

9 何時去餐廳好？

1 12 月 29 日
2 12 月 31 日
3 1 月 1 日
4 1 月 3 日

說明 題目詢問作者朋友何時去餐廳好。本文說昨天朋友從德國回來，五天後的星期日早上回德國，看餐廳的公告，12月30日星期二到1月2日星期五休業，因此，餐廳只能星期六去。星期日早上朋友要離開，無法去，故正確答案為選項4「1月3日」。

資訊搜尋 10

問題6 右頁是「那霸公車的時間表」，請閱讀下列文章後回答下列問題。請在1、2、3、4中選出最適合的答案。

譯文

我們現在來到沖繩玩，今天早上去了「沖繩世界」，接著去「優美堂・迪亞哥」吃午餐，吃完後一點半出發往「琉球玻璃村」。

那霸公車時間表

*坐滿請搭下一班。

往那霸市內	2號	4號	6號	8號	10號
沖繩世界	11:30	12:30	13:30	14:30	15:30
優美堂・迪亞哥	11:48	12:48	13:48	14:48	15:48
琉球玻璃村	11:51	12:51	13:51	14:51	15:51
南海灘度假飯店	12:09	13:09	14:09	15:09	16:09
糸滿休息站	12:12	13:12	14:12	15:12	16:12
那霸機場	12:37	13:37	14:37	15:37	16:37
縣議會前	12:50	13:50	14:50	15:50	16:50

單字 **なは** 那霸（地名）｜**時刻表**（じこくひょう） 時間表｜**おきなわ** 沖繩（地名）｜**午前中**（ごぜんちゅう） 中午｜**おきなわワールド** 沖繩世界（地名）｜**お昼ごはん**（ひる） 中餐｜**琉球ガラス村**（りゅうきゅう・むら） 琉球玻璃村（地名）｜**出発する**（しゅっぱつ） 出發｜**～ため** 為了～｜**何便**（なんびん） 哪一班｜**～にのる** 搭乘～｜**～便**（びん） ～班｜**満員**（まんいん） 滿客｜**場合**（ばあい） 情形｜**次**（つぎ） 下個｜**ご～ください** 請～｜**利用**（りよう） 利用｜**市内**（しない） 市內｜**～向け**（む） 往｜**ビーチ** 海邊｜**ホテル** 飯店｜**空港**（くうこう） 機場｜**県議会**（けんぎかい） 縣議會

10 為了去「琉球玻璃村」，要搭哪一班？

1 2號
2 4號
3 6號
4 8號

說明 題目詢問去琉球玻璃村要搭哪一班車。作者說到沖繩玩，今天去優美堂・迪亞哥吃中餐完後一點半出發去琉球玻璃村。因為從優美堂・迪亞哥一點半出發，所以選擇一點半以後的車次即可，故正確答案為選項3。

讀解攻略篇

第 2 節

	1	2	3	4	5	6	7	8	9	10
問題 1	③	④	①	④	②	③	①	③	①	①
	11 ③	12 ④	13 ③	14 ①	15 ③	16 ①	17 ③	18 ③	19 ③	20 ①
問題 2	④	④	③	④	②	④	①	②	①	②
	11 ④	12 ④	13 ③	14 ②	15 ②	16 ②	17 ②	18 ②	19 ④	20 ①
問題 3	②	①	①	①	③	①	①	②	①	②
	11 ②	12 ①	13 ③	14 ③	15 ①	16 ②	17 ②	18 ①	19 ③	20 ②
問題 4	①	③	①	②	②	③	③	①	①	①
	11 ②	12 ③	13 ①	14 ③	15 ②	16 ①	17 ③	18 ③	19 ②	20 ①

問題 1　課題理解

▶ p.347

もんだい1では、はじめにしつもんをきいてください。それからはなしをきいて、もんだいようしの1から4のなかから、いちばんいいものをひとつえらんでください。

問題 1　請先聽題目，再聽對話，再從題本上 1 到 4 之中選出最適合的答案。

1ばん

男の人と女の人が話しています。女の人は、何を持っていきますか。

M：キャンプに行くの、今週の金曜日ですね。
　あ、そうそう。お肉と野菜はぼくが持っていきます。
F：私は何を持っていけばいいですか。
M：飲み物をお願いします。
あ、でも飲み物は重いから、やっぱりお菓子しをお願いします
F：はい、わかりました。果物も持っていきましょうか。
M：果物は山本さんにお願いしたので、大丈夫です。

女の人は、何を持っていきますか。

第 1 題

男人和女人正在對話。請問女人要帶什麼？

男：是這週星期五去露營，對吧？
　啊，對了對了，我會帶肉類和蔬菜。
女：我要帶什麼過去才好？
男：麻煩你帶飲料。
　啊，但飲料很重，還是拜託你帶點心好了。
女：好，知道了。水果也要帶去嗎？
男：水果已經拜託山本先生了，沒關係。

請問女人要帶什麼？

單字

男の人 男人｜**女の人** 女人｜**話す** 說話｜**何** 什麼｜**持つ** 帶｜**～ていく** 做～去｜**キャンプ** 露營｜**行く** 去｜**今週** 這週｜**金曜日** 星期五｜**そうそう** 對了對了｜**お肉** 肉類｜**野菜** 蔬菜｜**ぼく** 我（男性用語）｜**～ばいい** 做～就好了｜**飲み物** 飲料｜**お願いする** 拜託｜**でも** 但是｜**重い** 重｜**～から** 因為～｜**やっぱり** 果然｜**お菓子** 點心｜**わかる** 知道；理解｜**果物** 水果｜**～も** 也～｜**～ましょうか** 要～嗎？｜**～ので** 因為～｜**大丈夫だ** 沒關係

說明

題目詢問女人要帶去露營的東西是什麼，男人說自己會帶肉類和蔬菜，並向女人說：「飲料太重，所以還是拜託你帶點心」及「水果拜託山本先生了」，故正確答案為選項3。

2ばん

教室の中で、先生と学生が話しています。学生は、これから何をしますか。

M：先生、3時から部活があるので、コピーは部活の水泳が終わってからでもいいですか。

F：コピーは急いでないので、あした、学校に来てからでもいいですよ。

M：そうですか。では、あしたの朝、します。

F：はい。もうすぐお昼休みが終わりますね。席にもどって、授業の準備をしてくださいね。

M：はい、わかりました。

学生は、これから何をしますか。

第2題

老師和學生正在教室裡對話，請問學生接下來要做什麼？

男：老師，三點開始有社團活動，可以等游泳社團活動結束後再影印嗎？

女：影印不急，明天再到學校印也沒關係。

男：是喔？那我明天早上印。

女：好，午休時間快結束了。請回到座位準備上課。

男：好，知道了。

請問學生接下來要做什麼？

單字

教室 教室｜**中** 裡面｜**先生** 老師｜**学生** 學生｜**これから** 接下來｜**～時** ～點｜**～から** 從～｜**部活** 社團活動｜**コピー** 影印｜**水泳** 游泳｜**終わる** 結束｜**～てから** 做完後～｜**～でもいい** ～也行｜**急ぐ** 急促｜**あした** 明天｜**学校** 學校｜**来る** 來｜**そうですか** 是喔？｜**では** 那麼｜**朝** 早上｜**する** 做｜**もうすぐ** 現在馬上｜**お昼休み** 午休時間｜**席** 座位｜**もどる** 回去｜**授業** 上課｜**準備** 準備｜**～てください** 請～

說明

題目詢問學生接下來要做什麼事。老師雖然拜託學生影印，但說「影印不急，明天早上到學校印也可以」，並且說「請回到座位準備上課」，故正確答案為選項4。

3ばん

男の人と女のが話しています。赤ちゃんはどうして泣きますか。

M：ゆうちゃん、どうして泣いているんですか。

F：眠くなったみたいです。

M：眠くても泣くんですか。

F：そうですよ。おむつがよごれていたり、おなかがすいても泣きます。

第3題

男人和女人正在對話，請問嬰兒為什麼哭？

男：小悠，為什麼在哭？

女：好像是想睡。

男：想睡也會哭嗎？

女：對，尿布髒掉或肚子餓也會哭。

お茶でも飲みながら、ちょっと待っててください。
すぐもどります。

M：はい、わかりました。

赤ちゃんはどうして泣きますか。

1　眠くなったから
2　おむつがよごれたから
3　おなかがすいたから
4　もっと寝たかったから

請喝茶等我一下，很快就回來。

男：好，知道了。

請問嬰兒為什麼哭？

1　因為想睡
2　因為尿布髒了
3　因為肚子餓
4　因為想再睡

單字

赤ちゃん 嬰兒｜**どうして** 為什麼｜**泣く** 哭｜**～ている** 正在～｜**眠い** 想睡｜**～みたいだ** 好像～｜**～ても** 也～｜**そうですよ** 對｜**おむつ** 尿布｜**よごれる** 髒掉｜**～たり** 或～｜**おなかがすく** 肚子餓｜**お茶** （綠）茶｜**飲む** 喝｜**～ながら** 一邊～｜**ちょっと** 稍微｜**待つ** 等待｜**すぐ** 馬上

說明

男人問女人嬰兒現在哭的理由，女人說「好像是想睡覺」，最後女人說「尿布髒了或肚子餓也會哭」不是現在嬰兒哭的理由，故正確答案為選項1。

4ばん

お父さんと娘が話しています。娘はいつから新学期が始まりますか。

F：お父さん。新学期がね、あしたからじゃなくて
あさってからだったの。

M：ほお、そうなのか。

F：うん。それでね、きょうもひなちゃんの家に泊
まりたいんだけど、いい？

M：きのうも泊まったじゃないか。
ひなちゃんのご両親がいいって言っているなら
いいけど。

F：お父さんが出張で家にいないから、きょうも来
ていいって。

M：そうか。じゃあいってきなさい。

F：はーい。ありがとう。

娘はいつから新学期が始まりますか。

1　きのうから
2　きょうから
3　あしたから
4　あさってから

第4題

父親和女兒正在對話，請問女兒新學期何時開始？

女：爸爸，新學期不是明天開始，是後天。

男：喔，是嗎？

女：嗯，所以啊，今天我也想再去住小雛家，可以嗎？

男：昨天不也去了嗎？
如果小雛的父母說好就沒關係。

女：她說父親出差不在家，所以今天也可以去。

男：是嗎？那，出門小心。

女：耶～謝謝。

請問女兒何時開始新學期？

1　昨天開始
2　今天開始
3　明天開始
4　後天開始

單字

お父さん 父親｜**娘** 女兒｜**いつ** 何時｜**～から** 從～｜**新学期** 新學期｜**始まる** 開始｜**あした** 明天｜**～じゃなくて** 不是～｜**あさって** 後天｜**～だったの** 是～｜**そう** 是喔｜**それで** 所以｜**きょう** 今天｜**家** 家｜**泊まる** 住宿｜**～たい** 想要～｜**～けど** 雖然～｜**きのう** 昨天｜**～じゃないか** 不是～嗎？｜**ご両親** 父母｜**～って言う** 說～｜**～なら** 如果～｜**出張** 出差｜**～で** 以～｜**いってきなさい** 出門小心

說明

題目詢問女兒何時開始新學期。女兒向父親說「新學期不是明天開始，是後天開始」，故正確答案為選項4。

5ばん

教室で先生が学生に話しています。学生は、机の上に何を置きますか。

M：では、今からテストを行います。
　　辞書を使う問題がありますから、机の上には辞書とえんぴつと消しゴムだけ出してください。
　　ノートと教科書はかばんにいれてください。

学生は、机の上に何を置きますか。

第5題

老師和學生正在教室對話。請問學生在書桌上放什麼？

男：那，現在開始進行測驗。
　　有些題目要使用字典，所以只拿出字典、鉛筆和橡皮擦放在書桌上，筆記本和教科書請放進包包。

請問學生在書桌上放什麼？

單字

教室 教室｜**机** 書桌｜**上** 上面｜**何** 什麼｜**置く** 放置｜**では** 那麼｜**今から** 現在起｜**テスト** 測驗｜**行う** 進行｜**辞書** 字典｜**使う** 使用｜**問題** 題目｜**ある** 有｜**～と** 和～｜**えんぴつ** 鉛筆｜**消しゴム** 橡皮擦｜**～だけ** 只～｜**出す** 拿出｜**～てください** 請～｜**ノート** 筆記｜**教科書** 教科書｜**かばん** 包包｜**いれる** 放進

說明

題目詢問學生放什麼在書桌上，老師說「請只拿出字典、鉛筆和橡皮擦放在書桌上」，故正確答案為選項2。

6ばん

女の人と男の人が話しています。男の人はどのかばんを買いますか。。

M：このかばんが、ぼくがほしかったかばんなんだ。
F：これのことだったの。大きくていいわね。
M：うん。黒いのがよかったんだけど、ないから白いのを買おうかな。
F：そうね。これもいいと思うわ。

男の人はどのかばんを買いますか。。

第6題

男人和女人正在對話，請問男人買哪一個包包？

男：這個包包是我想要的包包啊。
女：你說這個嗎？很大不錯耶。
男：是啊，我喜歡黑色包包，但沒有了，要買白色的嗎？
女：是喔。那個也好像不錯。

請問男人買哪一個包包？

單字

どの 哪一個｜**かばん** 包包｜**買う** 買｜**この** 這｜**ぼく** 我（男性用語）｜**ほしい** 想要｜**～なんだ** ～呢｜**これ** 這個｜**～のこと** 關於～的東西｜**大きい** 大｜**いい** 好｜**うん** 嗯（肯定）｜**黒い** 黑色｜**ない** 沒有｜**～から** 因為～｜**白い** 白色｜**～かな** 要～嗎？（輕鬆疑問）｜**～と思う** 我覺得

說明

題目詢問男人買哪一個包包。本來想要黑色的大包包，但「因為沒有了，要買白色包包嗎？」女人表示同意，因此得知男人買白色的大包包，故正確答案為選項3。

7ばん

男の人が女の人に道を聞いています。中央図書館はどこですか。

M：あの、すみません。
　中央図書館に行きたいんですが、ここからどう行けばいいですか。

F：えーと、ここからだとこの道をまっすぐに行って左に曲がってください。そして少し歩くとすぐ右側に中央図書館があります。

M：あ、はい。ありがとうございます。

中央図書館はどこですか。

第7題

男人正在向女人問路，請問中央圖書館在哪裡？

男：那個，不好意思。
　我想要去中央圖書館，請問從這裡要怎麼走？

女：那個，從這裡的話，請這條路直走，再左轉。
　然後稍微再走一下，右邊就是中央圖書館。

男：啊，好，謝謝。

請問中央圖書館在哪裡？

單字

道 道路｜**聞く** 詢問｜**中央図書館** 中央圖書館｜**どこ** 哪裡｜**あの** 那個｜**すみません** 不好意思｜**〜たい** 想要〜｜**〜ばいい** 〜就行了｜**まっすぐに** 直直｜**左** 左邊｜**曲がる** 轉彎｜**そして** 然後｜**少し** 稍微｜**歩く** 走｜**すぐ** 馬上｜**右側** 右邊｜**ありがとうございます** 謝謝

說明

男人向女人詢問中央圖書館的位置，女人回答「這條路直走後左轉，稍微再走一下，右邊即是中央圖書館。」故正確答案為選項1。

8ばん

男の人と女の人が話しています。2人はいつ映画を見に行きますか。

M：今週の金よう日に映画を見に行こうよ。

F：あ、金よう日は約束があるの。土よう日は？

M：うーん、土ようびはぼくも・・・。

F：じゃあ来週は？

M：そうだね。金よう日でどう？

F：ええ。

2人はいつ映画を見に行きますか。

第8題

男人和女人正在對話。請問兩個人何時要去看電影？

男：這週星期五去看電影吧。

女：啊，星期五有約，星期六呢？

男：嗯，星期六我也……

女：那下週呢？

男：好，星期五如何？

女：好。

請問兩個人何時要去看電影？

單字

2人 兩個人｜**いつ** 何時｜**映画** 電影｜**見る** 看見｜**〜に行く** 去〜做｜**今週** 這週｜**金よう日** 星期五｜**約束** 約定｜**土よう日** 星期六｜**じゃあ** 那麼｜**来週** 下週｜**そうだ** 這樣｜**どう** 如何｜**ええ** 好

說明

題目詢問兩個人去看電影的日子。男人約這週星期五去看電影，但女人有約，星期六則是男人有約。於是女人問「那下週呢？」，男人回「好，星期五如何？」女人說好，故正確答案為選項3。

9ばん

先生が話しています。学生たちは、あした何を持ってきますか。

F：みなさん、あしたは映画館に行って映画を見ます。映画を見てから、みなさんが感じたことをノートに書きます。なのでノートとえんぴつを持ってきてください。それから、カメラは持ってこないでください。

学生たちは、あした何を持ってきますか。

第 9 題

老師正在說話，請問學生們明天要帶什麼來？

女：各位，明天要去電影院看電影，電影看完後要把感想寫在筆記上。因此，明天請帶筆記本和鉛筆來。此外，請不要帶相機。

請問學生們明天要帶什麼來？

單字

～たち ～們｜**あした** 明天｜**持つ** 帶｜**～てくる** 做～來｜**みなさん** 大家｜**映画館** 電影院｜**～てから** 做完之後～｜**感じる** 感覺到｜**こと** 事物｜**ノート** 筆記｜**書く** 書寫｜**なので** 因此｜**えんぴつ** 鉛筆｜**それから** 此外｜**カメラ** 相機｜**～ないでください** 請不要～

說明

題目詢問學生們明天要帶的東西。老師說明天要去看電影，所以「請帶筆記本和鉛筆，不要帶相機」，故正確答案為畫鉛筆和筆記的選項 1。

10ばん

男の人と女の人が話しています。山田さんはどの人ですか。

F：こんにちは。

M：こんにちは。さあ、あちらに行きましょう。

F：はい。山田さんはもう来ていますか。

M：はい、あそこで新聞を読んでいますよ。

F：あ、今日はめがねをかけていませんね。

M：そうですね。

山田さんはどの人ですか。

第 10 題

男人和女人正在對話，請問山田先生是哪一位？

女：您好。

男：您好。那麼，請往這邊走吧。

女：好，請問山田先生已經來了嗎？

男：是的，在那邊看報紙。

女：啊，今天沒有戴眼鏡耶。

男：是啊。

請問山田先生是哪一位？

單字

どの 哪一個｜**人** 人｜**こんにちは** 您好（早上問候）｜**さあ** 那麼（向對方催促某種動作時發出的聲音｜**あちら** 那邊｜**もう** 已經｜**あそこ** 那地方｜**新聞** 報紙｜**読む** 閱讀｜**今日** 今天｜**めがねをかける** 戴眼鏡｜**そうですね** 是啊

說明

題目詢問山田先生是哪一位。女人問山田先生已經到了嗎？男人的回答是「正在看報紙」，女人看到山田先生說「沒有戴眼鏡耶」，故正確答案為選項 1「沒戴眼鏡且在看報紙」。

11ばん

男の人と女の人が話しています。女の人の一番仲のいいともだちはどの人ですか。

F：この写真、高校の時のなの。
M：へえ～。あ、昔はかみが長かったんだね。
F：そうなの。私のとなりにいるともだちがまゆこで、一番仲がいいの。
　ほら、同じリボンをしているでしょ。
M：本当だ。へえ～。みんなかわいいね。特に一番左の子。
F：その子はさきで、クラスで一番人気あったわ。

女の人の一番仲のいいともだちはどの人ですか。

第11題

男人和女人正在對話，請問女生最要好的朋友是誰？

女：這照片是高中時期啊。
男：呀～以前是長頭髮耶。
女：是啊。我旁邊的這位朋友是真由子，跟我最要好。
　你看，我們戴一樣的蝴蝶結。
男：真的耶。呀～大家都很可愛，特別是最左邊的女孩。
女：那是咲，在班上最受歡迎。

請問女人最要好的朋友是誰？

單字

一番 最｜**仲がいい** 關係要好｜**ともだち** 朋友｜**写真** 照片｜**高校** 高中｜**時** 時期｜**昔** 以前｜**かみ** 頭髮｜**長い** 長｜**私** 我｜**となり** 旁邊｜**～で** 是～｜**ほら** 你看｜**同じだ** 一樣的｜**リボン** 蝴蝶結｜**本当だ** 真的｜**みんな** 大家｜**かわいい** 可愛｜**特に** 特別是｜**子** 孩子｜**クラス** 班級｜**人気がある** 受歡迎

說明

看著照片找女人最要好的朋友。男人看著女人高中時期的照片說「頭髮很長」女人則說自己旁邊的真由子是最要好的朋友，且「戴一樣的蝴蝶結」，因此正確答案是選項3「頭髮長的女生旁邊戴一樣的蝴蝶結的女生」

12ばん

女の人が本を買っています。本は全部でいくらですか。

F：すみません。これ全部お願いします。
M：はい。全部で三冊ですね。
　こちらの大きいのが４，６００円で、こちらが２，６００円、そしてこちらが２，８００円になります。
　え～、全部で１０，０００円になります。
F：はい。
M：どうもありがとうございました。

本は全部でいくらですか。

1　４，６００円
2　７，２００円
3　５，４００円
4　１０，０００円

第12題

女人正在買書，請問書全部多少錢？

女：不好意思，這些全部拜託了。
男：好，全部是三本。
　這邊大本的是4600日圓，這本是2600日圓，
　還有這本是2800日圓
　那～全部是10000日圓。
女：好。
男：非常感謝您。

請問書全部多少錢？

1　4600日圓
2　7200日圓
3　5400日圓
4　10000日圓

單字

本 書｜**買う** 買｜**全部で** 全部｜**いくら** 多少｜**お願いします** 拜託了｜**～冊** ～本｜**こちら** 這邊｜**大きい** 大的｜**～の** ～的｜**～円** ～日圓｜**そして** 還有｜**～になる** 成～｜**１０，０００円** 10000日圓｜**どうも** 非常｜**ありがとうございました** 感謝

說明

題目詢問全部購買的書本價格。女人買了三本書，男人店員說出每一本的價格並說「全部是 10000 日圓」，故正確答案為選項 4。

13ばん

男の人と女の人が話しています。写真はどうなりましたか。

M：この写真をまんなかにして、3枚を横に並べるのはどう？

F：そうね～。
でも花の写真が大きいから上にして、残りの小さな海の写真と空の写真を下に並べましょう。

M：うん、そうしよう。

写真はどうなりましたか。

第 13 題

男人和女人正在對話，請問照片如何擺？

男：這張照片在中間，三張排成一排如何？

女：這個嘛～
可是花的照片大，放上面，其他小的海邊照片和天空照片放下面吧。

男：好，就這樣吧。

請問照片如何擺？

單字

写真 照片｜**どうなる** 怎麼做｜**まんなか** 中間｜**～にする** 以～｜**～枚** ～張｜**横** 橫向｜**並べる** 排列｜**そうね** 這個嘛｜**でも** 但是｜**花** 花｜**上** 上面｜**残り** 剩餘｜**小さな** 小的｜**海** 海邊｜**空** 天空｜**下** 下面｜**うん** 嗯（肯定）

說明

詢問正確的照片排列。女人說「花的照片大，所以放上面，其他小的海邊照片和天空照片排下面。因此，男人也說「就這樣吧」，故正確答案為選項 3「花的照片在上面，海邊和天空的照片在下面。」

14ばん

男の人と女の人が話しています。絵はどうなりますか。

F：木村さん。家族の絵のことだけど。

M：うん、どうしたの？

F：お父さんをまんなかにしないで、一番右にすることにしたでしょ。

M：うん。

F：やっぱりはじめの方がいいと思うんだけど、どう？

M：そうだね。じゃ、そうしよう。

絵はどうなりますか。

第 14 題

男人和女人正在對話，請問畫怎麼樣了？

女：木村先生，關於家族畫的事。

男：嗯，怎麼了？

女：先前決定父親不畫在中間，改在最右邊了吧？

男：嗯。

女：還是照最初的想法好像比較好，如何？

男：也是。好，就這麼做。

請問畫怎麼樣了？

單字

絵 圖畫｜**どう** 如何｜**なる** 變成｜**家族** 家族｜**～のこと** 關於～｜**お父さん** 父親｜**～ないで** 不～｜**一番** 最｜**右** 右邊｜**やっぱり** 果然｜**はじめ** 最初｜**方** 邊｜**いい** 好｜**～と思う** 認為～

說明

題目詢問家人畫的位置。關於家族畫，女人說：「父親不在中間，改在最右邊了吧？」並持反對立場：「還是照最初的想法好像比較好」，而男人也同意了。因此，可以得知以最初的想法是父親畫在中間，正確答案為選項 1。

15 ばん

男の人と女の人が話しています。男の人はいつ沖縄に行きますか。

M：鈴木さん、沖縄に行ったことがありますか。

F：はい、３回あります。海もきれいで、食べものもおいしかったですよ。

M：この夏、行こうと思ってるんです。

F：夏はやめたほうがいいですよ。
飛行機の料金も高いし、東京よりもあついからです。

M：そうですか。じゃあ、おすすめはいつですか。

F：９月から１０月ごろです。
気温もちょうどよくて価格も夏に比べて安くなります。

M：冬や春はどうですか。

F：冬や春は海のスポーツができなくなります。

M：そうですか。じゃあ、秋にします。
ありがとうございます。

男の人はいつ沖縄に行きますか。

1 春
2 夏
3 秋
4 冬

第 15 題

男人和女人正在對話。請問男人何時去沖繩？

男：鈴木小姐，妳去過沖繩嗎？

女：有，去過三次。海邊很漂亮，食物也很好吃。

男：這個夏天，我打算去沖繩。

女：最好不要夏天去。
因為機票貴，又比東京熱。

男：是嗎？那，有推薦何時去嗎？

女：九月到十月的時候。
氣溫好，價格又比夏天時便宜。

男：冬天和春天呢？

女：冬天和春天沒辦法進行海上運動。

男：是喔？那，我決定秋天去了。
謝謝。

請問男人何時去沖繩？

1 春天
2 夏天
3 秋天
4 冬天

單字

いつ 何時｜**沖縄** 沖繩｜**～たことがある** 曾經～｜**3回** 三次｜**きれいだ** 漂亮；乾淨｜**食べもの** 食物｜**おいしい** 美味｜**夏** 夏天｜**～(よ)うと思う** 打算～｜**やめる** 放棄｜**～たほうがいい** ～的話較好｜**飛行機** 飛機｜**料金** 費用｜**高い** （價格）昂貴｜**～し** 而且～｜**東京** 東京｜**～よりも** 比起～｜**あつい** 熱｜**おすすめ** 推薦｜**～ごろ** ～時候｜**気温** 氣溫｜**ちょうど** 剛好｜**価格** 價格｜**比べる** 比較｜**安い** 便宜｜**～くなる** 變～｜**冬** 冬天｜**春** 春天｜**海** 海邊｜**スポーツ** 運動｜**できる** 可以｜**秋** 秋天｜**～にする** 就以～

說明

題目詢問男人決定何時去沖繩。男人告訴女人自己打算這個夏天去沖繩，但詢問哪時候去比較好。最後男人說：「那，我決定秋天去了。」故正確答案為選項3。

16 ばん

男の人と女の人が話しています。田中さんのしゅみは何ですか。

F：課長、このおかし、よかったら一緒に食べませんか。

M：手作りクッキーだね。君が作ったの？

F：私じゃなくて、田中さんです。
田中さんのしゅみはクッキングなんです。

M：へぇ～。おいしいね。

F：いいしゅみですよね。私のしゅみは読書なんですが、課長は？

M：ぼくはゴルフかな。

田中さんのしゅみは何ですか。

第 16 題

男人和女人正在對話，請問田中先生的興趣是什麼？

女：課長，不介意的話，要不要一起吃這個點心？

男：手作餅乾耶，你做的嗎？

女：不是我，是田中先生。
田中先生的興趣是料理。

男：哇～好吃耶。

女：很棒的興趣耶。我的興趣是讀書，課長呢？

男：我可以說是高爾夫球吧。

請問田中先生的興趣是什麼？

單字

しゅみ 興趣｜**課長** 課長｜**おかし** 點心｜**よかったら** 不介意的話｜**一緒に** 一起｜**～ませんか** 要不要～？｜**手作り** 手作｜**クッキー** 餅乾｜**君** 你｜**作る** 製作｜**私** 我｜**～じゃなくて** 不是～｜**クッキング** 料理｜**読書** 讀書｜**～が** 是～｜**ゴルフ** 高爾夫球｜**～かな** 算是～

說明

題目詢問田中先生的興趣。女人問課長要不要一起吃手作餅乾，並說「田中先生的興趣是料理」。故正確答案為選項1。

17ばん

男の人と女の人が話しています。男の人はどの切手を買いますか。

F：山下さん。あの、すみませんが、わたしの切手も買ってきてください。

M：ええ、いいですよ。

F：ありがとうございます。
じゃあ、５０円の切手を６枚と８０円の切手を２枚お願いします。

M：はい、分かりました。

男の人はどの切手を買いますか。

第17題

男人和女人正在對話，請問男人要買哪一種郵票？

女：山下先生，不好意思，請幫我買郵票。

男：好啊。

女：謝謝。
那，五十日圓的郵票六張，以及八十日圓的郵票兩張，拜託了。

男：好，知道了。

請問男人要買哪一種郵票？

單字

どの 哪一種｜**切手** 郵票｜**買う** 買｜**あの** 那｜**すみませんが** 不好意思｜**～てくる** 請～來｜**～てください** 請～｜**いい** 好；沒關係｜**じゃあ** 那麼｜**～枚** ～張｜**～と** 和～｜**お願いする** 拜託｜**分かる** 知道；理解

說明

題目詢問男人要買什麼郵票。女人請男人買郵票，並說「五十日圓的郵票六張，以及八十日圓的郵票兩張」，故正確答案為選項3。

18ばん

男の人と女の人が話しています。二人は何時にまた会いますか。

M：田中さんが出るミスコンテストは、何時からですか。

F：ミスコンテストは午後１時からです。
私は午前１０時から芸能人を招いたトークショーに行ってきます。中山さんはどこに行きますか。

M：ぼくは１１時からのお笑いライブに行ってきます。

F：じゃあ、１２時にまたここで会いましょうか。

M：そうですね。そうしましょう。

二人は何時にまた会いますか。

第18題

男人和女人正在對話，請問兩人幾點要再見面？

男：田中小姐參加的選美比賽幾點開始？

女：選美比賽是下午一點開始。
我十點要去邀請綜藝明星參加的脫口秀。
中山先生要去哪裡？

男：我十一點要去現場搞笑節目。

女：那麼，我們十二點再回到這裡見面？

男：好，就這樣吧。

請問兩人幾點要再見面？

單字

二人 兩個人｜**何時** 幾點｜**また** 再｜**会う** 見面｜**出る** 出來｜**ミスコンテスト** 選美比賽｜**～から** 從～｜**午後** 下午｜**午前** 早上｜**～時** ～點｜**芸能人** 綜藝明星｜**招く** 邀請｜**トークショー** 脫口秀｜**行ってくる** 去｜**どこ** 哪裡｜**ぼく** 我（男性用語）｜**お笑いライブ** 現場搞笑節目｜**そうですね** 好｜**そうする** 就這樣吧

說明

題目詢問兩個人重新見面的時間。最後女人說：「十二點再回到這裡見面？」而男人說：「就這樣吧」，故正確答案為選項3「十二點」。

19ばん

男の人と女の人が話しています。女の人に電話する時には、何番を押しますか。。

M：鈴木さんの部屋の番号は何番ですか。
F：９７４です。
M：９７４ですね。分かりました。
F：何か困った時は電話してください。電話番号は、部屋の番号の前に１をたして、１９７４です。
M：はい。では１時間後に行きますね。

女の人に電話する時には、何番を押しますか。。

1 ９７４
2 ９４７
3 １９７４
4 １９４７

第19題

男人和女人正在對話，請問打給女人的時候，要按幾號？

男：鈴木小姐的房間是幾號？
女：是974。
男：974啊，知道了。
女：有問題的時候請打電話給我。
電話號碼是房間號碼前面加1，1974。
男：好，那一小時後過去。

請問打給女生的時候，要按幾號？

1 974
2 947
3 1974
4 1947

單字

電話する 打電話｜**時** 時候｜**何番** 幾號｜**押す** 按｜**部屋** 房間｜**番号** 號碼｜**何か** 什麼｜**困る** 困難｜**前** 前面｜**たす** 再加｜**では** 那麼｜**～時間** ～小時｜**～後** ～之後｜**行く** 去

說明

題目詢問女人的電話號碼。女人說：「房號前面加1就是電話號碼。房號是974，前面加1就是1974。」故正確答案為選項3。

20ばん

男の人と女の人が話しています。男の人は今、何をはいていますか。

F：あれ。
M：え、どうしたんですか。
F：石川さん、くつしたが違いますよ。
M：えっ、本当だ！
F：朝、忙しかったんですか。
M：あー、はい。時間がなくて急いではいたので、気がつきませんでした。
F：そうだったんですか。
M：はい。
F：それ、新しいくつですか。いいですね。

男の人は今、何をはいていますか。

第20題

男人和女人正在對話，請問男人現在穿著什麼？

女：咦？
男：呃，怎麼了？
女：石川先生，你的襪子兩隻不一樣。
男：誒，真的耶！
女：早上很忙嗎？
男：啊～對，沒有時間，很急著穿，所以沒發現。
女：原來如此。
男：是的。
女：那個是新鞋子嗎？不錯耶。

請問男人現在穿著什麼？

單字

今 現在｜**はく** 穿｜**あれ** 咦｜**どうしたんですか** 發生什麼事了嗎？｜**くつした** 襪子｜**違う** 不一樣；錯誤｜**本当だ** 真的｜**朝** 早上｜**忙しい** 忙碌｜**時間** 時間｜**ない** 沒有｜**急ぐ** 急促｜**～ので** 因為～｜**気がつく** 發現；留意｜**新しい** 新的｜**くつ** 鞋子

說明

題目詢問男人現在穿著什麼。女人對男生說：「襪子穿不一樣」，最後又說：「新鞋子不錯」，故正確答案是選項1「穿著不一樣的襪子和新鞋子」。

問題 2　重點理解

▶ p.363

もんだい２では、はじめにしつもんをきいてください。それからはなしをきいて、もんだいようしの１から４のなかから、いちばんいいものをひとつえらんでください。

問題 2 請先聽題目，再聽對話，從題本上的 1 至 4 之中選出最適合的答案。

1ばん

男の人と女の人が話しています。男の人は大学生のときに、何を習いましたか。

F：すごい楽器の数ですね！
M：小さいころからいろいろな楽器を習ってきたので、ちょっと多いです。
F：最初に習った楽器は何ですか。
M：ピアノです。
ピアノの次にバイオリン、高校生のときにトランペットを習いました。それから、大学に入ってドラムを習いました。
F：すごいですね！いつか私も、バイオリンを習いたいです。

男の人は大学生のときに、何を習いましたか。

1　ピアノ
2　バイオリン
3　トランペット
4　ドラム

第 1 題

男人和女人正在對話，請問男人大學的時候學了什麼？

女：樂器很多耶！
男：從小就學習各種樂器，所以有點多。
女：你第一個學的樂器是什麼？
男：是鋼琴。
鋼琴之後是小提琴，高中的時候學過小號。
還有進了大學後學了打鼓。
女：真厲害！哪一天我也想學小提琴。

請問男人大學的時候學了什麼？

1　鋼琴
2　小提琴
3　小號
4　打鼓

單字

大学生 大學生｜**とき** 時候｜**習う** 學習｜**すごい** 厲害｜**楽器** 樂器｜**数** 數量｜**小さい** 小；年幼｜**ころ** 時候｜**～から** 從～｜**いろいろだ** 各種｜**～てくる** 做～來｜**～ので** 因為～｜**ちょっと** 有一點｜**多い** 多｜**最初** 最初｜**ピアノ** 鋼琴｜**次** 下個｜**バイオリン** 小提琴｜**高校生** 高中生｜**トランペット** 小號｜**それから** 之後｜**大学** 大學｜**入る** 進入｜**ドラム** 打鼓｜**いつか** 某天｜**～たい** 想要～

說明

題目詢問男人大學時學了什麼。女人對男人有很多種樂器感到驚訝，並問第一次學的樂器是什麼。男人回答是鋼琴，且最後說「進了大學後學了打鼓。」故正確答案為選項4。

2ばん

男の人と女の人が話しています。女の人は、いつ引っ越しますか。

M：田中さん。新しいお部屋はどうですか。
F：え？山本さん。私、引っ越してませんよ。
M：あれ？先週、引っ越すって言ってたから・・・。
F：ああ、両親の家です。今週、両親が引っ越しました。
　私は今年まで今の家に住んで、来年引っ越そうと思っています。

女の人は、いつ引っ越しますか。

1 先週
2 今週
3 今年
4 来年

第2題

男人和女人正在對話，請問女人何時搬家？

男：田中小姐，新房如何？
女：咦？山本先生，我沒有搬家。
男：喔？上週說要搬家……
女：啊啊，那是父母親家，這週父母搬家了。
　我到今年為止都住在現在的家，打算明年搬家。

請問女人何時搬家？

1 上週
2 這週
3 今年
4 明年

單字

いつ 何時｜**引っ越す** 搬家｜**新しい** 新的｜**お部屋** 房間｜**どう** 如何｜**先週** 上週｜**～って言う** 說～｜**～から** 因為～｜**両親** 父母親｜**家** 家｜**今週** 這週｜**今年** 今年｜**～まで** ～為止｜**今** 現在｜**住む** 住｜**来年** 明年
～(よ)うと思う 打算

說明

題目詢問女人何時搬家。女人說這週搬家是父母親，自己是「今年為止都住現在的家，打算明年搬」，故正確答案為選項4。

3ばん

会社で男の人と女の人が話しています。男の人は何時に会議がありますか。

F：木村さん。4時に会議があるんでしたよね？
M：そうだったんですけど、3時に変わりました。
　それで、今から会議室に行きます。
F：まだ1時ですよ？
M：会議の前にちょっと準備をしたいんです。
F：そうですか。じゃあ、頑張ってください。

男の人は何時に会議がありますか。

1 1時
2 2時
3 3時
4 4時

第3題

男人和女人在公司對話，請問男人幾點有會議？

女：木村先生，四點不是有會議嗎？
男：本來是這樣沒錯，改成三點了。
　所以現在要去會議室。
女：現在才一點呢？
男：想在會議前做一點準備。
女：是喔？那麼，請加油。

請問男人幾點有會議？

1 一點
2 兩點
3 三點
4 四點

單字

会社 公司｜**何時** 幾點｜**会議** 會議｜**ある** 有｜**～時** ～點｜**～んでしたよね** 不是～嗎？｜**～んですけど** 雖然是～｜**変わる** 改變｜**それで** 所以｜**会議室** 會議室｜**行く** 去｜**まだ** 仍然｜**前** 前面｜**ちょっと** 暫時｜**準備** 準備｜**じゃあ** 那麼｜**頑張る** 努力；奮發｜**～てください** 請～

說明

題目詢問男人的會議是幾點。女人向男人問會議不是四點嗎？男人回答：「是這樣沒錯，但改到三點了」，故正確答案為選項3。

4ばん

レストランで、女の人と店の人が話しています。女の人は何を注文しますか。

F：あのー、このAセットは飲み物もセットですか。

M：はい。コーヒーか紅茶の中から選ぶことができます。

Aセットはサラダはつきませんが、Bセットはサラダもセットになっております。

F：じゃあ、Bセットにします。

M：はい、かしこまりました。

女の人は何を注文しますか。

1 コーヒー
2 サラダ
3 Aセット
4 Bセット

第4題

女人和店員在餐廳對話，請問女人點了什麼？

女：那個，這個A套餐是包含飲料嗎？

男：是的，可以選咖啡或紅茶。

A套餐雖然沒有沙拉，但B套餐還含沙拉。

女：那，我要B套餐。

男：好，知道了。

請問女人點了什麼？

1 咖啡
2 沙拉
3 A套餐
4 B套餐

單字

レストラン 餐廳｜**店の人** 店員｜**注文する** 點餐｜**あのー** 那～｜**セット** 套餐｜**飲み物** 飲料｜**コーヒー** 咖啡
～か～の中で ～或～之中｜**選ぶ** 選擇｜**～ことができる** 可以～｜**サラダ** 沙拉｜**つく** 附加｜**～になる** 成～
～ておる 是～｜**～にする** 就以～｜**かしこまりました** 知道了

說明

題目詢問女人在餐廳向店員點了什麼。女人詢問A套餐是否包含飲料，店員回答：「可以選咖啡或紅茶」，但是「B套餐還含沙拉」，所以「點了B套餐」，故正確答案為選項4。

5ばん

男の人と女の人が話しています。女の人はデパートで何を買いますか。

F：山田さんはやおやに行って、くだものを買ってきてください。

M：はい、分かりました。木村さんは？

F：私はデパートに行って、ケーキととり肉を買ってきます。

M：あ、飲み物はどうしますか。

F：山田さん、たのめますか。

やおやさんの近くにスーパーがあるので…。

M：ええ、いいですよ。じゃあ行ってきます。

女の人はデパートで何を買いますか。

第5題

男人和女人正在對話，請問女人在百貨公司裡買了什麼？

女：山田先生請到蔬果店幫我買水果。

男：好，知道了。木村小姐呢？

女：我去百貨公司買蛋糕和雞肉回來。

男：啊，那飲料要怎麼辦？

女：山田先生，可以拜託你嗎？

蔬果店附近有超市……

男：喔，好。那我出門了。

請問女人在百貨公司裡買了什麼？

單字

デパート 百貨公司｜**買う** 買｜**やおや（さん）** 蔬果店｜**くだもの** 水果｜**～てくる** 做～來｜**分かる** 知道；理解｜
ケーキ 蛋糕｜**とり肉** 雞肉｜**たのめる** 可以拜託｜**近く** 附近｜**スーパー** 超市｜**いい** 好；沒關係｜**じゃあ** 那麼

說明

題目詢問女人在百貨公司裡買什麼。女人拜託男人到蔬果店買水果，自己則是「到百貨公司買蛋糕和雞肉」，故正確答案為選項2。

6ばん

先生と生徒が話しています。テストはいつですか。

F：え～、いよいよあさっての金よう日からテストですね。

M：えっ。木よう日からじゃないんですか。

F：今日が水よう日ですよ。

M：あ、今日が水よう日ですね。

F：はい。みなさん、しっかり勉強しましょうね。

テストはいつですか。

1 あしたの木よう日です。

2 あしたの金よう日です。

3 あさっての木よう日です。

4 あさっての金よう日です。

第6題

老師和學生正在對話，請問何時考試？

女：唔～後天星期五就要開始考試了呢。

男：咦！不是從星期四開始嗎？

女：今天是星期三。

男：啊，原來今天是星期三。

女：是的，大家，一起好好用功吧。

請問何時考試？

1 是明天星期四。

2 是明天星期五。

3 是後天星期四。

4 是後天星期五。

單字

生徒 學生｜**テスト** 考試｜**いよいよ** 終於｜**あさって** 後天｜**金よう日** 星期五｜**木よう日** 星期四｜**水よう日** 星期三｜**みなさん** 大家｜**しっかり** 確實｜**勉強する** 讀書｜**あした** 明天

說明

題目詢問何時考試，老師說「考試從後天星期五開始」，且今天是星期三。學生誤以為考試是從星期四開始，故正確答案為選項4。

7ばん

会社で男の人と女の人が話しています。森田さんはどんな人ですか。

F：あの、先輩、ちょっといいですか。

M：うん、どうした？

F：パソコンで作業中にデータが消えてしまったんです…。

どうすればいいかわかりません。

M：あー、それはまずいね…。

あ、営業部の森田さん知ってる？

F：森田さんって、髪の毛が長くてまるいめがねをかけた女の人ですよね？

M：うん、そう。

森田さんならパソコンに詳しいから、どうにかしてくれると思うよ。

F：そうですか。わかりました！先輩ありがとうございます！ ちょっと森田さんのところに行ってきます。

森田さんはどんな人ですか。

第7題

男人和女人正在公司對話，請問森田小姐是什麼人？

女：那個，前輩，可以打擾一下嗎？

男：什麼事？

女：電腦裡正在打的檔案不見了……

不知該如何是好。

男：啊，這個不好處理耶……

啊，你知道業務部的森田小姐嗎？

女：森田小姐？長頭髮戴著圓框眼鏡的女生嗎？

男：嗯，對。

森田小姐擅長電腦，她應該會有辦法。

女：是嗎？知道了！謝謝前輩！

我去一下森田小姐那，等等回來。

請問森田小姐是什麼人？

單字

会社 公司｜**どんな** 哪種｜**あの** 那個｜**先輩** 前輩｜**ちょっと** 暫時｜**いい** 好｜**どうした？** 什麼事？｜**パソコン** 個人電腦｜**～で** 以～｜**作業中** 作業中｜**データ** 檔案｜**消える** 消失｜**～てしまう** 完全～｜**どう** 怎麼｜**する** 做｜**～ば** 如果～｜**～か** 是否～｜**わかる** 知道｜**まずい** 狀況不好｜**営業部** 業務部｜**知る** 知道｜**～って** 叫～｜**髪の毛** 頭髮｜**長い** 長｜**まるい** 圓的｜**めがねをかける** 戴眼鏡｜**～よね** 對吧～｜**そう** 是的｜**～なら** 若是～｜**詳しい** 擅長｜**どうにか** 不管如何｜**～てくれる**（別人為我）做～｜**～と思う** 認為～｜**ところ** 地方｜**行ってくる** 去去就回

說明

題目詢問森田小姐是誰。女生問森田小姐是否為「長頭髮且戴圓框眼鏡的女生」，男生回答「對」，故正確答案為選項1。

8ばん

デパートで女の人とお店の人が話しています。女の人は支払いをどうしますか。

M：ぜんぶで１１万３千円になります。
現金、クレジットカード、また商品券も使うことができます。

F：カードでお願いします。

M：１回払いでよろしいですか。

F：えっと、１回…じゃなくて、やっぱり３回でお願いします。

M：かしこまりました。少々お待ちください。

女の人は支払いをどうしますか。

1　カード１回払い
2　カード３回払い
3　現金
4　商品券

第8題

女人和店員正在百貨公司對話，請問女人怎麼支付？

男：全部總共是十一萬三千日圓。
現金、信用卡或商品券都可以使用。

女：我要刷卡。

男：一次付清可以嗎？

女：那個，不要一次，我要分三期。

男：知道了，請稍等一下。

請問女生怎麼支付？

1　刷卡一次付清
2　刷卡分三期
3　現金
4　商品券

單字

デパート 百貨公司｜**お店の人** 店員｜**支払い** 支付｜**ぜんぶで** 全部總共｜**～になる** 成～｜**現金** 現金｜**クレジットカード** 信用卡｜**また** 或｜**商品券** 商品券｜**使う** 使用｜**～ことができる** 可以～｜**カード** 卡片｜**～で** 以～（手段）｜**お願いする** 拜託｜**１回払い** 一次付清｜**～回払い** ～期支付｜**よろしい** 好｜**えっと** 那個｜**～じゃなくて** 不要～｜**やっぱり** 果然｜**かしこまりました** 知道了｜**少々** 暫時｜**お待ちください** 請等待

說明

題目詢問女人在百貨公司如何支付。男人店員說可以使用現金、信用卡和商品券，女人回答「刷卡」且「不是一次付清，分三期」，故正確答案為選項2。

9ばん

男の人と女の人が話しています。きのう、２人は一緒に何をしましたか。

M：きのうのボーリング、楽しかったですね。

F：ええ、でも短かったのでざんねんです。

M：ぼくはあのあと、みんなでお酒も飲んで、カラオケにも行きました。

F：カラオケにも行ったんですか。元気ですね。
私は家に戻ってから、テレビを見ました。

きのう、２人は一緒に何をしましたか。

第９題

男人和女人正在對話。兩人昨天一起做什麼事？

男：昨天的保齡球玩得很開心。

女：對，不過時間太短，可惜了。

男：我那之後跟大家一起喝酒，也去唱 KTV 了。

女：還去 KTV ？真是活力充沛啊。
我回到家後看了電視。

請問兩人昨天一起做什麼事？

單字

きのう 昨天｜**一緒に** 一起｜**ボーリング** 保齡球｜**楽しい** 開心｜**でも** 不過｜**短い** 短｜**ざんねんだ** 遺憾；可惜｜**あのあと** 那之後｜**みんなで** 大家一起｜**お酒** 酒｜**飲む** 喝｜**カラオケ** KTV｜**元気だ** 充滿活力｜**戻る** 回家｜**～てから** ～完後｜**テレビ** 電視

說明

題目詢問男人和女人昨天一起做了什麼。男人說「昨天的保齡球玩得開心」，女人也「同意」，故得知他們一起打了保齡球，正確答案為選項 1。

10ばん

女の子が話しています。女の子は、どんなともだちがほしいですか。

F：こんにちは。ゆきと言います。高校１年生で１６歳です。私は東京に住んでいます。しゅみはアメリカのドラマを見ることです。一緒に買い物をしたり、ごはんを食べに行ったりできる女のともだちを探しています。男の子はごめんなさい。よろしくお願いします。

女の子は、どんなともだちがほしいですか。

1　買い物が好きな男の子です。
2　買い物が好きな女の子です。
3　アメリカのドラマが好きな男の子です。
4　アメリカのドラマが好きな女の子です。

第 10 題

女孩正在說話，請問女孩想要怎麼樣的朋友？

女：大家好，我叫由紀，高中一年級，十六歲。我住在東京，興趣是看美國電視劇，正在找能一起去逛街或吃飯的女性朋友。男孩抱歉了。請大家多多指教。

請問女孩想要怎麼樣的朋友？

1　喜歡逛街的男孩。
2　喜歡逛街的女孩。
3　喜歡美國電視劇的男孩。
4　喜歡美國電視劇的女孩。

單字

女の子 女孩｜**どんな** 哪種｜**ともだち** 朋友｜**ほしい** 想要｜**～と言う** 叫～｜**高校** 高中｜**～年生** ～年級｜**～歳** ～歲｜**東京** 東京｜**住む** 住｜**しゅみ** 興趣｜**アメリカ** 美國｜**ドラマ** 電視劇｜**こと** ～之事｜**買い物** 逛街｜**～たり～たりする** 做～或做～｜**ごはん** 飯｜**できる** 可以｜**女** 女生｜**探す** 尋找｜**男の子** 男孩｜**ごめんなさい** 抱歉
好きだ 喜歡

說明

題目詢問女孩想要交怎樣的朋友，女孩說「正在找可以一起逛街或吃的女性朋友」，故正確答案為選項 2「喜歡逛街的女孩」。美國電視劇是女孩的興趣，但沒有說想要喜歡美國電視劇的朋友。

11ばん

テレビで、あしたの天気について話しています。あしたの午前の天気は、どうなると言っていますか。

F：きょうは朝から雨が降っています。きょうの午後も雨はずっと降るでしょう。あしたからはもっと寒くなります。あしたは一日中、雪が降るでしょう。外に出かけるときは、あたたかい服を着てください。雪はあさっての午前まで降りますが、午後からは晴れるでしょう。

あしたの午前の天気は、どうなると言っていますか。

第11題

電視正在講述明天的天氣，請問明天早上的天氣如何？

女：今天早上開始下雨，今天下午也會一直下雨。明天開始會開始變冷。明天會下整天的雪，外出的時候請穿好保暖衣物。雖然雪會下到後天早上，但下午就會放晴了。

請問明天早上的天氣如何？

單字

あした 明天｜**天気** 天氣｜**～について** 關於～｜**午前** 早上｜**雨** 雨｜**降る** 下（雨、雪）｜**午後** 下午｜**ずっと** 一直｜**もっと** 更加｜**寒い** 寒冷｜**一日中** 一整天｜**雪** 雪｜**外** 外面｜**出かける** 出去｜**あたたかい** 暖活｜**服** 衣服｜**着る** 穿｜**あさって** 後天｜**晴れる** 晴朗

說明

題目詢問電視說明天的天氣如何。女人說明天起會變冷，並說「明天會下整天的雪」，故正確答案為選項4。

12ばん

男の人と女の人が電話で話しています。あした、2人はどこで会いますか。

F：あした、どこで会いましょうか。
M：3時に駅の出口で会いませんか。
F：まだちょっと寒いですから、駅の中はどうですか。
M：でしたら、駅の中は人が多いので、駅前にあるきっさてんの中で会いましょう。
F：そうですね。では、そうしましょう。

あした、2人はどこで会いますか。

1 えきの出口で会います。
2 駅の中で会います。
3 きっさてんの前で会います。
4 きっさてんの中で会います。

第12題

男人和女人正在通話，請問明天兩人要在哪裡見面？

女：明天在哪裡見面？
男：要不要三點在車站出口見面？
女：還有一點冷，約車站裡好嗎？
男：這樣的話，畢竟車站裡的人很多，在車站前的咖啡廳見面吧。
女：好，那就這樣吧。

請問明天兩人要在哪裡見面呢？

1 在車站出口見面。
2 在車站裡見面。
3 在咖啡廳前見面。
4 在咖啡廳裡見面。

單字

電話 電話｜**～で** 以～（手段）；在～（場所）｜**会う** 見面｜**～ましょうか** ～呢？｜**駅** 車站｜**出口** 出口｜**～ませんか** 要～嗎？｜**まだ** 仍然｜**ちょっと** 有一點｜**中** 裡面｜**でしたら** 這樣的話｜**多い** 多｜**駅前** 車站前｜**きっさてん** 咖啡廳｜**そう** 這樣｜**～ましょう** ～吧

說明

題目詢問女人和男人在哪裡見面。男人向女人提議在車站出口見面，但女人說還有一點冷，所以在車站裡見面。但男人說：「車站裡的人多，在車站前的咖啡廳裡見面吧」，女人接受提議，故正確答案為選項4。

13ばん

男の人と女の人が話しています。女の人は何人かぞくですか。

F：ジョンさんは、何人かぞくですか。
M：うちは両親と姉とぼくの4人かぞくです。
　山下さんは？
F：私は両親と兄が1人、それから妹が2人います。
M：妹さんが2人も！うらやましいです。
F：そうですか。言うこと聞かないので、たいへんですよ。

女の人は何人かぞくですか。

第13題

男人和女人正在對話，請問女人的家庭有幾個人？

女：約翰先生的家庭有幾個人？
男：我們家是父母、姊姊和我的四人家庭。山下小姐呢？
女：我是父母和一名哥哥，以及兩名妹妹。
男：妹妹兩位！真羨慕。
女：是嗎？她們都不聽話，很累呢。

請問女人的家庭有幾個人？

單字

何人 幾名｜**かぞく** 家人｜**うち** 我們家｜**両親** 父母｜**～と** 和～｜**姉** 姊姊｜**～人かぞく** ～人家庭｜**兄** 哥哥｜**1人** 一名｜**妹** 妹妹｜**妹さん**（別人的）妹妹｜**2人** 兩人｜**～も** 多達｜**うらやましい** 羨慕｜**言う** 說話｜**聞く** 聽｜**たいへんだ** 辛苦

說明

題目詢問女人的家庭有幾名。男人說他是有父母、姊姊和自己的四人家庭，而問了女人。女人說「有父母、一名哥哥和兩名妹妹」，故為六人家庭，正確答案為選項3。

14ばん

男の人と女の人が話しています。男の人はこのあと、どうしますか。

M：田中さん、仕事は終わりましたか。
F：いいえ、あとちょっとで終わります。
M：あの、よかったら、仕事が終わってから一緒に映画を見に行きませんか。
F：すみません。今日は約束があって…。
　あしたはどうですか。
M：はい。あしたの分、今日仕事しますので、あした見に行きましょう。

男の人はこのあと、どうしますか。

1 家に帰ります。
2 仕事をします。
3 女の人と映画を見に行きます。
4 一人で映画を見に行きます。

第14題

男人和女人正在對話，請問男人接下來要怎麼做？

男：田中小姐，工作結束了嗎？
女：不，還要一會兒。
男：那個，可以的話，結束後要一起去看電影嗎？
女：對不起，今天有約了……
　明天如何？
男：好，明天的工作份量今天做完，明天去看吧。

請問男人接下來要怎麼做？

1 回家。
2 工作。
3 和女人去看電影。
4 一個人去看電影。

單字

このあと 接下來｜**仕事** 工作｜**終わる** 結束｜**あと** 之後｜**ちょっと** 稍微｜**よかったら** 可以的話｜**～てから** 做完後～｜**映画** 電影｜**～に行く** 去做～｜**約束** 約定｜**分** 份量｜**家** 家｜**帰る** 回家｜**一人で** 一個人

說明

題目詢問男人和女人說完後接下來要怎麼做。男人向女人問工作結束後要不要一起去看電影，但女人說有約，並問明天如何。最後男人說「明天的份量今天做完，所以明天一起去看電影吧」，故正確答案為選項2。

15 ばん

男の人と女の人が話しています。女の人が今、持っているのは何ですか。

M：すみません。ボールペンはありますか。
F：はい、ありますよ。えーと、かばんの中に…あれ？
M：ありませんか。えんぴつでもいいんですが。
F：すみません、えんぴつはないんです。
　あ、ありました。はい、ボールペンです。
M：ありがとうございます。

女の人が今、持っているのは何ですか。

第 15 題

男人和女人正在對話，請問女人現在正拿著什麼？

男：抱歉，請問有原子筆嗎？
女：喔，有啊。唔，包包裡面……咦？
男：沒有嗎？鉛筆也可以。
女：抱歉，沒有鉛筆。
　啊，有了，來，原子筆。
男：謝謝。

請問女人現在正拿著什麼？

單字

持つ 持有｜**ボールペン** 原子筆｜**かばん** 包包｜**あれ** 咦｜**えんぴつ** 鉛筆｜**～でも** ～也好｜
はい 來（請求注意的聲音）

說明

題目詢問女人現在拿著什麼。男人向女人問有沒有原子筆，女人回答「有」，要拿給男人，但沒能快速找到，雖然男人說鉛筆也可以，但女人在包包裡找到原子筆，給了男人，故正確答案為選項 2。

16 ばん

男の人と女の人が話しています。セーターは誰のですか。

F：そのセーター、いいですね。
M：はい。とてもあたたかくて、気に入っています。
　でもこれ、ぼくのじゃないんです。
F：あ、お兄さんのですか。それともお父さんの？
M：実は弟のなんです。
F：へえ、意外ですね。

セーターは誰のですか。

1 男の人
2 男の人の弟さん
3 男の人のお兄さん
4 男の人のお父さん

第 16 題

男人和女人正在對話，請問毛衣是誰的？

女：這件毛衣不錯耶。
男：是啊，非常溫暖，很滿意。
　不過，這不是我的。
女：啊，哥哥的嗎？還是父親的？
男：其實是弟弟的。
女：喔，真意外。

請問毛衣是誰的？

1 男生
2 男生的弟弟
3 男生的哥哥
4 男生的父親

單字

セーター 毛衣｜**誰** 誰｜**～の** ～的東西｜**いい** 好｜**とても** 非常｜**あたたかい** 溫暖｜**気に入る** 滿意｜**ぼく** 我｜
お兄さん（別人的）哥哥｜**それとも** 或是｜**お父さん** 父親｜**実は** 其實｜**弟** 弟弟｜**意外だ** 意外

說明

題目詢問毛衣是誰的。女人看到男人的毛衣，問是哥哥的，還是父親的，男人回答：「其實是弟弟的」，故正確答案為選項 2。

17 ばん

男の人と女の人に部屋を見せています。女の人はどうしてこのが好きですか。

F：わあ、きれいな部屋！いいですね。

M：はい。駅からは遠いですが、新しい建物なので部屋がきれいです。

F：でもちょっと暗いですね。

M：電球を変えれば明るくなりますよ。

F：はい。あの、ほかの部屋も見せてください。

M：はい。今度の部屋は、駅から近いですよ。その代わり、ねだんが少し高いです。

女の人はどうしてこの部屋が好きですか。

1 駅から近いから

2 部屋がきれいだから

3 部屋が明るいから

4 部屋が安いから

第 17 題

男人讓女人看房間，請問女人為什麼喜歡這個房間？

女：哇，房間真乾淨！真不錯。

男：是的，雖然離車站遠，但是新建築，房間很乾淨。

女：不過有點暗。

男：換燈泡就變亮了。

女：好，那個也給我看看其他房間。

男：好，下個房間離車站近，但相對價格稍微貴。

請問女人為什麼喜歡這個房間？

1 因為離車站近

2 因為房間乾淨

3 因為房間明亮

4 因為房間價格便宜

單字

部屋 房間｜**見せる** 展示｜**どうして** 為什麼｜**好きだ** 喜歡｜**きれいだ** 乾淨｜**駅** 車站｜**遠い** 遠｜**新しい** 新的｜**建物** 建築｜**ちょっと** 稍微｜**暗い** 黑暗｜**電球** 燈泡｜**変える** 換｜**～ば** ～的話｜**明るい** 明亮｜**ほかの** 其他｜**今度** 下次｜**近い** 近｜**その代わり** 相對｜**ねだん** 價格｜**少し** 稍微｜**高い** 昂貴｜**安い** 便宜

說明

題目詢問女人喜歡這個房間的理由。一開始，女人看著房間說：「房間真乾淨！真不錯」，故正確答案為選項 2「因為房間乾淨」。

18 ばん

男の人と女の人が音楽を聞いています。２人は今聞いている音楽が好きですか。

M：この音楽、ちょっとかなしい感じの音楽ですね。

F：そうですか。私はこういう音楽が好きですが。

M：ぼくはちょっと…。もっと楽しい音楽が好きです。

F：そうなんですか。じゃあクラシック音楽もきらいですか。

M：いいえ、クラシック音楽は好きです。

２人は今聞いている音楽が好きですか。

1 男の人は好きです。

2 女の人は好きです。

3 男の人も女の人も好きです。

4 男の人も女の人も好きではありません。

第 18 題

男人和女人正在聽音樂，請問兩人喜歡現在聽的音樂嗎？

男：這音樂，感覺有點悲傷。

女：是嗎？我是滿喜歡這種音樂的。

男：我……比較喜歡開心的音樂。

女：是嗎？那也討厭古典音樂嗎？

男：不，我喜歡古典音樂。

請問兩人喜歡現在聽的音樂嗎？

1 男人喜歡。

2 女人喜歡。

3 男人和女人都喜歡。

4 男人和女人都不喜歡。

單字

音楽 音樂｜**聞く** 聽｜**好きだ** 喜歡｜**かなしい** 悲傷｜**感じ** 感覺｜**こういう** 這種｜**もっと** 更｜**楽しい** 開心｜**クラシック** 古典｜**きらいだ** 討厭｜**～も～も** ～也～也

說明

題目詢問兩人對現在聽的音樂有何想法。男人說現在聽的音樂有點悲傷，但女人說：「喜歡這種音樂」，男人則回：「我不怎麼……」，故正確答案為選項2「女人喜歡」。

19ばん

クリーニング店で男の人と女の人が話しています。男の人はいつ取りに行きますか。

F：じゃあ、この３点ですね。

きょうが１４日ですから、１８日以降に取りに来てください。

M：わかりました。１８日でもいいんですよね？

F：あ、待ってください。１８日水よう日は休みの日ですね。すみません。

M：じゃあ、その次のに取りに来ます。

よろしくお願いいたします。

男の人はいつ取りに行きますか。

1　１６日
2　１７日
3　１８日
4　１９日

第19題

男人和女人正在洗衣店對話，請問男人何時來取？

女：那，是這三件。

今天是十四號，請十八號以後來取。

男：知道了，請問十八號也可以吧？

女：啊，請稍等一下，十八號是星期三公休，抱歉。

男：那麼，我隔天來取。

拜託了。

請問男人何時來取？

1　十六號
2　十七號
3　十八號
4　十九號

單字

クリーニング店 洗衣店｜**いつ** 何時｜**とる** 取貨｜**～に行く** 去做～｜**～点** 件數｜**きょう** 今天｜**以降** 以後｜**来る** 來｜**～てください** 請～｜**わかる** 知道；理解｜**～でもいい** ～也沒關係｜**～ですよね？** 是～吧？｜**待つ** 等待｜**水よう日** 星期三｜**休みの日** 休假日｜**すみません** 抱歉｜**次の日** 隔天｜**よろしく** 好好的｜**お願いいたす** 拜託

說明

題目詢問男人何時到洗衣店取貨，女人說今天是十四號，請十八號以後來，而男人問：「十八號也可以嗎？」女人回答：「十八號星期三是公休。」故男人說「隔天來取」，十八號的隔天是十九號，正確答案為選項4。

20ばん

男の人と女の人が話しています。男の人はどうして女の人にかさを貸しますか。

F：ひどい雨ね。かさ持ってこなかったの。どうしよう。

M：じゃあ、このかさ、貸してあげる。

F：え、いいの？かさ二つ持ってるの？

第20題

男人和女人正在對話，請問男人為什麼借雨傘給女人？

女：雨好大。我沒帶雨傘，怎麼辦？

男：那，這個雨傘借你。

女：咦，沒關係嗎？你帶兩把雨傘嗎？

M：一つしかないけど、持って行っていいよ。
きょうは車でお迎えが来るから、かさがなくてもこまらないんだ。
F：ありがとう。助かったわ。

男：雖然只有一把，但你拿走也沒關係。
今天有人開車來接我，所以沒有雨傘也沒差。
女：謝謝，真是幫了大忙。

男の人はどうして女の人にかさを貸しますか。

1　車でお迎えが来るから
2　かさを二つ持っているから
3　女の人がかわいそうだから
4　午後ははれるから

請問男人為什麼借雨傘給女人？

1　因為有人開車接送
2　因為帶了兩把雨傘
3　因為女人可憐
4　因為下午天氣晴

單字

どうして 為什麼｜**かさ** 雨傘｜**貸す** 借出｜**ひどい** 嚴重的｜**雨** 雨｜**持つ** 持有｜**～てくる** 做～來｜**どうしよう** 怎麼辦？｜**じゃあ** 那麼｜**～てあげる**（我為別人）做～｜**いい** 好｜**二つ** 兩個｜**～てる** 正在～（**～ている**的縮語）｜**一つ** 一個｜**～しかない** ～之外沒｜**～けど** 雖然是～｜**～て行く** 做～去｜**車** 汽車｜**お迎え** 迎接｜**ない** 沒有｜**～ても** 做～也｜**こまる** 困擾｜**ありがとう** 謝謝｜**助かる** 有幫助｜**かわいそうだ** 可憐｜**午後** 下午｜**はれる** 晴朗

說明

題目詢問男人借雨傘給女人的理由。雨下很大，看著沒有雨傘而困擾的女人，男人要把自己的雨傘借給她。女人問是否帶了兩把雨傘，男人回答雖然只有一把，但今天「會有人來接，所以沒有雨傘也沒關係」，故正確答案為選項1。

問題 3　說話表達

▶ p.377

もんだい3では、えをみながらしつもんをきいてください。➡（やじるし）のひとはなんといいますか。1から3のなかから、いちばんいいものをひとつえらんでください。

問題 3　請看圖聽題目。請問➡（箭頭標示）的人說什麼？請在 1 至 3 之中選出最適合的答案。

1ばん

電話を切ります。何と言いますか。

1　おかげさまで。
2　失礼します。
3　すみません。

第 1 題

要掛斷電話，要說什麼？

1　托您的福。
2　打擾了。
3　抱歉。

單字

電話 電話｜**切る** 掛斷｜**おかげさまで** 托福｜**失礼する** 打擾｜**すみません** 抱歉；謝謝

說明

題目詢問電話掛斷時該說的話，故正確答案為選項 2「打擾了」。選項 1 是對於他人的親切等表達感謝時說的話；選項 3 是表達道歉或感謝時說的話。

2ばん

友だちの足を踏みました。何と言いますか。

1 ごめん。

2 さようなら。

3 痛い！

第 2 題

踩到朋友的腳，要說什麼？

1 對不起。

2 再見。

3 痛！

單字

友だち 朋友｜**足** 腳｜**踏む** 踩踏｜**ごめん** 對不起｜**さようなら** 再見｜**痛い** 痛

說明

題目詢問踩到朋友的腳時該說的話，故正確答案為選項 1「對不起」。選項 2 是離別時說的話；選項 3 是被踩到腳的朋友說的話。

3ばん

時計を忘れました。今の時間が知りたいです。何と言いますか。

1 今何時？

2 今から１１時まで。

3 今ちょうど１１時だよ。

第 3 題

忘了戴手錶，想知道現在的時間，要說什麼？

1 現在幾點？

2 現在開始到十一點。

3 現在正好十一點。

單字

時計 手錶｜**忘れる** 遺忘｜**今** 現在｜**時間** 時間｜**知る** 知道｜**～たい** 想要～｜**何時** 何時｜**～から～まで** 從～到～｜**ちょうど** 正好

說明

題目詢問想知道時間時該說的話，故正確答案為選項 1「現在幾點？」選項 2 是告知期間時說的話；選項 3 是告知時間時說的話。

4ばん

友だちにさとうを取ってもらいたいです。何と言いますか。

1 さとうを取ってください。

2 さとうはいかがですか。

3 さとうのほうがいいですか。

第 4 題

想要請朋友拿砂糖，要說什麼？

1 請拿砂糖給我。

2 砂糖如何？

3 砂糖好嗎？

單字

さとう 砂糖｜**取る** 拿｜**～てもらう**（自己從他人）收到～｜**～てください** 請～｜**いかがですか** 如何？｜**～のほうがいい** ～較好

說明

題目詢問要請朋友拿砂糖時說的話，故正確答案為選項 1「請拿砂糖給我」。選項 2 是詢問放不放砂糖的意見；選項 3 是向對方問砂糖好不好時說的話。

5ばん

会社でお客さんにお茶を出します。何と言いますか。

1 お茶をください。
2 お茶をお願いします。
3 お茶を、どうぞ。

第5題

在公司裡上茶給客人，要說什麼？

1 請給我茶。
2 麻煩給我茶。
3 請用茶。

單字

会社 公司｜**お客さん** 客人｜**お茶** 茶｜**出す** 遞上（食物等）｜**ください** 請給我｜**お願いする** 拜託｜**どうぞ** 請喝

說明

題目詢問在公司拿綠茶接待客人時該說的話，故正確答案為選項3「請用茶」。選項1是要求茶時說的話；選項2是點茶時說的話。

6ばん

天気が悪くなってきました。何と言いますか。

1 雨が降りそうですね。
2 晴れてきましたね。
3 雪が降っていますね。

第6題

天氣開始變壞了，要說什麼？

1 好像要下雨了。
2 天氣放晴了耶。
3 下雪了。

單字

天気 天氣｜**悪い** 壞｜**～くなる** 變～｜**～てくる** 開始～｜**雨** 雨｜**降る** 下（雨、雪）｜**～そうだ** 好像～｜**晴れる** 天氣晴朗｜**雪** 雪｜**～ている** 正在～

說明

題目詢問看著天空，覺得天氣要變壞時說的話，故正確答案為選項1「好像要下雨了」。選項2是天氣變好時說的話；選項3是看到下雪時說的話。

7ばん

近所の人と別れのあいさつをします。何と言いますか。

1 じゃ、また。
2 お元気ですか。
3 お久しぶりです。

第7題

和鄰居道別時問候，要說什麼？

1 那，下次再見。
2 身體好嗎？
3 好久不見。

單字

近所 鄰居｜**別れ** 道別｜**あいさつ** 問候｜**じゃ、また** 下次再見｜**お元気ですか** 您好；身體好嗎？｜**お久しぶり** 好久不見

說明

題目詢問和鄰居道別時的問候語，故正確答案為選項1「下次再見」。選項2是見面時說的話；選項3是很久沒見時說的話。

8ばん

郵便局で切手を買います。何と言いますか。

1 切符はありますか。

2 切手をください。

3 この手紙です。

第 8 題

在郵局買郵票，要說什麼？

1 有票嗎？

2 請給我郵票。

3 是這封信。

單字

郵便局 郵局｜**切手** 郵票｜**買う** 買｜**切符** 車票｜**～をください** 請給～｜**手紙** 信件

說明

題目詢問在郵局買郵票時該說的話，故正確答案為選項 2「請給我郵票」。選項 1 是詢問有沒有票時說的話；選項 3 說的是信件。

9ばん

となりの人にえんぴつを借りたいです。何と言いますか。

1 すみません。えんぴつを貸してください。

2 すみません。えんぴつはありません。

3 すみません。えんぴつはいくらですか。

第 9 題

想跟旁邊的人借鉛筆，要說什麼？

1 抱歉，請借我鉛筆。

2 抱歉，沒有鉛筆。

3 抱歉，鉛筆多少錢？

單字

となり 旁邊｜**えんぴつ** 鉛筆｜**借りる** 借入｜**～たい** 想要～｜**貸す** 借出｜**いくら** 借出

說明

題目詢問跟旁邊的人借鉛筆時該說的話，跟人借的時候要說「請借我」，故正確答案為選項 1「抱歉，請借我鉛筆」。

10ばん

コーヒーショップでお店の人を呼びます。何と言いますか。

1 いらっしゃいませ。。

2 すみません。

3 ありがとうございます。

第 10 題

在咖啡廳叫店員，要說什麼？

1 歡迎光臨。

2 不好意思。

3 謝謝。

單字

コーヒーショップ 咖啡廳｜**お店の人** 店員｜**呼ぶ** 叫｜**いらっしゃいませ** 歡迎光臨｜**すみません** 不好意思｜**ありがとうございます** 謝謝

說明

題目詢問在咖啡廳叫工作人員時該說的話，在日本，叫對方時要有禮貌地說「不好意思」，故正確答案為選項 2。選項 1 是迎接客人時說的話；選項 3 是表達感謝。

11 ばん

ともだちの本を借りたいです。何と言いますか。

1 この本、ありがとう。
2 この本、借りてもいい？
3 この本、とてもおもしろかったよ。

第 11 題

想要跟朋友借書，要說什麼？

1 這本書謝謝。
2 可以借我這本書嗎？
3 這本書很有趣。

單字

ともだち 朋友｜**本** 書｜**ありがとう** 謝謝｜**～てもいい？** 做～也行嗎？｜**とても** 非常｜**おもしろい** 有趣

說明

題目詢問向朋友借書時該說的話，故正確答案為選項 2「可以借我這本書嗎？」選項 1 和 3 皆為借完後要說的話。

12 ばん

家の電話に出ます。何と言いますか。

1 はい、もしもし。
2 では、また。
3 どうも、すみません。

第 12 題

接家裡電話，要說什麼？

1 喂。
2 那，下次再見。
3 很抱歉。

單字

家 家｜**電話に出る** 接電話｜**もしもし** 喂｜**では、また** 那，下次再見｜**どうも**（開頭語助詞）｜**すみません** 抱歉

說明

題目詢問在家接到電話時該說的話，故正確答案為選項 1「喂」。選項 2 是道別時說的話；選項 3 是道歉時說的話。

13 ばん

寒いので窓を閉めたいです。何と言いますか。

1 とても寒いです。。
2 窓を開けてもいいですか。
3 窓を閉めてもいいですか。

第 13 題

很冷，想關窗戶，要說什麼？

1 很冷。
2 可以打開窗戶嗎？
3 可以關窗戶嗎？

單字

寒い 寒冷｜**窓** 窗戶｜**閉める** 關閉｜**～たい** 想要～｜**開ける** 打開｜**～てもいい** 做～也可以

說明

題目詢問因為冷而想關窗戶時，跟周圍的人們求諒解時說的話，重點在於「閉める（關閉）」和「~ てもいいですか（做～也可以嗎？）」，故正確答案為選項 3「可以關窗戶嗎？」

14 ばん

お水が飲みたいです。何と言いますか。

1　ジュースが飲みたいです。
2　お水はあそこにあります。
3　お水をください。

第 14 題

想喝水，要說什麼？

1　想喝果汁。
2　水在那裡。
3　請給我水。

單字

お水 水｜**飲む** 喝｜**ジュース** 果汁｜**あそこ** 那裡｜**～をください** 請給～

說明

題目詢問在餐廳裡想要喝水時該說的話，「ください（請給我）」是要求對方時說的話，故正確答案為選項 3「請給我水」。

15 ばん

朝ごはんを食べます。何と言いますか。

1　いただきます。
2　ごちそうさま。
3　どういたしまして。

第 15 題

吃早餐，要說什麼？

1　開動了。
2　吃飽了。
3　不客氣。

單字

朝ごはん 早餐｜**食べる** 吃｜**いただきます** 開動了｜**ごちそうさま** 吃飽了｜**どういたしまして** 不客氣

說明

題目詢問吃早餐的問候語，了解要吃飯時和吃完時該說的話。現在是問要吃飯時，故正確答案為選項 1「開動了」。選項 2 是吃完後說的話；選項 3 是聽到感謝時說的話。

16 ばん

図書館で本を返します。何と言いますか。

1　本を借りたいです。
2　本を返しに来ました。
3　この本をください。

第 16 題

在圖書館還書，要說什麼？

1　我想借書。
2　我要來還書。
3　請給我這本書。

單字

図書館 圖書館｜**本** 書｜**借りる** 借｜**返す** 歸還｜**～に来る** 來做～

說明

題目詢問在圖書館還書時該說的話，「返す」是歸還的意思，故正確答案為選項 2「我要來還書」。選項 1 是想借書時說的話。

17 ばん

やおやでりんごをいつつ買います。何と言いますか。

1　りんごは、いくつありますか。
2　りんごをいつつ、お願いします。
3　りんごいつつで８００円です。

第 17 題

在蔬果店買五顆蘋果，要說什麼？

1　蘋果有幾顆？
2　請給我五顆蘋果，拜託了。
3　五顆蘋果八百日圓。

單字

やおや 蔬果店｜**りんご** 蘋果｜**いつつ** 五個｜**いくつ** 幾個｜**お願いします** 拜託了｜**～で** ～（表示事情、狀況）

說明

題目詢問在蔬果店買五顆蘋果時該說的話，「拜託了」是要求對方時常說的話，故正確答案為選項 2「請給我五顆蘋果，拜託了。」

18 ばん

ともだちが誕生日です。何と言いますか。

1　誕生日、おめでとう。

2　誕生日はいつですか。

3　今年で１６歳です。

第 18 題

朋友生日，要說什麼？

1　生日快樂。

2　生日是何時？

3　今年是十六歲。

單字

ともだち 朋友｜**誕生日** 生日｜**おめでとう** 恭喜｜**いつ** 何時｜**今年** 今年｜**～歳** ～歲

說明

題目詢問祝賀朋友生日時該說的話，「恭喜（平輩語）」是對平輩使用的祝賀問候，故正確答案為選項 1。

19 ばん

おじさんが恋人たちの写真をとります。何と言いますか。

1　カメラをお願いします。

2　あのカメラです。

3　はい、チーズ。

第 19 題

叔叔幫忙拍情侶們的照片，要說什麼？

1　相機拜託了。

2　是那個相機。

3　來，笑一個。

單字

おじさん 叔叔｜**恋人** 情侶｜**～たち** ～們｜**写真をとる** 拍照｜**カメラ** 相機｜**あの** 那個｜
はい 來（請求注意時發出的聲音）｜**チーズ**（日文的笑一個）

說明

題目詢問攝影師幫情侶們拍照時該說的話，故正確答案為選項 3「來，笑一個。」選項 1 和 2 不符合拍照的情境。

20 ばん

友だちと別れて家へ帰ります。何と言いますか。

1　行ってきます。

2　じゃ、また。

3　ただいま。

第 20 題

與朋友道別回家，要說什麼？

1　出門了。

2　那，下次再見。

3　回來了。

單字

友だち 朋友｜**～と** 和～｜**別れる** 道別｜**家** 家｜**帰る** 回家｜**行ってきます** 出門了｜**じゃ、また** 那，下次再見｜
ただいま 回來了

說明

題目詢問和朋友道別時該說的話，故正確答案為選項 2「那，下次再見」。選項 1 是出門時說的問候；選項 3 是回到家時說的話。

問題 4　即時應答

▶ p.391

もんだい４では、えなどがありません。ぶんをきいて、１から３のなかから、いちばんいいものをひとつえらんでください。

問題４　沒有圖表，聽完文章後請在１至３之中選出最適合的答案。

1ばん

M：あしたは、何をしますか。
F：1　友だちの家で、遊びます。
　　2　友だちと買い物をしました。
　　3　友だちの誕生日です。

第１題

男：明天做什麼？
女：1　在朋友家玩。
　　2　和朋友逛街了。
　　3　朋友生日。

單字

あした 明天｜**する** 做｜**友だち** 朋友｜**家** 家｜**遊ぶ** 玩｜**買い物** 逛街｜**誕生日** 生日

說明

男人詢問女人明天要做什麼，故正確答案是選項１「在朋友家玩」。選項２是過去式的回答；選項３則是問什麼日子的回答。

2ばん

F：朝ごはんは、食べましたか。
M：1　いいえ。今から行きます。
　　2　いいえ。まだしていません。
　　3　はい。たくさん食べました。

第２題

女：早餐吃了嗎？
男：1　不，現在要去。
　　2　不，還沒做。
　　3　對，吃了很多。

單字

朝ごはん 早餐｜**食べる** 吃｜**～てくる** 做～來｜**今** 現在｜**～から** 從～｜**行く** 去｜**まだ** 仍然｜**～ている** 正在～｜**たくさん** 很多

說明

女人問男人是否吃早餐了，故正確答案是選項３「對，吃了很多」。選項１是問從哪裡回來了沒的回答；選項２是問做了沒的回答。

3ばん

M：友だちとどこで会いますか。
F：1　学校の前で会う予定です。
　　2　近くの公園に行きます。
　　3　家の前で会いました。

第３題

男：和朋友在哪裡見面？
女：1　預計在學校前面見。
　　2　去附近的公園。
　　3　在家前見面了。

單字

会う 見面｜**学校** 學校｜**前** 前面｜**予定** 預計｜**近く** 附近｜**公園** 公園

說明

男人問女人在哪裡跟朋友見面，故正確答案為選項１「預計在學校前面見」。選項２是回答去的地方；選項３是過去式的回答。

4ばん

F：どの駅で電車をおりますか。

M：1　この駅は大きいです。

2　次の駅でおります。

3　その駅には人がたくさんいます。

第4題

女：要在哪一站下車？

男：1　這車站很大。

2　下一站下車。

3　這站很多人。

單字

どの 哪個｜**駅** 車站｜**電車** 電車｜**おりる** 下｜**大きい** 大｜**次** 下個｜**たくさん** 很多｜**いる** 有

說明

女人問男人哪一站下車，故正確答案為選項2「下一站下車」。選項1和3皆是跟車站有關的回答。

5ばん

M：いつ本を返しに行きますか。

F：1　あしたから旅行に行きます。

2　きょうの午後に行きます。

3　今から友だちに会いに行きます。

第5題

男：何時要去還書？

女：1　從明天開始去旅行。

2　今天下午去。

3　現在要去見朋友。

單字

いつ 何時｜**返す** 歸還｜**～に行く** 去做～｜**あした** 明天｜**旅行** 旅行｜**きょう** 今天｜**午後** 下午｜**今** 現在

說明

男人問女人何時要去還書，故正確答案為選項2「今天下午去」。選項1是問何時去旅行的回答；選項3是關於行程的回答。

6ばん

F：学校は何時じに終わりますか。

M：1　5時から宿題をします。

2　午前9時から始まります。

3　4時ぐらいに終わります。

第6題

女：學校幾點結束？

男：1　從五點開始寫作業。

2　從早上九點開始。

3　四點左右結束。

單字

何時 幾點｜**終わる** 結束｜**宿題** 作業｜**午前** 早上｜**9時** 九點｜**始まる** 開始｜**4時** 四點｜**～ぐらい** ～左右

說明

女人問男人學校幾點結束，故正確答案為選項3「四點左右結束」。選項1是問幾點開始寫作業的回答；選項2是問幾點開始的回答。

7ばん

M：きのうは買い物をしましたか。

F：1　午後、買い物に行きます。

2　はい、学校に行ってきました。

3　いいえ、しませんでした。

第7題

男：昨天去逛街了嗎？

女：1　下午要去逛街。

2　對，從學校回來了。

3　不，沒去。

單字

きのう 昨天｜**買い物** 逛街｜**午後** 下午｜**行ってくる** 回來

說明

男人問女人昨天是否去逛街，故正確答案為選項 3「沒去」。選項 1 是過去式的提問以現在式回答；選項 2 是與逛街無關的回答。

8 ばん

F：けさ、何時に起きましたか。

M：1　7時半に起きました。

2　8時にごはんを食べました。

3　きのうは8時に起きました。

第 8 題

女：今天早上幾點起床？

男：1　七點半起床。

2　八點吃飯了。

3　昨天八點起床。

單字

けさ 今天早上｜**起きる** 起來｜**半** 三十分｜**ごはん** 飯

說明

女人問男人今天早上幾點起床，故正確答案為選項 1「七點半起床」。選項 2 是問吃飯時間的回答；選項 3 說的是昨天。

9 ばん

M：学校へは何で行きますか。

F：1　いつもバスにのって行きます。

2　電車にのって海へ行きます。

3　私は電車が好きです。

第 9 題

男：如何去學校？

女：1　都坐公車去。

2　搭電車去海邊。

3　我喜歡電車。

單字

何で 如何（手段）｜**いつも** 總是；都｜**バス** 公車｜**～にのる** 搭乘～｜**電車** 電車｜**海** 海邊｜**好きだ** 喜歡

說明

男人問女人如何去學校，故正確答案為選項 1「都坐公車去」。選項 2 是問如何去海邊的回答；選項 3 是關於喜歡哪種交通工具的回答。

10 ばん

M：いつフランスへ行きますか。

F：1　あさって、出発します。

2　来年はイギリスに行きます。

3　きょうは２０日です。

第 10 題

男：何時去法國？

女：1　後天出發。

2　明年去英國。

3　今天是二十號。

單字

いつ 何時｜**フランス** 法國｜**あさって** 後天｜**出発する** 出發｜**来年** 明年｜**イギリス** 英國｜**２０日** 二十號

說明

男人問女人何時去法國，故正確答案為選項 1「後天出發」。選項 2 問明年去哪裡的回答；選項 3 是問今天日期的回答。

11 ばん

F：きょうは何日ですか。

M：1　２０日に行きます。

　2　２１日です。

　3　２２日が誕生日です。

第 11 題

女：今天是幾號？

男：1　二十號去。

　2　是二十一號。

　3　二十二號是生日。

單字

何日 幾號｜**２１日** 二十一號｜**２２日** 二十二號｜**誕生日** 生日

說明

女人問男人今天是幾號，故正確答案是選項 2「是二十一號」。選項 1 是問何時去的回答；選項 3 是問生日何時的回答。

12 ばん

F：図書室は何階ですか。

M：1　図書室に行きます。

　2　３階が教室です。

　3　３階にあります。

第 12 題

女：請問圖書室在幾樓？

男：1　去圖書室。

　2　三樓是教室。

　3　在三樓。

單字

図書室 圖書室｜**何階** 幾樓｜**3 階** 三樓｜**教室** 教室｜**ある** 在

說明

女人問男人圖書室在幾樓，故正確答案為選項 3「在三樓」。選項 1 是問去哪裡的回答；選項 2 是告知教室位置。

13 ばん

M：荷物を持ちましょうか。

F：1　すみませんが、お願いします。

　2　いいえ、どういたしまして。

　3　こちらこそ、すみません。

第 13 題

男：要幫你拿行李嗎？

女：1　不好意思，麻煩了。

　2　不，不客氣。

　3　我才抱歉。

單字

荷物 行李｜**持つ** 拿｜**～ましょうか** 要～嗎？｜**どういたしまして** 不客氣｜**こちらこそ** 我才是

說明

男人問女人：「要幫你拿行李嗎？」故正確答案為選項 1「不好意思，麻煩了」。選項 2 是接受感謝並向對方說的話；選項 3 是不符情境的回答。

14 ばん

F：ちょっと休みませんか。

M：1　どうも、お待たせしました。

　2　どういたしまして。

　3　はい、そうしましょう。

第 14 題

女：要不要休息一下？

男：1　抱歉讓你久等了。

　2　不客氣。

　3　好，就這樣吧。

單字

ちょっと 暫時｜**休む** 休息｜**～ませんか** 要不要～？｜**どうも** 真的抱歉｜**お待たせしました** 讓你久等了｜**そうしましょう** 就這樣吧

說明

女人向男人提議：「要不要休息一下」，故正確答案為接受提議的選項3「好，就這樣吧」。選項1和2皆是不符情境的回答。

15 ばん

M：何の本ですか。
F：1　姉の本です。
　　2　英語の教科書です。
　　3　この本はおもしろいです。

第 15 題

男：這是什麼書？
女：1　這是姊姊的書。
　　2　這是英文教科書。
　　3　這書很有趣。

單字

何の 什麼｜**姉** 姊姊｜**英語** 英文｜**教科書** 教科書｜**おもしろい** 有趣

說明

男生問女生書的種類，故正確答案為選項2「英文教科書」。選項1是問這是誰的回答；選項3是關於書內容的回答。

16 ばん

M：どの国から来ましたか。
F：1　中国です。
　　2　あちらです。
　　3　ふたつです。

第 16 題

男：請問你來自哪個國家？
女：1　中國。
　　2　那邊。
　　3　兩個。

單字

どの 哪個｜**国** 國家｜**中国** 中國｜**あちら** 那邊｜**ふたつ** 兩個

說明

男人問女人來自哪個國家，故正確答案為選項1「中國」。選項2是問方向的回答；選項3是跟個數有關的回答。

17 ばん

F：おかし、どうぞ。
M：1　こちらこそ。
　　2　どういたしまして。
　　3　どうも。

第 17 題

女：請吃點心。
男：1　我才是。
　　2　不客氣。
　　3　謝謝。

單字

おかし 點心｜**どうぞ** 請吃｜**こちらこそ** 我才是｜**どういたしまして** 不客氣｜**どうも** 謝謝

說明

女人邀請男人吃點心，故正確答案為選項3「謝謝」。「どうぞ」是允許或邀約對方做什麼事時說的話，故以「どうも」輕鬆的感謝即可。

18 ばん

F：誰の車ですか。

M：**1**　ドライブに行きます。

　　2　車はありません。

　　3　鈴木さんのです。

第 18 題

女：這是誰的車？

男：**1**　去兜風。

　　2　沒有車。

　　3　是鈴木先生的。

單字

誰 誰｜**車** 汽車｜**ドライブ** 兜風｜**～に行く** 去做～｜**～の** ～的

說明

女人問男人是誰的車，故正確答案為選項 3「是鈴木先生的」。選項 1 是問去做什麼的回答；選項 2 是問有沒有車的回答。

19 ばん

F：教室のお掃除、終わった？

M：**1**　うん、いいよ。

　　2　いや、まだ。

　　3　ううん、好きじゃない。

第 19 題

女：教室打掃，結束了？

男：**1**　嗯，好啊。

　　2　不，還沒。

　　3　不，不喜歡。

單字

教室 教室｜**お掃除** 打掃｜**終わる** 結束｜**うん** 嗯｜**いい** 好｜**いや** 沒有｜**まだ** 還沒｜**ううん** 不｜**好きだ** 喜歡

說明

女生問男生教室打掃結束了嗎，故正確答案為選項 2「不，還沒」。選項 1 是問要不要做某件事的回答；選項 3 是對於喜不喜歡某件事的否定回答。

20 ばん

F：あの絵の写真をとってもいいですか。

M：**1**　はい、大丈夫です。

　　2　いいえ、けっこうです。

　　3　いいえ、あれは日本でとった写真です。

第 20 題

女：可以拍那幅畫嗎？

男：1　好，沒問題。

　　2　不，沒關係。

　　3　不，那是在日本拍的照片。

單字

あの 那｜**絵** 圖畫｜**写真** 照片｜**とる** 拍（照片）｜**～てもいい** 做～也行｜**大丈夫だ** 沒問題｜**けっこうだ** 現在夠了｜**日本** 日本

女人問男人可不可以拍那幅畫，故正確答案為選項 1「好，沒問題」。選項 2 是謙讓時說的話；選項 3 是問照片在哪裡拍的回答。

JLPT
日本語能力試驗

一本搞定！新日檢

李致雨・李翰娜 共著

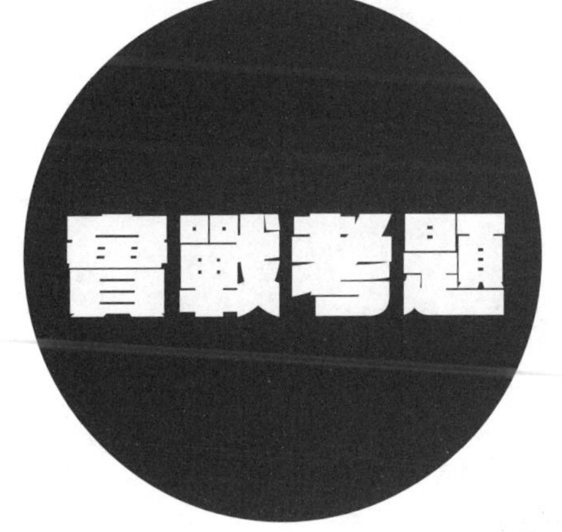

N5

笛藤出版

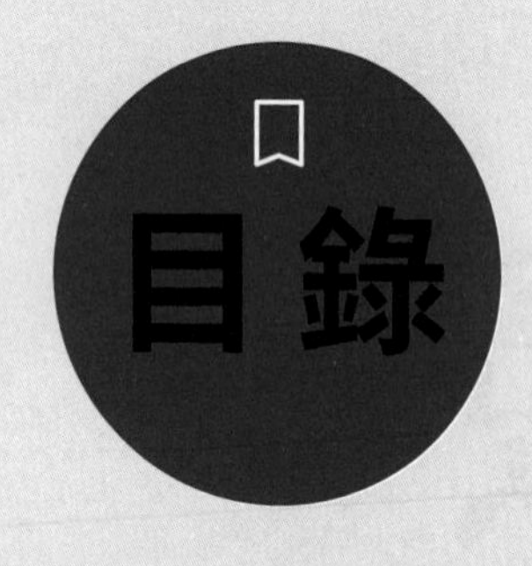

第一回 實戰模擬測驗 83
第 1 節　言語知識（文字・語彙） 85
言語知識（文法）・讀解 95
第 2 節　聽力 109

第二回 實戰模擬測驗 125
第 1 節　言語知識（文字・語彙） 127
言語知識（文法）・讀解 137
第 2 節　聽力 151

第一回 實戰模擬測驗解答與說明 167
第二回 實戰模擬測驗解答與說明 185
作答紙 203
・請裁切解答與說明後面的實戰模擬測驗的作答紙作答。

JLPT
實戰模擬測驗

N5

第一回

第一回
實戰模擬測驗評分表

下列評分表可自我檢測能力，但與以相對評分方式的實際考試仍有些許誤差。

言語知識（文字 ・ 語彙 ・ 文法）・ 讀解

		配分	滿分	第一回	
				答對題數	分數
文字 ・ 語彙	問題 1	1分 X 7題	7		
	問題 2	1分 X 5題	5		
	問題 3	1分 X 6題	6		
	問題 4	1分 X 3題	3		
文法	問題 1	1分 X 9題	9		
	問題 2	1分 X 4題	4		
	問題 3	1分 X 4題	4		
讀解	問題 4	8分 X 2題	16		
	問題 5	8分 X 2題	16		
	問題 6	9分 X 1題	9		
合計			79 分		

※ 分數計算方式：言語知識 ・ 讀解〔　　　〕分 ÷ 79 X 120 =〔　　　〕分

聽力

		配分	滿分	第一回	
				答對題數	分數
聽力	問題 1	2分 X 7題	14		
	問題 2	2分 X 6題	12		
	問題 3	2分 X 5題	10		
	問題 4	2分 X 6題	18		
合計			54 分		

※ 分數計算方式：聽力〔　　　〕分 ÷ 54 X 60 =〔　　　〕分

N5

げんごちしき(もじ・ごい)

(20ぷん)

ちゅうい
Notes

1. しけんが　はじまるまで、この　もんだいようしを　あけないで　ください。
   Do not open this question booklet until the test begins.
2. この　もんだいようしを　もって　かえる　ことは　できません。
   Do not take this question booklet with you after the test.
3. じゅけんばんごうと　なまえを　したの　らんに、じゅけんひょうと　おなじように　かいて　ください。
   Write your examinee registration number and name clearly in each box below as written on your test voucher.
4. この　もんだいようしは　ぜんぶで　8ページ　あります。
   This question booklet has 8 pages.
5. もんだいには　かいとうばんごうの 1 、 2 、 3 …が　あります。
   かいとうは、かいとうようしに　ある　おなじ　ばんごうの　ところに　マークして　ください。
   One of the row numbers 1, 2, 3 … is given for each question. Mark your answer in the same row of the answer sheet.

じゅけんばんごう　Examinee Registration Number	

なまえ　Name	

もんだい1 ＿＿＿＿の ことばは ひらがなで どう かきますか。
1・2・3・4から いちばん いい ものを ひとつ えらんで ください。

（れい） しゃしんは かばんの 下に ありました。

1 ちだ　2 しだ　3 ちた　4 した

（かいとうようし）

（れい）	① ② ③ ●

1 およいで 川を わたりました。

1 はし　2 かわ　3 そら　4 みち

2 バスで やまださんに 会いました。

1 おいました　2 かいました　3 といました　4 あいました

3 電気を けして ください。

1 でんぎ　2 てんぎ　3 でんき　4 てんき

4 しごとは 九時から はじまります。

1 ぐじ　2 ぐし　3 くじ　4 くし

5 お先に　しつれいします。

1 さぎ　　2 さき　　3 さけ　　4 さげ

6 外国に　いきたいですね。

1 かいがい　　2 かいこく　　3 がいがい　　4 がいこく

7 いまは　毎日が　たのしいです。

1 まえにち　　2 まいじつ　　3 まえりち　　4 まいにち

もんだい2　＿＿＿＿の　ことばは　どう　かきますか。1・2・3・4から
いちばん　いい　ものを　ひとつ　えらんで　ください。

（れい） わたしの　こどもは　はなが　すきです。

1 了ども　　2 子ども　　3 干ども　　4 予ども

（かいとうようし）

(れい)	① ● ③ ④

8　この　しゃしんを　みて　ください。

1 目て　　2 貝て　　3 見て　　4 買て

9　がっこうは　らいしゅうの　月(げつ)よう日(び)から　はじまります。

1 宇枚　　2 宇校　　3 学枚　　4 学校

10　ほてるに　つきました。

1 ホラル　　2 ホテル　　3 ホラハ　　4 ホテハ

11 その　ことは　だれにも　いわないで　ください。

1 言わないで　　2 食わないで

3 行わないで　　4 立わないで

12 らいげつ　スキーを　しに　いきます。

1 今週　　2 来週　　3 今月　　4 来月

もんだい３　（　　　）に　なにが　はいりますか。１・２・３・４から　いちばん　いい　ものを　ひとつ　えらんで　ください。

（れい）あそこで　バスに　（　　　）。

1 のりました　　2 あがりました

3 つきました　　4 はいりました

（かいとうようし）　| （れい） | ● ② ③ ④ |

13 だいがくまで　バスで　２０ぷん　（　　　）。

1 かかります　2 あびます　3 はいります　4 あそびます

14 しごとが　たくさん　あって　（　　　）です。

1 いたい　2 いそがしい　3 ひま　4 にぎやか

15 わたしは　まいにち　コーヒーを　（　　　）　のみます。

1 さんまい　2 さんだい　3 さんぷん　4 さんばい

16 さむいから　マフラーを　（　　　）　行きなさい。

1 つけて　2 はいて　3 きて　4 して

17 かぜが　（　　　）ですから、まどを　しめて　ください。

1 おもい　　2 つよい　　3 ひま　　4 いそがしい

18 あたまが　いたかったので、くすりを　（　　　）。

1 のみました　　2 とりました　　3 たべました　　4 つくりました

もんだい４　＿＿＿の　ぶんと　だいたい　おなじ　いみの　ぶんが　あります。
１・２・３・４から　いちばん　いい　ものを　ひとつ　えらんで
ください。

（れい）ゆうべ　しゅくだいを　しました。

1 おとといの　あさ　しゅくだいを　しました。

2 おとといの　よる　しゅくだいを　しました。

3 きのうの　あさ　しゅくだいを　しました。

4 きのうの　よる　しゅくだいを　しました。

（かいとうようし）

(例)	①　②　③　●

19　のみものは　どこに　ありますか。

1 ほんや　ざっしは　どこに　ありますか。

2 ボールペンや　ノートは　どこに　ありますか。

3 きってや　はがきは　どこに　ありますか。

4 ぎゅうにゅうや　ジャースは　どこに　ありますか。

20　テーブルの　うえが　きたないです。

1 テーブルの　うえが　きらいです。

2 テーブルの　うえが　きらいじゃ　ありません。

3 テーブルの　うえが　きれいです。

4 テーブルの　うえが　きれいじゃ　ありません。

21　さとうを　ちょっと　いれて　ください。

1 さとうを　すこし　いれて　ください。

2 さとうを　すぐに　いれて　ください。

3 さとうを　たくさん　いれて　ください。

4 さとうを　もう　いっぱい　いれて　ください。

N5

言語知識（文法）・読解

（40ぷん）

注　意
Notes

1. 試験が始まるまで、この問題用紙をあけないでください。
Do not open this question booklet until the test begins.

2. この問題用紙を持ってかえることはできません。
Do not take this question booklet with you after the test.

3. 受験番号となまえをしたの欄に、受験票とおなじようにかいてください。
Write your examinee registration number and name clearly in each box below as written on your test voucher.

4. この問題用紙は、全部で１２ページあります。
This question booklet has 12 pages.

5. 問題には解答番号の[1]、[2]、[3] …があります。
解答は、解答用紙にあるおなじ番号のところにマークしてください。
One of the row numbers [1], [2], [3] … is given for each question. Mark your answer in the same row of the answer sheet.

受験番号 Examinee Registration Number	

なまえ Name	

もんだい1　(　　　)に　何を　入れますか。1・2・3・4から　いちばん
いい　ものを　一つ　えらんで　ください。

(れい)　これ (　　　)　えんぴつです。

1 に　　2 を　　3 は　　4 や

(かいとうようし)　| (れい) | ①　②　●　④ |

1　この　電車は　新宿駅に　9時 (　　　)　着きます。

1 に　　2 で　　3 へ　　4 と

2　名前は　くろい　ボールペン (　　　)　書いて　ください。

1 に　　2 が　　3 を　　4 で

3　つぎの　しんごう (　　　)　右に　まがって　ください。

1 を　　2 が　　3 と　　4 は

4　とても　あつかったので、おふろ (　　　)　はいれませんでした。

1 で　　2 に　　3 から　　4 を

5　つかれたから　もう　（　　　）。

1 あるきます　　2 あるきたく　ありません

3 あるきたいです　　4 あるいて　います

6　学生(がくせい)の　ときは　テニスを　して　いましたが、いまは　（　　　）しません。

1 せんぶ　　2 すこし　　3 ぜんぜん　　4 みんなで

7　すみませんが、しおを　（　　　）　ください。

1 おとって　　2 とり　　3 とって　　4 とる

8　日本(にほん)の　食(た)べものは　おいしいです。いちばん　（　　　）のはおでんです。

1 すきな　　2 すきに　　3 すきで　　4 すき

9　A「きょうは　さむいですね。」

B「そうですね。なにか　あたたかい　ものが　（　　　）ね。」

1 のんだからです　　2 のみましょう

3 のみました　　4 のみたいです

もんだい2　＿★＿に　入る（はい）　ものは　どれですか。1・2・3・4から
いちばん　いい　ものを　一つ　えらんで　ください。

（もんだいれい）

つくえの　＿＿　＿＿　＿★＿　＿＿　あります。

1 が　　2 に　　3 上　　4 ペン

（こたえかた）

1　たたしい　文（ぶん）を　つくります。

つくえの　＿＿　＿＿　＿★＿　＿＿　あります。

1 が　　2 に　　3 上　　4 ペン

2　＿★＿に　入る（はい）　ばんごうを　くろく　ぬります。

（かいとうようし）

（例）（れい）	①　②　③　●

10　まいにち　わたしは　＿＿　＿＿　＿★＿　＿＿　はを　みがきます。

1 あさごはん　　2 まえ　　3 に　　4 の

11　もり「キムさんは　＿＿　＿＿　＿★＿　＿＿　どうしますか。」
キム「じしょで　しらべます。」

1 わからない　　2 ことば　　3 とき　　4 が

12 （お店で）

石原 「この くつは ちょっと 大きいです。＿＿＿ ＿★＿ ＿＿＿ ＿＿＿ ありませんか。」

店の人「では、こちらは いかがでしょうか。」

1 小さい　2 は　3 もうすこし　4 の

13 A「あの ＿＿＿ ＿★＿ ＿＿＿ ＿＿＿ 人は どなたですか。」

B「ああ、あの 赤い シャツを 着た 人ですね。あれは リーさんですよ。」

1 サングラス　2 かけて　3 いる　4 を

もんだい3 [14] から [17] に 何を 入れますか。ぶんしょうの いみを かんがえて、 1・2・3・4から いちばん いい ものを 一つ えらんで ください。

日本へ けんしゅうせいで 来た ベトナム人の ぶんしょうです。

わたしは ベトナム [14] 来ました。けんしゅうせいです。わたしの へやは ３０１です。3がいに あります。ちいさいですが、きれいな へやです。

１かいに しょくどうが あります。[15] りょうりが あります。わたしは まいにち １かいの [16] ごはんを 食べます。とても おいしいです。

わたしの へやから 駅まで [17] １２分ぐらいです。駅の 近くに デパートや スーパー などが あります。

[14]

1 でも　　2 まで

3 では　　4 から

[15]

1 いろいろな　　2 げんきな

3 だいじょうぶな　　4 たいせつな

16

1 しょくどうに　　2 しょくどうは

3 しょくどうで　　4 しょくどうへ

17

1 あるき　　2 あるいて

3 あるく　　4 あるいた

もんだい4　つぎの　（1）から　（2）の　ぶんしょうを　読んで、しつもんに
こたえて　ください。こたえは、1・2・3・4から、いちばん
いい　ものを　一つ　えらんで　ください。

（1）

林さんの　机の　上に、この　メモと　資料が　あります。

> 林さん
>
> 会議の　前に　この　資料を　10部　コピーして　ください。
> コピーした　ものは　1部ずつ　ホッチキスで　とめて　ください。
> 会議室に　持って　いく　前に　もどりますので、わたしの　机の　上に
> おいて　ください。
>
> 山田

18　林さんは　コピーを　した　あとで、どう　しますか。

1　ホッチキスを　とめる　前に　山田さんに　渡します。
2　会議室に　持って　いきます。
3　自分の　机の　上に　おきます。
4　山田さんの　机の　上に　おきます。

（2）

わたしは　5人　家族です。父と　母と　兄と　妹と　わたしです。父は　時計の　会社で　はたらいて　います。兄は　今、イギリスの　大学で　べんきょうして　います。わたしと　妹は　同じ　高校に　かよって　います。きのう、父の　弟が　うちに　遊びに　来て、昔の　話を　たくさん　して　くれました。たのしかったです。兄も　もうすぐ　日本に　もどって　きます。早く　会いたいです。

19　この　人は　今　何人で　すんで　いますか。

1　3人
2　4人
3　5人
4　6人

もんだい5　つぎの　ぶんしょうを　読（よ）んで、しつもんに　こたえて　ください。
こたえは、1・2・3・4から　いちばん　いい　ものを　一（ひと）つ
えらんで　ください。

先週（せんしゅう）　1歳（さい）に　なった　子（こ）どもの　写真（しゃしん）を　とりに　フォトスタジオに　行（い）きました。夏休（なつやす）みに　家族（かぞく）で　おきなわに　旅行（りょこう）したいので　パスポートを作（つく）る　写真（しゃしん）が　必要（ひつよう）だったからです。おきなわに　行（い）く　ひこうきの　チケットは　今（いま）まで　ためた　マイルを　使（つか）って　予約（よやく）を　しました。大人（おとな）　ひとり15,000マイルでした。子（こ）どもも　大人（おとな）と　同（おな）じ　マイルが　必要（ひつよう）ですが、3歳（さい）以下（いか）は　ひこうきの　料金（りょうきん）が　無料（むりょう）なので　大人（おとな）　ふたりと　5歳（さい）の　子（こ）どもひとりを　予約（よやく）しました。東京（とうきょう）までの　帰（かえ）りの　ひこうきは　大人（おとな）　ひとり20,000円（えん）で　子（こ）どもは　15,000円（えん）でした。

20　どうして　子どもの　写真（しゃしん）を　とりましたか。

1　フォトスタジオが　新（あたら）しく　できたから
2　子（こ）どもの　たんじょう日（び）だったから
3　子（こ）どもの　パスポートを　作（つく）りたかったから
4　3歳以下（さいいか）は　ひこうきの　料金（りょうきん）が　無料（むりょう）だから

21 この　家族は　何マイルで　おきなわに　行く　ひこうきを　予約しましたか。

1 １５,０００マイル

2 ３０,０００マイル

3 ４５,０００マイル

4 ６０,０００マイル

もんだい6　右の　ページを　見て、下の　しつもんに　こたえて　ください。こたえは　1・2・3・4から　いちばん　いい　ものを　一つ　えらんで　ください。

22　李さんは　みどり病院に　行きたいです。中野駅か　東中野駅から　乗ります。家から　病院まで　かかる　お金は　２００円までで、時間は　みじかいほうが　いいです。李さんは　どの　行き方で　行きますか。

1 ①

2 ②

3 ③

4 ④

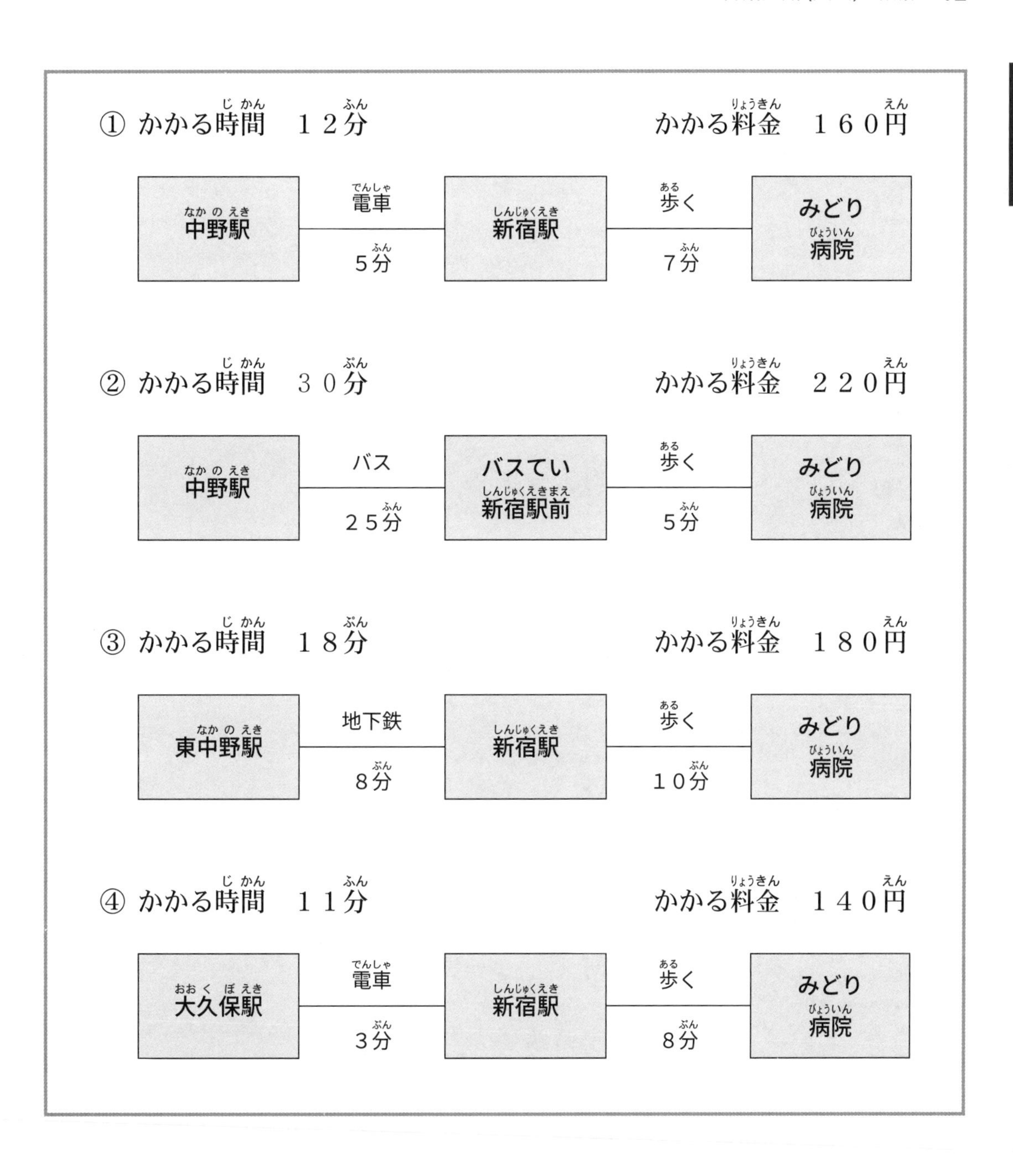
① かかる時間　１２分
かかる料金　１６０円
中野駅
電車
5分
新宿駅
歩く
7分
みどり病院
② かかる時間　３０分
かかる料金　２２０円
中野駅
バス
25分
バスてい新宿駅前
歩く
5分
みどり病院
③ かかる時間　１８分
かかる料金　１８０円
東中野駅
地下鉄
8分
新宿駅
歩く
10分
みどり病院
④ かかる時間　１１分
かかる料金　１４０円
大久保駅
電車
3分
新宿駅
歩く
8分
みどり病院

N5

聴解

(30ぷん)

注　意
Notes

1. 試験が始まるまで、この問題用紙を開けないでください。
Do not open this question booklet until the test begins.

2. この問題用紙を持って帰ることはできません。
Do not take this question booklet with you after the test.

3. 受験番号と名前を下の欄に、受験票と同じように書いてください。
Write your examinee registration number and name clearly in each box below as written on your test voucher.

4. この問題用紙は、全部で14ページあります。
This question booklet has 14 pages.

5. この問題用紙にメモをとってもいいです。
You may make notes in this question booklet.

受験番号　Examinee Registration Number	

なまえ　Name	

もんだい１

もんだい１では、はじめに　しつもんを　きいて　ください。それから　はなしを　きいて、もんだいようしの　１から４の　なかから、いちばん　いい　ものを　ひとつ　えらんで　ください。

れい

1

2

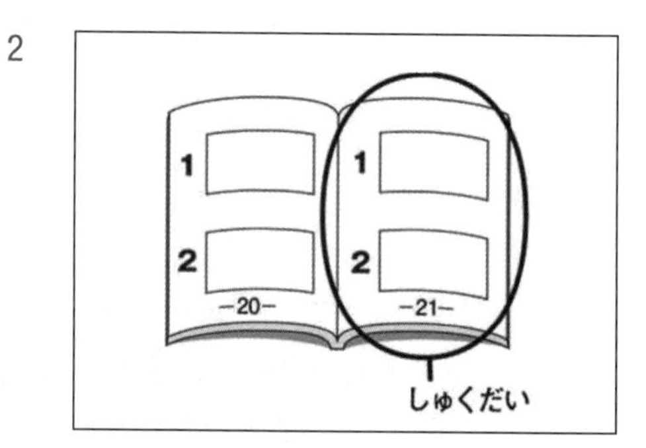

3

4

1ばん

1

2

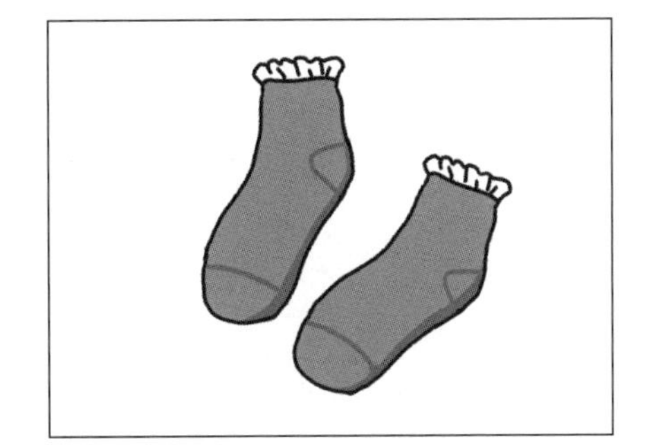

3

4

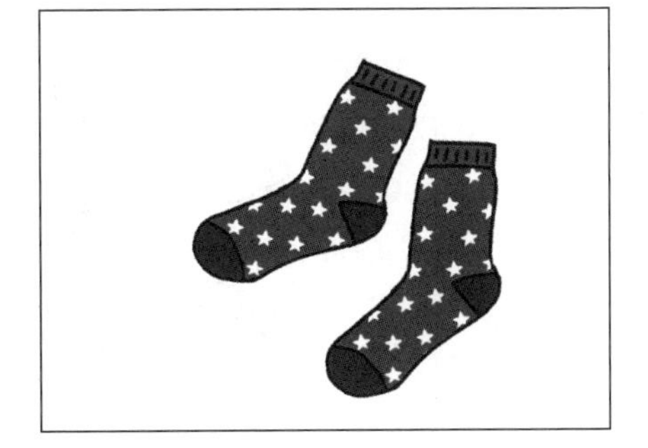

2ばん

1　1ばん

2　2ばん

3　3ばん

4　4ばん

3ばん

1

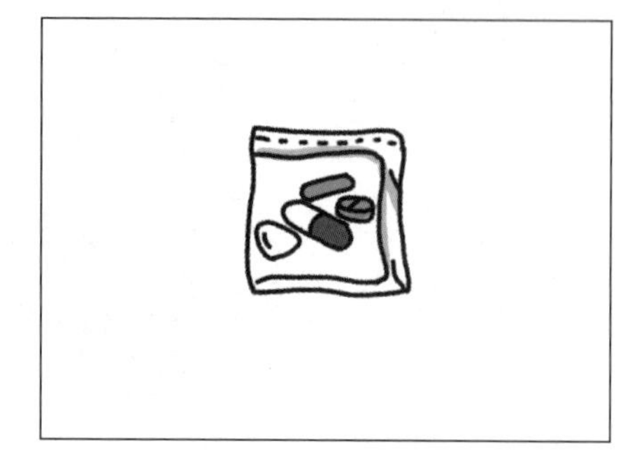

2

3

4

4ばん

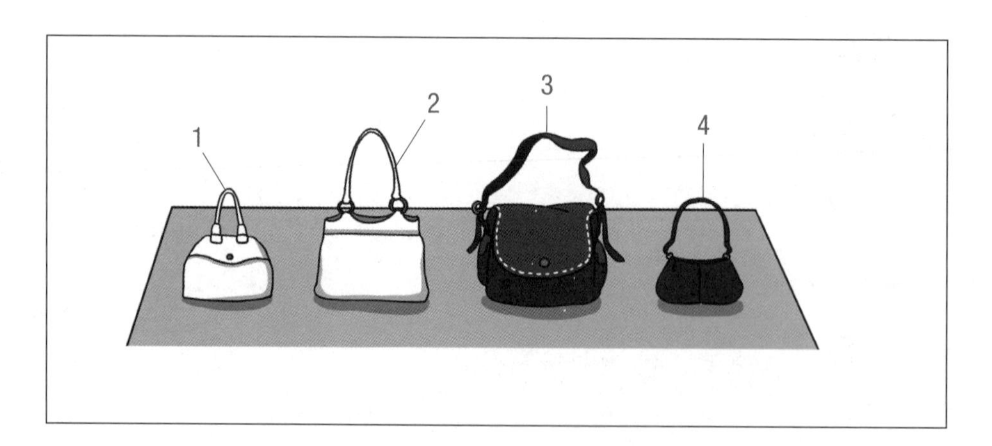

5ばん

6ばん

7ばん

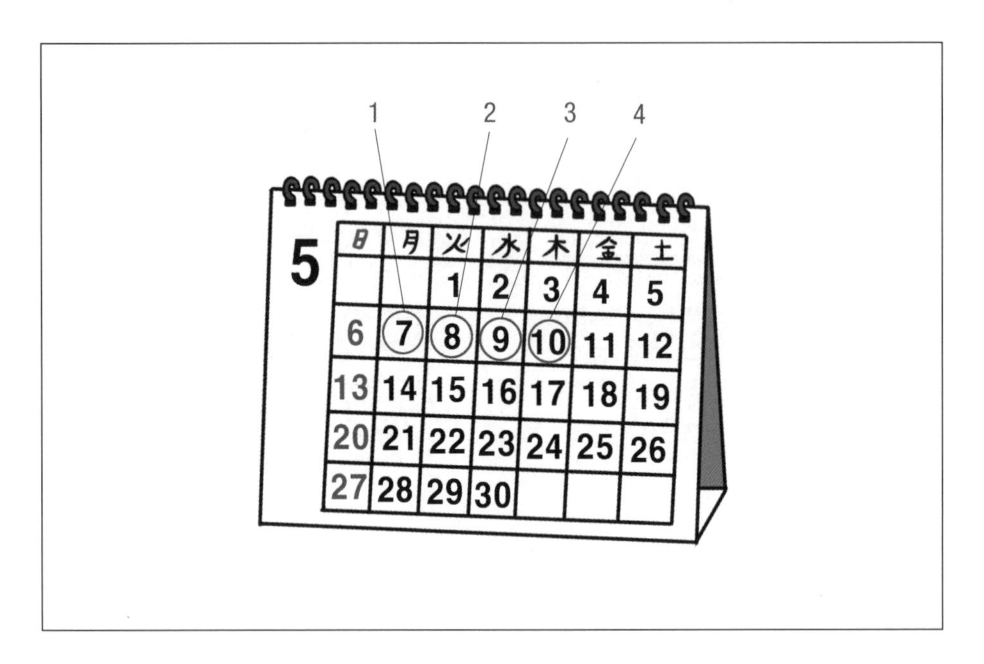
1
2
3
4
5
日
月
火
水
木
金
土
1 2 3 4 5
6 7 8 9 10 11 12
13 14 15 16 17 18 19
20 21 22 23 24 25 26
27 28 29 30

もんだい２

もんだい２では、はじめに　しつもんを　きいて　ください。それから　はなしを　きいて、もんだいようしの　１から４の　なかから、いちばん　いい　ものを　ひとつ　えらんでください。

れい

1　としょかん

2　えき

3　デパート

4　レストラン

1ばん

1　くろい　えんぴつ

2　あかい　えんぴつ

3　くろい　ボールペン

4　あかい　ボールペン

2ばん

1

2

3

4

3ばん

1　1時間（じかん）

2　2時間（じかん）

3　3時間（じかん）

4　4時間（じかん）

4ばん

1

2

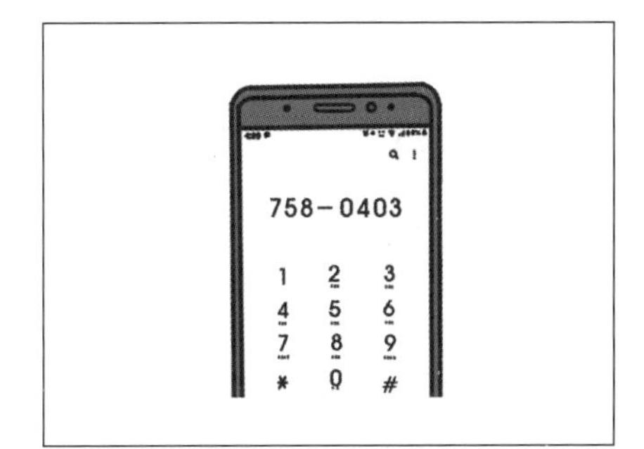

3

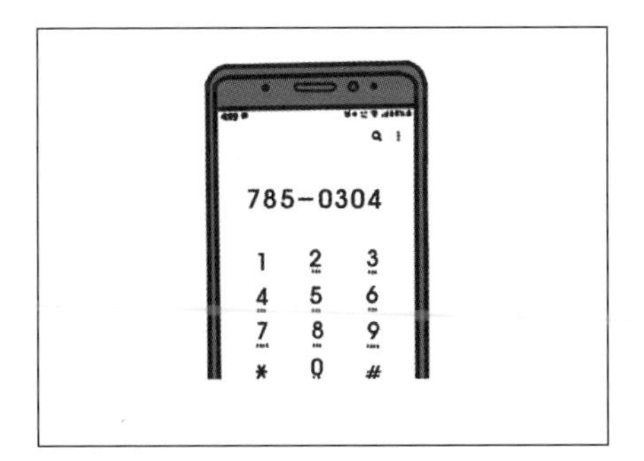

4

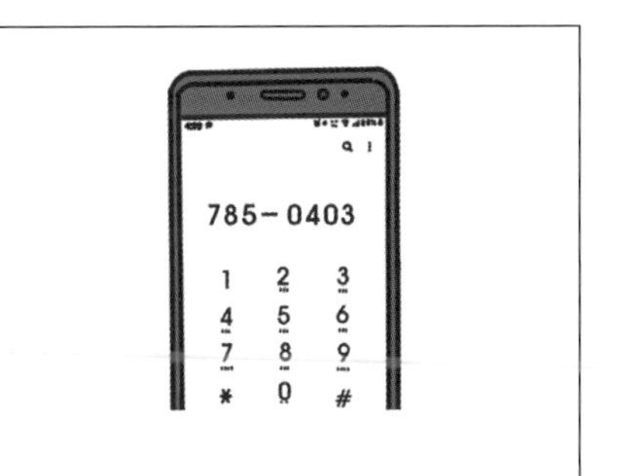

5 ばん

1　がっこう

2　しんじゅく

3　デパート

4　うみ

6 ばん

1　いもうと

2　母(はは)

3　父(ちち)

4　友(とも)だち

もんだい 3

　もんだい３では、えを　みながら　しつもんを　きいて　ください。
➡（やじるし）の　ひとは　なんと　いいますか。１から３の　なかから、
いちばん　いい　ものを　ひとつ　えらんで　ください。

れい

1ばん

2ばん

3ばん

4ばん

5ばん

もんだい 4

もんだい４は、えなどが　ありません。ぶんを　きいて　ください。１から３の なかから、いちばん　いい　ものを　ひとつ　えらんで　ください。。

ーメモー

JLPT
實戰模擬測驗

N5

第二回

第二回
實戰模擬測驗評分表

下列評分表可自我檢測能力，但與以相對評分方式的實際考試仍有些許誤差。

言語知識（文字・語彙・文法）・讀解

		配分	滿分	第一回	
				答對題數	分數
文字・語彙	問題 1	1 分 X 7 題	7		
	問題 2	1 分 X 5 題	5		
	問題 3	1 分 X 6 題	6		
	問題 4	1 分 X 3 題	3		
文法	問題 1	1 分 X 9 題	9		
	問題 2	1 分 X 4 題	4		
	問題 3	1 分 X 4 題	4		
讀解	問題 4	8 分 X 2 題	16		
	問題 5	8 分 X 2 題	16		
	問題 6	9 分 X 1 題	9		
合計			79 分		

※ 分數計算方式：言語知識・讀解〔　　　〕分 ÷ 79 X 120 =〔　　　〕分

聽力

		配分	滿分	第一回	
				答對題數	分數
聽力	問題 1	2 分 X 7 題	14		
	問題 2	2 分 X 6 題	12		
	問題 3	2 分 X 5 題	10		
	問題 4	2 分 X 6 題	18		
合計			54 分		

※ 分數計算方式：聽力〔　　　〕分 ÷ 54 X 60 =〔　　　〕分

第二回

N5

げんごちしき(もじ・ごい)

(20ぷん)

ちゅうい
Notes

1. しけんが　はじまるまで、この　もんだいようしを　あけないで　ください。
   Do not open this question booklet until the test begins.
2. この　もんだいようしを　もって　かえる　ことは　できません。
   Do not take this question booklet with you after the test.
3. じゅけんばんごうと　なまえを　したの　らんに、じゅけんひょうと　おなじように　かいて　ください。
   Write your examinee registration number and name clearly in each box below as written on your test voucher.
4. この　もんだいようしは　ぜんぶで　８ページ　あります。
   This question booklet has 8 pages.
5. もんだいには　かいとうばんごうの [1]、[2]、[3] …が　あります。
   かいとうは、かいとうようしに　ある　おなじ　ばんごうの　ところに　マークして　ください。
   One of the row numbers [1], [2], [3] … is given for each question. Mark your answer in the same row of the answer sheet.

じゅけんばんごう　Examinee Registration Number	

なまえ　Name	

もんだい1 ＿＿＿＿の ことばは ひらがなで どう かきますか。
1・2・3・4から いちばん いい ものを ひとつ えらんで
ください。

（れい） しゃしんは かばんの 下に ありました。

1 ちだ　　2 しだ　　3 ちた　　4 した

（かいとうようし）（れい） ① ② ③ ●

---

1 すずきさんは にもつが 少ないですね。

1 すこない　　2 すごない　　3 すくない　　4 すぐない

2 そこに いる 男の人は たなかさんです。

1 おんなのかた　　2 おんなのひと

3 おとこのかた　　4 おとこのひと

3 きのう 新しい くつを かいました。

1 あらだしい　　2 あだらしい

3 あらたしい　　4 あたらしい

4　えきの　南がわに　ホテルが　あります。

1 きたがわ　2 にしがわ　3 みなみがわ　4 ひがしがわ

5　十年まえに　ここへ　きました。

1 じゅねん　2 じゅうねん　3 とおねん　4 じゅっねん

6　わたしの　へやは　明るいです。

1 あっかるい　2 あかるっい　3 あかるい　4 あがるい

7　５時から　６時の　間は　いつも　ここに　います。

1 あいだ　2 どなり　3 あいた　4 となり

もんだい2 ＿＿＿＿の　ことばは　どう　かきますか。1・2・3・4から
いちばん　いい　ものを　ひとつ　えらんで　ください。

（れい）わたしの　こどもは　はなが　すきです。

1 了ども　　2 子ども　　3 干ども　　4 予ども

（かいとうようし）

（れい）	① ● ③ ④

8　こどもたちが　かわで　あそんで　います。

1 川　　2 木　　3 山　　4 花

9　この　くるまは　たかいですね。

1 安い　　2 多い　　3 高い　　4 古い

10　たくしーを　よんで　ください。

1 タクシー　　2 タクソー　　3 クタシー　　4 クタンー

11 やまださんと　たんじょうびが　<u>おなじ</u>です。

1 同じ　　2 回じ　　3 同じ　　4 向じ

12 その　ほんは　まだ　<u>はんぶん</u>しか　よんで　いません。

1 半分　　2 半分　　3 羊分　　4 羊分

もんだい３　（　　　）に　なにが　はいりますか。１・２・３・４から　いちばん　いい　ものを　ひとつ　えらんで　ください。

（れい）あそこで　バスに　（　　　）。

1 のりました　　2 あがりました

3 つきました　　4 はいりました

（かいとうようし）

（れい）	● ② ③ ④

13　きょねん、にほんの　とうきょうを　（　　　）しました。

1 げんき　2 こうばん　3 りょこう　4 ぐあい

14　はははきれいな　（　　　）を　かいました。

1 ハンカチ　2 トイレ　3 スピーチ　4 プール

15　にもつが　（　　　）ので　もてません。

1 おもい　2 かるい　3 いそがしい　4 やすい

16　きのう　ほんを　2（　　　）　よみました。

1 まい　2 ほん　3 だい　4 さつ

17　シャワーを　（　　　）から　およぎます。

1 はいって　　2 あびて　　3 いれて　　4 とって

18　（　　　）　はなしだったので　わかりませんでした。

1 やさしい　　2 かんたんな　　3 むずかしい　　4 ながい

もんだい4 ＿＿＿の ぶんと だいたい おなじ いみの ぶんが あります。
1・2・3・4から いちばん いい ものを ひとつ えらんで ください。

（れい） ゆうべ しゅくだいを しました。

1 おとといの あさ しゅくだいを しました。
2 おとといの よる しゅくだいを しました。
3 きのうの あさ しゅくだいを しました。
4 きのうの よる しゅくだいを しました。

（かいとうようし）

19 きのうは ３０ぷん さんぽを しました。

1 きのうは ３０ぷん よろこびました。
2 きのうは ３０ぷん わたりました。
3 きのうは ３０ぷん あるきました。
4 きのうは ３０ぷん のぼりました。

20 あまい おかしは きらいです。

1 あまい おかしは すきです。
2 あまい おかしは すきでは ありません。
3 あまい おかしは きれいです。
4 あまい おかしは きれいでは ありません。

21 せんたくしてから　でかけます。

1 かみを　あらった　あと　でかけます。

2 ふくを　あらった　あと　でかけます。

3 さらを　あらった　あと　でかけます。

4 かおを　あらった　あと　でかけます。

N5

言語知識（文法）・読解

（40ぷん）

注　意
Notes

1. 試験が始まるまで、この問題用紙をあけないでください。
   Do not open this question booklet until the test begins.
2. この問題用紙を持ってかえることはできません。
   Do not take this question booklet with you after the test.
3. 受験番号となまえをしたの欄に、受験票とおなじようにかいてください。
   Write your examinee registration number and name clearly in each box below as written on your test voucher.
4. この問題用紙は、全部で１４ページあります。
   This question booklet has 14 pages.
5. 問題には解答番号の 1 、 2 、 3 …があります。
   解答は、解答用紙にあるおなじ番号のところにマークしてください。
   One of the row numbers 1, 2, 3 … is given for each question. Mark your answer in the same row of the answer sheet.

受験番号 Examinee Registration Number	

なまえ Name	

もんだい1　（　　）に　何(なに)を　入(い)れますか。1・2・3・4から　いちばん　いい　ものを　一(ひと)つ　えらんで　ください。

（れい）　これ（　　）　えんぴつです。

1 に　　2 を　　3 は　　4 や

（かいとうようし）　| (れい) | ①　②　●　④ |

1　きのう　せんたくや　へや（　　）　そうじを　しました。

1 を　　2 も　　3 と　　4 の

2　わたしの　兄(あに)は　大学生(だいがくせい)（　　）、東京(とうきょう)に　すんで　います。

1 に　　2 で　　3 が　　4 へ

3　みかんを　5つ（　　）　食(た)べて　しまいました。

1 しか　　2 の　　3 も　　4 に

4　たかはしさん、くらく　なって　きたから、早(はや)く（　　）。

1 かえって　みます　　2 かえらないで　ください

3 かえるなら　いいです　　4 かえった　ほうが　いいです

5　やまださんは　２まいの　シャツを　着(き)て　みましたが、（　　　）買(か)いませんでした。

1 どちらも　2 どちらか　3 だれも　4 だれか

6　きっさてんに　コーヒーを　（　　　）　行(い)きませんか。

1 飲(の)む　2 飲(の)みたい　3 飲(の)みに　4 飲(の)みながら

7　パーティーで　うたを　（　　　）　おどったり　しました。

1 うたう　2 うたったり　3 うたいます　4 うたって

8　この　ケーキは　あまり　（　　　）。

1 おいしいですか　2 おいしかったです

3 おいしいでしょう　4 おいしく　なかったです

9　A「きのうは　ばんから　ずっと　あめが　（　　　）ね。」
B「ええ。そとへ　出る　ことが　できませんね。」

1 ふります　2 ふりましょう

3 ふって　います　4 ふりませんでした

もんだい２　＿★＿　に　入る　ものは　どれですか。１・２・３・４から
いちばん　いい　ものを　一つ　えらんで　ください。

（もんだいれい）

つくえの　＿＿＿　＿＿＿　＿★＿　＿＿＿　あります。

1 が　　2 に　　3 上　　4 ペン

（こたえかた）

1 ただしい　文を　つくります。

つくえの　＿＿＿　＿＿＿　＿★＿　＿＿＿　あります。

1 が　　2 に　　3 上　　4 ペン

2 ＿★＿　に　入る　ばんごうを　くろく　ぬります。

（かいとうようし）　（例）　①　②　③　●

10 いけだ「これから、いしはらさん　＿＿＿　＿＿＿　＿★＿　＿＿＿　行きます。リーさんも　いっしょに　どうですか。」

リー　「えっ、いいですか。よろこんで　行きます。」

1 お店へ　　2 と　　3 飲みに　　4 近くの

11 きょうは　りんごが　やすかったです。いつもは　ひとつ　＿＿＿　＿＿＿　＿★＿　＿＿＿　でした。

1 １１０円の　　2 ２２０円　　3 みっつで　　4 りんごが

12 A「パーティーは　きょうですね。」

B「いいえ、＿＿＿　＿★＿　＿＿＿　＿＿＿　ですよ。」

1 きょう　　2 あさって　　3 では　　4 なくて

13 A「スポーツ　＿＿＿　＿★＿　＿＿＿　＿＿＿　が　いちばん　好(す)きですか。」

B「サッカーが　いちばん　好(す)きです。」

1 で　　2 の　　3 なか　　4 なに

もんだい3　14 から 17 に 何を 入れますか。ぶんしょうの いみを かんがえて、 1・2・3・4から いちばん いい ものを 一つ えらんで ください。

日本で べんきょうして いる 学生が 「プレゼント」の さくぶんを 書いて、みんなの 前で 読みました。

（1）キムさんの さくぶん

> わたしが 11さいに なった とき、父 14 の たんじょうびの プレゼントは 1さつの 本でした。とても おもしろい 本で、すぐに ぜんぶ 読んで、それから また はじめから 読みました。わたしは 寝る 15 よく その 本を 読みました。その 本は 今も わたしの 部屋に あります。

（2）リーさんの さくぶん

> わたしは ことし 日本へ 来ました。きょねんの たんじょうびに 母が ネクタイを 16 。青い ネクタイです。来月は 母の たんじょうびが あります。母の たんじょうびに わたしも いい プレゼントを 17 。

14

1 と　　2 まで

3 へ　　4 から

15

1 あいだ　　2 から

3 あとで　　4 まえに

16

1 くれました　　2 やりました

3 もらいました　　4 あげました

17

1 あげました　　2 もらって　ください

3 あげたいです　　4 もらいたいです

もんだい４　つぎの　（1）から　（2）の　ぶんしょうを　読(よ)んで、しつもんに
こたえて　ください。こたえは、１・２・３・４から、いちばん
いい　ものを　一(ひと)つ　えらんで　ください。

（1）

れいわ中学校(ちゅうがっこう)は　駅(えき)の　すぐ　近(ちか)くに　あります。
わたしの　家(いえ)からも　歩(ある)いて　５分(ふん)の　ところに　あります。
学校(がっこう)の　たてものは　今年(ことし)　新(あたら)しく　なりました。
体育館(たいいくかん)は　小(ちい)さく　なりましたが、校庭(こうてい)が　広(ひろ)く　なりました。

18　れいわ中学校(ちゅうがっこう)に　ついて　ただしいのは　どれですか。

1 れいわ中学校(ちゅうがっこう)は　わたしの　家(いえ)の　となりに　あります。
2 れいわ中学校(ちゅうがっこう)は　駅(えき)の　近(ちか)くに　あります。
3 学校(がっこう)の　体育館(たいいくかん)が　大(おお)きく　なりました。
4 学校(がっこう)の　校庭(こうてい)が　小(ちい)さく　なりました。

（2）

（会社で）

サラさんの　机の　上に、この　メモと　にもつが　あります。

サラさん

きょうの　午後　1時ごろ　ゆうびんきょくの　人が　来ますから、このにもつを　わたして　ください。お金も　ゆうびんきょくの　人に　わたしてください。ゆうびんきょくの　人に　わたす　お金は　午前　11時に　鈴木さんが　持って　きて　くれます。

よろしく　お願いします。

村上

7月7日　10：00

19　この　メモを　読んで、サラさんは　はじめに　何を　しますか。

1 鈴木さんに　お金を　もらいます。

2 鈴木さんに　にもつと　お金を　わたします。

3 ゆうびんきょくの　人に　にもつを　わたします。

4 ゆうびんきょくの　人に　にもつと　お金を　わたします。

もんだい５　つぎの　ぶんしょうを　読んで、しつもんに　こたえて　ください。
こたえは、１・２・３・４から　いちばん　いい　ものを　一つ
えらんで　ください。

　全国的に　インフルエンザが　はやって　いて、ぼくの　かよって　いる　小学校も　あしたの　４月７日から　お休みに　なりました。
　最初は　４月７日から　４月１４日までの　お休みでしたが、４月１７日までに　変わりました。
　学校の　宿題は、国語、算数、音楽が　ありましたが、お休みが　長く　なったので、宿題に　美術が　増えました。
　担任の　先生からは　毎週　月よう日に　電話が　かかって　きて、体の　ようすや　宿題の　ようすを　話して　います。
　きょうは　土よう日なので　あさって　また　電話が　くる　予定です。

20　この　人の　学校は、いつまで　お休みですか。

1　４月４日
2　４月７日
3　４月１４日
4　４月１７日

21 この 人の 担任の 先生は、何よう日に 電話しますか。

1 月よう日

2 火よう日

3 土よう日

4 日よう日

もんだい６　右の　ページを　見て、下の　しつもんに　こたえて　ください。
こたえは、１・２・３・４から　いちばん　いい　ものを　一つ　えらんで　ください。

22　なかのやで　ティッシュペーパーと　肉と　くだものを　同じ　日に　買いたいです。いつ　買えば　いいですか。

1　１０月１日（月）と　２日（火）
2　１０月３日（水）と　４日（木）
3　１０月５日（金）と　６日（土）
4　１０月７日（日）と　８日（月）

＊なかのや＊

朝 9:00 ～ 夜 10:00

電話 012−345−6789

安い！

１０月１日（月）～４日（木）
たまご１３８円、ティッシュペーパー ３２０円

おすすめ！

１０月５日（金）～８日（月）
しょうゆ ２８０円、トイレットペーパー ４８０円

毎週 安い！

月・火　くだもの、やさい、ジュース
水・木　牛乳、肉、くだもの
金・土　やさい、魚、パン

N5

聴解(ちょうかい)

(30ぷん)

注意(ちゅうい)

Notes

1　試験(しけん)が始(はじ)まるまで、この問題用紙(もんだいようし)を開(あ)けないでください。
Do not open this question booklet until the test begins.

2　この問題用紙(もんだいようし)を持(も)って帰(かえ)ることはできません。
Do not take this question booklet with you after the test.

3　受験番号(じゅけんばんごう)と名前(なまえ)を下(した)の欄(らん)に、受験票(じゅけんひょう)と同(おな)じように書(か)いてください。
Write your examinee registration number and name clearly in each box below as written on your test voucher.

4　この問題用紙(もんだいようし)は、全部(ぜんぶ)で１４ページあります。
This question booklet has 14 pages.

5　この問題用紙(もんだいようし)にメモをとってもいいです。
You may make notes in this question booklet.

受験番号(じゅけんばんごう)　Examinee Registration Number	

なまえ　Name	

もんだい１

もんだい１では、はじめに　しつもんを　きいて　ください。それから　はなしを　きいて、もんだいようしの　１から４の　なかから、いちばん　いい　ものを　ひとつ　えらんで　ください。

れい

1

2

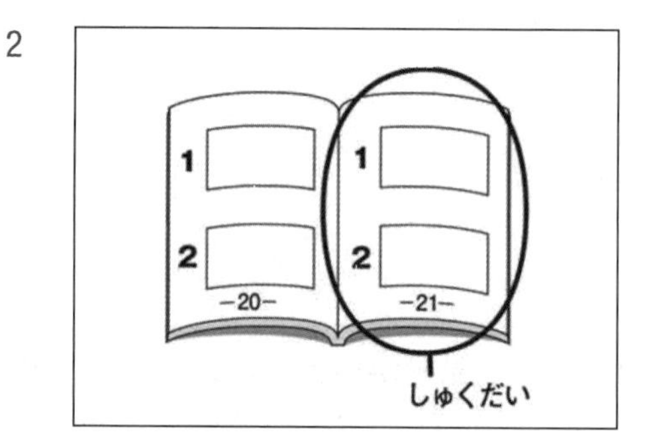

3

4

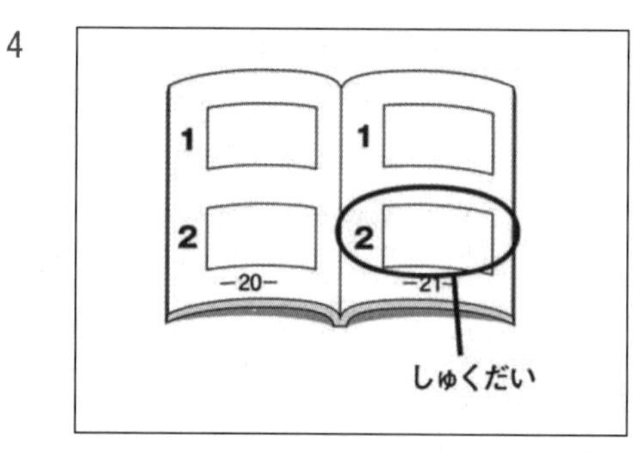

1ばん

1

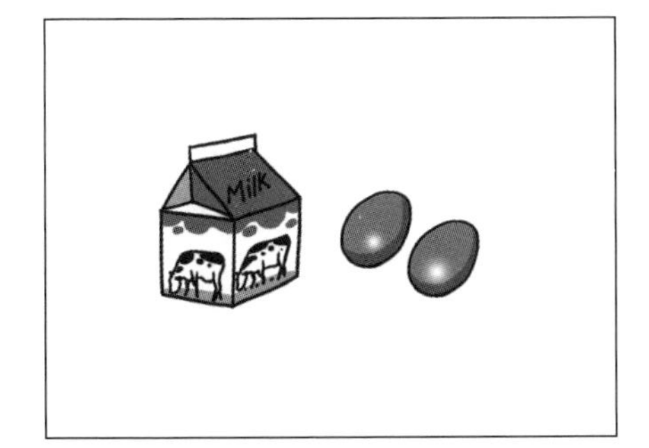

2

3

4

2ばん

1　1階（かい）の　3番（ばん）

2　1階（かい）の　4番（ばん）

3　2階（かい）の　3番（ばん）

4　2階（かい）の　4番（ばん）

3ばん

1

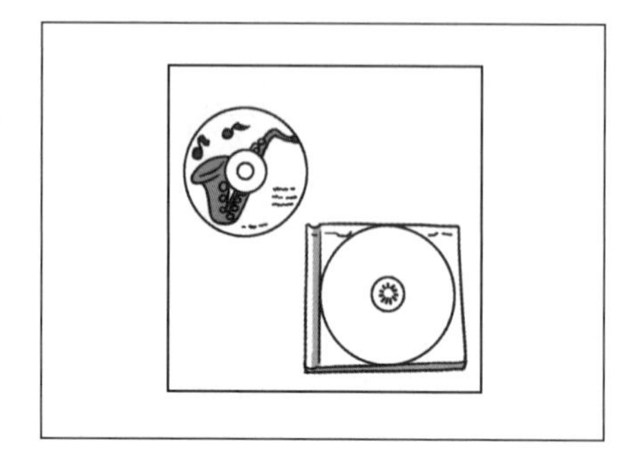

2

3

4

4ばん

1

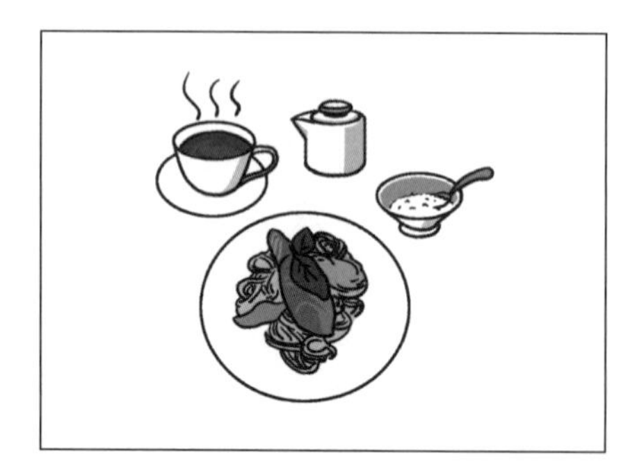

2

3

4

5 ばん

6 ばん

1 ＳＦ

2 ホラー

3 ラブコメ

4 アニメ

7ばん

4
6
1
2
3
日 月 火 水 木 金 土
1 2 3 4
5 6 7 8 9 10 11
12 13 14 15 16 17 18
19 20 21 22 23 24 25
26 27 28 29 30

もんだい２

もんだい２では、はじめに　しつもんを　きいて　ください。それから　はなしを　きいて、もんだいようしの　１から４の　なかから、いちばん　いい　ものを　ひとつ　えらんでください。

れい

1　としょかん

2　えき

3　デパート

4　レストラン

1ばん

1　今週（こんしゅう）

2　来週（らいしゅう）

3　今年（ことし）

4　来年（らいねん）の春（はる）

2ばん

1

2

3

4

3ばん

1　にぎやかな　まち

2　山（やま）

3　川（かわ）

4　海（うみ）

4ばん

1

2

3

4

5 ばん

1　空港

2　観光(かんこう)バス

3　友(とも)だちの　家(いえ)

4　ホテル

6 ばん

1　テーブルの　上(うえ)

2　いすの　上(うえ)

3　ポケットの　中(なか)

4　かばんの　中(なか)

もんだい 3

もんだい 3 では、えを　みながら　しつもんを　きいて　ください。
➡（やじるし）の　ひとは　なんと　いいますか。1 から 3 の　なかから、
いちばん　いい　ものを　ひとつ　えらんで　ください。

れい

1ばん

2ばん

3ばん

4ばん

5ばん

もんだい４

もんだい４は、えなどが　ありません。ぶんを　きいて　ください。１から３の なかから、いちばん　いい　ものを　ひとつ　えらんで　ください。

―メモ―

JLPT N5

第一回 實戰模擬測驗 | 解答與說明

第一節　言語知識（文字・語彙）

問題1　1 ②　2 ④　3 ③　4 ③　5 ②　6 ④　7 ④
問題2　8 ③　9 ④　10 ②　11 ①　12 ④
問題3　13 ①　14 ②　15 ④　16 ①　17 ②　18 ①
問題4　19 ④　20 ④　21 ①

第一節　言語知識（文法）・讀解

問題1　1 ①　2 ④　3 ①　4 ②　5 ②　6 ③　7 ③　8 ①　9 ④
問題2　10 ② (1423)　11 ① (2413)　10 ① (3142)　13 ④ (1423)
問題3　14 ④　15 ①　16 ③　17 ②
問題4　18 ④　19 ②
問題5　20 ③　21 ③
問題6　22 ①

第二節　聽力

問題1　1 ④　2 ③　3 ①　4 ③　5 ②　6 ③　7 ①
問題2　1 ③　2 ①　3 ④　4 ①　5 ③　6 ①
問題3　1 ①　2 ②　3 ③　4 ①　5 ②
問題4　1 ②　2 ①　3 ②　4 ③　5 ①　6 ②

第一節　言語知識（文字・語彙）

問題 1　__的單字如何改寫成平假名？請在 1、2、3、4 中選出最適合的答案。

1 游泳渡河。
2 在公車上遇到山田先生。
3 請關閉電燈。
4 九點開始工作。
5 我先走了。
6 我想要去外國。
7 現在每天都很開心。

問題 2　__的單字如何寫？請在 1、2、3、4 中選出最適合的答案。

8 請看這張照片。
9 下週一開始上學。
10 我到飯店了。
11 這件事不要告訴任何人。
12 下個月要去滑雪。

問題 3　(　　) 中該填上什麼字？請在 1、2、3、4 中選出最適合的答案。

13 搭公車到大學要花二十分鐘。
14 工作很多很忙碌。
15 我每天喝三杯咖啡。
16 外面很冷，戴上圍巾吧。
17 風很大，幫我關窗戶。
18 頭痛，所以吃了藥。

問題 4　下列有與__意思相似的文句。請在 1、2、3、4 中選出最適合的答案。

19 飲料在哪裡？

1 書和雜誌在哪裡？
2 筆和筆記本在哪裡？
3 郵票和明信片在哪裡？
4 牛奶和果汁在哪裡？

20 桌子上面很髒。

1 討厭桌子上面。
2 不討厭桌子上面。
3 桌子上面很乾淨。
4 桌子上面不乾淨。

21 請加一點糖。

1 請加一點糖。
2 請馬上加糖。
3 請加很多糖。
4 請再加一次滿滿的糖。

第一節　言語知識（文法・讀解）

問題 1　(　　) 中該填上什麼字？請在 1、2、3、4 中選出最適合的答案。

1 這班電車九點到新宿站。
2 請用黑筆寫名字。
3 下一個紅綠燈請右轉。
4 水太燙，無法進浴缸。
5 太累了，我不想繼續走了。
6 學生時期有在打網球，現在完全不打了。
7 不好意思，請給我鹽。
8 日本食物很好吃，我最喜歡吃關東煮。
9 A「今天真冷。」
B「是啊？我有點想喝熱的。」

問題 2　請問要在★填入什麼？請在 1、2、3、4 中選出最適合的答案。

10 每天我都在吃早餐前刷牙。（1423）
11 毛利「金先生有不懂的單字都怎麼做？」
金「查字典。」（2413）
12 (在商店)
石原「這雙皮鞋有點大，沒有再小一點的嗎？」
店員「那，您看這雙如何？」（3142）
13 A「那個戴太陽眼鏡的人是誰？」
B「啊啊，那個穿紅色襯衫的人啊，他是李先生。」（1423）

問題 3　14至17該填入什麼？想一想文章的意思，請在 1、2、3、4 中選出最適合的答案。

這是一篇到日本進修的越南人寫的文章。

我來自越南，是一位進修生。我的房間是 301 房，在三樓。雖然小，但是很乾淨。

一樓有食堂，有各式各樣的料理，我每天在一樓的食堂吃飯，非常好吃。

從我房間走到地鐵站要花 12 分鐘。地鐵附近有百貨公司和超市等。

問題 4　請閱讀下列（1）和（2）的文章後回答問題。請在 1、2、3、4 中選出最適合的答案。

譯文

(1)
林先生的書桌上有這張紙條和資料。

林先生
請在會議開始前影印十份這份資料。
每份請用釘書機釘起來。
我在進會議室之前會回來一趟，所以印好請放在我桌上。

山田

18　林先生印完之後要做什麼？

1　在釘起來之前交給山田先生。
2　帶進會議室。
3　放在自己的桌上。
4　放在山田先生的桌上。

單字

机(つくえ) 書桌｜**上**(うえ) 上（面）｜**メモ** 紙條｜**資料**(しりょう) 資料｜**ある** 有｜**会議**(かいぎ) 會議｜**前**(まえ) 前（面）｜**～部**(ぶ) ～份｜
コピーする 影印｜**～てください** 請～｜**もの** 事情；物品｜**～ずつ** 每～｜
ホッチキス 釘書機｜**とめる** 釘；紮｜**会議室**(かいぎしつ) 會議室｜**持っていく**(も) 帶過去｜
もどる 回來｜**おく** 放｜**～たあとで** 在～之後｜**渡す**(わた) 遞交｜**自分**(じぶん) 自己

說明

題目在問林先生印完之後該怎麼做。選項 1 說要在釘起來之前給山田先生，但上列文章寫說每份要用釘書機釘起來，故為錯答。選項 2 說要帶進會議室，但文章寫說請在帶進會議室之前放在山田先生的桌上，故為錯答。選項 3 因為不是放在山田先生，而是林先生的桌上，所以一樣是錯答。正確答案為選項 4「放在山田先生的桌上。」

譯文

(2)
我們是五人家庭，父親、母親、哥哥、妹妹，還有我。父親在鐘錶公司上班；哥哥在英國讀大學；我和妹妹上同一所高中。昨天父親的弟弟來我們家玩，說了很多以前的故事，非常開心。哥哥馬上要回日本了，好想趕快見面。

19　這個人的家裡現在住幾個人？

1　3 個
2　4 個
3　5 個
4　6 個

單字

5人家族(ごにんかぞく) 五人家庭｜**父**(ちち) 父親｜**母**(はは) 母親｜**兄**(あに) 哥哥｜**妹**(いもうと) 妹妹｜**時計**(とけい) 鐘錶｜**会社**(かいしゃ) 公司｜**はたらく** 工作｜
今(いま) 現在｜**イギリス** 英國｜**大学**(だいがく) 大學｜**べんきょうする** 讀書｜**同じだ**(おな) 同樣｜**高校**(こうこう) 高中｜**かよう** 通勤｜
きのう 昨天｜**弟**(おとうと) 弟弟｜**うち**（我們）家｜**遊ぶ**(あそ) 玩｜**～に来る**(く) ～來～｜**昔**(むかし) 以前｜**話**(はなし) 故事｜
たくさん 很多｜**する** 做｜**～てくれる**（他人）為我做～｜**たのしい** 高興｜**もうすぐ** 很快｜
日本(にほん) 日本｜**もどってくる** 回來｜**早く**(はや) 快點｜**会う**(あ) 見面｜**～たい** ～想～｜**何人**(なんにん) 多少人｜**すむ** 住

說明

題目詢問這個人現在家裡住幾個人，雖然他是五人家庭，但從第二句得知哥哥在英國讀大學，並於最後一句得知哥哥馬上要回日本，想要快點見面，表示哥哥目前未住在一起。因此，正確答案為選項 2 的 4 個（五人家庭扣除兄長）。

問題 5　請閱讀下列文章後回答問題。請在 1、2、3、4 中選出最適合的答案。

譯文

上週為了拍一歲孩子的照片去了照相館。因為暑假打算家人們一起去沖繩旅行，需要拍護照的照片。

去沖繩的機票已經用累積的哩程數訂好了，大人一名是 15000 哩，雖然孩子同樣需要一樣的哩程數，但三歲以下的機票錢免費，所以訂了兩名大人和一名五歲孩子，回東京的機票，大人一名 20000 日圓和孩子 15000 日圓。

20　為什麼要拍孩子的照片？

1　因為有新的照相館開幕。
2　因為孩子的生日。
3　因為要申請孩子的護照。
4　因為三歲以下的孩子機票錢免費。

21　這個家庭用多少哩程數預約飛往沖繩的機票？

1　15000 哩程
2　30000 哩程
3　45000 哩程
4　60000 哩程

單字

先週 上週｜**～歳** ~ 歲｜**～になる** 成為 ~｜**子ども** 孩子｜**写真** 照片｜**とる** 拍（照片）｜**フォトスタジオ** 照相館｜**夏休み** 暑假｜**家族** 家族｜**～で** ~（表示狀態）｜**おきなわ** 沖繩｜**旅行する** 旅行｜**パスポート** 護照｜**作る** 製作｜**必要だ** 必須｜**ひこうき** 飛機｜**チケット** 機票｜**ためる** 累積｜**マイル** 哩程數｜**使う** 使用｜**予約する** 預約｜**大人** 大人｜**ひとり** 一名｜**以下** 以下｜**料金** 費用｜**無料** 免費｜**ふたり** 兩名｜**東京** 東京｜**帰り** 回｜**～円** ~ 日圓｜**どうして** 為什麼｜**新しい** 新的｜**できる** 產生｜**たんじょうび** 生日｜**何～** 多少 ~

說明

(問題 20) 題目詢問孩子照相的理由，由上述第二句得知話者想要在暑假的時候全家一起去沖繩旅行，所以需要照片申請護照，故正確答案為選項 3「因為想要申請孩子的護照」。
(問題 21) 題目詢問這個家庭使用多少哩程數預訂飛往沖繩的飛機票。由第二個段落得知一位大人是 15000 哩程數，孩子也需要同樣的哩程數，但三歲以下的孩子機票免費，所以預定了兩位大人和一位五歲孩子，故正確答案為選項 3 的 45000 哩程數（兩位大人 30000 ＋一位五歲孩子 15000）。

問題 6　讀解右頁後回答下列問題。請在 1、2、3、4 中選出最適合的答案。

譯文

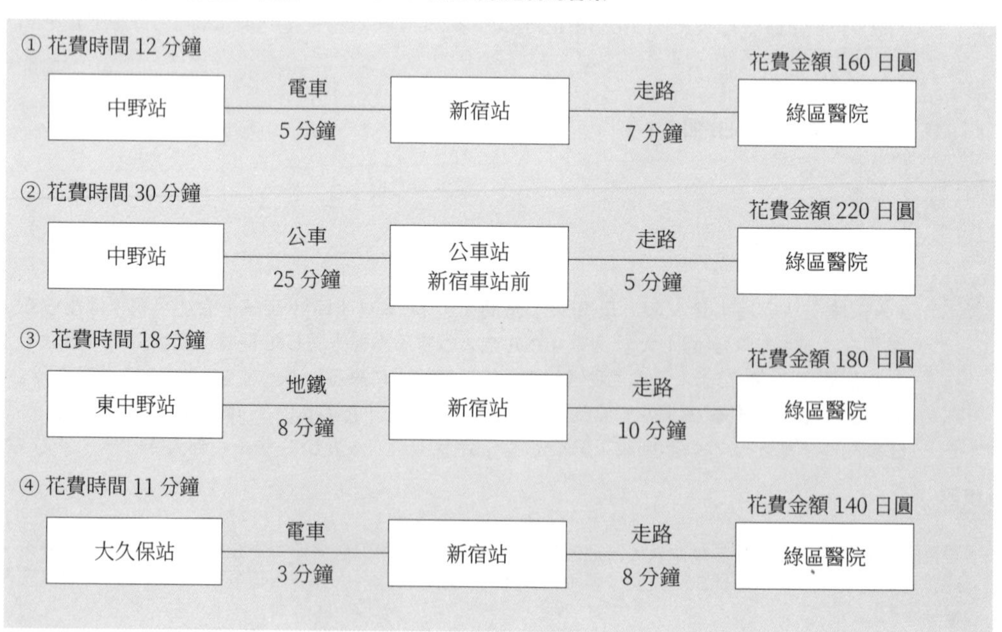

22 李先生想要到綠區醫院。在中野站或東中野站搭車。從家裡到綠區醫院花費的金額最好在 200 日圓以內，且時間最短。請問李先生用哪一種方法前往？

1 ①　　**2** ②　　**3** ③　　**4** ④

單字 **病院** 醫院｜**中野駅** 中野站（地名）｜**～か** 或～｜**東中野駅** 東中野站（地名）｜**乗る** 搭乘｜**家** 家｜**かかる** 花費（時間、費用）｜**お金** 錢｜**時間** 時間｜**みじかい** 短的｜**ほう**（表示選項）｜**いい** 好｜**どの** 哪種｜**行き方** 前往方法｜**料金** 花費金額｜**電車** 電車｜**新宿駅** 新宿站（地名）｜**歩く** 走｜**バス** 巴士｜**バスてい** 公車站｜**新宿駅前** 新宿車站前（地名）｜**地下鉄** 地鐵｜**大久保駅** 大久保站（地名）

第二節　聽力

日本語能力試験　聴解　N５

日本語能力測驗 聽力 N5

これからＮ５の聴解試験をはじめます。もんだいようしにメモをとってもいいです。もんだいようしをあけてください。もんだいようしのページがないときは手をあげてください。もんだいがよく見えないときも手をあげてください。いつでもいいです。

現在開始 N5 的聽力測驗，可以在題本上作記號，請打開題本，若有缺頁請舉手告知。題目看不清楚的也可以隨時舉手告知。

もんだい１

もんだい１では、はじめにしつもんをきいてください。それからはなしをきいて、もんだいようしの１から４のなかから、いちばんいいものをひとつえらんでください。
では、れんしゅうしましょう。

問題 1

問題 1，請先聽問題。然後聽完對話後從題本上的 1 到 4 選出最適當的答案。我們來練習一遍。

れい

クラスで先生が話しています。学生は、今日家で、どこを勉強しますか。

Ｆ：では、今日は２０ページまで終わりましたから、２１ページは宿題ですね。
Ｍ：全部ですか。
Ｆ：いえ、２１ページの１番です。２番は、クラスでします。

学生は、今日家で、どこを勉強しますか。

範例

老師正在班上說話。請問學生今天要在家讀哪一頁？

女：那個，今天把第 20 頁結束了，所以第 21 頁是作業喔。
男：全部嗎？
女：不是，第 21 頁第 1 題，第 2 題要在課堂上寫。

請問學生今天要在家讀哪一頁？

いちばんいいものは3ばんです。かいとうようしのもんだい1のれいのところをみてください。いちばんいいものは3ばんですから、こたえはこのように書きます。では、はじめます。

最適當的答案是選項3 。請看答案紙的問題1的範例部分，最適當的是選項3，故答案這麼寫。現在正式開始測驗。

1ばん

デパートで、男の人とお店の人が話しています。男の人は、どのくつしたを選びますか。

M：赤ちゃんのくつしたは、ありますか。
F：はい、こちらです。
　　女の子のはレースのくつしたが、男の子のは車の絵が入ったくつしたが人気です。
M：まだどっちなのかわからないんです。
F：では、こちらの星の絵が入ったくつしたは、いかがですか。
M：そうですね！それにします。

男の人は、どのくつしたを選びますか。

第1題

男人和店員正在百貨公司對話。請問男人選了哪一雙襪子？

男：請問有嬰兒的襪子嗎？
女：有，這邊。
　　賣最好的女童襪是蕾絲襪，男孩則是有汽車圖案的襪子。
男：還不知道是男是女。
女：那麼，這個星星圖案的襪子如何？
男：啊！就這個了。

請問男人選了哪一雙襪子？

單字

デパート 百貨公司｜**どの** 哪個｜**くつした** 襪子｜**選ぶ** 選擇｜**赤ちゃん** 嬰兒｜**こちら** 這邊｜**女の子** 女孩｜**～の** ～的東西｜**レース** 蕾絲｜**男の子** 男孩｜**車** 汽車｜**絵** 圖案｜**入る** 加入｜**人気** 人氣｜**まだ** 還（不）｜**どっち** 哪一邊｜**わかる** 知道；理解｜**では** 那麼｜**星** 星星｜**いかが** 如何｜**～にする** 就以～

說明

題目詢問男人選哪一種兒童襪子。最後店員推薦星星圖案的襪子，男人回答就這個了，故正確答案為選項4。

2ばん

バス停で、女の人とバスの運転手さんが話しています。女の人は、何番のバスに乗りますか。

F：すみません、2番のバスは中野駅に行きますか。
M：いいえ、中野駅に行くバスは1番と3番と5番です。
F：あ、はい、そうですか。
M：あ、でも、週末は5番のバスはありませんから、1番か3番のバスに乗ってください。
　　次でしたら3番のほうが早いですね。
F：わかりました。ありがとうございます。

第2題

女人和公車司機正在公車站對話。請問女人搭了幾號公車？

女：你好，請問2號公車有到中野站嗎？
男：沒有，到中野站的公車是1、3、5號公車。
女：啊，是這樣啊？
男：啊，不過假日沒有5號公車，請搭1號或3號公車。
　　下一班車是3號先來。
女：知道了，謝謝。

女の人は、何番のバスに乗りますか。

1　1ばん
2　2ばん
3　3ばん
4　4ばん

請問女人搭了幾號公車？

1　1 號
2　2 號
3　3 號
4　4 號

單字

バス停 公車站｜**運転手さん** 司機｜**何番** 幾號｜**乗る** 搭乘｜**すみません** 抱歉；不好意思｜**中野駅** 中野站（地名）｜**行く** 前往｜**～番** ～號｜**でも** 不過｜**週末** 假日｜**～てください** 請～｜**次** 下次｜**ほう**（選項）｜**早い** 快｜**まだ** 還（不）

說明

女人向公車司機詢問到中野站的公車。雖然司機說到中野站的公車有 1、3、5 號公車，但 3 號公車比較早到，女人也回答知道了，故正確答案為選項 3。

3ばん

病院で、医者と女の人が話しています。女の人は、一日に何回薬を飲みますか。

M：この薬は、夜だけ飲む薬です。夜、寝る前に飲んでください。
F：朝や昼は飲まなくてもいいんですか。
M：はい、新しい薬なので、朝や昼は飲まなくても大丈夫です。3日間飲んでくださいね。
F：わかりました。ありがとうございます。

女の人は、一日に何回薬を飲みますか。

第 3 題

醫生和女人正在醫院對話。請問女人一天吃幾次藥？

男：這個藥只需晚上吃，請在睡前吃。
女：早上和中午不吃也沒關係嗎？
男：對，因為是新藥，早上或中午不吃也沒關係，吃三天。
女：知道了，謝謝。

請問女人一天吃幾次藥？

單字

病院 醫院｜**医者** 醫生｜**一日** 一天｜**何回** 幾次｜**薬を飲む** 吃藥｜**夜** 晚上｜**～だけ** 只要～｜**寝る** 睡覺｜**前** 之前｜**朝** 早上｜**昼** 中午｜**～なくてもいい** 不～也沒關係｜**新しい** 新的｜**大丈夫だ** 沒關係｜**3日間** 三天

說明

在醫院裡，女人和醫生在對話。女人詢問一天吃幾次藥。醫生和女人說這個藥只需要晚上吃，並請在睡前吃，故正確答案為選項 1。醫生說吃三天，故請注意不要選到三次。

4ばん

デパートで、女の人とお店の人が話しています。女の人は、どのかばんを選びますか。

F：あのー、あの黒いかばんを見せてください。
M：この小さいのでしょうか。
F：いえ、そのとなりにある大きいのです。
M：こちらになります。
F：これ、いいですね。これにします。

女の人は、どのかばんを選びますか。

第 4 題

女人和店員正在百貨公司的對話。請問女人選哪個包包？

女：那個，請拿黑色的包包給我看。
男：這個小包嗎？
女：不是，旁邊那個大的。
男：給您。
女：這個不錯。我要這個。

請問女人選哪一個包包？

單字

デパート 百貨公司｜**お店の人** 店員｜**どの** 哪個｜**かばん** 包包｜**選ぶ** 選擇｜**あのー** 那個｜**黒い** 黑的｜**見せる** 展示｜**〜てください** 請〜｜**小さい** 小的｜**〜でしょうか** 是〜嗎？｜**いいえ** 不是｜**となり** 旁邊｜**大きい** 大的｜**こちら** 這裏｜**〜になる** 還（不）｜**いい** 是〜；成為〜｜**〜にする** 就以〜

說明

女人在百貨公司裡挑包包。這題在問女人選了哪一個包包，對話得知女人向店員要求拿黑色包包給她，而店員問她是否是小包。女人回答是旁邊的大包，覺得包包不錯而選了它，因此，女人選的包包是黑色的大包包，故正確答案為選項3。

5ばん

男の人と女の人が話しています。男の人はどこに行きますか。

M：すみません。グッドモーニングカフェはどこですか。

F：グッドモーニングカフェですね。
あの交差点を右に曲がってください。
道の左側に郵便局があります。
グッドモーニングカフェは郵便局のとなりにありますよ。

M：わかりました。ありがとうございます。

男の人はどこに行きますか。

第5題

男人和女人正在對話。請問男人要去哪裡？

男：不好意思，請問早安咖啡廳在哪裡？

女：你說早安咖啡廳嗎？
請在那個路口右轉。
路上左手邊有一家郵局。
早安咖啡廳在郵局的旁邊。

男：知道了，謝謝

請問男人要去哪裡？

單字

どこ 哪裡｜**すみません** 不好意思｜**グッドモーニングカフェ** 早安咖啡廳｜**あの** 那個｜**交差点** 路口｜**右** 右邊｜**曲がる** 轉｜**道** 道路｜**左側** 左側｜**郵便局** 郵局｜**となり** 旁邊

說明

男人向女人詢問如何走去早安咖啡廳，女人的回答是交叉口右轉，左側有一家郵局，早安咖啡廳在郵局旁邊，故正確答案為選項2。

6ばん

会社で男の人と女の人が話しています。女の人はどの雑誌を男の人に渡しますか。

M：太田さん、すみませんが、太田さんの後ろにある雑誌を取ってくれませんか。

F：どの雑誌ですか。時計の雑誌と車の雑誌がありますが。

M：車の雑誌です。

F：6月のと7月のがあります。どっちにしますか。

M：6月のをお願いします。

女の人はどの雑誌を男の人に渡しますか。

第6題

男人和女人正在公司對話。請問女人拿什麼雜誌給男人？

男：太田小姐，不好意思，能不能幫我拿您後面的雜誌？

女：哪一本雜誌？這裡有鐘錶雜誌和汽車雜誌。

男：汽車雜誌。

女：有六月和七月份，請問哪一個？

男：六月份雜誌，拜託了。

請問女人拿什麼雜誌給男人？

單字

会社 公司｜**どの** 哪個｜**かばん** 包包｜**雑誌** 雜誌｜**渡す** 遞給｜**後ろ** 後面｜**取る** 拿取｜**～てくれませんか** 能不能～？｜**時計** 鐘錶｜**車** 汽車｜**～の** ～的｜**どっち** 哪一個｜**～にする** 就以～｜**お願いする** 拜託

說明

題目詢問男人請女人拿什麼雜誌。男人拜託女人雜誌給他，女人回問是鐘錶雜誌，還是汽車雜誌，以及詢問是六月份，還是七月份。男人回答是汽車雜誌且是六月份的，故正確答案為選項 3。

7ばん

学校で先生が学生に話しています。学生は何日に学校に来ますか。

F：みなさん、あしたからゴールデンウィークで、一週間お休みになりますね。次、来るのは５月７日になります。５月８日から５月１０日までテストですから、お休みの間、勉強もがんばってくださいね。

学生は何日に学校に来ますか。

第 7 題

學生和老師正在學校對話。請問學生幾號要回學校？

女：各位，明天開始放黃金假期，休息一週。下次回學校的時間是五月七日。因為五月八日至五月十日是考試，放假期間也要努力讀書。

請問學生幾號要回學校？

單字

学校 學校｜**先生** 老師｜**学生** 學生｜**何日** 哪天｜**来る** 來｜**みなさん** 各位｜**あした** 明天｜**ゴールデンウィーク** 黃金假期｜**一週間** 一週｜**お休み** 休息｜**次** 下次｜**7日** 七日｜**8日** 八日｜**～から～まで** 從～到～｜**10日** 十日｜**テスト** 測試｜**間** 期間｜**勉強** 讀書｜**がんばる** 努力；奮發

說明

題目詢問學生哪天回學校，老師宣布明天開始放黃金假期，休息一週，下次回學校的日期是五月七日，故正確答案為選項 1。

もんだい 2

もんだい２では、はじめにしつもんをきいてください。それからはなしをきいて、もんだいようしの１から４のなかから、いちばんいいものをひとつえらんでください。
では、れんしゅうしましょう。

問題 2

問題 2，請先聽問題。然後聽完對話後從題本上的 1 到 4 選出最適當的答案。我們來練習一遍。

れい

男の人と女の人が話しています。男の人は昨日、どこへ行きましたか。男の人です

M：山田さん、昨日どこかへ行きましたか。
F：図書館へ行きました。
M：駅のそばの図書館ですか。

範例

男人和女人正在對話。請問男人昨天去哪裡？詢問男人。

男：山田小姐昨天去了哪裡？
女：我去了圖書館。
男：車站旁的圖書館嗎？

F：はい。
M：僕は山川デパートへ行って、買い物をしました。
F：え、私も昨日の夜、山川デパートのレストランへ行きましたよ。
M：そうですか。

女：對。
男：我去了山川百貨公司逛街。
女：天啊，我昨晚也去了山川百貨公司的餐廳。
男：是唷？

男の人は昨日、どこへ行きましたか。

1 としょかん
2 えき
3 デパート
4 レストラン

請問男人昨天去哪裡？

1 圖書館
2 地鐵站
3 百貨公司
4 餐廳

いちばんいいものは3ばんです。かいとうようしのもんだい2のれいのところを見てください。いちばんいいものは3ばんですから、こたえはこのように書きます。では、はじめます。

最適當的答案為選項3。請看作答紙的問題2範例部分，由於最適當的答案是選項3，故答案這麼寫。現在正式開始測驗。

1ばん

教室で、先生が学生に話しています。学生は何で名前を書きますか。

M：えー、来週のラーメン工場の見学に行きたい人は、この用紙に黒いボールペンで名前を書いてください。えんぴつや、赤いボールペンで書かないでくださいね。

学生は何で名前を書きますか。

1 くろい　えんぴつ
2 あかい　えんぴつ
3 くろい　ボールペン
4 あかい　ボールペン

第1題

老師在教室和學生對話。請問學生用什麼寫名字？

男：那個，下週想要去拉麵工廠參觀的人請在紙上用黑色原子筆寫上名字。請不要用鉛筆或紅筆寫。

請問學生用什麼寫名字？

1 黑色鉛筆
2 紅色鉛筆
3 黑色原子筆
4 紅色原子筆

單字

教室 教室｜**先生** 老師｜**学生** 學生｜**何で** 用什麼（東西）｜**名前** 名字｜**書** 寫｜**来週** 下週
ラーメン工場 拉麵工廠｜**見学** 參觀｜**～に行く** 去～做～｜**～たい** 想要～｜**用紙** 紙｜**黒い** 黑的
ボールペン 原子筆｜**えんぴつ** 鉛筆｜**～や** 或～；和～｜**赤い** 紅的｜**～ないでください** 請不要～

說明

題目詢問下週想去拉麵工廠參觀的學生用什麼在紙上寫名字。老師告知大家使用黑色原子筆，並且要求不要用鉛筆或紅色原子筆，故正確答案為選項3。

2ばん

男の人と女の人が話しています。女の人は、あしたの午後、何をしますか。

M：木村さん。あした、学校の図書館で一緒に勉強しませんか。。

F：あしたですか。えーっと…。

M：いそがしいですか。

F：午前中はカフェのバイトなんです。うーん、午後1時からならいいですよ。

M：じゃあ、ぼくも家で洗濯したり掃除したりしてから1時までに行きますね。

F：はい、わかりました！

女の人は、あしたの午後、何をしますか。

第2題

男人和女人正在對話。請問女人明天下午要做什麼事？

男：木村小姐，明天要不要一起在學校圖書館讀書？

女：明天嗎？那個……

男：很忙嗎？

女：中午前要去咖啡廳的打工。嗯……下午一點後可以。

男：那麼，我也在家洗衣服或打掃，一點前到。

女：好，我知道了。

請問女人明天下午要做什麼事？

單字

あした 明天｜**午後** 下午｜**図書館** 圖書館｜**一緒に** 一起｜**勉強する** 讀書｜**〜ませんか** 要不要〜
いそがしい 忙碌｜**午前中** 中午前｜**カフェ** 咖啡廳｜**バイト** 打工｜**〜なら** 若是〜｜**いい** 好｜**じゃあ** 那麼
家 家｜**洗濯する** 洗衣服｜**〜たり〜たりする** 做〜或做〜｜**掃除する** 打掃｜**〜てから** 做完後〜
〜までに 〜之前｜**わかる** 知道；理解

說明

題目詢問女人明天下午預計要做什麼事。男人邀請女人明天一起到學校圖書館讀書時，女人說中午前有咖啡廳的打工，從下午一點開始可以。因此，正確答案為選項1。選項2是中午前做的事；選項3和4是男人做的事。

3ばん

学校の図書館で、男の学生と女の学生が話しています。男の学生は、きょう、何時間勉強しますか。

F：山下さん、きょう何時間勉強しますか。

M：あしたテストがあるので、きょうは4時間ぐらい勉強します。

F：いつもそんなに長く勉強するんですか。

M：いつもは2時間ぐらいです。
新井さんはいつも何時間ぐらい勉強しますか。

F：私はいつも1時間です。
でも、きょうは私も3時間ぐらいがんばってみます。

男の学生は、きょう、何時間勉強しますか。

1　1時間
2　2時間
3　3時間
4　4時間

第3題

男學生和女學生在學校圖書館對話。請問男學生今天要讀幾小時？

女：山下同學，你今天讀要幾小時？

男：明天有考試，所以今天大概要讀四小時。

女：平時都讀這麼久嗎？

男：平時大概兩小時。
新井同學平時都讀幾個小時？

女：我平時一小時。
但，今天我也要努力試著讀三小時。

請問男學生今天要讀幾小時？

1　一小時
2　兩小時
3　三小時
4　四小時

單字

学生 學生｜**きょう** 今天｜**何時間** 幾小時｜**～時間** ～時間｜**テスト** 考試｜**～ので** 因為～｜**4時間** 四小時
～ぐらい ～程度｜**いつも** 平時；總是｜**そんなに** 那麼｜**長く** 長的｜**2時間** 兩小時｜**私** 我｜**1時間** 一小時
でも 不過；但是｜**3時間** 三小時｜**がんばる** 努力；奮發｜**～てみる** 試著～

說明

題目詢問男學生今天讀書的時間。女學生問男學生今天要讀幾小時的時候，男學生回答因為明天有考試，今天大概要讀四小時，故正確答案為選項 4。

4ばん

男の人と女の人が話しています。女の人の電話番号は何番ですか。

M：加藤さん。加藤さんの電話番号を聞いてもいいですか。
F：ええ、いいですよ。７５８の０３０４です。
M：ありがとうございます。
　えっと、７８５の０３０４っと…。
　次でしたら３番のほうが早いですね。
F：違います。７５８です。
M：あっ、すみません。ありがとうございます。

女の人の電話番号は何番ですか。

第 4 題

男人和女人正在對話，請問女人的手機號碼多少？

男：加藤小姐，我可以問你的手機號碼多少嗎？
女：好，可以。我的手機號碼是 758-0304。
男：謝謝。
　那個，是 785-0304 嗎……
女：錯了，是 758。
男：啊，抱歉，謝謝。

請問女人的手機號碼多少？

單字

電話番号 手機號碼｜**何番** 多少｜**聞く** 詢問｜**～てもいい** ～也可以｜**違う** 錯誤

說明

題目詢問女人的手機號碼。女人回答 758-0304，男人誤說成 785-0304，所以女人重新糾正為 758，故正確答案為選項 1。

5ばん

学校で、男の人と女の人が話しています。男の人はきのう、どこへ行きましたか。

M：中野さん、きのうは何をしましたか。
F：きのうは友だちと新宿で遊びました。田中さんは何をしましたか。
M：ぼくはデパートで買い物をしました。
F：いいですね。何を買ったんですか。
M：海に行くときに使う帽子を買いました。
F：海に行くんですか。
M：はい。来週の火よう日、海に行いきます。

第 5 題

男人和女人正在學校對話。請問男人昨天去了哪裡？

男：中野小姐，昨天你做了什麼？
女：昨天我和朋友在新宿玩。田中先生呢？
男：我在百貨公司裡逛街。
女：真不錯，買了什麼？
男：我買了去海邊戴的帽子。
女：你要去海邊嗎？
男：對，下週二要去海邊。

男の人はきのう、どこへ行きましたか。

1 がっこう
2 しんじゅく
3 デパート
4 うみ

請問男人昨天去了哪裡？

1 學校
2 新宿
3 百貨公司
4 海邊

單字

学校 學校｜**きのう** 昨天｜**どこ** 哪裡｜**友だち** 朋友｜**新宿** 新宿（地名）｜**遊ぶ** 玩｜**ぼく** 我（男生自稱）
デパート 百貨公司｜**買い物** 逛街｜**買う** 買｜**海** 海邊｜**とき** 時候｜**使う** 使用｜**帽子** 帽子｜**来週** 下週
火よう日 星期二

說明

題目詢問男人昨天去了哪裡。女人（中野小姐）昨天和朋友在新宿玩，男人（田中先生）則是在百貨公司裡逛街，故正確答案為選項 3。選項 1 是兩人對話的地方；選項 2 是女人昨天去的地方；選項 4 則是男人將要去的地方。

6ばん

男の人と女の人が話しています。男の人はだれにマフラーをもらいましたか。

F：山田さん、すてきなマフラですね。
M：あ、これですか。妹が誕生日に作ってくれました。
F：手作りですか。上手ですね！
M：小さいときから、母が作るのを見ながら練習していましたから。
今では母や父のほかに友だちにも作ってあげています。
F：いや、ほんとすごいです。私も趣味で始めたくなります。
M：ぜひぜひ。

男の人はだれにマフラーをもらいましたか。

1 いもうと
2 母
3 父
4 友だち

第 6 題

男人和女人的對話。請問男人收到誰送的圍巾？

女：山田先生，圍巾很漂亮耶。
男：啊，你說這個嗎？這是妹妹織給我的生日禮物。
女：純手工的嗎？織得很好耶！
男：因為她從小看母親做的時候就在練習。
現在她除了會織給父母親，也會織給朋友。
女：哇，真優秀。我也想要當作興趣來織。
男：一定一定。

請問男人收到誰送的圍巾？

1 妹妹
2 母親
3 父親
4 朋友

單字

だれに 由誰｜**マフラー** 圍巾｜**もらう**（從他人）收到｜**すてきだ** 優秀｜**妹** 妹妹｜**誕生日** 生日｜**作る** 製作
～てくれる（他人為我）做～｜**手作り** 手作｜**上手だ** 熟練｜**小さい** 小；幼小｜**とき** 時候｜**母** 母親｜**見る** 看
～ながら 一邊～｜**練習する** 練習｜**今** 現在｜**父** 父親｜**～のほかに** ～以外｜**友だち** 朋友｜**いや** 呀（驚訝或感嘆時的用語）｜**ほんと** 真的｜**すごい** 厲害｜**趣味** 興趣｜**始める** 開始｜**ぜひぜひ** 一定（ぜひ強調用語）

說明

題目詢問男人收到誰送的圍巾。男人對於女人稱讚圍巾的時候，告知是妹妹送給他的生日禮物，故正確答案為選項 1。

もんだい３

もんだい３では、えをみながらしつもんをきいてください。➡（やじるし）のひとはなんといいますか。１から３のなかから、いちばんいいものをひとつえらんでください。
でな、れんしゅうしましょう。

問題３

問題３，請看圖回答問題。請問➡（箭頭標示）的人說了什麼？請從１到３選出最適當的答案。
那麼，我們來練習吧。

れい

レストランでお店の人を呼びます。何と言いますか。

F：**1** いらっしゃいませ。
2 失礼しました。
3 すみません。

範例

在餐廳叫店員，要怎麼說？

女：**1** 歡迎光臨。
2 對不起。
3 抱歉。

いちばんいいものは３ばんです。かいとうようしのもんだい３のれいのところをみてください。いちばんいいものは３ばんですから、こたえはこのようにかきます。
では、はじめます。

最適當的答案為選項３。請看作答紙的問題３範例部分，最適當的答案為選項３，請這樣寫。
現在正式開始測驗。

１ばん

友だちは消しゴムがありません。友だちに何と言いますか。

F：**1** 消しゴム、貸そうか。
2 消しゴム、貸して。
3 消しゴム、ありがとう。

第１題

朋友沒有橡皮擦。請問要跟朋友說什麼？

女：**1** 要借你橡皮擦嗎？
2 借我橡皮擦。
3 橡皮擦，謝謝了。

單字

友だち 朋友｜**消しゴム** 橡皮擦｜**貸す** 借出｜**～(よ)うか** 要～嗎？｜**ありがとう** 謝謝

說明

題目詢問要向沒有橡皮擦的朋友說什麼，故正確答案為選項１的「要借你橡皮擦嗎？」。選項２是自己沒有橡皮擦的時候要對朋友說的話；選項３則是借完橡皮擦後表達感謝的話。

２ばん

タクシーにのりました。みなみ駅に行きたいです。何と言いますか。

F：**1** すみません、みなみ駅はどこですか。
2 みなみ駅までお願いします。
3 みなみ駅から出てすぐです。

第２題

搭了計程車，想要去南站，請問要說什麼？

女：**1** 抱歉，請問南站在哪裡？
2 拜託請到南站。
3 從南站出來就到了。

單字

タクシー 計程車｜**乗る** 搭乘｜**みなみ駅** 南站（地名）｜**行く** 前往｜**すみません** 抱歉｜**～まで** 到～為止
お願いする 拜託｜**～から** 從～｜**出る** 出來｜**すぐ** 馬上

說明

題目詢問告知計程車司機要去南站時要說什麼話，故正確答案為選項２「拜託請到南站」。選項１是尋找地點時說的話；選項３是告知地點時說的話。

3ばん

映画のチケットを買いたいです。何と言いますか。

F：**1** チケットはもう買いました。
2 チケットを買ってください。
3 チケットを2枚ください。

第3題

想要買電影票，請問要說什麼？

女：**1** 票已經買了。
2 請幫我買票。
3 請給我兩張票。

單字

映画 電影｜**チケット** 票券｜**買う** 買｜**～たい** 想要～｜**もう** 已經｜**～てください** 請～｜**2枚** 兩張｜**ください** 給

說明

題目詢問購買電影票的時候要說什麼，故正確答案為選項3「請給我兩張票」。

4ばん

東京駅に行きたいです。どの電車に乗ればいいかわかりません。何と言いますか。

F：**1** すいません、東京駅に行きたいんですが。
2 すいません、東京駅はとおいです。
3 すいません、東京駅はどこにありますか。

第4題

想要到東京站，不知道要搭哪一個電車，該說什麼？

女：**1** 不好意思，我想要到東京站。
2 不好意思，東京站很遠。
3 不好意思，東京站在哪裡？

單字

東京駅 東京站（地名）｜**どの** 哪個｜**電車** 電車｜**乗る** 搭乘｜**～ば** 如何～｜**いいか** 才好｜**わかる** 知道；理解｜**すいません** 抱歉｜**～たいんですが** 我想要～｜**とおい** 遠｜**どこ** 哪裡｜**ある** 在（地點）

說明

題目詢問在車站時，想要搭去東京站，但不知道該搭哪一個電車的時候，該說什麼話，故選項1「不好意思，我想要到東京站。」為正確答案。選項2是說明去的地點時說的話；選項3則是詢問地點時說的話。

5ばん

友だちの本を借りたいです。何と言いますか。

F：**1** その本、もらってください。
2 その本、貸してください。
3 その本、使ってください。

第5題

想要跟朋友借書，該說什麼？

女：**1** 請收下那本書。
2 請借我那本書。
3 請使用那本書。

單字

友だち 朋友｜**本** 書｜**借りる** 借來｜**～たい** 想要～｜**もらう** 收取｜**～てください** 請～｜**貸す** 借出｜**使う** 使用

說明

題目詢問自己跟朋友借書的時候要說什麼，故正確答案為選項2「請借我那本書」。選項1是自己拿書給朋友時說的話；選項3則是自己要求朋友使用那本書時說的話。

もんだい４

もんだい４は、えなどがありません。ぶんをきいて、１から３のなかから、いちばんいいものをひとつえらんでください。
でな、れんしゅうしましょう。

問題４

問題４，未附上任何圖表，請聽完文章後，從１到３選出最適當的答案。
那麼，我們來練習吧。

れい

Ｆ：お国はどちらですか。
Ｍ：**1**　あちらです。
　　2　アメリカです。
　　3　部屋です。

範例

女：你的家鄉在哪裡？
男：**1**　那邊。
　　2　美國。
　　3　房間。

いちばんいいものは２ばんです。かいとうようしのもんだい４のれいのところをみてください。いちばんいいものは２ばんですから、こたえはこのようにかきます。
では、はじめます。

最適當的答案為選項２。請看作答紙的問題４範例部分，最適當的答案為選項２，故答案這樣寫。
現在正式開始測驗。

１ばん

Ｆ：あした、うちに食事に来ませんか。
Ｍ：**1**　ごめん、忘れてた。
　　2　ごめん、あしたは予定があるんだ。
　　3　ごめん、待った？

第１題

男：明天要來我們家吃飯嗎？
女：**1**　抱歉，我忘了。
　　2　抱歉，我明天有約了。
　　3　抱歉，你等很久了？

單字

あした 明天｜**うち** 我家｜**食事** 吃飯｜**～に来る** 來～｜**～ませんか** 要不要～｜**ごめん** 抱歉｜**忘れる** 忘記
予定 預定｜**待つ** 等待

說明

題目詢問聽到對方問明天來我家吃飯時該如何回答，故正確答案為選項２「抱歉，我明天有約了」。選項１是忘記約定時說的話；選項３則是約定遲到時說的話。

２ばん

Ｍ：この会社に入って、何年ですか。
Ｆ：**1**　ちょうど５年です。
　　2　５０人ぐらいです。
　　3　２０１５年です。

第２題

男：你進這家公司幾年了？
女：**1**　剛好五年了。
　　2　大約五十名。
　　3　**2015** 年。

單字

会社 公司｜**入る** 進入｜**何年** 幾年｜**ちょうど** 剛好｜**５年** 五年｜**５０人** 五十名｜**ぐらい** 大約｜**２０１５年** 2015 年

說明

題目詢問聽到對方問進公司幾年時該如何回答，故正確答案為選項１「剛好五年了」。選項２是詢問幾位時說的話；選項３則是詢問哪一年進公司時說的話。

3ばん

M：田中(たなか)さんの家(いえ)はこの近(ちか)くですか。
F：1 うちから近(ちか)いです。
2 ここから１０分(じゅっぷん)ぐらいです。
3 大(おお)きい病院(びょういん)があります。

第3題

男：田中小姐的家在這附近嗎？
女：1 離我們家很近。
2 從這裡過去大約十分鐘。
3 有一間大醫院。

單字

家(いえ) 家｜**近く**(ちか) 附近｜**うち** 我們家｜**近い**(ちか) 近｜**ここ** 這裡｜**１０分**(じゅっぷん) 十分鐘｜**大きい**(おお) 大｜**病院**(びょういん) 醫院

說明

題目詢問當對方問田中小姐的家在附近時該如何回答，故正確答案為選項 2「從這裡過去大約十分鐘」。選項 1 不是以說話的地點為基準，而是以自已家；選項 3 則是詢問周邊有什麼時說的話。

4ばん

M：あしたの会議(かいぎ)は、何時(なんじ)からですか。
F：1 ３時(さんじ)までです。
2 ３時間(さんじかん)ぐらいです。
3 ３時(さんじ)に始(はじ)まります。

第4題

男：明天會議幾點開始？
女：1 到三點為止。
2 大概三小時。
3 三點開始。

單字

あした 明天｜**会議**(かいぎ) 會議｜**何時**(なんじ) 幾點｜**～から** 從～｜**３時**(さんじ) 三點｜**～まで** 到～為止｜**３時間**(さんじかん) 三小時｜**始まる**(はじ) 開始

說明

題目詢問明天會議幾點開始，故正確答案為選項 3「三點開始」。選項 1 是回答到幾點為止；選項 2 則是回答開會幾小時。

5ばん

M：リンさん、今(いま)の仕事(しごと)はどうですか。
F：1 たいへんですが、おもしろいです。
2 母(はは)は英語(えいご)の先生(せんせい)です。
3 はい、わかりました。

第5題

男：林小姐，現在的工作如何？
女：1 很辛苦，但很有趣。
2 母親是英語老師。
3 是，知道了。

單字

今(いま) 現在｜**仕事**(しごと) 工作｜**どう** 如何｜**たいへんだ** 辛苦｜**～が** 雖然～｜**おもしろい** 有趣｜**母**(はは) 母親｜**英語**(えいご) 英語｜**先生**(せんせい) 老師｜**わかる** 知道；理解

說明

題目詢問對方現在的工作如何，故正確答案為選項 1「很辛苦，但很有趣」。選項 2 是詢問母親工作時的回答。

6ばん

M：いつもどんな音楽（おんがく）を聴（き）いていますか。
F：**1** はい、好（す）きです。
2 いろいろです。
3 毎日（まいにち）聴（き）いています。

第6題

男：平時都聽什麼音樂？
女：**1** 是的，喜歡。
2 各種音樂。
3 每天都聽。

單字

いつも 平時；總是｜**どんな** 哪種｜**音楽（おんがく）** 音樂｜**聴（き）く** 聆聽｜**～ている** 正在～｜**好（す）きだ** 喜歡
いろいろだ 各式各樣｜**毎日（まいにち）** 每天

說明

題目詢問聽到對方問平時聽什麼音樂時該如何回答，故正確答案為選項 2「各種音樂」。選項 1 是詢問喜不喜歡音樂時的回答；選項 3 則是詢問聽多久時的回答。

JLPT N5
第二回 實戰模擬測驗 | 解答與說明

第一節　言語知識（文字・語彙）

問題 1　1 ③　2 ④　3 ④　4 ③　5 ②　6 ③　7 ①
問題 2　8 ①　9 ③　10 ①　11 ③　12 ①
問題 3　13 ③　14 ①　15 ①　16 ④　17 ②　18 ③
問題 4　19 ③　20 ②　21 ②

第一節　言語知識（文法）・讀解

問題 1　1 ④　2 ②　3 ③　4 ④　5 ①　6 ③　7 ②　8 ④　9 ③
問題 2　10 ① (2413)　11 ③ (1432)　12 ③ (1342)　13 ③ (2314)
問題 3　14 ④　15 ④　16 ①　17 ③
問題 4　18 ②　19 ①
問題 5　20 ④　21 ①
問題 6　22 ②

第二節　聽力

問題 1　1 ①　2 ③　3 ②　4 ④　5 ④　6 ②　7 ①
問題 2　1 ④　2 ④　3 ②　4 ①　5 ④　6 ④
問題 3　1 ①　2 ①　3 ①　4 ③　5 ②
問題 4　1 ②　2 ①　3 ③　4 ②　5 ②　6 ③

第一節　言語知識（文字・語彙）

問題 1　__的單字如何改寫成平假名？請在 1、2、3、4 中選出最適合的答案。

1 鈴木先生的行李很少耶。
2 站在那裡的男人是田中先生。
3 昨天買了新皮鞋。
4 車站的南側有飯店。
5 十年前來過這裡。
6 我的房間很明亮。
7 通常五點到六點之間會在這裡。

問題 2　__的單字如何寫？請在 1、2、3、4 中選出最適合的答案。

8 孩子們在河邊玩耍。
9 這台汽車很貴。
10 請幫我叫計程車。
11 我和山田先生的生日一樣。
12 這本書我還讀不到一半。

問題 3　(　　) 中該填上什麼字？請在 1、2、3、4 中選出最適合的答案。

13 去年我到日本東京旅行了。
14 母親買了一條很漂亮的手帕。
15 行李太重提不動。
16 我昨天讀了兩本書。
17 沖澡後游泳。
18 是很困難的話題，無法理解。

問題 4　下列有與__意思相似的文句。請在 1、2、3、4 中選出最適合的答案。

19 昨天散步三十分鐘。

1 昨天快樂了三十分鐘。
2 昨天過了三十分鐘。
3 昨天走了三十分鐘。
4 昨天爬了三十分鐘。

20 討厭甜的點心。

1 喜歡甜的點心。
2 不喜歡甜的點心。
3 甜的點心很漂亮。
4 甜的點心不漂亮。

21 洗完衣服後出去了。

1 洗完頭髮後出去了。
2 洗完衣服後出去了。
3 洗完碗盤後出去了。
4 洗完臉後出去了。

第一節　言語知識（文法・讀解）

問題 1　(　　) 中該填上什麼字？請在 1、2、3、4 中選出最適合的答案。

1 昨天洗衣服和做了房間（的）打掃。
2 我的哥哥是大學生，住在東京。
3 我吃了五顆橘子之多。
4 高橋先生，快要天黑了，趕快回去比較好。
5 山田先生試穿了兩件襯衫，但兩件都沒買。
6 要去茶館喝杯咖啡嗎？
7 我在派對裡唱歌或跳舞。
8 這個蛋糕不怎麼好吃。
9 A「昨天從晚上就一直下雨耶。」
B「對啊，沒辦法出去外面。」

問題 2　請問要在★填入什麼？請在 1、2、3、4 中選出最適合的答案。

10 池田「現在我要和石原小姐去附近的店家喝酒，林先生要一起去嗎？」
林「啊，可以嗎？那我一起去。」（2413）
11 今天買了蘋果。平時一顆 110 日圓的蘋果，今天三顆 220 日圓。（1432）
12 A「派對是今天，對吧。」
B「不是，不是今天，是後天。」（1342）
13 A「你最喜歡哪一項運動？」
B「我最喜歡足球。」（2314）

問題 3　14 至 17 該填入什麼？想一想文章的意思，請在 1、2、3、4 中選出最適合的答案。

在日本讀書的學生寫了一篇有關「禮物」的作文，並在大家的面前朗誦。

（1）金先生的作文
我十一歲的時候，父親送我的生日禮物是一本書，是一本很有趣的書，我馬上讀完，且重頭開始看。我在睡前都會讀這本書。這本書現在還在我房裡。
（2）李先生的作文
我今年來日本。去年生日，母親送我領帶，是一條藍色領帶。下個月是母親的生日，我也想要在母親生日的時候送好的禮物。

問題 4　請閱讀下列（1）和（2）的文章後回答問題。請在 1、2、3、4 中選出最適合的答案。

譯文

(1)
令和國中就在車站附近。
從我們家走過去也只要五分鐘。
學校的建築今年變新了。
雖然體育館變小，但校園變寬廣。

18　請問關於令和國中，哪一個是正確的？

1　令和國中在我家旁邊。
2　令和國中在車站附近。
3　學校的體育館變大了。
4　學校的校園變小了。

單字
中学校（ちゅうがっこう） 國中｜**駅**（えき） 車站｜**すぐ** 馬上｜**近く**（ちか） 附近｜**ある** 在｜**家**（いえ） 家｜**～からも** 從～也｜**歩く**（ある） 走路｜**ところ** 地方｜**学校**（がっこう） 學校｜**たてもの** 建築｜**今年**（ことし） 今年｜**新しい**（あたら） 新的｜**体育館**（たいいくかん） 體育館｜**小さい**（ちい） 小的｜**校庭**（こうてい） 校園｜**広い**（ひろ） 寬廣｜**～について** 關於～｜**ただしい** 正確｜**となり** 旁邊

說明

題目詢問關於令和國中，哪一選項是正確的。選項 1 說令和國中在我家旁邊，但本文寫是從我家走路要五分鐘，故為錯誤。選項 2 說令和國中在車站附近，與本文第一句相符，故為正確答案。選項 3 和 4 剛好與本文敘述相反。

譯文

(2)
（在公司）
沙羅小姐的桌上有一個紙條和包裹。

沙羅小姐
今天下午一點郵差會來，請幫我拿這個包裹給他，還有錢也要拿給郵差。給郵差的錢，早上十一點鈴木先生會給你。
麻煩你了。

村上
七月七日 10:00

19　讀完紙條後，沙羅小姐首先要做什麼事？

1　收鈴木先生給的錢。
2　收鈴木先生給的包裹和錢。
3　交包裹給郵差。
4　交包裹和錢給郵差。

單字
会社（かいしゃ） 公司｜**机**（つくえ） 書桌｜**上**（うえ） 上面｜**メモ** 紙條｜**にもつ** 包裹｜**きょう** 今天｜**午後**（ごご） 下午｜**ごろ** 時候｜**ゆうびんきょく** 郵局｜**わたす** 遞交｜**～てください** 請～｜**お金**（かね） 金錢｜**午前**（ごぜん） 早上｜**持ってくる**（も） 帶來｜**～てくれる** 給～｜**よろしく** 好好的｜**お願いする**（ねが） 拜託｜**読む**（よ） 讀解｜**はじめに** 首先｜**もらう** 收取

說明

題目詢問沙羅小姐首先要做什麼事。紙條第一句寫了今天下午一點時她要做的事情，又說早上十一點的時候，鈴木先生會拿要給郵差的錢過來，故正確答案為選項 1「收鈴木先生給的錢」。

問題 5　請閱讀下列文章後回答問題。請在 1、2、3、4 中選出最適合的答案。

譯文

全國流感盛行，我上的小學也從明天四月七日開始放假。
最初是四月七日放到四月十四日，改成放到四月十七日了。
雖然學校作業有國語、數學和音樂，但放長假，所以多了美術作業。
每週一會接到班級老師的電話，詢問身體狀況或作業狀況。
今天是星期六，所以後天又會來電了。

20　這個人的學校放假到何時？

1　四月四日
2　四月七日
3　四月十四日
4　四月十七日

21　這個人的班級老師星期幾打電話？

1　星期一
2　星期二
3　星期六
4　星期日

單字

全国的に（ぜんこくてき）全國的｜**インフルエンザ** 流行感冒｜**はやる** 盛行｜**ぼく** 我（男生用語）｜**かよる** 通勤｜**小学校**（しょうがっこう）小學｜**あした** 明天｜**お休み**（やす）放假｜**最初**（さいしょ）最初｜**～までに** 到～為止｜**かわる** 改變｜**宿題**（しゅくだい）作業｜**国語**（こくご）國語｜**算数**（さんすう）數學｜**音楽**（おんがく）音樂｜**長い**（なが）長的｜**美術**（びじゅつ）美術｜**増える**（ふ）增加｜**担任**（たんにん）擔任｜**先生**（せんせい）老師｜**毎週**（まいしゅう）每週｜**月よう日**（げつ／び）星期一｜**電話**（でんわ）電話｜**かかってくる** 來電｜**体**（からだ）身體｜**ようす** 狀況｜**土よう日**（ど／び）星期六｜**あさって** 後天｜**また** 再次｜**予定**（よてい）預計｜**いつ** 何時｜**何よう日**（なん／び）星期幾｜**火よう日**（か／び）星期二｜**日よう日**（にち／び）星期日

說明

（問題 20）題目詢問這個人的學校放假到何時，由第二句得知「最初是四月七日到四月十四日，但改到四月十七日」，故正確答案為選項 4。
（問題 21）題目詢問這個人的班級老師星期幾會打電話來。文章最後說「每週一接到班級老師的電話詢問身體狀況或作業狀況」，故正確答案為選項 1。

問題 6　讀解右頁後回答下列問題。請在 1、2、3、4 中選出最適合的答案。

譯文

＊中野屋＊

早上 9:00~ 晚上 10:00
電話 012-345-6789

便宜！
十月一日（一）～四日（四）
雞蛋 138 日圓、面紙 320 日圓

推薦！
十月五日（五）～八日（一）
醬油 280 日圓、衛生紙卷 480 日圓

每週便宜！
一二 水果、蔬菜、果汁
三四 牛奶、肉類、水果
五六 蔬菜、魚類、麵包

22　想在中野屋同一天買面紙、肉類和水果，請問哪一天買好？

1　十月一日（一）和二日（二）
2　十月三日（三）和四日（四）
3　十月五日（五）和六日（六）
4　十月七日（日）和八日（一）

單字 ティッシュペーパー 面紙｜肉 肉類｜くだもの 水果｜同じだ 同樣｜日 日｜買う 買｜～たい 想要～｜～ば 如果～｜いい 好｜朝 早上｜夜 晚上｜電話 電話｜たまご 雞蛋｜おすすめ 推薦｜しょうゆ 醬油｜トイレットペーパー 廁所衛生紙巻｜毎週 每週｜やさい 蔬菜｜ジュース 果汁｜牛乳 牛奶｜魚 魚類｜パン 麵包

說明

題目詢問想要在中野屋同時購買面紙、肉類和水果，哪一天買比較好。首先，面紙是十月一日（一）賣到十月四日（四）；肉類是星期三和星期四；水果則是星期一到星期四，所以能同時購買的日子是星期三和星期四，故正確答案為選項 2。

第二節　聽力

日本語能力試験　聴解　N 5

日本語能力測驗 聽力 N5

これからＮ５の聴解試験をはじめます。もんだいようしにメモをとってもいいです。もんだいようしをあけてください。もんだいようしのページがないときは手をあげてください。もんだいがよく見えないときも手をあげてください。いつでもいいです。

現在開始 N5 的聽力測驗，可以在題本上作記號，請打開題本，若有缺頁請舉手告知。題目看不清楚的也可以隨時舉手告知。

もんだい１

もんだい１では、はじめにしつもんをきいてください。それからはなしをきいて、もんだいようしの１から４のなかから、いちばんいいものをひとつえらんでください。
では、れんしゅうしましょう。

問題 1

問題 1，請先聽問題，然後聽完對話後從題本上的 1 到 4 選出最適當的答案。
那麼，我們來練習吧。

れい

クラスで先生が話しています。学生は、今日家で、どこを勉強しますか。

Ｆ：では、今日は２０ページまで終わりましたから、２１ページは宿題ですね。
Ｍ：全部ですか。
Ｆ：いえ、２１ページの１番です。２番は、クラスでします。

学生は、今日家で、どこを勉強しますか。

範例

老師正在班上說話。請問學生今天要在家讀哪一頁？

女：那個，今天把第 20 頁結束了，所以第 21 頁是作業喔。
男：全部嗎？
女：不是，第21頁第1題，第2題要在課堂上寫。

請問學生今天要在家讀哪一頁？

いちばんいいものは３ばんです。かいとうようしのもんだい１のれいのところをみてください。いちばんいいものは３ばんですから、こたえはこのように書きます。
では、はじめます。

最適當的答案是選項３ 。請看答案紙的問題１的範例部分，最適當的是選項３，故答案這麼寫。
現在正式開始測驗。

１ばん

うちで男の人と女の人が話しています。男の人は冷蔵庫から何を出しますか。

M：お腹すいたね。お昼はパンケーキ、どう？
F：いいね、そうしよう。
　　じゃあ、冷蔵庫からたまご２つと牛乳出して。
　　えっと、小麦粉は……と、ここにあった。
M：砂糖は？
F：砂糖もここにある！

男の人は冷蔵庫から何を出しますか。

第１題

男人和女人在家裡說話，請問男人從冰箱裡拿出什麼東西？

男：肚子好餓。中午吃鬆餅，如何？
女：好啊，就這麼辦。
　　那，你從冰箱拿兩顆雞蛋和牛奶。
　　那個～麵粉在……在這裡。
男：砂糖呢？
女：砂糖也在這裡。

請問男人從冰箱裡拿出什麼東西？

單字

うち（我們）家｜**冷蔵庫** 冰箱｜**出す** 拿出｜**お腹がすく** 肚子餓｜**お昼** 中午｜**パンケーキ** 鬆餅｜**どう** 如何｜**そうする** 這麼做｜**じゃあ** 那麼｜**たまご** 雞蛋｜**２つ** 兩顆｜**牛乳** 牛奶｜**えっと** 那個｜**小麦粉** 麵粉｜**ここ** 這裡｜**砂糖** 砂糖｜**～も** 也～

說明

題目詢問男人從冰箱裡拿出什麼東西。為了做鬆餅，女人請男人從冰箱裡拿出兩顆雞蛋和牛奶，並且說麵粉和砂糖在那裡，故正確答案為選項１。

２ばん

日本語学校で先生が学生に話しています。学生はあしたの午前にどの教室に行きますか。

F：あしたの午前の授業は、クラスに日本人の学生が来ますから、２階にある広い教室で授業をします。ですから、あしたの午前は、２階の３番教室に来てください。午後はいつものように、１階の４番教室で授業をします。

学生はあしたの午前にどの教室に行きますか。

1　１階の３番
2　１階の４番
3　２階の３番
4　２階の４番

第２題

老師在日語學校和學生對話。請問學生明天早上要去哪一間教室？

女：明天早上的課程會有日本學生來，所以要在二樓寬敞的教室上課，請大家到二樓的三號教室。下午和平常一樣在一樓的四號教室上課。

請問學生明天早上要去哪一間教室？

1　一樓的三號教室
2　一樓的四號教室
3　二樓的三號教室
4　二樓的四號教室

單字

日本語学校 日語學校｜**先生** 老師｜**学生** 學生｜**あした** 明天｜**日本人** 日本人｜**どの** 哪個｜**教室** 教室｜**授業** 上課｜**クラス** 班級｜**2階** 二樓｜**広い** 寬敞｜**ですから** 因此｜**3番** 三號｜**～てください** 請～｜**午後** 下午｜**いつものように** 和平常一樣｜**1階** 一樓｜**4番** 四號

說明

題目詢問明天早上在哪裡上課，由於老師說明天早上會有日本學生來，請大家到二樓的三號教室上課，故正確答案為選項3。

3ばん

男の人と女の人が話しています。ジョンさんは日本の何が好きですか。

F：はじめまして。森優子です。よろしくお願いします。

M：はじめまして、ジョンです。ぼくはアメリカから来ました。よろしくお願いします。

F：ジョンさんは、日本の音楽やアニメは好きですか。

M：はい、ぼくは日本のアニメが大好きです。

F：アニメが好きなんですね。ジョンさんの好きなアニメは何ですか。

M：名探偵コナンです。

F：名探偵コナン、私も好きです。毎年、マンガや映画が出ています。
あ、4月に新しい映画が出るそうですよ。
よかったら一緒に見に行きませんか。

M：ぜひ一緒に行きましょう。

ジョンさんは日本の何が好きですか。

第3題

男人和女人正在對話。約翰先生喜歡日本的什麼東西？

女：初次見面，我是森優子。請多指教。

男：初次見面，我是約翰。我從美國來，請多指教。

女：約翰先生喜歡日本音樂或動畫嗎？

男：對，我非常喜歡日本動畫。

女：原來是喜歡動畫，約翰先生喜歡的動畫是？

男：是名偵探柯南。

女：名偵探柯南，我也喜歡。每年都會出漫畫或電影。
啊，聽說四月要出新電影。不介意的話，要不要一起去看？

男：當然要一起去。

約翰先生喜歡日本的什麼東西？

單字

日本 日本｜**好きだ** 喜歡｜**はじめまして** 初次見面｜**よろしく** 好好的｜**お願いする** 拜託｜**ぼく** 我（男生用語）｜**アメリカ** 美國｜**～から来る** 從～來｜**音楽** 音樂｜**アニメ** 動畫｜**大好きだ** 非常喜歡｜**名探偵コナン** 名偵探柯南｜**毎年・毎年** 每年｜**マンガ** 漫畫｜**映画** 電影｜**出る** 發表｜**4月** 四月｜**新しい** 新的｜**～そうだ** 聽說～（傳聞）｜**よかったら** 方便的話｜**一緒に** 一起｜**見る** 看｜**～に行く** 做～而去｜**～ませんか** 要不要～？｜**ぜひ** 當然｜**～ましょう** 一起～

說明

題目詢問約翰喜歡日本的什麼東西。女人問約翰先生喜不喜歡日本的音樂或動畫，約翰先生回答非常喜歡動畫，故正確答案為選項2。

4ばん

レストランで男の人と女の人が話しています。女の人は何を注文しましたか。

M：ご注文はお決まりでしょうか。
F：きょうのおすすめ料理は何ですか。
M：本日のおすすめ料理は、サーモンクリームパスタとサーロインステーキになります。
F：あ、じゃあサーロインステーキでお願いします。
M：お飲み物はどうしますか。
F：ホットコーヒーをお願いします。
M：コーヒーですね。コーヒーにミルクとお砂糖はお付つけしますか。
F：ミルクだけでけっこうです。
M：かしこまりました。

女の人とは何を注文しましたか。

第 4 題

這是男人和女人正在餐廳對話。請問女人點了什麼？

男：想好要點什麼了嗎？
女：今天的推薦料理是什麼？
男：今天的推薦料理是奶油鮭魚義大利麵和菲力牛排。
女：啊，那請給我菲力牛排。
男：飲料要喝什麼？
女：請給我熱咖啡。
男：咖啡嗎？要附上牛奶和砂糖嗎？
女：給我牛奶就可以了。
男：知道了。

請問女生點了什麼？

單字

レストラン 餐廳｜**注文する** 點餐｜**決まり** 決定｜**〜でしょうか** 是〜嗎？｜**おすすめ** 推薦｜**料理** 料理｜**本日** 今天｜**サーモンクリームパスタ** 鮭魚奶油義大利麵｜**サーロインステーキ** 菲力牛排｜**〜になる** 成為〜｜**お飲み物** 飲料｜**ホットコーヒー** 熱咖啡｜**ミルク** 牛奶｜**お砂糖** 砂糖｜**お付けする** 貼上｜**〜だけ** 只〜｜**けっこうだ** 充分｜**かしこまりました** 知道了

說明

題目詢問女人在餐廳裡點了什麼。女人選擇今日推薦的菲力牛排和熱咖啡。男人詢問是否附上牛奶和砂糖，女人回答只要牛奶，故正確答案為選項 4。

5ばん

学校のコンサートホールで男の人と女の人が話しています。小川さんの友だちは、どの人ですか。

M：人がたくさんいますね。小川さんの友だちは、どの人ですか。
F：あそこにいるめがねをかけている人です。
M：髪の毛の長い女の人ですか。
F：いいえ、髪の毛の短い男の人です。
M：あの人ですか。
F：はい。後で紹介しますね。

小川さんの友だちは、どの人ですか。

第 5 題

男人和女人正在學校表演廳對話，請問小川小姐的朋友是哪位？

男：人真多，請問小川小姐的朋友是哪位？
女：那邊戴眼鏡的人。
男：長頭髮的女生嗎？
女：不是，是短頭髮的男生。
男：那位嗎？
女：對，等等介紹給你。

請問小川小姐的朋友是哪位？

單字

学校 學校｜**コンサートホール** 表演廳｜**友だち** 朋友｜**どの** 哪個｜**たくさん** 很多｜**あそこ** 那裡
めがねをかける 戴眼鏡｜**髪の毛** 頭髮｜**長い** 長｜**短い** 短｜**あの** 那｜**後で** 之後｜**紹介する** 介紹

說明

題目是在學校表演廳裡找小川小姐的朋友。男人問小川小姐的朋友是哪一位，女人回答戴眼鏡的人。然後男人又問是不是長頭髮的女人，回答是短頭髮的男人，故正確答案為選項4。

6ばん

男の人と女の人が話しています。男の人はどんな本が好きではありませんか。

F：日曜日は何をしていますか。
M：だいたい家にいて、読書をしています。
F：どんな本が好きですか。
M：ＳＦが好きです。ホラーはあまり好きではありません。
　それから、映画を見るのが好きです。
F：私も映画は大好きです。
M：どんな映画が好きですか。
F：ラブコメが好きです。昔はアニメもよく見ていました。

男の人はどんな本が好きではありませんか。

1　ＳＦ
2　ホラー
3　ラブコメ
4　アニメ

第6題

男人和女人正在對話，請問男人不喜歡哪一種書？

女：星期日要做什麼？
男：大概會在家讀書吧。
女：你喜歡哪一種書？
男：我喜歡科幻小說。不怎麼喜歡恐怖小說。
　還有，我喜歡看電影。
女：我也非常喜歡看電影。
男：你喜歡哪一種電影。
女：我喜歡愛情喜劇片。以前也常看動畫片。

請問男生不喜歡哪一種書？

1　SF（科幻小說）
2　恐怖小說
3　愛情喜劇
4　動畫

單字

どんな 哪種｜**本** 書｜**好きだ** 喜歡｜**日曜日** 星期日｜**だいたい** 大概｜**家** 家｜**読書** 讀書｜**ＳＦ** 科幻
ホラー 恐怖｜**あまり～ない** 不怎麼～｜**それから** 還有｜**映画** 電影｜**大好きだ** 非常喜歡｜**ラブコメ** 愛情喜劇
昔 以前｜**アニメ** 動畫｜**よく** 經常

說明

題目詢問男人不喜歡哪一種書。男人針對女人問他喜歡哪一種書，他的回答是喜歡科幻小說，但不喜歡恐怖的，故正確答案為選項2。

7ばん

男の人と女の人が話しています。この二人はいつ買い物に行きますか。

M：この写真の人はだれですか。
F：私の姉です。
M：お姉さん、やさしそうな方ですね。
F：はい、姉はやさしいです。週末によく買い物に一緒に行きます。
M：いいですね。買い物は好きですか。

第7題

男人和女人正在對話。請問這兩個人何時去逛街？

男：照片裡的人是誰？
女：是我姊姊。
男：姊姊看起來是很溫柔的人。
女：對，姊姊很溫柔。週末我們經常去逛街。
男：不錯耶。你喜歡逛街嗎？

F：はい、好きです。
M：じゃあ、今度の金曜日に買い物に行きませんか。
F：金曜日は仕事があって……木曜日なら大丈夫です。
M：じゃあ、木曜日に！

この二人はいつ買い物に行きますか。

女：對，喜歡。
男：那，這個星期五要不要去逛街？
女：星期五我有工作……星期四的話，可以。
男：那就星期四！

請問這兩個人何時去逛街？

單字

二人 兩個人｜**いつ** 何時｜**買い物** 逛街｜**～に行く** 去做～｜**写真** 照片｜**だれ** 誰｜**姉**（自己的）姊姊｜**お姉さん**（別人的）姊姊｜**やさしい** 溫柔｜**～そうだ** 好像～｜**方** 人｜**週末** 週末｜**よく** 經常｜**一緒に** 一起｜**じゃあ** 那麼｜**今度** 這個｜**金曜日** 星期五｜**～ませんか** 要不要～？｜**仕事** 工作｜**木曜日** 星期四｜**～なら** 如果是～｜**大丈夫だ** 沒問題

說明

題目詢問兩個人何時去逛街。男人問對方這個星期五要不要一起去逛街，女人回答星期五有事，星期四可以，故正確答案為選項1。

もんだい2

もんだい2では、はじめにしつもんをきいてください。それからはなしをきいて、もんだいようしの1から4のなかから、いちばんいいものをひとつえらんでください。
では、れんしゅうしましょう。

問題2

問題2，請先聽問題。然後聽完對話後從題本上的1到4選出最適當的答案。我們來練習一遍。

れい

男の人と女の人が話しています。男の人は昨日、どこへ行きましたか。男の人です。

M：山田さん、昨日どこかへ行きましたか。
F：図書館へ行きました。
M：駅のそばの図書館ですか。
F：はい。
M：僕は山川デパートへ行って、買い物をしました。
F：え、私も昨日の夜、山川デパートのレストランへ行きましたよ。
M：そうですか。

男の人は昨日、どこへ行きましたか。

1 としょかん
2 えき
3 デパート
4 レストラン

範例

男人和女人正在對話。請問男人昨天去哪裡？詢問男人。

男：山田小姐昨天去了哪裡？
女：我去了圖書館。
男：車站旁的圖書館嗎？
女：對。
男：我去了山川百貨公司逛街。
女：哎呀，我昨晚也去了山川百貨公司的餐廳。
男：是喔？

請問男人昨天去哪裡？

1 圖書館
2 地鐵站
3 百貨公司
4 餐廳

いちばんいいものは3ばんです。かいとうようしのもんだい2のれいのところを見てください。いちばんいいものは3ばんですから、こたえはこのように書きます。
では、はじめます。

最適當的答案為選項3。請看作答紙的問題2範例部分，由於最適當的答案是選項3，故答案這麼寫。現在正式開始測驗。

1ばん

男の人と女の人が話しています。男の人は、いつ引っ越しますか。

F：田中さん。新しい家はどうですか。
M：え？ぼく引っ越していませんよ。
F：あれ？先週、来週引っ越しがあるって言ってたから…。
M：ああ、両親です。ちょうど今週引っ越しました。
ぼくもそろそろ引っ越しをしたいですけど。今年は無理そうで、来年の春には引っ越したいです。

男の人は、いつ引っ越しますか。

1 今週
2 来週
3 今年
4 来年の春

第1題

男人和女人正在對話。請問男人何時搬家？

女：田中先生，新家如何？
男：咦？我沒搬家。
女：喔？上週你說下週搬家……
男：啊啊，那是父母。他們剛好這週搬家。
雖然我差不多也想搬家了，但今年有困難。明年春天我想搬家。

請問男人何時搬家？

1 這週
2 下週
3 今年
4 明年春天

單字

いつ 何時｜**引っ越す** 搬家｜**新しい** 新的｜**家** 家｜**ぼく** 我（男生用語）｜**先週** 上週｜**来週** 下週｜**引っ越し** 搬家｜**～って** 你說～｜**言う** 說話｜**～から** 因為～｜**両親** 父母｜**ちょうど** 剛好｜**今週** 這週｜**そろそろ** 差不多｜**～たい** 想要～｜**～けど** 雖然～｜**今年** 今年｜**無理** 困難｜**～そうだ** 好像～｜**来年** 明年｜**春** 春天

說明

題目詢問男人何時搬家。文章最後男人自己說有想要搬家了，但今年有困難，想要明年春天搬，故正確答案為選項4。

2ばん

男の人と女の人が話しています。女の人は大学生の時に、何を習いましたか。

M：すごい楽器の数ですね！
F：小さい時からいろいろな楽器を習ってきたので、ちょっと多いです。
M：最初に習ったのは何ですか。
F：ピアノです。
ピアノの次にバイオリン、高校生の時にトランペットを習いました。
それから、大学でギターを習いました。

第2題

男人和女人正在對話。請問女人在大學生時期學了什麼？

男：好多種樂器啊！
女：從小就學各式各樣的樂器，所以有點多。
男：你最先學的是什麼？
女：鋼琴。接下來是小提琴，高中的時候學小號。
再來，大學是學吉他。

M：すごいですね！ぼくも習いたくなりました。

男：真厲害。我也想學了。

女の人は大学生の時に、何を習いましたか。

請問女人在大學生時期學了什麼？

單字

大学生 大學生｜**時** 時候｜**習う** 學習｜**すごい** 非常｜**楽器** 樂器｜**数** 數量｜**小さい** 小；幼小｜**いろいろな** 各式各樣｜**～てくる** 一直～到現在｜**ちょっと** 有點｜**多い** 多｜**最初に** 最初｜**ピアノ** 鋼琴｜**次** 下一個｜**バイオリン** 小提琴｜**高校生** 高中生｜**トランペット** 小號｜**それから** 接著｜**ギター** 吉他｜**ぼく** 我（男生用語）｜**～たくなる** 想要～

說明

題目詢問女生大學生時期學了什麼。女生說從小就開始學各種樂器，大學時學了吉他，故正確答案為選項4。

3ばん

日本語学校で男の学生が話しています。男の学生は夏休みにどこに行きましたか。

M：ぼくはにぎやかなまちより、海や山のような自然がたくさんあるところが好きです。
この夏休みには学校の友だちと山へ遊びに行きました。
海や川も行きたかったですが、夏の海は人が多いですから、冬に行くことにしました。
バーベキューをしたり、花火をしたりしました。
とても楽しかったです。

男の学生は夏休みにどこに行きましたか。

1 にぎやかな　まち
2 山
3 川
4 海

第3題

男學生正在日語學校說話。請問男學生暑假去了哪裡？

男：比起繁華的市內，我更喜歡有山有海的自然景觀。
這次暑假我和學校朋友一起去山上玩。
雖然也想去海邊或河邊，但夏天海邊人多，我打算冬天去。
一邊烤肉，一邊玩煙火，非常開心。

請問男學生暑假去了哪裡？

1 繁華的市內
2 山
3 河
4 海

單字

日本語学校 日語學校｜**男** 男生｜**夏休み** 暑假｜**にぎやかだ** 繁華；吵雜｜**まち** 市內｜**～より** 比起～｜**海** 海｜**山** 山｜**～のような** 像是～｜**自然** 自然｜**たくさん** 很多｜**ところ** 地方｜**好きだ** 喜歡｜**友だち** 朋友｜**遊ぶ** 玩｜**～に行く** 去做～｜**川** 河｜**夏** 夏天｜**多い** 多｜**冬** 冬天｜**～ことにする** 決定～｜**バーベキュー** 烤肉｜**～たり～たりする** 做～也做～｜**花火** 煙火｜**とても** 非常｜**楽しい** 愉悅

說明

題目詢問男學生暑假去的地方。他說這次暑假和學校朋友一起到山上玩，故正確答案為選項2。

4ばん

電話で女の人とお店の人が話しています。女の人はお店に何を忘れましたか。

F：もしもし？あの、先ほどカフェに行ったんですが、帽子を置いてきたみたいで。
すみませんが、カフェにあるか確認できますか。

M：わかりました。少々お待ちください。
確認してきました。
きょうは手袋とサングラスとかさの忘れ物はありますが、帽子はありません。

F：そうですか。もし見つかったらお電話もらえますか。

M：はい、わかりました。見つかったらお電話します。

F：よろしくお願いします。

女の人はお店に何を忘れましたか。

第4題

女人正在和店員通話。請問女人在店裡遺失了什麼？

女：喂？那個，稍早之前我有去咖啡廳，好像把帽子放在那了。
不好意思，可以幫我確認有沒有在咖啡廳裡嗎？

男：好的，請稍等一下。
我確認了。
今天的遺失物有手套、太陽眼鏡和雨傘，但沒有帽子。

女：是嗎？如果有找到，可以打給我嗎？

男：好，知道了。找到再打給您。

女：拜託了。

請問女人在店裡遺失了什麼？

單字

電話 電話｜**お店の人** 店員｜**忘れる** 遺忘｜**もしもし** 喂｜**あの** 那｜**先ほど** 稍早前｜**カフェ** 咖啡廳｜**帽子** 帽子｜**置く** 放｜**～てくる** 做～來｜**～みたいだ** 好像～｜**すみませんが** 不好意思｜**確認** 確認｜**できる** 可以｜**少々** 等一下｜**お待ちください** 請稍等｜**きょう** 今天｜**手袋** 手套｜**サングラス** 太陽眼鏡｜**かさ** 雨傘｜**忘れ物** 遺失物｜**もし** 如果｜**見つかる** 發現｜**～たら** 如果～｜**もらえる** 為我～｜**よろしく** 好好的｜**お願いする** 拜託

說明

題目詢問女人在店裡忘了拿什麼東西。女人說自己稍早前有去咖啡廳，帽子似乎放在店裡忘了拿，並請求協助確認，故正確答案為選項1。

5ばん

空港で男の人と女の人が話しています。男の人はどこにとまりますか。

F：パスポートを見せてください。

M：どうぞ。

F：日本には仕事で来ましたか。それとも遊びで来ましたか。

M：観光です。友だちに会いに来ました。

F：何回この国に来たことがありますか。

M：３回目です。

F：いつまでとまる予定ですか。

M：６日間です。

F：どこにとまりますか。

M：ホテルです。

第5題

男人和女人正在機場對話。請問男人留宿在哪裡？

女：請出示護照。

男：這裡。

女：到日本工作嗎？還是遊玩？

男：去觀光，和朋友見面。

女：曾經到過這個國家幾次？

男：這是第三次。

女：打算停留到何時？

男：六天。

女：留宿在哪裡？

男：在飯店。

男の人はどこにとまりますか。

1 空港
2 観光バス
3 友だちの家
4 ホテル

請問男人留宿在哪裡？

1 機場
2 觀光巴士
3 朋友家
4 飯店

單字

空港 機場｜**とまる** 停留｜**パスポート** 護照｜**見せる** 出示｜**～てください** 請～｜**どうぞ** 這裡｜**仕事** 工作｜**～で** 以～（理由）｜**それとも** 或者｜**観光** 觀光｜**会う** 見面｜**～に来る** 做～來｜**何回** 幾次｜**国** 國家｜**～たことがある** 曾經～｜**～回目** 第～次｜**予定** 預定｜**6日間** 六天｜**ホテル** 飯店｜**バス** 巴士｜**家** 家

說明

題目詢問男人要在日本哪裡留宿。女人問男人來日本的目的、拜訪次數和停留時間，最後詢問要留宿哪裡，男人的回答是飯店，故正確答案為選項4。

6ばん

男の人と女の人が話しています。男の人のスマホはどこにありますか。

M：テーブルの上にあるぼくのスマホ、取ってくれない？
F：テーブルの上？ないわよ。
M：え？じゃあ、いすに置いたっけ？
F：いすにもない。ポケットの中じゃない？
M：このズボン、ポケットないよ。
F：じゃあ、どこなんだろう？ちょっと電話してみるね。
M：あ、かばんの中からだ！
F：もう！しっかりしてよね。

男の人のスマホはどこにありますか。

1 テーブルの上
2 いすの上
3 ポケットの中
4 かばんの中

第6題

男人和女人的對話。請問男人的手機在哪裡？

男：桌上我的手機，可以拿給我嗎？
女：桌上？沒有耶。
男：喔？那是放在椅子上了？
女：椅子上也沒有。不在口袋裡嗎？
男：這條褲子沒有口袋。
女：那麼，會在哪裡？稍等，我打電話看看。
男：啊，在包包裡面啦！
女：真是的！振作點。

請問男人的手機在哪裡？

1 桌上
2 椅子上
3 口袋裡
4 包包裡

單字

スマホ 手機｜**テーブル** 桌子｜**上** 上面｜**取る** 拿取｜**～てくれる** （他人）給我｜**ない** 沒有｜**いす** 椅子｜**置く** 放下｜**～っけ** 那是～嗎？｜**ポケット** 口袋｜**中** 裡面｜**～じゃない** 不是｜**ズボン** 褲子｜**～だろう** 是～嗎？｜**ちょっと** 稍等｜**電話する** 電話｜**～てみる** 試著～｜**かばん** 包包｜**もう** 真是的｜**しっかりする** 振作

說明

題目詢問男人的手機在哪裡。男人請女人幫他拿手機，卻不知道自己的手機在哪裡，最後女人試著打電話後，發現手機在包包裡，故正確答案為選項4。

もんだい 3

もんだい3では、えをみながらしつもんをきいてください。➡（やじるし）のひとはなんといいますか。1から3のなかから、いちばんいいものをひとつえらんでください。
でな、れんしゅうしましょう。

れい

レストランでお店の人を呼びます。何と言いますか。

F：1 いらっしゃいませ。
2 失礼しました。
3 すみません。

いちばんいいものは3ばんです。かいとうようしのもんだい3のれいのところをみてください。いちばんいいものは3ばんですから、こたえはこのようにかきます。
では、はじめます。

1ばん

きょうは先生の誕生日です。先生に何と言いますか。

M：1 おめでとうございます。
2 ありがとうございます。
3 どういたしまして。

問題 3

問題3，請看圖回答問題。請問➡（箭頭標示）的人說了什麼？請從1到3選出最適當的答案。那麼，我們來練習吧。

範例

在餐廳叫店員，請問要說什麼？

女：1 歡迎光臨。
2 對不起。
3 抱歉。

最適當的答案為選項3。請看作答紙的問題3範例部分，最適當的答案為選項3，請這樣寫。
現在正式開始測驗。

第1題

今天是老師的生日，要對老師說什麼？

男：1 恭喜。
2 謝謝。
3 不客氣。

單字

きょう 今天｜**先生** 老師｜**誕生日** 生日｜**おめでとうございます** 恭喜｜**ありがとうございます** 謝謝｜**どういたしまして** 不客氣

說明

題目詢問要對生日的老師說什麼，故正確答案為選項1「恭喜」。選項2是表達感謝之意；選項3則是聽到對方說感謝時說的話。

2ばん

郵便局で切手を買います。何と言いますか。

M：1 切手をください。
2 切手をどうぞ。
3 切手を買いますか。

第2題

在郵局買郵票，要說什麼？

男：1 請給我郵票。
2 請使用郵票。
3 買郵票嗎？

單字

郵便局 郵局｜**切手** 郵票｜**買う** 買｜**～をください** 請給～｜**どうぞ** 請這樣做；請使用

說明

題目詢問在郵局買郵票時該說什麼，故正確答案為選項1「請給我郵票」。選項2是允許使用郵票的意思；選項3則是郵局人員該說的話。

3ばん

パン屋さんでパンを買います。お店の人に何と言いますか。

M：**1**　このパン、ください。
　　2　このパン、買ってください。
　　3　このパン、買いますか。

第 3 題

在麵包店買麵包，該向店員說什麼？

女：**1**　請給我這個麵包。
　　2　請買這個麵包。
　　3　買這個麵包嗎？

單字

パン屋さん 麵包店｜**パン** 麵包｜**買う** 買｜**お店の人** 店員｜**ください** 請給｜**～てください** 請～

說明

題目詢問在麵包店買麵包時該向店員說什麼，故正確答案為選項 1「請給我這個麵包」。選項 2 是要求他人買麵包；選項 3 則是店員詢問客人是否買麵包時說的話。

4ばん

雨が降っています。会社の人にかさを貸します。何と言いますか。

M：**1**　かさを貸しますか。
　　2　かさを借りましょうか。
　　3　これ、使ってください。

第 4 題

正在下雨，借雨傘給公司同事，該說什麼？

男：**1**　要我借雨傘嗎？
　　2　借雨傘嗎？
　　3　請用這個。

單字

雨 雨｜**ふる** 下（雪；雨）｜**会社** 公司｜**かさ** 雨傘｜**貸す** 借出｜**借りる** 借｜**～ましょうか** 要～嗎？
使う 使用｜**～てください** 請～

說明

題目詢問借雨傘給沒帶雨傘的公司同事該說什麼，故正確答案為選項 3「請用這個」。選項 1 是沒帶雨傘的人向有帶的人詢問能不能借時說的話；選項 2 是沒帶雨傘的人要借雨傘時說的話。

5ばん

朝、先生に会いました。何と言いますか。

M：**1**　すみません。
　　2　おはようございます。
　　3　さようなら。

第 5 題

早上遇到老師，該說什麼？

女：**1**　對不起。
　　2　你好。
　　3　再見。

單字

朝 早上｜**先生** 老師｜**会う** 見面｜**すみません** 對不起｜**おはようございます** 你好（早上問候）
さようなら 再見

說明

題目詢問早上遇到老師時該說什麼，故正確答案為選項 2「你好」。選項 1 是道歉語；選項 3 則是離開時說的話。

もんだい４

もんだい４は、えなどがありません。ぶんをきいて、１から３のなかから、いちばんいいものをひとつえらんでください。
でな、れんしゅうしましょう。

れい

F：お国はどちらですか。
M：**1**　あちらです。
　　2　アメリカです。
　　3　部屋です。

いちばんいいものは２ばんです。かいとうようしのもんだい４のれいのところをみてください。いちばんいいものは２ばんですから、こたえはこのようにかきます。
では、はじめます。

問題４

問題４，未附上任何圖表，請聽完文章後，從１到３選出最適當的答案。
那麼，我們來練習吧。

範例

女：你的家鄉在哪裡？
男：**1**　那邊。
　　2　美國。
　　3　房間。

最適當的答案為選項２。請看作答紙的問題４範例部分，最適當的答案為選項２，故答案請這樣寫。
現在正式開始測驗。

１ばん

F：この部屋、ちょっと暑くないですか。
M：**1**　それがいいですね。
　　2　エアコンをつけましょうか。
　　3　あ、さむかったですか。

第１題

男：這房間不會有點熱嗎？
女：**1**　這個好。
　　2　要開冷氣嗎？
　　3　啊，會冷嗎？

單字

部屋 房間｜**ちょっと** 有點｜**暑い** 熱｜**いい** 好｜**エアコン** 空調｜**つける** 打開｜**～ましょうか** 要～嗎？
さむい 冷

說明

對方說房間不覺得有點熱的時候，正確回答為選項２「要開冷氣嗎？」選項１是對於某意見表示正向回應時說的話。

２ばん

M：毎日何で学校へきますか。
F：**1**　自転車です。
　　2　１０分ぐらいです。
　　3　いつもひとりで行きます。

第２題

男：每天你都如何去學校？
女：**1**　騎腳踏車。
　　2　大概十分鐘。
　　3　都一個人走。

單字

毎日 每天｜**何で** 如何｜**学校** 學校｜**自転車** 腳踏車｜**ぐらい** 大概｜**いつも** 總是｜**ひとりで** 一個人

說明

題目詢問每天如何去學校，故正確答案為選項１「騎腳踏車」。選項２是問花多久時間時的回答；選項３則是問和誰一起去時的回答。

3 ばん

M：田中さんは兄弟がいますか。

F：**1** はい、一人っ子です。

2 はい、高校生です。

3 いいえ、いません。

第 3 題

女：田中先生有兄弟姐妹嗎？

男：**1** 是的，我是獨生子。

2 是的，我是高中生。

3 不，沒有。

單字

兄弟 兄弟姐妹｜**いる** 有｜**一人っ子** 獨生子｜**高校生** 高中生

說明

題目詢問田中先生是否有兄弟姐妹，故正確回答為選項 3「不，沒有」。選項 1 是問沒有兄弟姐妹時的回答。

4 ばん

M：マリアさん、冬休みはいつからですか。

F：**1** 先週から夏休みです。

2 今週からです。

3 来週行きます。

第 4 題

男：瑪莉亞小姐，寒假從何時開始？

女：**1** 從上週開始是暑假。

2 從這週開始。

3 下週去。

單字

冬休み 寒假｜**いつ** 何時｜**～から** 從～｜**先週** 上週｜**夏休み** 暑假｜**今週** 這週｜**来週** 下週

說明

對方詢問瑪莉亞小姐寒假何時開始，故正確答案為選項 2「從這週開始」。選項 3 是詢問何時去旅行時的回答。

5 ばん

M：あなたの弟は何歳ですか。

F：**1** １４歳の時です。

2 １４歳になります。

3 １４歳のころに習いました。

第 5 題

男：您的弟弟幾歲？

女：**1** 十四歲的時候。

2 十四歲。

3 十四歲左右學了。

單字

あなた 您｜**弟** 弟弟｜**何歳** 幾歲｜**～歳** ～歲｜**時** 時候｜**～になる** 成為～｜**ころ** 左右｜**習う** 學習

說明

被問到弟弟的歲數時的回答，正確答案為選項 2「十四歲」。

6 ばん

M：これは誰のノートですか。

F：**1** 私もです。

2 木村さんはどこにいますか。

3 わかりません。

第 6 題

男：這個是誰的筆記本？

女：**1** 我也是。

2 木村先生在哪裡？

3 不知道。

單字

誰 誰｜**ノート** 筆記本｜**私** 我｜**～も** 也～｜**どこ** 哪裡｜**わかる** 知道；理解

說明

題目詢問筆記是誰的，故正確答案為選項 3「不知道」。

にほんごのうりょくしけん　かいとうようし

N5 實戰模擬測驗 第一回

げんごちしき（もじ・ごい）

じゅけんばんごう Examinee Registration Number	

なまえ Name	

〈ちゅうい Notes〉

1. くろい えんぴつ（HB、No2）で かいて ください。（ペンや ボールペンでは かかないで ください。）
   Use a black medium soft (HB or No.2) pencil.
   (Do not use any kind of pen.)
2. かきなおす ときは、けしゴムで きれいに けして ください。
   Erase any unintended marks completely.
3. きたなく したり、おったり しないで ください。
   Do not soil or bend this sheet.
4. マークれい Marking examples

よい れい Correct Example	わるい れい Incorrect Examples
●	⊘◯◯⓪⊜◐●

もんだい 1				
1	①	②	③	④
2	①	②	③	④
3	①	②	③	④
4	①	②	③	④
5	①	②	③	④
6	①	②	③	④
7	①	②	③	④
もんだい 2				
8	①	②	③	④
9	①	②	③	④
10	①	②	③	④
11	①	②	③	④
12	①	②	③	④

もんだい 3				
13	①	②	③	④
14	①	②	③	④
15	①	②	③	④
16	①	②	③	④
17	①	②	③	④
18	①	②	③	④
もんだい 4				
19	①	②	③	④
20	①	②	③	④
21	①	②	③	④

にほんごのうりょくしけん　かいとうようし

N5 實戰模擬測驗 第一回

げんごちしき（ぶんぽう）・どっかい

じゅけんばんごう Examinee Registration Number	

なまえ Name	

〈ちゅうい Notes〉

1. くろい えんぴつ（HB、No.2）で かいて ください。（ペンや ボールペンでは かかないで ください。）
   Use a black medium soft (HB or No.2) pencil.
   (Do not use any kind of pen.)
2. かきなおす ときは、けしゴムで きれいに けして ください。
   Erase any unintended marks completely.
3. きたなく したり、おったり しないで ください。
   Do not soil or bend this sheet.
4. マークれい Marking examples

よい れい Correct Example	わるい れい Incorrect Examples
●	⊘◯◎⦶⊜◐◍

もんだい 1				
1	①	②	③	④
2	①	②	③	④
3	①	②	③	④
4	①	②	③	④
5	①	②	③	④
6	①	②	③	④
7	①	②	③	④
8	①	②	③	④
9	①	②	③	④
もんだい 2				
10	①	②	③	④
11	①	②	③	④
12	①	②	③	④
13	①	②	③	④

もんだい 3				
14	①	②	③	④
15	①	②	③	④
16	①	②	③	④
17	①	②	③	④
もんだい 4				
18	①	②	③	④
19	①	②	③	④
もんだい 5				
20	①	②	③	④
21	①	②	③	④
もんだい 6				
22	①	②	③	④

にほんごのうりょくしけん　かいとうようし

N5 實戰模擬測驗 第一回

ちょうかい

じゅけんばんごう Examinee Registration Number		なまえ Name	

〈ちゅうい Notes〉
1. くろい えんぴつ (HB、No.2) で かいて ください。(ペンや ボールペンでは かかないで ください。)
Use a black medium soft (HB or No.2) pencil.
(Do not use any kind of pen.)
2. かきなおす ときは、けしゴムで きれいに けして ください。
Erase any unintended marks completely.
3. きたなく したり、おったり しないで ください。
Do not soil or bend this sheet.
4. マークれい Marking examples

よい れい Correct Example	わるい れい Incorrect Examples
●	⊘ ◯ ◎ ⓪ ⊜ ◐ ●

もんだい 1				
れい	①	②	●	④
1	①	②	③	④
2	①	②	③	④
3	①	②	③	④
4	①	②	③	④
5	①	②	③	④
6	①	②	③	④
7	①	②	③	④

もんだい 2				
れい	①	②	●	④
1	①	②	③	④
2	①	②	③	④
3	①	②	③	④
4	①	②	③	④
5	①	②	③	④
6	①	②	③	④

もんだい 3			
れい	①	②	●
1	①	②	③
2	①	②	③
3	①	②	③
4	①	②	③
5	①	②	③

もんだい 4			
れい	①	●	③
1	①	②	③
2	①	②	③
3	①	②	③
4	①	②	③
5	①	②	③
6	①	②	③

にほんごのうりょくしけん　かいとうようし

N5 實戰模擬測驗 第二回

げんごちしき（もじ・ごい）

じゅけんばんごう Examinee Registration Number	

なまえ Name	

〈ちゅうい Notes〉
1. くろい えんぴつ（HB、No2）で かいて ください。（ペンや ボールペンでは かかないで ください。）
Use a black medium soft (HB or No.2) pencil.
(Do not use any kind of pen.)
2. かきなおす ときは、けしゴムで きれいに けして ください。
Erase any unintended marks completely.
3. きたなく したり、おったり しないで ください。
Do not soil or bend this sheet.
4. マークれい Marking examples

よい れい Correct Example	わるい れい Incorrect Examples
●	⊗ ○ ○ ◎ ⊖ ◐ ●

もんだい 1				
1	①	②	③	④
2	①	②	③	④
3	①	②	③	④
4	①	②	③	④
5	①	②	③	④
6	①	②	③	④
7	①	②	③	④
もんだい 2				
8	①	②	③	④
9	①	②	③	④
10	①	②	③	④
11	①	②	③	④
12	①	②	③	④

もんだい 3				
13	①	②	③	④
14	①	②	③	④
15	①	②	③	④
16	①	②	③	④
17	①	②	③	④
18	①	②	③	④
もんだい 4				
19	①	②	③	④
20	①	②	③	④
21	①	②	③	④

にほんごのうりょくしけん　かいとうようし

N5 實戰模擬測驗 第二回

げんごちしき（ぶんぽう）・どっかい

じゅけんばんごう Examinee Registration Number		なまえ Name	

〈ちゅうい Notes〉
1. くろい えんぴつ（HB、№2）で かいて ください。（ペンや ボールペンでは かかないで ください。）
Use a black medium soft (HB or No.2) pencil.
(Do not use any kind of pen.)
2. かきなおす ときは、けしゴムで きれいに けして ください。
Erase any unintended marks completely.
3. きたなく したり、おったり しないで ください。
Do not soil or bend this sheet.
4. マークれい Marking examples

よい れい Correct Example	わるい れい Incorrect Examples
●	⊗ ○ ○ ◎ ⊖ ◐ ●

もんだい 1				
1	①	②	③	④
2	①	②	③	④
3	①	②	③	④
4	①	②	③	④
5	①	②	③	④
6	①	②	③	④
7	①	②	③	④
8	①	②	③	④
9	①	②	③	④
もんだい 2				
10	①	②	③	④
11	①	②	③	④
12	①	②	③	④
13	①	②	③	④

もんだい 3				
14	①	②	③	④
15	①	②	③	④
16	①	②	③	④
17	①	②	③	④
もんだい 4				
18	①	②	③	④
19	①	②	③	④
もんだい 5				
20	①	②	③	④
21	①	②	③	④
もんだい 6				
22	①	②	③	④

にほんごのうりょくしけん　かいとうようし

N5 實戰模擬測驗 第二回

ちょうかい

じゅけんばんごう Examinee Registration Number	

なまえ Name	

〈ちゅうい Notes〉

1. くろい えんぴつ（HB、No.2）で かいて ください。（ペンや ボールペンでは かかないで ください。）
   Use a black medium soft (HB or No.2) pencil.
   (Do not use any kind of pen.)
2. かきなおす ときは、けしゴムで きれいに けして ください。
   Erase any unintended marks completely.
3. きたなく したり、おったり しないで ください。
   Do not soil or bend this sheet.
4. マークれい Marking examples

よい れい Correct Example	わるい れい Incorrect Examples
●	⊗○◯⦶⊜◐◍

もんだい 1				
れい	①	②	●	④
1	①	②	③	④
2	①	②	③	④
3	①	②	③	④
4	①	②	③	④
5	①	②	③	④
6	①	②	③	④
7	①	②	③	④

もんだい 2				
れい	①	②	●	④
1	①	②	③	④
2	①	②	③	④
3	①	②	③	④
4	①	②	③	④
5	①	②	③	④
6	①	②	③	④

もんだい 3			
れい	①	②	●
1	①	②	③
2	①	②	③
3	①	②	③
4	①	②	③
5	①	②	③

もんだい 4			
れい	①	●	③
1	①	②	③
2	①	②	③
3	①	②	③
4	①	②	③
5	①	②	③
6	①	②	③